怎么办啊？把未来公公拍伤了……

不怎么办，
你高兴还可以再去拍一次。

如果有一天我走在他前面,

他会跟他爸爸一样再娶吗?

永远不会,
祁叙的太太一辈子只有明姬一个人。

1月16日 雪天

迷糊宝贝又把日记本暴露了，感激不尽，这次我终于不再是"工具人"了。

我想，这本日记或许是上天送给我的礼物，让我在今天做这件事的时候充满信心。

她总说自己是瑶池小仙女，所以我用87天为她打造了这座人间瑶池，恳切地希望明婳小仙女能给面子下凡一趟。

不用太久，一辈子就好。

因为，有个叫祁叙的凡间男人，真的很爱她。

所以，今天我想跟她进入一段新的关系……

我的明婳小仙女，如果你看到了这里，请回头！

遥遥许你

上册

苏钱钱

著

北京燕山出版社

目 录

当时她像天上掉落的星星，

跌在了自己怀里。

而现在，他伸手就可以揽住她。

01

不如我们做笔交易

"你心里一直只有她，为什么还要招惹我？你只是把我当成她的替身对吗？我……"

安静的房间里，明媛的台词还没念完就被宋导打断了。

"明媛，这段话不是这么说的，你要仔细去体会主角的感情。她这个时候是很卑微的，那种痛苦、绝望、爱恨交织的复杂感觉，你懂的吧？"

明媛："……我不懂。我要是能懂，也不至于一遍遍地来试戏了。

明媛握着剧本，微微叹气道："宋导，我再找找感觉。"

宋导拍了拍她的肩膀，语重心长道："再有几个月就进组了，你这个状态是不行的，要加油。"

明媛点着头"嗯"了一声。

从片场出来时是上午 11 点，快入夏的天气已经初显闷热，明媛正打算找个地方吃东西，闺密简宁打来了电话。

"在哪儿呢？过来陪我吃午饭吧？"

明媛疑惑地问："你不是去 D 市了吗？"

"昨天夜里回来的。"简宁说，"我在洲逸酒店开了个房间，刚才叫了餐，你过来陪我嘛。"

想着一个人吃饭也无聊，明媛答应了简宁，打了辆出租车直奔酒店。

洲逸酒店是著名酒店集团 SG 旗下的五星级酒店品牌。京市的这家还是旗舰店，将豪华奢侈发挥到了极致，入住的客人非富即贵。

此时正是下班高峰期，司机花了足足半个小时才把明媛载到酒店。

原本一辆平平无奇的出租车并没有引起门童的注意，可当明媛从车里出来的那一刻，门童眼前一亮，直直地朝她望过去。

浅咖色的长鬈发随意扎成松散的高马尾，清爽的九分潮 T 露出纤细的腰肢，紧身牛仔裤完美显现出笔直修长的双腿。

明媛的气质很清丽，又不乏娇艳，像清晨被露珠点缀的玫瑰，整个人透着一种轻盈又慵懒的性感。

门童迅速站直，殷勤地提前拉开门，礼貌地问候明媛："您好！"

待她走进去，门口两侧的门童用口型和眼神达成了共识——好漂亮。

明媛没注意门童们的异样，径直走到电梯处。

四部电梯不是正在运行就是刚关门，明媛只好等着。不一会儿，最里面有部电梯刚好停在 1 楼，她想都没想就朝那边走过去。

可站在门口的服务生却拦住她说："抱歉，小姐，请去那边乘坐客梯。"

听到服务生的话后，刚进电梯的祁叙一抬眸。

明媛疑惑地问服务生："这部不是客梯吗？为什么不能坐？"

现在她饿得前胸贴后背，只想赶紧找到简宁把饭吃了。

服务生正要开口解释，祁叙又垂眸，淡淡道："无所谓。"

服务生一顿，诧异地看着他，反应了几秒才听懂他这三个字的意思，对着明媛微微颔首："那，小姐请进来吧。"

明媛这才发现，电梯里已经站了一个男人。

男人一袭黑色西装笔挺有型，衬衫袖口处很讲究地露出三公分，简约的黑色腕表透着奢侈矜贵。他轻靠在一旁，姿势散漫，一只手搭在旁边的扶手上，另一只手拿着手机，正低头看着什么。

颜值、衣品、身材和气质都不错，按照明媛对男人严苛的打分标准，这位几乎可以拿满分了。

明媛不动声色地走进电梯，按了要去的楼层。而后站到一旁，悄悄给简宁发微信分享情报：我看到了一个帅哥！

电梯里静悄悄的。

发完消息，明媛想了下，觉得还是有必要跟这个男人道个谢，如果不是他开口的话，自己这会儿可能还在楼下等电梯。

于是明媱清了清嗓子，真诚地说："刚刚谢谢你啊。"

然而，身后毫无动静。

电梯是镜面的，明媱不用回头就能看到男人依旧在看手机，对她的道谢没有任何反应。

见是自己自讨没趣，明媱便也闭了嘴。她心里默默想着：满分是没可能了，凭这个冷淡样子，及格都有些困难。

简宁这时忽然打来视频电话，明媱都忘了自己刚刚给她发过消息这件事，接起来问："干吗？"

简宁开口的第一句话直接吓得明媱血压飙升："帅哥呢？找个角度偷偷给我看一下有多帅！"

异常安静的电梯里，简宁把明媱出卖得彻彻底底。

虽然没有指名道姓，但当事人就在身后，稍微有点儿思考能力就会知道这两个女人在讨论自己。

明媱整个人都不好了，一边镇定地否认，一边仓促地挂断视频电话。

电梯里重新恢复了安静。

明媱慢慢回过神，又后悔刚刚那句回答有种此地无银三百两的感觉。

她身体微侧，余光故作随意地扫到身后，正想偷偷观察一下男人的反应，却发现他不知什么时候已经收起了手机。

这会儿正双手抱胸，倚靠在一边。

明媱眼神落过去的时候，他也刚好漫不经心地迎了过来。

冷不丁一个四目相对，明媱心一跳，只觉得尴尬正快速席卷全身并沁入每个毛孔。她收回视线，假装淡定地看着前方当作无事发生。

还好很快就到了她要去的19楼，电梯门开，明媱一脸平静地走了出去。

她没回头，也没脸回头，直到听见电梯的关门声，一直端着的身板才放松下来。

明媱寻着门牌敲开了简宁的房门。

简宁浮夸地抱住她，深情倾诉了一日不见，如隔三秋之情："姐妹，我想死你了！"

明媱还记着刚刚丢人的事，嫌弃地推开她说："你不是想死我了，是想我死吧？电梯里给我打视频，怕人家不知道我们在聊他吗？"

"对不起！"简宁笑着把她拉进来，"我又不知道他也在电梯里，主要是你都能开口夸帅的男人，我也想看看长什么样子嘛。"

明媛眼光特别高，大学四年追她的人能绕京市一圈，她愣是都看不上。

两人到了房内，明媛放下包坐在沙发上问："你怎么跑酒店来住了？"

简宁坐到她对面，顺便抱来一堆吃的，说："我来蹭我哥。"

"你哥？"

"我在D市买了几个包，卡刷爆了，只能找我哥要点儿零花钱。"

明媛听明白了。

上一次简宁把卡刷爆的下场是被她爸冻结了名下所有的卡，她直接从花钱不眨眼的大小姐变成了吃个馒头都要分三份的"贫困户"，后来还是跟着明媛混吃混喝了两个月才没被饿死。

所以这次简宁学聪明了，没钱，找哥哥要。

"我哥今天来京市谈生意，他每次来都会住在洲逸酒店，所以我先在这儿住下来，待会儿直接给他个惊喜。"

明媛咬了一块蜜瓜说："心疼你哥三秒。"

"别说我了。"简宁表情认真起来，"说说你吧，我怎么听说林芸芸那个角色陈融也在抢？还没定下来吗？"

明媛和简宁都是京市电影学院表演系的大四学生，陈融也是。前段时间一部都市爱情剧来系里选演员，上百人参与了面试，竞争十分激烈。

明媛外形好，这也是她最大的优势。几轮试镜下来，女二号就悬在她和陈融之间。

用导演的话来说，明媛的外形和气质非常符合女二号的设定，就是她在对角色处理的感觉上欠缺了些；而陈融刚好相反，感觉找得不错，外形却有些勉强。

虽然片方最终还没决定用谁，但导演私下更偏爱明媛，想把这个角色留给她。

宋导反复叮嘱明媛，在开机前一定要花心思琢磨一下人物的内心世界，提高演技。

可明媛缺的是演技吗？

不是。她缺的是经验啊！

让一个从没有谈过恋爱的人去演爱情偶像剧也就算了，更难的是女二号感情线的发展还相当复杂。

"你知道吗？"明媛吃着蜜瓜跟简宁吐槽，"林芸芸从一开始就被男主角当作替身，渣男根本不爱她，她又卑微，又绝望，最后知道真相了还各种留恋……我真理解不了，你说她想什么呢，是不是傻啊？"

明媛现在每天都在宿舍看剧本，试图让自己变成林芸芸，去走进她的内心世界。

可一个"母胎solo"（单身）了二十年的人，怎么都体会不到那种苦情，她有时候甚至会因为无法共情而烦躁地觉得这个女二号很蠢。

"你就是单身太久了，但凡多谈几场恋爱，你也不会这样。"简宁说。

明媛觉得简宁说得挺对。

戏剧源于生活，生活阅历会让演员加深对角色的理解。她就是这方面的经验太少，所以理解不了那种情境。

"你说，要是这会儿有人让我体验下这种畸形的爱就好了。"

"怎么体验？找你做替身吗？谁会舍得让我们表演系的系花做替身？瞎了他的狗眼吧，哈哈哈！"

明媛也知道自己是在做白日梦，不过是随口一说。

简宁的手机这时响了，她看了眼马上站起来，摩拳擦掌道："我哥助理说他到了！我去了！"

明媛说："祝你好运！"

"对了，"简宁指着桌上摆着的一个纸袋说，"待会儿我要是成功要到了零花钱，我就给你发微信，你帮我把这个东西送过来。"

明媛瞥了一眼问："里面装的什么？"

"我哥要是还有点儿良心愿意救济我，我就把在D市买的礼物给他；要是他没良心，礼物也就没必要送了。"

这兄妹情也太"塑料"了。

明媛点点头，又犹豫道："可我没见过你哥哥啊，贸然过去会不会不太好？"

"这有什么，咱俩谁跟谁啊，我哥就是你哥，别把自己当外人！"

"……"

简宁离开后，明媛一个人继续在房里吃吃喝喝，差不多过去十分钟，简宁给她发来了一条微信：哈哈，哥哥做人了，快帮我把礼物拿过来孝敬哥哥，房间2808。

明媜只好按计划拿着礼物出门，简宁的房间在 19 楼，要去 2808 还得先坐电梯上去。

不到半分钟的时间，28 楼到了。

电梯门开的瞬间，明媜迅速感觉到了这一层明显不同的氛围。

入眼所见的每一处装饰都更加奢华精致，甚至连地毯都透着一股"我很贵"的气息。

明媜找到 2808，在门口站定，敲门。很快，门开了。

明媜原以为会是简宁来开门，可当看清站在面前的人后，她傻眼了。

这不是刚刚在电梯里遇到的那个男人吗？原来他是简宁的哥哥。

简宁是在拉屎吗？为什么不来开门，明明知道自己和她哥不认识！

不过，她哥不是都三十好几了吗？看上去挺显年轻啊。怎么保养的？

…………

这个剧情来得措手不及，明媜毫无思想准备，短短几秒内脑海中闪过无数个乱七八糟的念头。

等她回过神来，才发现男人也在看她。

不慌不忙的，就那么站着，等她开口的样子。

毕竟是自己敲的门，总不能一直这么尴尬站着。正组织着做开场白的语言，明媜忽然想到简宁的那句"我哥就是你哥，别把自己当外人"。

她灵光一现，终于找到了自然又不失礼貌的突破点。

三秒后，明媜咽了咽口水，小心翼翼地带着真情实感说出了三个字："哥哥好！"

话音刚落，明媜手机响了一声。

是简宁的微信：你出来了吗？刚刚我手瘸打错了，不是 2808，是 2708。别走错哦，爱你么么哒。

明媜："……"很显然，她又被简宁坑了。

"哥哥好"三个字反复循环在耳边，明媜尴尬得大脑一片空白。

她看着面前的男人，机械地张了张嘴想说点儿什么，却发现自己连解释的欲望都没了，只想马上回 27 楼砍了简宁那只惹事的手。

哥哥好不好，她不知道。明媜只知道自己现在浑身哪哪儿都不好，再不走就要窒息了。

于是明媜没有再说话，转身就跑，像极了不负责任的渣女。

祁叙靠在门框上看完她这短暂两分钟里的表情变化，以及现在跑远的略显慌乱的背影。

还挺快，一眨眼人就不见了。祁叙不禁哑然失笑，正要关门，忽然发现脚下地毯上多了一抹晶莹的光。

迅速回到27楼，明媱原本想要"手刃"闺密，可人家哥哥礼貌又热情地接待了她，弄得她都不好意思对他妹妹下狠手了，心不在焉地陪着兄妹俩玩了会儿。

下午3点，明媱起身说要回学校，简宁却拽住她说："别啊，再陪我一会儿嘛。"说着，简宁忽然指着明媱的耳朵问："你这边的耳环呢？"

明媱一愣，一摸耳垂，这才发现，不知什么时候自己掉了一只耳环。

两人马上在哥哥的房间里找了一圈，又回19楼简宁的房里找，可都没看到耳环的影子。

"算了，掉了就掉了。"明媱取下另一只说，"反正也不贵。"

可简宁心里过意不去，明媱是来找她才弄丢了耳环，她出主意道："刚刚我哥说晚上酒店3楼展厅有个小众珠宝展，我们去看看，说不定有好看的款式，我送你一副新的当作补偿！"

耳环掉了明媱并不在意，她只是还沉浸在叫错人的尴尬中，对自己那句突兀莽撞的"哥哥好"耿耿于怀。

她甚至都没脸去回忆当时那个男人的表情。可越不想想，画面就越固执地在脑海中浮现。

他当时看自己的眼神，好像在看一个智障。

明媱仰卧在沙发上闭着眼，试图努力把这一切从记忆里抹去。反正只是一个路人，出了酒店就江湖不见的那种，没必要往心里去。

人生嘛，谁还没经历过几个尴尬的瞬间？想通后，明媱又打起精神，坐直身体问简宁："珠宝展几点啊？"

明媱原本对这种展会没太大兴趣的，促使她愿意留下来陪简宁的原因，除了闺密的请求外，还有最重要的一点是，在她试镜的那部《当我恋爱时》剧里，有一场林芸芸去参加珠宝展的戏。剧本里，顾远为了追求初次见面的林芸芸，在珠宝展上高价给她买了一套首饰。

所以明媱就当是提前熟悉一下这种珠宝展的氛围，也算是体验生活，等正式开拍的时候，自己也能从容一点儿。

时间很快来到晚上 7 点。

明媱和简宁来到 3 楼，在门口签到后进入展厅。

今晚在洲逸酒店展出的是一个小众的北欧珠宝品牌，受众大多是像简宁这样的年轻富家小姐，像明媱这样的，一般不会去主动消费。

其实，明媱小时候也曾短暂地做过集万千宠爱于一身的千金小姐。

可从明媱的父亲意外去世，正当红的母亲伤心退圈后，明媱的生活发生了天翻地覆的变化。

明媱如今重走母亲走过的演艺路，除了自己喜欢外，也是想完成母亲当年未完成的梦想。

3 楼展厅布置得精致豪华，现场有交响乐团演奏，鲜花都是空运来的，处处都透着高级感。

简宁很兴奋地欣赏展出的首饰，明媱专心打量四周，观察参展客人的表情和动作，将神态一一记在心里。

两人走到一处透明玻璃展柜前，简宁眼前一亮："这个耳环不错，媱媱，你喜不喜欢？"

明媱看向陈列的耳环。耳环顶端是镂空工艺的蝴蝶造型，下面是流苏长线设计，很特别也很有设计感。

确实蛮好看的。但再仔细一看，价格也相当好看，一万八。

虽然自己即将出道拍戏，置办一些名牌饰品是必要的，但一副耳环就花掉近两万元，对于她这么一个还没出名的新人来说太奢侈了。

工作人员趁机热情介绍道："这是我们今晚展品里最具特点的一款耳环，是华裔潮人设计师 Alex 独家设计的，市面上再无第二款哦。"

明媱笑了笑，正要开口婉拒，身后忽然传来一个女人的声音："喜欢就包起来吧，我们明媱不缺这点儿钱。"

明媱和简宁一回头——冤家路窄，竟然是陈融。

明媱和陈融在表演系总被人拿来比较，可无论比专业，还是比颜值，明媱都更胜一筹。

大学四年一直被明媱压一头，陈融心里也很不服气，两人一直不和。眼下两人又在同时竞争林芸芸那个角色，每次见面陈融都暗藏心机。

陈融阴阳怪气，明媱也没好脸色道："这种长线型设计的耳环能修饰脸型，最适合脸大如盆的人。"顿了顿，她似笑非笑地来了一句："所以还是让给你好了。"

简宁没忍住笑出来，继续补刀道："这珠宝展没点儿门槛要求吗？早知道什么阿猫阿狗都能来参加，我和明媱就不来了。"

陈融轻蔑地扯了扯唇，看着两手空空的明媱说："是啊，什么阿猫阿狗都能来，反正'白嫖'又不用花钱。"说完便从简宁和明媱中间撞开，仰着下巴离开了。

简宁气得牙痒痒，嚷道："还没红就这么嚣张，以后红了不是要上天？不就是攀上那个陈公子了吗？如果不是你拒绝在先，哪轮得到她？"

明媱无所谓道："好了，跟这种人有什么气好生的。"

简宁这人有个毛病，就是见不得谁在自己面前拿钱装大款，尤其还嘲笑到了她最好的朋友头上，她今天必须把这副耳环买下来送给明媱。

简宁招了招手，正准备叫人，一个戴着白色手套的工作人员忽然走过来打开玻璃柜取走了耳环。

简宁一愣，问："干吗拿走？"

工作人员答："抱歉小姐，这款耳环我们有客人刚刚订下了。"

简宁很无语，接着她霸气开口："谁买的？我出双倍买回来。"

明媱睁大眼睛，一扯简宁的袖子，小声道："你疯了？"

简宁固执地对工作人员说："你帮我问问那个客人，能不能让给我？"

工作人员为难了会儿，勉强答应："好吧，那您稍等。"

几分钟后，工作人员回来，一脸歉意道："抱歉小姐，那位客人说无论几倍价格都不会让的。"

简宁："……"

明媱松了口气，又忍不住笑道："你这什么表情？"

简宁气成了河豚，憋了半天才蔫蔫地冒出一句："今晚装大款的人太多了，我去上个厕所冷静一下。"

明媱笑得不行，挥挥手说："去吧，去吧。"

简宁离开后，明媱一个人瞎逛，走到乐团那里欣赏演奏时，听到身旁悄悄议论的声音——

"你去要吧，我不好意思。"

"我也不敢，要是拒绝我了怎么办？"

"可是真的好帅，身材也好好，啊啊啊！！！"

············

明媚听明白了，两个年轻女人正在纠结要不要去勾搭看中的男人。

明媚啧了声。哪来的帅哥啊，她从进来观察到现在，一个能入眼的男人都没有，要么大腹便便、地中海，要么年纪轻轻、小白脸儿。

出于好奇，明媚顺着两姐妹的视线看过去，打算看看她们口中的极品男人到底有多绝。

视线刚触及对面，明媚的大脑便"嗡"了一下，瞬间一片空白。

见鬼，酒店这么大，怎么自己走到哪儿都能碰到这个男人！

大概是感应到了人群中落在自己身上的目光，祁叙微微侧身，一眼便看到了对面的明媚。

明媚好不容易安慰自己江湖不见，不会再有人提醒她犯过那么尴尬的错。可现在，男人的出现又让她的大脑开始疯狂循环"哥哥好"三个字，那些本来都快被忘掉的羞耻感，忽然又席卷全身。

不敢再去探究男人此刻是怎样的眼神，明媚迅速转过身，不停地在心里默念：看不到我，看不到我。

简宁上完厕所回来，看明媚神色不太自然，忙问："怎么了？"

明媚还没告诉简宁自己对着一个陌生男人喊哥哥的蠢事，镇定摇头道："没事。"手却拉着人往里走，说："我们去那边看吧。"

明媚一边装模作样地看首饰，一边暗暗地用余光打量祁叙那边的情况，还好男人只是停留了片刻，没一会儿就离开了。明媚总算松了口气。

快晚上9点的时候，明媚跟简宁道别，说："我得先回去了，明天还有法语课。"

林芸芸那个角色的职业是个法语老师，为了能更流利、标准地念出台词，明媚干脆报了一个法语课。反正大四大部分时间都是空闲的，没戏拍的时候多充实自己不会错。

简宁知道明媚有上进心，没挽留她，把她送到电梯处，说："我过几天回宿舍收拾东西，到时候再聊。"

"好。"

几部电梯都在运行中，明媚看到中午坐的那部电梯停在附近的楼层，便走过去打算按。

谁知简宁一把把她拉回来，紧张地说："别闹，这是人家酒店总裁的专用电梯，要刷卡的。"

明媪愣了好几秒，不解地问："总裁……专用？"

简宁调侃道："你要是成了总裁夫人当然也可以用，不过洲逸的总裁好像未婚，所以目前应该还是他一个人专用。"

简宁经常会跟明媪说一些名流圈的"瓜"，现在聊到祁叙了，便八卦地告诉明媪："打这位主意的女人太多了，我听说他在酒店有自己的房间，有些女的会故意住进来，再想方设法地去敲他的门……"

明媪听得肝儿都在颤，她总算明白了中午服务生不让自己进这部电梯的原因。

与此同时，某些奇怪的羞耻感更加强烈了，那个男人一定以为自己也是那种主动来敲门的女人之一吧？

明媪闭了闭眼，捏住简宁的手道："说吧，想怎么砍？"

说得正起劲的简宁一脸无辜："啊？？？"

旁边的电梯这时到了，明媪看了一眼，快步跨进去，留下一句："算了，让你再过几天健全的人生。"

简宁："……"

从酒店出来，明媪拿出手机约车。大概是酒店所在位置拥挤的原因，排在前面的约车人数有五十多个。

明媪只能耐心等着，时不时看看手机。

几分钟后，一辆黑色宾利缓缓驶了过来。

明媪起先没注意，毕竟酒店门口来往的车辆很多。可很快，那辆车却在她面前停下，接着降下了车窗。

明媪一抬眸，看清车里坐的人后浑身一个激灵。

妈妈救命！他他他……怎么又出现了？

我真不是故意敲你的门的，我错了还不行吗？

明媪的心跳疯狂加速，腿好像被钉了原地，怎么都动不了。

她以为男人要嘲讽自己瞎攀亲戚的行为，谁知他只是淡淡地说了一句："明小姐，你东西掉了。"

明媪微愣，心里正疑惑：他怎么知道自己姓明？自己掉了东西吗？

很快明媪就想起来了。没错，她的耳环掉了一只，难道掉在了他那边？

明媪小心地开口问道："是我的耳环吗？"

祁叙没回答是或不是，只从车里递出一个首饰盒。

他的小臂露在车外，衬衫袖口平整讲究，精钢 logo（标志）袖扣若隐若现，透着低调不俗的品位。

明媱盯着他的手犹豫了几秒，还是下意识地接了过来。

可还没来得及打开看，车窗就缓缓关闭，车也随即直行向前，消失在她的视野里。

这就走了？明媱有些蒙，垂眸打开盒子。

原以为里面装的是她掉的那只耳环，谁知静静躺在盒子里的，竟然是刚刚在珠宝展上把简宁气到去厕所冷静的那副镂空蝴蝶流苏耳环。

夜幕下，耳环上的水晶折射出晶莹奢侈的光芒。

明媱一头问号。直到回了宿舍，她的头还是蒙的。

耳环，这个男人是拿错了，还是……送给自己的？可他们根本就不认识，充其量算是见了两面，还是特别尴尬的两面，他根本没必要送这么昂贵的礼物给自己。

明媱觉得人家没当面嘲笑她上门叫哥哥的迷惑行为，就算很客气了。

想了半天，明媱实在想不出这位 SG 集团总裁给自己送礼物的原因。

所以她更愿意相信，对方应该是原本要归还自己丢了的那只耳环，却不小心错拿成了这一副。

宿舍很安静，只有明媱一个人。大四的学生几乎都搬出去住了，明媱也在找房子，只是暂时还没找到合适的。

她洗了澡，躺在床上，照例打开剧本。

今天去过珠宝展，她拿了记号笔，在情节相同的地方标注上自己今天观察到的感受。

写完，她又将这个情节捋了一遍。

林芸芸和顾远在珠宝展上初次见面，因为林芸芸和顾远的"白月光"女友长得太过相似，顾远故意送她礼物，获得了涉世未深的小姑娘的好感。

明媱边看，边又感慨地骂了一句："渣男。"

手机这时候响了起来，是明媱的母亲江敏月。

十多年前江敏月是娱乐圈现象级的影后，却在事业巅峰期突然隐退，再无消息，至今都是很多影迷心中的遗憾。

虽然退圈，江敏月却对明媱的事业很上心，明媱接触的每部戏都要先告诉她导演的名字，摸清底细后才同意明媱去试镜。

圈子水太深，江敏月尽可能地用自己的阅历让明媱少走弯路。

江敏月来电话告诉明媱："安妮这几天会联系你把合同签了，妈妈不在你身边，有什么就跟安妮姐说。"

"嗯，我知道。"

江敏月口中的安妮，是她以前的助理田安妮。十多年过去，当年的助理成了圈里的金牌经纪人，她也是江敏月在娱乐圈唯一还保持联系的人。

娱乐圈是个复杂的地方，江敏月虽然在努力帮女儿开道，但也会时常叮嘱她："做事之前要先学会做人，一定要踏踏实实地做人。"

明媱一想起那对昂贵的耳环，她是真的不踏实。

第二天下午 5 点，明媱结束了法语课程。培训班离洲逸酒店不远，她直接步行过去。

明媱也不确定自己能不能找到人，于是先去了前台服务处："请问你们总裁在吗？"

工作人员很礼貌地问："小姐有预约吗？"

明媱当然没预约了。

正想要不要把耳环放在前台让工作人员帮忙转交，一道男声从旁边传来："今棠？什么时候回来的？"

声音是冲着自己来的，明媱下意识地扭头，发现是一个自己不认识的陌生男人。

她有些蒙，看了看四周，又指着自己露出一个"你在跟我说话吗"的疑问表情。

只见男人上下打量了她一番，才拍了拍额头，笑道："抱歉抱歉！认错了，你跟我一个朋友长得有点儿像。"

前台的工作人员这时也毕恭毕敬地道："小代总好！"

代志扬瞥了一眼，随意问了一句："怎么了？"

"这位小姐要找祁总，但是没有预约。"

代志扬微微一皱眉，很快又露出几分莫名的笑意，问明媱："你找祁叙做什么？"

啊，原来他叫祁叙。

明媱亮出首饰盒，说："他有东西在我这儿，我来还给他。"

代志扬看了眼明媱手里的盒子，似乎想要问什么，但顿了顿又咽了回去，颇有兴致地一笑道："行，我带你过去吧。"

明媱犹豫了几秒，点头道："好。"

很明显，这个小代总跟那个男人是认识的，听工作人员的口气，他应该也是这个酒店的管理层。

明媱跟着他来到酒店旁边的一栋写字楼，这里好像是办公区，乘坐电梯到总裁办后，她又被带到了一个宽敞的房间门口。

代志扬推门而入，带着调侃语气对房里的人说："祁叙，有美女找。"

明媱有些尴尬，但都已经到门口了，也顾不上什么不好意思了。她硬着头皮跟进去，没想到房里竟然坐了好几个人。

三四个陌生的男人围坐在办公桌前，桌后的那个也抬起眸，锐利又深沉的眼神直直地看过来。

所有人的视线这一刻都集中在明媱身上，但这种打量又好像带了几分不寻常的意味。

明媱莫名有种进了狼窝的错觉。

这时代志扬意味不明地笑了笑，说："我还以为就我一个人觉得呢，看你们的眼神，也觉得像吧？"

办公桌前的人看了眼祁叙，没人直接回答代志扬的问题。大家都很有眼力见儿地起身，对祁叙说："那你先忙，事情回头再说。"

代志扬也被他们一起推了出去。

这种欲言又止的氛围让明媱觉得很奇怪，但很快，办公室里只剩她和祁叙两个人的氛围，更让她觉得浑身不自在。

这个男人身上有种强烈的气场，他好像能窥探到你心里的想法，让你所有的心思都无所遁形。

祁叙很轻地掸掉手里的烟，身体轻靠在座椅上，语气淡淡地问："找我？"

明媱定了定心，点头走上前，把首饰盒放在他桌上。

"祁总，你是不是拿错了？这不是我掉的耳环。"

"是吗？"祁叙完全没有意外的表情。

"……是啊。"明媱尴尬地回答道。

静默几秒，祁叙冲明媱旁边的椅子仰了仰下巴道："坐。"

明媱也不好一直戳在人家面前，便坐了下来，顺便打开首饰盒递给祁叙，说："你看一下吧。"

祁叙的视线在她脸上停留了几秒，而后才极随意地瞥了一眼耳环，说："没送错。"

明媱："……？"

没送错？那为什么要给自己送这么贵的礼物？没道理啊。

或许是看出了明媱的疑惑，祁叙重新把首饰盒推回明媱面前，道："算是你喊哥哥的见面礼。"

明媱的耳根瞬间烧了起来，嘴张了张欲解释："不是，我不是——"

秘书这时忽然送了咖啡进来，客客气气地放在明媱面前说："请慢用。"

可明媱哪还有心思喝咖啡，刚刚祁叙那句话直接把她听炸了。

"祁总，其实是个误会，我那天是敲错了门，我朋友给我发错了房号……"

明媱十分诚恳地解释了事情的来龙去脉，然而说完后，祁叙也只是淡淡地回了一个不走心的"嗯"。

明媱突然想起简宁说的话——那些女的会想方设法地去敲门，所以自己的解释或许在他眼里只是掩饰？

明媱其实反省过，自己的确有这个嫌疑。

先是故意去蹭他的电梯，接着又去敲门喊哥哥，最后还故意在珠宝展上制造偶遇。

如果不是本人，连明媱都要觉得这是在玩什么欲擒故纵的把戏了。

明媱知道，这件事自己怎么都解释不清，索性也懒得再解释，反正她今天来的目的只是归还耳环。

她把耳环第二次推给祁叙说："不管你信不信，我对你……总之，我没有你想的那种目的。这副耳环太昂贵了，你还是送给别人吧。"

一口气说完，她端起咖啡想缓缓氛围，可到嘴的咖啡还没咽下去，男人忽然开了口："但我对你，是你想的那种目的。"

明媱用表情缓缓打出一个问号，咖啡也含在了口中。

原以为这句话已经很直白了，明媱没想到祁叙的下一句话更赤裸裸。

他很坦然，直接开门见山道："因为我准备追求明小姐你。"

明媱愣了几秒，口中的咖啡猛地呛到了气管里。她被吓得不轻，剧烈地咳嗽着。

祁叙皱了皱眉，抽了张纸递给她。可明媱却像弹簧一样，站起来往后退。

"不用了。"她从自己包里拿了纸擦嘴，尽管大脑还没缓过来，但她还是冷静地说，"别玩了祁总，无论你信不信，我的冒犯的确只是误会，再见！"

明媱说完转身就跑了。祁叙没有追，看着她匆匆出门，又看了一眼桌上被送回来的耳环，唇角轻轻翘了翘。

送上门的女人，的确有千奇百怪的方式，但到底是别有用心，还是真的乌龙，祁叙分得清。

故意送昂贵的耳环，也不过是他试探的手段。结果如他所料，她不贪婪，更无意讨好。

既然入住了自己的酒店，祁叙很轻松便查到了关于她的所有资料。

二十一岁，杭城人，单身，目前就读于京市电影学院表演系，大四即将毕业。

祁叙闭目，思绪一瞬间跳到两年前的某个晚上。

他轻轻扯了扯唇，所以那时候她应该才十九岁，成年不久。

明媱几乎是从洲逸酒店跑出来的。她怕自己再待下去，那个总裁会失心疯发作做出更疯狂的事。没错，明媱觉得祁叙得失心疯了。

哪有人才见了一两次面就说要追求别人的，如果不是神经病，就是所谓的登徒浪子，花心少爷，见一个爱一个的那种，明媱才没兴趣跟这种有钱少爷玩。

追她的人里不乏很多京市有名的公子哥儿，但明媱知道这些人来电影学院找女朋友，真感情是没有的，有的只是互相攀比的虚荣。明媱对这些一直拎得很清。

打包了一份晚餐回宿舍，明媱边吃边照例打开手机看新闻，随便刷了下同城微博，忽然在热搜处看到一条眼熟的话题——今棠巴黎剧院毕业演奏会。

今棠？明媱觉得好像在哪里听过这个名字。蓦地，她想起来了，下午在酒店前台，那个小代总就是把自己错认成一个叫今棠的人。

明媱好奇地点了进去，在看到图片的那一刻她怔住了。

真的和自己长得有点儿像，尤其是鼻子、嘴巴那里。

明媱的鸡皮疙瘩都起来了，她还没见过跟自己长得这么像的人。她放下筷子，仔细看了看关于这个女人的新闻。

文案上说，今棠是京市名媛，知性大方又优雅，今年才二十四岁，已经在巴黎剧院举办了自己的毕业演奏会，并大获成功。

出于好奇，明媛直接在浏览器上搜索今棠的名字，前几页几乎都是与她专业有关的介绍，像通稿一样，都是雷同的内容。就在明媛快关掉页面的时候，下面一条不起眼的评论引起了她的注意。

"听说这个今棠和洲逸的总裁有点儿前尘往事，是不是真的啊？"

明媛愣了几秒，后知后觉地，忽然推测出了一个可以解释祁叙所有不正常行为的原因。

不会吧？不会吧？

明媛马上把今棠的照片发在自己的闺密小群里问：我和这个女的长得像不像？

简宁：碰瓷了，你比她漂亮多了好不好？

管星迪：的确有点儿像，不过你漂亮点+1。

果然，连自己的闺密都看出来像了。

明媛有点儿不敢相信自己的判断，她仔细理了理昨天祁叙的行为，不禁倒吸一口凉气。

祁叙给她送耳环的行为，不正是剧本里顾远初见林芸芸时的操作吗？

这难道是渣男的基本操作？全国通用？

难怪初次见面他就愿意让自己进他的专用电梯，难怪他要送自己耳环，难怪他那些朋友看自己的眼神很迷惑。难怪啊！

好似见到了顾远的原型，明媛竟然有些激动，她有种在现实中穿了书的感觉。但她也知道目前这些都只是自己的猜测，真实性还有待证实。可她还有机会去证实吗？

正胡思乱想时，手机响了，是一个陌生号码。

不知道为什么，一种强烈的直觉告诉明媛，这个来电的人就是祁叙。凭他的能力，查到自己的信息应该轻而易举。

剧本里的顾远，也是这样狂跩酷炫的。

心跳忽然加速，代入感这么快就来了。明媛激动又慌乱，定了定心，接通电话。

果然，熟悉的带有磁性的男音顺着听筒传过来："你好，明小姐！"

要是以前，接到这种电话，明媛一定把对方当成死缠烂打的变态，直接挂断拉黑一条龙。

但现在，她对祁叙十分感兴趣。生活中真的有顾远这样的男人吗？

如果有的话，他现在打电话应该是为自己白天的唐突行为道歉，并真诚地请客吃饭，再制造一次见面的机会。反正剧本上是这么写的。

明媱好像一个预知了情节的穿书者，淡定地坐在桌子前边抠指甲，边问："祁总？找我有事吗？"

"明小姐，我在你宿舍楼下。"

正抠指甲的明媱，差点儿从椅子上摔下去。

楼……楼下？她迅速跑到阳台窗口朝下看，果然看到一辆黑色的宾利停在路边。

明媱："……"

你是开了剧情倍速吗？直接找上门，这么狠？

明媱万万没想到，祁叙竟然略过前期的各种试探，直接来了她的学校。

虽然电影学院里经常有豪车出入，但这么一辆价值千万的宾利晚间忽然出现在校园里，还是迅速引起了大家的注意。

明媱看到一个男人从自己宿舍楼门口出来，接着回到了宾利车上。

不是祁叙，应该是他的司机或者助理。

她压制住内心的波动，故作平静道："祁总来我学校做什么？"

祁叙淡淡地回道："东西让人放在你们宿舍阿姨那儿了，有空下来拿一下。"

明媱还没来得及问什么东西，男人直接跟她道了声晚安。

"嘟——"

电话挂了，明媱握着手机半天没回过神。

就这？她又看了眼楼下，车竟然开走了。

这跟自己想象中的剧情似乎不太一样，原本以为再怎么样他也会找理由让自己下去，然后说点儿真情实感的话，顺便把下一次见面的时间约一下。这男人怎么什么都没干就走了？

明媱疑惑地下了楼，从宿舍阿姨那儿拿到了祁叙送来的东西——还是那个首饰盒。

明媱嘀咕了一声："这是还不死心偏要送给自己吗？"

她一边往回走，一边打开首饰盒，脚下忽地顿住了。

原来盒子里装的并不是珠宝展上的那副昂贵耳环，而是她掉了的那一只珍珠耳环。

这男人什么意思，以退为进？欲擒故纵？还是别的什么新套路？她有点儿看不懂了。

明媛做了一夜梦，她梦见自己成了祁叙"白月光"的替身。

梦里她仿佛变成了林芸芸本芸，泪流满面地质问祁叙："你根本就不喜欢我，你只是把我当作今棠的替身对不对？你跟我在一起，只是因为我跟她长得像！"

而祁叙跟顾远一个德行，渣得透透的，他冷冷地回她："能有那么一点儿像她是你的荣幸，不属于你的东西，最好别抱有任何幻想。"然后，他扑上来粗鲁地撕了她的裙子。

明媛就这样被吓醒了。早上八点，她睁开眼睛，情绪还停留在被祁叙撕裙子的阴影里，还好，只是梦。

他昨天就那么走了，还把自己丢失的耳环还了回来。两个本就没有任何交集的人，脱离了唯一的纽带，应该是没什么机会再见面了。

所以，这可能从一开始就是自己入戏太深，想太多了。哪来那么多替身？又不是真的在拍电视剧。

之后平安无事地过了几天，除了上法语课，明媛空闲的时候都在看剧本，做人物小传。和祁叙之间短暂的故事，也被她慢慢淡忘。

这天在图书馆查资料的时候，田安妮打来电话，约她一起吃晚饭。

"关于你接下来的事业规划，我们见面聊一聊，顺便把合同签了。"

明媛已经决定了要签在田安妮的工作室，合同她早就看过了。对于明媛这样的新人来说，田安妮给的条件算是非常给江敏月面子了。

晚上六点，明媛来到田安妮订好的餐厅。

这是京市很出名的一家私宴餐厅，为了能让客人有最好的用餐体验，每天限量开放，无论是菜品还是服务都是京市顶级的。

服务生礼貌地把明媛领进包厢。田安妮已经先到了。

田安妮今年三十二岁，她以前只是江敏月无数粉丝中的一个，后来被江敏月带在身边做助理。江敏月退圈前，还帮她安排好了工作。

所以这些年，即便做出了不小的成绩，田安妮对江敏月还是很尊重。

"嫣嫣，快过来坐。"她热情地站起身说，"你妈还好吗？"

"挺好的，前不久还去国外读了个艺术课程。"

田安妮不由得感慨道："之前有部电影八千万请她复出，不过她没答应，可惜了。"

明嫣笑道："算啦，她现在就想过些简单的生活。"

服务生陆续上菜，两人边吃边聊。

"听说宋导的新戏已经定了你做女二号？"

"不出意外的话，是的。"

"不出意外？"田安妮听出了弦外之音，"什么意外？"

明嫣顿了顿，老实承认道："我前几天第五次去试镜，宋导觉得我对角色的把握还不够。我想，如果开拍前我还找不到感觉的话，宋导可能就会换人了。"

田安妮听完思考片刻，对她说："宋导的戏必须拿到手，回头我问问情况。"

明嫣点点头。

中途田安妮去了趟洗手间，回来后便神神秘秘地对明嫣说："补下妆，带你去见个人。"

"谁啊？"

"别问了，赶紧。"

明嫣知道田安妮这么做一定有原因，便没多问，听话地整理了下自己的妆容。

穿过典雅复古的回廊，她们在另一个包厢门口停下了。

田安妮敲门，待里面的服务生打开门，她笑道："我来跟蒋总打个招呼。"

服务生还未请示，田安妮便往里探了探身体，道："蒋总，这么巧？"

对方和田安妮显然是认识的，这一声招呼后，田安妮便拉着明嫣的手进了包厢。

她的话术娴熟又老练，却让人觉得很舒服。

"嫣嫣，来，打个招呼，这是亚盛传媒的蒋总。"

明嫣轻轻抬眸，看向田安妮指的男人。她知道他，娱乐圈的点金圣手、投资人、捧谁谁红，自己的很多师兄师姐都签在他旗下。

明媛礼貌问候道："您好，蒋总！"

接着，田安妮又介绍道："还有这位，洲逸酒店的祁总。"

明媛正准备开口，忽然一个激灵。

洲逸？祁总？难道……

她下意识看过去，视线刚好和正对着自己的男人对上了——竟然真的是他。

祁叙气定神闲地看着她，似乎在等她开口叫自己。

明媛沉默了几秒，但很快便稳住了心神，规规矩矩道："祁总好！"

祁叙微怔了一下，脸上的笑意耐人寻味："你好！"

之后田安妮便充分展现了自己金牌经纪人的口才，在寒暄中毫不刻意地把明媛签在自己工作室的情况介绍了下。

明媛全程安静地站在一旁没插话。

第一，论资排辈，这里轮不到她开口。

第二，她想低调点儿，希望祁叙也能闭嘴，别把他们之间那点儿算不上暧昧的事在这里抖出来。

还好，祁叙一直很安静，只是偶尔会在蒋禹赫和田安妮交谈的时候，不经意地扫一眼明媛，又很快收回视线。

待了一会儿，田安妮便识趣地起身告辞，出来后还给他们买了单。

回包厢的路上，田安妮直夸明媛今天运气好，说："这两个人你随便处好任何一个，都有数不清的资源。"

明媛不解地问："SG不是做酒店的吗？他们也不插手娱乐圈啊。"

正走着，田安妮倏地停下，看着明媛道："不插手娱乐圈怎么了？人家是国内五大财团之一，SG旗下光酒店品牌就有十多个，京市数得上号的那几个五星都是SG的，更别提那些遍布全球的度假村。他们要是想插手娱乐圈也就分钟的事，再说了，祁叙是祁家长子，接手整个集团也是迟早的事。最重要的是，他和蒋禹赫的关系极好，比跟他亲弟弟还好。"

"不过，我刚刚的话也就是随口一说，跟这两个人打交道很难。"

田安妮摇了摇头，又继续往前走，说："我所了解到的那些打他们主意的女人都失败了，尤其是那个祁叙，听说以前有个……"

终于听到了想听的八卦，明媛立即竖起了耳朵。

然而田安妮一个急转直下说："算了，我跟你说这些干什么。你好好拍戏，别的不用管，我会帮你安排好。"

姐姐，你讲八卦能不能有头有尾啊？！

不过即便田安妮没有说完，明媪也大概能猜到那没说出口的是什么。

无非就是他以前的感情史有些刻骨铭心，导致现在对女人都免疫了呗。

另一边，田安妮和明媪出去后，蒋禹赫丢了根烟给祁叙："不是说要介绍个新人给我吗？照片呢？比刚刚田安妮带的那个条件好吗？"

祁叙语气平静地说："不用了，她签给别人了。"

蒋禹赫没太在意这件事，安静片刻，他端起面前的水喝了一口，随口道："刚刚那个女的，你有没有觉得和今棠长得有点儿像？"

祁叙抬眸，把烟从嘴边夹回指缝，目光就这么落了过来。

"当我没问。"蒋禹赫看出了他的不爽，迅速转移了话题，"你之前说要找个代言人的事，怎么样，有目标人选了没？"

原本是有那么几个人选的，但现在情况有了变动。

祁叙漫不经心地夹了口菜说："不急，过几个月再说。"

饭吃到尾声时，明媪找了个借口悄悄离开了包厢。

在来吃这顿饭之前，江敏月就交代过明媪一定要请客，加上刚刚田安妮为了引荐她，还给蒋禹赫买了单，明媪觉得更有必要提前把账结了。

她绕到前台，表明买单意图后，服务生很客气地帮她查询了账单说："您好，一共是 4293 元。"

明媪赶紧打开自己的支付二维码道："我扫码。"

服务生微笑道："抱歉啊小姐，我们这里是会员服务，结账时出示您的会员卡号，直接扣费。"

明媪不知道这种私房餐厅还有这些规矩，她不能出来太久，只好说："那我办张卡吧，会员充值多少？"

"初级会员 8 万起。"

"……"打扰了。

明媪只好撒娇请求道："拜托了，我只想请我姐姐吃顿饭，你们就让我支付一次吧。"

服务生委婉拒绝道："真的没办法呢，小姐。"

无奈之下，明媪正打算发消息问问简宁有没有这里的会员，身后忽然传来带有磁性的男人声音："从我账户里扣吧。"

"好的，祁总！"

明媱一愣，转身看过去。

那人应该是用完餐刚好路过这里，只随口一句，并没有停留，现在已经走进了电梯。

明媱微张着嘴，还没想好要怎么回应，服务生已经快速地扣好了钱，把票据递给她。

"小姐，已经扣费成功。"

明媱的脑子一瞬间乱了，单是成功买了没错，可是莫名其妙地又跟这个男人有了牵连是怎么回事？

明媱把票据认真叠好收进口袋，从手机通话记录里找到之前祁叙打来的号码。她想赶紧把钱还给他。

电话拨通，响了几秒，男人接起电话："喂。"

明媱的心跳莫名抢拍，她开门见山道："祁总，你在哪儿？我把钱还给你。"

"不用了。"

"用的。"明媱语气坚定地说，"我不能用你的钱。"

电话那头的男人顿了顿，说："停车场，A3位。"

"好，我马上到！"

明媱用最快的速度回到包厢和田安妮告别，然后拿着包直奔停车场。

祁叙的车很显眼，内敛却又气场强大的黑色宾利，她一眼就看到了。

驾驶位靠墙，明媱敲不到，只好了敲副驾驶这面的窗。

车窗降下，男人英俊的面容展现在眼前。

明媱拿起手机说："祁总，我扫你吧？"

然而祁叙没正面回答，只看着她问："隔这么远？"

说得也是。明媱犹豫了下，打开车门坐到祁叙旁边的副驾驶座上。

"给我二维码，我扫你。"

可明媱没等来二维码，等来的却是一声清脆的锁门声。

明媱："……"

"不如换一笔交易吧。"祁叙声音很随意，身体却忽然侧过来，一只手越过明媱身前。

明媱几乎屏息。两人四目相对。

男人身上的乌木香混杂着少许烟草味，透着成熟男人的气息。

明媱的心跳越来越快。很快，"啪嗒"一声，安全带入扣。

"换一次我送你回去的机会，怎么样？"

如果不是事先知道自己和今棠长得像，今棠和祁叙又有些说不清道不明的关系，明媱这会儿一定被这个男人撩动了。

她很冷静地告诉自己，这都是幻觉。

祁叙对自己表现出来的异乎寻常的亲昵，都是因为自己的这张脸。他自欺欺人，自己可要保持清醒，不能有非分之想。

说是交易，祁叙却没有给明媱拒绝的权力，他转着方向盘直接把车开出了停车场。

明媱抓紧了安全带，心里幻想出了上百种奇怪的剧情发展，然而直到车开到学校门口，她想的那些一个都没有发生。

身旁坐着的男人别说不轨举动了，连话都没跟她说一句，是真的很单纯地把她送回了学校。

明媱心里生出一丝罪恶感，觉得自己小人之心了。她抿了抿唇，侧身道："谢谢祁总送我回来，但这跟刚刚的钱是两回事，你还是给我一个账号吧。"

祁叙帮明媱解开安全带后，靠在驾驶座椅背上看着她。

"你觉得还我 4000 元就够了吗？"

明媱："……？"

不是，才过去了一个小时都不到，总不能就产生利息了吧？高利贷也没你这么黑。

明媱赶紧说："那你说我要还多少？我给就是了。"

祁叙帮她打开车门，说："以后会慢慢跟你算的，先回去吧。"

明媱站在原地看男人的车渐远，嘀咕了句："什么鬼啊？"

4000 元而已，说得自己好像欠了他很多似的。

明媱在路上就想好了，如果他坚持不肯给自己任何账号，她明天就去取现金送到他酒店。反正不管怎么样得把账算清，她不喜欢亏欠别人。

宿舍里，简宁难得回来了。

马上就要毕业了，她在市中心买了套单身公寓，前几天就说要回来收拾东西搬走。

"正想给你打电话。"明嫣回来后，简宁拉着她低声问，"看群了吗？"

明嫣摇头道："怎么了？"

"陈融在群里发了和宋导的合影，好像是晚上在一起吃饭了，看上去很亲密。她不会耍什么阴招儿，把角色撬走了吧？"

明嫣皱了皱眉。虽然宋导私下给了自己承诺，但没官宣，没开机之前，一切都有可能发生。

"刚刚我去隔壁找星迪，门没关，回来的时候看到陈融来了，她鬼鬼祟祟地站在你桌子那儿，你赶紧看看丢东西没有？"

明嫣扫了眼自己的书桌说："我这儿没值钱的东西。"

背后不能说人，刚说到陈融，她就敲门出现了。

她和几个同学站在一起，似乎要出去。

"回来了？刚刚过来你不在，宋导让我通知你明天下午去试镜。"

先是秀合影，现在又来高调传话，无非就是想暗示明嫣，她和宋导的关系非同一般，拿到林芸芸这个角色的希望更大一些，让明嫣知难而退，主动退出竞争。

可明嫣偏不。她面无表情地回道："知道了。"

陈融做出一副要转身离开的样子，可下一秒，人却走进了明嫣的宿舍里。

"咦，明嫣，你买了那副耳环？"

明嫣还没回过神，陈融就冲身后的伙伴招手道："快来看，这就是我跟你们说的那款两万的耳环，原来被明嫣买下来了呢。"

简宁听得一脸蒙，视线落到明嫣的桌上，果然看到了一个精致的蓝色首饰盒。

明嫣还没来得及出声制止，陈融已经手快地打开了盒子。

可里面摆着的，只是一副明嫣经常戴的普通珍珠耳环。

货不对板。简宁也看傻了眼。

隔壁的管星迪听到动静也赶了过来，她压低声音问简宁："怎么了？"

简宁马上跟她咬耳朵。

陈融像意外撞破了别人的秘密似的，笑得婊里婊气。她讪笑道："不会吧明嫣，你该不会是在某宝上直接买了个首饰盒吧？"

她的意思很明显——买不起首饰，买个首饰盒来装装阔气。

至此，明媂已经完全看明白了陈融的把戏。

刚刚她到自己宿舍来，肯定已经看到了桌上的首饰盒，也偷偷打开了，发现里面装的只是一副普通耳环，所以这次来，还故意带了几个同学，目的就是想让明媂在众人面前出丑，给她扣一顶爱慕虚荣的帽子。

管星迪从简宁那儿听完了事情的来龙去脉，直接暴脾气道："我去，人家明媂允许你碰她东西了吗？拿来。"说着，伸手就去拿陈融手里的盒子。

陈融躲闪了一下，说："我跟明媂说话呢，关你什么事？"

因为这个动作，盒子里的耳环猝不及防地被甩到了地上，发出清脆的声音。

明媂愣了下，看向地面。

简宁也看了过去，同时张大嘴巴吼道："你，陈融你——"

陈融满不在乎地说："又不是故意的，赔你一副新的好了。"那款珍珠耳环是韩国的一个牌子，最高版本也就200来块钱。

陈融身后的一个同学附在她耳边轻声说了什么后，她随即一怔，垂下眼眸。

光滑的地板砖上，除了那副珍珠耳环外，还静静地躺着一副璀璨精致的镂空蝴蝶流苏耳环，正是珠宝展那晚自己也看中了的那款。

陈融一脸震惊道："你……"

虽然现在明媂也不知道耳环为什么又重新出现在盒子里，但陈融的小人嘴脸已经激怒了她，她当即抱胸说道："好啊，赔一副新的。"

宿舍里一时安静了下来。

陈融原本是算好了来看明媂笑话的，却不想搬起石头砸了自己的脚。她捡起耳环看了看，说："又没坏。"

"坏不坏是你说了算的？水晶里面裂了你肉眼看得见？不赔也行，简宁，帮我报警，就说这儿有人毁坏私人财物。"

简宁迅速响应，拿起手机，当着陈融的面按了110。

陈融的脸色难看到了极点，憋着一股气抢走了简宁的手机，道："不就两万吗？我赔得起。"

闹剧最后以陈融心不甘情不愿地付了两万元给明媂而告终。

她一走，简宁关紧门，八卦地问明媂："耳环那天不是有人订了吗？你

026

这又是哪儿来的？"

明媚也不知道该怎么跟闺密解释自己和祁叙之间说不清道不明的关系，只好胡扯道："我这就是个 A 货，忽悠陈融的。"

"是吗？"简宁认真观察耳环，自言自语道，"现在的 A 货做得也太逼真了吧，我都分不清了。"

明媚把钱转给了管星迪，说："你之前转发的那个大二的学妹不是生病在筹款吗？帮我把这两万元给她转过去。"

不义之财明媚也不想自己花，就当是间接帮陈融攒人品了。

把耳环重新收好，明媚这才发现原来首饰盒中间有一层丝绒隔板，祁叙应该是把新耳环放在了底层。

至此，明媚终于明白，晚上那个男人为什么会说那句奇怪的话了。

借了他 4000 元，还在不知情的情况下收下了这副昂贵的耳环，两人之间的账的确不是一笔就能算清的。

狗男人还挺有心机的。

第二天，明媚准时来到宋导的片场。

这部戏明媚前后已经试了五次镜，加上今天是第六次了。宋导是个对选角非常严谨的导演，哪怕只是一个不起眼的配角，他也会认真对待。

不过，今天明媚试的是另一场戏。

台词早已背得滚瓜烂熟，每一个情节也都熟记在心，明媚自认为最近研究了很多遍林芸芸的情感，今天应该会让宋导满意。

然而 10 分钟的戏结束后，她看到宋导锁着眉的表情就明白，又没演好。

果然，宋导从监视器后走出来，边叹气，边摇头说："媚媚，你现在只演出了林芸芸的表面状态，你还没有走进她的心里。你看这段戏，讲她和顾远在一起后，第一次给他过生日，她做了一桌的菜，他却没有回来。你演的林芸芸是很难过，但还不够，她不仅难过，还很失望，不自信，甚至开始怀疑自己。这种痛苦、绝望、爱恨交织的复杂感觉，你懂吧？"

又来了。明媚在心里麻木地回答：我不懂。

怎么那么复杂啊！比高考的数学题都难。

宋导又是一番谆谆教诲，从浅到深地分析，末了语重心长地说："陈融那边托关系找到了制片人，昨天组了个饭局，看得出她很想要这个角色，所以你要努把力啊，如果不能用实力说话，我也保不住你。"

明媱怔了好一会儿，才轻声道："我明白，谢谢宋导。"

在今天之前，明媱对林芸芸这个角色都是志在必得的。在大学四年的学习里，明媱的专业表现一直都很好，奖学金都拿了好几次。

可今天之后，明媱没信心了，她从没失败过这么多次。

一想到宋导眉头紧锁的严肃模样，明媱就很受挫。离开片场，她漫无目的地来到一家日式料理店。

在闺密小群发了定位，随后附上一句：点击就能和寂寞姐姐一起吃饭。

管星迪：晚上 LPL 比赛（英雄联盟职业联赛），你管姐要看帅哥哥。

简宁倒是很快回了：你宁姐有空！马上就到！

等简宁的时候，明媱先叫了一瓶清酒，坐在小包厢的榻榻米上一个人喝着。

越喝越郁闷，越郁闷喝得越多。不知喝了多少，大概是累了，也可能是醉了，明媱觉得有些困，打算趴着眯一会儿。

桌上的手机来了一条微信消息，可明媱没听见。

时间一分一秒地过去了，服务生来了几次，见明媱睡着又不好意思叫醒她。直到再次进来时，听到明媱的手机在响，服务生赶紧帮忙接起来。

"喂，你好，请问是手机主人的朋友吗？"

祁叙从一堆文件中坐直，心思都转移过来，问："你是谁？"

服务生说："手机的主人在我们店里喝醉睡着了，如果你们认识的话，方便来接一下她吗？"

20 分钟后，祁叙来到了这家日式料理店。

他被服务生带到包厢，推开门时，明媱还趴在桌子上熟睡着，她旁边放着一个空的清酒瓶。

确定了她的安全，祁叙先去结账，然后才回到包厢里拍拍她的肩，喊她："醒醒！"

见明媱纹丝不动，祁叙便也没再喊，直接把她抱起来往外走。

大概是感觉到被人挪动了位置，明媱终于有了点儿反应，然而她连眼睛都没睁开，只是扭了两下，换了个舒服的姿势继续睡，嘴里嘟哝了一句："你爬过来的吗？等你半天了。"

把人抱到车上，系好安全带，祁叙终于得空坐下来，近距离地看着明媱。她的睫毛很长，白皙的脸颊上泛着红晕。

上一次这样近距离地看着她，还是在两年前的跨年夜上。慢慢地，祁叙的记忆与眼前的画面重叠，交换。

那天她手里拿着一瓶啤酒，嘴里含着个哨子，脸红扑扑的，在人群里吹着，笑着。

她对自己说新年快乐，眼睛里闪烁着比烟花还要耀眼的光芒。

明媱彻底醒来，已经是第二天早上7点半。

阳光透过柔软的窗纱照进来，在卧室的地板上投射出斑驳的影子。明媱头很重，只觉得昏昏沉沉的，睁眼后发了十来秒的呆，才猛地从床上坐起。

明媱惊出了一身冷汗。

昨天她不是在日料店等简宁来的吗？这又是哪里？

明媱想起了什么，马上掀开被子。

还好，身上的衣服穿得整整齐齐的，包也还挂在胸前。

明媱使劲揉了揉脑袋，忙不迭地翻出手机，这才看到简宁昨天下午给她发来的消息：宝贝，我撞到了别人的车，来不了了，你自己吃啊。

所以简宁没来，那是谁来了？我现在到底在哪里？

明媱的心跳得特别快，她从床上下来，小心翼翼地观察着周围。

卧室很宽敞，冷色调的装修风格，全套北欧家私低调又奢华，一看就很有品位。可整个房间里找不到一点儿主人的痕迹。

明媱茫然地站在卧室中心，她感觉自己好像陷进了一个没有方向的旋涡里。她慢慢往后退，退着退着后背一下撞上了什么——坚硬却不失柔软，带着一点儿温度。

明媱还没来得及回头，一个低沉的声音就从耳畔落下来。

"是在找我吗？"

明媱在微博上刷到过猫猫狗狗被吓到时炸毛的样子，但凡现在有面镜子，她应该也能欣赏到自己炸毛的名场面。

明媱一转身就和祁叙面对面，那一刻她满脑子回荡着两个字——救命。

不会吧！不会吧！不会吧！

明媱心里呐喊了三声，还是不敢相信，自己竟然在这个男人家里过了一夜！

她费力地从嗓子眼儿里挤出一句不完整的话："那……那个……我……我怎么……在你家？"

祁叙答得漫不经心："我打电话给你，日料店的店员告诉我，你在他们那儿睡着了。"

明媂："……"

又是喝酒惹的事。明媂，你真心是一个喝不了酒的小垃圾。

两年前的跨年夜，简宁带着她和几个同学在某旋转餐厅顶楼跨年，那是她第一次喝酒。因为简宁说水果味的啤酒不会醉，她信了，抱着甜丝丝的啤酒喝了个饱，喝到上头。

在新年进入倒数十秒时，大家一窝蜂挤去看烟花，她没站稳倒在别人的卡座里，刚好坐到了人家大腿上——那还是个男人。

"社死"场面到此也就罢了，可据同学帮她回忆，当时她不知道抽了什么风，不仅没马上起来，还把人家戴的眼镜摘了抛到空中，大喊道："新年快乐！心想事成，每天都要开心呀！"

那几个同学都说："我要是那人，能直接跳起来抽死你，还好人家没跟你计较。"

从那以后明媂一滴酒都不敢沾，但昨天因为试镜不顺利，加上宋导委婉地给她打了角色可能会易主的预防针，心里一时郁闷，她就喝了点儿传说中不会醉人的清酒。

没想到自己又被放倒了。

没想到简宁临时放了自己鸽子。

更没想到，祁叙会在那时候给自己打电话。

真是所有的凑巧都让明媂这个喝不了酒的小垃圾赶上了。

她捋了捋头发，努力露出一个尴尬而不失礼貌的笑，说："不好意思，打扰了你一晚上。那个，我没有做什么过分的事吧？"

祁叙在沙发上坐下，淡淡道："没有。"

明媂悬着的一颗心才落到一半，又被祁叙紧接着的一句话给提了起来。

"说了过分的话算吗？"

明媂瞬间哑巴了。

她能说什么过分的话呢？在意识不清醒的情况下，她可能会骂陈融两句，或者骂自己不中用，连角色都把握不好。她还能说这个总裁什么坏话啊？

明媱小心翼翼地向他道歉："不好意思，我喝多了什么都不知道，如果言语上对祁总有什么冒犯，请别跟我计较。"

"倒也不是什么冒犯。"祁叙不慌不忙地说，"只是吐露了你的真实想法而已。"

明媱忽然心虚起来，眼神慌乱地问道："什么真实想法？"

她不会是喝多了把怀疑祁叙是个找替身的渣男说出来了吧？

祁叙微微勾了勾唇，问："忘了？"

明媱紧张地抠着小手，装傻道："嗯，不记得了。"

祁叙身体微微后仰，看了明媱好几秒，才拿出自己的手机，点了几下，一段录音传了出来。

"我一早就知道，像你这样的有钱少爷怎么可能会看上我？第一次见面就送我首饰也是有目的的吧，你根本不是真心喜欢我，为什么要玩我？为什么？"

撕心裂肺的。明媱直接听蒙了。

她真是走火入魔了，喝醉了酒还在背林芸芸声讨顾远的台词。

等等，祁叙是不是误会了什么？

明媱尴尬地张了张嘴，说："那个，不是你想的那样……"

话还没说完，祁叙却给了她一个措手不及。

"或许你不信，但坦白说，我的确对你有好感。"

"……"

"所以，你没必要质疑我的目的，即便我有，也是想追求你，满足自己感情上的私欲。"

"……"

明媱直勾勾地看着祁叙，悄悄在自己的腿上掐了一把。

到底是这个男人太疯狂了，还是自己在做梦？痛感很快告诉了她答案。

明媱咽了咽口水，道："祁总不觉得，你的好感，来得有些突然吗？"

"不觉得。"

"……"

"走吧，先出来吃早饭。"

祁叙说完这句话就准备朝外走，站起的同时有东西从他身上掉下来。

是一个男士钱包。黑色荔枝纹的，质感很好，明媚原本没仔细看，扫了一眼后却忽地愣在了那儿。

虽然祁叙捡钱包的动作很快，但明媚还是眼尖地看到了他钱包内的照片——一个女人的侧颜照。

这个侧颜跟自己简直像到了极致，如果不是前面知道有个今棠，明媚都快以为照片里的人是自己了。

破案了。有了这种铁证，明媚终于证实了自己的猜想。

没错，祁叙就是把自己当成了那个今棠的替身。他看似头脑清醒，实则是在麻痹他自己，试图从她身上找回失去的"白月光"。

祁叙不知道明媚这会儿炸开的各种脑洞，收好钱包后看着她皱了皱眉，问："你在想什么？"

明媚蓦地回过神道："没什么，你先出去吧，我……去下卫生间。"

飞快地躲进卫生间，明媚不断地用冷水扑脸来让自己清醒。

对着镜子，明媚还不敢相信，电视剧里的剧情竟然真的会发生在自己身上。

在争取林芸芸这个角色的关键时刻，在自己始终无法入戏的关键时刻，祁叙的出现是不是上天注定的？注定让自己来真实地感受一番做替身的滋味？

一时间，明媚脑子有些乱，想了很多乱七八糟的东西。

擦干净脸，明媚走出卫生间，正要开门去楼下，忽然听到过道里传来很低的交谈声。

"出来了吗？"

"没有，少爷叫我来问她是吃中餐还是西餐？"

"我听说她长得特别像今……"

"嘘！"一个声音立刻打断了另一个人的话，"少爷不喜欢别人提小姐，该闭嘴就闭嘴，你可别撞枪口上。"

明媚贴在门上听用人们的对话，声音渐渐变弱，直到转变成两声敲门声——

"小姐，早餐您想吃什么呢？"

如果说刚刚钱包里的照片是物证，用人们的对话则可以算是人证了。

一般来说，越不想让人提的，代表心里越放不下啊。

明媛站在门后，忽然有些挫败。

她想起简宁那天说的话，"谁会舍得让我们表演系的系花做替身？瞎了他的狗眼吧。"嗯，姓祁的真是瞎了。

她深吸了一口气，打开门，装作什么都不知道的样子笑道："不用了，我还有事，这就走。"

祁叙虽然没有强留她在家里吃早饭，但在送她回学校这件事上完全没有商量的余地。

车上，明媛没怎么说话，她还在消化自己被选中当总裁"白月光"的替身这件事。

祁叙也很安静，他原本不是那种话多的人，只说了几句叫明媛不要一个人去喝酒这样的话。

到学校门口，明媛正要下车，祁叙忽然喊住她。

"明媛。"这一声，磁性中夹杂着丝丝沙哑，是真的好听。

明媛心里莫名一动，回头看他。

"所以，我有没有这个机会追求你？"

明媛愣了一下，道："我……我考虑一下。"

她的确需要时间考虑一下，要不要给自己一个机会去真实地体验一下林芸芸的替身人生。

祁叙点点头，没再多问，待明媛关上车门就离开了。

他从一开始就充满了目的性，根本不像别人那样，和喜欢的人有说不完的情话，待不够的时间。明媛心里很明白，因为他根本就不是真的喜欢自己嘛。

回到宿舍，简宁雇了一个搬家公司正在把自己的东西往外搬。

看到明媛回来，简宁赶紧抓住她问："你跑哪儿去了？昨天电话都打不通！"

明媛看着简宁，忽然不知道这位闺密是不是老天派来搅浑水的，三番两次地把自己往祁叙面前送。

叹了口气，明媛坐下说："没去哪儿，喝多了在朋友家睡着了。"

"朋友？"简宁好像嗅到了八卦的味道，拉了把椅子坐到她对面问，"哪个朋友？你的朋友我都知道，男的女的？"

明媛没有满足她的八卦欲，而是坐正身体，神情严肃道："宝贝，我问你个问题。"

简宁也立马严肃起来："你说。"

"就是，你觉得一个演员如果为了更好地理解人物，吃透角色，选择去体验和角色一样的人生，正常吗？"

简宁答得很快："这再正常不过了好吗？你看，李影后为了演农村妇女，提前半年去农村种田体验生活；还有刘影后，为了演空姐，特地在航空公司学习并且跟着机组真实服务了几个月。为了角色去体验生活是一件很令人敬佩的事好不好，你怎么会问正不正常？"

她说得很有道理。明媚眨了眨眼，竟然找不到话反驳。

几乎就在同时，明媚想到了很多：比如，陈融对自己的示威；比如，宋导的惋惜叹气；再比如，报考电影学院时，自己对母亲江敏月自信地保证。

如今是她毕业后的第一部戏，怎么能退缩？怎么能放弃？必须不惜一切代价做到最好啊！

反正祁叙动机不纯，自己拿他练练手，也算是有来有往，回敬他罢了。

"你到底在想什么呢？"简宁在明媚眼前晃了晃手，"你是不是被林芸芸那个角色折腾得太累了？我见你最近总有些精神恍惚。"

明媚心里已然做了决定，笑了笑，说："没有，我帮你一起搬吧。"

两人一起往楼下搬行李，路上简宁不舍地说："我搬走了，宿舍里就剩你一个人了，你要不过来跟我一起住吧？"

"不了，我打算在影视基地那边找房子，方便之后拍戏。"

"那好吧。"

送走简宁，宋导给明媚来了电话，告诉她刚刚开了会，定了这部戏会在三个月后正式开拍。至于林芸芸这个角色，他目前依旧是中意她的。

"田安妮联系我说了些你的情况，的确，可能是最近频繁试镜让你有些压力。既然还有三个月的时间，你就安心琢磨琢磨剧本，我会再定个时间来看你的戏。"

就像一根被拉紧的皮筋骤然放松，有了喘息的机会，明媚瞬间轻松不少。

所以，现在算不算是天时地利人和？

宋导给了她三个月的时间。

祁叙给了她一个练手的机会。

命运都好像在为明媛铺路，她又怎么能错过呢？只有真实地体验一把，或许才能体会到林芸芸那种痛苦、绝望、爱恨交织的复杂感觉。

回到宿舍，明媛打开剧本，从顾远和林芸芸的第一次见面开始看起，她根据自己现在和祁叙的进展，寻找着对应的内容。

啊，按照剧本的走向，自己现在应该为祁叙的沉稳帅气心动了。

明媛深吸一口气，闭上眼睛，努力地在脑子里回忆祁叙的脸。

然后她不断地暗示自己：心动，心动，给我动起来！

不知不觉，脑子里就浮现出早上男人出现在自己身后的画面。

停留在耳畔的那道声音，的确有几分杀伤力。

明媛的心忽地一动，心跳又微微加速。

有状态了！明媛睁开眼，迅速沿着剧本往下看。

心动完，害羞的姑娘终于忍不住要给男人主动打电话。

明媛按照步骤，赶紧拿出手机找到祁叙的号码。

拨出号码之前，明媛动作一顿，忽然像想起了什么似的，先备注了名字，把号码存进通讯录。之后才拨出，等着男人的回应。

几声嘟音后，祁叙接了。

"喂。"

明媛紧盯着剧本，深吸一口气，照搬台词，娇羞地说："那个，你今晚有空吗？我想请你吃饭。"

02

我只给女朋友做主

　　明媚把两人第一次约会的地点选在一家西餐厅，虽然不算高级，但胜在氛围好，浪漫中带一点儿小温馨，很适合情侣约会。

　　来餐厅之前，明媚特地找到了今棠的微博，翻遍她的照片，按照她的风格化了妆，并换上她日常爱穿的气质款长裙，长发也都披在了背后，精心打造出了一个翻版今棠。

　　要想达到最佳的对戏效果，务必要让祁叙也尽快入戏才行。

　　晚上6点半，祁叙到了。

　　和明媚猜想的一样，男人在看到她的第一眼时，神情就有些异样。明媚故意装作没看见，微笑道："你来啦。"

　　祁叙没再看她，刚刚的微表情也一闪而过。他在她对面坐下，然后问："怎么突然要请我吃饭？"

　　明媚一垂眸，露出娇羞的笑容。

　　"应该的，昨天打扰了你一晚上，实在很不好意思。"

　　祁叙轻轻翘了翘唇，没说话。

　　"对了，"明媚从包里拿出那副镂空蝴蝶流苏耳环说，"你为什么又把这个偷偷给我了？"

　　祁叙端起面前的杯子喝了口水，淡淡地回她："我没有其他想送的人。"

　　这个回答真是撩得不动声色——没有想送的人，只想送你。

得亏明嫒提前知道他的心思，否则哪个女人顶得住这种高段位的撩？

明嫒定了定心。

这次她没有再拒绝，坦然接受的同时，也拿出了自己提前准备好的礼物——林芸芸送顾远的同款领带。

明嫒直接套用了剧本里的台词："你送我耳环，我也只能礼尚往来，给你挑了一个礼物。"

她打开精致的礼品盒，问："喜欢吗？"

在帮祁叙挑选领带的时候，明嫒是真的代入了女朋友的身份去用心挑选的。因为她知道，只有自己灌注情感，才能得到最真实的反馈。

当然这时候，明嫒也像林芸芸一样，紧张地等着祁叙的回应。

他会喜欢吗？

可祁叙看都没看，直接开口道："当然。"

你倒是看一眼啊，渣男！你还能对我再敷衍一点儿吗？

明嫒甚至怀疑哪怕里面装块抹布送他，这男人也可能睁眼瞎地说喜欢。

算了算了，都只是演戏罢了。

明嫒继续堆着笑容，乖巧地说："那我们吃饭吧。"

之后，两人便共进了一顿平淡又暧昧的晚餐。

祁叙吃得不太多，大部分时候喝两口水，然后静静地看着明嫒吃。

明嫒给他夹了一筷子菜，说："你吃啊，干吗老看我？"

谁知祁叙突然淡淡地冒出了一句："这种风格的裙子不太适合你。"

明嫒一时没回过神，怔了怔，猛地反应过来——

大胆！她怎么能冒犯总裁的"白月光"？

《甄嬛传》上都教过了，穿了"白月光"同款是要被打入冷宫的！

明嫒握紧筷子，小心翼翼地问："那你觉得，我适合穿什么？"

祁叙依然淡淡地说："之前那样的就很好。"

前几次见面，明嫒穿得都很休闲随意。换句话说，就是闭着眼睛从衣柜里拿的那种。

她懂了。反正别走人家心上人这种气质款就对了，其他的随便。

明嫒低头咬着杯子里的吸管，心里忽然产生了一种奇怪的情绪。

是什么情绪呢？对，就是宋导说的那种卑微。

她似乎终于感受到了一点儿。

连穿衣服都要忌讳他心中的"白月光",替身真的是好委屈,好卑微!

明媂努力记着这一刻的感受,同时她也越发觉得自己和祁叙的这场交易是值得的。

宋导之前用语言怎么描述她都体会不到,如今身临其境,竟然轻轻松松就明白了。

明媂突然又找到了自信。她看了看手表,抬起头对祁叙笑着说:"不早了,我得回学校了。"

明媂早就计划好了,等8点一到她就主动提出离开。如果表现得过分积极的话,会和之前的态度反差太大,反而惹人怀疑。

她得循序渐进,自然点儿,慢慢来。

所以在祁叙提出要开车送她回学校时,明媂也委婉地拒绝了。

"这里离学校就两条街,我走回去就可以了,就当饭后散散步。"

餐厅的位置的确离电影学院很近,而且这两条街都是商业区,人很多,安全性是没问题的。

祁叙思考片刻,点头道:"好。"

明媂说了再见,转身先走。她在心里默念了三个数字后,忽地又回头说:"对了……"

明媂是做好准备喊祁叙回头的,却没想到,他竟然还站在原地没动。这倒让明媂有些意外。

"怎么了?"男人问。

明媂回神,不好意思地低下头,过了几秒才佯装羞涩地说:"你之前问我的那个问题,我现在有答案了,你要听吗?"

祁叙瞬间明白了她的意思,往前走了几步,走到她面前说:"你说。"

明媂抿抿唇,试探道:"就是,我觉得我们可以先从朋友做起。"

话音落下,男人没有什么反应。

明媂观察着他的表情,马上又补充道:"比如三个月后,如果我们相处得很愉快,就可以……"她缓了缓,眨眨眼道:"你懂我意思吧?"

祁叙看着明媂,好一会儿唇角才露出些笑意。

没等明媂读懂这个笑的意思,男人忽然发问:"你是觉得,我们会有相处得不愉快的可能?"

明媂:"……"

"没那种可能。"

祁叙这句话说得很肯定，明媜的小心机没能达成，一下子愣在那儿不知道怎么接话了。

其实她跟祁叙提出先做朋友的要求，也是出于自保。

就跟做卧底一样，做总裁"白月光"的替身也是有危险的，难免会有亲热行为，拍剧还可以借位作假，现实里万一祁叙不做人，明媜岂不是亏了？

所以在她体验替身的这三个月里，先给两人扣上朋友的帽子，任他一个堂堂集团总裁也不敢逾矩。

她原以为祁叙会一口答应的，没想到他还挺着急。

明媜小声说道："员工上岗还有试用期呢？"

"你说什么？"祁叙失笑道。

明媜故意装作撒娇的样子："你不答应就算了。"说完转头就走。

祁叙没的选，无奈拦下她，妥协道："那朋友要怎么做？"

明媜闻言心里暗喜，脸上却不动声色。

她转过身，迅速总结出林芸芸和顾远一起做过的事："就，我们可以一起吃吃饭、逛逛街、看看演出、泡泡……"

话到嘴边明媜赶紧刹住，心想：泡温泉这个场景还是不去解锁为妙，很容易出事。

"泡泡？"祁叙显然没听懂。

明媜反应快，笑着摆摆手说："就是小朋友喜欢玩的那种吹泡泡啦，不过我觉得对你来说挺幼稚的，还是算了。"

街景霓虹下，她双眸都闪着光，笑起来的时候唇角翘出漂亮的弧度，一如那晚璀璨烟火下她突然跌落在自己怀里时的样子。她看起来跟小朋友也没差。

"好。"祁叙答应。

"嗯，那我就先回去啦，我们再约。"

达成共识后，两人在路口分别。

虽然今晚和祁叙的约会带着某种任务性，但说实话，这顿饭，明媜吃得还是蛮开心的。

除去讨论穿着的那一段插曲，祁叙的表现都还不错。

只一顿饭的工夫，明媜就理解了简宁说的，很多女人前赴后继敲他房门的原因了。

有钱当然是一大原因，但不可否认的是，祁叙身上有着一种非常吸引人的男性魅力。这种魅力源于修养、谈吐、品位，以及那张无懈可击的脸。

所以那个今棠为什么和他分开了呢？还挺费解的。

明媛边想边哼着小曲儿回到学校，快到宿舍楼下时，忽然有人喊她的名字："明媛。"

这声音很耳熟，明媛转过身去看。

一辆奔驰商务车擦身停下，车窗里露出一张帅气的脸。

明媛一愣，有些意外："纪师兄？"

纪沐阳也是电影学院的学生，比明媛早两届，因为外形好，实力也强，如今他已经是娱乐圈当红的男演员之一了。

纪沐阳没下车，笑着问她："吃饭了吗？"

"吃过了。"明媛问，"你不是在内蒙古那边拍戏吗？怎么有空回学校了？"

"有个活动，顺便回学校办点儿事。"

这个声音温润恬淡，还跟记忆中一样温暖。

纪沐阳当年在明媛他们这些新生眼里就是男神一般的存在，他大二就出演了大制作的电影，到大四的时候已经红遍了娱乐圈。

电影学院的女生们都崇拜他，也包括明媛。

"明天我过生日，晚上8点会在Night开个小派对，你如果有空就一起来吧。"纪沐阳忽然发出邀请。

明媛怔了下，迟疑地问："我吗？"

纪沐阳正要开口，来了个电话，他接完匆匆和明媛告别："我有点儿事要先走，那就明天见面再聊。"

要说关系，明媛和纪沐阳算不上很熟的那种，但在外人眼里，明媛又是全校最幸运的学妹。在大二某次社团活动的话剧表演中，她和当时已经走红的纪沐阳成了搭档。

两人也因为那次演出才认识，纪沐阳是师兄，排练过程中一直很照顾明媛。但演出结束后大家便各归各位，甚少联系。

所以现在纪沐阳邀请明媛去参加生日派对，明媛还挺意外的——大概就是那种偶像竟然会邀请自己的不真实感。

带着这种感觉，明媜回到宿舍，刚坐稳，手机又响了。是祁叙打来的电话。

"到了吗？"

明媜马上林芸芸上身，娇滴滴地道："嗯，刚到。"

"好。晚安！"

简短两句后，祁叙就挂了电话。

要说你有诚意吧，的确挺有诚意的，还知道打电话来关心下。可是你多说几个字，能少块肉还是怎么的？

是因为不是真爱，所以处处都在公式化地应付吗？

明媜手撑着下巴发了会儿呆，而后默默叹气。

同样都是男人，为什么差别可以这么大？跟温暖又温柔的师兄比起来，拿自己当"白月光"替身的祁叙看似深情，其实最无情。

想到这儿，明媜从包里拿出一个本子。这是她刚刚在回来的路上买的，带密码锁。

明媜已经很久没用过这种古老的日记本了，但现在，为了能更好地记住林芸芸的感受，她决定记下每一次和祁叙相处后自己的心情。

想了想，明媜打开日记本，郑重地在扉页上写下一行字——《替身观察日记》。

继续翻开第一页，明媜认真地一笔一画记录着——

4月30日，天气晴。

今天第一次和练手对象出去吃饭，特地按照他心上人的穿衣风格打扮的，结果竟然被暗中警告了。

当时有一点儿生气，不过也还好，反正我只是一个没有感情的替身。但林芸芸的滋味，我算是感受到了。

连穿衣服都不能穿"白月光"喜欢的裙子，真是个委屈又卑微的小可怜。

不管怎么样，今天的任务（绑定朋友系统）完成，下一步应该是要继续加深了解吧？

写到这里，明媜从抽屉里拿出剧本，准备参考下剧情来做下一步的体验计划。

剧本中，林芸芸主动请顾远吃了一顿饭，两人吃得很愉快。

跟目前自己和祁叙的状态一致。

吃完饭呢？

明媺认真翻看剧本，但看着看着，她不可思议地皱起了眉。

反复检查了三次页码，她才确定自己没翻错。

林小姐，这才第六集，你们怎么吃完饭就上床了？

这一晚，明媺做了一整夜的梦。

梦里乱七八糟的，一会儿在骂祁叙渣男，一会儿又跟个小怨妇似的期望得到祁叙的爱。

最可怕的是，明媺竟然梦到自己和祁叙在做第六集里不可描述的事！

所以当清早被电话吵醒后，明媺的第一反应是松了一大口气，庆幸只是个梦。

一定是昨天睡前想了太久如何跳过第六集的问题，以至于做梦都代入了剧情。

手机铃声持续在响，明媺拿起一看，竟然是祁叙。

明媺还没完全从梦里两人羞耻的画面中走出来，她的心怦怦跳，心情复杂又恍惚地接起电话："喂。"

祁叙问："柏林交响乐团今晚有一场演出，有没有兴趣一起去听？"

男人的声音里带着点儿缠绵，也像刚刚从梦里走出来似的。

明媺心想：有第六集那味儿了。

"明媺？"祁叙又喊了一声。

"啊？"明媺蓦地回神，"哦，交响乐啊？"她没兴趣听什么交响乐。

明媺揉揉太阳穴努力让自己清醒，正想着怎么拒绝，忽然想起了一件事。

林芸芸和顾远第七集就一起去看了演出，虽然不是音乐会，但场景大概类似。

至于第六集的内容，勉强也算在梦里体验过了。所以，完美解决？

妙啊，祁叙是怎么做到帮她无缝衔接剧情的？

明媺顿时来了精神，从床上坐起来，服务态度五颗星："当然有兴趣，今天是我们做朋友的第一天呢。"

祁叙的语气没有太大的变化，说："那晚上 6 点左右我来学校接你。"

"好。"

挂了电话，明媚兴冲冲地翻开剧本准备刷一遍林芸芸和顾远一起看演出的剧情，一眼瞥见闺密小群里有很多条未读的微信。

简宁：刚刚纪师兄的助理联系我，邀请我去参加他的生日派对？姐妹们快出来，我是不是没睡醒？

管星迪：……我正想来群里问，我也接到了。

简宁：？？？真的假的？

管星迪：也不知道媚媚有没有接到电话。

怔了半秒后，明媚猛然想起——睡了一夜，她都忘了这件事！

昨天纪沐阳邀请自己的时候明媚还觉得有些奇怪，如果他还邀请了简宁和管星迪，就完全说得通了。或许人家只是想趁着这次回京市聚一聚，毕竟纪沐阳一直以来都很关照自己的学弟学妹们。

明媚：也邀请我了。

三人都收到了邀请，这下闺密小群炸了锅。

纪沐阳年纪轻轻就在娱乐圈站稳脚跟，算是电影学院所有学妹心里的男神加偶像，没有谁会拒绝参加他生日派对的邀请。

简宁当即提议三个人尽快碰头，一起去给纪沐阳挑选生日礼物。

明媚原本是一口应下的，可就在她高高兴兴地出门时，忽然想起——她晚上约了祁叙听音乐会啊！

一边是敬业地去解锁剧本同款剧情，一边是去参加男神师兄的生日派对。换句话说，这是公事和私事之间的选择。

纠结了几分钟，明媚做了决定。

先不提纪沐阳和她们这些师妹聚会的机会有多难得，毕竟人家生日一年才一次；而祁叙那边的音乐会可以改天再去听嘛，大不了，下次换她请。

愉快地说服自己后，明媚决定给祁叙打个电话。为了让自己放鸽子的行为显得合情合理，她告诉祁叙自己亲戚突然来了，不太舒服，不想出门。

女孩子每个月都有那么几天不方便。祁叙理解，没有过多追问，只说："那你好好休息。"

明媚还是有些心虚的，她诚恳地道歉："真是对不起，不过我已经买好了后天的票，我们后天去听吧？"

还好这次的乐团巡演有三天，后天是最后一场，赶得上。

祁叙笑了笑，淡淡道："好。"

解决了祁叙的问题后，明媚马上和简宁、管星迪会合，三个人在商场里给纪沐阳挑选起了生日礼物。

而另一边，办公室内的紧张气氛丝毫没有因为一个电话的打断而缓解。

五分钟之前，洲逸酒店上了热搜。

某视频博主打扮成穿着寒酸的穷人模样进入酒店，想要测试礼宾人员的反应。

结果，被称为国内酒店领军品牌的超豪华五星级酒店品牌"洲逸"却把看人下菜碟，捧高踩低展现得淋漓尽致。

洲逸的口碑随着这件事的发酵而崩塌，很多客人都在网上曝光了自己入住时因为没给小费或者穿着普通而受到的冷遇。

这会儿，祁叙桌前站了一排人，礼宾部、公关部、市场部的主管们都来了，个个战战兢兢地垂着头。大家都等着祁叙表态。

好半天，祁叙才慢慢转过身来，看了眼手表，冷淡道："五分钟了，你们谁能给我一个解决的方案？"

公关总监率先回应："我们会尽快联系博主删掉视频，微博上的热搜和相关词条也在压了，致歉声明已经拟好，等您过目。"说完，他把一份文件递到祁叙面前。

祁叙接过却没翻开看："就这样？"

公关总监愣了愣："啊？"

降热度，道歉，这不是现在危机公关的标准模板吗？

还没等他反应过来，刚刚送出去的文件就被扔回来，砸在了他身上。

众人全部屏息噤声。

就在气氛接近凝固时，代志扬来了。

代志扬是洲逸的挂牌副总，虽然平时不怎么管事，但看到酒店因为负面新闻上了热搜，也立即赶了过来。

他一进办公室就看出气氛不对，干脆让主管们都先回去。

然后他单刀直入地问祁叙："不是我多心，你不觉得这有点儿莫名其妙吗？那个什么博主是不是闲出屁了做这种视频？再说了，SG旗下那么多酒店品牌，为什么就挑了你管理的洲逸来做测评？"

祁叙知道代志扬在猜想些什么。

他接手洲逸两年，成绩一直做得不错，在业内口碑很好。

排除巧合，祁叙也只能想到一个可能。

手里的钢笔在桌上轻敲片刻，他淡淡地说："她儿子要回来了，可能有点儿迫不及待了吧。"

代志扬："……"

两人沉默了会儿，祁叙按了按眉心坐正，给外面的秘书打内线，通知主管们五分钟后开会。

这场会议整整开了两个小时，针对热搜事件也做出了最快的响应。

晚上7点半，夜色被霓虹灯点亮，明媛临时改约，祁叙晚上也没了安排。加上出了热搜的事，他哪儿都没去，一直留在公司观察事件的走向。

手机忽然响起，是蒋禹赫打来的电话。

"刚下飞机看到新闻，直说吧，有没有我能帮忙的地方？"

虽然今天的事有些糟心，但让祁叙感到欣慰的是，这些年，无论什么时候遇到了麻烦，代志扬和蒋禹赫都会第一时间站在自己身边。

哪怕一个是纨绔不管事的挂牌副总，另一个是已经站在了娱乐圈金字塔顶端的圈内人。

网上的风向这会儿已经扭转过来了，祁叙从座椅上站起，走到办公室的落地窗边，看着窗外的夜景，漫不经心地跟蒋禹赫开了玩笑："帮忙？可以，安排个地方请我吃顿饭吧。"

蒋禹赫一听就知道祁叙这边没事了，便问："Night，来不来？"

祁叙皱眉问道："酒吧？"

"公司艺人过生日，我来露个脸就走，你要是过来，我就多玩会儿。"

祁叙对这种场合没兴趣，正要拒绝，忽然听到蒋禹赫自言自语道："田安妮新签的那个女人怎么也在？"

身边好似有人解答："今天来了很多纪沐阳的校友。"

祁叙一皱眉，不确定地问："田安妮新签的那个女人？"

蒋禹赫回答道："就是跟今棠长得很像的那个。"

祁叙："……"

"说这么多废话，你到底来不来？"

晚上 7 点，明媭姐妹三人来到 Night 酒吧。

这里今天已经被纪沐阳团队包了场，明媭她们到的时候，现场已经来了很多人，其中不少是眼熟的同学。

纪沐阳正被几个人围着说话，灯光音乐混在一起，他还没看到明媭过来。

姐妹三人找了个沙发先坐下，明媭和管星迪商量着谁去送礼物。在旁边准备发微博的简宁不知看到了什么，忽然说："洲逸的公关绝了，我一个大写的服。"

明媭一开始还没在意，慢了两拍才反应过来，扭头问："洲逸？怎么了？"

简宁指着手机屏幕，激动道："在热搜上被网友喷了一下午，这会儿又开始夸了，SG 的祁叙是真牛，死的都能让他玩成活的。"

明媭愣了愣，马上去摸手机。打开微博，她看到了简宁口中的热搜——"洲逸酒店回应""洲逸酒店歧视"。

简单看了两个词条后，明媭知道了酒店被喷的原因。

而就在三个小时前，洲逸酒店除了在国内微博、国外推特等社交平台上同步双语致歉声明外，还即时对国内某机构捐款了 100 万美元，以支持慈善事业的发展。

最绝的是，他们宣布会在评论区抽一百名网友在任意时间免费入住洲逸，亲自监督并体验洲逸的诚意。

这种诚恳认错，并做足诚意的公关迅速收割民心，截至目前，在官博下留言想要入住酒店的评论已经达到 59 万条。

洲逸直接把负面热搜玩成了一波免费宣传。

不知道为什么，看到舆论反转后，明媭莫名松了口气。

想了想，大概是放了别人鸽子的愧疚心作祟，明媭马上发去一条慰问短信：我看到热搜了，你那边没事吧？

很快，祁叙回道：没事，你怎么样了？

明媭故作柔弱地回复：还有一点点不舒服，刚刚喝了热水准备睡了，晚安！

这边刚把信息点了发送，那边简宁扯着她和管星迪站起来喊道："天哪，蒋禹赫都来了？太给纪师兄面子了吧？"

明媛大脑"嗡"了一声，她难以置信地问："谁？"

简宁指指不远处正被众人围着的男人说："蒋禹赫啊！"

明媛顺着看过去，脸色一下子就变了。这个人怎么来了？

她怎么忘了，纪沐阳前不久刚刚签给了亚盛娱乐！

蒋禹赫和祁叙是好朋友，他也见过自己，待会儿要是碰到了，再告诉祁叙自己在这儿怎么办？

不怕一万就怕万一，明媛心虚得不断往两个姐妹后面躲。管星迪皱眉看着她问："媛媛，你干什么？"

明媛强装淡定道："这边空调温度好低，我冷。"

蒋禹赫来的这段时间里，明媛如芒刺在背，怎么都不自在。左思右想，她决定还是先跑为妙。反正还没见到纪沐阳，就当自己没来过吧。

"我肚子有点儿疼，先回去了，待会儿要是见到纪师兄，帮我跟他说一声生日快乐。"

简宁和管星迪都一脸疑惑。

明媛说完拎起包就跑。酒吧在12楼，她人刚溜到电梯那儿，纪沐阳不知从哪儿追了出来。

"明媛？什么时候来的？"

明媛一僵，转身努力挤出几分笑说："刚来。"

"那这是要去哪儿？"

"啊，我去买瓶水。"

今天的生日会只准备了饮料和酒，纪沐阳低头笑着说："是我的疏忽，忘了让工作人员准备一些水，走吧。"

"去哪儿？"

"不是买水吗？我陪你一起去。"

不要啊，我只想一个人安静地离开……

明媛觉得一定是因为自己对祁叙撒了谎，所以老天爷才会惩罚她，出来玩也玩得胆战心惊，偷偷摸摸。

"不用了，我自己去就可以。"明媛把纪沐阳往酒吧方向推，"你快回去招待客人吧。"

"你也是客人，我陪你。"

"真的不用了。"

"怎么跟我还客气？"

就在两人你来我往地拉拉扯扯时，电梯门突然开了。

明媱动作一顿，一抬头，猝不及防地和电梯里站着的男人四目相对。

明媱从男人的视线里感应到了什么，一个激灵，她触电般地收回还搭在纪沐阳身上的手。

空气几乎在瞬间凝固。

祁叙扫了她一眼，面无表情地从电梯里走出来。

明媱好像被扼住了脖子说不出话来，身体下意识地往后退。

完了。明媱小心翼翼地咽了咽口水，敏锐地察觉到——她的"工具人"，好像有情绪了。

气氛有点儿微妙。

虽说这根本算不上什么大事，自己和祁叙只是朋友，又不是林芸芸和顾远的那种关系。起码目前还不是。

可明媱就是有种欺骗了别人感情的罪恶感。

纪沐阳完全没注意到明媱的异样，相反，他还主动跟祁叙打起了招呼："祁总快请进，蒋总在等您呢。我和小师妹出去买点儿东西，马上就回来。"

"是吗？"祁叙的视线在明媱身上游走了几秒，"小师妹？"

明媱要窒息了。

偏偏纪沐阳还特别热情地介绍道："对啊，比我晚两届。明媱，这是祁总，打个招呼。"

明媱："……"给个痛快吧！

没等明媱开口打这个尴尬至极的招呼，祁叙淡淡道："不用了，你们忙。"说完便抬脚进了酒吧。

情绪真的很大了。

纪沐阳也没在意，拉着明媱进电梯，开玩笑似的说："你怎么看上去有点儿紧张？"

"有吗？"明媱找借口说，"可能是看到太多大佬了，有些不知所措吧。"

纪沐阳表示理解："别紧张，待会儿上去我帮你引荐几个导演认识一下。"

还……还要上去？

明媱耷拉着脑袋，心想：都已经被祁叙正面撞到了，走不走，好像也没什么意义了。

　　明媱正琢磨着待会儿要怎么跟祁叙解释，喝了热水准备睡觉的自己为什么会出现在这里，纪沐阳的声音冷不丁从身边传来："听说宋导的新戏女二号定了你？"

　　明媱思绪被打断，回过神道："没有完全确定，我后面还得再去试镜才知道结果。"

　　"嗯。"纪沐阳从楼下的便利店里买了两瓶苏打水说，"加油，希望到时候我们能合作。"

　　明媱一愣，缓了几秒，难以置信地问："你……不会是演顾远吧？"

　　纪沐阳笑笑，算是默认："还没有官宣，你要保密。"

　　这么温柔的师兄，竟然要演那个渣男！

　　但明媱很快想到了一件更羞耻的事——如果到时候林芸芸是她出演的话，那里面的各种不可言说的情节，岂不是就要和纪沐阳……

　　有画面了。明媱顿时尴尬得头皮发麻。

　　虽然都是演员，拍这种戏的时候也会借位，但一想到要和自己视作偶像的师兄一起拍，明媱还是有些接受无能。

　　纪沐阳不知道明媱在想这些，把手里的苏打水拧开递给她说："走吧。"

　　明媱慢吞吞地跟在后面，正纠结着还要不要回去，手机响了。

　　祁叙：VIP1 包厢，过来谈谈。

　　该来的还是来了。算了，回去吧，事情总要面对和解决的。

　　跟纪沐阳重新回到酒吧，现场气氛已经很热闹了，一个熟悉的歌手正在台上唱歌助兴。看到明媱，管星迪和简宁很惊讶："你不是肚子疼走了吗？"

　　明媱暗中找着 VIP1 包厢，心不在焉地回了一句："刚出门又不疼了。"

　　很快，明媱找到了祁叙说的地方，淡定地对两个闺密说："我去下洗手间，马上回来。"

　　简宁催促道："快点儿，待会儿要切蛋糕了。"

　　还好现场灯光不算亮，来人的注意力都在纪沐阳身上，没人发现明媱从楼梯偷偷去了上面的包厢。

　　VIP1 包厢门口，明媱酝酿了下情绪，深吸一口气，推开门。

　　房间里烟雾缭绕，两个男人坐在沙发上正说着什么，见她进来，视线都扫了过来。

蒋禹赫看清她，淡淡开口道："明小姐，走错地方了吧？"

"没走错。"祁叙把烟头摁灭，对明媗说，"进来。"

蒋禹赫有些意外，扭过头，用一种意味深长的眼神看着祁叙。

祁叙却道："你先出去，我有话跟她说。"

蒋禹赫多通透一个人，顿时就明白了什么，起身离开。

包厢里就剩祁叙和明媗两个人。

今晚的事完全是个意外，是明媗计划之外的情节，而且发生得很突然，明媗只能全凭自己的本事闯关了。

她看向祁叙，决定现学现用，用他的公关手段解决这件事。

先认错，真诚认错，再适当地给点儿甜头，才能把死的玩成活的。

于是明媗一进来，表情管理就已经很到位，她像个做错事的学生，乖乖地站在门口。

祁叙叫她："站那儿干什么？过来。"

"哦。"明媗慢腾腾地挪过去，清了清嗓子，主动坦白从宽，"对不起，我不是故意骗你。师兄昨天就邀请了我，是我自己忘了，又不好意思跟你说，怕你不高兴，所以才……"

祁叙静静地看她表演，小模样还挺会认错的。

他视线往下，看到明媗手里握着一瓶水，明显是冰过的，瓶身上还带着密密的小水珠，这应该就是刚刚和纪沐阳出去买的。

祁叙不动声色地问："所以，你也根本没来例假？"

明媗愣了下，说："不是，这个我真没骗你。"

"那就是来例假了，还要坚持来参加别人的生日会。"

明媗闭了嘴，感觉自己被这个男人绕进去了。

祁叙没再说下去，他站起来走到一旁打了个电话。几分钟后，有服务生送来了一杯热水。

祁叙把水塞到明媗手里，又拿走了那瓶冰的苏打水，一脸冷漠地丢进了垃圾桶。

明媗："……"

他给自己倒热水了，那是不是说明他不生气了？

明媗抱起杯子咕咚咕咚地喝了两口，肚子里瞬间变得热乎乎的。

她胆子也大了些，抓住这个机会继续卖乖："其实我看到热搜的时候就想问你了，又怕你在忙，不敢打扰你。"

言下之意，我就算出来玩了，心里还是牵挂着好朋友你的。

祁叙是什么人，一下就听出了她的弦外之音。他嘴角翘了翘，道："那我是不是还得谢谢你？"

"那倒也不必。"明媱眨眨眼说，"你别生我的气就好了，我真不是故意的，也没有不认真对待我们的朋友关系。"

祁叙起初是有那么一点儿不爽，但当他走出电梯看到明媱小心翼翼地往后退的模样，又气不起来了。

简宁这时给明媱打来电话说："你掉坑里了？马上切蛋糕了，快回来。"

明媱"嗯嗯"两声敷衍过去，抬头问祁叙："纪师兄要切蛋糕了，你下去玩吗？"

"我跟他不熟。"

"不熟你为什么来？"话音刚落，明媱就想抽自己。

果然，祁叙身体往前倾了倾，眼睛一眨不眨地看着她问："你说呢？"

好不容易缓和了的气氛，又被自己的"睿智"发言打回了原点。

歉已经道过了，接下来只能靠给点儿甜头挽救了。

她马上站起来说："那你等等我，我下去拿蛋糕给你吃。"

离开包厢，明媱悄悄地回到楼下。

纪沐阳的经纪人正在台上说着感谢的话，明媱没看到简宁和管星迪，正找着她俩，一只手忽然拉住了她。

"你跑哪儿去了？"纪沐阳问。

明媱结结巴巴地回答道："我……那个……上厕所去了。"

纪沐阳没多问，压低声音说："跟我过来，我介绍你给大家认识。"

明媱："……？"

还没反应过来，明媱就被纪沐阳拖着上了台。

台下一片哄然。

纪沐阳笑着说："这位是我电影学院的小师妹，叫明媱，今年毕业。现场的导演前辈们有合适的角色可以找她，小丫头很机灵的。"

明媱没想到纪沐阳会直接把她拉上台，有些措手不及，但还是很得体地回应道："谢谢纪师兄的肯定，我会以师兄为榜样的。"她转过脸来看着纪沐阳说:"也祝师兄生日快乐,新剧收视长虹。"

这个角度,明媱刚好能看到楼上祁叙所在的包厢。

祁叙不知什么时候出来了,这会儿正和蒋禹赫站在一起看着楼下的热闹景象。

明媱挂在脸上的笑,顿时被吓得收了回去。

她刚从台上下来,简宁和管星迪就立马凑过来。

"纪师兄对你也太好了吧,亲自引荐你给大佬们认识!"

"你俩是不是有什么奸情?老实交代!"

明媱知道自己现在的一举一动都在祁叙的眼皮子底下,低声道:"我俩像有奸情的样子吗?再说了,"她看了远处的纪沐阳一眼说,"师兄也不是我的菜。"

明媱崇拜纪沐阳,但也仅仅是对他事业上的崇拜,没有别的想法。

正说着,一道声音在身后响起。

"没看出来啊,明媱,你连纪师兄都能搞得定,也教教我们呗,怎么做到的啊?"

是陈融,身后是她的阴阳怪气小集体。

其实刚进酒吧的时候明媱就看到陈融了,只是懒得搭理她,一直离得远远的,没想到这会儿她自己过来了。

简宁翻了个白眼,挖苦道:"别酸了,人缘好这种事羡慕不来的。"

"也是。"陈融意味深长地笑了笑说,"毕竟两万元的耳环也说来就来呢,一定也是因为人缘好有人送的吧?"

表演系是一个很现实的地方,在拼颜值的同时,也拼家庭,拼背景。

明媱对外从没有透露过自己是曾经红到发紫的影后江敏月的女儿,妥妥的星二代。大家只知道她是单亲家庭,父亲早逝,加上平日里又不怎么穿名牌,所以都以为她家就是个普通消费水平的家庭。

都是要在娱乐圈混的人精,陈融这句话是什么意思,用屁股想都知道。

管星迪不悦道:"你想要推荐就去找纪师兄,跟明媱阴阳怪气什么?"

"我需要推荐吗?"陈融不屑地笑了声,"我靠的是实力。"

"什么实力?"明媱忽然开口道,"陪人睡觉的实力吗?"

或许是没想到明媱会说出这种话,陈融怔了几秒,压低声音怒斥她:"你胡说什么?"

"你每周末都会去陪那位陈公子，系里谁不知道，装什么傻白甜呢？既然道不同，不相为谋，以后咱们能不能保持一点儿距离？我不想跟你演来演去的，很烦知道吗？"

明媚这番话直白又刺耳，虽然声音不大，但周围还是有几个人看了过来。

陈融要面子，被这么嘲讽了一顿心里窝着火，可这种场合又不能撕破脸跟明媚吵，气急之下一把推开明媚说："有病，让开。"而后扬长而去。

明媚被她推得一个趔趄连退两步，多亏被管星迪扶住了才没摔倒。

"这人是不是有什么狂躁症啊！"简宁生气道。

明媚最烦这种说不过就动手的人。她也生气，可这是纪沐阳的生日派对，况且人家刚刚隆重介绍了她，她总不能拿着酒泼上去，把场面闹得鸡飞狗跳的。

忍了又忍，明媚憋着一口气不再看陈融，转身的时候视线无意中扫过楼上祁叙站的位置。

他还懒懒地靠在扶栏上，也在看着她，甚至脸上带着一种观看小朋友吵架的兴致。

明媚："……"

看什么看，有没有一点儿同情心？好歹我也是你"白月光"的替身，看在她的面子上，你也得帮我撑撑场子吧？

明媚越想越觉得是这么个道理。她不能把陈融怎么样，可只要祁叙跟蒋禹赫随便说点儿什么，绝对能把那个"阴阳人"治得服服帖帖的。

明媚马上给祁叙发了条委屈巴巴的信息：她扒拉我。

收到信息的祁叙唇角微翘，言简意赅地回她：我只给女朋友做主。

等明媚抬头去观察祁叙发这条信息的表情时，男人已经不在楼上包厢门口了。

还女朋友，你想得美。

明媚嘀咕着收起手机，本来觉得祁叙这句话是在占自己便宜，可后来一想，不对，这男人是不是在暗示些什么深层的意思啊？

人家只给女朋友做主，是不是在告诉明媚，别想了，你只是个替身，你不配！

明媚不知道，也懒得去分析了。不帮拉倒。

台上这时开始切蛋糕，生日歌已经唱了起来。

明媛的心情也随着欢快热闹的气氛好了些，正和着音乐拍手，简宁忽然用手肘捅了捅她，示意她道："看那边。"

明媛不明所以，跟着她的视线看过去，发现好几个穿着保安制服的人正围在陈融旁边。

陈融的脸色看上去不太好，激动地争辩着什么。

简宁撺掇明媛和管星迪说："过去看看。"

"我才不去。"明媛对她没兴趣。

"那我俩去。"

简宁说完，拉着管星迪屁颠颠地凑了过去，明媛继续看台上的纪沐阳切蛋糕。

没两分钟，二人都一脸笑嘻嘻地回来了。

简宁小嘴叭叭地汇报道："还说你和纪师兄没奸情！人家多护着你啊，看到陈融推了你一把，直接翻脸叫她滚了。"

管星迪点点头，说："我作证，我亲耳听到保安跟陈融说叫她马上离开。一堆人看着呢，陈融的脸都气白了。"

明媛愣了好一会儿，等再看过去的时候，她只看到陈融气急败坏地走向门口的背影。

简宁掐了明媛一把，意味深长道："可以啊，姐妹。"

管星迪也竖拇指说："没错，电影学院最甜 CP（组合）非你俩莫属了，我和宁宁带头支持。"

顾不上姐妹们的调侃，明媛忙拉住简宁问："保安有没有说是谁请她走的？"

简宁回忆了下，说："那倒没有，不过除了纪师兄，谁还会这么做？"

明媛抿了抿唇，余光暗暗地往楼上看。祁叙不在那里。

明媛陷入了深思。所以这个"活雷锋"到底是纪沐阳，还是祁叙？

纪沐阳的可能性要大一点儿吧？毕竟人家祁叙只给女朋友做主呢。

台上的蛋糕这时已经切完了，因为人太多了不够分，纪沐阳的助理给每个客人发了一盒巧克力慕斯。

生日派对接近尾声，明媛的任务却还没完成，正想着怎么把蛋糕给哄了一半的祁叙送过去，手机响了。

明媱看了眼来电的名字，猛地给手机翻了个面，生怕旁边的两个"沙雕"（搞笑）闺密看到了要跳起来刨根问底。

明媱不动声色地戴上耳机走到安静的地方接听："喂。"

"负2楼，送你回学校。"

明媱正要开口，纪沐阳忽然出现在她面前说："明媱，待会儿回学校吗？我顺路，捎你一程吧？"

明媱张了张嘴："啊？"她被弄得有些措手不及。

一个在电话里说要送自己，另一个站在面前要送自己；一个是饰演顾远的人，另一个是被自己当成顾远的人。

两个顾远，选谁？

祁叙当然也听到了纪沐阳的话，见她竟然还犹豫，声音已然有了些不悦："要不我过去找你？"

明媱脱口而出拒绝道："别！"

纪沐阳重复道："别？"

明媱悄悄挂断祁叙的电话，对纪沐阳说："我是说我和朋友一起走就行，不麻烦师兄你。对了，"终于找到机会，她问，"刚刚陈融……"

明媱没把话说全，她只是在试探。

纪沐阳显然不知情，问："陈融怎么了？"

明媱明白了。她笑笑笑："没什么，我先走了，师兄生日快乐！"

明媱跟简宁和管星迪说了声，而后直奔停车场。她轻车熟路地找到了祁叙的车，四下看了看，确定没人发现才坐了进去。

祁叙睨了她一眼，说："没跟纪沐阳走？"

明媱一脸"你怎么会这样想我"的表情，说："我当然跟你走啊，我们是好朋友嘛。"

祁叙知她在卖乖，心底轻笑着，面上却淡淡回她："谁跟你是好朋友？"我只想做你男朋友。

不过后面这句话，祁叙没说出口。

明媱却会错了意，理解成祁叙还在生气，还以为他愿意帮自己赶走陈融，就已经不气了呢。

对不起已经说累了，明媱只好把藏在包里的蛋糕递给他说："别生气了，这个蛋糕给你，谢谢你帮我赶走那个扒拉我的'阴阳人'。"

祁叙压下轻微上翘的唇角，看了眼蛋糕说："我不吃甜食。"

哎呀，还傲娇上了。不吃拉倒，我自己吃不香吗？

车朝电影学院的方向开着，两人都没再说话。

明媛安静地在旁边吃蛋糕，偶尔也会悄悄瞄一眼祁叙。

浓重夜色下，快速闪过的光影不时从他脸上掠过。

祁叙长得是真好看，高鼻梁，眉眼中带一点儿漠然和锋利，虽然不柔和，却又很适合他的气场。

他不是纪沐阳那种温柔型的。但明媛不得不承认，自己就吃他这种，要不也不会在第一次见面的时候就打了满分。

如果不是有个今棠，如果……

明媛蓦地回了神，拍了拍脸，不知道自己为什么会冒出这种假设。

祁叙看出了她的异样，问："在想什么？"

明媛坐正道："没。"

安静了几秒，也不知是哪里短路了，她忽然问："你不是说只给女朋友做主吗？"

话一说出口，明媛就后悔了。哎呀，她在问些什么尴尬的问题。

她忙解释："我的意思是——"

祁叙漫不经心地打断她："未来的女朋友，也能提前享受这个待遇。"

明媛听懂了他的话，怔了几秒，心里好像有什么在快速翻滚。

她张了张嘴，半晌才问："其实，我们也才认识没多久，你确定……对我的感觉是真实的吗？"

明媛就差直接问他，你确定你喜欢的那个人是我吗？

车这时开到了电影学院的路边，祁叙把车停好，顿了顿，转过来看着明媛说："我送完你还要回公司加班，热搜上的事还有很多后续工作要处理。"说完，他从置物盒里抽了张纸，很自然地擦掉了明媛唇边的一点儿巧克力。

他叹了口气，又说："明媛，我没你想的那么闲。"

明媛："……"

祁叙没再往下说，直接过来帮明媛解开了安全带。

他身上的香水味很好闻，是那种淡淡的，很温柔的味道。

祁叙侧身过来的那一瞬，明媛感觉到了他呼出的热气。

明媞有些不自在，低头盯着蛋糕，语气微乱道："那我先回去了。"

祁叙"嗯"了声。

大概是刚刚祁叙忽然帮自己擦嘴那几秒的身体接触，又或者是他身上温柔的男人味，总之，这一刻，明媞心里有些乱，她飞快地开门下了车。

回去的路上，明媞也一直在想着祁叙回答自己的那句话。

的确，在公司上了热搜陷入负面舆论的情况下，他还这样大费周章地在一个替身上浪费时间，好像没有必要。

明媞发现自己竟然有些动摇了。

尽管从一开始祁叙过于直接的行为很值得怀疑，那些也不能完全用一句巧合去解释。但作为"白月光"的替身，也只是自己单方面得出的结论。

明媞摸着微微发烫的脸颊想：会不会有一点儿可能，祁叙是真的喜欢我，而没有那些狗血的故事？他会不会和顾远不一样？

祁叙送完明媞原本要继续回公司评估下网络上现在的情况，车开到半途，一个越洋电话打了过来。

祁叙看了眼号码，起初没动，响了很久才按下接听键："喂。"声音里透出一种冷淡。

电话那头，一个年轻男人喊他："哥。我刚醒，看到国内的新闻，你那边怎么样了？"

祁叙淡淡地说："没事。"

祁宴能感觉到哥哥的疏远，他沉默了会儿说："那我不打扰你了，你早点儿休息。"

通话平淡地结束，就像夜晚寂静的水面上落下一片羽毛，没有激起一点儿涟漪。

晚上近10点，祁叙重新回到公司。

刚出电梯，助理何正迎上来说："董事长过来了，在办公室，我正准备通知您。"

"知道了。"祁叙一边回应，一边径直朝办公室里走。

推开门，祁衡远坐在沙发上喝着茶，见祁叙进来微微抬了下眼皮。

祁叙面色淡然，在自己位置上坐下问："这么晚了，您过来干什么？"

祁衡远已经习惯了父子俩之间的这种距离感，抿了口茶说："和几个朋友在附近吃饭，知道你肯定在加班，就过来看看。"

沉默。

沉默就是另一种形式的抗拒，祁衡远很清楚自己这个大儿子的性格。过了会儿，他说："今天的事处理得不错。"

祁叙已经翻开了一堆文件，头都没抬一下说："您不会是特地过来夸我的吧？"

祁衡远过来的确有事，不过他不想那么生硬，只好和儿子先谈谈公事。

很显然，祁叙并不想跟他闲聊。他说出口的每一个字都恭敬本分，却也充满了疏离感。

祁衡远轻轻叹了口气，进入正题道："小棠受伤了，你知道吗？"

因为之前明媛放了祁叙一次鸽子，所以约了第二次音乐会，明媛把这天的所有事情都安排好，空出了时间。

她怕祁叙忘了，还提前给他发了一条信息：票买好啦，今天晚上6点半，我在剧院门口等你呀。

祁叙没有马上回，但明媛也没往心里去，毕竟人家一个总裁，又不像自己这么有空，随时都带着手机。

晚上6点半，明媛准时到了剧院门口。她特地洗了头，还化了漂亮的妆，穿了祁叙"喜欢"的清爽休闲的衣服。

可以说，明媛今天是相当认真地来对待这场约会的。

她给祁叙发信息：我到啦，你呢？

没回。

6点40分，距离音乐会开始还有20分钟。

明媛给祁叙打电话，无人接听。

6点50分，观众基本上都已经入场了。

7点，音乐会开始了。

华灯初上，周围的人来来往往，明媛一个人站在剧院外面。

手机终于响了，祁叙回复了一条信息：抱歉，昨天临时有事来法国公办，改天再约。

明媛："……"

呵呵，是不是玩不起啊？前天我放你鸽子，今天你就放回来对不对？

真就这么小气？

明媚生气地在手机上打了一大段话，可最后又全部删掉了。她安慰自己算了，就当大家扯平了。

只是好好的，怎么突然就出国了？

明媚嘟哝着去马路边打车回学校，就在等车的过程中，脑海中忽然闪过一个猜测，她马上翻出了今棠的微博。

当看到今棠微博上最新的一条内容后，明媚心里咯噔了一下。

她好像发生了什么意外，发了条微博报平安——

今棠："没大碍，只是一点儿皮外伤，让大家担心啦。"

明媚的心跳忽然变快，有种说不清的慌乱感。

线索一下子全部连上了——今棠的微博是昨天发的，祁叙是昨天走的；今棠人在巴黎，祁叙去了法国。

明媚："……"

是那晚的蛋糕太甜了吧，才会迷乱了她的心。

他怎么会和顾远不一样呢？他们就是一样的。

明媚长这么大，还是第一次被男人放鸽子。过去追她的那些男人，别说放鸽子了，基本都是提前半个小时来等她。

当然，在听音乐会这件事上，是明媚爽约在先，所以祁叙如果也回敬她一次，她不介意。

但她介意的是祁叙爽约的原因。

前天晚上在车里都说好了今天会一起来听音乐会，当时也没听他说第二天有事，而且是要出国这种大事。怎么就那么突然？

又偏偏那么巧，今棠昨天发微博说出了事故。

不怪明媚把一切联系到一起，事实上从一开始她就清楚自己的身份，清楚自己对于祁叙来说存在的意义。

所以现在，"白月光"一条微博，祁叙就不顾一切地出国，她理解。只是说不清心里那种不爽的感觉是为什么。

回到宿舍，明媚翻出日记本。《替身观察日记》是时候更新了——

5 月 18 日，晴。

今天约了他听音乐会，不过他失约了。

我能理解，跟"白月光"受伤这件事比起来，陪替身听音乐会算什么？

　　得知他不能来的消息时，我没觉得有什么，但当我发现他疑似是去看"白月光"之后，我竟然有一点儿失望。

　　这种感觉很真实，我想我开始慢慢理解林芸芸了……

　　但我不是林芸芸，剧里忍受渣男就罢了，剧外我坚决不做软包子！

　　所以我决定，等他回来假装哄我的时候，我要很冷酷。

　　写完，明媪又看了一遍，心里还是能强烈地感受到那种空落落的感觉。

　　你真的没那么重要。

　　宋导口中那种卑微、痛苦、绝望、爱恨交织的复杂感觉，明媪已经渐渐悟出卑微的精髓了。剩下的那些，慢慢来吧。

　　音乐会过后好几天，祁叙没有联系过明媪，明媪也相当有骨气，没问过他半句。

　　这期间明媪在影视基地附近找到了一套不错的房子，影视基地在偏远郊区，附近都是一些老房子，所幸还算干净整洁。

　　今天是明媪搬家的日子，简宁没空儿，管星迪特地回学校帮她的忙。两个姑娘在宿舍里收拾好行李，正准备往楼下搬，明媪的手机响了。

　　她跟平常一样拿起手机，正准备按接听键，看到屏幕上的名字后，手收了回来。

　　哟，这男人终于想起自己了？还以为他去了一趟法国，成功把"白月光"追回来，从此不再需要她这个替身了呢。

　　看来是没成功。

　　明媪还记得自己在日记里发的誓——要很冷酷。于是，她很冷酷地把电话挂了。

　　管星迪好奇道："干吗，谁啊？"

　　明媪平静地说："一个骗子。"

　　话说完，明媪又觉得自己好像也算不上什么好人。如果祁叙是男骗子，那她就是个女骗子，现在两人骗到一起了。

　　明媪的东西不多，一共就两个行李箱，所以两个姑娘搬得还算轻松。

　　推着箱子到了校园后门，明媪拿出手机约车，刚打开软件，祁叙的电话又打了过来。明媱犹豫了下，手放在接听键上没滑动。

她不是那种心狠的姑娘，可一想起自己被他放鸽子，还冷了这么多天，她就来气。尤其是代入了林芸芸后，她更是觉得渣男可恶。

明媱及时收起了自己的心软，再次冷酷地挂掉了电话。

刚刚挂断，又有电话打进来。

明媱以为还是祁叙，看了一眼，竟然是纪沐阳。她愣了下，接起来："纪师兄？"

"明媱，刚刚我在学校里看见你了，搬着箱子是要去哪儿？"

明媱下意识地一边往四周看，一边回答道："我搬家，宿舍就剩我一个了，今天搬走。"

话音刚落，一辆奔驰房车停在明媱面前。车门打开，一个女生出来，很拘谨地说："小姐姐，沐阳哥让你上车，我们送你过去。"

明媱愣了下，婉拒道："不用了，我和我朋友——"

明媱想说有管星迪帮自己，可一回头，管星迪已经很殷勤地把她的两个箱子搬到车上了。

管星迪搬完跑过来拍了拍手，朝明媱挤眼睛说："加油，我带头支持！"

管星迪就这样直接跑路了，留明媱尴尬地站在原地进退两难，可行李都上了车，她总不能又矫情地拖下来。

何况人家只是说送你过去，又没说要把你怎么样。

没办法，明媱只能硬着头皮跟着纪沐阳的助理上了车。

房车发动离开。没人注意后面不到一百米的距离，一辆黑色宾利也缓缓跟了上去。

明媱找的这套房子的小区虽然不新，但很安静，环境也不错。

纪沐阳把明媱送到小区后没有马上走，而是帮忙把行李搬到了房子里。他没戴口罩，在单元门口，有人把他认了出来，搞得明媱一度很尴尬。

"纪师兄，你去忙你的吧，我这边可以了。"

纪沐阳开玩笑道："怎么，都不请我吃顿饭？"

明媱愣了愣，赶紧拿起钥匙和手机说："不好意思，我一忙都忘了。走，午饭我请。"

"下次吧。"纪沐阳笑着拦住她说，"我下午还有戏要拍，马上要过去。"

纪沐阳说完转身往外走，明媱跟上去说："师兄，我送你。"

房子在 1 楼，出门就到了外面。

明媛实在觉得不好意思，把包里一瓶买来还没喝的水给了纪沐阳说："师兄，饭不吃，喝口水吧？"

纪沐阳没有拒绝，接过来拧开，边喝边说："别总是师兄师兄的，叫我沐阳就可以了。"

明媛张了张嘴，愣是没喊出口。

纪沐阳看出她不习惯，笑道："行了，回去吧。"

"嗯，再见！"

纪沐阳的房车很快从小区驶离，明媛也准备回家，侧身的瞬间，余光忽然扫到一抹熟悉的黑色。

气场很强，只是停在那儿，就让人有种无法忽略的压迫感。

明媛怔了几秒，起初是怀疑，后面便是难以置信。

祁叙的车？是自己眼花了，还是……

不，她没眼花——因为这个男人下车了。

明媛的大脑顿时乱成一团，什么鬼？他从哪里冒出来的？他不是在国外吗？什么时候回来的？

祁叙走了过来，一步步靠近她。

明明没有做错什么，明媛却莫名有些心虚，身体下意识地往后退了点儿。

祁叙走到她面前，脸上没什么表情，语气也很淡。

"为什么不接电话？"

他这语气，把本来还有些心虚的明媛一下子点燃了。

什么态度？好笑，我为什么不接电话，你自己心里没点儿数吗？

虽然知道自己拿的只是替身的剧本，不该有那些非分之想的情绪，但明媛就是不想戏里戏外一样憋屈。

她也冷冷地回道："你打我就要接吗？谁规定的？"

一句话噎得男人无话可接。

说实话，祁叙现在很不爽。他回来后第一时间来学校找明媛，打她电话不接，却看到她上了纪沐阳的车，一路跟过来，刚刚还欣赏了一出送水的亲昵戏码。

知道明媛可能是在不高兴自己失约的事，祁叙竭力按捺住情绪，耐心解释道："公司在巴黎的一家酒店开业当天发生严重事故，所以我才紧急飞过去处理，不是故意失约。"

明媛不知道祁叙说的是真是假，她也没兴趣去求证。

"无所谓，反正音乐会也结束了。"

祁叙平日里算不上脾气好的人，工作上的事连轴忙了好几天，十多个小时的飞机坐得已经很累了，回来还被明媛冷脸相对。

手机这时又在内袋里振动起来，犹如火上浇油，他有些烦躁，沉了口气克制住了："我还有事，先走了。"

接着转身上车，关门，走人。走得十分冷漠干脆，比明媛拼了劲儿装出来的冷酷冷多了。

这就走了？连敷衍都不愿意，你找什么替身啊，找保姆好了。

人家林芸芸不高兴了，作一作，顾远还会做做样子哄一下她呢。

所以，祁叙，你到底是个什么品种的渣男！

明媛很委屈，赌气似的看着宾利离开说："走就走，有本事别再出现了，找你家'白月光'去吧。"说完，也回家关上了门。

祁叙一上车就按掉了不停振动的手机，这已经是他下飞机后家里打来的第五个电话了。

祁衡远叫祁叙回去一趟。可他先去了电影学院，耽误的这个把小时里，家里好像催投胎似的，电话一个接一个地打过来，打得祁叙心烦。

半个小时后，车停在郊区的祁家别墅。

祁叙很少回这里，只有逢年过节的时候才会过来吃顿饭，也是吃完就走，从不留宿。

书房里，祁衡远和郑容都在。

祁叙敏锐地察觉到气氛不太好。他不知道发生了什么，语气淡淡地问："有事吗？"

祁衡远还未发声，郑容先开了口："阿宴取消机票了，说暂时不会回来了。"

祁叙面无表情地问："是吗？"

"你别告诉我你不知道。"郑容语气不友善地说，"明明之前他定了下周回国，好好的为什么突然又不回来了？"

祁叙终于明白这两个人心急火燎地把自己叫回来的原因了。他轻轻笑了笑说："所以，你觉得是我不让他回来的？"

郑容正欲说话，祁衡远打断她，然后又看着祁叙说："你去巴黎见过阿宴没有？"

郑容干脆直接下了判断说："为什么你一去巴黎，阿宴就改变主意不回来了？你到底对他说了什么，做了什么？"

祁叙懒得把时间浪费在这种琐事上，他蹙着眉对郑容说："您儿子回不回来，我没兴趣知道，也不关心，倒是您的手——"

祁叙的目光与语气同时变冷，一字一顿道："少往洲逸伸。"

郑容面色微变，却依旧镇定地说："我？呵，听不懂你在说什么。"

"嘴上不懂没关系，心里清楚就好。"祁叙无谓与她牵扯，起身离开。在书房门前又停下，似提醒也似警告地说："再有下次，别说我做事不尊重长辈。"

晚上 8 点，祁叙的车从绕城高速快速驶过。京市的夜晚很漂亮，高楼大厦流光溢彩，处处透着纸醉金迷的欲望。

可站得越高的人，往往内心也越孤独。

祁叙把车停在繁华江边，下车，靠在车身抽了根烟。

这些年，祁叙根本不愿意踏入这个家。

母亲过世后三年，祁衡远便以祁叙不能没有母爱为由娶了继母郑容。起初郑容的确是做足了好妈妈的姿态，可不到两年，弟弟祁宴就出生了。

之后的故事就跟所有的豪门小说一样俗套，随着弟弟祁宴长大成人，郑容的野心也越来越大，SG 集团的"太子"之争，这些年一直暗潮涌动。

江风清凉，祁叙的内心逐渐平静下来。一同冷却下来的，还有明媛带给他的烦躁。

自己一声不吭出国公干，到音乐会开始之前才想起回复她说不去，小姑娘脸皮薄，不开心，闹闹性子也是正常的，自己实在不该跟她计较。

他又想起明媛在酒店里误喊自己哥哥的样子，那张脸足以有一切被宠爱和被原谅的理由。

祁叙无奈地轻轻一笑，拿出手机给明媛打电话。

"嘟嘟"声响三秒后，提示："您拨打的电话暂时无法接通……"

祁叙没多想，给明媛发微信：睡了吗？

对话框却迅速跳出一行字——"谁先开口谁是狗"已经开通了好友验证，请先添加对方为好友。

祁叙皱了皱眉，心想：这女人把我删了？还有这个新换的名字，是刻意来骂我的？

祁叙望着天空呼了口气。他自己二十岁出头的时候可没这么多小心机，不像这小姑娘还知道改微信名来骂人。

祁叙摇头笑了笑，只得回到车里朝明媛住的小区开过去。

晚上9点多，明媛正舒服地坐在沙发上边吃水果，边看剧本。

越看越气。

剧本里，顾远陪"白月光"的父母去看病而失了林芸芸的约，林芸芸生气了。顾远虽然不是真心爱她，但至少也知道是自己做得不对，特地给林芸芸买了礼物。

钱不钱的倒是其次，起码人家的态度摆在这里。

祁叙呢？说了两句就头也不回地走人了。

怎么看完"白月光"回来，脾气还见长了？看给你能的。

明媛在心里批判着祁叙，忽然听到厨房里有窸窣的动静。

家里只有她一个人，周遭的一切都显得格外安静。

明媛屏息听着，很久都没等到它消失，无奈之下，她壮着胆子拿起扫帚，慢慢朝厨房的位置挪动。

她打开了厨房里的灯。有了光，那个声音也突然消失了。

明媛正想进去看个清楚，一道黑色的影子忽然从脚下一闪而过。

脚面明显感觉到被什么毛茸茸的东西蹭了过去，明媛怔了一秒，顿时血液冲脑，头皮发麻，尖叫着丢开扫帚往外跑。

她不顾一切地冲出去，刚一开门就迎面撞进了一个怀抱——竟然是祁叙。

被毛茸茸的东西掠过脚面的恐怖记忆，彻底支配了明媛的自尊，她再也冷酷不起来了，一个立定起跳挂在祁叙身上。

祁叙猝不及防，一下愣在那里。

最怕空气忽然安静。

明媛知道自己的行为很突然，可作为一个专业女演员，在这种尴尬到脚趾蜷缩的时刻，她依然临危不乱，稳如泰山，很淡定地为自己的行为狡辩："看什么看？我……我只是想试试你的腰怎么样。"

说完，明媛的脸悄悄红了起来。笑吧笑吧，反正你笑死我也不会下去的。

大二有一次学校组织去某个山区演出，半夜明媛被奇怪的声音吵醒，发现睡前放在枕头旁边的一个苹果，已经被老鼠啃了一半。

也就是说，她睡得正香的时候，一只老鼠正在她枕边吃苹果。多么惊悚的一件事啊！

从那之后，明媛便对老鼠有了心理阴影。

所以刚刚，当黑色的影子从自己脚面窜走，明媛是真的被吓得魂飞魄散。

祁叙现在就是她唯一的救命稻草，哪怕被说厚脸皮，明媛也不愿意下去。

谁知那人倒挺会抓重点，似笑非笑地给自己扳回了一局："谁先开口谁是狗？"

明媛没想到这名字最后硌硬到了自己。她干脆也不演了，崩溃道："你还是人吗？我被老鼠吓成这样，你还笑我！"

原来是老鼠，难怪一出来就往他身上扑。

祁叙故意往屋里走，问："在哪儿？"

"别别别！"明媛抓紧了祁叙，此刻的她犹如待宰的羔羊，瑟瑟发抖道，"别进去，求你了。"

明媛无论如何都不肯再回房间，祁叙压下笑意，把她送到外面的车里坐着，然后又去帮她拿了包和手机。

回到车里，祁叙问："现在去哪儿？"

稍微平静下来的明媛有种丢了气节的羞耻感，她不看祁叙，低着头说："去朋友那儿。"

她给简宁打电话，结果——

"宝贝，我在魔都看秀呢，怎么啦？"

罢了，再给管星迪打。

管星迪重色轻友道："男朋友今天生日，我在陪他过生日呢，来喝两杯不？"

好家伙，俩闺密一个比一个快活风流，就自己可怜巴巴的，被一只老鼠搞得无家可归。

宿舍的钥匙也交上去了，难道真要硬着头皮再去和老鼠共住一夜？

明媱还在纠结，祁叙却淡然地把车开出了小区说："去酒店开个房间先住着吧。"

明媱眼睛一亮，对啊，自己真是被吓傻了，竟然没想到住酒店。

她一脸高冷地指着前面的路道："前面左转有一家快捷酒店，你把我放在那儿就好。"

祁叙却没听她的，一路直行。

明媱紧张地问："你干什么？"

10分钟后，车停在了明媱前不久才来过的地方。

祁叙从口袋里掏出一张黑色门卡，递给她说："我的房间你知道，先去住着。"

明媱张了张嘴，惊讶道："住你的……？"

一个穿着酒店制服的男人，这时从旋转门内走出来，停在祁叙车旁，毕恭毕敬地弯着腰。

祁叙降下车窗，淡淡地说："带这位小姐上去。"

"是。"

"太晚了，我不上去了。你先休息，明天我上班再过来找你。"

祁叙从后排座位上拿出一个漂亮的纸袋说："把这个带着。"

顾不上问是什么东西，明媱下了车，被前来的管家一路护送到了28楼。

管家眼明心亮，止步电梯旁："小姐，您来之前祁总已经嘱咐我们更换了所有的生活用具，您可以放心使用。如果有其他的需要，随时打内线电话通知我。"

明媱茫然地点点头："呃……谢谢！"

熟悉的2808门口，不久前明媱才敲了这里的门，荒诞地喊了一声哥哥。

那时她绝对没想过会在不久后拿着门卡，亲自住进来。这也太魔幻了。

明媱呼了口气，将黑色门卡放在感应区，门很快就开了。她站在门口，呆呆地看着展现在眼前的房间。

之前简宁住的那个3800元一晚上的江景房，明媱觉得已经很奢侈了，但和现在这个比起来，真的不及它十分之一。

大概 300 平方米的巨大空间，铺满质感十足的橡木地板。从超大落地窗往外看，绝美的江滩夜景一览无余。就连料理台都是珍贵玛瑙打造的，处处都透着无法想象的终极奢华。

祁叙这时打了客房电话道："还喜欢吗？"

明媚不明所以地问："什么？"

"从巴黎给你带的礼物。"

明媚这才想起刚刚被祁叙塞到手里的袋子。她还以为是他的东西，让她帮忙带上来。

明媚说："我还没看……"

"我问过朋友，说是现在小姑娘们喜欢的东西。"祁叙语气难得柔和，"不早了，衣柜里有新的睡衣，洗个澡，早点儿休息。"

明媚有些话堵在嗓子眼儿里，想说又说不出口。

她其实真的不是那种很作的女人，听到祁叙语气温柔地对她说一声晚安，她就心软了。

毕竟他们又不是真情侣，闹矛盾什么的，适可而止就好。

明媚欲言又止，祁叙好像能读懂她的心思，主动提起了音乐会的事："明媚，请相信我不是故意失约。如果你愿意，我们可以改天去补听别的乐团。

"看在刚刚被你挂了那么久的份儿上，是不是可以把我加回去？"

明媚听完没忍住"扑哧"一笑，道："怎么说话呢？什么叫挂了那么久啊，我又不是猴子。"

明媚笑了，祁叙在那边也轻轻翘了翘唇角。

终于，两人下午的那场"冷战"，因为一只老鼠的出现而宣告结束。

挂了电话，明媚打开了祁叙给自己的礼物。

果不其然，和顾远哄林芸芸送的礼物一样，都是包。

祁叙送给明媚的是某奢侈品牌新出的一款 Mini（迷你）小肩包，国内一包难求，国外也炒得很贵。

可她不是林芸芸，也永远不会允许自己做另外一个人的替身。

收起包包，明媚准备洗澡，去找睡衣的时候，看到衣柜里挂了成排的男人衬衫。

明媚站在那儿，忽然有一种不真实感。

她想起来了——剧本里，林芸芸住进顾远家后，也曾在衣柜前驻足过。

林芸芸看着顾远一整排的衣服，心里是甜蜜的，她觉得自己终于走进了这个男人的世界。可她并不知道，自己从头到尾只是那个男人自欺欺人的安慰剂。

站在旁观者的角度，明媚心里忽然很不是滋味。她关上衣柜，不想继续站在那儿看。

她快速地冲了个澡，关灯准备睡觉。

躺在床上，明媚闭着眼努力想让自己入睡，可脑子里的画面却一幕又一幕，怎么都停不下来。

回忆刚刚自己被老鼠吓到六神无主的时候，祁叙的出现真的好像命中注定。

睡不着，明媚打开手机输入"巴黎、酒店、事故"这样的关键词，很快就看到了相关新闻。

祁叙没说谎，SG 旗下有一家高端商务酒店开业当天出了事故，还有人受伤。他作为 SG 的高层，亲自飞过去处理也应该。

逻辑上都说得通。所以也许是自己武断了，真的只是个巧合？

缓了缓，明媚又好奇地翻开今棠的微博。她发了一条新微博——

今棠："你来了，巴黎的夜都温柔了。"

配图是一张双人晚餐的桌面，氛围很暧昧。

有粉丝在评论区问："谁来了呀，嘿嘿，是男朋友吗？"

今棠回复了个模棱两可的笑脸。

明媚一下子就起了疑心，上上下下地翻看着评论区。

几分钟后，当明媚意识到自己好像一个福尔摩斯，在这里疯狂寻找着能证明两人碰面的证据时，怔了怔，关掉了微博。

也是手贱，关她什么事啊？就算祁叙真的是去巴黎见了今棠，和自己有关吗？

这不是更好吗？拿稳替身剧本，be（悲剧）到底，好好感悟角色的喜怒哀乐，演好林芸芸，黑马出道，走上人生巅峰。

至少这波祁叙解释了，道歉了，甚至还买了礼物。她也要见好就收，按照剧本继续体验下去。

没错，就是这样。明媚定了定心，关了机，在乱糟糟的情绪里慢慢入睡。

第二天睡醒，明嫣先给房东打了个电话，说明情况后，房东答应晚点儿会找个灭鼠的来看看。

上午有法语课，明嫣起床简单收拾了下，正要出门，工作人员忽然来了。

"您好！给您送早餐。"

三分钟后，明嫣怔怔地看着摆放在自己面前的三个队列的食物。

穿制服的工作人员彬彬有礼："祁总不知道您的用餐习惯，所以叮嘱我们每种都送一些，希望能合您胃口。"

说完，一行人没有过多打扰，又毕恭毕敬地离开了。

这摆得跟满汉全席似的早餐，不禁让明嫣感慨，替身的感觉没找到，皇后主子的感觉倒是找得挺到位。

送都送来了，不吃也浪费。明嫣饱饱地吃了一顿，给祁叙发消息：谢谢你的早餐！好吃。

祁叙没回。明嫣也习惯了，替身嘛，要求不能太多。

她打了个内线电话，找来昨天接待自己的管家，把房卡递给他，说："麻烦帮我转交给祁总，我要先走了。"

管家很客气："稍等，我为您安排车。"

明嫣忙摆手往外跑："不用不用，我自己走就可以了。"

她可不想待会儿一排汽车停在自己面前，管家邪魅一笑说："皇后娘娘，您看您今天想乘坐哪一辆？"

洲逸酒店离明嫣上法语课的培训中心不远，她步行过去刚刚好。两节课上完已是中午，明嫣打了辆出租车回家，路上的时候看了眼手机。

祁叙的对话框里最后一条，还是早上自己发的消息。一上午了，他也没回。

明嫣靠在后车座上，看着窗外的风景出神。半晌，她还是忍不住嘀咕了句："替身不要面子的吗？老是不回我消息，哼！"

回到小区后，明嫣在门口的小饭店里打包了一份炒面。快到家时，纪沐阳忽然给她打来了电话。

"明嫣，你在哪里？"

明嫣不明所以，边接电话，边往家走："快到家了，怎么了？"

"别回去！"纪沐阳声音急切地说，"昨天我帮你搬家的时候被偷拍了，有媒体拿到了照片。据说现在全在你家附近蹲点，想拍你的正面照，千万别回去！"

明媠当即脚下一顿，停在原地。

不用纪沐阳说，她已经看到了蹲在自己房子门口的人，少说有二十个，黑压压一片。

纪沐阳正当红，向来洁身自好没绯闻，这下突然被拍到帮女生搬家，基本锁定了腥风血雨的头条。

明媠知道粉圈的厉害，自己还没出道就沾上这种新闻绝不是好事。她挂了电话，迅速转身离开。可眼尖的记者还是发现了她可疑的行踪，直接认了出来："那边！"

黑压压一片记者，顿时像被激活了的丧尸，扛着机器朝明媠压过来。

明媠原本还在镇定地走着，这下直接吓得拔腿就跑。

她到底是没经验，不知道这些专业堵人的记者套路多，每个路口都有人守着。明媠被四处围堵，无法脱身，实在没了办法，最后跟跟跄跄地躲进了小区的公厕。

关上门，明媠心跳得很快。怎么办？无论如何，自己不能被拍到。

简宁去了魔都，管星迪这个点指定还没起床，两个闺密是不能求助了。

明媠想了又想，一秒锁定了祁叙，现在只有他可以帮自己。

她马上拿出手机，拨号时，手甚至有些颤抖。

"嘟嘟"的持续等待中，明媠内心疯狂呐喊——接啊，快接啊。

你"白月光"的替身身陷危机了，知不知道？还不接？

好吧，我知道自己没那么重要，可是……

呜呜，求求了，你接吧。大不了……

明媠急把心里的想法一股脑儿倒了出来："大不了哪天你'白月光'不要你了的话，我牺牲自己做'接盘侠'嘛。"

话音刚落，"嘟嘟"声神奇地停了。

安静了两秒，男人清冷的声音里带着些许疑惑道："什么'接盘侠'？"

这男人可真会卡点。可明媠现在哪还有空跟祁叙解释"接盘侠"是什么，马上告诉了他自己被围堵的事。

她很清楚地知道，这个时候，只有资本的力量可以帮她抗衡外面那些人，无论是祁叙，还是祁叙认识的蒋禹赫，随便谁出手，这件事都能被压得毫无水花。

祁叙开了一上午的会，原本开会途中是不会接任何电话的，可一看到是明媱打来的，出于私心还是接了。

没想到明媱居然遇到了这样的事，他当即起身，冷静地回了她一句："在那儿别动，等我。"

这是明媱蹲过的时间最长的一次厕所。

五分钟，十分钟……外面不断有人敲门要求采访，每一次敲门都好像敲在明媱心上，重重地一下又一下，让她心惊胆战。

但是敲门声好像渐渐没有了，明媱仔细听了好几分钟，真的没人来敲门了。

她不确定外面的人是不是走了，又等了会儿，才悄悄打开门。

四下很安静，人都不见了。明媱松了口气，才放下一些戒备，余光瞥见一个身影走过来。她一个激灵，马上又闪回了厕所里。

谁知三秒后，那人敲门，低沉的声音传来："明媱，是我。"

一点儿都不夸张，明媱觉得此刻的祁叙比自己的亲妈还要亲。

开门的瞬间，她甚至想冲上去抱住他，可她忍住了。

"人都走了吗？"

"走了。"

明媱如释重负地背靠着墙面一拍胸口道："这些人怎么那么能跑啊？我初一可是跑过八百米冠军的，竟然都没甩掉他们。要不是你，我今天一定完了。"

说完明媱想起了什么，认真看向祁叙说："谢谢你啊，真的。今天算我欠你一个人情，以后有需要我帮忙的地方，你尽管说。"

抛开那些体验不谈，这一刻明媱对祁叙的感激是真心的。

祁叙只是轻轻扯了扯唇角，没有回应。

明媱感觉自己被冒犯到，说："笑什么？你就那么自信不会有需要我帮忙的时候？"

"好，我记着。"祁叙瞥了眼她手里还拎着的那份结了块的炒面说，"这个还舍不得丢？"

明媱刚刚太紧张了，都忘了这份面。她随手把面丢到垃圾桶，问祁叙：

"你吃饭了吗？要不我请你吃午饭吧？"

祁叙唇角不易察觉地翘了翘，答道："好。"

"那你想吃中餐还是西餐？火锅你吃吗？我知道一家特别好的……"

两人并排从厕所里走出来，明媱正和祁叙商量着要吃什么，一辆不起眼的大众 Polo 突然停在明媱身边。

纪沐阳的助理从车上下来，对明媱说："小姐姐，你没事吧？沐阳哥特地来接你避避风头，快上车吧。"

纪沐阳坐在车里，戴着帽子和口罩，武装得很严实。

明媱正要开口，就听祁叙冷冷道："人都不敢下来，还想带她走？"

下一秒，明媱还未反应过来，便被祁叙牵着朝前走去。

明媱："……？"

她垂眸看着自己被祁叙牵住的手，嗓子里想发出拒绝的声音，却一个字都没说出来。

直到走到祁叙的车旁，明媱才倏地抽出手，神情也有些不自然。

她手心还存留着男人掌心的温度，温热的感觉从神经末梢传遍全身。

明媱低着头，突然不知所措。

祁叙这时帮她打开车门，低声说："上车。"

明媱便赶紧坐进去，心跳快到失去了节奏。她也不知道自己为什么会这么紧张，大概是第一次被一个男人牵了手，太突然了。

祁叙关上车门坐到旁边，好像看穿了她的心思似的，边系安全带，边淡淡道："我只是想让他离你远点儿。"

明媱愣了下，缓缓明白了祁叙的意思。

不想纪沐阳再跟自己产生什么关联，所以干脆当着他的面牵手，断了他所有的想法。

和剧本里的顾远一样，对替身充满了占有欲——我不爱你，但我也不允许别人惦记你。

明媱心想：这些总裁怎么回事啊？怎么一个个都这么霸道！

正想着，祁叙突然说："你这个房子不可以再住下去了，搬吧。"

明媱点头说："我知道。"

虽然今天的事暂时过去了，但有心人肯定不会放弃，他们在暗处，明媱在明处，实在没办法防备。

唯一的办法就是搬走，彻底消失。可事情来得突然，一下子要去哪里找房子。

祁叙又拿出那张房卡说："在找到住处之前，先去我那儿住着吧。"

明媌没接："不用了，那是你的房间。"

她昨晚查过，28楼全是总统套房，最低配置的一晚上都要五万八，祁叙的那间还不知道是什么价格。明媌住得心虚，怕半夜鬼敲门。

可祁叙却意味深长地回了她一句说："迟早也是你的。"

明媌："……"迟早也是包养她的地方是吧？懂懂懂，这些暗号她都懂。

算了，在哪儿住都是住，找房子也需要时间。眼下简宁去了外地，管星迪和男朋友同居，她去也不方便。所以躲进祁叙的金丝笼里好像是目前最好，也最安全的办法了。

只是明媌还有些犹豫："那你……"

明媌在纠结些什么，祁叙当然知道。他虽然喜欢这个女人，但倒也不至于那么急不可耐。

"你住的时候，我不会过去。"祁叙淡淡地说，他甚至还给了明媌一颗定心丸，"而且我明天会去外地出差，大概一周的时间才回来，你可以放心住。"

祁叙的坦诚让明媌放下最后的戒心，她接过房卡说："那好吧，我最多住一个星期，找到房子就搬。"

"随你。"

吃完饭，祁叙要走了明媌的钥匙，让人帮她去小区收拾行李。

一夜之间，明媌果然走上了林芸芸走过的路。

剧本里，林芸芸从单身公寓搬到了顾远的豪宅。

而她，从简陋的小套一下搬到了豪华的总统套房。

冥冥之中，相似的剧情在发展着。

03

住进他的金丝笼

祁叙的人做事很利索，下午就把明媤的行李都搬到了酒店。

"明小姐，所有房间内的东西都拿来了，您看看有没有遗漏的？"

明媤总共就两箱行李，当天入住的时候也没完全整理出来，所以几乎是怎么搬进去的，还怎么搬回来。她大致看了两眼，便对那师傅道了谢，把两个箱子搬进客厅。

接下来这半天，明媤看了电影，翻了剧本，的确过得很清静。

祁叙说话算话，没有过来打扰过她。

到了晚上近 10 点，明媤终于准备洗澡。她去箱子里拿自己常穿的睡衣，睡衣的颜色是紫色的，明媤看到这个颜色，忽然想起一个重要的东西，非常非常重要——她那本日记本，祁叙的人也给她一起带来了吗？

明媤记得刚搬进出租屋那一晚，她删了祁叙的微信，还在日记里抨击了他 99 遍。当时，她写完就放在了卧室的床头柜上。

明媤直觉不太妙，马上开始找那个日记本。那个本子不仅是她记录替身感觉的地方，也是把祁叙当"工具人"的罪证，千万丢不得。

可惜越怕什么越来什么，明媤把两个箱子都倒出来翻了个遍，也没看见那个淡紫色封皮的日记本。她有点儿慌了。日记本呢？

还好下午师傅送东西来之前给她打过电话，明媤赶紧找出号码回拨过去，问日记本的下落。

师傅说："真对不起明小姐，晚上下班我循例打扫汽车时发现后备厢里掉落了一个紫色的本子，应该就是您说的日记本。"

明媱顿时提起了精神问："你现在在哪儿？我过来拿！"

师傅紧接着的一句话，差点儿没把明媱当场送走，他说："原本我打算给您送过来的，又不知道您休息了没有，所以请示了祁总，他让我先送到他办公室了。"

明媱的脑门儿瞬间渗出冷汗，她的心扑腾扑腾跳着，突然也不确定最后一次写完日记有没有锁好。

她已经快速脑补出了祁叙坐在办公桌前阅读她日记的画面——看着看着，总裁的拳头便硬了。

代入感太强，明媱已经开始觉得自己人没了。一个激灵，她赶紧停止想象。

祁叙没有联系自己，说明他应该还没有看到日记，如果看到了，肯定早就杀过来了。

不想马上领盒饭的话，明媱现在只剩下一条路——就是在祁叙还没有发现这本日记本的特别之处前，趁着月黑风高夜深人静，深入虎穴，悄悄地去拿回来。

虽然听上去是件很冒险的事，可明媱别无选择。

还好上次代志扬带她去过总裁办，写字楼就在酒店旁边，走两步就到。明媱沉了口气，出发。

现在是晚上 10 点，写字楼有些楼层还亮着灯。然而明媱刚到 1 楼大厅，就被刷卡自动门拦住了。

没有员工卡，她进不去。这种感觉就好比兴冲冲打开游戏准备通关，结果突然断电，黑屏，压根儿就不给她发挥的机会。

明媱垂头丧气地在大厅外站了会儿，就在想认命离开时，祁叙的助理何正从电梯里出来了。

"明小姐，你怎么在这儿？"

明媱认识这个人，上次帮祁叙把耳环送到宿舍的就是他。

何正的出现顿时又给了明媱希望，她克制住心底的激动，努力让自己表现得很自然："我有东西忘在祁总的办公室，想上去拿一下。"

"这样啊。"何正把员工卡在感应区刷了下说，"可祁总已经下班了，您要不明天再过来？"

明媱不敢相信自己不仅顺利进入了写字楼，同时还听到祁叙已经离开的消息，简直天都在助她。

明媱维持着淡然的神情，头都没回地往里走："不行，我急用。"

何正愣了下，还想喊住她说什么，可明媱下一秒已经进了电梯。

明媱高兴得太早了，等人在电梯里了才反应过来一个问题——她进来了有什么用？祁叙的办公室肯定会锁门啊。她忙了这么半天，很可能白高兴一场。

失算了，刚刚应该让何正跟自己一起上来的，说不定他有钥匙或知道密码呢。可事已至此，明媱也没有回转的余地，只能默默地期望出现奇迹——比如，祁叙不爱锁门。

电梯停在总裁办这一层。整层楼都关了灯，黑漆漆一片，什么都看不见。

明媱胆子不算大，看过的恐怖片里发生在办公室的故事，这时全部涌到了脑子里。她站在电梯门口纠结了片刻，最后发现跟鬼比起来，祁叙看见自己的日记好像要更可怕一点儿。

于是明媱咽了咽口水，打开手机的手电筒走过去。

四处都静悄悄的，明媱心里虚，脚下也走得特别快，不一会儿就摸到了祁叙的办公室门口。

她心跳得很快，手搭在门锁上默默祈祷道："没锁，没锁，没锁。"而后稍稍一用力，竟然轻松地打开了门。

真的没锁！明媱难以置信自己这么幸运，马上进入办公室并关上门。

借着微弱的光亮看过去，偌大的办公室根本无从下手。

明媱不敢开大灯，只能先从办公桌、茶几这些能放东西的地方慢慢找起。找完办公区没有发现，正想去会客区那边看看，办公室外忽然传来了脚步声，好像有人正往这边走，声音越来越近。

明媱顿时蒙了，心想万一是祁叙突然回来，那她有十张嘴都解释不清自己现在为什么在这里。她迅速摸黑往办公室深处跑了两步，发现里面有个房间，明媱想也没想就拧开门躲了进去。

房间里同样一片漆黑。

明媱的心怦怦直跳，有生之年为了一本日记本，她体会到了什么叫做贼心虚。

她屏息贴在门后听外面的动静，想等一个安全的信号。可几秒钟后，耳边传来"啪"的清脆声响——房间亮了！

明媱的肾上腺素飙升，脊背的凉意直冲头顶。

冷静了一秒，她默默安慰自己别怕，都下班了，99.9%不是人，一定是感应灯之类的东西。

等她鼓起勇气转过身——好吧，或许是刚刚一路通行无阻花完了所有的好运，所以现在，这微小的0.01%的厄运"眷顾"了她。

在亮起柔光的卧室里，祁叙躺在宽敞的大床上，胳膊撑起头好整以暇地看着明媱问："怎么，我不过去，你要过来？"

明媱："……"

这剧情简直离谱。明媱千算万算，怎么都没算到，祁叙办公室里竟然还有一间可以休息的卧室。他是不是出去吃个饭，也在餐厅准备间卧室？

面对祁叙的发问，明媱知道再多解释都是无用的。

她要怎么说？说自己是梦游来的，还是没找到回2808的路，找到这里来了？

没一个解释得通。明媱扯开话题说："何助理不是说你下班了吗？"

"我现在在上班吗？"祁叙觉得好笑，"我已经睡着了，是你闯进来的。"

明媱顿了一下，问："那你怎么不回家啊？"

"明天早上6点40的航班，加班晚了就没回去。"

"那你也应该锁门啊！不怕贼吗？"

祁叙偶尔才在办公室留宿，今晚加班准备出差的文件太累了，一时没注意。况且，办公室里处处都是监控，他从不担心安全问题。

"贼？"祁叙从床上下来，慢慢踱步靠近明媱，用耐人寻味的目光看着她问，"你这样的？"

明媱的余光已经瞥到了他微敞领口下的肌肉线条，耳根一热，赶紧低下头说："停！你站那儿说话就可以了，别过来。"

祁叙一顿，没再往前走，说："在我的地盘你要求倒不少。说吧，为什么过来？"

明媱这会儿脑子里好像有几百只苍蝇飞来飞去，乱成一团，干脆也不想借口了。她老老实实承认道："我有东西被那个师傅送到你这里，我又急着要，所以才过来拿的，你别多想。"

祁叙记起了什么，转身拿起放在床头的日记本问："这个？"

明媱一抬眸，心瞬间提到了嗓子眼儿，手也微微攥紧了。

他不会已经看了吧？不对，本子是锁着的！应该还没看。

明媱心里慌得要命，脸上却努力维持着镇定说："对，可以还给我吗？"

祁叙把日记本拿在手里打量着："是什么？这么晚了还要找回去。"

明媱揣着一颗每分钟跳 120 次的心说："是……我记录的一些烘焙食谱。"

"食谱？"

"嗯。"明媱面不改色地说，"我朋友们明天来酒店找我玩，我想做点儿喜欢的甜品给她们吃，你不介意我用一下你的烤箱吧？"

说完，明媱都佩服自己的应变能力了。

好半天，祁叙的注意力才从本子上挪开。

他应该是信了，走过来把日记本递给明媱说："要吃什么，叫餐厅那边做好送过来就是，我不介意你用烤箱，但万一烫到了怎么办？"

"……"

这个男人不仅完全信了自己的鬼话，还关心自己的安危。明媱的良心突然有点儿痛。

她把日记本拿回来紧紧握在手里，好像重新掌握了命运似的，这才完全踏实了下来。

"嗯，我会注意的。那我不打扰你休息了，晚安！"

说完她就去开门，祁叙却从后面轻轻按住门问："就这么走了？"

床头灯昏黄暖昧，男人的身体完全倾下来，柔光勾勒着他的身体轮廓，影影绰绰，将暧昧的氛围推向极点。

明媱根本不敢抬头，强装镇定说："那不然呢，难道你还想跟我从诗词歌赋聊到人生理想？也不是不可以，不过改天，我现在没空儿。"

反应迅速，伶牙俐齿，巧妙地规避了风险。

祁叙不禁轻笑，玩味地说："好，改天。"

明媱刚松一口气，忽然感觉到男人往她口袋里塞了什么东西，接着他又说："我出差这几天会比较忙，你如果有事要帮忙，就去找管家。实在不行，也可以来这里找何正。知道了吗？"

他很少用这种语气跟明媛说话，声音好像被月色亲吻过，低沉里倾泻着温柔。

明媛心里莫名荡开一层微妙的涟漪，她匆忙垂眸别开脸说："知道了，晚安！"

"去吧。"

直到走出电梯，明媛的心还在持续剧烈地跳动着。

就像从一个巨大的笼子里跑出来，身体里还残留着到此一游的痕迹——是祁叙给她的，一种暧昧到不知所措的慌乱。

明媛只想赶紧离开这里，可站在进来时让何正帮忙刷卡的门那里，她又傻了——进来要卡，出去也要卡啊！

明媛挠了挠头，正想着是不是再上去一趟，忽然想起了祁叙往自己口袋里塞的东西。

她马上拿出来，发现果然是一张卡。只不过和何正的卡不太一样，这张卡上面刻了些英文，看上去更加精致。

明媛试着把卡放在感应区，"嘀"一声，门开了。

明媛猜测这应该是祁叙特有的总裁专属之类的卡。他竟然就这样放心地给了她？他就这么信任自己？

刚刚也是，只是随口说了句想做甜品，他就担心自己被烫伤；她没提门卡的事，他也会细心地把卡放进自己口袋里。

这种能实实在在感受到的贴心，在顾远身上是看不到的。

明媛心情复杂地走出写字楼，清凉的夜风掠过脸庞，她站在寂静的广场上想：现在的她是明媛还是林芸芸？祁叙和顾远是一类人吗？

明媛想得到一个答案，却发现自己好像有些分辨不清了。

祁叙第二天就乘坐飞机离开了京市。

纪沐阳和明媛的事，因为祁叙的及时干预没有在网络上发酵，知晓消息的那一部分媒体也被封了口。整件事好像从没有发生过，波涛汹涌地开始，无声无息地结束。

单纯就这件事而言，明媛对祁叙是真心感激的。

因为这段时间他们经常在一起，祁叙突然走了，明媛早上从超豪华大床上醒来时，竟然感觉有些冷清寂寞。

还好，祁叙离开后的第三天，简宁从魔都鬼混回来了。这姑娘一回来，马上就约了明媱和管星迪出来喝茶，以叙姐妹情。

三姐妹时隔两周再聚在一起，明媱对简宁开玩笑道："你再不回来，我和星迪就要报警贴寻人启事了。"

简宁很随意地说："至于吗？我就是去魔都玩了几天。"她说这话的时候一直在看手机，嘴角不自觉地流露出一些"蜜汁"笑意。

管星迪给明媱交换了个眼神，不动声色地绕到简宁身后，发现她在回微信，于是她缓缓念出消息："宁宁，你喜欢的那款包我订到了，晚点儿一起出来吃饭。"接着，管星迪又脱口而出："天哪，简宁，你在跟谁发消息？"

简宁闻言立即摁灭屏幕说："管星迪，你讨厌啊，干吗偷看？"

明媱和管星迪双双对简宁发起了凝视拷问。

简宁被看得心里发毛，只得老实招认："好了好了我说，之前我不是追尾了一辆车吗？就是那个车的主人啦，他在追我。"

管星迪顿时起哄："不得了，简大小姐竟然恋爱了，到哪一步了？"

"什么恋爱？"简宁傲娇中透着羞涩说，"还在考验期，我没答应他呢。"

说是这么说，但提到这个男人，简宁的话瞬间就多了起来。名校毕业，有颜有钱，最关键的是——

"他好会说情话哦，一会儿不见就发消息说想我，撩死我了。"

管星迪："呕——"

"吐屁啊你。"简宁不服气地说，"你当初恋爱的时候，不也是这样跟我们炫耀的？"

明媱冷眼看两人互撑："别争了，你俩都不是人。"

三姐妹当初玩在一起的时候发过誓，说好谁先恋爱谁是狗。结果管星迪当了第一条狗，现在简宁也不甘示弱地准备当第二条，剩明媱一个人体会着做人的艰辛。

刚刚还互撑的俩闺密这时又统一阵线，用老母亲的口吻劝明媱。

"媱媱，别单着了，谈场恋爱吧，真的太香了。"

"甜甜的爱情在向你招手。"

也不知怎么了，明媱脑子里莫名就跳出了祁叙的脸。她有些走神了。

从某种意义上来说，自己和他现在算是打着朋友的幌子恋爱吗？

应该不是吧。简宁都说了，她那个对象一分钟见不到她都会说想她。

祁叙从来不会。他都走了好几天了，除了早安晚安的问候，没跟自己说过任何超出朋友关系之外的话。

他倒是严格遵守着自己当初说的朋友条约，一点儿都不越界。

明媚只是咬着吸管喝饮料，说道："我才不谈，男人有什么好的，我只想演好戏。"

俩闺密想了想也是，一左一右谄媚捶肩。

"那你赶紧奋斗吧，我们等着抱你大腿。"

"我们媚媚定能红到发紫，成为'顶流'！"

明媚："……"

和姐妹们聚完餐，明媚正准备回酒店，田安妮忽然给她打来电话，说了最近的规划。

"过几天给你拍宣传照，然后官宣签约的事，微博认证之类的都会跟上。另外，我给你配了个助理，今晚就带她过来，你们认识一下。"

"今晚？"

"对，这几个月不给你安排活动，先跟我应酬混脸熟，今晚带你去参加一个大佬们的局。"

明媚有些抗拒道："姐……"

田安妮知道她的顾虑："我跟着呢，怕什么？"

明媚也明白，别说在娱乐圈，现今在任何行业人情交际都是很重要的能力。她已经比很多人幸运了，有田安妮帮她，避免了那些不必要的应酬。

明媚便痛快答应了下来："好。"

晚上9点，某高级会所。

明媚按照田安妮的吩咐稍微打扮了一番，到会所的时候，助理芮芮正等在门口。

虽然两人已经提前加过微信，但看到真人，芮芮还是不免赞叹道："明媚姐姐，你真人比照片还好看！"

明媚谦虚地笑了笑，看向她身后问："安妮姐呢？"

芮芮说："她已经先上去了，我们走吧。"

去包厢的路上，明媚才从芮芮口中得知，今晚原来是蒋禹赫组的局。

亚盛娱乐在内娱几乎独领风骚，如今正和韩国那边合作一档高人气的选秀节目。这次的局，也是为了给韩国过来的制作团队接风洗尘。

不知怎么，听说是蒋禹赫的局，明媚心里瞬间踏实了不少。她明白这种安全感不是来自蒋禹赫，而是蒋禹赫身后的祁叙。

会所2楼的豪华包厢可以容纳三十人同时娱乐。明媛进去的时候，房间里已经坐了十多个人，她一眼看见了坐在最中间位置的蒋禹赫，正低头和旁边一个戴着墨镜的男人交谈着什么。

芮芮领着明媛在沙发一侧位置坐下后说："安妮姐在那边跟刘导说事呢，我们等会儿。"

"好。"明媛还是第一次参加这种应酬，悄悄观察着周围，"这么多人啊，彼此都认识吗？"

"嗐，不认识的来了不就认识了吗？"芮芮见她一脸严肃，倒了杯饮料给她说，"别紧张，圈里的局都这样。待会儿等安妮姐来了，带你去敬一圈酒就完事，习惯几次就好了。"

其实明媛也不是紧张，正如芮芮所说，有些不习惯罢了。她起身，悄悄说："我去趟洗手间，马上回来。"

芮芮问："要我陪你吗？"

"不了。"

洗手间要往外走几步，虽然也在包厢里，却是被单独隔开的一个空间，私密性很好。

走到这里，音乐声已经小了很多。明媛在洗手台那儿补了妆，正准备回去，纪沐阳忽然走了进来。

他一愣，问："明媛，你怎么也来了？"

突然看到纪沐阳，明媛也有些意外，她尴尬地笑了笑说："那个，我经纪人让我来见识见识。"

"你签给安妮姐了？"

"嗯。"

"挺好的，她很会带新人。"

"嗯……"

两人尬聊了会儿，明媛怕田安妮找自己，正说要走，纪沐阳忽然开口道："明媛，上次的事我很抱歉，给你带来了困扰。"

明媛怔住了，而后笑着摆摆手道："没事，干吗道歉？你也是好心帮我搬家。"

纪沐阳点点头，过了片刻，终于还是问到了重点："你跟SG的祁叙，在一起了？”

"什么？"明媱指指自己的耳朵，暗示外面的音浪太大，听不清。

其实她听见了，只是在装没听见，因为这个问题她也不知道怎么回答。她和祁叙目前的关系实在太复杂，一两句话说不清楚，也没必要和别人解释。

"师兄，安妮姐可能要找我了，我先出去了。"

明媱说完就错身离开了，刚走出两步，纪沐阳又在身后喊她："明媱。"

纪沐阳又怎么会看不出明媱是在故意避而不答，他叹了口气说："有些话我本来不想说，可看到你还是忍不住。我不知道你和祁总到哪一步了，但我听说他有一个未婚妻，只是不知道发生了什么，女的突然出国进修去了。

"我去年在蒋总的局上见过那个女人，你……很像她。

"明媱，我希望你好，但不希望你成为别人填补寂寞的工具。"

明媱就站在那儿听着，没回头。顿了几秒，她转过身轻轻笑了一下说："谢谢师兄，我知道了。"

回到包厢，音浪持续营造着火热的气氛，可明媱耳边却只听见纪沐阳的话在反复回荡。

原来不是"白月光"，而是都到未婚妻的地步了。

那分开的时候，祁叙一定很痛苦吧。

是什么原因分开的呢？家庭不允许，感情生变，还是别的？

所以连别人都看出来了，委婉地暗示她，自己只是祁叙用来填补寂寞的工具。想想自己之前竟然还会因为那一点儿微小的贴心而动摇，而感动，而怀疑。罢了，她这个替身为什么要自作多情？

正胡思乱想着，芮芮拍了拍明媱的腿说："媱姐，安妮姐叫你过去。"

明媱回过神来，看到对面的田安妮在朝她招手，赶紧端着酒走过去。

田安妮看上去喝了不少，和大佬们都已经打成了一片。

她把明媱挽到身边，热情介绍道："吴制片，这可是我亲妹妹，您以后多照拂着点儿。媱媱，这是吴制片。"

或许是被刚刚纪沐阳那番话影响到了，明媱大脑有些空，努力笑了笑说："吴制片您好，请多指教！"

"这是刘导。"

"刘导您好，请多指教！"

明媚就这样跟着田安妮从左起位置一个个敬过去，走到一半，忽然被谁伸出的脚绊了下，差点儿摔倒，手里端着的酒也都洒了出去，刚好洒在一个男人的脚上。

明媚来不及去看是被谁绊了，赶紧抽出纸巾想去擦，却听到了一个熟悉的阴阳怪气声："干吗呢明媚，故意的吧？"

明媚怔住了，感觉不对，抬眼看过去，这才发现酒洒到的竟然是之前被她拒绝了的那个陈公子。

那人叫陈金宇，此刻吊儿郎当地坐在沙发里，旁边搂着陈融。明明一个是渣男，一个是贱女，偏还做出一副恩爱的模样。明媚突然有点儿想吐。

田安妮不知道明媚和这两人之间的过节儿，解围道："陈公子也在？媚媚不是故意的，让她敬你一杯好不好？"

田安妮说完，便暗示明媚敬酒。可明媚低不下这个头。

很明显，刚刚那只伸出来的脚是陈融的，她就是想要明媚出丑。

的确，上次在纪沐阳生日会上被赶走的屈辱陈融现在还记着，她早就在陈金宇面前说了明媚很多难听的话，如今抓住机会当然要羞辱回去。

"哪敢让明媚敬我们酒啊，人家可是大明星，之前还看不上我男朋友，说他癞蛤蟆想吃天鹅肉，配不上她呢。"

明媚："……"她什么时候说过这种话？

田安妮终于察觉到了不对劲，现场人多，她不想把事情闹大了难看，便倒了杯酒，笑道："媚媚怎么可能说这样的话，肯定是个误会。来，陈公子，这杯我敬你。"

陈金宇却没理会田安妮，甚至跟旁边的朋友嘲讽起来："之前跟老子玩什么假清高，现在还不是要过来敬酒？这些所谓的电影学院的系花校花，价格给合适了，保证一个比一个听话。"

陈金宇是圈里有名的公子哥，暴发户，有几个小钱，喜欢投资电影捧女明星。人没什么品位，说出来的话自然也粗鄙低俗。

旁边的朋友牵强一笑，并未附和他。

陈金宇说完，冲明媚拍了拍自己的腿说："要喝可以，坐上来。"

田安妮当然知道陈金宇的品性，只是没想到他会当面这样羞辱明媚。

她带艺人有一个原则，在任何场合下，都要维护艺人的尊严，更何况这个人还是江敏月的女儿。

田安妮的脸也当即沉了下来，正要斥责两句，手里的酒杯忽然被明媚夺走了。紧接着，面前扬扬得意的男人，被利落地淋了一头酒。

陈金宇蒙了，酒水顺着头发丝往下淌，他难以置信地看着明媚说："你泼我？"

原本热闹的包厢顿时安静不少，坐在对面沙发的人，也都看了过来。

明媚也不知道是在发泄什么情绪，仍嫌不够似的，转身抄起桌上一杯酒朝陈融泼过去，新账旧账一起算。

"你俩贱到一起了，锁死吧，别出来恶心人了。"

田安妮："……"

现场音乐彻底停了，众人震惊得都微张着嘴。

陈金宇哪受过这种气，顿时火冒三丈站起来，一副要打人的架势。

纪沐阳心想不好，刚想起身过来帮明媚解围，隔了三个位子一直在看热闹的蒋禹赫忽然低低"欸"了一声。

陈金宇动作一顿，回头。虽然在气头上，但最起码的底线和理智他还是有的。身边坐着的谁都可以得罪，蒋禹赫不行。

蒋禹赫靠在沙发上，视线落过来，问："想好了，真要下手？"

"她算什么东西，敢拿酒泼我？女人我也照样打！"

现场微顿，片刻，蒋禹赫轻笑一声："行。"

他不慌不忙地拿出手机打了个电话说："在忙？没什么事，就是告诉你一声——有人说要打你女人。"

蒋禹赫的话音刚落，在场的人面面相觑，都怔了。

陈金宇虽然狂妄，但自己有多少底气还是很清楚的。能让蒋禹赫亲自打电话插手这件事，说明明媚背后肯定有人，而且身份地位也绝对远高于自己。

陈金宇的怒火顿时被这个事实浇灭了不少，他忐忑地看着蒋禹赫，迫切地想知道与他通话的人是谁。

蒋禹赫拿着手机说了几句，突然站起来走到陈金宇面前，抬起手——

"接电话。"

陈金宇莫名有些不安，干笑道："蒋总，谁啊？"

蒋禹赫却懒得解释："听听不就知道了。"

在场这么多人，陈金宇不能丢了份，只好硬着头皮拿起电话："喂？"

谁也不知道他在跟谁说话，但大家都看得出来，陈金宇从起初的嚣张到刚刚的惴惴不安，再到现在彻底蔫了，他脸上写满了焦虑和后悔。

电话没有打太久，对方也就说了三四句话的样子，陈金宇就夙了。

他把手机还给蒋禹赫，什么都没说，转身往自己杯子里倒满了酒，而后面朝明媞，态度一百八十度大转变地说："明媞姐，刚刚是我的错。您大人不计小人过，我干了这杯，您就当我畜生放屁。"

明媞："……"

陈融还在用纸巾擦拭衣服，见自己的金主跪得这么快，有些不可思议。她暗中扯了扯陈金宇的袖子，小声问："你干吗啊？"

没承想陈金宇一巴掌扇了过去，吼道："让你在老子面前瞎编派，快给明媞姐认错！"

陈融被打蒙了，手捂着脸，又羞又怒，不肯低头："凭什么？"

两人就这样争执起来，蒋禹赫不悦地一皱眉道："要吵回去吵。"

说完他抬了抬手，包厢暗处待命的几个保镖立即走过来，强硬地架着陈融出了包厢。

陈金宇知道自己今晚得罪了人，更丢了脸，自觉起身离场："我有事就先走了，蒋总，这顿算我的。"

蒋禹赫呷了口酒，淡淡道："那就谢了。"而后他若无其事地重回到位子上："没事了，大家继续玩。"

不过两分钟，包厢又恢复了之前热闹的样子。

音乐继续，喝酒继续，划拳聊天都在继续。唯有明媞，冷静下来后的心依然跳得很快。

她怪自己刚刚太冲动，第一次出来应酬，就算看在田安妮的面子上，也应该忍一忍的。可不知道为什么，那一刻就是没能控制住情绪。

幸好祁叙帮自己兜着了。唉，又欠了他一次，快还不清了。

田安妮在各种局上见过的事情多了，明媞这种都是小场面。她见明媞不在状态，拉了她一把说："还没敬完，打起精神来。"

风波过后，田安妮不卑不亢地继续带着明媞敬酒。

微妙的是，一个电话过后，在场这些人再和明媞交流，态度都客气了很多。

都是在娱乐圈混的人精，刚刚的事瞎子都能看出来，明媞的背景不一般。

一圈酒敬完，回到位子上，一直从容淡定的田安妮把明媛拉到一个醒酒的小房间。她关上门，直接问："他是谁？"

明媛抿抿唇，不知道要怎么跟田安妮说。

怎么告诉她，说自己并不是祁叙的女人，只是他精神上的一个慰藉对象，而自己也只打算通过他找一找角色的感觉？

说起来也太荒谬了。

明媛小声说："不是蒋总说的那样，我和……我和他只是一般的朋友。"

"哪个他？叫什么？"

"……"

田安妮见明媛欲言又止，有些着急地说："媛媛，我是你的经纪人，也是你半个姐姐。你妈把你嘱托给我，我就必须对你负责。你才刚刚毕业，这个圈子水那么深，你是什么时候和蒋禹赫身边的人走在一起的？我上次那么说，难道你当真了？你以为这些人都是好惹的吗？简单打个比方，上次带你认识的那个祁总，是蒋禹赫的好朋友。你以为他年纪轻轻坐到洲逸总裁的位置是因为会投胎？不是的，他们可跟刚刚那个草包陈金宇完全不一样，这些人的城府和手段，都不是你一个刚毕业的小姑娘可以想象的，你更不要觉得可以从他们身上找到什么真爱。"

田安妮一口气说完，见明媛耷拉着脑袋低头不语，好像明白了什么，脸色微变道："你别告诉我，那个人就是祁叙吧。"

明媛没有马上否认，田安妮就都明白了。

处理这种事情一向游刃有余的田安妮，这时竟也卡了壳。她顿了顿，从包里掏出烟，点燃了一根，深吸了一口，冷静下来说："什么时候开始的？老老实实地告诉我。"

明媛知道这件事瞒不了田安妮，便把这段从走错房间叫错人开始的故事，一五一十地说了出来，唯独隐瞒了找祁叙体验剧本的部分。

"我和他真的没有发展恋情，刚刚蒋总可能只是想帮我解围，所以才那么说的。"

田安妮在圈子里这么些年，怎么会看不出这种解围背后的目的。

"成年男女，你觉得人家只是想跟你交朋友？"

明媛闭了嘴，心里默默回答：这你就猜错了。人家可不想交朋友，人家是要找替身。但她没说出来，低着头装乖巧。

田安妮又吸了几口烟，叹气道："算了，别的我也不多说了。如果祁总是真的喜欢你，我不会反对，可是……"

田安妮的话说一半停在那儿，很久后才低声道："我认识的他们这个阶层的人，可以有很多个女朋友，但只会有一个老婆。他可以不喜欢她，甚至各玩各的。但这个女人必定是和他门当户对，对他的家族事业有帮助的。明媱，你懂我的意思吗？"

明媱当然懂田安妮的意思。只是从一开始，她想得到的不过是一份角色的体验，其他那些她也没想过。

"懂。"明媱抓着田安妮的手宽慰她说，"等我进了宋导的组就不会再和他联系了，最多……还剩一个半月吧。"

田安妮顺手摸了摸她的头说："姐不是不允许你谈恋爱，但你现在才毕业，事业还没开始。万一，我是说万一，你要被人贴上什么情人、包养之类的标签，黑点会伴随你一生的。"

明媱点点头，在心里对比了下：呃，情人说出去至少是个独立体，不像替身，是活在别人影子下的代替品。所以替身才是最卑微的！

两人谈完回到包厢，田安妮示意明媱："不管怎么样，刚刚蒋总帮你传了话，去敬杯酒吧，我就不跟着了。"

田安妮就算不说，明媱也打算这么做。

蒋禹赫坐在对面，正低头跟身边的人交流着什么。

明媱定定心，端着饮料走过去，礼貌地站在他面前："蒋总，刚刚谢谢你！"

蒋禹赫偏过头见是她，回道："谢我做什么？又不是我帮的你，要谢就去谢他。"

明媱很谦卑地说："那也要谢谢你的。"

说完，明媱便主动喝了杯中的饮料。转身正要走，蒋禹赫叫住她。

"我这边一杯酒倒是完事，他那边你打算怎么谢？"

明媱愣了愣，一时没反应过来："啊？"

她心里想的是：就也打个电话呗。不然怎么谢啊，他人又不在，总不能连夜"打飞的"找他致谢吧。

蒋禹赫放下酒杯，顿了片刻，低声道："他今天心情不太好，工作出了状况，一堆烦心事。"

明媛听后皱了皱眉。

聚会越来越精彩，11点了大家还热情不减，明媛熬不住犯困，先一步走人了。

其实主要是听了蒋禹赫说的那些话，她也没什么心思玩了。

上次被记者围堵进厕所，后来无处可去住进他的酒店，今天被陈金宇刁难他又出手帮忙。

认真想想，祁叙的确帮了自己不少。作为一个"工具人"，除了在情感上利用了自己，其他方面他是真的很尽职了。

所以，他现在一个人在外地，心情不好，明媛觉得自己确实应该为他做点儿什么。不然那些人情债一个堆一个，都快还不清了。

可是要怎么做，才能让他开心一点儿呢？

明媛没谈过恋爱，也没这方面的经验，想了半天无果，索性打开某度搜索——怎么哄男性朋友开心？

某度的答案是——给他讲笑话，请他看电影，请他吃饭等常规操作。

现在两个人不在一起，所以有些建议不现实。

明媛正准备搜一搜有什么好笑的笑话，忽然发现相关搜索内容下有一条：怎么哄男朋友开心？

不同于"男性朋友"的寥寥答案，一字之差的"男朋友"下面有上百条建议。

明媛眨了眨眼，鬼使神差就点了进去，然后看到了点赞最多的一条建议：穿性感睡衣跳舞给他看，保证他会开心死的。

这么刺激？不过，祁叙那种生性冷淡的人吃这一套吗？

明媛"脑补"了自己穿性感睡衣跳舞给他看的画面，感觉有点儿不适。

还是换一个吧，性感睡衣是男朋友才有的待遇，他这个"工具人"暂时还不配。

但这条建议下面的反馈评论又让明媛蠢蠢欲动——都是亲测有用，男朋友开心坏了之类的话。

想想也是，男人嘛，都是视觉动物。心情不好的时候，刺激刺激视觉产生点儿能让人愉悦的多巴胺，不高兴也就高兴了。

明媛觉得把这个方案稍稍改进一下，作为备选也未尝不可。万一讲笑话没用，就再试试来段"沙雕"舞。

明媱最终准备了两个方案，A计划是讲笑话，B计划是跳一段自己在网上学的舞。

另一边，祁叙和客户应酬完回到酒店，原本打算处理一些邮件，刚在办公桌前坐下，忽然接到明媱打来的视频电话。他皱了皱眉，下意识看电脑右下角的时间。

晚上11点半了，她这么晚找自己干什么呢？没有犹豫，祁叙按下接听。

这还是两人第一次以视频的方式通话。

明媱的脸很快出现在屏幕上，接通的瞬间她有点儿拘束，很快便笑着挥了挥手说："能看见我吗？"

祁叙唇角微微翘着："回去了？"

"嗯，刚回酒店。你呢，在干什么？"

"没干什么。"

原本一句很普通的话，明媱听完顿时就"脑补"出祁叙一个人难过地坐在房间里借酒浇愁的悲伤画面。

她咳了声坐正，故作轻松道："那个，我今天在聚会上听到一个好好笑的笑话，要不要讲给你听？"

祁叙："……"

难道她大半夜打视频电话来，只是为了给自己讲笑话？

虽然不知道明媱要做什么，祁叙还是点了点头，说："好。"

明媱小心翼翼地拿出准备好的小抄放在镜头外，偷瞄过去念道："有一天可乐和咖啡在聊天，可乐问咖啡，你觉得我们谁会比较长寿？咖啡说不知道呀，这要看你平常作息正不正常。聊着聊着，可乐就没气了。"

说出"没气"两个字的时候，明媱就笑了，边笑边期待地看向祁叙。

然而男人一脸平静，丝毫没笑，甚至还有几分迷惑。

明媱："……"

好吧，可能是她笑点太低。明媱又悄悄换了第二张小抄。

"一只猪走啊走，走到英国变成了什么？"

祁叙很平静地回答："不知道。"

"变成了佩奇啊，哈哈哈……"

祁叙调整了下坐姿，低声问："明媱，你没事吧？"

明媚尴尬到立即闭了嘴。行吧，她懂了，讲笑话对这个男人没用，他到现在表情就没变过。必须得上 B 计划了。

明媚收起小抄，带上一个洗脸用的兔耳朵发箍，她把手机放在桌上，而后退到沙发前面的地板上。

这时，音响里响起可爱的音乐。

"那，我这几天学了一段网上很流行的舞，你看看好不好看？"

明媚突然在镜头前跳了起来。

动作没什么章法，看起来像是即兴乱来的。叉个腰，纤细的腰肢左扭一下右扭一下，转个圈儿再扭两下……

祁叙："……？？？"

他一边看着，一边不动声色地在电脑上给蒋禹赫发微信：陈金宇走了后，明媚发生什么事没有？

蒋禹赫很快回了：没有，她提前离场的，怎么了？

祁叙看着镜头里还在卖力跳舞的明媚，怎么看都觉得不对劲——一副受了刺激不大正常的样子。

祁叙：她刚刚莫名其妙地要给我讲笑话，还做了一些很奇怪的事。

蒋禹赫：她不会真信了我的话吧？

祁叙马上问：你说了什么？

蒋禹赫：我说你今晚心情不好，生意谈得不顺利，想试试她会不会去安慰你。现在看来，这位明小姐似乎挺在意你的。

原来如此。

祁叙的视线重新回到手机上，看着屏幕里卖力扭动的小身影，脸上浮现出隐隐笑意。

明媚还在跳，这时候的表情和动作都比一开始要自然得多。她穿的是一条白色的睡裙，长发完全披在背后，随着动作轻轻摆动，头上两只兔耳朵一甩一甩的，很可爱。

祁叙默默按下了录屏，只是没过一会儿，他的眼神忽然微变。

或许是因为几个动作过大，明媚的衣领垮了下来，里面内衣的肩带和半边白皙的肩膀一下走了光。但她没发现，还跳得很认真。

祁叙的喉结动了动，移开了视线。

酒店窗外霓虹灯闪烁，光影纵横交错，男人的眸色在不觉间起了变化。

他拿起桌上的水杯喝了两口，不经意地再看回手机屏幕，发现明媪还在认真地跳着。

那种若隐若现的诱惑，无形中让可爱添了性感的味道，瞬间激起了男人心底某些原始的欲望。

祁叙深吸一口气，再次移开视线，直到音乐停止都没再看回去。

这水划得好累，好不容易跳完，最后的卡点落在一个"比心"的动作上。明媪跑过来拿起手机，问："怎么样，你现在有没有觉得开心了那么一点儿？"

她微喘着气，额角渗出细密的汗珠，双颊浮上娇艳的红。

祁叙打量几眼，在心里想：没有，你现在让我更难受了。

明媪觉得祁叙这人真挺难搞的，自己卖力地又是讲笑话又是跳舞，结果他完全没反应不说，还挂了视频，叫自己早点儿睡。

互动指数为零，这人太不解风情了！

明媪心想：大概，可能，需要今棠穿着性感睡衣来跳舞，这男人才会笑起来吧。

不给面子算了，明媪也懒得再去管。反正自己尽心也尽力了，回头蒋禹赫那儿问起也有交代。

这一晚在会所发生的风波，大概是蒋禹赫发了话，一点儿风声都没透露出来。但一夜之间，陈融被封杀了。

具体是谁的授意明媪也不清楚，第二天宋导打来电话告诉她，只说陈融得罪了人，圈内全面封杀，所以被踢出了对林芸芸这个角色的角逐。

如果一个月后的试镜明媪没有问题，她将正式成为林芸芸。

少了一个竞争对手，对明媪来说算是好事，但这也给了她巨大的压力。

还有一个月就要进行最后一轮试镜，一共四十集的剧情，她才体验到十六集左右，必须加速了。

祁叙在那天后没再联系过明媪，他好像很忙，原来说一周就回来，可都到第七天了，还没有回来的消息。

明媪已经找好了房子，原本想等祁叙回来再搬，可他迟迟不归，明媪也不好意思继续赖在酒店。毕竟当初说好了只住一周，说话要算话。

明媪打算今天忙完工作就回酒店收拾东西，明天搬走。

按照之前计划好的，今天明媪的工作是拍宣传照。

早上 8 点，明媛来到田安妮的工作室。

田安妮正和企划人员开会，明媛坐在外面等，芮芮给她倒了杯水。

"媛姐，你运气真好，今天安妮姐的'左膀右臂'都回来了，你待会儿还能跟他们见一面呢。"

明媛眼睛亮了亮问："真的？"

"左膀右臂"指的是田安妮工作室签的两个男艺人：一个是表演科班出身的梁恒，另一个是从"顶流"男团单飞出来的全能偶像卓屿骁。

去年之前田安妮一直在某经纪公司工作，后来因为理念不合出来单干，这两人是心甘情愿跟着她出来的艺人。

这回工作室终于签了新人，卓屿骁和梁恒顺利升级成为师兄，他们对这个刚入门的小师妹稀奇得很，知道她今天会来，都特地过来想要看一眼。

等了会儿，会议室的门被推开，田安妮见明媛来了，转身冲身后两个年轻男人说："媛媛来了，以后你们俩处处都得照顾着她，知不知道？来来来，你们认识一下，我进去打个电话。"

卓屿骁和梁恒现在都正当红，田安妮会经营，成立工作室单干后，把这两人的事业推得更加红火。

明媛第一次见到两个前辈，不好意思地伸出手说："骁哥好，恒哥好。"

因为今天要来拍宣传照，明媛没有化妆，顶着一张素颜就过来了。

卓屿骁拿出手机对着明媛拍了一张照片，假装吓唬她说："好了，小师妹的素颜照有了，以后你要乖乖给师兄端茶递水，要乖乖……"

话还没说完，梁恒就把他手机夺了过去说："有病！"

"我就是开个玩笑！"

"回去找你妈开。"

明媛有些尴尬地说："没事，我不介意的，你们别吵。"

芮芮在旁边笑出声来："姐，他们平时就是这样的，不是吵架。"

明媛："……"

梁恒说："明媛是吧，晚上请你吃饭。"

明媛指了指自己问："我？"

卓屿骁接话道："对啊，欢迎我们田家军又多了个小师妹。你恒哥都盼了一年了，跟盼星星盼月亮似的终于把你盼来了。"

话音刚落，梁恒向他投去了死亡凝视。

卓屿骁马上闭嘴："我去练舞了，晚上见啊，师妹。"

送走他们，明媚进了田安妮的办公室。田安妮看到她笑着问道："怎么样，感受到你两个师兄的热情没有？"

明媚抿唇点头，看了眼门外压低声音说："他们私下原来这么好玩啊，我还以为都很高冷呢，经常看到他们参加活动时都不太笑的。"

"那都是人设。"田安妮看着明媚说，"就比如你，也需要一个吸引粉丝的人设。"

明媚好奇地问道："我是什么人设？"

田安妮却淡淡一笑，卖起了关子："原本倒是准备了几个，但刚刚我突然发现有个更适合你的。我先安排一下，过几天你就知道了。不过话说在前面，到时候你一定要配合我，我希望在宋导的组之前帮你先引一波人气。"

田安妮的能力明媚是相信的，她点点头说："好，我肯定配合。"

下午，田安妮带明媚去约好的摄影棚拍宣传照。明媚底子好，加上又年轻，稍微上点儿妆就打造出了清新脱俗的形象。

"头发扎起来吧，弄个蓬松的丸子头。"田安妮在旁边亲自指导，"不要性感，不要妖媚，耳环选那个小樱桃的，对对，邻家妹妹的感觉……"

明媚就这样在摄影棚里换了四五套服装，赶在饭点前团队总算完成了拍摄工作。

结束后，田安妮便带着明媚去了梁恒选定的餐厅，几个人在那儿碰头。

这是两个师兄为明媚举办的欢迎宴，明媚很开心，有种回家了的亲切感。

中途，田安妮拿手机分别给他们拍了几张合影，明媚并未在意。当时她已经和卓屿骁、梁恒聊到很熟，拍照片的时候也很自然地笑着。

快吃完的时候，明媚忽然收到祁叙的微信：在酒店吗？

明媚回他：还没回去，怎么了？

祁叙：有一些文件在你那边的书房电脑里，我要去处理一下，方便吗？

明媚的心一跳，忙放下筷子问：你回来了？

祁叙：嗯。

卓屿骁这时给明媚夹了一块糯米藕："幺幺，吃这个，可甜了。"

梁恒皱眉："什么幺幺？"

"我家那边对最小的妹妹的爱称，明媚不是叫媚媚吗？正好合适。"

"土死了，叫小明不行？"

"小明不土？我叫你小梁行不行？"

这俩人又开始了。

可明媚这会儿顾不上陪他们斗嘴，心思都在祁叙竟然回来了这件事上。

她突然拿着包站起来，充满歉意地说："对不起！我有点儿事要先走了，你们慢慢吃，这顿我请。"

说完，明媚就一溜烟儿跑到前台结了账，她出门打上车往酒店赶。

这次祁叙出差足足八天，按照明媚给他们定下的九十天的体验期来算，已经浪费了接近十分之一。

路上，她给祁叙回消息：没事，你去吧，工作要紧，我待会儿就回去。

明媚也不知道，为什么自己的心会跳得这么快，但这种感觉不是紧张，而是一种莫名的欣喜。

该死，她是想这个高冷的"工具人"了吗？不然为什么现在自己脸上会洋溢着变态又羞涩的笑容。

明媚拍了拍脸，在心里对自己说：这位替身请你稍稍冷静一下，控制下自己的情绪。

10分钟后，出租车停在洲逸酒店门口，明媚下车直奔28楼。

她不知道祁叙过来了没有，又不好发消息去问，显得好像很期待他回来似的。

虽然现在自己是挺想见到他的——主要是荒废了八天的时间，她之前好不容易找到的一些替身的感觉，都快忘干净了。

业精于勤，荒于嬉，"顾远"消失了八天，试镜的日子近在眼前，明媚必须抓紧每一分每一秒把这浪费的八天时间补回来。

用门卡开了门，房间里静悄悄的，明媚也看不出祁叙到底来了没有。

她放下包，假装若无其事地去倒水喝，顺便朝书房的方向看了一眼。

门竟然是开着的！他来了……

咕咚一声，水咽进喉咙，明媚握杯子的手收紧，突然有些手足无措。

她要主动过去打个招呼吗？会不会显得自己好像很兴奋，很激动的样子？

明媚没经历过，不知道怎么处理这种情况，她想起好像林芸芸和顾远也有类似的剧情，于是一声不吭地溜回了卧室。

翻开剧本，终于在第十五集找到了差不多的情节。

顾远出差三天，回来的时候林芸芸去机场接机，两人从机场回了家，然后……直接上床？

这编剧有毒吧，出差三天回来不吃饭不睡觉不喝水，先上床，这是人干的事吗？

明媛看得脑壳疼，把剧本丢到了一边。算了，顺其自然吧。

明媛重新走出去，想了想，倒了杯咖啡走到书房门口，敲了两下门，开口问道："祁叙，需要咖啡吗？"

话音刚落，坐在电脑前的男人也抬头看过来。

四目相对，明媛微微愣住了。

"你，你怎么……"

祁叙顺着明媛的眼神看了看自己身上问："有什么问题？"

不是有问题，明媛只是有些意外。

今天是她第一次看到祁叙工作时的样子——原来他办公的时候会戴眼镜啊！

祁叙坐在那儿，戴着一副金边眼镜，西装脱在了一旁，深色衬衫解开了上面的两个扣子，领带拉松垂在胸前，跟平日里给人的那种清冷感觉完全不同。

此时的他，脸部线条的锋利被眼镜中和，整个人多了一种斯文的柔和感，但又莫名很禁欲。

明媛看到他领口若隐若现的锁骨，她忽然想到了一个词——"男色诱人"。

哦不，脏了脏了……我怎么可以意淫我的"工具人"？

摒弃掉脑子里那些乱七八糟的念头，明媛把咖啡端进去放在桌上，刚要说话，忽然闻到了一股酒味。

顿了顿，她皱眉道："你喝了酒？"

祁叙"嗯"了声，淡淡道："下午应酬的时候喝了一点儿。"

味道还挺重，看来喝得不少。

明媛又端起刚放下的咖啡，打算出去给祁叙倒杯牛奶："那你就休息一下明天再回来嘛，何必着急赶晚上的航班？"

她一转身，同时听到男人略微沙哑的声音："因为想见你。"

明嫱身体一顿，握着咖啡杯的手扣紧了。

他在说什么"虎狼之词"？他以前从来不会说这样的话啊！救命，怎么回……

祁叙见明嫱定在那儿不动，从后面拉了拉她的袖子说："过来。"

明嫱被他拉得一下没站稳，后退两步，直接坐到了他腿上。

明嫱一秒钟"脑补"出了一百种总裁醉后不做人的画面。

"不……不好意思。"她哆哆嗦嗦着想要站起来，却被祁叙按下了。

"别动。"

明嫱一动不敢动。

"抬头看着我。"

明嫱感觉自己的心跳又开始跟机关枪一样"突突突"了。她艰难地抬起头，问："干什么？"

"你没有看到吗？"

看到什么？明嫱不知道祁叙在说些什么奇怪的话，心想：他喝多了吧？

"你是不是醉了？"明嫱还是想站起来，"我去给你倒杯牛奶。"

"明嫱。"

祁叙只是这样轻轻地喊了一声她的名字，明嫱就莫名投降了。

她垂下眸，睫毛轻轻颤抖着，也就在这时，她发现了一件眼熟的东西——祁叙戴的那条领带。

明嫱的眼睛微微睁大，明显很意外。

没错，当初为了挑这条领带，她可是把整座商场上上下下走遍了，最后终于选到了满意的花色。

不过祁叙之前一次都没用过。明嫱也没在意，她早知道自己只是个替身的身份，送过去的东西被敷衍对待再正常不过。

可现在，他竟然用了。

明嫱失笑道："一直都没看到你戴，还以为你不喜欢。"

"没戴是因为之前每天都可以看到你，但见不到你的时候，看到它就感觉见到了你，"祁叙顿了顿，又接着说道，"所以我随时都想戴在身上。"

情话说得让人猝不及防，明嫱挂在唇角的笑意顿住，心快跳到嗓子眼儿了。

她看着祁叙，祁叙也看着她。四目相对，有些情愫在不受控制地发酵。

意识到自己不知不觉地被这个男人蛊惑，明媚竭力保持着理智，想要打破这种氛围。

她干笑两声，故意生硬地转移话题说："你这副眼镜挺好看的，借我戴一下好不好？"说完，就伸手摘了祁叙的眼镜。

祁叙："……"第二次了。

原以为摘眼镜的行为能让那种令人窒息的暧昧氛围冷却一点儿，可明媚没想到，少了眼镜的修饰，祁叙的脸又恢复了惯有的漠然，带着锋芒的注视更加动人心魄。

明媚瞬间觉得自己好像陷进他的眼神里了，她的心跳持续加速，呼吸也在变热。

祁叙的身体慢慢靠近她，呼吸的灼热混合着酒精味压过来。

明媚浑身僵硬，根本不敢动。她可以拒绝的，但她没有。

明媚感受到祁叙气息的逼近，大脑一片空白，慌乱之下闭上了眼睛。

她似乎在默认即将要发生的事，可半响，那股气息停在了脸颊旁。

男人轻轻一笑说："你脸红了。"

就好像演戏时入戏了一样，明媚已经完全沉浸在被祁叙带动的氛围里，可那人却提前出戏，甚至还戏谑了她一把。

明媚顿时又羞又恼。

是啊，她怎么脸红了？她怎么对一个"工具人"脸红了！

"你才脸红！"

明媚"噌"地站起来就要走，祁叙迅速拉回她，顿了顿，声音压低极具蛊惑性道："我现在回来了，那个舞，再给我跳一次好不好？"

还敢提这个舞？当时跳那么卖力不见你夸一句，现在兴致来了还想本小姐再跳？你一个"工具人"要求还怪多的。

明媚还在为自己脸红的事生气，闷头儿不悦地推开祁叙说："不好。"

她从书房跑回卧室，一头扎到床上，用被子裹紧自己。

明媚的心还在怦怦跳着。她闭上眼睛，还是忘不了刚刚祁叙靠过来的那个瞬间——那种胸腔几乎要爆炸的感觉，是她长这么大都没有感受过的。

这个男人太讨厌了。明媚翻了个身，烦躁地抓了抓自己的长发。

她又翻开剧本，从头到尾找了一遍，发现顾远都没做过这种主动撩林芸芸的事。

所以祁叙是怎么回事，出了趟差回来怎么还骚起来了？是之前自己主动打视频给他带来的自信和勇气吗？

　　正在心里猜想着，祁叙忽然在外面敲门，喊她："明媱。"

　　明媱心一跳，马上闭上眼睛装睡。

　　她进来的时候忘了关门，祁叙就那样站在门边看她表演一秒钟入睡，不觉好笑。

　　"鞋子还没脱。"

　　明媱继续装死。

　　"我先走了，你早点儿休息。"

　　明媱依然没吱声，等听到外面没了动静才悄悄睁开眼，下床去看。

　　祁叙走了，偌大的套房里也顿时安静了下来。

　　明媱在沙发上坐下，抱着靠垫发了会儿呆，才揉着脑袋承认了一件事——这里从来都没有喧闹过，只是他一来，明媱的心跳都加速了而已。

　　是试镜临近，自己压力太大，角色代入感太强了吗？

　　明媱每天都在努力让自己变成林芸芸，感受着她的情绪，发自内心地去爱顾远。

　　所以她对祁叙脸红，其实是林芸芸在对顾远脸红吧？

　　明媱也有些分不清了。她觉得脸颊好烫，想去拿瓶冰水冷静冷静，却发现冰箱上贴着一张字条。

　　是祁叙留的：明天下午六点想约明小姐去补听音乐会，赏脸吗？

　　明媱扯下字条，唇角随心底漾开的那股欣喜难以自抑地翘了翘说："算你还有点儿良心。"

　　祁叙的字虽然潦草，但笔锋顺滑有力，和他这个人一样，表面看着淡然，实则气势十足。

　　看着看着，明媱忽然发现自己又开始无意识地傻笑了。

　　她使劲拍了拍自己的脸。这位替身你干吗呢？你怎么又开始了？你在乱想什么？你清醒一点儿！

　　想到这里，明媱马上严肃起来，把字条揉成一团丢进了垃圾桶。

　　不过，既然祁叙这次主动相约，明媱当然不能错过这个好机会。留给她的体验时间已经不多，她必须尽快把剩下的剧情体验完。

　　在祁叙回来之前，明媱已经大致做了笔记，剩余剧情里比较关键的几个情绪起伏点分别是：林芸芸生病住院被忽略；林芸芸假装"劈腿"引起两人"冷战"；顾远生日失约；最后，顾远的"白月光"重新出现，两人和好，林芸芸被分手。

虽然已经看了很多遍，可每看到分手这里，明媛的心还是会痛一下。

之前明媛一直觉得林芸芸这个角色愚蠢没主见，被分手也是脱离苦海值得庆祝的事，她根本感受不到这个角色的痛苦，更不会心疼她。

但现在她能理解了。一片真心喂了狗，放谁身上不难过？

叹了口气，明媛看着自己总结出来的四个重点剧情陷入了深思。

所以按顺序，生病住院要怎么开始？难不成真让自己生场病去感受？

第二天上午，明媛早早起来搬家。

她在影视基地附近已经重新找到了一套房子，昨天祁叙回来了，2808正好还给他。

明媛收拾好行李，给房东李阿姨打电话，确定了她在家后，打算立刻搬过去。

上次就是因为管星迪回来帮忙，路上遇到纪沐阳，闺密又过分热情地撮合，引出了后面一系列的事情。所以这次明媛谁也没说，自己一个人安安静静地打了辆车过去。

说起这次找房来，明媛觉得自己的运气特别好，某天她在浏览网页时发现了李阿姨新发布的招租信息，房子就像为她量身准备的一样，各方面条件都满足她的需求。环境也比之前那个好，还是影视基地附近唯一的一处新楼盘电梯公寓。

10点多，明媛提着两箱行李敲开门。房东李阿姨早已等着了，见她过来热情道："来啦，我都收拾干净了，你看看还有什么需要的？"

明媛环视四周，满意得不能再满意了。接着她忽然想起了什么，紧张地问："阿姨，您这儿没老鼠吧？"

李阿姨笑着说："放心，我这是新房，而且先生他……"

明媛："嗯？"

李阿姨顿了一下，马上解释说："我是说，我先生对卫生这方面一直很注意，所以你大可放心。别说老鼠了，你连苍蝇都不会看到一只。"

明媛点头道："那就好，那就好。"

送走李阿姨，明媛开始整理房间。这次她吸取了教训，把最重要的日记本放在了卧室床头柜里，藏得严严实实的。

一个人忙前忙后地收拾完，已经是下午 5 点了。

明媱给祁叙发了个定位：我搬家啦，别去酒店找我了。

十几秒后，祁叙回复道：好。

还真是一点儿都不意外，一点儿都不留恋呢。

他这个相当随意的态度让明媱有些不爽，她马上端走了原本想要招待祁叙吃的甜西瓜，并打算一口回绝他上来坐坐的请求——除非他求她。

6 点整，祁叙的电话准时来了："我在你小区楼下。"

"哦。"

明媱开始等他接着问自己：住几号楼几单元？他可以上来吗？

然而并没有，祁叙直接说："你可以下来了。"

明媱："……"

行，有你的。既然你这么高贵冷淡，那回头我就贴张字条在门口：祁叙和狗不准入内。然后再把"狗"字划掉，让他睁大眼睛看清楚自己的地位还不如一条狗。就这么干了！

明媱气鼓鼓地从家里一路盘算到楼下，坐进祁叙的车里，她故作淡然地问："听什么音乐会？"

祁叙递给她一张节目单，明媱漫不经心地瞥了一眼，忽然愣住了——克莱德钢琴演奏会？

明媱张了张嘴，看向祁叙问："钢琴？"

祁叙边开车，边说："你这个语气，是喜欢还是不喜欢？"

明媱："……"我喜不喜欢不重要，你喜欢不就行了？

剧院每天那么多演出，为什么一定要来听钢琴演奏会？

为什么偏偏就是钢琴——你很想她是吗？你们一定也一起听过吧？

所以现在带着我去重温这种场景，给自己找些回忆？

明媱的心情莫名低落下来，出门前的那点儿兴奋全都没了。她把节目单丢到一边，看着窗外不说话。

祁叙马上感觉到了明媱的不对劲，车速放慢，问她："怎么了？"

明媱顿了顿，转过来笑眯眯地看着他说："没事。"

祁叙："……"这个笑一看就不是真心的。

"真没事？"

"开车别聊天儿，聊天儿别开车。"

祁叙怀疑明媱是不是又到了女人每个月特殊的那几天，情绪阴晴难定，他很有眼力见儿地闭上了嘴。

明媱独自在旁边高冷了片刻，还是没忍住在心里叹了口气。

算了。她瞎计较个什么劲儿，这不就是替身的日常吗？陪男主角去回忆"白月光"，原本也是她这个替身的义务。

钢琴还是二胡，又有什么所谓，反正自己都是去听个寂寞。

被耽误了两次的音乐会剧情，终于在今晚顺利被刷完。

剧本里，林芸芸和顾远去听音乐会是他俩才认识的时候，林芸芸对顾远充满了好奇与崇拜，被他的魅力吸引，更欣赏他的才干。所以在顾远开始追求她时，几乎不假思索地跌入了他的陷阱。

音乐会上，林芸芸如情窦初开的少女，一直偷偷看顾远。

明媱没想到自己竟然也一样，只不过林芸芸看顾远的时候，眼里都是爱慕；而她就不同了，侦察兵上身，睁着一双大眼睛，在昏暗中从各个角度观察祁叙的神情。

她想看看他眼底是否会流露出那种触景生情的悲伤情绪，或者在某些熟悉的旋律里突然泪眼婆娑。

整场演奏会，明媱一个音符都没听进去。

散场的时候，祁叙没有着急起身，等周围的人都走了，他才转过身问明媱："我脸上有什么好看的东西吗？"

明媱不解地问："什么？"

祁叙的身体靠过来，温热的气息微微扑面。

"为什么一晚上你都在看我？"

明媱被问到措手不及，尴尬地掩饰道："别自作多情了，谁在看你，我看的是那边的一个漂亮小姐姐好不好？"

"是吗？"祁叙看了明媱几秒，轻轻地笑了下说，"我怎么觉得最漂亮的是那个坐在我旁边的。"

明媱："……"骚里骚气。

刚刚怀念完"白月光"，马上又来面不改色地撩她，顾远都得喊你一声哥。这人出差那八天，是去学变脸了吧？

明媱没领情，轻轻哼了哼说："起来，回家了。"

103

车从剧院停车场开出没多久，田安妮给明媛打来了电话。

"媛媛，准备一下，待会儿你的照片会出现在热搜上，不要惊讶，也不需要解释任何内容。也许标题会让你有些尴尬，但相信姐，这些只是预热的套路，为你的人设做准备。"

明媛听完怔住了，问："待会儿？"

"对，务必记住我说的话，无论是谁问你热搜上的情况你都别回应，就说不知道，不清楚，等官方。"

作为一个长期在"吃瓜"前线的路人，竟然马上要在热搜上看到自己，明媛不禁有些紧张。

挂了电话，祁叙见她神情有异，问道："怎么了？"

明媛一边低头打开微博，一边说："我经纪人找我有点儿事。"

明媛的工作，祁叙很少过问。起初他想让蒋禹赫的亚盛娱乐把明媛签下来，这样可以完全保证她的安全。但迟了一步，人被田安妮签走了。幸好听蒋禹赫说田安妮为人靠谱儿，祁叙才没有继续插手。

所以明媛说是工作上的事，祁叙也没在意，继续专心开车。

20分钟后，车开至明媛新租的小区外。

这一路明媛都在刷微博，看上去好像在紧张地关注着什么。祁叙皱了皱眉，正想开口问问她，两人的手机一前一后响了。

是微博的推送消息。祁叙的手机就放在控制台上，他没有去拿，只扫了一眼就看到了推送的标题：梁恒与神秘年轻女性同吃晚餐，举止亲昵，疑似女友曝光？

祁叙对这样的八卦新闻向来不感兴趣，他收回视线，正准备继续跟明媛说话，却看到她非常迅速地点开了这条推送。而后，她眼里流露出满满的诧异和慌张。

敏感的祁叙立即意识到了什么，他拿起自己的手机，也点进了那条推送。

他一眼看出照片里和梁恒举止亲昵的年轻女性，就是现在坐在自己身边的明媛。照片上，明媛和一个年轻男人坐在一起，冲着镜头甜甜地笑。

这个意味不明的标题和暧昧的照片，顿时让祁叙的脸色沉了下去。

"梁恒？"他眉头蹙着看向明媛问，"女友？"

明媛没想到祁叙也看到了，还是当着自己的面——这微博可真会精准推送。

她的唇轻启，正想告诉祁叙这条热搜是田安妮安排的，不用当真时，祁叙的手机忽然响了。

话没出口，明媱的视线下意识地落到了他的手机屏幕上，却没想到看到了两个字母。她的心猛地跳了下。

是的，她没看错，只有两个字母：JT。明媱比谁都清楚，这两个字母的缩写代表谁。

她的心像钢琴上的黑白键剧烈地跳动着。

来了来了。做了这个人这么久的替身，今天终于要见到本尊和祁叙通话了吗？

他们会怎么交谈？祁叙会叫自己回避吗？那个女人的声音好听吗……明媱有很多问题想要知道答案，可她不能表现出来，只能按捺住复杂的心情，等祁叙去接电话。

可他只是看了一眼，竟然挂了。

明媱微愣，问他道："为什么不接？"

祁叙把手机甩到一边，侧身看着她，烦躁地回答说："因为我在问你，那个梁恒是谁？！"

明媱顿了两秒，莫名被这个语气激到了，问："那这个JT又是谁？"

这个问题她想问很久了，也早就想听祁叙亲口承认了。

对视片刻，祁叙转头看着前方，声音淡淡道："一个生意上的合作伙伴。"

明媱："……"

都未婚妻了，还合作伙伴？

照片都放钱包里了，还合作伙伴？

你家用人都说了是你不让人提的人，还合作伙伴？

你可真能骗我，敢找替身不敢认？

"所以这个梁恒是谁，"祁叙追问明媱，"现在能告诉我了吗？"

明媱低着头，没有马上回答。这种沉默让车厢内的气氛不觉间就冷了下来。

其实明媱知道，自己没有立场去质疑和责怪什么，只是压抑了一整晚的情绪，还是因为男人的欺骗而变得更加沮丧。

她想起田安妮刚刚嘱咐过的话，"无论谁问你热搜上的情况你都别回应，就说不知道，不清楚，等官方"。

于是她冷漠地撇开脸看向窗外说："不知道，不清楚，等官方。"

说完这句话，明媚就拎着包下车走人了。

她知道自己作为一个替身，不该有这样的情绪。但像那晚在会所一样，她无法控制自己。

电梯里，明媚莫名觉得委屈，可这种心情无处宣泄。因为她明白，她根本没资格去要求祁叙做什么。

从一开始，这场戏就是自己主动策划的，祁叙是她的"工具人"，她也是心甘情愿做祁叙"白月光"的替身。这是一场公平的交易。

手机一直在响，明媚知道是祁叙打来的，却不想接。

大概是入戏太深，当看到今棠给祁叙打来电话时，她心里会难受，仿佛看到了"白月光"回来，自己被踢走的画面。

自己会和林芸芸是一样的结局吧？

不。明媚在心里告诉自己：如果真有那么一天，她也会体面、骄傲地离开，绝对不会戏里戏外都上演林芸芸那样卑微的结局。

打了两三通电话明媚都没接，祁叙便没再打过去。

他根本不知道明媚突然的情绪从何而来，虽然自己看到那条热搜有些不爽，但到底没有说什么重话，只是问了一句梁恒是谁。这就生气了？还是说，又是女人特殊时期说来就来的小情绪？

祁叙实在搞不懂女人的心。他按了按眉心，正准备把梁恒和明媚的合影发给蒋禹赫问问是谁，今棠的电话又打了过来。

祁叙有些烦，接起来语气也是冷冷的："什么事？"

今棠的声音很低："祁叙，我下个月就回来了。"

祁叙没说话，不耐烦的态度很明显。

今棠说："我就是想问你，你爸有没有喜欢的东西？我想给他买礼物。"

"那你该给他打电话，而不是给我。或者，你还可以打给你未婚夫。"

今棠沉默了片刻，声线轻柔地说："祁叙，你是不是还在怪我？你应该知道我出国是为了谁。"

祁叙说话的时候一直注意着小区的某栋楼，看着某个房间的灯光亮起。

明明近在咫尺，却好像怎么都抓不住，烦躁感随之更重。

他收回视线冷冷地回答道："我不知道，也没兴趣知道。就这样，以后

106

除了公事不用给我打电话了。"

没等对方再说，祁叙挂了电话。

手机页面还停留在刚刚的新闻上，不过几分钟的时间，"梁恒与神秘女子共餐"的话题已经冲上了热搜第一。

祁叙随便看了几条评论——

"普通朋友吃饭而已吧？哥哥独美，不约谢谢。"

"营销号又开始编假新闻了？"

"有一说一，这个妹子挺漂亮的，跟梁恒还蛮有 CP 感的。"

"比上次传绯闻那个女的好看太多了，这个我可以！"

蒋禹赫的电话适时打了进来，语气中带着几分调侃道："你的心上人上热搜了，怎么男主角不是你？"

祁叙没理会他的调侃，淡淡地问："那个男的什么来路？"

"你问梁恒？田安妮带的艺人，前不久演了一个都市剧火了，最近人气正高。"

原来是田安妮的人，那就是一个公司的同事？会不会跟网友说的一样，只是吃个饭而已？

蒋禹赫见祁叙没出声，笑道："怎么，不爽？"

这人净说屁话，看到自己喜欢的女人和别的男人传绯闻谁能舒服？

蒋禹赫又说："我有个问题想问你很久了，你喜欢她，难道是因为今棠？"

祁叙皱了皱眉，说："你但凡有点儿脑子，就不会问这种问题。"

"那你是为什么？"

祁叙深吸一口气，没好气地反问道："那你妈生你是为什么？"

蒋禹赫："……"听出来了，这人现在已经到了一个极度不爽、一碰就炸的状态。

蒋禹赫只好宽慰他两句："这种热搜都是买的，田安妮肯定是在为明媛铺垫什么。你与其瞎猜还不如直接去问明媛，我看她挺在意你的。"

是啊，上次明媛那样哄他开心，让祁叙都以为她也对自己有了感觉。

可祁叙有时又觉得明媛和自己隔着一种说不清的距离，他也不知道是为什么，她对他时而亲近，时而又戒备。比如今晚的音乐会，她明显心不在焉，却不肯告诉自己原因。

蒋禹赫说："你要是实在不舒服，我帮你去撤掉。"

祁叙靠在真皮座椅上慢慢闭上了眼。

蒋禹赫都说了，这只是田安妮为明媛铺垫的热搜。虽然自己不知道具体内情，但如果莽撞地插手她的事业，到时候只怕会引起她的不满。

半晌，他淡淡道："不用了。"

那边，好闺密忽然上了热搜，简宁和管星迪比任何一个"吃瓜"网友都惊讶。当天晚上，两人就冲到了明媛家里，美其名曰是庆祝她乔迁，实际上就是来聊八卦的。

简宁带了瓶好年份的红酒做礼物，她一见到明媛就兴高采烈道："热烈祝贺明媛第一次上热搜！"

明媛："不是来祝贺我搬家的吗？"

管星迪打趣道："不都一样吗？咱们不如先聊聊，你和梁恒咋回事？"

"纪沐阳不是你的菜，难道梁恒才是？姐妹，你藏得够深啊！"

说实话，明媛现在根本没心情跟她们吹牛聊八卦。

最烦躁的那会儿已经过去了，现在平静下来，明媛觉得刚刚自己对祁叙说出的"官方三连"还挺伤人的。

大概是因为今晚先去听了"白月光"最爱的钢琴演奏会，后又亲眼看到"白月光"联系祁叙，而祁叙却骗自己说和她不熟。接连被"暴击"了两次，她才没能收住情绪。

虽然两人现在还是以朋友的关系相处着，但从祁叙的角度去看，一个自己正追求的女人竟然和别的男人上热搜传绯闻，他当然会不爽。

渣是渣了点儿，可这不是在演戏吗？自己干吗要去计较？

明媛已经暗暗后悔了，她本想厚脸皮地等祁叙再打电话来，只要打过来，她就会接。可他却不再打了。

明媛在心里嘀咕：怎么那么小气？有种再给我打一个试试。

管星迪见明媛心神不宁，在她面前挥了挥手说："怎么回事，上个热搜上傻了？"

简宁起哄道："媛姐别怂，咱们'媛宁管'三人组出名就都靠你了！"接着她又笑嘻嘻道："所以打算什么时候带梁恒来给我们看看？到时候，我也带我男朋友给你看。"

管星迪愣了下，激动地问道："你那位这就考验完毕转正了？！"

一提到自家男朋友，简宁的小嘴又开始不停地夸："你们都不知道他多会哄人，还叫我小甜甜。

"每天要说一百次想我。

"前天还送了我一个铂金包包……"

"你们会吵架吗？"明媛冷不丁开口问道。

简宁怔了下，说："当然啊，吵架也是谈恋爱的一部分嘛。"

"那——"明媛看着手机发呆，"你会去哄他吗？"

"怎么可能？当然是他来哄我啊，哪有让女孩子先低头的道理。"

简宁惊讶地问："怎么，跟梁恒吵架了？"

明媛还没来得及摇头，简宁马上拉住她的手传授经验："稳住，千万不要低头，这时候就看谁忍得住了。"

管星迪赞同："千万别给臭男人们脸，给脸他们就要上天，不能惯！"

明媛还在心头打旋的念头，一下被姐妹们摁了回去。

想想可不是这个道理吗？

距离祁叙最后一次联系自己，已经过去 2 小时 36 分钟了，所以他是不打算来哄自己了，对吗？

自己搬家他也不在意，住在哪一栋哪一单元，还缺不缺什么东西，问都不问，甚至连一句客套话都没有。

明媛彻底清醒了。凭什么啊？明明就是他在骗自己，人家林芸芸质问"白月光"的时候，顾远还大大方方地承认了呢。

看来这事儿就得按照闺密们说的，先晾晾他再说。

怎么能和"工具人"接吻？

明媛当即决定把祁叙关小黑屋一天，就算他再想来哄自己，也不给他这个机会。

必须让现实中的"顾远"，也尝一尝被冷落的滋味。

明媛潇洒地关机，睡觉了。

梁恒和明媛的照片，就这样在热搜上挂了一夜。

没过多久，明媛的资料就被扒了出来。电影学院表演系系花这个头衔，顿时吸引了不少网友的好奇，一夜之间，明媛这个名字就被大众知道了。

第二天早上，明媛醒来打开手机的时候，微信上全是询问她和梁恒关系的消息。

明媛没看，全部滑了过去，她直接找到了祁叙的对话框。

夜里 12 点半的时候，这人倒是给明媛发过一条消息：醒了给我回个电话。

算是主动联系了，可这句话什么意思，是在叫自己低头去哄他吗？想什么呢，我就不。

明媛无视了祁叙的消息。恰好这时田安妮打来电话，通知她马上去一趟公司，说是今天有工作要安排。

忙正事要紧，明媛收拾了下便赶去了工作室。到了之后才知道，所谓的工作，竟然是去影视基地探梁恒的班。

明媛迟疑了片刻，才开口问："安妮姐，你不会是要炒我和恒哥的CP吧？不要啊，我会被骂死的。"

"你想，我还不同意呢。"田安妮睨了她一眼说，"你现在别问那么多，照我说的做就是了。你现在已经被网友初步认识了，下一步就是要趁热打铁把你推出来。三天之内吧，一定要完成。"

明媛实在不知道田安妮葫芦里卖的什么药，但她信任田安妮。那天田安妮在会所对自己推心置腹说的一番话，是真的把自己当妹妹对待。

明媛点头道："行，我听你的。"

两人带着芮芮刚出工作室门口，明媛的手机响了。

是祁叙。想好不理他的，但电话打来的这一刻，明媛还是像个斗嘴斗赢了的小姑娘一样，偷偷地抿唇笑了。

昨天那些什么关小黑屋一天的念头，也瞬间烟消云散了。

只是田安妮在旁边，明媛实在不好接，便挂掉了电话。然后她在微信上回复祁叙：现在不方便，晚点儿打给你。

田安妮见她挂掉了电话，心领神会道："不会是祁总的电话吧？"

明媛忙把手机收进包里，心虚地说："不是。"

田安妮瞥了她一眼说："总之，上次话我都说到了，怎么选择是你的事。但如果哪一天你真的和祁总在一起了，必须告诉我。"

明媛低着头像只小鹌鹑，缓了很久才在心里轻声说：不会有这么一天的。

明媛给祁叙发了那条消息后，他的电话没有再打过来。

今天梁恒在影视基地那边有一场古装武侠戏要拍。因为田安妮的安排，明媛顺利进入剧组观看现场拍摄。

原以为中间肯定能找到空闲的时间给祁叙回个电话，谁知田安妮和剧组的导演相熟，竟然临时让明媛客串了一个讨人喜欢，出场又炫酷的角色，算是特别演出。

虽然这个角色只有几句台词，但因为要化妆换装，要学吊威亚，明媛一整天都没碰到手机。

好不容易完成了工作，田安妮又掏腰包请剧组吃饭：一是为了梁恒在剧组能被多关照；二是想让这部剧的导演和明媛多接触接触，方便以后合作。

晚上9点，饭终于吃完了。

精疲力竭的明媛刚拿出手机，田安妮又走过来说："今天回去早点儿睡，明天带你去见两个重要的人，一定要保持好状态。"

明媛急着想要回家给祁叙回电话，不管田安妮说什么都点头说好。

直到后来梁恒的房车开过来，田安妮说："那赶紧回去吧。"

明媛一愣问："不是你送我吗？"

田安妮说："我还有个应酬，你恒哥刚好要回市区，顺便捎你回去。"

明媛忙摆手道："不用了，我家离这里不远，我自己打个车回去就好了。"

"开什么玩笑？这边偏远，又这么晚了，我能让你自己一个人走？"田安妮不由分说地把明媛塞进梁恒的房车说，"你要是出事了，我没法跟你妈交代。"

明媛："……"

田安妮走后，梁恒问她："明媛，你下午怎么心不在焉的？"

"有吗？"明媛眼神微闪道，"可能是第一次进组，有点儿紧张。"

"嗯，刚开始都是这样的，以后习惯就好了。"

说完，两人便没再交流，幸好明媛家离影视基地近，开车10分钟左右就到了。

车停在小区门口，明媛从房车上下来，对车里的梁恒摆了摆手说："谢谢恒哥，晚安！"

"等会儿，明媛。"梁恒忽然从车里下来，手里拿着一个纸袋说，"送你的，收好。"

明媛一愣问："给我？"

"安妮姐要求的。卓屿骁也准备了，估计很快也会给你。拿着吧，就当是见面礼，欢迎你加入我们工作室。"

知道是田安妮的安排后，明媛才伸手接过来说："谢谢恒哥！"

梁恒没再多说，转身上了车。

看着房车驶去，明媛终于有了空闲时间，她都等不及回家，就站在小区门口给祁叙回电话。

"嘟嘟"声响了两下，祁叙接起来："忙完了？"他声音很低，莫名还带着一点儿冷淡。

"嗯，找我有事吗？"

祁叙沉默片刻，似是压下了一口气说："过来，上车。"

明媚听完怔了两秒，而后猛地反应过来，抬头看了一圈，果然在不远处看到了一辆打着双闪的宾利。

她脑子"嗡"地响了一下，握紧手机问："你怎么过来了？"

"想知道你在忙什么这么不方便，需要一天的时间。"

尽管男人语气淡然，明媚还是听出了其中暗涌的不爽。

明媚顿了顿，什么都没说，挂了电话朝那辆车走过去。

坐上车，关了门，她平静地解释说："今天安妮姐带我去工作，忙了一整天。"

"是工作了一整天，还是跟这个梁恒待了一整天？"祁叙的语气听不出情绪起伏，却让人觉得异常压迫。

明媚讨厌他这种语气，就跟昨晚一样，明明他心里藏着另一个人，却还要对她指手画脚，问东问西。

怎么，只许州官放火，不许百姓点灯？

惦记了他一天，见了面却各种冷言冷语。没哄她就算了，现在还怀疑她。

明媚当即不悦地回了一句说："我跟谁在一起跟你有什么关系，我不能有朋友吗？"

"朋友？"祁叙扫了眼她手里的礼物问，"上热搜传绯闻的朋友？半夜送你回家的朋友？给你送礼物的朋友？不方便在他面前跟我通话的朋友？"

明媚被祁叙说得一时哑口无言，转身看着他，不知怎的，心里的怒气被瞬间激起了。

"不行吗？我就算现在跟梁恒谈恋爱，也与你无关吧，祁总？我们有什么关系？我们也只是朋友而已！你要是有喜欢的人，也可以送她回去，传绯闻，送礼物，甚至去亲去抱都可以，我不介意！"

明媚一口气说完，胸口随着急促的呼吸轻微起伏着。

是真的生气，却也是真的爽。林芸芸就该跟自己一样强硬，不能惯着这些"双标"的臭男人！

因为明媚的这番话，车里的气氛瞬间紧张起来。

四目相对，明媚从祁叙幽暗的眼神里知道，自己刚刚又在钢丝上起舞

113

了。她咬了咬唇收回视线，转身想下车走人。可手刚碰到车门，胳膊就被祁叙从后面拽住了。

她刚一回头，一双手迅速穿过发丝扣住她的后脑，接着祁叙的脸覆下来，重重地吻在她的唇上。

这个吻来得很突然，明媛睁大了眼，感受着唇上传来的温热，像无数小电流从身体里穿过。

祁叙的吻带着一点儿惩罚性质，激烈且不容反抗。明媛毫无准备，更没有经验，大脑一片空白，只能被动地接受。

在祁叙想要更深入地去撬开她的唇齿时，明媛终于回过了神。

她一下子推开祁叙，心里很慌乱，一时无法接受自己竟然和这个男人接吻了的事实。明媛捂着嘴从车里跑了出来。

祁叙紧跟着下了车喊道："明媛——"

"你别说话！"明媛迅速打断他说，"我没事，就是想一个人静一下。"

祁叙知道是自己冲动了。

可他在公司等明媛的电话等了一天，没等到不说，晚上过来却看到她和绯闻对象一起回来，见面后明媛的话又一句一句地往他的心窝上捅。

他不明白，自己明明很在意她，为什么明媛总是不相信？

明媛跑回家，关上门，灯都没开，就那么靠在门背后急促地喘着气。

疯了，真的疯了！她怎么就和"工具人"接吻了？

说好的先做三个月的朋友呢，怎么说动嘴就动嘴，让人一点儿防备都没有！啊啊啊！

明媛摸了摸自己的嘴巴，上面好像还留着祁叙的体温和味道——温润的唇，淡淡的烟草味，瞬间俘获了明媛的心。那一刻，她心跳加速，全身的血液上涌。

明媛使劲摇头想要忘记这种感觉，不觉间从耳根到脸颊都开始发烫，像极了"嗑CP"嗑到心动的样子。

明媛抓抓头发安慰自己都是错觉，接着马上冲到卧室拿出日记本，趴在桌上写道：

7月1日，天气晴。

命运终究没有眷顾我，今天是一个值得纪念的日子。我，明媛，为了艺术而献身，让那个臭男人亲了。就冲这种无私的精神，到时候不拿一个最佳女演员奖都对不起我的牺牲！呜呜呜呜，我的初吻就这样没了。

将今晚的失误抬高到为艺术而献身的层面上，明媱慢慢接受了这件事。

算了，用平常心去看待，就当是跟哪个男演员演了场吻戏吧。

平静下来，明媱忽然想起，今晚发生的一切，竟然和林芸芸与顾远"冷战"的剧情很相似。

剧本里，林芸芸生病住院，顾远只让用人去看了她一次。她很失望，出院后为了证明顾远是在乎自己的，就故意假装"劈腿"想试探顾远。

谁知顾远毫无反应，并且冷淡地告诉她，别玩这种过家家的幼稚游戏。林芸芸白演了一场戏不说，顾远还因为她的这番试探而不满，整整一周没回去。

明媱现在虽然跳过了生病的环节，但也算体验了类似"劈腿"试探的剧情。

可为什么结果截然不同？还是说，祁叙把不满都表现在强吻上？

毕竟顾远早就与林芸芸有实质性进展了，他也不稀罕。而祁叙还没有得手。

越想越觉得是这么个道理，明媱忽然警惕——再体验下去，这个人下一次不满会不会直接就跟自己演第六集了？

明媱带着这样的担忧入睡，第二天醒来，祁叙的电话也如约而至。

"昨天睡得好吗？"

明媱心想：被你这个禽兽强吻了能睡好吗？但她还是镇定地"嗯"了一声，回答道："还不错。"

"那中午一起吃饭吧？"

明媱的心怦怦直跳，她还不知道怎么面对他，顿了顿说道："不了，我今天一天都很忙。"

"那明天？"

"明天也很忙。"

祁叙知道明媱是在故意躲他。考虑片刻，他没强求，说："好，那等你有空再约。"

挂了电话，明媪松了口气。

因为这个吻，"朋友"这层保护罩已经被无形打破，两人的关系也发生了微妙变化。

明媪意识到了，所以也胆怯了——就怕一不小心擦枪走火，与祁叙发生第六集的故事。

要不，就此结束吧，反正剧本已经体验了一大半了，也不缺最后几个情节。

明媪胡思乱想半天，洗漱完也没做好决定，她定了定心先去了工作室。

今天田安妮先是带她去拜访了圈内德高望重的话剧老师吴英成，又马不停蹄地去看了场时装发布会，认识了著名男模傅磊。

如果不是田安妮说，明媪都不知道这两位大腕也是工作室的，只不过他们平日低调，接的工作也都是一些高端的大型演出。

"所以，我是你工作室签的第五个艺人？"

"准确来说，是第六个。"

"还有谁？"

田安妮笑了笑说："以后你会知道的。"

她转身拿出一个精致的礼盒说："这是卓屿骁给你的礼物，他人去外地演出了，托我转交给你。"

别说卓屿骁和梁恒了，就连刚刚拜访的两位前辈，也送了她字画和高跟鞋做礼物。

明媪愣愣地接过来，有些不解地问："为什么他们都送我礼物？弄得我很不好意思，要不我也回一份礼吧？"

"不用，"田安妮摆摆手说，"都是为了宣传，你迟点儿就明白了。"

跟昨天的忙碌比起来，今天还算轻松，中午12点就结束了一天的工作。

下午有两节法语课，明媪直接打车到培训中心附近的商场，打算找个地方把饭吃了，之后再去上课。

平时明媪过来上课都是在商场的负1楼随便吃点儿，但怎么说现在也是上过热搜的人了，出现在公共场合还是要小心。

明媪想起之前报法语班的时候，培训中心送了一张顶楼某餐厅的体验券，她一直没用，今天刚好可以派上用场。

顶楼的餐厅装修豪华，来这里就餐的都是附近CBD（中央商务区）工作的金领，私密度和包容性更好。

培训中心送的那张券是顶楼一家高档中餐厅的，可能是过了用餐高峰，店里的人不多。

明嫣放心地找了个位置坐下，服务生礼貌地递过来菜单。翻看菜单时，她余光看见一行人从外面走了进来。

中间的那位身形挺拔修长，被好几个人簇拥着，脸上没什么表情，浑身透着矜持和沉稳。

服了，月老是想着法子要她和祁叙遇见吗？

明嫣心里咯噔一下，马上用菜单挡住了自己的脸。

也是她大意，怎么就忘了法语培训中心和洲逸酒店只相隔不到一公里，这座商场就在两个地方中间。

如今撞上祁叙也怨不得谁，唯有希望他没看见自己。

拿菜单挡了半天，明嫣琢磨着祁叙应该走了，就悄悄拿开一点儿，却看到自己对面多了一个人。

下一秒，菜单被抽走，祁叙问："你在干什么？"

明嫣："……"你就不能装一次瞎吗？

她不知所措，脸红着站起来说："我吃好了，先走了。"

说完就要走，祁叙喊住她："明嫣。"

明嫣一垂眸没出声，她是真的尴尬到不知道说什么好。

顿了顿，祁叙低声道："如果是因为昨天的事，我道歉，是我的问题。"

"不是你的问题。"明嫣忙摇头，而后闭了闭眼，一狠心说，"是我的问题，我们以后不要再联系了，再见！"

那个吻已经越界了，超出了明嫣能控制的范围，她不想引火烧身到最后无法收场。

祁叙显然没想到明嫣会突然说出这种话，他愣了愣，还想继续说些什么，可她人已经匆匆离开了餐厅。

饭都没吃，明嫣直接去了培训中心。

原以为祁叙一定会打电话来问原因，但很奇怪，他没有。

下午的课，明嫣上得也不是很专心，草草上完回到了家。

空荡荡的房间里好像失去了什么，显得格外寂寥，桌上还摆着简宁送来的红酒。

因为几次醉酒后的教训，明媛已经完全对酒说"不"了，就连上次在会所跟着田安妮应酬都是喝的饮料。可今天，现在，她想喝一点儿。

明明不是失恋啊，为什么有一点儿伤感呢？

说心里话，祁叙是一个各方面都近乎完美的男人——颜值、金钱、身份、地位他都有，很难有女人不动心。

偏偏感情这一层，让明媛一直搞不清楚。

今棠和他之间到底是什么关系，为什么大家在祁叙面前都不敢提这个名字？

如果真如他所说，只是一个合作伙伴，怎会到人人噤声的地步？

祁叙对她有所隐瞒，这是百分之百的事实。明媛不想稀里糊涂地被卷入别人的感情里，无论是替身还是别的身份，她都不愿意。

如果这个吻是在惩罚自己这段时间对祁叙的欺骗，那么就及时止损，到此为止吧。

明媛给自己倒了半杯红酒，可喝进口中却异常酸涩，一点儿都不好喝。

今晚已经够苦涩的了，她只想吃点儿甜的。

扫兴地把酒丢到一边，明媛忽然想起冰箱里还有之前买的，想跟祁叙一起吃的小西瓜。

当时自己刚搬来，以为祁叙一定会过来看看，就买了点儿水果打算招待他，结果他没来。

没想到短短几天的时间，别说一起吃瓜了，两人以后可能都不会再联系了。

明媛叹了口气，把西瓜抱出来切成了两半。

一半自己拿着，另一半放在桌上，她自言自语道："对不起，我不能再陪你继续玩下去了，希望你能早点儿和喜欢的人在一起。这半个瓜是我送你的最后的礼物。"

说完，明媛狼吞虎咽地吃了自己的那一半，还挺甜的。她索性又拿起祁叙的那一半说："反正你也吃不到，别浪费了，我帮你吃了吧。"

顺利完成了"分手"仪式，明媛好像了了一桩心事，擦了擦手，拿起浴巾去洗澡。

几分钟后，卫生间里传来水流的声音，氤氲的雾气也很快爬上了玻璃。明媛打湿长发，闭着眼，努力让自己不去想祁叙的事。

好巧不巧，浑身上下刚抹了草莓味的泡泡沐浴露，客厅里的手机忽然响了。

明媱开始没管，可手机一直在响，大有不接不罢休的架势。她怕是田安妮或者江敏月找自己有什么急事，马上裹上浴巾跑出来接。

不知是不是跑得太急了，明媱刚跑到沙发那儿就踢翻了垃圾桶，之前才倒进去的"分手"西瓜皮也被甩了出来。沾了水的脚底很滑，明媱来不及收脚，一脚踩在其中一块西瓜皮上，然后她以一个漂亮的姿势后仰，"嘭"的一声闷响，尾椎骨撞地，直接躺平了。

痛感瞬间袭来，明媱倒吸一口凉气，她痛到失去了表情管理，身体蜷缩成一团。她试着爬起来，却发现屁股痛得根本动不了，身体好像从中间被折成了两半。

她绝望又茫然地看着天花板说："祁叙，你玩我是吧，我不就是吃了你的西瓜吗？至于这么搞我？"

手机还在茶几上响着，明媱伸手使劲够了够，想看看是谁打了这个要命的电话。

简宁，你好样的。明媱气得连骂人的力气都没有了，电话一接通，她就气势汹汹地说："你今天要是不说出一件比你失恋还大的事，我跟你没完。"

简宁意识到自己肯定破坏了明媱的什么好事，赶紧把叫她出来见见自己男朋友的话憋了回去，换成了："我就是告诉你一下，天气预报说……今晚会下雨。"

明媱摸着痛到裂开的屁股，严肃地喊了一句："简宁！！！"

闺密之间多年的默契，让简宁马上麻利地挂了电话，完美躲过了明媱的问罪。

明媱在地上躺了会儿，觉得好像缓过来了，便尝试了一下起身的动作，谁知刚屈膝用力，尾骨的剧痛直冲天灵盖，好酸爽的滋味。

完了，总不会摔残了吧？

明媱不是没想过把两个闺密喊过来，可是那俩"沙雕"来了，肯定会先给自己拍个照，再笑上半个小时，说不定还会丧心病狂地发个朋友圈，最后才送她去医院。

最关键的是，自己现在这个样子，不管谁来也没法起来给人开门。思来想去，明媞给房东李阿姨打了个电话。

"李阿姨，我刚刚在家摔倒了，现在人起不来，你能不能过来帮我开下门，叫个车去医院？"

电话那头，李阿姨顿了几秒道："好，行，你等着啊。"

那边一挂，李阿姨马上又往外拨了个电话，说："先生，那个姑娘刚刚打电话给我，要我去开个门，可我没钥匙啊。"

祁叙正和蒋禹赫、代志扬一起喝酒，听到后他皱了皱眉问："这个点叫你去开什么门？"

"说是摔着了，起不来了，让我去帮她叫个车去医院。"

祁叙倏地站起来说："知道了。

他起身就往外走，正在传授哄女孩儿心得的代志扬在身后喊："去哪儿？我家小甜甜马上就要过来了，你不看一眼再走？"

祁叙并未回头，显然，他的心此刻已经被更重要的事占据。

打完电话，明媞感动得快哭了，这么晚了还愿意跑过来一趟给自己开门，这世上还是好人多。

她像条刚出浴的小咸鱼，一脸安详地躺在地上等李阿姨来救援，时不时紧一下身上的浴巾，心想：虽然自己倒霉透顶，但上天还是为她留了一扇门。

如果房东不是李阿姨，而是李叔叔，她可能就得在地上躺一夜了。人嘛，就是要学会发现生活中那一点点的美好。

时间一分一秒地过去，终于，在明媞觉得身上没擦干净的水都快蒸发完了的时候，门上响起了钥匙转动的声音。

明媞心里激动，终于来了！

很快，门被推开，然后又关上，明媞听到有人进来的脚步声。

她转过头，迫不及待地想对好心人李阿姨说一声谢谢。可当视线落到进来的人身上后，明媞脸上的笑容顿时僵住了。

怎么？？？明媞两眼一黑，整个人都不好了。

温馨的房间里，明媞和祁叙无声对视了几秒，她一时之间竟分不清到底是酒克她，还是简宁克她？

为什么自己每次遇到这种人生至暗时刻都与他们有关！这是命运的漏

洞吗？

明媚放弃了挣扎，默默地收回视线，绝望由心而生。

早知道是这个结果，她宁可就这样躺三天三夜，也绝不往外打那个电话。

明媚就算再迟钝，这时候也明白了，自己为什么能找到条件这么好的房子。

李阿姨曾经说漏嘴的那个先生，应该就是祁叙。这男人下了好大一盘棋，把自己从酒店那个金丝笼不动声色地转移到了这里。亏她还天真地觉得自己运气好，原来一直都是他的掌中物罢了。

顾不上尾骨疼，明媚咬了咬牙，维持着自己最后的倔强，说："我没事，你可以走了。"

来之前，祁叙完全没想到明媚是以这样的姿势摔倒的，甚至她身上的泡泡还没擦干净。

他愣在那里想：她到底是怎么摔的？

刚在心里提出这个疑问，祁叙就看到了地上的西瓜皮——哦，明白了。

祁叙一开始有些心疼，但看到这里竟然有点儿想笑。

他慢慢朝明媚走过来，还没来得及开口说话，明媚迅速阻止道："停！别过来！"

祁叙停下脚步，顿了顿，问："怎么，你想就这样一直躺着？"

明媚强行"挽尊"道："不行吗？地砖上凉快。"

祁叙无奈失笑，就近蹲下，淡淡道："就算不想理我，也用不着拿自己出气。"说着，他上下打量着明媚，想看看有没有明显的外伤。

明媚注意到他的视线，马上"脑补"出了比第六集还可怕的情节，她双臂抱住自己的胸，紧张道："看什么看？不准看！"

她不抱还好，一抱，胸前的曲线完全被挤压出来，祁叙不想注意到都难了。

祁叙不自然地移开视线，随手脱下自己的外套遮住明媚，声音沙哑道："我现在抱你起来，别乱动。"

夜深人静，孤男寡女共处一室。浴巾下，明媚什么衣服都没穿，祁叙要是真的抱了自己，真不敢想后面会发生什么。

想到这里，明媚果断拒绝道："不用了，我会叫朋友过来帮我，谢谢！"说完扭过头去不看他。

祁叙被晾在那儿，几秒后，他微吸一口气，主动打破尴尬的氛围，道："是你说的，有喜欢的人就去亲，去抱，我按照你说的去做，有什么错？"

明媛本不想搭理他的，咬了咬唇，还是忍不住转过来跟他对视，问道："你的意思是你喜欢我？你确定你说这话良心不会痛吗？"

祁叙听完沉默了片刻。

看吧看吧，心虚了吧。

明媛哼了声，刚要再次把头扭开，祁叙的手忽然从她腰下穿过，一把抱起她，把她放到沙发上坐正，双手按着她的肩。

明媛："……"

祁叙看着明媛的眼睛说："明媛，我不知道你为什么总会怀疑我的心意。但你刚刚的问题，我可以非常认真地回答你，我喜欢你，任何时候说这句话良心都不会觉得痛。"

此时，明媛的眼睛里满含热泪，她快要忍不住了。

"明媛，你哭什么？"

明媛一脸"生无可恋"地回答："你报复我也不用这样吧？我错了还不行吗？"

祁叙有些茫然，须臾，他才从明媛痛苦的神情里明白了什么，他蓦地松开了按在她肩上的双手。

再晚松手一秒，明媛的眼泪就要掉出来了。

明媛身体前倾，只想赶紧解放被压迫的尾骨。

祁叙就半蹲在明媛面前，她这样一靠近，两人几乎脸贴脸。

明媛的皮肤细嫩白皙又光滑，像剥了壳的鸡蛋。她的身材更是不用说，纤细而匀称，肉该多的地方多，该少的地方绝对不多余。

简宁曾经说过，明媛要是生在过去，那就是祸国殃民的童颜妖女；管星迪也开玩笑说，看到明媛这么好的身材，她都想去变个性。

连女人看了都动心，更别说是一个有正常生理需求的男人了。

祁叙感到身体里涌上来一股冲动，他喉结动了动。

明媛当然不知道，自己这么一个无意识的举动会让祁叙那么焦灼。她只是快疼哭了，问道："你看不出我摔到尾骨了吗？还把我按到沙发上。你不是人吧，祁叙？"

祁叙冷静了几秒，觉得明媛说得没错。都这种时候了，他竟然会生出那些邪念，的确不像个人。

"抱歉，我……"

"行了行了。"明媛有气无力，也不想再挣扎了，"帮我叫个120吧，谢谢！"

祁叙嗓子里有些干，他背对着明媛问："衣服在哪儿？穿上，我送你去医院。"

明媛本想拒绝的，可转念一想，是祁叙送她还是120送她，有什么区别呢？她现在就是一条案板上的鱼，任人宰割。

何况等120还要一段时间。算了，不矫情了。

明媛指着卧室门口说："衣柜里，帮我拿条裙子。"好半天，她才羞涩地从齿间又挤出一句："内衣在第一格抽屉里，你随便拿一套就是了。"

祁叙："……"

卧室衣柜前，祁叙挑了一件方便她现在穿的裙子。在拉开下面的抽屉前，他先做了一些心理准备，然后深吸了一口气，眼睛看向旁处，凭手里的感觉从抽屉里摸出了一套内衣。

他感觉手里的东西有些发烫，直到送到明媛面前他都没看一眼。祁叙低着头道："如果需要帮忙，我可以闭上眼睛。"

"不用。"明媛觉得就算痛死在这儿，也不能让自己丢这个人，咬牙坚持道，"我自己可以。"

祁叙只好说："那我去外面等你，好了喊一声。"

祁叙出去后，明媛迅速用浴巾擦干身体，然后开始换衣服。裙子和文胸穿得还算顺利，到穿底裤的时候，稍稍弯腰都疼得她龇牙咧嘴。

好不容易穿好了衣服，明媛艰难地扶着沙发站起来，每迈一步，都能深切感受到尾骨上的疼痛。

她以龟速慢慢朝门口移动着，打开门道："可以了，走吧。"

祁叙点点头，人却靠在墙上不动。他的眼神好像在说：你走一个，我看看。

虽然没证据，但明媛还是怀疑这个男人在笑话自己。

不蒸馒头争口气，今天怎么样也得走给他看。

明媛站直身体，努力地慢吞吞地走了两三步，她试图给自己"挽尊"道：

"我就是想慢慢……"

话还没说完，人就被祁叙打横抱到了怀里。他很细心，注意避开了尾骨的位置。

明媱："……"

她突然想起，自己那天在车里的豪言壮语——你有喜欢的人就去亲去抱，我不介意！

现在真是一语成谶，真是被祁叙既亲又抱了。

早知道这些话会成为自己现在跳进去的坑，明媱打死也不会逗那个强。

在某私立医院的急诊室里，经过医生拍片诊断，明媱是尾骨受伤错位，所以才会感到剧痛。

"我们这边会给您进行复位，在内服药物加外部按摩下很快会恢复的。"

虽然还是不能立刻活动自如，但听到医生说可以很快恢复，明媱顿时放心不少。只是她受伤的这个部位太让人感到羞耻，听医生说要复位和按摩，还怪害羞的。

明媱正琢磨着要怎么跟医生说自己的要求，旁边的祁叙冒出了一句："麻烦尽量安排女医生过来。"

明媱："……"行啊"工具人"，都能跟我心有灵犀了！

医生很配合地说好，安排 10 分钟后给明媱做复位，又说了一些治疗时的注意事项。

祁叙认真听着医生叮嘱的内容，明媱就那么趴在病床上看着他。

医院的灯都是不怎么温暖的白炽灯，灯光刺眼又苍白。可不知道为什么，这一刻明媱却莫名感到很安心。

她想起刚刚在家里时祁叙对自己说的那句话：我喜欢你，任何时候说这句话良心都不会觉得痛。

明媱出神地看着他的背影，心里的天平来回摇摆，始终无法平静下来。

10 分钟后，做复位的女医生来了，明媱原以为就是按摩按摩，谁知一顿操作下来，她疼得好像生了个十斤的孩子。

祁叙一直陪在她旁边，等医生走了，他拿纸巾给她擦眼泪道："多大个人了，怎么还跟小孩子似的哭起来。"

明媱被医生要求趴着，她努力仰起脖子为自己辩解道："真是站着说话不腰疼，你来试一个？都怪你，这事都怪你，知不知道？"

就因为你违反朋友条约亲了我，我才会想结束体验，才会有点儿难过想喝酒，才会发现酒好涩想吃甜的，才会吃西瓜，才会踩西瓜皮，才会摔倒！！！

"你就是万恶之源！"

祁叙："……？？？"

他张了张嘴，本想说点儿什么，可话到嘴边又成了："是，都怪我，我是万恶之源。"

晚上和代志扬喝酒的时候，他就说过，女人生气的时候是不讲道理的，千万不要试图跟她讲道理。不管她说什么，点头认错就完事了。

果然，祁叙这么说了之后，明媪安静了不少，一个人闷闷不乐地趴在床上不说话。

祁叙在床边坐下，问："饿不饿，想不想吃点儿什么？"

这么折腾一通后，明媪确实有点儿饿了。她想了很久，眨巴着还带泪花的眼睛说："甜豆花，可以吗？"

这可怜模样，别说甜豆花了，就算是要天上的蟠桃，祁叙也会想办法搞到手。

他帮明媪盖好毛毯说："你先休息会儿，我去买。"

祁叙站起来要走，忽然感觉被什么拉扯着。他一回头，看到是明媪在扯他的衬衫衣角。

"我不是故意要说那些不再联系的话。"明媪脑子里很乱，不知道要怎么解释，最后只说了一句，"对不起！"

祁叙翘了翘唇，弯腰伸手揉了下她的头发道："你想不联系，我也不会同意的。"

"……"

兜兜转转一圈，明媪知道自己又被祁叙拉回了他的世界。

就跟这狗血的剧本一样，冥冥之中也把她送进了医院。

可是……

明媪闭上眼睛，很久很久，唇角忽然轻轻翘了下。

好像，祁叙和顾远是有那么点儿不一样。

祁叙买完豆花回来的时候，明媛已经睡着了。

她安静地趴在床上，几缕长发贴在脸旁，不知是做了什么美梦，唇角一直轻轻翘着。

祁叙没有吵醒她，悄悄搬过来张椅子在她床边坐下来。

为什么喜欢明媛，其实祁叙也说不出原因。

两年前的跨年夜，她就像一个跌入凡间的精灵，不小心跌在了他身上。当时人声鼎沸，光影灿烂，大家都在为新一年的到来而欢呼，他不认识她，她却翘着唇对自己说："新年快乐！心想事成，每天都要开心呀！"

很巧，祁叙那天的心情并不怎么好，所以才会无聊地跟朋友去看跨年烟花。

他原以为那一晚依然会跟往常一样平淡，却没想到竟然收获了这样一个人间惊喜。

明媛说那些话的时候，眼睛里闪着晶莹的光，莫名让人感受到了她身上的快乐。

他想问她叫什么，可她说完话就跑去和朋友们继续开心地看烟花了。

在拥挤的人群中，祁叙鬼使神差地拍到了一张她的照片。

在后来很多个工作不顺或家庭内斗的夜晚，只要看到明媛仰望天空微笑的侧颜照片，他就会想起她那句话——每天都要开心呀！

所以，祁叙对明媛的喜欢，更多是源于他对自己精神上的一种治愈。

她是他的一见钟情，也是照亮他心底沼泽的小暖阳。

祁叙从没想过会再遇见她，直到那次在酒店电梯里相见，没人知道，那一刻他心中那种失而复得的惊喜。

明媛是在半夜3点被渴醒的，因为一直趴着的缘故，浑身都好像散了架。她刚想试试动一动身体，忽然发现祁叙竟然就坐在自己床边。

明媛一愣，马上看向床头，果然，那里放着一碗已经凉了的豆花。

"……"

这个画面把明媛当场看蒙了。是角色错位了吗？她做了什么，能让这样一个优秀的男人半夜守着自己？

某个瞬间，明媛甚至都有一种自己是顾远的"白月光"，而不是林芸芸的错觉了。

想到祁叙白天工作本来就忙，现在一定很累，明媛不想再叫醒他。水杯就在床头柜上，她想自己试着坐起来，可尾骨不给力，稍微动一下就痛得厉害。

怕自己动作太大吵醒祁叙，明媛干脆放弃了喝水的念头。她重新趴了回去，却怎么都睡不着了。

于是，她静静地看着祁叙。

他一只手撑着下巴，就算是这样闭眼坐着，身上的矜持高贵也未曾减损半分。

这样安静的夜，明媛第一次感受到，原来祁叙并不是那么冰冷的"工具人"——他也会对自己展露出这样温柔耐心的一面。

他不是顾远，起码，不完全是。而自己也不是林芸芸。

如果今棠真的只是个路人，他们是不是可以单纯地做祁叙和明媛？

既然他们都不是故事里的人，那他们之间有没有可能……

明媛胡乱想着这些有的没的，视线往下，她看到祁叙自然搭在椅子扶手上的另一只手——修长，干净，骨节分明，给人满满的安全感。而且离床边很近很近。

明媛出神地看了会儿，也不知道什么念头占了上风，她的指尖开始慢慢朝祁叙的手旁移动。

她的心跳忽然有点儿快，瞥了眼祁叙。男人呼吸很均匀，应该睡得很熟了。

明媛小心翼翼地伸出自己的食指，去碰祁叙的食指，轻轻感受他指尖的温度。

这种感觉很奇妙，紧张，刺激，却很甜。

像情窦初开的少女，沉浸在自己的小世界里悄悄试探，暗自欢喜。

明媛抿唇笑着，又偷偷杵了几下后，正想收回食指，整只手却猝不及防地被祁叙反握住，牢牢裹在掌心。

明媛微愣，看过去。

祁叙仍闭着眼睛，用慵懒的腔调说："牵着睡。"

被牵着手睡觉的这一夜，明媛感受到从未有过的安稳。

明媛五岁时失去父亲，那段时间江敏月精神状态不好，有抑郁倾向，家庭氛围很糟糕。

幸运的是，妈妈的亲戚朋友们都轮流来帮忙照顾她，长大后的明媱依然很感激那些善良的人。

这样的经历，让她很小就学会了哪怕处在生活最糟糕的时候，也要珍惜上天给你的那一点儿幸运，要积极地对待生活。

虽然自己摔得只能狼狈地趴在这儿，但祁叙无微不至的照顾，不正是那糟糕之外的幸运吗？

经过这一夜，两人的关系终于从那个尴尬的吻里过渡了出来。

明媱相信命运，既然上天再次派祁叙来到自己身边，就说明彼此的缘分还没有结束。那么就先不管未来好坏悲喜，暂且活在当下，顺其自然吧。

田安妮因为工作联系明媱才得知她住进了医院，二话不说就赶了过来。

那时祁叙还没走，两人就这样正面遇上了。

田安妮有些意外，但面上仍处变不惊地笑着招呼道："你好，祁总！吃早饭了吗？要不我让人买点儿过来？"

"不用了。"祁叙早上还有会要开，转身叮嘱明媱，"不要翻身，医生过来按摩的时候要配合，我下了班就过来。"

田安妮就这样站在旁边听祁叙说这些话，明媱一脸尴尬地直催他说："行了，我知道了，你快走吧。"

祁叙转过身却没有马上离开，他面朝田安妮说道："虽然不该过问田小姐工作上的事，但我还是想问一下，你让明媱和梁恒上热搜的原因。"

田安妮一怔，笑道："是这样祁总，您可能不了解娱乐圈，热搜这种东西都是为了给艺人增加话题和热度，有些是炒作，有些是烟幕弹。娱乐圈就是这样，为了媱媱事业的发展，我想您应该不会介——"

"我介意。"祁叙没等田安妮说完就打断了，他淡淡地说道，"希望以后不要再有这样牵涉男女关系的热搜。"

田安妮："……"

祁叙说完，就离开了病房。田安妮蒙了很久，才转过来看着明媱问："你俩这是什么关系？能确定地告诉一下姐吗？"

可明媱也确定不了。

虽说她和祁叙的关系从昨晚开始跨出了一大步，但不代表彼此之间的心结不存在，更不代表那个跟自己长得像的女人不存在。

如果上天眷顾的话，或许他们会发展成一个假戏成真的完美结局；如果不眷顾，今棠回来，以后的事谁也说不清。

毕竟到现在为止，明媱都不知道今棠在祁叙那儿是个怎样的存在。

半晌，明媱没心没肺地笑了起来："暂时还没有什么关系，姑且算他在追我吧。"

田安妮无语，顿了片刻说："行吧，我田安妮带的人可不是那么好追的，改天得找他谈谈。"

明媱以为她在开玩笑，也顺着她的话道："谈什么？叫他早点儿娶我，嫁入豪门？"

田安妮看了她一眼说："你以为豪门媳妇好做？"

"我还不稀罕呢……"

两人正有说有笑，芮芮买了早餐送过来。田安妮问她："都准备好了？"

芮芮比了个"OK"的手势："好啦，下午2点发，可是媱姐在医院，怎么配合宣传？"

田安妮当然也考虑到了这个问题，问明媱："医生有没有说你什么时候能出院？"

明媱很难为情地说："其实不用住院的，回家静养就好。就是他比较紧张，叫我留下来让医生按摩啊什么的。"

田安妮听了果断决定道："那就出院吧。原本想安排你下午拍个vlog（微录），晚上发微博的，现在还能不能坚持下？"

明媱知道，田安妮为了推自己已经忙了好几天，之前她也说过要趁着热搜的热度三天内把自己推出来，总不能因为自己突然摔倒让大家的努力白费。

于是她点点头说："那你去帮我办出院。"

就这样，明媱又回到了家里。

她没告诉祁叙，因为她知道即便告诉了，他也不会同意，还不如先斩后奏。反正人都回来了，不信祁叙还能把她再绑回医院。

下午2点，先是安妮工作室官方微博正式推出明媱：

恭喜@明媱小姐签约工作室，愿未来携手共进，星途灿烂！

紧接着，工作室下四个不同领域的当红艺人同时发了微博：

吴英成：欢迎灵气小师妹@明媱加入我们，二哥看好你哦。

傅磊：小师妹可可爱爱，没有脑袋，@明媱冲呀，三哥陪你走花路！

梁恒：之前欢迎小师妹@明媚加入工作室聚餐的照片被大家误会，现在官宣日终于可以澄清了！小明很乖，四哥为你加油！

卓屿骁：安妮姐终于让我们四个大男人迎来了久违的小师妹@明媚，幺幺努力飞，五哥永相随！

每个人的微博配图都是之前给明媚送的礼物和他们的合影。

一时间，"明媚小师妹""团宠明媚"这些话题登上微博热搜。

网友们纷纷评论——

"之前营销号乱写人家是女友的呢？不出来道歉？"

"感谢小师妹的出现让四个哥哥又找回了年轻的感觉，哈哈哈哈……"

"天哪，这也太幸福了吧！！！我最爱的'恒骁'CP竟然同时给她送了礼物，啊啊啊，我也想做'恒骁'的小师妹！"

"小师妹什么的一听就好宠，只有我一个人想知道四个哥哥分别送了什么礼物给她吗？"

"我也想知道！明媚小姐姐能不能给个福利，让我们酸一酸。"

"等等，吴英成老师排老二，那上面应该还有一个大师兄或者大师姐啥的，难道没人好奇是谁吗？"

田安妮精准把握网友们好奇和兴奋的点，早就准备好了要给明媚拍vlog。

在她的要求下，明媚发了艺人生涯的第一条微博：

明媚：感谢所有师兄们的鼓励，我会努力的。（大家很关心的礼物，晚点儿我拍一个拆箱视频给你们看吧。）

师兄师妹们梦幻联动，粉丝们被甜得嗷嗷叫。

明媚就以这样出人意料的方式再次进入公众视线，被四位大佬保驾护航出道，集万千宠爱于一身的小师妹人设也完全立稳，虽然还没有任何作品，但是也迅速收割了十几万粉丝。

看到评论的时候明媚也好奇，问田安妮："那工作室排行第一的艺人是谁啊？"

田安妮拿出一个纸袋递给她说："她很低调，不想在微博上发声，不过还是托我给你送来了礼物。"

明媚："……"

不知不觉已经怀抱了一大堆礼物，这时，简宁和管星迪也找上门来了。

显然，两个闺密也是看到热搜，火速跑来送礼物的。

她们送来了一面锦旗，上写着：嫚宁管小分队之光。当然，这只是开玩笑的道具。

为了庆祝小姐妹正式出道，简宁把自己收藏的某奢侈大牌首饰送给了明嫚。

"姐妹出道，排场必须要有！"

管星迪没简宁那么豪横，但很给力地送了一个大牌行李箱给她。

"见箱如见人，宝贝，无论你走到哪儿，我都陪着你！"

虽然小屁股摔伤了，可是这几天明嫚收获了好多幸福。

来自几个师兄前辈的，来自闺密们的，还有——来自祁叙的。

这是不是就叫塞翁失马，焉知非福？

明嫚一直在笑，开心得连屁股都没那么疼了。

为了方便明嫚，田安妮把团队叫到了家里，布景的同时也专门给她准备了舒服的软垫。看明嫚要开始录 vlog 了，两个闺密怕打扰她自觉离开了。

摄影师调整好灯光，问明嫚："可以开始了吗？"

明嫚对着镜头说："好了。"

拍摄开始，明嫚依次拆开礼物。

吴英成老师送的是一幅他亲笔绘的明嫚的水墨画像，画中人逼真灵动，非常有神韵；傅磊是超模，他送给明嫚的是一双高跟鞋；梁恒和卓屿骁送的是小女孩儿喜欢的包包和限量版暴力熊手办。

至于最后那个神秘艺人送的礼物，明嫚边拆，边对着镜头说："这是安妮姐签约的第一个艺人前辈送的，不过她比较低调，不愿意公开露面，在这里我很感谢她，我看看是什么……"

打开盒子，明嫚看到里面的东西后，原本轻松愉悦的表情忽然怔住了。

面前的这个礼物，她再熟悉不过了。

一瞬间，情绪铺天盖地地压过来，明嫚鼻头有些发酸，她下意识地看了眼田安妮，用眼神示意她是不是要停一下再录。

可田安妮摇了摇头。

明嫚眼眶红了，她竭力控制住情绪，把盒子重新合上，强笑着说："谢谢您这份珍贵的私人礼物，我会记着您的鼓励，朝您走过的路努力。"

最后，她微笑着面对镜头说："再次谢谢所有前辈给我的关爱，我会加油！"

明媱的第一个 vlog 拍摄一气呵成。

镜头刚关，明媱马上问田安妮："安妮姐，你跟我妈串通好的吗？干吗弄这么大一个惊喜，刚刚我真的差点儿哭出来。"

那个没有被公示的礼物盒子里，装的是江敏月第一次获得的影后奖杯，意义非常。

田安妮拍拍她的肩说："你妈希望这座奖杯能给你带来好运，愿你能不忘初心，坚持梦想，也早点儿拿到属于自己的影后奖杯。"

太好哭了。

明媱没忍住，转头就给江敏月打去了电话。母女俩聊了好一会儿，中间有电话打进来，明媱聊得太投入没在意，等挂了才发现，是祁叙的。

完了，这人一定是去医院发现自己不在，打电话来兴师问罪了！

明媱看了眼通话记录，是 5 分钟前打来的。

估计是没打通，他给明媱发了一条微信：10 分钟后到你家。

明媱："……"

幸好工作已经完成，明媱赶紧跟田安妮委婉地提了下祁叙要过来的事。

田安妮盯着她，意味深长道："你自己要注意分寸，在没确定关系前，别傻乎乎的什么都干，懂我的意思吗？"

明媱当然明白田安妮的暗示，尴尬地点了点头。

果然，在团队离开后没多久，祁叙就来了。

还没看到他，明媱就已经提前感受到了他的不悦。

明媱知道，他肯定会怪自己先斩后奏地出院，赶紧趴在沙发上装可怜。见祁叙进来，她一脸委屈地抬起头说："不准骂我。"

"……"祁叙还没开口就被堵了回来。

他在心里笑了下，面上却淡漠地说："那你说一个不骂你的理由。"

明媱绞尽脑汁地想了想说："因为……因为我受伤了，如果你骂我，我会不开心，不开心会影响病情好转，医生说了要保持心情愉悦。"

"……"还真能给自己找借口。

祁叙嘴角翘了翘，瞟了眼地上散落的礼物盒，问："这就是你那四个师兄送的礼物？"

"你也知道啦，嘿嘿！"明媱见祁叙好像没那么生气，马上把话题往远了扯，"你看哪个师兄送我的礼物好？"

祁叙原本是不知道的，他一直在忙，还是蒋禹赫打电话来，他才知道明媛又上了热搜，这次是正式出道的官宣。

当时他就预感明媛不会老老实实地待在医院，打电话过去一问，人果然溜了。

祁叙看着现在乖乖趴在沙发上的明媛，有气也散了。

只是自己喜欢的女人身边突然冒出四个师兄，这让祁叙有点儿头大。

毕竟之前那个纪沐阳干的事历历在目，师兄师妹不清不楚的，说不定哪天就会日久生情。

祁叙收回思绪，面无表情道："都不好。"

明媛被他说的话噎到，立马怼回去："是是是，就你的好。可你的在哪儿？我也没见你带东西来啊。"

祁叙顿了顿，忽然坐到她旁边说："闭上眼睛。"

明媛怔住了，她随口开玩笑的，这个男人不会真的给自己准备了礼物吧？

她心里忽然就窃喜起来，但脸上又装出一副不在乎的样子问："什么呀？神神秘秘的。"

明媛听话地闭上了眼睛，等了几秒，祁叙往她手里塞了一样东西。

她睁开眼，垂眸看过去，是一个小小的长方形盒子，上面是密密麻麻的英文。

明媛一皱眉，问："这是什么？"

祁叙故作神秘道："你猜猜。"

明媛左看右看，还真是看不出来是什么东西。她试探着问："防晒霜？香体膏？是什么啊？我猜不到，你快说！"

顿了顿，祁叙很淡定地告诉她说："活络油。"

明媛简直不敢相信自己的耳朵问道："什么油？"

"祛风活络，消肿止痛的活络油，用来擦你那个受伤的小尾巴，有奇效。"

明媛听了差点儿去厨房拿刀。

这位先生请你马上出去好吗？就你长嘴了？我用不着你时时刻刻提醒我屁股受伤了！！！

明媛冷酷地对着大门做了个"请"的姿势说："好了，祁总，我宣布我

133

们的关系到此结束，再见！"

"我也正有这个想法。"祁叙不慌不忙地接了她的话。

明媛微微睁大眼，转过去看着他，还没问祁叙他这句话是什么意思，人就被他抱了起来。

"干吗？喂！"

祁叙没管明媛的抗议，把她抱到了敞亮的阳台上坐下，又往她身后放了个软垫。

"现在，是真的闭上眼睛，等我一分钟。"

明媛："……"你要是再敢拿出什么治屁股的良药，我就马上把你踹下去。

尽管心里嘀咕着，明媛还是听话地再次闭上了眼睛。

"好了没？

"人呢？

"祁叙，你在不在啊？"

过了会儿，祁叙的声音从耳边轻轻落下来。

"好了。"

明媛迫不及待地睁开眼睛。

一刹那，眼前飘着很多彩色的泡泡。明媛一下愣住了。

祁叙这次没有戏弄她，手里真的拿了一个可爱的礼物——卡通泡泡机。

明媛一时想不通，一个堂堂上市集团的 CEO、手段了得的霸道总裁，为什么要送自己这种幼稚的礼物？

祁叙把泡泡机递给她问："喜欢吗？"

明媛三分傻眼七分迷惑地接过来，按了下开关，无数泡泡飞向了天空。

虽然有点儿幼稚，但怪可爱的。

她笑着问："怎么突然想起送这个给我？"

祁叙在明媛旁边坐下，和她一起握住泡泡机，一边按压，一边说："之前你答应跟我做三个月的朋友，我问你朋友要怎么做，你说吃吃饭，逛逛街，看看演出，还有玩泡泡机。"

明媛："……"

她一下子想起来了，没错，这话是她说的。可当时她是想照着剧本说泡泡温泉，话到嘴边觉得泡温泉不合适，才随口瞎掰成了玩泡泡机。

万万没想到，祁叙还记着呢。

明媱的良心忽然又痛了。她一脸心虚，闭紧嘴巴不敢出声。

祁叙看出她神情异样，继续说："前面的几件事我们都做过了，所以，我希望陪你玩过泡泡机后，我们能提前结束朋友关系。"

明媱："……"

他这是要自己跟他交往吗？申请从朋友变恋人，是这个意思吧？

明媱不知所措地看着大大小小的泡泡飘远，脑子里乱糟糟的。

经过昨晚的事情，她承认自己对祁叙有好感，可这种好感现在能不能转化为男女朋友？她不确定。

"明媱？"祁叙叫她。

"啊？"明媱回神，思绪慌乱到不知道怎么回答他，"我们才认识不到三个月，会不会太快了点儿？"

"快吗？我不觉得，我甚至认为马上结婚都没问题。"

明媱不可思议地看着祁叙——他竟然说出了要跟自己结婚的话。

缓了几秒，明媱小心翼翼地伸手在祁叙额头上摸了下问："你没事吧，最近心情好吗？没受什么刺激吧？"

祁叙觉得既好气又好笑，顿了顿，故作配合地点头说："人家摔跤是摔胳膊断腿，你骨骼清奇摔屁股。那晚要是换了别人来家里，你觉得我受不受刺激？"

又来了，你究竟要提多少次！

明媱涨红了脸，对他三番五次嘲笑自己屁股受伤的行为忍无可忍，当即做出反击。她高贵地别开脸："好，你刚刚说的那件事，不行！"

祁叙问："为什么不行？"

"说好了做三个月的朋友，少一天都不行。何况你现在还这样嘲讽我，我连朋友都不想跟你做了。"

明媱撇嘴故作生气的模样可爱至极，祁叙看在眼里，嘴角悄悄翘起。

罢了，今天本就是为了带个屁股受伤还能玩的玩具过来给她解闷的，在一起的事以后再说吧。反正她早晚是自己的人，无论三个月还是三年，他有的是时间等。

明媱玩了会儿泡泡机，忽然想要拍照发朋友圈，她左找右找："我手机呢，是不是没带过来？"

见她想起身，祁叙忙按住她说："别动了，我去给你拿。"

祁叙回客厅找了一圈没看到明媜的手机，便拿出自己的手机给她打过去。

很快，铃声从沙发的位置传来。

祁叙顺着声音在沙发靠垫下找到了手机，他正要挂掉电话，忽然看到屏幕上备注的名字——顾远。

祁叙看到这个名字时愣了下，第一反应是别人给明媜打来了电话，可很快又发现不对——这个电话号码就是自己的。

所以顾远是谁？明媜为什么要给自己备注这样的名字？

带着疑惑，祁叙把手机递给了明媜，顺便问她："顾远是谁？"

明媜正在玩泡泡机，听到这个名字后表情立马变了。

难道日记被祁叙看到了？不应该啊，日记明明锁在抽屉里，那他是从哪儿知道的？

明媜的心跳好不容易平静了几分钟，此时又因为这个问题乱了节奏。

还好明媜是演员，就算再紧张，都没有露出半分异样，她微笑着问："你说什么？"

祁叙再次拨打了她的电话。很快，明媜的手机屏幕上跳出了"顾远"两个字。

"为什么要把我备注成顾远？"

明媜："……"

防不胜防！当初为了让自己更好地融入角色，让自己彻底变成林芸芸，明媜决定跟祁叙来一场沉浸式的替身体验，所以她直接把他的号码备注成了顾远。

每天祁叙打来找她，她就自动代入是林芸芸在接顾远的电话。

明媜一时松懈忘了这件事，刚刚竟然还让祁叙去给自己拿手机，结果暴露得猝不及防。

祁叙在等她的回答，明媜尴尬地笑了笑，说："就是我们刚认识那会儿，你给我打电话，我又不知道你叫什么名字，就随便按出了一个。"

听上去好像能说得通，可祁叙没那么好骗。

"这么巧，就按出了一个顾远？"

明媜也知道这个理由很牵强，事到如今，只有破釜沉舟一把了——她把过去的自己推出来背锅了。

"其实……顾远不是一个人。"

祁叙："？"

"他在我这儿是一个形容词，用来形容所有我讨厌的男人。"

接着，明媱开始跟祁叙分享起了她现编的故事："上学时有一个很讨厌的男同学叫顾远，我不喜欢他，但他总是对我死缠烂打。咱俩刚认识的时候，你也莫名其妙地给我送礼物，还说喜欢我，要追我，做派跟那个顾远一样，可以说相当顾远了，所以我就给你备注成了顾远。每次你打电话来，我就提醒自己，哦，那个变态总裁又给我打电话了。"

明媱说完，小心翼翼地打量着祁叙的表情。

半晌，祁叙一只手漫不经心地轻轻捏住明媱的双颊问："真的？"

明媱的嘴被他捏成了金鱼嘴，她举起右手含混不清地说："我以我受伤的尾骨发誓，千真万确。"

本来顾远就不是一个真人，嘿嘿。

然而祁叙轻笑一声，说："一块尾骨算什么筹码？"

明媱心虚地问："那你想怎么样？"

"如果你骗了我，就任由我处置，无论我做什么，你都不能反抗。"

明媱："……"倒也不用玩这么大。

见明媱犹豫，祁叙身体微微靠过来，嘴唇几乎快贴到明媱脸上了："不敢？"

算了，死就死吧，先躲过眼下再说。

"我发誓我发誓，如果我骗了你，将来你找我怎么算账都行，我绝对躺平！"

其实这么逻辑不通的理由，祁叙根本不信，但明媱有心要隐瞒，他暂时先套一个誓言也不亏。

端详半晌，祁叙松开了手问："那为什么到现在还不改备注，是觉得我还很讨厌？"

还以为把这人忽悠过去了，明媱马上讨好道："当然不是，我早就想换掉了，只是有点儿拖延症。别生气嘛，我这就改。"

明媱说完，就删了顾远这个名字，迅速打出了个新备注，递给祁叙过目。

祁叙瞥了眼——重要客户，这又是什么？

祁叙都快气笑了说："怎么，我的名字是不配出现在你的通讯录上？"

明媱义正词严道："当然不是，光叫名字多生分啊，'重要客户'这四个字绝对突显了你在我这儿的地位。能够享受这种殊荣的，你是第一个。"

祁叙："……"现在的小姑娘，花样怎么这么多。

明媱说这话的同时，暗中拨了祁叙的电话，等他铃声一响，她飞速从祁叙手里抢走了手机。

祁叙想阻止已经来不及了，明媱握着他的手机笑眯眯地说："公平一点儿，我也要看看你是怎么备注我的。"

看着看着，明媱的脸就黑了。

祁叙的手机屏幕上，此刻正反复播放着明媱专属的来电视频——是她本人划水的那段兔子舞。

当时祁叙录了屏，后来就做了明媱的来电显示。每次她打电话来，他就看一小段兔子舞，心情都会舒畅不少。为了配合视频，他甚至连铃声也换成了明媱当时跳舞的那段音乐。

明媱冷笑一声，把手机面朝祁叙说："祁总，您还有这种爱好？我真没看出来啊。"

祁叙咳了声，故作淡定地给出回应："现在知道也不晚。"

明媱："……"

原本是质疑明媱的现场，顷刻间转变成了对祁叙的吐槽。

明媱拿着泡泡机对祁叙疯狂地发射了一堆泡泡，两人就这样一个闹着，一个任由她闹地配合着。阳光洒落下来，五彩斑斓的泡泡飞舞着，别有一番情调。

顾远的事就跟一个个飘远了的泡泡一样，被暂时放过去了。

明媱官宣出道的市场反响很好，田安妮迅速帮她接到了一个彩妆品牌的站台活动。为了能在当天保持最好的状态，明媱这几天都在家谨记医生的叮嘱，按时吃药抹药不说，还积极配合医院康复医生的按摩理疗，尾骨恢复得一天比一天好。

她和祁叙的感情，也因为这一次受伤而突飞猛进，在日常相处中慢慢拉近了距离。

终于到了站台宣传的日子，明媱早早地弄好妆发，换上漂亮的裙子，刚一出现在商场，就引起了很多路人的注意。

活动现场是同步直播的，主持人热情地介绍说："让我们欢迎小师妹明媪来到现场！"

数千米之外祁叙的办公室里，也同时响起了这个声音。

祁叙坐在办公桌前看着手机屏幕里的明媪，长发披肩，气质温婉，笑起来的时候眼睛像星星一样，会闪闪发光。

代志扬已经被晾在一边好几分钟了，他啧了一声又一声，边看手表，边敲桌面提醒道："至于吗？一分钟内笑了三次了，跟我在一起的时候都没见你这么高兴。"

祁叙的视线没有离开屏幕，相当敷衍地回了句："那你得拿镜子照一下，找找原因。"

代志扬："……"

又看了一会儿，听到那边宣布活动结束，祁叙才退出直播，放下手机。他脸上的表情也瞬间收敛，恢复以往的清冷。

他披了披西装衣角说："说吧，怎么样了？"

"青云山的拆迁范围已经划下来了，度假村二期势在必行。这个项目如果你能拿到手并负责的话，对你以后竞争进入董事会非常有利。但是……"代志扬欲言又止，"今家也参与了投资，如果我们做这个项目必然会跟他们合作，看你怎么选。"

祁叙几乎没考虑，淡淡道："这还需要选吗？"

代志扬问："你真的一点儿都不介意他们家当时做的事？"

祁叙轻轻笑了下说："介意什么？商人的本质不就如此吗？追名逐利，因势利导。我不仅不介意，而且现在还很感谢他们当时的选择。"

代志扬懂他的意思，点头道："不然，你和明媪现在也只能有缘无分了吧？所以啊，一切都是命中注定的。对了，我听说今棠下周二回来，你弟弟是不是会一起？"

祁叙皱了皱眉，随手拿起一份文件，语气倏地冷淡下去说："不知道。"

代志扬低叹一声，说："阿宴小时候老跟在我们后面玩，要不是他妈这几年疯狂搅浑水，你们兄弟俩也不会有这么大的隔阂。"

祁叙没说话。一般提到祁宴和郑容母子俩的话题，他都很少发言。

祁叙的母亲在他几岁的时候就去世了，父亲日夜应酬不在家，后来郑容来了，还给他生了个弟弟。

正如代志扬所说，祁叙起初对这个弟弟是很爱护的。他像所有的哥哥一样，好吃的先给弟弟，好玩的也先给弟弟。总以为这样的感情会一直下去，却不知从什么时候开始，兄弟之间的关系已经发生了微妙的变化。

印象里，大概就是在祁宴十岁的时候，郑容对祁衡远提要求，让他送SG集团10%的股份给祁宴做生日礼物。那是祁叙第一次敏锐地发现这个后妈的野心。

祁宴一年一年地长大，再后来，他出国了。祁衡远身体不好渐渐退出了公司的管理，郑容几乎把持了半个公司。

还好祁衡远不偏心，目前整个SG集团属于分庭抗礼的状态，郑容和祁叙各自为营。但未来如何，谁也不知道，集团"太子"之争从来没有停过。

对于那些无所谓的人，祁叙根本不会浪费一丝感情。唯独祁宴，是他心口的一根刺。拔了会疼，不拔也会时常隐隐作痛。

办公室里的气氛因为这个话题而冷寂，代志扬咳了声："总之，这段时间，你对你家老头子上点儿心，哪怕只是演演戏，你也得演上几场，把他哄高兴了，什么都好说。"

祁叙当然知道这个道理，也一直在计划，只是他们父子关系本就疏远，要做到自然不生硬地讨好也不容易。

明媚这时从微信上给他发来了一张自拍照：我活动结束了，怎么样，状态打几分？

照片上的明媚就如跨年夜那天一样，像个精灵，生动明媚，光是看照片都能让人莫名快乐起来。

祁叙回过去：一百分。

顿了顿，他又补充了一句：看不出来是一个摔伤了屁股的人。

后面这句话发过去很久，明媚都没回。

行了，又生气了。这女人就跟个小气包似的。

祁叙放下工作，正想给明媚再发点儿什么，指尖触到屏幕的一刻，忽然想起了什么。

思绪被打通，他蓦地找到了讨老爷子欢心的方法。

祁叙马上走到窗边给明媚打电话，接通后果不其然，那女人气呼呼地来了一句："干吗？"

"在哪儿？我想找你帮个忙。"

明媂拿腔拿调地说："呀，祁总竟然也有需要我帮忙的时候？可我很忙的，先预约排队吧。"

祁叙轻轻笑着，难得有耐心陪她贫嘴说："好，跟谁预约？"

"跟我啊，还能跟谁？"

"……"祁叙活了二十多年，第一次与人进行这种幼稚的对话，他还挺乐在其中。

他边打电话，边拿起椅背上挂着的西装外套，顺便跟代志扬做了个先走的姿势："那，我现在预约明小姐的档期，要排多久的队？"

明媂在电话那头哈哈笑出来说："恭喜你，祁先生！你拿到的是1号，可以马上请求帮助了！请快点儿说出你的愿望，过时不候哦！"

祁叙唇角上扬，道："在家等我，我现在过去找你。"

"好的。"

在去找明媂之前，祁叙先去了一趟超市。到明媂家的时候，她正坐在软垫里刷微博，看到他来笑眯眯地抬起头说："你怎么才来？都等你半天了。"

说完她坐直身体，摩拳擦掌道："我太好奇了，堂堂祁总到底需要我帮什么忙？"

祁叙提起手里的口袋说："帮我做一些甜品蛋糕。"

明媂："……？"

明媂笑了笑，问："谁告诉你我会做蛋糕的？"

祁叙一皱眉说："你自己说的。"

明媂一下愣住了，自己说过吗？什么时候？她怎么不记得了？

祁叙把袋子放在桌上，脱了外套，缓缓说："上次在酒店你说要招待朋友吃甜品，想借用我的烤箱，还连夜来办公室拿烘焙食谱，你忘了？"

明媂的心一咯噔，马上想起了那次自己夜行办公室偷日记本的事。

当时倒是以烘焙食谱完美骗过了祁叙，可现在又是玩的哪一出？

是过去说的谎太多，现在一个个开始反噬了吗？

"明媂？"祁叙喊她，"我爸喜欢吃甜品，我想让你帮我做一些小蛋糕，普通的就好，低糖低脂健康一点儿。食材我都买好了，你看看还需要什么？"

明媛呆呆地站在那儿，半晌才有所反应。

"哦。

"好。

"没问题。

"不过，我这儿没有烤箱，做不了吧？"

祁叙面露疑惑地说："我给你装了烤箱的，你不知道？"

"啊？是吗？哈哈……"明媛发出了弱小可怜又无助的笑声，但又不得不做出一副"小事一桩"的样子，"那没问题，我们开始吧。"

祁叙放心地把食材都交给了她，本想跟着一起去厨房，明媛却把他拦在外面说："我做蛋糕的时候不喜欢被人打扰，你在外面玩一会儿，很快就好的。"

祁叙想着反正自己也不会，进去可能还会影响她，便点点头说："需要我帮忙的时候，你就叫一声。"

明媛微笑着关上了厨房门，转身疯狂地在网上搜索烘焙教程。

苍天啊，别说做蛋糕了，她连祁叙买来的那些高筋、中筋、低筋面粉都分不清有什么区别好吗？

这完全触及了她的知识盲区。所以，现在要怎么从一个烘焙小白变成烘焙高手呢？

好像突然进入了战斗状态，明媛安慰自己不要慌，越是着急的时候就越要冷静。以前她见过简宁做蛋糕，感觉也不是很难，只要把所有食材按比例装在一起拌匀，放进烤箱就完事。

明媛给自己打气，在教程上找到了一个最简单的黄油小蛋糕下手。

厨房里，明媛小小的身影很忙碌，祁叙的视线偶尔扫过那里时，心里总会感到温暖和欣慰——这大概就是家的样子吧。

没过一会儿，明媛出来了，自信地拍了拍手说："好了，等40分钟就OK了！"

她脸上沾了一些面粉，一看就是费了心思的，祁叙伸手帮她擦了擦说："谢谢，辛苦了！"

明媛小手一挥说："没事，能帮到你就好。"

两人在外面聊天刷微博，没过一会儿，祁叙听到了烤箱结束工作的声音。

他提醒明媱说："好了。"

明媱回头一看，马上站起来朝厨房走，祁叙却拦住她说："我来吧，别烫到了你。"

"啊——这……"明媱欲言又止，本想自己先去看一看成果如何，但又不好拒绝祁叙，只能忐忑地跟着进了厨房。

祁叙打开烤箱，戴好手套，慢慢拉出烤盘。

下一秒，祁叙不动了，连空气也突然安静了。

明媱闻到一股奇怪的味道，才察觉不对，她伸长脖子看了一眼。

宽敞的烤盘上摆放着一排黑不溜秋、或长或圆的不明物体。

明媱："……"

祁叙缓缓转过头来，用一种"你招待朋友们吃的就是这个？"的疑问眼神看着明媱。

明媱好尴尬，硬着头皮给自己"挽尊"道："对不起，可能是好久没做，有点儿手生。要不我重做一次吧？"

祁叙："……"你这个水平是不是用手做的，我都要先存个疑。

"算了，"祁叙把黑炭包们扔进垃圾桶，自己挽起袖子说，"还是我来吧。"

明媱一口气还没完全松下来，又被祁叙下一句话提了起来。而且这次直接掐紧了她的脖子。

"把你那本烘焙食谱拿来我看一看。"

明媱觉得一定是自己之前撒的谎太多了，如今和祁叙的关系逐渐明朗，那些曾经随口胡说的话，却被他记在了心里，又一个个被翻出来重温，让她圆谎都来不及。

为了一个角色把自己搞得跟个江湖骗子似的，明媱都想夸奖自己了——就冲这个精神，明年的最佳女演员奖必须得是她的！因为她太不容易了。

生活就像一个连环套，骗了一次，就得用无数谎言去圆回来。

比如现在，明媱拿不出所谓的烘焙食谱，不得不又继续圆日记本的谎："搬家的时候搞丢了。"

她顺便还给自己今天的翻车找了理由："要不然我也不会这样，就是因为我的食谱不见了，那些关键的步骤啊，时间啊，我都记不住。"

祁叙："……"

行吧。面对着一个面粉还挂在脸上的小可怜，他还能说什么呢？

祁叙拿出手机找了些教程，准备亲自动手。

明媱搬了把椅子坐在厨房门口看祁叙忙，看了一会儿，忍不住问："你真的是第一次做蛋糕吗？"

祁叙点点头："嗯。"

"……"他怎么能这么淡定啊？

祁叙安静地站在料理台旁忙碌着，身影挺拔修长，哪怕是一个打发蛋清的动作都有条不紊，帅气逼人。完全不像自己，手忙脚乱的。

明媱歪头趴在椅背上，忽然觉得安全感满满。

同样的40钟后，祁叙按照教程做的小蛋糕出炉了。

明媱主动提出要帮他开箱，其实她主要是想看看祁叙会不会跟自己一样翻车，要是那样，她就可以第一时间嘲笑他了。

谁知拉出烤盘，12个奶油小蛋糕整齐地摆在盘子里，而且每个看上去都酥香饱满。

明媱："……"

她不服输，拿出一个要尝尝味道。

三秒后，明媱一边贪婪地咬着蛋糕，一边默默收回了试图嘲讽别人的心。

果然，能坐到总裁位置上的人不光双商不一般，行动力更不是吹的。他学东西也太快了吧，衬得自己好像一个智障。

祁叙原本想找明媱帮忙，没想到最后自己竟然被迫速成了烘焙技术。

明媱觉得挺不好意思的，她又往蛋糕上装点了一些蓝莓，勉强让自己算是参与了这件事。

"希望你爸爸会喜欢呀。"她笑着说。

祁叙用纸盒装好蛋糕，离开的时候他看看明媱，犹豫了会儿才低声劝道："以后请朋友吃点儿别的吧，别吃蛋糕了。"

明媱："……"感觉被内涵到了。

看着祁叙没用完的食材，明媱很受伤地一头扎进厨房，她决定无论如何也要学出来，一洗今天的耻辱。

祁衡远大半生除了做生意，平时最爱两件东西——茶叶和甜品。

茶叶他不缺，经常有人送上好的给他。

自从去年检查出血脂偏高后，他就开始有意地减少甜品的摄入。但隔三岔五的，下午茶时老爷子还是喜欢吃点儿低卡的蛋糕。

祁叙提前打电话告知他会回去吃晚饭，祁衡远知道了很高兴，让用人张罗了一桌菜。

父子俩很少有这样主动坐在一起交谈的时候，何况祁叙还带了自己亲手做的蛋糕回来，祁衡远尝了一口，喜不自禁，直夸好吃。

"真的是你做的？"

祁叙想了想说："准确来说，是一个女孩儿陪我做的。"他指着蛋糕上的蓝莓，又说："这个就是她放的。"

祁衡远微微愣了下，放下蛋糕。这个动作很耐人寻味，祁叙注意到了。

祁衡远问："哪家的姑娘？"

祁叙没打算瞒着他："普通家庭，刚毕业的大学生。"

祁衡远听完面色阴沉不少，刚刚还喜欢的蛋糕也没再拿起。

半晌，他叹了口气，说："祁叙，你想要拿到那个项目，首先要有让股东们不容置喙的资本，懂吗？"

祁衡远何其精明，他早就知道自己的妻子和大儿子都对度假村二期虎视眈眈，这块蛋糕太过诱人，华丽的外衣下早已掀起了一场激烈的内斗。

或许是觉得亏欠，他到底是偏心祁叙的，私下已经决定要把项目交给他全权负责。

祁叙不知道祁衡远要表达的是什么意思，他淡淡道："您直说，这种不容置喙的资本是指什么？"

祁衡远喝了口茶，不慌不忙道："找一个门当户对的姑娘结婚成家，让她的家族做你的后盾。比如岑家的小女儿，你岑叔叔跟我提过好几次了，他很欣赏你，岑青对你也有好感。"

祁叙："……"

静了几秒，他忽地一笑："又来？"

这两个字敏感又尖锐，一下触碰了某些双方不愿意提及的过往，气氛倏地变冷。

祁衡远不悦地皱眉道："什么叫'又来'？我这不是在为你着想，为你铺路？"

"不需要。"祁叙语气也不好地说，"感情上的事您已经过问了一次，以

145

后都由我自己做主。"

祁衡远立即多了几分愠怒，态度强硬道："总之，你自己考虑，要么和岑青结婚，度假村的项目就交给你；要么这项目你就彻底别插手，交给你阿姨。"

············

两父子在书房里再次聊到僵持，门外的郑容却听出了重点。

她马上走到安静的地方给自己的私人秘书打电话："查一下祁总最近在跟哪个女孩子来往，尽快。"

虽然聊得不开心，但祁叙还是留在家里吃了晚饭。

祁衡远的要求很简单，要他娶一个家世相当的女人，说得好听点是可以辅佐自己，其实不过是为了强强联合，将双方的财力融合扩大，一代代强大下去。

对过去的祁叙来说和谁结婚无所谓，因为那时他眼里只有一个目标，就是赢郑容，完全掌握整个 SG 集团。

虽然他现在的目标依旧没变，和郑容的关系也因为她三番五次地挑衅而达到水火不容的地步，但他却做不到和谁结婚都无所谓了。

云溪度假村是 SG 酒店集团旗下最赚钱的品牌，全球都有分布。这次在国内著名景区青云山上扩大筹建二期，相关部门有意合作把它打造成国际旅游示范点，成为当地地标建筑。

显而易见，这是一个谁拿下就能奠定谁往后位置的项目。

祁叙开着车漫无目的地在公路上行驶，反复思考着这个在权力和感情中二选一的难题。

他可没那么大方，把已经快到手的蛋糕送给郑容，让自己未来只能屈居在她的管理之下。

当然，他也不想放弃明媛。

车在江边停下，祁叙心情不好时常来这里。他靠在车边点了根烟，阵阵江风拂面，让他暂时忘记了这些烦恼事。

田安妮就是在这时候给他打来的电话。

祁叙很意外："田小姐？"

田安妮很客气地说："您好，祁总，不知道您有没有空？我想跟您聊聊关于媛媛的一些事。"

替身观察日记

一连几天，祁叙都没有找过明媲，他好像很忙，只在早晚按时给她打几个电话。

这天上午，田安妮把明媲叫到了办公室。

明媲坐下问："什么事呀？这么着急喊我过来。"

"一个好消息，"田安妮笑着说，"我帮你签了一个代言。"

明媲不敢相信地问："代言？真的？"

她这种才出道的新人，一个作品都没有，竟然就能接到代言？

"是小品牌吧？大品牌肯定不会找新人。不过小品牌也没关系，嘿嘿！是哪家？"

田安妮却摇了摇头说："一点儿都不小，现在圈子里还没哪个女星能接到他们家的代言。"

明媲这下更好奇了："到底是哪家？"

田安妮拿出一份合约，明媲迫不及待地接过来一看，首行是一排英文，下面第二行才看到几个熟悉的字眼——SG 酒店集团。

明媲瞬间蒙了，瞪大眼睛问："SG？"

"我上次就说过，祁叙要追我带的艺人没那么容易。我现在还无法判断他对你有几分真心，但在他追你的这段时间里，我要从他身上得到最大的利益。这份合约是他追你应该付出的代价。"

明媚有些吃惊地问："你真的去找他了？我还以为你在开玩笑。"

"我在做正事，谁跟你开玩笑。"田安妮觑了明媚一眼说，"祁叙答应了，会给你他管理的任意一家酒店的全球代言人位置，至于是哪家他还需要综合评定。但这个位置是你的，有法律效力，代言时间由他们那边决定。"

合约来得好突然，祁叙半点儿风声没跟她透露过，明媚一时间不知该说些什么。

田安妮见她不说话，缓了缓，语气柔和地告诉她："不过跟这个男人谈过话之后，我觉得他对你是真心的。至于这个真心能持续多久，我不能确定。所以在他没有变心之前，我们要抓住一切机会。SG 的代言不好拿，更何况还是全球的，你明白吗？"

田安妮是个非常会审时度势的人，也会精准把握每一个机会，所以明媚那四位师兄才会被她带得越来越红。

不知道为什么，明媚对这份合约并没有那么欣喜。好像一旦有了利益牵扯，两人的关系就不再那么单纯，祁叙在某种意义上更像自己的金主。但田安妮已经签了，明媚也只能让自己往好的方向去想。

她垂眸点点头说："我明白。"

"那你先回去吧。对了，今天宋导给我打了电话，他让你准备准备，马上要进行最后一次试镜了。"

明媚愣了下，时间过得好快，不知不觉，三个月竟然就要过去了。

离开工作室后，明媚正打算去超市再买一些做蛋糕的材料，却在马路边被一辆黑色轿车拦下了。

车窗降下，一个衣着华贵的中年女人对她面露微笑说："你好，明小姐，有空一起吃个饭吗？"

明媚并不认识眼前的人，她问："您是？"

"我是祁叙的母亲。"

在和郑容面对面坐下之前，明媚已经"脑补"出了她们这次会面的最终对话——电视剧里都是这么演的，豪门婆婆拿出一张支票，说："给你1000万，离开我儿子。"

明媚觉得自己今天可能也要被甩支票了。

郑容很客气，也很和气，她坐下后轻言细语地问了明媚家里是做什么的，有几口人，父母是否健在，有没有兄弟姐妹等一般相亲必问的问题。

在得知明媛是单亲，家里只有自己和母亲后，郑容脸上露出了和蔼的笑容。

"所以你现在就是才毕业，认识了祁叙，他也对你有所照顾，对吧？"

这总结没什么毛病，明媛点点头说："阿姨，您想说什么就直说吧。"她不想听这些前奏了，直接甩支票吧。

谁知郑容端起咖啡吹了吹，又慢悠悠地喝了一口。

"不错。"

明媛："……？"

"你们有结婚的打算吗？祁叙他爸爸挺想早点儿抱孙子的。娱乐圈乱，不适合你这种小姑娘，不如早点儿嫁到家里来享福，也省得你一个人在圈子里打拼。"

明媛："？？？"我等了半天，支票呢？怎么跟电视上演的不一样啊！

她连怎么义正词严地拒绝支票都想好了，郑容却突然来了一句要她和祁叙结婚的话。

一时被问得措手不及，明媛张了张嘴："啊？"

"啊什么，祁叙也不小了，他都 26 岁了。你们早点儿结婚，早点儿享受。"郑容说着拍了拍明媛的手，"就算不着急结婚，也可以先让我们抱个孙子，到时候你们小两口儿各自去打拼事业，我们在家含饴弄孙，互不干扰，不好吗？"

刚刚还是结婚，这会儿直接生孩子。明媛没忍住接了句："阿姨，您这么急啊？"

郑容面色微变，只一瞬，又迅速恢复笑容说："年纪大了，当然急了。"说着她从包里拿出一个小盒子说："这是我送你的见面礼，你看看喜不喜欢？"

明媛打开盒子，好家伙，一个绿油油的翡翠手镯，看那种水成色，少说也得十七八万。

明媛赶紧推回去说："太贵重了，我不能收。而且我和祁叙现在还只是朋友关系，阿姨说的这些都太早了。"

郑容保持着和蔼的微笑，话语间完全把明媛当儿媳妇了似的："不早，你要是愿意，我家祁叙肯定愿意，要不下个月你们就结婚吧？"

明媛一脸迷惑："……？"照您这期望值，明年我起码得生个三胎才能满足吧?

　　跟郑容的这次见面好像在做梦,直到回了家,明媸都还恍恍惚惚的。

　　那个见面礼最终也被郑容硬塞着收了下来。不收不行,未来婆婆太积极了,积极得让明媸都开始怀疑祁叙是不是有什么隐疾,逮着自己这么一个傻子就不松手了。

　　打开门,明媸抬头一看,疑似"隐疾患者"正懒散地坐在沙发上,见到她进来放下了手机:"正想给你打电话呢。"

　　明媸看了看大门,又看看他,说:"祁总,你现在都可以这么自由地出入我家了?"

　　祁叙抬了抬眸说:"这本来就是我家。"

　　明媸:"……"好几天没见,一见他还这么嚣张。

　　明媸无视他走进去,随口问道:"你最近很忙吗?"忙到好几天都不见人影,只敷衍地打了几个电话。不知道的,还以为你是撩了就跑的渣男呢。

　　当然,后面这些明媸都没说出口。

　　"怎么,"祁叙却好像读出了她的心里话,尾音扬起,"你想我了?"

　　"少自作多情了,你不烦我,我不知道多自在。"明媸也不知道自己为什么会像被猜中了心思似的慌乱,马上岔开话题说,"对了,你猜我今天见到了谁?"

　　祁叙没个正经地问:"顾远?"

　　"……"

　　明媸拿起手边的垫子朝祁叙身上打了下:"你认真点儿好不好?"

　　为了度假村的事,祁叙连续加了四天班,好不容易有了点儿空闲时间,他就想来看明媸一眼。

　　她身上总有能让人瞬间快乐起来的魔法。比如现在,她故作娇嗔地指责,就让祁叙成功笑了。

　　"好,认真点儿,那快告诉我你见到了谁?"

　　明媸嘿嘿笑了两下,说:"你妈!"

　　祁叙瞬间敛容,眉头蹙起:"谁?"

　　"你妈呀,郑阿姨。"明媸浑然没发现祁叙的神色,自顾自地说,"你妈不知道怎么找到了我,还请我喝了咖啡。我当时还以为她会像电视剧里那些霸道总裁的妈妈一样,甩一张支票叫我离开你。没想到她竟然催我嫁给你,甚至还说可以不结婚，先生孩子。"

明媚一边说，一边笑："你是不是没人要啊，祁叙？我感觉你妈特别着急要把你发货的样子。"

祁叙静静听着，时而露出一点儿意味不明的表情。

如果没猜错，郑容一定是知道了祁衡远的决定。只要自己同意和岑家小姐联姻，度假村的项目她就无权插手。

这么威胁她地位的事，她怎么可能坐视不理？于是她亲自去找明媚，劝说她这么一个毫无背景的女大学生跟自己结婚，甚至不惜一切诱骗明媚先生孩子，彻底断了自己跟岑家联姻的可能。

对于郑容这样的小动作，祁叙不觉感到好笑。

"你笑什么？"明媚好奇地问。

"没什么。"祁叙伸手撩起明媚的一缕头发在手心里打转，"所以你要收货吗？"

说实话，明媚心里其实挺开心的。田安妮一直跟她说豪门水深，豪门的儿媳妇更难当，可今天见了郑容，她不仅没有那些传统的门第之见，而且人也很随和。最重要的是，她根本不会阻止自己和祁叙的交往。

明媚抿了抿唇，第一次没有直接拒绝祁叙，矜持道："等三个月过了，看你的表现再考虑考虑喽。"

"好。"祁叙唇角翘了翘说，"饿吗？我去上个洗手间，然后带你出去吃饭？"

明媚点点头说："好。"

祁叙刚离开不久，他放在茶几上的手机就响了。

明媚原本想喊他来接，可看到屏幕上的来电名字后，她就哑火了——JT，是今棠。

也不知为什么，明媚忽然跟逃避似的把手机放回原位，接着，她又努力让自己做出什么都不知道的样子，跑到卧室假装换衣服。

很快，外面的铃声停了。明媚悄悄走出卧室，看到祁叙正站在阳台上接电话。

他关上了阳台与客厅之间的一道玻璃推拉门，整个人都被隔离在外，也包括他的声音。

明媚什么都听不到，她安静地坐在沙发上，等祁叙接完电话走进来才故作随意地问："谁啊？"

祁叙没回她，直接捞起沙发上的外套说："我有点儿事要先走，下次再陪你吃。"说完不等明媚再问便出了门。

"……"

祁叙说走就走，明媚呆怔地坐在沙发上，刚刚还响在耳边的甜言蜜语瞬间消失，好像只是她的一场幻觉。

是这段时间太过自信了吗？所以以为自己真的替身上位成真爱，完全忘了这个世界上还有一个跟自己长得很像的女人。

而现在，祁叙为了这个女人，竟毫无理由地离开了。

明媚出了很久的神后，才意识过来——哦，这剧情走向好熟悉。

顾远的"白月光"回来的那天，他也是接了个电话，就头也不回地丢下林芸芸走了。

明媚甚至已经"脑补"出他们这会儿在自己不知道的角落里互诉衷肠。那画面，像极了在火车站久别重逢激情接吻的依萍和书桓。

所以，爱会消失的，对吧？就跟他送自己的泡泡机一样，美丽的泡沫一戳就破，终究会碎在风里不见踪影。

明媚吸了吸鼻子，虽然不想承认，可真的有一点儿难过。

祁叙这一走，整晚都没有再联系过明媚。

明媚的开心从来都很简单，她不是一个要求高的女人。好几天没看到祁叙，说没有想他是假的。

原本他突然出现，又说要带自己去吃饭，明媚已经很满足了，但没想到开心的时间，却只有这短暂的几分钟。

一个电话，破坏了一切。明媚也没了什么吃饭的心情，她煮了碗方便面，却食之无味。她控制不住地胡思乱想。

通过这段时间的相处，明媚已经渐渐消除了对祁叙的偏见，一切都在朝着好的方向发展。明媚甚至都觉得两人或许可以有一个美好的结果，可现在祁叙又让她陷入自我怀疑之中。

他真的喜欢自己吗？

明媚反复问了自己好几遍，最后才发现原来从一开始，这个问题她就没有百分之百地肯定过——她一直在试探祁叙的感情。

明媚有点儿累了，她不想再这样在剧本和现实中来回切换，就像水中

152

捞月一样，分不清虚幻与真实。

替身体验计划已经快到时间了，无论自己到底是不是替身，在进组之前，明媞都想找祁叙问个清楚。

她给祁叙打电话，没接。

再发消息：你在哪儿？忙完可以跟我聊聊吗？

半个小时后，祁叙才回复了一个字：好。

可一直等到凌晨1点，明媞都没有等到他的电话。

第二天醒了才看到，夜里3点多，祁叙给她回过一条消息：好好睡，乖，忙完我找你。

那么晚了，他还没睡……

明媞想起那次自己也是让祁叙等她的电话，结果遇上各种事情，让他白白等了一天。

同样的事发生在自己身上，明媞忽然明白了那种无望的心情。她冷静下来，觉得自己不用那么着急。或许，她可以对祁叙有一点儿信心。

这样一番自我宽慰后，明媞甚至开始为祁叙开脱。她想，也许是自己太敏感，想多了呢。

明媞给祁叙回了一个可爱的笑脸：你慢慢忙，没事。

鉴于临近宋导的试镜时间，明媞打算把剧本翻出来再看看。虽然这三个月里她几乎背熟了每个细节，可真到要去试镜，心里还是有些紧张。

当初为了找到林芸芸的感觉，她甘愿做替身亲自体验，没想到三个月过去，自己反倒与现实中的"顾远"谈婚论嫁起来。

体验的意义全变了，明媞也不知道自己能不能演出林芸芸的感觉。

刚拿出剧本要看，手机响了。

还以为是祁叙打来的，明媞赶紧拿出手机，却发现电话是纪沐阳打来的。这种感觉，好像快乐倏地飞到心尖又迅速坠落谷底。

虽然有点儿失望，明媞还是接起了电话。

纪沐阳说："宋导通知你了吗？明天会让我陪你一起试镜，方便带你入戏。"

明媞愣了下，这个事她还真不知道。但和演独角戏比起来，有人跟自己一起演对手戏确实要容易入戏些。

明媞礼貌地向纪沐阳道谢说："谢谢师兄！"

"你现在有空吗？出来一趟吧，我们定一下合作哪个片段。"

试镜是大事，明媱不敢马虎，当即和纪沐阳商量碰面地点。

纪沐阳说他刚刚下了夜戏，在剧组安排的酒店餐厅吃早餐，让明媱过去找他。

偏偏那么巧，就是洲逸。

明媱犹豫了下，说："那要不我等你休息一下，下午再见？"

"我下午还有事。"

"……"

既然如此，明媱只能同意下来。挂电话后，她就打车去了洲逸酒店。

洲逸的自助餐厅在2楼，还不到上午9点，餐厅里有五六桌客人在用餐，纪沐阳的位置靠窗，明媱一眼就看到了。

她走过去坐下说："不好意思师兄，耽误你吃早饭了。"

"没事。"纪沐阳用餐巾擦了擦嘴说，"剧本带了吗？抓紧时间看看。"

明媱马上拿出剧本。

纪沐阳翻了几页说："其实我觉得，比较容易体现张力的是，顾远过生日那晚去见了白卉，林芸芸后来打他的那一段。你觉得呢？"

这一段的确是剧中的高潮，得知真相的林芸芸绝望了，也把所有的愤怒都发泄了。

明媱想了想，说："我害怕不行，这段挺难演的，感情起伏很大。"

纪沐阳安慰道："没事，有我在，我相信你可以。"

他指着剧本说："这几句台词你尤其要注意，是情绪的转换点，我给你圈出来吧。"纪沐阳边说，边在包里摸了两下，没找到笔。

明媱见状主动道："你先吃，我去大堂借一支笔。"

说完她就站起来往外走，可转身抬头那一瞬，她忽然看到不远处靠墙的沙发卡座里，一个自己熟悉得不能再熟悉的身影——祁叙。

明媱第一反应是，好巧，他竟然也在这儿吃早饭，要不要去打个招呼。可等她看清和祁叙一起吃饭的人后，她当场愣在了原地。

那张脸，那张脸……明媱的心剧烈跳动起来，明明浑身反应强烈，却挪不动步。最后还是服务生见她样子不对劲问需不需要帮忙，她才回了神。

明媱当即便转了身，不想让自己难堪地出现在这种画面中。

一脸冰冷地回到座位上，明媱顿了顿，后知后觉地笑了，说："师兄，你是故意让我到这里来看他们的吗？"

纪沐阳沉默了几秒，没有否认。

"你自己看到，总比我告诉你要好，这样你才没办法去逃避。"

是，他说得对。

如果不是亲眼看到祁叙和今棠坐在一起吃早餐，明嬅还以为夜里3点多都没睡的祁叙这会儿在补觉，或者还在加班。

什么可能都会有，就是没想到现在这种可能。

明嬅不想再留在这里恶心自己了，她低头收起剧本说："我先走了。"

明嬅头也不回地离开了酒店，停留在那里的每一分钟她都觉得窒息，等出来呼吸到外面的空气，人才活过来了似的。

她已经戒了今棠的微博很久了，不想总是去窥探，自我猜测，自寻烦恼。可现在，明嬅控制不住自己的手。

她快速找到今棠的微博主页，第一条微博是昨天晚上11点左右发的：

今棠：提前一天回到了祖国的怀抱，呼吸喜欢的空气，拥抱喜欢的人，回家真好。

原本是难堪，现在看完这条微博，明嬅只觉得胸口像被一块石头压着。

谎言的遮羞布被撕开，愤怒、难堪、崩溃，铺天盖地地压得她喘不过气来。

果然是今棠回来了——难怪祁叙昨天会急匆匆地接了电话就走。

晚上6点多离开，夜里3点还没睡，第二天两人又一同出现在酒店餐厅吃早餐。

这个时间线，任何一个正常的女人都会朝那些方面想。

明嬅觉得自己被玩了。她不住地深呼吸，控制自己的情绪，几次想折回酒店当着两人的面问清楚。

可如果今棠问她："你是谁，又凭什么来质问我？"她要怎么回答？

对啊，自己现在充其量算是和祁叙在暧昧着的人，什么关系都没确定的那种。她有什么资格，以什么立场去质问别人？

明嬅站在人来人往的马路上冷静了会儿，选择给祁叙打电话。

祁叙很快接了，问："醒了？"

他声音有些沙哑，听着好像很累。

明嬅努力让自己语气如常，道："嗯。你在干什么？"

祁叙回她说："在跟客户谈事，你在家等我，中午我过去陪你吃饭。"

明嫚听笑了。

你是时间管理大师吗？上午和"白月光"在一起，中午再预约陪我，难怪声音听着那么累。

明嫚打这个电话，只是想再试一次祁叙。可他还是让自己失望了。

明嫚以自己准备试镜为由拒绝了他。真真假假的游戏，她不想再玩了。

那边，祁叙接完电话，今棠搅拌着咖啡说："你很少有这样温柔的语气，怎么，交女朋友了？"

祁叙淡淡地回她："是。"

今棠眼底快速掠过一丝不易察觉的异样，微笑着问："是哪家大小姐，我可以知道吗？"

"这跟我们要谈的合作无关。"祁叙把文件袋摆在她面前说，"条件都开在这儿了，希望能尽快给我回复。"

今棠抽出里面的文件看了几眼说："其实我不懂这些，但你开口，我肯定愿意帮这个忙。只是……"她顿了顿，眸中闪着柔光，"我能得到什么？"

不等祁叙回答，今棠马上又说："你知道的，我不缺钱。"

祁叙情绪没有半点儿变化地说："你也知道的，我只能给你钱。"

尽管这个男人就坐在自己面前，可他的眼神淡漠倨傲，自始至终没有正眼看过自己。而唯一流露出的那点儿温柔，给了刚刚电话里的那个女人。

为他点的那份早餐半分未动，更是说明了一切——他是真的对她无动于衷。

今棠低头轻轻一笑说："我们之间只能聊这些公事了吗？祁叙，你明知道退婚不是我的本意。"

"谁的意思都好，我并不介意。我们现在只是单纯的合伙人关系，所以坐在这里，也只能谈公事。"

一段长久的沉默后，今棠收起文件袋说："好吧，我会尽快安排你和我爸见面聊。你等我消息。"

祁叙点点头，起身冷冷道："你慢用，我先走了。"他其实早就迫不及待地想走了。

不知道为什么，祁叙总觉得刚刚明嫚电话里的语气有些奇怪，但他能想到的就是昨天自己突然离开，小姑娘不高兴了。

二选一的难题祁叙无法选，他只能给自己找第三个选择。

今家在度假村也有股份，是整个项目中仅次于祁家的第二大股东。祁衡远作为董事长的确可以说了算，可今家的态度也很重要。而今家的态度，从来都取决于他们这个宝贝女儿今棠的态度。

祁叙很明确地知道，得到今家的支持并发动其他股东表态向祁衡远施压，是他现今唯一的选择。

祁叙花四天时间布置好了一切，却没算到今棠会在这个节骨眼儿上突然提前回国。这让他的计划都措手不及地跟着一并提前。

从餐厅快速走到了停车场，一上车祁叙就给明媚回拨了电话，结果却听到她关机了的提示音。明媚关机了。

祁叙没有多想，马上又开去了她住的地方，却发现她不在家。

再打电话，还是关机。

他给明媚发消息：去哪儿了？看到消息给我回电话。

明媚并不知道祁叙去了家里，她原本要打车回家，可车开到半路她又改变了主意。

她实在不想回到那个曾经和祁叙有过快乐回忆的地方。好像只要一回去，就会不得不承认，兜兜转转一圈，她还是成了林芸芸。

明媚去找了简宁。

还好简宁在家，明媚去的时候，她正和男朋友通话，似乎是对方这几天也很忙，没有陪她，正道着歉，哄着她。

明媚安静地坐在沙发上，听简宁说话。

"那你答应忙完陪我去欧洲看秀，我就不生气。

"还要陪我去北海道吃寿司。

"总之，你得弥补双倍的时间陪我。"

那个男人一定很爱简宁，所以才会句句答应，哄得简宁开心得像个孩子。

挂了电话，简宁问明媚："你不是快进组了吗？怎么突然想起来找我了？"

明媚若无其事地笑笑说："就是因为快进组了，所以才想来看看你，毕竟进组后就没那么多时间找你玩了。"

简宁丝毫没看出明媚的不对劲，大大咧咧地说："其实你不来，我也打算去找你的。我那个狗男朋友这几天忙得魂儿都不见了，弄得我好无聊。"

明媛有所触动地扯了扯唇说："可他忙，还记得来哄你，不是吗？"

"那倒是，他说在帮他好兄弟打一场仗，儿子跟老子打架争权，豪门宫斗的感觉，我听着怪复杂的，所以也不好怪他什么。他那个兄弟比他还累，几天没合眼了……"

简宁在那儿叽里呱啦说了一堆，明媛却听得心不在焉。她脑子里反复闪过祁叙和今棠坐在一起吃早餐的画面。

简宁察觉她在走神，手挥了挥喊道："媛媛，你在发什么呆？"

"没。"明媛坐正，犹豫了很久，还是没忍住说，"宁宁，我问你一件事。"

"嗯？"

"就是，有个男的在追我一个朋友，但是那个男人的钱包里，却放着另一个女人的照片。而且照片里的女人和我朋友长得很像，他——"

话还没说完，简宁就抢答了："妈呀，叫你朋友别答应啊！"

明媛愣了愣，说："可他说，那是他的一个合作伙伴。"

"这你朋友也信？傻吗？"

"……"

是，明媛也不知道自己为什么会信。

"有人说那个女的是他的未婚妻，可他又不喜欢身边的朋友提起那个女的，你说这是为什么？"

简宁认真想了几秒，缓缓开口道："我猜他们会不会是被某些外力因素拆散的，所以男的念念不忘，看到你朋友长得像他未婚妻，就想在她身上找点儿慰藉？"

明媛："……"自己之前也是这样分析的。

可是，从什么时候开始，她变得不那么坚定，变得犹豫，变得有所期盼了呢？

原来这样的事情，大家都会这么想。只是自己当局者迷，一步步陷了进去，于是开始学着安慰自己，迷惑自己。

从简宁家出来，天色已经暗了，明媛拿出手机想看看微信，却意外发现手机没电自动关了机。难怪一整天都这么安静。

明媛找了家餐厅吃饭，顺便租了个共享充电宝。

重新开机后，明媛收到了几条未读的微信消息，其中一条是祁叙的，他叫自己看到消息给他回电。

可明媤真不知道开口跟他说什么。

直白地撕破那些欺骗，亲手将泡沫戳破吗？

问他早餐好不好吃？还是问他和"白月光"久别重逢是什么感觉？

太突然了，明媤不能接受昨天才问自己要不要嫁给他的祁叙，一夜之间变成了顾远。而她，也终于毫无悬念地走到了林芸芸曾经走过的路上。

正犹豫着要怎么回这个电话，明媤忽然发现还有一条未读的新短信。

是一个陌生号码发来的。她好奇地点开：你好，明小姐，能不能和你见一面？

直觉告诉明媤，发短信来的人与今棠有关。

女人都是敏感的，她可以第一时间发现今棠，对方肯定也会知道自己的存在。

明媤没有回信息，而是直接给这个号码打了过去。

电话接通，响起的果然是女人的声音："明小姐？"

明媤冷静地问："你是谁？"

对方似乎是惊讶于明媤的直截了当，她顿了顿，轻轻笑了一声。

"你好，或许我们应该认识一下。我叫今棠。"

这个一直以来活在明媤假想和设定中的女人终于露面了。

或许是想搞清楚她和祁叙之间的关系，也或许是想看看她和自己究竟有多像，最终，明媤同意了与今棠见面。

某咖啡厅，今棠订好了包厢，环境安静又私密——谁也不知道，这里即将成为两个女人的正面战场。

10分钟后，明媤来了。

侍者将她领到包厢，推门那一刻，今棠一抬眸看过来。

彼此对视，明媤从今棠眼里看到了一闪而过的错愕。

她淡定地走过去打招呼："你好！今小姐。"

今棠打量了会儿明媤，最后自己莫名笑了。她掩了掩嘴，说："抱歉，我只是有点儿意外，我们竟然有几分相像。"

直到真的坐在今棠对面，明媤才发现，自己和今棠也没有像到那种地步。

大概只是在某个角度，露出某种表情的时候才会有一些相像。而且她的着装偏淑女气质，和自己完全不同。

明媱心里莫名有了些底气，甚至觉得就像闺密们说的那样，自己比她美多了。她不禁拿出气势坐直，淡定道："你找我有事吗？"

今棠对她做了一个"请"的姿势："不知道你喜欢喝什么，卡布奇诺可以吗？"

明媱很干脆地说："不用了，你说完我就走。"

今棠点点头道："好，那我开门见山。"

顿了顿，她说："我是祁叙的未婚妻。"

几乎是一瞬间，明媱放在桌面下的双手捏紧了包带。

她不作声，听今棠继续往下说。

"实话说，我是祁叙曾经的未婚妻，但我相信，未来他的未婚妻也只会是我。

"我和祁叙去年因为双方父母的生意认识，后来决定联姻。但因为受了别人的蛊惑，我父母私自给我退了婚，并选择让我和他弟弟联姻，所有这一切我并不知情。"

明媱："……"

"我们之间的事完全是我父母做出的错误决定，我出国这一年，也是为了和他们抗争。

"如今他们已经不管我了，我回来，也是希望能和祁叙和解。"

明媱默默地听着，从没想到原来他们的故事是这样的。

难怪祁叙不喜欢别人在他面前提今棠。无论男女，碰上这种被退婚的事都挺硌硬的。

明媱替祁叙不值，犀利地开口道："可你确定，祁叙愿意和解吗？"

"起初我真的不确定，"今棠说，"尤其是早上听到他接了你的电话后，我甚至觉得自己已经没有希望了。可是现在，我觉得不一定。"

明媱缓缓抬头，直视着她问："为什么？"

"我很喜欢祁叙，而且一直都相信，他当时同意与我联姻，必然也是对我有好感的。我父母做那样的事，我以为他肯定不会对我有想法了，可当我看到你……"

今棠身体微微前倾，接着说："看到我们这样相似的长相，我觉得祁叙或许对我还有感情。他只是用你来气我，或者，把你当成了我。"

明媱："……"

"我很抱歉这样说，可是我想不到别的原因，为什么会在我离开之后，他找了一个跟我这么像的女孩儿交往。"

明媱竭力稳住自己的情绪，淡淡地说："像吗？我觉得我和今小姐，无论是气质、谈吐，还是着装上都不像。"

今棠愣了片刻，轻轻笑道："你说得好像也对，我承认，祁叙现在可能更喜欢你。但明小姐，你敢跟我打一个赌吗？"

"赌什么？"

"就赌，在他心里，谁的分量更重。"

明媱垂下眼眸，觉得有点儿荒唐，可又莫名没有信心。

今棠很有底气地说："你或许不知道祁家复杂的家庭状况，祁叙母亲早逝，现在他拥有的一切，都是和他那个强势的后妈斗出来的。眼下他们正在争夺一个几百亿的大项目，今家的站队将直接决定项目会落在谁手里。"

明媱不解地一皱眉问："后妈？"

"你不知道？"轮到今棠好奇了，"你们在一起也有段时间了吧，竟然不知道祁叙最讨厌的就是他那个后妈？"

"……"明媱想起那天郑容对自己过分热情的态度，忽然一身冷汗。

"豪门就是这样，祁叙的弟弟被斗到三年不愿意回家，你肯定无法理解对吧？"

明媱沉默地听着。她的确不能理解，一家人为什么能这样斗。

果然是自己太幼稚了，原来田安妮说的豪门水深是真的。

"明小姐，我开诚布公地跟你谈，是希望你知道我不会放弃祁叙的。从一开始我要的就是他，我想他要的也只能是我。

"所以，你要和我赌一次吗？"

明媱沉默不语。

要赌吗？就赌，祁叙是对她动了真心，还是只把她当作气今棠退婚的工具？说来好笑，如果赌输了，那么所谓的"工具人"就是自己了。

果然天道好轮回，苍天饶过谁。

明媱不知道自己有没有勇气去接受这个结果，可她又不甘心。

她想要一个结果，就算输也要输得明明白白。

很久后，明媱冷静地说："好，我赌。如果我输了，我会干净利落地走；如果你输了，你也一样。"

今棠的唇角轻轻翘了翘，答道："好。"

剧本体验进度到了90%，只剩下最后一个场景没有走完——那就是顾远的生日。

顾远生日，林芸芸做了一大桌子菜，可顾远却没有出现，而是去迎接了他深爱的"白月光"。

现实中的祁叙没有生日要过，为了这个赌，明媱主动给自己过个生日又何妨？到时候就算输了，起码还能达成一个百分之百体验了剧情的成就。

回到租住的小区，明媱给祁叙打了电话。

"对不起，今天在外面，手机没电了，刚刚回家才充上。"

祁叙并不在意关机的事，重点解释了他昨晚突然离开的行为："昨晚真的有很重要的事要去做，所以才会临时离开，你是不是有点儿不开心？"

明媱顿了顿，故作轻松地笑着说："那你忙完重要的事了吗？明天你可不可以陪陪我？明天我过生日。"

"生日？"祁叙很意外地问，"我怎么记得你下个月才过生日？"

明媱随便编了个理由说："那是阳历，我们那边过阴历的。"

原来如此。祁叙当即答应下来说："好，明天陪你过生日，想去哪里玩？"

"不用。"明媱兴致勃勃地说，"你忙你的，我就想在家里自己做一桌菜，咱哪儿也不去。"

祁叙缓了缓，小心地问："能吃吗？"

明媱成功被他逗笑了，说："那我可不敢保证，你来了不就知道了？"

听到明媱的笑声，祁叙才松了口气，也笑了笑。

"好，早点儿休息，我明天下了班就过去，陪你过生日。"

明媱"嗯"了声，说："那我等你。"别让我失望，别让我输。

这注定是一个无眠的夜。

明媱不知道等待自己的会是怎样的结果，但其实就算没有这场赌局，她也知道自己和祁叙之间注定困难重重。

游戏是自己选择开始的，也要由自己亲手画上句号。无论是圆满结局，还是悲剧结局。

第二天，明媛早早地去超市买了很多菜，她让自己像林芸芸对待顾远的生日那样，认真准备这最后一顿晚餐。

她没下过厨，也不会做饭，可今天是个例外。

明媛照着食谱在厨房里忙了一天，傍晚5点的时候，祁叙如约来了。

他给明媛带来了漂亮的蛋糕，还有包装精致的礼物。

"生日快乐！"祁叙说，"时间太急了，不知道选的礼物你喜不喜欢。如果不喜欢，晚点儿我们再重新去选。"

明媛笑眯眯地把他按在桌前坐下说："我不要什么礼物，你能陪我吃这顿饭就好了。"

祁叙看向餐桌——炒到发焦的土豆丝，碎成汤渣的番茄炒蛋，还有一些看不出食材的菜。跟上次的蛋糕一样，完完全全的黑暗料理。

"明小姐，那天走了是我不对，你也不用这么报复我吧？"祁叙表情痛苦地夹起一根黑色的土豆丝，"这真的是为我准备的吗？"

明媛偷偷发了条消息，而后藏起放在桌下的手机，冲他哼了声："对，就是用来惩罚你的。你吃不吃？不吃不给面子啊。"

一分钟前，她通知今棠，祁叙已经到她家了。

她们的那个赌也即将开始。

果然，在祁叙夹起菜的那一瞬间，他的手机响了。

明媛知道是今棠打来的，默默低头不去看。

这次祁叙没有离开，他当着明媛的面就接起了："喂……"

不知道今棠说了什么，祁叙皱眉问："现在？"

等待结果的过程中，明媛把手里的筷子握得紧紧的。

然而几秒钟后，她却听到祁叙说："知道了，我现在过去。"

明媛夹菜的手顿时停下了。她抬起头，神情呆滞地问："你要走？"

祁叙看了眼手表，说："很重要的事临时要去办一下，最多两个小时，8点前我肯定回来。"

明媛："……"她知道自己输了。

祁叙说完就要走，明媛没忍住，站起来试图挽留他："可我今天过生日，你陪我吃完这顿饭好吗？很快的，半个小时都要不了，20分钟？15分钟？吃完就好……"

祁叙脚下一顿，又折回来揉了揉她的头说："我答应你，待会儿回来

163

带你去餐厅吃别的，你想吃多久，想玩多久，都陪你。"

须臾，明媛轻轻笑了。

"好，你去吧。"

"乖，等我回来。"

"乓"的一声门响，祁叙离开了。

明媛做了一天的菜，他一口都没尝。

坐在空荡荡的房间里，明媛甚至还没来得及告诉他，自己终于学会做蛋糕了，就在烤箱里。原本想今天跟他一起吃的。

可他还是走了。

明媛赌输了。她承认自己很难过，但她愿赌服输。

无论任何原因，今棠的确成功把祁叙从自己这里叫走了。就算最后她那样卑微地挽留，还是不行。

原来一个过生日的自己，不配他留下吃完一顿饭。

明媛站在阳台上，看着祁叙的车消失在黑夜里，她深深地叹了一口气，仰起头出神地望着天空。

一直以为自己早就知道剧情的发展，并不会在意结局。可真的走到了这一步，她才发现，人的情感是会变的——从漫不经心到萌生爱意再到深陷其中。

从来没有置身事外的体验，从来也没有纸上谈兵的经验。

现在她终于感受到了宋导曾经说过的，那种卑微、痛苦、绝望、爱恨交织的复杂情绪。

现实中的她，早已一步步走进了剧情里，成为剧中人，她最终还是成了林芸芸。

"嘀嘀——"手机收到一条短信。

是今棠发来的：我想你应该知道答案了，祝你早日找到自己的幸福。

今棠不傻——祁叙有能力，有胆量，更有担当，是天生的强者，也是未来 SG 必然的上位者——这一点，她从未怀疑过。

父母已经愚蠢地站错了一次队，她绝不会允许今家再错一次，所以她一定要赢这个赌注，让明媛出局。

可今棠知道，现在的自己肯定赢不了明媛，她唯一的筹码只能是度假村的项目。

164

用父亲同意和祁叙合作，并马上要商谈细节为理由，她成功地把祁叙叫了出来。

祁叙有野心，他太想赢了，她知道他一定会来。

晚上7点半，和今棠父亲见完面，度假村的项目成功推进了一大步。不出意外的话，郑容挽不回局面了。

如果股东们的票都在祁叙手里，祁衡远也不能以一家之言做决定了。

这意味着祁叙不用二选一——他既可以赢郑容，又可以留下明媛。

了却了这半个月来的心头大事，回去的路上，祁叙甚至想好了再见到明媛时，狠狠地抱住她。他什么都不想说，只想抱住她。

重回小区，停好车，祁叙用最快的速度回到了明媛的家。

可开门的一刹那，房间却空荡得可怕。祁叙皱了皱眉，以为自己走错了地方，可挂在门上的钥匙提醒他没走错。

他疑惑地慢慢走进房内。客厅里，沙发上可爱的玩偶抱枕没了，餐桌上的卡通桌布不见了，就连摆在电视柜上的几盆多肉也消失了。两个小时前还生动鲜活的家，忽然变得死气沉沉。

祁叙不知道发生了什么，往里走了走，这才发现——不仅是客厅，而是整个家都空了，空得像自己刚刚装修好准备给明媛入住时的样子。

祁叙敏锐地觉得不对劲，他拿出手机正要给明媛打电话，脚下却被什么东西绊了下。他垂眸一看，是放在沙发旁的一个小箱子。

直觉这个箱子与明媛的消失有关，祁叙马上蹲下打开。

他皱眉看着箱子里的东西——曾经送给明媛的耳环、包包，各种小礼物，包括今天的生日礼物，都在里面。

这种明显带着决裂意味的消失方式，让祁叙的心瞬间沉了下来，他马上给明媛打过去。

然而三秒后，传来的是"您拨打的电话暂时无法接通……"

晚上9点，整天没怎么吃东西的明媛，趴在桌旁吃着一碗热腾腾的面。

田安妮就在她旁边，安慰道："慢点儿吃，吃完给我说下是怎么回事。"

明媛若无其事地说："没怎么回事，就是打算洗心革面，好好拍戏了。"

田安妮欲言又止地摇了摇头，正要开口，手机响了。她看了眼，不慌不忙地说："找过来了。"

明媚一愣，忙抬起头做求饶状道："别说我在这儿。"

田安妮叹了口气，走到旁边接起来：

"祁总？

"媞媞不见了？我不知道。

"我只负责艺人的工作，他们的私生活及感情我也管不了。

"明媚是成年人，她有腿，想去哪儿都可以。

"好，我知道了，一有消息会马上告诉你。"

挂了电话，田安妮把手机甩到沙发上，对明媚说："听祁叙的语气，不像是他甩了你。"

明媚喝完热乎乎的面汤，感觉自己原地复活了。精神状态起码比刚刚拖着两箱行李站在路边，发愁不知道去哪儿的时候好多了。

原本她想谁都不去打扰，自己去酒店开个房间。可祁家是国内酒店业的龙头老大，谁知道祁叙会不会手眼通天地把她揪出来。

既然决定跑路了，明媚就不想再跟他纠缠下去。

鉴于两个闺密都有男朋友了，明媚也不想在这种时候再去吃她们两个人的"狗粮"，所以最后她还是来了田安妮这里。

明媚放下碗，抽张纸擦了擦嘴，轻描淡写道："没有谁甩谁，就是不想再跟他牵扯下去了。姐，你说得对，豪门水深，豪门的儿媳妇也没那么好做，我一个人自由惯了，不想去蹚这趟浑水。"

精明如田安妮，她怎么会不知道能说出这么一番感悟的背后，必然是经历过伤痛。她小心地问："受伤了？"

明媚低着头，沉默很久，才简单说了一句："他有个关系不清不楚的未婚妻前天回来了。"

田安妮怔住了，一时反应不过来说："未婚妻？"接着她突然愤怒起来，质问道："有人了还要来招惹你？"

明媚摆摆手，道："算了，我也有错，总之，大家及时止损就是了。"

田安妮安静了片刻。正如刚刚自己所说，明媚的私生活、感情，她无权干涉。她也不想去深究这两人到底发生了什么，去再一次触碰别人的伤疤。

但作为半个姐姐，田安妮还是拍了拍明媚的肩，安慰她说："姐姐会带你在娱乐圈站稳脚跟，你要相信自己，男人有什么好迷恋的，自己搞事业不香吗？看看我，有钱，有自己的公司，虽然没有男朋友，但从不缺男人。"

明媛看向田安妮，平日里看到的她都穿着职业装，这会儿才发现，田安妮的女性魅力真是一点儿都不小。

她穿着真丝睡裙，风韵撩人，手里端着一杯红酒，长鬓发披在胸前——是那种男人看了就会着迷的性感女人。

田安妮素来在名利场上左右逢源，事事都在她的规划掌控之中，偏偏对感情无所谓。

明媛不禁悄悄问道："姐，你谈过恋爱吗？"

田安妮半晌无言，后又喝了口红酒，笑道："谁年轻的时候没轰轰烈烈过呢？"

她说这句话的时候，语气中充斥着一种自嘲式的感慨。

明媛问："那为什么分开呢？现在不可能和好了吗？"

田安妮摇摇头，像在讲别人的故事似的说："他现在功成名就了，我也不差，各自安好，互不打扰也挺好。"

明媛一时无言，垂眸看着面碗发呆。

田安妮摸了摸她的头，语重心长地说："咱们女人要靠自己，懂吗？"

或许之前明媛还不太懂田安妮的这些人生哲理，可现在她却能感同身受。

离开祁叙，除了那些表面上能看到的原因外，还有最重要的一点就是——在面对今棠时，明媛毫无底气。

一个是普通的女大学生、娱乐圈的新人，一个是资产优渥的千金小姐。自己只能跟祁叙玩泡泡机这样幼稚的游戏，今棠却可以帮他对抗事业上面临的风雨危机。

明媛什么都没有，拿什么去跟别人争。与其说是伤感祁叙的选择，不如说是给自己留一点儿尊严。

明媛感慨颇深地点头说："姐，你说得对，我要跟你学习，好好搞事业。等进组了我就两耳不闻窗外事，一心只想做影后。"

田安妮笑了，说："行了，你第一个角色，先拿个最佳女配角我都能去烧香还愿。"

明媛的修复能力很强，也许是有了动力，在祁叙那儿受到的打击顿时转化成了坚定的目标——她要成功。

第二天，明媱来到剧组试镜。

三个月没见，还没开始看戏，宋导就发觉了明媱的不同。

"这次感觉你整个人状态不错，是不是下狠功夫琢磨剧本了？"

明媱不好意思地笑着说："希望不会让宋导失望吧。"

试镜选的是顾远生日这场戏，这是全剧中林芸芸的高光时刻，很考验明媱的演技。

才在桌旁坐下来，明媱就想起了昨天她被祁叙抛下时的心情，甚至台词还没开始说，她眼里已经有了泪光。

明媱按照剧情开始表演。

林芸芸在迟迟等不到顾远时，不甘心地反复给他打电话，在等待和绝望中情绪渐渐失控。

直到最后，她清醒地认识到顾远不会回来了，崩溃地趴在桌上哭泣。

"为什么要骗我……"

长达7分钟的独角戏，一气呵成。宋导都看呆了，原本站在下面等着上去跟明媱对戏的纪沐阳也怔住了。

宋导把田安妮叫过来，悄悄说："你是不是给丫头上什么表演速成班了？这演技跟三个月前完全不是一个水平啊。"

田安妮抱胸笑了笑，没接话。

母亲本就是现象级影后，女儿当然不可能差到哪儿去。田安妮有信心，用不了多久，明媱就可以追上江敏月的成绩，甚至比她母亲还要成功。

之后明媱和纪沐阳的对手戏，更是惊艳了众人。

不管是台词还是情绪，在某种程度上，纪沐阳发现被带入戏的竟然是自己。尤其是最后那一个耳光，明媱把林芸芸的委屈和愤怒表现得淋漓尽致。

试镜结束，台下所有工作人员都鼓起了掌。

"太完美了！媱媱，你现在就是林芸芸，我的鸡皮疙瘩都看出来了，漂亮漂亮！"宋导激动地说。

"你现在就是林芸芸"，明媱在心里笑了笑。多么痛的领悟！

她真诚地感谢了宋导和工作人员，还不忘跟纪沐阳道歉："对不起师兄，刚刚有没有打疼你？"

纪沐阳摇摇头，说："没有，是我要求真打的，不关你的事。"

明媱"嗯"了声，笑眯眯地伸出手说："那顾远先生，未来几个月多多关照了！"

纪沐阳神情复杂地看着她，问："嫣嫣，你还好吗？"

明嫣眨了眨眼，说："为什么不好？说实话我现在的感觉棒极了，我第一次发现入戏是这么爽的一件事，我会好好努力的，希望咱们合作愉快！"

分辨不出明嫣是真开心还是假开心，纪沐阳只好笑了笑，伸出手道："合作愉快！"

另一边，这天一大早，今棠意外接到了祁叙的电话，让她去一趟自己的办公室。

这个男人从没有主动联系过她，好像从一开始就都是她主动，被今棠父母退婚后的他更是连敷衍都懒得做。

现在他终于主动了，哪怕今棠知道百分之百是因为度假村的事，她也愿意。

今棠和祁叙某种意义上算一种人，目标明确，立场坚定，为达目的可以牺牲一切。

她知道祁家将来肯定是祁叙的，所以就算用一些手段暂时把这个男人扣在身边，也好过现在就把他拱手让人。况且，她相信她有能力让一切回到自己和祁叙联姻的时候。

退婚后第一次去祁叙的办公室，今棠精心打扮了自己。

助理客气地引她进办公室："祁总，今小姐来了。"

祁叙抬起头。

只是这一对视，今棠嘴角的笑意便骤然凝在那儿。

"怎么了？"虽然被祁叙的眼神怵到，今棠还是自然地在他对面坐下说，"是项目推展不顺利吗？"

祁叙放下手里的文件，细细地打量着她。

似乎是在审视，一个从小接受优良教育的千金小姐，真的会做出那种毫无品格的事？

今棠被他看得不自在，问："你看什么？"

"你是不是见过明嫣？"

今棠明显有一个错愕和闪躲的表情，但很快便被她掩饰了过去。

她正想开口，祁叙又淡淡道："今棠，别对我说谎，你知道我的性格。"

今棠没想到，祁叙叫自己来竟然是因为明嫣。她定了定心，稳住自己的情绪，平静地笑着说："是，见过。"

随着今棠这句话的落下，办公室的温度结了冰似的骤减。

"你跟她说了什么？"

祁叙面色阴沉，看得出他在克制。

不怪祁叙生气，明媪都消失两天了。

最开始祁叙找过她，京市这么大，就算把整个城市翻三遍，他都要把她找出来。

可后来，田安妮来电告诉他："媪媪目前已经要进组准备拍戏了，希望祁总也可以专注工作，未来合作愉快。"

祁叙始终不明白明媪离开的原因，在他的再三逼问下，田安妮才委婉地提示他："祁总既然已经有了婚约，又何必去招惹刚毕业的小女孩儿呢？你们不合适，各自发光吧。"

祁叙这才知道，明媪或许知道了今棠的存在。可是，谁告诉她的？

两人共同的朋友几乎没有，非要算上的话，蒋禹赫和代志扬算是见过几次面。但祁叙绝对相信，他的朋友不可能跑去明媪面前嚼舌根。

追溯线索，祁叙发现，今棠回来的第二天，明媪就走了。他又曾经当着今棠的面接过明媪的电话。

今家大小姐如果要找一个人，太容易了。祁叙几乎可以确定，这件事和今棠有关。如今她也亲口承认了。

今棠不慌不忙，神色从容地告诉祁叙："我见她不过是陈述事实，告诉她我们曾经有过婚约，说我仍然喜欢你，说我可以在事业上帮你，我才是最适合你的那个人。我说错什么了吗？"

半晌，办公室里传来男人的一声轻笑。

"你适合我？"祁叙看着今棠问，"你凭什么觉得自己那么重要？"

今棠很平静地说："就凭我可以帮你拿下度假村的项目，她不可以。"

"是吗？"祁叙的语气忽然变得意味不明。

随后，他抽出桌上的某份文件丢到今棠面前说："拿走！"

今棠知道，那是父亲刚刚拟好送过来给祁叙签的合作协议。她一直保持的冷静情绪终于有了变化。

今棠微微睁大眼，问："你这是在干什么？"

"你觉得是我需要你们今家多一点儿，还是你们更需要我多一点

170

儿？"祁叙冷冷地说，"共赢的事，我也有权踢你们出局。如果你觉得自己很重要，拿走吧，我不需要。"

没错，眼下和郑容的这一场争夺，今家的站队只是看似关键。

今棠和她父母都很清楚，祁宴无心生意，郑容颓势已显，这个时候再不抓住祁叙，未来被踢走是必然的事。

与其说这次是帮祁叙，不如说是趁机和解退婚的事，重新登上赢家的船。

可现在今棠唯一的砝码，在明媱消失后，好像也失去了价值。她不相信，也不甘心。

"能不能告诉我，你喜欢她的理由？"今棠努力让自己语气平稳，"我承认我父母退婚给你带来了影响，你恨我，讨厌我，我都接受，我可以等你原谅我。明明最初我们认识的时候，你对我是不抵触的。"她顿了顿，接着说："她跟我长得那么像，你真的看清自己的心了吗？"

祁叙安静地听完今棠的话，蓦地笑了。

他忽然站起来，绕过办公桌拽住今棠的袖子，把她拉到自己的穿衣镜前。

"照照清楚，你有哪一点儿像她？

"自信是好事，但别用错了地方。

"如果你非要认为最初认识的时候我对你不抵触，或许也是因为你身上有她的影子，所以讨厌不起来。这样解释，你满意吗？"

今棠难以置信地瞪大眼，转身看着他问："你的意思是，你们……你——"

"我认识她的时候，你还不知道在哪儿。"

"……"

祁叙回到座椅上，冷漠地说："以后希望今小姐清醒一点儿，要么安分地和你父母做好合伙人的分内事，要么等着去做你的祁家二少奶奶，自己选。"

今棠久久地怔在穿衣镜前，不敢相信刚刚听到的事实。

原来，祁叙早就认识了明媱。也就是说，她的那些猜测根本就不成立，这个男人是真的不喜欢自己。

今棠很高傲，尽管内心接近崩溃，这一刻她还是冷静地保持了仪态。

她深吸一口气，把被祁叙甩出的合约重新放在桌面上。

171

这是她，及今家的选择。

"我明白了。如果没别的事，我先走了。"

祁叙低着头没看她说："不送。"

今棠离开后，祁叙靠在座椅上闭上眼，思考着要怎么和明媪见一面，去说清楚这些事。

田安妮不肯告诉他明媪在哪里拍戏，蒋禹赫那边已经在查了，暂时还没消息过来。

正心烦着，蒋禹赫的电话来了，祁叙马上接起来。

蒋禹赫告诉他说："不用查了，你心上人在拍一部叫《当我恋爱时》的电视剧，已经官宣了，上了微博热搜，自己去看吧。"

祁叙挂了电话打开微博。

果然，热搜榜上《当我恋爱时》官宣正高挂前面。他点进去，一眼看到了剧组官博发布的九张照片。

明媪的照片在第五张，她换了造型，微卷的棕色长发拉直并染回了黑色。笔直的黑长发配上无害的笑容，整个人干净又温柔。这是和之前完全不一样的感觉。

祁叙看到了下方她的角色名——明媪饰林芸芸。

仔细看过明媪的照片后，祁叙才发现九张照片里，还有另外两个熟悉的面孔。

紧挨着明媪的第六张，是明媪同公司的那个师兄梁恒。图片下方写着：梁恒饰纪少城。

而第一张，更是让祁叙看到皱眉不悦，竟然是纪沐阳，他相当不喜欢的一个男人。祁叙随意扫了一眼他的角色：领衔主演纪沐阳饰顾远。

祁叙起初没在意，等退出了照片后，才在记忆深处回味出了一丝不对劲。

等等，顾远？

《当我恋爱时》是一部经典爱情作品，官宣后，网友们不可避免地讨论起了几个角色的选角——

"顾远这个角色又渣又有魅力，现在是我阳哥演，怕是只能三观跟着五官跑了。"

"是的，哈哈，超期待哥哥转型演渣男！"

"初月饰演白卉，她真的好适合这种'白月光'的角色，温温柔柔的。"

"你们没人羡慕明媖吗？前期有霸道总裁，后期有真爱小狼狗，都有吻戏吧？"

"szd（是真的），林芸芸这个角色惨是惨了点儿，可是福利多啊，左手纪沐阳，右手梁恒，哈哈哈，慕了慕了。"

"小师妹还挺适合林芸芸这个人物的，一看就我见犹怜的惹人疼爱样，有内味了。"

…………

在无数条关于角色的评论里，有一条针对明媖的恶意评论，大概是没人回应，发出来就沉了。

那人说："爆个料，这个角色原来不是明媖的，她耍心机截和抢了过来，一点儿都不单纯，心机婊一个。"

第一次以演员的身份出现在微博上，明媖一直在关注评论。看到这条恶评后，她郁闷地说："这角色明明从一开始就让我来试镜，怎么乱造谣？我截谁啊，我如果说截就能截，还用得着反反复复去试镜，最后试到导演满意了才进组？"

田安妮收走她的手机，淡定地说："你入圈了就要做好这样的准备，发这种评论的，有可能是黑粉，也有可能是竞争对手。当然，也说不准就是一个吃饱了撑的网友为了吸引眼球发着玩儿，这样的情况以后会有很多很多。你如果每一条都去在意，不够你气的。"

明媖点头，突然想起了什么似的四下看看，问："恒哥怎么没来？"

原本林芸芸的官配，即后期男朋友纪少城这个角色是另外一个演员，后来他临时排不出档期，田安妮赶紧把梁恒塞了进来。毕竟是一个公司的，她也希望梁恒能照顾着点儿明媖。

"前面没有排他的戏，过几天他才进组。好了，别问这些了，今天要拍你和白卉的戏，赶紧准备准备。"

今天是开机第一天，剧组分了 A、B 两个组，A 组那边拍顾远的事业戏份儿，B 组这边拍林芸芸和白卉的对手戏。

饰演顾远的"白月光"白卉的演员是圈里的人气小花，叫初月，网友昵称月亮。她出现在公众面前向来都是知性优雅的形象，一直走的是才女人设。

因此明媱也觉得，初月应该是温柔姐姐型的合作伙伴。

谁知上场前田安妮提醒她说："如果待会儿初月发脾气，你务必先忍着。"

明媱不明白这话是什么意思："啊？"

明媱起初真的以为拍戏就是拍戏，大家分工合作，讲好自己的台词，配合对手完成剧情就好了。万万没想到，她和初月的第一场戏，就演得她一脸问号。

在开拍前，明媱背熟了所有台词，做好了所有准备。

可到了现场才得知，初月还在休息。全剧组等了半个小时，她才姗姗来迟。

好不容易等来了女主角，明媱以新人的姿态礼貌地跟她打招呼："你好！初月姐。"

然而初月只是淡淡地看了她一眼，没给任何回应。

明媱想：好吧，你咖位大，不互动无所谓。拍戏的时候，好好拍就行了。

谁知道到了开拍的时候——

林芸芸："白小姐，我和顾远已经没有任何关系了，你不用对我有任何防备。

白卉："ABCDEFG。"

明媱："……"

茫然了几秒，想起可能这就是传说中的后期补录台词，她赶紧接上自己的台词。

林芸芸："希望你们以后都不要来打扰我，我也不想再回到过去。

白卉："ABCDEFG，ABCDEFG。"

初月这句台词挺长的，在她连着说了两组字母后，明媱也不确定她是不是结束了，便接了台词。

谁知刚开口，初月就皱了皱眉："干什么？我还没说完，你抢什么词？"

明媱："……"

还没来得及给自己辩解，初月一脸不满地转身离开了。

"台词说得干巴巴的，一点儿情绪都没有，怎么演啊？"

明媚一头雾水，心想：我台词干巴巴，没情绪？姐，你ABCDEFG就很有情绪？

明媚有些无语，可碍于自己只是个新人，只好转身求助田安妮。

田安妮冲她摇摇头，示意她别冲动。

导演估计是看多了这样的场景，通知大家休息一刻钟，然后对明媚说："媚媚，你看一下，刚刚白卉的台词一共是五句话，所以初月她要连续说五组字母，你才能接。尽快熟悉一下。"

明媚："……"

不远处，初月已经上了房车，车门紧闭，好像受了很大委屈似的。

明媚第一次发觉拍戏真难——进入角色说台词的时候，竟然还要在心里记着对方念了几组字母。这还怎么投入啊？

明媚心里很不是滋味地回到自己座位上。

芮芮给明媚递来一杯水，安慰她说："媚姐，你多习惯几次就好了，有些艺人同时拍好几部戏，来不及背台词就是这样。"

明媚没吱声，正喝着水，田安妮的手机响了。

田安妮看到是祁叙的号码，走到一边接起："祁总，有事吗？"

"叫明媚出来见我，我有事要问她。"

"她在拍戏。"

"10分钟，我等不到她就进去。"

"……"

田安妮绝对相信祁叙说得出，做得到。挂了电话，她看了下手表，拉起明媚往外走。

明媚不明所以，问："干什么？"

"祁总过来了，他要见你一面。你跟他有什么话尽快说清楚，不要耽误了拍摄。"

明媚赶紧抓住旁边的一块门板，身体往后挣，拒绝道："我不想见他。"

田安妮沉下脸，厉声道："那你自己选，是你出去和他说清楚，还是他进来片场？他只给你10分钟的时间。"

"……"可恶的男人。

明媚咬了咬唇，松开双手，沉默了几秒，说："我很快就回来。"

"速去速回，低调点儿，别让人看见。"

175

祁叙的车就停在片场外景的小道上，明嫚一眼就看见了，她四处打量了下，还好这会儿大家都在片场里，外面没什么人经过。

她用剧本挡住脸，迅速上了祁叙的车。关上门，面色不悦道："我在工作，你这样威胁我出来干什么？"

祁叙好几天没看到她了，现在再见面，好像过去了很久很久。

她换了造型，黑直长发垂在肩旁，整个人看上去更清纯娇柔。

他很想抱抱她，可比起这个，祁叙更想知道，为什么明嫚会把自己的名字备注成纪沐阳的角色名字。

之前她的那番解释，祁叙本就没有完全相信。他原想去查一查明嫚的学校里是不是真的存在这样一个人，后来又觉得自己和明嫚已经在朝好的方向发展，非要强行去挖出她试图隐藏的秘密没什么意义。于是就睁只眼，闭只眼地没有深究下去。

可如今，这个名字再次进入他的视野，而且竟然还和纪沐阳有关系，这让祁叙不得不重视起来。

"来找你聊聊顾远。"祁叙看着她说，"能不能告诉我，纪沐阳、顾远和我三者之间的关系？"

明嫚心里咯噔了一下，手暗暗握紧，装傻道："什么关系？我不知道你在说什么。"

祁叙把官宣上的照片找出来，指着第一张说："纪沐阳饰演的角色叫顾远，你给我电话号码备注的名字也是顾远。明嫚，不要跟我说只是巧合。"

明嫚本来以为这人是过来问自己为什么要跑路的，没想到竟然是为了这件事。

他怎么这一点儿细节都能发现？他很闲吗？关注娱乐圈干吗啊？

明嫚心虚得不敢抬头，强撑镇定道："为什么不能是巧合，顾远是很常见的名字好不好？"

半晌，祁叙没说话。

明嫚不敢去看他，也不知道他现在什么表情，正闷头儿计划溜下车。

祁叙淡淡地开了口说："你的表情已经说明了你在骗我。"

明嫚："……"

她心里一急，佯装生气道："我怎么知道为什么名字一样？你去问编剧好了，问我干什么？"

祁叙绝不相信这是巧合，他觉得其中一定有自己不知道的内情。他过来的目的就是要个答案，可明媛一直在逃避自己的问题。

她越逃避，就越说明真相不能让他知道。这让祁叙竭力保持的冷静，开始被心底涌出的烦躁瓦解。

他深吸了一口气，说："明媛，别骗我，我不希望是由我自己查出原因。"

明媛听得出，祁叙的语气已经冷了下去。他对她从没有用过这样的语气，并且他还在克制。她快要稳不住了，轻轻抿了抿唇。

知道祁叙厉害，但明媛不信他能钻到自己心里去查。拿他做替身这件事，除了自己亲口承认，这世上不会有第二个人知道。

明媛沉下心，力挽狂澜道："说了是巧合你不信，非要我说原因，你想让我说什么？我和你未婚妻那么像，我也没听你跟我说过原因。你追我的原因，也是巧合吗？"

果然，这些话直中他们之间矛盾的要害。

顿了顿，祁叙似乎是想要开口解释什么，明媛却没有给他这个机会。

"对不起，以后请不要再来找我了，我只想安心拍戏，希望祁总也尊重一下我。"说完，明媛就下了车。

祁叙看着她走远的背影，无力地揉了揉眉心。

明明想让她回到自己身边，为什么又把她气走了？

可能是因为顾远这个名字和纪沐阳挂上了钩，他心里总是会联想出一些不好的可能。却忘了当下他和明媛之间的问题，从来不是什么顾远，而是今棠。

祁叙有些懊恼，他闭目片刻，一边回转方向盘，一边往外拨了个电话。

"明媛那个剧组住在哪个酒店？"

明媛回到片场的时候，正好要继续拍摄。田安妮见她脸色不对，问："怎么了？"

明媛的心扑腾扑腾直跳，她摇头道："没事。"

导演宣布拍摄继续，明媛定了定心，重新和初月开始对戏。

初月依然说着字母，好几次明媛因为没跟上她的台词而被迫 NG（停拍或重拍）。初月一度很不满，还好导演没有责怪。

宋导的拍摄进度很紧密，第一天开机就拍到了晚上 7 点。

吃过晚餐，明媤和剧组人员回到指定的酒店休息。

主角大腕们都被安排在 12 楼的高级套房，明媤这种小新人住在 7 楼的普通单人套间。

芮芮把她送到电梯口时想起要买些东西，明媤便一个人回了房间。

刚拿出房卡开了门要进去，门忽然被身后的一双手推开，明媤也被一并推进了房间，门又被反手迅速关上了。

明媤被吓到，起初她以为是遇到了什么坏人，转身一看，竟然是祁叙。

她下意识地往墙后退："你疯了？"

祁叙平静地站在她对面说："不然呢，我敲门你会开？"

明媤闭了嘴，她竟无言以对。

这男人还挺有先见之明的，没错，如果看到是他敲门，明媤肯定能装死到过年。

明媤一垂眸，心里尽管已经慌得够呛，却还故作平静道："我上午已经说得很清楚了，我——"

"我喜欢你，跟她没关系。"祁叙忽然打断她。

明媤一愣，抬起头问："什么？"

"我说我喜欢你，和今棠没有任何关系，我也不认为你们长得像，"顿了顿，祁叙往前走了两步，修长身影把明媤完全罩住，声音低沉地落在她耳边，刺激着耳膜，"在我心里，她连你的十分之一都比不上。"

明媤："……"

等会儿，这又是哪一出？

不是要质问顾远的事吗？怎么又突然开始表白了？

这男的怎么想一出是一出的，自己都跟不上节奏了。

明媤又被他惹得心扑腾扑腾直跳，眼神紧张得不知道该看哪里。

还好内心始终坚定，她很认真地对他说："谢谢你这么看得起我，可我现在只想好好拍戏，做出一点儿成绩。"

"这两件事有冲突吗？"祁叙皱眉道，"你拍你的戏，我不会干涉。"

明媤："……"

"再说一次，我不喜欢今棠，虽然跟她曾经有过婚约，但那是双方父母的决定，并不是我的立场。现在我和她的确就是某些项目上的合作关系，从没有骗过你。"

178

明媚本不想再纠结他和今棠之间这些乱七八糟的关系，可看祁叙这么真诚的样子，她还是忍不住想问清楚。

"你不喜欢今棠？"

"是。"

"从来没有？"

"从来没有。"

明媚看着祁叙的眼睛，说："好，那你告诉我，你钱包里为什么要放一个不喜欢的人的照片？"

祁叙一时没反应过来："我的钱包？"

"我第一次去你家的时候，就看到你钱包里有张女人的照片，那个侧颜不就是今棠的吗？我们认识才三个月，你总不能说那是我的照片吧？"

祁叙听完愣了几秒，好一会儿才像被气笑了般说："原来你早就知道有今棠这个人。"

明媚撇撇嘴，别开脸道："若要人不知，除非己莫为。自己三心二意，早晚会翻车啊。"

祁叙从没有想过，这个女人心里竟然装着这么多自己不知道的事，他好气又好笑地摇了摇头，正打算把钱包掏出来给明媚看。门外有人敲门——

"明媚，我们买了好吃的，快开门一起吃呀。"

是同剧组女演员的声音。明媚吓了一跳，忙找地方要把祁叙藏起来。

祁叙见她慌慌张张的样子有些不满地问："我很见不得人吗？"

"你闭嘴！要是被人家知道，我进组第一天房里就藏了个男人，传出去不知道会有多难听。"

"让她们编派一个试试！"

明媚实在找不到地方，只好把祁叙推进了卧室说："是是是，我知道你厉害。但现在求求你，千万别出来，答应我之后什么都好说。"

门外的敲门声还在继续，明媚一边回应，一边小声警告祁叙道："你敢出来，我跟你没完！"说完，她关上了卧室和客厅之间的小移门。

祁叙无奈地摇头，只好接受安排，转身打量起了这个逼仄狭小的卧室。

一张床，一张桌子，一把椅子，就这些，没了。

正看着，祁叙的视线忽然停留在面前的桌子上。他看到了什么，皱了皱眉，走过去。

第一天拍摄，除了初月这样的大咖，明媱和几个演配角的小姑娘相处得都很好。

刚刚她们买了些零食，就给明媱送了过来。几个姑娘在客厅里边吃东西，边叽叽喳喳地聊天。

说起白天拍戏的事，其中一个女孩儿为明媱鸣不平道："那个初月怎么是这样的啊，我看她就是一遍遍地故意折腾明媱。"

"我听说微博上有个投票好像是投最期待哪位演员的表现，媱媱，你比初月得票多，我猜她今天是故意想给你个下马威。"

"亏我以前还'粉'她，觉得她好温柔，没想到都是人设，我太单纯了。"

娱乐圈水深，田安妮曾经跟明媱说过一定要谨言慎行，因为你永远都不知道眼前看似相见恨晚的朋友，会不会背后突然捅你一刀。

明媱谨记着田安妮的话，没有跟着她们一起吐槽初月。相反，她甚至还帮初月说了几句话。

因为想到房里还有个男人，明媱一直心不在焉，好不容易陪聊了半个小时后，大家吃完了零食，便散了场。

等人全部走完关好门，明媱才松了口气。

她拉开移门，正想表扬一下祁叙的配合，表情却随着眼前看到的画面瞬间滞住了。

祁叙站在桌旁，手里正拿着自己那本紫色封皮的"烘焙食谱"。

男人周身的气场都是冰冷的，他抬起头，和明媱对视片刻，不轻不重地把日记本甩在床上。

刚好露出了扉页，上面写着：《替身观察日记》。

祁叙笑了笑，语气中带着几分嘲弄道："幸会了，林芸芸！"

洋葱韭菜味的吻

明媛不知道，这是不是就叫冥冥之中自有天意？

天注定，昨天晚上她想写日记，结果写着写着困了，早上起来匆忙把本子塞在了一堆剧本中就去了剧组。

忘了锁就算了，还亲手把祁叙推进了这个房间，把他送到自己编织了三个月的谎言面前。

明媛呆呆地看着床上的日记本，脑子完全乱了。这时候别说什么节奏，她连话都说不出一句完整的。

撒过的谎反噬了那么多次，这次她实在没有办法去圆了。

这是终极谎言。一旦被发现，除了"躺平"，没有任何办法。

明媛一口气吊了好久好久，她清醒地认识到自己的处境后决定认命，甚至死猪不怕开水烫地跟着笑了笑，说："你觉得，我观察得怎么……"

祁叙的脸色黑得让明媛连最后那个"样"字都没敢说出来，她甚至觉得这个男人下一秒就要抡起胳膊冲过来了。

是啊，谁能忍，谁能接受？半个小时前他还深情表白的女人，原来一直以来只把自己当成体验角色的"工具人"。

卧室里鸦雀无声，死一般的寂静。

明媛手心渗出了汗，心简直提到了嗓子眼儿，她一动不敢动。

半晌，祁叙才淡淡发声道："所以你觉得我找你，是把你当成了今棠的

181

替身？"

明媚不敢回答。

"所以你跟我在一起，只是想演好林芸芸这个角色，感受下做人替身是什么滋味？"

明媚低着头，心里嘀咕着：还问什么？你不都看到了吗？

"我在问你话。"祁叙忽然提高了音量，语气冷到彻骨。

明媚知道事情到了这个局面，已经无法挽回。

算了，都是天意，这不就是她想要的结果吗？各自分开，不再拖泥带水。

深吸一口气，明媚抬起头，第一次承认了自己撒过的谎，回答说："是。"

彼此久久地看着对方，明媚能感受到逐渐凝固的气氛和祁叙眼里隐忍克制的情绪。

他什么都没再说，好几分钟后，他忽然直直地朝明媚走过来。

明媚以为他是不是太生气要收拾自己，吓得连连后退，本能地闭上眼睛不敢看。

可她没有等到想象中的惩罚，等来的只是擦肩而过冷飕飕的风，以及重重的关门声。

明媚睁开眼，发现祁叙走了，床上的日记本也不见了。

房间像被深冬的雪浸染过，连空气都是阴冷的。

明媚怔了很久，她好像被抽空了浑身的力气般扶住移门站稳。

刚刚祁叙的眼神太可怕了，明媚从没有见过他那样的神情。

他一定是真生气了，明媚心里忽然有点儿难过。

可她真的不是故意的，当初祁叙给自己太多误解的信号了，各种阴错阳差，才会造成这么一个错误体验的开始。

总之就是，天意弄人吧。

睡觉前，明媚躲在被窝里，心里反复出现的念头是：他肯定不会再来找自己了。

嗯，这次是真的再见啦，祁叙，我的顾远。

祁叙是真的克制到了极点。可以说，在看到顾远这个名字时，他想到了无数种可能，却怎么都没有想到，自己在明媚的世界里，只是一个被用来

182

体验角色情感的"工具人"。

她对自己说的每一句话，都照着剧本来，甚至还会刻意引导自己去完成剧中的情节，方便她的体验。

这太荒唐，太滑稽了！

祁叙有种被这个女人玩弄的感觉，心情极度沮丧。

开车到家后，用人张阿姨在门口迎他，顺便小声说："太太来了，说找您有事。"

祁叙这时已经走到了客厅，看到郑容坐在沙发上，他不耐烦地扯了扯领带，视若空气地说："告诉她，我没空儿。"

张阿姨："……"

郑容自己主动站了起来，对祁叙说："度假村的项目，我不会跟你争了。"

祁叙的心情本就不好，郑容这时候还要来火上浇油。

他转过身冷笑道："你不跟我争，还是你根本就争不过我？"

郑容本要说什么，看得出她忍了回去。

"你怎么说都好，总之，我不跟你争了。"她今天的姿态意外地放得很低，"你不要伤害我儿子。"

祁叙微微皱了皱眉，说："我不知道你在说什么。"

"前天上午，巴黎那边的管家打来电话，说早上去阿宴房里送早餐发现人不见了，除了护照什么都没带，可我查过所有航班都没他出境入境的消息。祁叙，度假村我给你，你把儿子还给我。"

半晌，祁叙听懂了她的意思，扯着唇笑道："你觉得是我藏起了他，威胁你？"

郑容注视着他的眼睛，冷静道："你又不是第一次做这种事。"

祁叙："……"

这句话瞬间又勾起了两人久远的回忆。

祁宴小时候有一次陪祁叙去上马术课，他见哥哥在马上英姿飒爽，便嚷嚷着也想要试试。祁叙拗不过他，扶着他上了马，偏偏就出了事。

祁宴活泼好动，惊到了马，不小心坠地，受惊的马四处踩踏。

结果祁宴摔成了脑震荡，祁叙为了保护弟弟，也受了伤。

可郑容没看到，直指祁叙小小年纪就懂得借刀杀人。

"我知道，我让你爸爸给了阿宴10%的股份，你不开心对吗？你怕将来阿宴会跟你争家产，对你有威胁是不是？

"以后不准你再靠近弟弟！"

从那之后，祁叙开始自觉地疏远祁宴。祁宴起初不知道原因，还是喜欢跟在他屁股后面转，无奈一腔热情总得不到回应。

就这样慢慢过了几年，两兄弟之间越来越陌生。

祁叙二十四岁时正式接手管理公司，那年祁宴十八岁，他一声不吭地出了国，到现在都没回来。

如今在争夺度假村项目，祁宴突然消失，郑容不得不把原因归咎到祁叙身上。

"生意我不跟你争，但你把儿子还给我。如果他有什么三长两短，我不会放过你，你爸更不会放过你。"

祁叙觉得好笑，怎么今天的荒唐事都让自己碰上了？

他冷漠地转身朝2楼走，边走边说："我没兴趣做你想的那种龌龊事，你与其来问我，还不如亲自去巴黎找找，看他是不是被什么黑暗组织拐走做奴工去了。"

郑容脸色惊变："奴工？"

"张妈，送客！"

不等郑容再说，祁叙头也不回地回了2楼自己的书房。

祁叙感觉很累。他手撑着额闭目想了很久，还是拨了祁宴在巴黎的手机号，果然显示关机状态。

他顿了顿，又继续拨给认识的一个巴黎当地警察厅的高官。

操着一口流利的法语，祁叙简单说明了祁宴的情况，并希望得到他的帮助，查一查弟弟的去向。

对方一口允诺尽快给他消息，祁叙才稍微放了心。

窗外夜色浓重，祁叙莫名烦闷，他推开阳台，点燃了一根烟。

烟雾氤氲中，他再次翻开明媱的日记本。

这三个月来，她记了几十篇心得。

——今天的任务（绑定朋友系统）完成！

——约他听音乐会，竟然还失约了，渣男顾远！

——他把我从厕所里救出来了，我的"工具人"好像也没有那么渣嘛。

——我，明媱，今天为了艺术而献身，竟然让那个狗男人亲了！

184

太多太多了。

总之，提及祁叙的部分，用词都是"工具人""渣男""顾远""狗男人"，就是没有"祁叙"。

祁叙闭上眼，忍不住自嘲似的笑着。

原来自己吻她，她觉得是为了艺术献身。真委屈她了。

难怪这么久以来，自己送她的耳环、包包……她从没有用过。

难怪她当时连夜跑到他的办公室来拿这本日记本，难怪她根本就不会做蛋糕。

…………

原来一切都是假的。

从一开始，这个女人就把和自己的相处当作一场体验，等体验期到了，她就片叶不沾身地潇洒退场，还挺有专业操守的。

祁叙看着远处的霓虹倒影，半晌，才把烟头掐灭。

你好样的，明媱。

明媱的终极谎言被拆穿后一连好几天，祁叙都没有再找过她。

正如明媱自己所想，他们肯定结束了。因为没有哪个男人，能那么容忍自己被欺骗吧。

明媱有些遗憾，原本想让这件事永远埋在心里，和祁叙好聚好散，却没想到最后还是搞成这样收场。

"发什么呆？"田安妮拍了拍明媱的肩说，"宋导叫了你几声了，你没听到？"

明媱回过神来，为自己的恍惚道歉："对不起！刚刚想事情想走神了。"

田安妮不放心地说："我今天不能陪你在片场，只有芮芮在这儿，你不管遇到什么事，记得我说的，不要冲动。初月是带资入组的，你以为宋导心里就不憋屈吗？没办法，资本说了算，总之，你做好自己就行。"

明媱点点头，说："我知道。"

今天这场戏是纪沐阳、明媱、初月三个人一起拍，情节是顾远和白卉终于如愿和好，一起出行时在路上遇到了林芸芸，三个人心里暗流汹涌。

导演一声令下："Action（开始）！"

纪沐阳和初月手挽手恩爱地从车里下来，两人按剧本说着台词。

很奇怪，今天初月竟然背台词了。

很快，轮到明媱出场。她从马路另一头走过来，手里捧了几本书，要演出赶时间不小心撞到了曾经的爱人怀里的样子。

明媱抱着厚厚五本书，按照剧情跑出来，撞到纪沐阳身上。

她还未抬头："对不起，我——"

抬头，眼神变化，情绪一下子到位。她正要入戏地说下一句台词，初月突兀地喊了一声："停！"

大家："……"

初月看着明媱，大声嚷道："你会站位吗？你站得这么近，我的样子都被挡住了，要不你来演我好了？"

明媱不确定自己冲出来的时候有没有抢镜，只好安分地说："对不起！那再来一次。"

纪沐阳安慰明媱说："没事，刚刚那个眼神不错。"

于是第二遍重新开始。明媱抱着书出来，撞到纪沐阳，抬头——

初月打断道："明媱，我拜托你看看镜头在哪儿好吗？干脆这场戏就拍你们两个人好了。"

宋导咳了声，出面打圆场说："月亮，没问题的，我们这边一直在主拍你，就照这个角度走。"

明媱知道初月在无中生有，可田安妮走之前反复叮嘱过她不能惹事，她也只能默默忍着，又开始了第三次。

她做好了第三次还被喊停的准备，事实也的确如此。只是当初月第三次表示不满后，纪沐阳也开口了说："既然你这么想要镜头，这场戏你一个人拍算了。"

他拉着明媱去了旁边，递给她一杯水，又转头对导演说："宋导，给月姐拍吧，反正她喜欢独自表演。"

大家："……"

剧组从没有遇到过这样尴尬的场面，初月也没想到纪沐阳竟然会帮着明媱，脸上一时挂不住，只好把气都撒在了明媱头上。

"现在新人都这么有底气了吗？行，我无所谓，那大家耗着吧。"说完，她又黑着脸回了自己的房车。

宋导气得当场摔了剧本。

"什么玩意儿，她是导演还是我是导演？"

纪沐阳安慰他说："消消气，宋导。"

事情因自己而起，明媖抱歉又惶恐地说："对不起，可能是我没站好。芮芮——"

明媖马上让芮芮去买了奶茶送来现场给大家喝。

"宋导，我待会儿再站开一点儿，您别生气。"

内娱每部戏里都会有一两个像初月这样的演员，背后有人，自身又有人气，人傲得不行，得罪不得，又说不得。

之后几天的拍摄，剧组的气氛也都小心翼翼的。初月一会儿觉得明媖戏份儿过多，要减她的台词；一会儿又觉得林芸芸的人设比白卉好，要改剧本。

好几次田安妮都有些忍不了，想去找她的经纪人交涉，都被明媖拉了下来。

娱乐圈就是这样，捧高踩低，不红就是原罪。

初月有底气是因为她有人气，有资本愿意捧。

她有什么？田安妮的私人关系？

明媖始终记着江敏月对她说的———一切用专业说话。她在初月的不断刁难中，磨炼演技，沉淀性格。

这天刚下戏，简宁给明媖打来电话，约她晚上出来玩。

"算了，我明天还要拍戏。"明媖一口拒绝了。

当时田安妮正和明媖走在一起，听到她这句话后，问："朋友找你玩？"

明媖点了点头。

田安妮便说："去吧，明天上午没你的戏，下午3点有一场。这段时间你也辛苦了，去跟朋友们放松放松吧。"

于是，在开机一周后，明媖终于被允许离开剧组，和闺密们放飞一次散散心。

晚上9点，某高档会所。

祁叙姗姗来迟，代志扬打趣道："最近是怎么了，叫你也叫不出来，每天都在和你家心上人天雷勾地火吗？"

祁叙的衬衫袖口半挽着，神情淡淡地在沙发上坐下。他刚从另外一个饭局赶过来，人有些疲惫，懒得理代志扬的调侃，进来就先喝了杯酒。

蒋禹赫因为之前找明媛的事，对这两人的分开倒是知道一点儿。他给代志扬递了个眼神，暗示他不要再说下去。

代志扬接收到了信号，不敢相信地眨了眨眼，用口型问："吵架啦？"

蒋禹赫指着祁叙，用眼神示意道：你看他这个样子，也知道肯定有事好不好？

祁叙的脸色不怎么好看。

以前仨兄弟一起出来玩，虽然他也不是话多的那一个，但从没有坐下就先喝酒这种反常的举动。这足以说明，他心里有事，而且还是很不爽的那种事。

代志扬坐正，又试图传授自己哄女孩儿的心得说："其实吧，女人都很好哄的，我家那个一周能跟我生七回气，哪次不是我去哄啊。男人嘛，大度一点儿，嘴甜一点儿，喊她几声小甜甜，再买几个包包，马上就乖了。阿赫，你说我说得对不对？"

蒋禹赫冷漠地斜他一眼说："我怎么知道？我又没女朋友。"

"也是，你这种冷血动物懂什么真爱。"

"……"

蒋禹赫懒得理代志扬，他顿了顿，装作不经意地提醒道："不过，要是我女朋友在片场拍戏被人欺负，我可不会坐视不理。"

代志扬反应快，马上懂了他的意思，跟着配合道："那当然，谁要是敢欺负我家小甜甜，老子弄死他。"顿了顿，他故意问了句："咦，你说的不会是明媛吧？"

两人在那儿一唱一和，祁叙却半点儿反应都没有。他独自喝着酒，好像根本没听到他们说的内容。

蒋禹赫和代志扬对视一眼，心里大概有了数。看来，这次不是吵架那么简单了。

他们都了解祁叙，他绝不是那种会跟女人斤斤计较的性格。能让他对明媛闭口不谈，那她一定是做了很过分的事。

代志扬脑洞很大，一不小心脱口而出道："你该不会被绿了吧？"

祁叙只想过来喝杯酒，结果快被这两人烦死了。他不悦地皱眉道："你能闭嘴吗？"

一看这阵势，代志扬几乎认定自己猜对了，他一脸痛心地看着自己兄弟竟然遭受了这样的人间不幸。

他拍拍祁叙的肩，安慰说："哥们儿挺你，不值得的女人就忘了吧。我家小甜甜也是电影学院的，分分钟给你介绍一打新妹妹！"

代志扬说干就干，马上离开包厢到外面给女朋友打电话。

"宝贝，在哪儿？

"什么？你也在 AUGUST？几楼？

"快上来，我在 3 楼 302。

"有没有单身的漂亮小姐姐？

"不是我，是我这边有个单身的在等着相亲！"

为了让兄弟走出被绿的痛苦，代志扬忙上忙下，挂了电话兴奋地回到包厢，他没告诉祁叙自己已经给他安排了一场现场相亲，只说："拜拜就拜拜，下一个更乖，兄给你安排了一个惊喜，你给我振作起来！"

祁叙："……"就很无语，想安静喝个酒都不行。

另一边，1 楼。

简宁倒是没在意代志扬说的那些相亲的废话，只是单纯地跟管星迪和明媚建议说："好巧，我男朋友在 3 楼，我们上去玩吧？"

毕竟自己现在是公众人物，明媚犹豫了下，说："不好吧，他们人多吗？"

简宁说："不多，也就两三个，是他的朋友。去嘛，你们都还没见过我男朋友，去认识一下。"

简宁这恋爱也谈了一个多月了，作为闺密，明媚和管星迪都没见过那个男人一面。今天正好遇上了，不上去打个招呼，好像有点儿说不过去。

这样想来，明媚只好同意。

三个姑娘很快来到 3 楼 302。简宁敲了下门推开，看到代志扬，轻轻挥了挥手喊道："志扬，我来啦。"

代志扬忙冲她招手："快进来。"

包厢灯光昏暗，明媚看到沙发上坐了三个男人，她跟在简宁后面走进去，正要打招呼，却依次看到了几个熟悉的身影，尤其是坐在中间的那个。

明媚顿时僵住了，不敢再往前走。

简宁都已经在沙发上坐下了，才看到明媚还站在原地，又起身一把把她拉到身边说："媱媱，你傻站着干什么？坐呀！"

一声"媱媱"，暗处一直垂着眸的男人抬起了头。

明媱终于不可避免地和他对视，心跳顿时就不受控制地乱了。

可祁叙也只是看了她一眼，就移开了视线。

代志扬这时也发现了明媱，难以置信地张了张嘴，小声跟简宁说："宁宁，你闺密，是明媱？"

简宁也有些意外，问："你们认识？"

代志扬彻底闭嘴了。他回头看向蒋禹赫，却见那人轻轻扯了扯唇，一副不慌不忙等着看戏的姿态。

气氛莫名压抑，令人浑身不适。

明媱尴尬地站在简宁旁边，不知道说什么好。但她看得出，祁叙不想看到她。

想到留在这儿也只会扫大家的兴，于是明媱勉强挤出一个笑容，说："不好意思，我还有事，你们玩。"

说完她就要走，可刚转身，一个冷淡的声音从后面传来。

"站住！"

明媱脚下一顿，包厢里也安静下来。

"坐下！"

祁叙这两句话跟千年寒冰似的，冷得简宁这种叽叽喳喳爱说话的姑娘，都被吓到闭了嘴。

啥事儿啊，好严重的样子。管星迪一捅简宁胳膊，简宁又捅代志扬的胳膊。

代志扬只好指了指明媱，又指了指祁叙，然后神色复杂地摇了摇头，大概表达出了一种"别问，闭嘴，会炸"的意思。

包厢里安静得过分，每个人连呼吸都是小心翼翼的。明媱立在那儿，走也不是，留也不是。

见她不动，蒋禹赫主动开了口："明媱，别一直站着，过来坐。"

明媱硬着头皮转过身来，低声说："还是算了，我……"

后面的话还没说出口，她就撞上了祁叙的眼神，暗不见底，有点儿吓人，好像自己下句要是说出个"不"字，马上就会被躺着抬出去。

掂量了几秒，明媱收回要走的话，在简宁旁边坐下。

代志扬看到大家都坐了下来，主动点了一首歌，还是情歌。

他和简宁两人拿着话筒，你一句我一句，使出浑身解数活跃气氛，奈何两边沙发上的男男女女们各怀心思，根本没人正经听他俩唱歌。

他们俩卖弄了一晚上的才艺，每次热情地把话筒举起来说："朋友们，来点儿掌声！"

坐着的四个人分别是这样的——

祁叙：冷漠。

明媱：发呆。

蒋禹赫：与我无关。

管星迪：暗中观察。

代志扬和简宁：好气哦。

好不容易熬了两个小时，这场奇奇怪怪的局，终于因为管星迪的男朋友来接她而结束。

管星迪说要走，简宁也要走。于是，代志扬和蒋禹赫也都站了起来。

大家都有意无意地给祁叙和明媱腾出相处空间。

谁知明媱也跟着起身，说："我……我……我也要回去了，明天还要拍戏。"

蒋禹赫却说："祁叙喝酒了，明小姐会开车吧，不如你送他回去？"

明媱脱口而出道："我不会。"

蒋禹赫走到她身边，意味深长地说了一句："不会也麻烦你帮他喊个代驾。"

明媱："……"她马上把求助的目光投向两个闺密。

简宁刚要开口，代志扬一把揽住她说："别打扰人家小两口儿和好。"

简宁瞪大了眼睛："？"

其实到现在，她和管星迪都不知道明媱和祁叙是什么关系，只看得出来两人有些不对劲——万万没想到竟然是情侣！

管星迪听到代志扬这么说，更是马上往火堆里丢柴，说："怪不得明媱最近总心不在焉的，行吧，你们聊，我们撤。"

明媱拼命摇头，心想：不要……啊！

然而为时已晚，闺密们一溜烟儿跑了。代志扬和蒋禹赫也走了。

包厢里就剩他们两个人，空气瞬间变得稀薄起来，明媱觉得呼吸好困难，她深吸了一口气，假装随意地回头看祁叙。

刚好他也淡淡地看了过来。

要死了，明媚根本不敢看他的眼睛。

要不怎么说做了坏事心虚呢？一个日记本瞬间将明媚变成了罪人。不，是变成了一个玩弄别人感情的渣女。

明媚赶紧挪开视线，低着头说："那，我帮你叫个代驾吧。"说完就在包里翻手机。

谁知祁叙起身朝她走过来，冷冷地说："不用了。"

明媚本就站在门口，他这么一靠近，忙下意识地往后退。她整个后背抵在墙上，没地方躲了。

明媚的呼吸瞬间屏住，心也突突突地在胸口作乱。她努力让自己保持镇定："不用代驾你怎么回去？不能酒驾的。"

祁叙个子高，垂着眸盯了她几秒，笑道："你现在是在演戏吗？"

明媚愣了下，说："什么？"

"有胆子玩我三个月，现在连看我一眼都不敢？"

明媚："……"

明媚恨不能把自己嵌到墙里。她承认自己是有点儿心虚，但祁叙话都说到这个份儿上了，她怎么也得给自己找回点儿面子。

于是明媚迅速瞥了他一眼后又收回，假装自然地说："我怎么不敢看你了？我就是想帮你叫个代驾。"

话音刚落，祁叙便捏住她双颊抬高她的脸，强行让她看着自己。

力道不算轻，明媚甚至觉得有一点儿疼。

开始明媚被他这个动作吓得愣了下，等触及到男人眼里的冰冷陌生后，却莫名倔强地迎着他的目光，没有移开半分。

这个对视里蕴含了彼此太多的情绪，他们都知道。

好半晌，祁叙才松了手，同时丢给明媚一把车钥匙。

"你开。"

他知道她有驾照，刚刚她又在撒谎。

明媚被迫拿着车钥匙，怔了怔，感到有些莫名其妙，问："凭什么你让我开，我就要开？"

"你骗了我，我说什么你就做什么，绝不反抗。"祁叙声音淡淡的，睨她一眼说，"这不是你曾经信誓旦旦说的吗？"

明媱："……"心里掌嘴一百次。

好，做人要讲信用，她明媱敢说就敢认。不就是开个车吗？有什么好怕的。

明媱一声不吭地拉开门，两人乘坐电梯来到负3层。

明媱坐上车，发动，祁叙安静地坐在副驾驶座位上。

他今晚的确喝了不少，这会儿头有些沉，便合了眼假寐。

明媱把车开出停车场了才反应过来：去哪儿啊？这个狗男人还没说地址好不好？

明媱转身正想问，却发现祁叙好像睡着了。看了几眼男人睡着的样子，她把话又咽了回去。

明媱知晓祁叙过夜的地方有酒店、办公室，还有家。前两个地方人来人往的不方便，万一被路人看到拍了照更是麻烦。思来想去，只有送他回家了。

祁叙的家明媱只去过一次，幸好是城中著名的豪宅区，她去了一次就记住了。

于是这一路，祁叙合眼一言未发，明媱也安静地扮演着代驾的角色。

20分钟后，明媱终于安全开到了别墅门口。停好车，她推了推祁叙说："到了。"

男人没反应，明媱又使劲推推他，大声说："你家到了！"

祁叙却不耐烦地皱了皱眉，说："给我倒杯水。"

明媱："……"你把我当你家阿姨了是吧？

明媱本想解开安全带直接走人，可又不好就这样把祁叙丢在车上不管，想了想，她下车去按了两下门铃。很快，一个眼熟的阿姨开了门。

明媱认出了是那次进卧室来喊她吃早饭的阿姨。她指着车里说："那个，祁总喝多了，您赶紧扶他回去吧。"

张阿姨听完看了眼，指着旁边一个入口回道："小姐，能不能麻烦你把车开到地库？那边有入户电梯直达家里2楼，我先去给少爷煮点儿醒酒汤。"

明媱："……"阿姨，您还挺会安排事的。

她呼出一口长气，行吧，就当自己欠这个男人的。

在明媱下车的时候，祁叙睁开眼睛看了下时间，已经快12点了。而他家这边到明媱剧组住的酒店有二十多公里，这个时间点她一个人要怎么

193

回去?

祁叙皱了皱眉,看到明媱回来,他又不动声色地闭上了眼睛。

明媱对这一切浑然不知,还以为祁叙没醒。她重新发动汽车开到地库不说,甚至好人做到底,还下车帮他按好了电梯。

等她准备回车里喊祁叙的时候,却发现这人竟然已经站在了自己身后。

明媱被吓了一跳,吼道:"你是鬼吗?走路没声音!"

祁叙眼底有些红,一句话没说,直接把她推进了电梯。

明媱看着缓缓关闭的电梯门,人都蒙了,瞪大眼睛问:"你干什么?我都把你送回家了,你总不会连房间都不认识吧?"

"我说了要喝水,给我倒了再走。"

明媱:"……"可恶!

明媱一口气堵在胸口,转过身去给自己顺气——算了,不生气,不生气,就当在给需要帮助的人送温暖做好事吧。

电梯门一开明媱就冲了出去,她闷头儿去了1楼,找到厨房跟阿姨要了杯水,再端回2楼。

推开门,房间里黑漆漆的,怎么都不开灯啊?

明媱随手开了手边的灯,祁叙没在床上,她四下看了看,视线所及之处都没有他的影子。

猜测这人是不是喝多了去了别的房间,明媱把水放下正想走人,身后忽然传来了关门的声音。

紧接着,门被反锁了。

明媱一个激灵,刚转过身去,眼前就陷入了一片漆黑。

灯又被关了。她有点儿慌了,身体不自觉地往后退,喊了声:"祁叙?"

明媱在黑暗中会比较没方向感,她跟无头苍蝇似的乱退,忽然脚下被什么绊了一下,人朝后仰下去。

"啊——"明媱叫出声,却意外地没有摔倒。

她被抱住了。这人身上有酒味——是祁叙。

黑暗,寂静,酒精,成年男女的身体触碰……让卧室里的温度悄悄升高,情绪发酵着。

明媱愣了几秒回过神来,努力挣脱着说:"你到底要干吗?真以为我怕你吗?快把灯打开,我要走了。"

话音刚落，她就被一股力量推倒，后背重重地陷入柔软的床垫里。

紧接着，祁叙的身体完全压下来，控制着她，声音冰冷地说："不怕是吗？"

明媛好像一只柔弱的小鸡，被庞大的老鹰压在身下，根本动弹不得。

祁叙混合着酒精的气息让空气变得灼热，明媛能感觉到他唇的温度。那种强烈的、近在毫厘的危险感，让她的呼吸开始变得急促，她努力地把头偏向一边。

"你放开我，不然待会儿我叫出来，你不怕家里的阿姨替你尴尬吗？"

祁叙闻言蓦地一笑，直接把她的双手反扣至头顶上。

"你叫。"

明媛："……"这下更动不了了。

她急了，怒吼道："你到底要干什么？你要我送你回来，我送了；要喝水，我也倒了。你为什么还不让我走？"

安静片刻，祁叙忽然抬身，不知从哪儿抽来了被子，把明媛拖进去，自己也躺在一旁。

"陪我睡一晚。"

明媛不由得理解成了深层意思。

"你疯了吧？"她一边说，一边扭动着身子要离开祁叙的怀抱。

可男人却岿然不动地把她箍得紧紧的，淡淡道："你再动一下，我会真的睡了你。"

明媛："……"

明媛瞬间平静下来。

等等，他说的睡一晚，难道就是单纯地睡觉？

这时，外面传来阿姨敲门的声音。

"少爷，醒酒汤煮好了。"

明媛看到了希望，忙积极地说："我去帮你拿！"

祁叙却翻了个身，把她完全按在怀里说："睡觉。"

明媛："……"

门口的阿姨等了会儿见没人回应，很有眼力见儿地没再叨扰，自觉离开了。

明媛像只玩偶被祁叙搂在怀里，她看着漆黑的天花板，知道自己暂时是走不掉了。

要是再激烈反抗，把这男人的兽欲反抗出来怎么办？

喝了酒的男人都没理智——有理智的话，也做不出把人扣在家里陪睡觉这种事。

祁叙的呼吸就在耳旁，很轻。

不知道过去了多久，耐着性子的明嫣终于等到了祁叙均匀的呼吸。机会来了！

明嫣屏息，想从祁叙怀里偷偷钻出来，谁知屁股刚刚挪了一厘米，男人冷淡的声音落下来："别动！"

明嫣："……"

就这样被迫依偎在一起，渐渐地，明嫣也安静下来。

明嫣感觉自己好像又回到了上次尾骨受伤在医院，祁叙牵着自己的手睡觉的那晚。

明明没有过去多久，明明当时心里像初恋少女一样悸动不已，可为什么现在都变了……

是因为今棠的忽然回国？

因为自己赌输的那最后一顿晚餐？

因为彼此身份、地位的不同？

还是那本被暴露的日记？

不知不觉间，他们都好像失去了对对方的信任。

黑暗中，明嫣闭上眼睛，轻轻叹了口气。

或许从来都没有谁对谁错，只是太多命中注定般的巧合导致了现在这样的局面。

不知想了多久，明嫣也沉沉地睡着了。大概是这一周在剧组压力太大，每天又很早起床，所以她在祁叙怀里的这一觉，竟然睡到了第二天上午9点半。

明嫣睁眼的一刹那还有些恍惚，以为自己在酒店，直到翻了个身看见一张俊美男人的脸，她才惊醒回神，自己在祁叙家。

她当场就炸了，在心里痛骂了自己一顿：明嫣，你是猪吗？怎么能淡定地睡到现在？不知道的，还以为你很享受，很迷恋这个男人的床！

趁祁叙还没醒，明嫣火速又小心地从他怀里出来，下床。

两人虽然睡了一夜，却真的只是单纯地睡觉而已，连衣服都没脱。

明媚一秒钟都不想再待下去，怕祁叙忽然醒了，她会尴尬到手指脚趾同时抠出一幢别墅。

万一这人酒醒了，反咬一口说自己故意爬他的床，那更是跳进黄河都洗不清了。

于是明媚一鼓作气，下了床就溜了。

她刚刚离开房间，祁叙就睁开了眼睛。

这些年无论多晚睡，祁叙的生物钟已经习惯了早上7点准时醒。今天也不例外。

他7点醒的时候，明媚还睡得正香。她的头枕在他胳膊上，身体蜷作一团，像只可爱又乖巧的兔子，一点儿都不像骗了他三个月的狡猾小骗子。

祁叙看着她的脸，是真的又爱又恨。天知道昨天把她压在身下时，他用了多大的意志力才克制住了那股冲动。

祁叙心里很清楚，他当时的冲动不单纯，除了生理上的欲望，更多的是不甘和征服欲在作祟。

他始终不明白，她怎么可以把自己当一个"工具人"？难道自己身上真的没有一点儿值得她喜欢的地方？

祁叙下了床，正打算去冲个澡，用人阿姨敲门道："少爷，早上蒋少爷让人送了一本书来，说你可能会感兴趣。"

祁叙回身，甩了甩发麻的胳膊走过去，发现所谓的书原来是一个剧本，封面写着：《当我恋爱时》。

他皱了皱眉，知道这是明媚正在拍的那部戏，也是她把自己当"工具人"体验了三个月的戏。

祁叙不知道蒋禹赫给自己送剧本来是什么意思，恰好这时，那人电话打来了。

蒋禹赫调侃道："别说我没提醒你，今天下午明媚和纪沐阳要拍一场戏。"

祁叙随手把剧本扔在床上，朝卫生间走去，淡淡道："关我什么事？"

蒋禹赫轻轻一笑，说："你把剧本翻到第32页，看看内容。如果不关你的事，当我什么都没说。"

对方挂了电话，祁叙这时已经在放水了。他停顿片刻，还是返回了卧室。

他拿起剧本，翻到第32页，只是随意扫了两眼，神情立即就变了。

内景，酒店卧室，晚间。
顾远裹着浴巾从洗浴间出来，林芸芸忐忑地坐在床上。
（这是他们的第一次。）
顾远上前，亲吻林芸芸，从轻微到激烈。
顾远主动解林芸芸的衣服，把她推倒在床上。
林芸芸露出半肩。
顾远慢慢亲吻林芸芸的身体。
（灯光渐暗，身影缠绵特写。）

这几行文字把祁叙看得瞬间黑了脸。

明媛跟他在一起的那三个月，自己就只有一次因为误会吻了她，其他任何时候都没舍得碰过她一下。现在她竟然要在电视剧里让别的男人怎么来着——亲吻？从轻微到激烈？还亲吻身体？

这拍的什么东西，色情片吗？祁叙把剧本直接甩到了床上，一言不发地站了会儿，又捡起来继续看。

花了整整一个小时的时间，他快速浏览完了整个剧本的内容。

祁叙越看越气，越气又越忍不住要往下看，他倒要看看，明媛明里暗里地给自己设计了多少场戏。

吃饭、送领带、听音乐会、住院、吵架，甚至连过生日吃饭都一模一样。不用说，最后那个生日肯定也是假的。

他和明媛在一起的这三个月，除了几场亲密戏份儿，其他所有活动轨迹几乎都照搬了林芸芸和顾远的。

这个女人简直是天生的演员，骗得自己团团转。

祁叙生平第一次被一个女人这样欺骗玩弄，真是又气又恨，他把剧本甩在一旁不再看。他洗完澡，吃了早饭，去了公司。

一上午，他始终面无表情，对明媛的事漠不关心，甚至还抽空看了会儿早上的新闻。

可就算面上装得再平静，到了中午12点的时候，祁叙终究还是无法忍受在脑子里循环了一上午的画面。

198

那几句"虎狼之词"什么"从轻微到激烈""亲吻她的身体"等，像一群蚂蚁一样反复啃咬着他的心。

祁叙虽然气，但还是舍不得。

就好像昨晚，怕她一个人夜里回去不安全，非强行把她扣在自己家里留宿一样，他还是做不到视而不见。

蒋禹赫对接到祁叙的电话完全不意外，但他还是讽刺了一句说："干什么，不是跟你没关系吗？"

祁叙没有理会他的调侃，直接丢下了一句道："不论用什么办法，所有和纪沐阳的亲密戏都必须删掉，不准拍！"

蒋禹赫隔着电话都能想象到他现在的脸有多臭，憋了一上午了，听得出来他憋得不轻。

蒋禹赫缓缓道："我没这个权利，纪沐阳只是个主演，戏又不是我们公司投资的。"

祁叙语调微扬，厉声反问道："没这个权利你通知我？怎么，叫我去欣赏？"

蒋禹赫轻笑了一声，说："你要是想的话，我可以带你去片场探班。"

祁叙直接赏了他一句脏话。

蒋禹赫还是第一次见祁叙这样，无奈道："行了，给你两个方案：第一，涉及亲吻的部分都借位或者用替身，明媚只和纪沐阳拍身体接触的部分，比如抱一下——"

"不行！"祁叙都没听完，斩钉截铁地拒绝道。

蒋禹赫像是早预料到了似的，淡淡地说："那就第二个方案，你成为第一投资人。这样就有了话语权，别说床戏，你代替纪沐阳去演男一号，甚至改剧本都行。"

祁叙停顿半晌，像是受到了启发，突然问："你之前说她在剧组被人欺负，是怎么回事？"

蒋禹赫冷漠一笑，道："你昨晚不是不在意吗？"

"别废话！"

其实明媚现在经历的那些，是每个娱乐圈新人都会经历的一个过程。没有背景，没有资历，没有钱，哪怕演得再好，也得在片场伏低做小。

祁叙听完蒋禹赫说的几件事沉默了片刻，淡淡道："不用管，让她吃吃苦头也好。"不然她总觉得社会简单，连他都敢骗。

可话音刚落还没 10 秒钟，他又说："那个初月喜欢删明嫭的戏？那就满足她，让编剧把明嫭的戏加到和她一样多。"

蒋禹赫："……"

刚刚还说要她吃点儿苦头呢？你一个堂堂上市公司的老板，说话能不能别总打自己脸？

不等蒋禹赫发问，祁叙补充道："这件事以你的名义去做，我不想让她知道。"

"……"

蒋禹赫顿了顿，背靠在椅子上，问出了一直想问的话："你们到底是怎么了？不会真的是代志扬说的那样，她把你给绿了吧？"

祁叙宁愿自己是被明嫭绿了，起码那样他可以毫不犹豫地放弃她，忘记她。

然而并不是——她玩了他，还是以这么荒谬的方式。

一想到自己这三个月来的真心，都错付在一场戏里，祁叙就气得咬牙切齿不能原谅。

他想狠狠地把她揉碎，想让她哭着跟自己道歉。

之前有多喜欢她，现在就有多恨她没良心。

可再怎么生气，他也狠不下心对她做些什么。

总之，知道真相后，祁叙时常觉得自己"精分"——一边喜欢，一边恨；一边想要忘记，一边又疯狂想念。

他揉了揉眉心，说："别问了，就按我说的去做。"

蒋禹赫办事很快，不到一个小时就搞定了这件事。

虽然合同还要走流程，但毕竟娱乐圈话事人（粤语用词"可以决定的人"）发了话，制片方又是获利者，突然来了千万投资，谁都没意见。

这一切的发生，明嫭完全不知情。

原本今天要拍的是另一场外景戏，可因为有演员请假缺席，才临时改拍室内林芸芸和顾远第一次约会的戏。明嫭也是早上回酒店后才得知的消息，就挺突然的。

说实话，她从开机就在做准备，可直到现在还是没准备好。虽说演员拍亲热戏在所难免，尤其是都市爱情剧，亲密镜头太常见了。可明嫭始终是第一次，而且那个人还是自己认识的师兄，想到两人要接吻的画面，她就起一身鸡皮疙瘩。

明媚惴惴不安地试探着问了下宋导，能不能借位，或者简单拍一下就好。

谁知宋导回她："你要用对待角色的眼光去看这件事，这场戏不是你和纪沐阳，而是林芸芸和顾远。我的拍摄习惯你应该知道，希望演员们能尊重剧本、尊重艺术，尽量克服一下心理障碍，真人实拍。"

宋导话都说到这个份儿上了，自己要是还矫情，岂不是成了那个不尊重剧本，不尊重艺术的人？何况自己只是个小新人，还没有那么大的脸面。

想想对方要是别人也就罢了，明媚是真的不想跟纪沐阳拍吻戏。

原本她只把他单纯地当作师兄，但后来发生的种种，明媚多多少少能感觉到他对自己有点儿奇怪，所以拍戏时也一直刻意保持着距离，主动避嫌。

可剧情摆在这儿，又由不得她说个"不"字。

自己不演这条路不通，明媚就去想别的路。

如果是纪沐阳对着自己吻不下去，主动提出借位或者替身呢？男一号开口，导演应该会给点儿面子吧？

明媚突然打开了思路，她找出纸笔写下几行字，然后叫来芮芮。

"你去帮我把这些东西买回来。"

芮芮看了眼她要的东西，一脸疑惑地出门了。

10 分钟后，芮芮买来了所有明媚要的东西，然后就站在旁边，吃惊地看着明媚一顿操作猛如虎。

芮芮不断地咽口水，低声问："媚姐，你这又是何必呢？沐阳哥哪里不帅了？和他接吻是很多女孩子的梦想。"

明媚马上举手，回答说："我是个例外。"

芮芮："……"

就在明媚疯狂操作的时候，场务在外面敲门。

"媚媚，下午和沐阳哥的戏取消不拍了。"

明媚倏地愣住了，嘴边还挂着几片菜叶子，呆呆地问："取消了？"

"是啊，下午 B 组开工，你们放半天假，晚上拍别的场次。"

明媚："……？"

幸福来得太突然，她简直不敢相信还有这种好事。

假的吧？明媪捏了捏自己的脸蛋儿，发现疼得厉害，恨不得当场唱一首《好运来》。

她问场务："为什么不拍了？"

场务摇摇头，说："不清楚，好像是投资人要求删戏。"

好心人！明媪真想给这位好心人跪下唱一首《好人一生平安》。

"芮芮，去打听一下是哪个投资人，杀青宴的时候，我要单独去敬他的酒。"

芮芮默默捂着鼻子往旁边走了一点儿，答道："哦，好。"

这边，明媪正高兴得在房里起舞，手机响了。

是田安妮打来的，她说："祁总让你去一趟他办公室谈代言的事，我让司机去接你了，车在楼下，你马上下来。"

"……"

明媪的快乐瞬间凝固了。好运没了，噩梦来了。

她握紧手机，鹌鹑似的请求道："姐，你就说我下午要拍戏啊，没空儿去。"

"那你会一直拍戏吗？躲过今天，明天呢？后天呢？"

"……"

明媪也知道，合约摆在那儿，她躲得了初一，躲不了十五。

就算自己躲过去了，祁叙如果要见她，随时进入她酒店房间，也是小事一桩。

田安妮见她不吭声，安慰道："过去了好好说话，虽然我不知道你们之间发生了什么，但是冤家宜解不宜结，你尽量还是不要和他把关系弄得太僵。"

明媪耷拉着脑袋，有气无力地回答说："知道了。"

反正横竖躲不掉他，那就"正面刚"好了。

司机开车把明媪送到了洲逸酒店的写字楼。

祁叙的办公室明媪来好几次了，她轻车熟路地找过去，推开门，自觉地站得远远的，保持一种员工与老板的距离感。

"祁总好，找我有什么事？"

然而祁叙头都没抬，冷漠地拿起两份文件从她身边走过去说："我现在要去开个会，你先等一会儿。"

明媚客客气气地说："好。"

祁叙离开办公室的时候是下午2点，明媚就那样坐在沙发上等了他足足三个小时，直到下午5点，祁叙才回来。

他进来看见明媚，非但没有任何抱歉的样子，甚至还皱了皱眉问："你怎么还没走？"

明媚："……"

狗男人，不是你让我在这儿等你的？难道你不记得自己叫我过来谈代言的事了？你现在跟我演什么失忆？

明媚正想开口给自己辩解两句，祁叙却紧跟着开了口，语气淡淡的，极尽嘲讽："也是，林芸芸等顾远，等多久都心甘情愿，是吗？"

"……"

明媚原本还奇怪，一向守时的祁叙今天怎么会犯这种错，听到这儿才反应过来。

人家哪里是要她来谈事，摆明了就是来玩她的，让她像个白痴一样在这儿傻坐了三个小时。

哦，明媚想起来了——林芸芸在最后卑微地想要挽留顾远的时候，是干过这种苦等的事。

所以这人是想以牙还牙，以顾远的身份开始反体验剧本？

不愧是你，还挺会灵活运用的。

明媚虽然生气，但还是忍了下来，她抿抿唇，说："你到底想干什么？有什么一次说完做完好不好？我下午还有戏要拍，你这是在干扰我的工作！"

"有戏要拍？"祁叙扯了扯唇，漫不经心地翻开剧本说，"让我猜猜，是拍你和顾远去酒店开房，还是拍你从机场接顾远回家后上床？"

明媚："……"

不用猜，肯定是蒋禹赫给他的剧本。

下流男人，剧本那么厚，他只看到了这两场戏。

明媚哼了声，说："你管我拍哪场戏，总之，你有事吗？没事我走了。"

明媚说完就要走，转身却听到"嘀"的一声，办公室的电动窗帘忽然全部自动关上了。

明媚愣了下，迷惑地转回身。

祁叙边翻剧本，边淡淡地问："所以三个月里跟我体验了那么多场戏，为什么独独缺了这两场？"

明媚哑了，本想解释几句，可话到嘴边想起了什么，又改变了主意。

"所以你现在要补体验吗？好啊，来吧。"

明媚放下包，走到祁叙桌前，解开自己的外套纽扣，说："来吗？我补给你。"

祁叙："……"

这女人疯了？可她这样挑衅，自己没有理由不回应。

祁叙看着明媚的眼睛问："你确定？"

明媚一脸无所谓，甚至还张开双手，表现出一副积极主动的姿态。

祁叙垂眸笑了笑，摘下眼镜走到她面前，双臂撑在她身侧说："明媚，你是不是觉得我不敢把你怎么样？"

明媚倒没这么觉得。这男人都敢强迫自己陪他睡觉，还有什么不敢的。

明媚没说话，主动缠上他的脖子，又眨了眨眼，像勾引，又像挑衅。

祁叙："……"

明媚反常又轻佻的举动，弄得祁叙心里有几分疑惑。他绝不相信，她会这么心甘情愿地在办公室跟自己体验剧本里的激情戏。

可他对这样的亲密又无法抗拒，明媚的眼睛、嘴唇、脸颊……所有曾经吸引他的地方，如今都近在咫尺，她像一块温软的玉，让人忍不住去触碰。

明媚温柔地笑着，勾在祁叙脖子上的手缓缓下压，一点儿一点儿拉近两人的距离。

慢慢地，鼻唇儿几乎快要贴在一起了。

呼吸交缠。

祁叙的喉结不可抑制地滚了滚，黑沉的眸子紧盯着明媚，自我感觉身体已经敏感地起了反应时——

明媚冷不丁忽然张嘴，猛吹一口气，"呼——"

祁叙："……"

最怕空气忽然安静，尤其是——这股空气还是韭菜味的，好像还带了一点儿洋葱味。

明媚看到被熏到上头、脸色铁青的祁叙差点儿笑出声，趁他分神马上拿起包包想逃离现场。谁知腿刚迈出去三步，整个人跟小鸡似的被祁叙一把拽了回来。

这次她彻彻底底地被压在了办公桌上。

"你的戏码结束了是吗？"

男人不慌不忙地开始摘手表、袖扣，解领带。

"那现在轮到我了。"

明媱："……"

或许是吃了一嘴酸爽被彻底激怒，祁叙直接扑倒了明媱，完全钳制着她。

"你觉得自己每次都可以躲过是吗？"

明媱没想到，这世上竟然还有人能对着吃完韭菜和洋葱的人下得去嘴的——是个干大事的"狼人"。

她几乎已经可以预见自己的后果，可还是努力给自己争取机会说："我错了祁总，我刚刚只是有点儿冲动。"

男人声音低沉地说："我现在也很冲动。"

明媱："……"

还想再说什么，唇被毫不留情地封住了，手腕被控制在两边无法动弹，她只能被动接受着这个——自找的吻。

明媱有点儿后悔，她刚刚要是没挑衅，没嚣张，不仗着自己吃了点儿韭菜和洋葱就胡作非为的话，或许她已经坐车回家了，而不是像现在这样，像只被掐着脖子的小鸡，被这个男人欺身压着随意蹂躏。

他的动作起初还算温柔，可慢慢就变了。跟剧本里一样，从轻微到激烈。

祁叙激烈地撬开她的牙关，肆意游走，深入交缠。他完全锁着她的手和腰，甚至在每个明媱想要喘气的间隙都狠狠地堵住她的嘴，不让她有片刻喘息的机会。

他在惩罚她，在宣泄自己被她当作"工具人"的愤怒。

他的每一分情绪明媱都知道，也都感受得到。

这时，她也终于深刻理解了"躺平"两个字的精髓。

她现在是真的躺得很平，毫无反抗能力的那种。

算了，明媱闭上眼睛不再挣扎，就当，就当今天下午的戏没取消吧。

不知过去了多久，祁叙终于餍足地起了身。

明媚的腰都快被压折了，好半天才起来。而眼前的男人，却一脸漠然地回到办公桌前戴上眼镜，淡淡地说："你可以走了。"

明媚气得边揉腰边往外走，走到门口还是很不服气。凭什么，白白等了三个小时不说，被莫名其妙占了一顿便宜不说，临走还要受他一顿刻薄嘲讽。

想了想，明媚忽然回头，走到祁叙面前站定，用手背在嘴上狠狠抹了一把，再搭配一个嫌弃的眼神。

明媚用精湛的演技，表达出了此刻心里那种"被你玷污了，我好脏"的感觉。

果然，祁叙皱了皱眉，放下手里的笔："明媚——"

可明媚没给他扳回的机会，达到目的后转身就一溜烟儿地跑了。

祁叙的话卡在喉咙里没说出来，半晌，他哑然失笑。

一见钟情真是误人不轻，他被她吸引的那一晚根本想不到，她会是这么一个狡黠的骗子。

可又能怎么样呢？即便是这样一个拿她无可奈何的骗子，却已经在自己心里住下来了，赶都赶不走。

祁叙撑额叹了口气，嗅觉这时好像才恢复正常了似的，嫌弃地冲去洗手间漱口。他真是疯了，这么重口味都吻得下去。

就在水流冲刷嘴里的味道时，手机响了。

是巴黎的号码。祁叙猜测是不是警察朋友有了祁宴的消息，他马上关了水龙头接听。

可电话那边传来的，却是祁宴的声音。

"哥，你找我？"

祁叙怔了几秒，虽然不愿意承认，但悬在心里好几天的石头，这一秒悄悄放了下来。

他顿了顿，语气跟往常一样平静淡漠地问："一声不吭去哪儿了？"

"没去哪儿，和朋友去法国几个周边小镇玩了。"祁宴笑嘻嘻地说，"哥，听说度假村二期要开建了？到时候给我留个房间，我要去山上养老。"

祁叙唇角轻轻翘了翘，却没有笑出声，只简单地回了一句："你回来了再说。"

"那你等我，嘿嘿！"

人来人往的小火车站广场，祁宴给祁叙打完电话，旁边的阿吉苦恼地问："宴少爷，我们到底还要在外面玩多久啊？太太前天就到巴黎了，你真的不回去见她吗？"

祁宴大功告成似的吹了个口哨，说："行了，这就回。"

他看着手机里何正发给他的短信：今早董事局开会已经确定度假村项目由祁总负责，郑总弃权退出。

祁宴把短信删了，剥了颗酒心巧克力丢到嘴里，看着碧蓝的天空露出浅浅的笑容。

阿吉提着行李跟在他身边嘟哝道："你这样帮大少爷，他又不知道。"

祁宴虽然人在国外，家里的事他知道得一清二楚。

他很了解郑容，在争夺项目的节骨眼儿上，只要自己玩消失，郑容一定没心情斗下去。

事实也果然如此。

"不用他知道。"祁宴无所谓地说，"我妈这些年做的过分事还少吗？每天想着帮我争，可我从来都不想要那些。"

祁宴声音一顿，转身警告阿吉道："这些事一个字都不准跟我妈说，不然我——"

祁宴做了个封口的动作，阿吉连连点头，说："那我去买票，我们赶紧回巴黎，不然太太会担心的。"

"好。"

自然没过多久，大家都知道了祁宴回到巴黎的消息。这一场消失风波，也随之平息。

而度假村项目也被提上日程，祁叙即将出差去 H 市的青云山推进项目相关事宜，开始新一轮的忙碌。

上次在办公室和明媛见了有味道的一面后，祁叙有好几天没看到她了。

事实上，他也一直在有意地用工作填满自己的生活，不去想她，不去关注她。

可眼下就要出差了，他还是想在走之前见她一面。

想了想，祁叙给蒋禹赫打电话，说他想去探班。

祁家虽是酒店业的龙头老大，但娱乐圈对祁叙来说，却是个相对陌生的领域。在明媱这部戏之前，他没有投资过任何娱乐产业。

但经过这次，他却开始有心考察起了娱乐业——不然以后怎么给那个小骗子做主。

《当我恋爱时》这部剧，虽然半路来了数千万投资，但没人知道背后是祁家在操作，都以为是亚盛娱乐出的钱。

毕竟祁叙把蒋禹赫推到了前面。他这么做，除了不想让明媱知道自己还在乎她外，也是怕万一以自己之名投资，日后别人会否定明媱所有的成绩，会觉得她是那种没什么演技，靠男人带资进组的关系户。

她还真不是，以她对待这部戏的态度甚至可以写进教材了。

多敬业一演员，都敬业到不惜真人试戏。就像她在日记里写的，明年不拿一个最佳女演员奖都对不起她的牺牲。

片场，今天要拍的戏算是全剧中一场高潮迭起的重头戏。

白卉回来了，顾远离开了林芸芸，林芸芸终于面对被当作替身的残忍现实。

今天这场戏格外重要，全组人员都拿出了十二分的精气神儿。

明媱从昨晚开始，就一直在反复过台词，甚至在睡觉的时候，她都不断在脑海里演练画面。

这场戏对林芸芸来说，是最关键的一场，也是非常检验明媱演技的一场。和试镜时不同，如今正式拍摄，在剧组几十号人的眼睛下演绎，她需要强大的把控力和实力。

开拍之前，初月在房车里闹情绪。

"亚盛娱乐是不是有毛病，他们要捧纪沐阳也不用这样吧，你看这戏份儿都加成什么样了，关键是加的全是他和林芸芸的对手戏。我一个女一号现在的戏份儿和女二号差不多，演什么鬼啊？"

化妆师在旁边大气不敢出地化着妆，经纪人劝她说："这事我总觉得不太对劲，在我没有查清楚之前，你安分点儿。之前你有些行为太过了，尤其是对明媱。"

初月"扑哧"一笑，说："我怎么对她了？谁新人时不是这么过来的？我是在教她怎么做人。"

"教得如何？"经纪人瞪了她一眼说，"人家现在的场次跟你差不多快平番了，这就是你要的结果？"

初月不服气，辩解道："那还不是沾了纪沐阳的光。我看纪沐阳总护着她，这俩人是不是有一腿？"

场务过来通知准备，经纪人压低声音道："总之，你低调点儿。田安妮也不是吃素的，她谦让不代表怕我们，明白没有？"

初月不情不愿地嘟哝道："知道了。"

演员候场，正式开拍——

温馨房间里，林芸芸很用心地在厨房里忙碌着，她的背影表现了一个女人对爱情的向往和幻想。

这是一个沉浸在恋爱中，希望给爱人惊喜的女人。她做好了一整桌的菜，又在桌子中间摆上生日蛋糕，然后满足地坐下来，给顾远打电话。

林芸芸：（语气是小心翼翼的，卑微的）你今天回来吗？我做了很多你喜欢吃的菜。

电话那头，顾远答应了。

林芸芸：（兴奋）真的吗？（欣喜）好，那我等你。

林芸芸欣喜地筹划着晚上和爱人的烛光晚餐。她化妆，打扮，在镜子前一点点变成男人喜欢的模样。

可就在她充满期待地迎接这顿晚餐时，一个电话打破了所有的美好。

林芸芸：（震惊）你不回来了？（疑惑）为什么？（失望）可我已经——

通话被粗暴挂断。

林芸芸茫然又愣怔地坐在椅子上，很久才回过神似的，继续给顾远打。一遍又一遍，从不甘，到绝望，到最后拼命忍住决堤的眼泪。

片场里静悄悄的，所有人都安静地看着明媚的表演。

宋导在监视器里看得入神，一直没有喊停。

蒋禹赫和祁叙就是这个时候过来的。

场务过来通知了宋导，宋导很专业，这个时候顾不上去迎接两位大佬，只能做了个手势示意他们正在拍摄。

蒋禹赫点点头，叫人拿了两把椅子，和祁叙在导演身后坐下，一起从监视器里观看明媛的表演。

"好，好。"宋导边看边赞赏，"情绪很到位，来点儿眼泪。"

…………

祁叙是第一次看明媛演戏，在他眼里明媛就是个小姑娘，但是没想到，她演起戏来倒是像模像样的。

林芸芸哭了，先是红了眼眶，然后眼泪在眼眶里打转，却没流下来。

明媛仰起头，这是她忍住眼泪时的习惯性动作。

不知道为什么，明媛忽然想起她看着祁叙离开的那晚，自己在阳台上也是这样的。

当时尽管心底所有的酸涩都哽在喉头，她还是拼命忍下去了。

明媛是倔强的，而林芸芸却不是。

宋导对着监视器说："哭出来，哭出来。"

明媛很清醒，她当然知道自己在演林芸芸。在酝酿足了眼泪后，这场哭戏一气呵成地爆发了。

接着，林芸芸像是恨透了自己的愚蠢，她歇斯底里地掀翻了桌上所有的东西，而后不顾一切地夺门而出。

"咔——"打板器拍下，现场所有人都发自内心地为明媛鼓掌。

"竟然一条过，明媛牛！"

"厉害啊，我还以为这场戏要拍很久，明媛有两把刷子。"

"该不会是真实体验过吧？我感觉她的情绪好到位。"

"不会吧，哈哈，谁这么渣，拿她当替身？"

周围的人窃窃私语，蒋禹赫闻言咳了声，侧过头来问祁叙："那个渣该不会是你吧？"

祁叙："……"

虽然不是，但，好像又是。可他根本没有拿她当替身好不好？从头到尾都是误会，都是她自己想出来的。

这场戏结束没多久，又紧接着开始了下一场林芸芸去找顾远的戏。

现场换景，拉绿色幕布，两个大哥拉来巨粗的水管准备人工降雨。

祁叙看过剧本，隐约记得这场戏好像是林芸芸在雨里追顾远，但没有把他追回来。

210

他不禁坐直了身子，问："真淋雨？"

蒋禹赫笑着说："怎么，舍不得？"

祁叙又闭了嘴。

他朝对面看了眼，明嫚还不知道自己来了，正坐在对面一个小马扎上喝水看剧本。

刚好这个时候，旁边房车里的初月下来了，只见她左边化妆师，右边助理，身后还有人拿东西，堪称众星捧月了。

跟初月比起来，明嫚就像个小宫女，身边就一个芮芮在帮她整理头发。

祁叙看了几眼，收回视线没吭声。

到了正式开拍，宋导一声令下，绿布前，两根大水管开始浇水，现场很快就变得大雨滂沱。

林芸芸坐在花坛上等着顾远，好不容易等来他的车，却看到他和另一个女人一起下了车。

顾远和白卉手挽着手，顾远很贴心地为她撑着伞。

林芸芸：（脸色苍白地站起来，弱弱地喊了声）顾远——

顾远回头看到是她，眼里没有任何惊喜，有的只是被打扰到的不悦。

他把白卉暂时安置在一旁，而后走到林芸芸面前。

顾远：（手里的伞帮她遮住风雨，略带歉意）抱歉，你看到了，（回头）她回来了。

林芸芸濒临崩溃，开始了一连串卑微的挽留和质问……

起初顾远还耐心解释两句，到最后他厌烦了，把手里的伞留给她走了。

顾远：（不耐烦）现在住的那栋房子给你，（决绝）以后不要再找我，（冷漠）她会介意。

就这样，他像个陌生人一样冷漠转身，用一栋房子打发了她一片真心。

林芸芸：（望着他的背影，绝望，痛苦，爱恨交织，怒吼）顾远，你这个浑蛋！

顾远和白卉双双离开，林芸芸经受不住自己被当替身的痛苦，抱膝蹲在雨雾里很久很久。

伞跌落在一旁，过往的人偶尔看一眼她，都没有停留。

宋导仿佛得到了情感上的共鸣，用衣袖擦了擦眼睛，颇有感触地说："媱媱这段戏演得真不错，她是入了戏的，情绪处理得十分到位。你们不觉得吗？她每一种情绪的递进都处理得很有层次感，演得跟真的被顾远这种男人伤害过似的。"

祁叙："……"忽然如芒刺在背。

瓢泼大雨就那样在明媱身上持续浇了十多分钟，她要配合不同的机位拍摄，蹲着哭，走着哭，最后哭到没了力气，昏倒在路上。梁恒饰演的男二号纪少城，就是这时候救的她。

不过今天没有安排后面的戏，林芸芸昏倒后，拍摄就结束了。

宋导异常兴奋地喊了声"咔"，对身边的人说："快，给媱媱拿浴巾，别着凉。"

工作人员赶紧围上去，明媱浑身上下都湿透了，眼睛也哭肿了，整个人蜷缩成一团，像个无家可归的小可怜。

祁叙远看着她，心里莫名不是滋味，尤其是林芸芸绝望地骂"顾远，你这个浑蛋！"时，他总觉得明媱好像是在骂自己。

虽然，虽然自己从没有把明媱当作替身，可在她的世界里，从她的视角来看，自己和今棠的确有着说不清的关系。

祁叙不知道，明媱作为一个体验者，在今棠回来后，有没有为此真心地难过困扰过。哪怕只有短暂的一秒，他也知足了。

远处，明媱被几个人围着浴巾急匆匆地接走了，说是先回酒店休息。

祁叙也悄悄退场，原本他只想来看她一眼就走，可不由自主地，车就开去了她住的酒店。

停在停车场很久，祁叙都在犹豫要不要上去。

自从看完那本日记，他一点儿都不想在明媱面前表现出自己对她的在乎，不想让她知道自己对她的喜欢，不想让自己的感情再外露一点点……

可看到她倒在雨里的那一刻，他控制不住自己的心疼，控制不住地想要去看她，想要抱抱她。

第三根烟抽完的时候，祁叙还是没忍住给田安妮打去了电话。

田安妮却告诉他："嫱嫱可能是入戏太深，还没走出来，这会儿一个人在房间里，谁也不让进去。"

祁叙："……"

房里开了充足的暖气，明嫱裹了一层浴巾，身上还是湿的。

虽然戏已经拍完，可大概是情绪爆发得厉害，她还是无法让自己平静下来。

明嫱一直以为自己离开祁叙是潇洒利落的，她承认自己的确不小心陷了进去，可所幸抽身尚早，所以没有因为祁叙流过一滴眼泪。

她以为自己不在乎，心理强大，修复快。可就在刚刚的戏里，她看着顾远和白卉离开，自己被无情地放弃时，又说不清那一刻的痛哭里包含了哪些真实的感情。

她是剧中人，是林芸芸；却也是明嫱，是她自己。

原来离开祁叙，她是难过的，是痛苦的，只是她一直在用各种理由安慰自己，努力让自己忘记也曾做过别人的替身，也曾求而不得，被迫出局默默离开。

而这段时间被强行压制的情绪，终于在这场戏里得到彻底宣泄。

祁叙进来的时候，明嫱窝在沙发里，小肩膀还在一抽一抽的。

他站在那儿很久，心也莫名地跟着疼。

"明嫱。"他轻轻喊她的名字。

明嫱正沉浸在自己的世界里，忽然听到祁叙的声音，还以为是自己的幻听。可转过身，却发现真的是他。

活生生的他就站在自己面前，明嫱张了张嘴，思绪有片刻的恍惚。

她不知道自己这一刻的难过，是沉浸在刚刚的戏里，沉浸在林芸芸被抛弃的痛苦里，还是沉浸在那个属于她的剧本，那本体验日记里的明嫱身上。

明嫱没说话，就那样直直地看着祁叙。

她眼眶通红，眼里有委屈、难过，还有些不知所措。

祁叙也分不清，她这会儿是林芸芸，还是明嫱。可他不想她难过。

如果她真的入戏太深，把自己当成了林芸芸而无法自拔，那么他愿意为她去做一次顾远。

祁叙慢慢走到沙发旁坐下，脱下外套轻轻抱住她，温柔地说："我没走，一直都在。"

明媜都做好准备听祁叙开口嘲笑自己肿成桃子的眼睛了，却没想到他竟然抱了自己，还说出了这么温柔的话。

明明前几天还把她叫到办公室里奚落了一番，怎么突然转性了？

但是在他怀里，明媜还是很快安静了下来。她肩头微微耸动着，情绪逐渐平稳，只是仍有几分疑惑——祁叙说的这两句话好耳熟啊，好像在哪儿听过。

顿了顿，明媜忽然想起来了。她吸了吸鼻子，睫毛上还挂着泪珠，抬头认真地问祁叙："你干吗背恒哥的台词啊？"

祁叙："？"

"为了列出我的罪行，你把剧本翻来覆去看了几十遍吧。"明媜的声音还带着浓重的鼻音，"连男二号的台词都倒背如流了。"

祁叙："……"

明白了，之前自己是人渣男主角，这会儿又变成深情男二号了。反正在明媜这儿，他就不配有自己的名字。

祁叙现在有些后悔自己伸出援手了，这女人简直就是个小白眼狼，根本看不懂自己的一片心意。

他倏地松开明媜，恢复冷漠道："田安妮说你入戏太深，我刚好路过，就过来看看。"

"所以你就配合我演戏，帮我走出来对吗？"明媜忽然点头道，"还好你刚刚没演顾远，不然我可能会控制不住把你一脚踢飞的。"

祁叙："……"

他有些不解地问："你不是难过顾远的背叛，希望他回来吗？"

明媜皱了皱眉，说："神经病啊，谁要他回来了？那种死渣男，滚得越远越好。"

祁叙："……"

白眼狼，白眼狼！是自己手欠嘴欠脑子欠没错了。

祁叙深吸一口气，暗暗在心里发誓，下次他再心软出门就被雷劈。然后他冷冷地说："我还有事，先走了。"

话音刚落，明媜就打了个喷嚏，紧接着又是第二个。

跟个落汤鸡似的，不知道会着凉吗？

祁叙想说点儿什么，但一想到刚刚自己拉下脸皮友情出演了一次顾远，竟然被人家嫌弃就什么都不想说了。

他转身朝门口走，结果脚不受控制地拐去了卫生间。本想帮这个白眼狼放水让她赶紧泡个热水澡驱驱寒，谁知道普通套房没有浴缸，只有淋浴。而且空间还很小。

给了那么多钱还这么抠，祁叙有些不爽，都懒得去通过蒋禹赫协调剧组了，直接给这家酒店的负责人打了一通电话，要了酒店仅剩的一间总统套房。

接着，他通知明媱说："收拾东西，去19楼。"

明媱一脸蒙，问："为什么？"

"去泡个热水澡。"

明媱知道19楼是顶楼，好像也是最贵的一层。可纪沐阳和初月，也只是住在12楼的高级套房。

"还是不要了，那样太高调了。"明媱摆摆手，顿了几秒垂下眸说，"其实你不用为我——"

"你想多了。"祁叙打断她说，"我们签了约，你是SG旗下酒店的准代言人。换句话说，我现在是你的甲方，甲方有权要求乙方随时保持最好的状态去工作。"

"……"

厉害了，长本事了，竟然知道用甲方的身份来压她了。

这时，外面有人敲门，酒店的员工送来了总统套房的房卡。

田安妮一直在门外守着，她也适时地打电话提醒祁叙说："片场那边快下戏了，到时候人多口杂，万一碰见了，各种流言蜚语会很麻烦。"

明媱这会儿的情绪已经完全缓过来了，祁叙便没再多说，只留下一句"带她上去"，就离开了房间。

他走后，田安妮跟着进来，她关上门，在沙发上坐下，悠悠道："谈好了？"

明媱没听懂，问："什么谈好了？"

"我说你们两个的事。"田安妮微微翘起唇角说，"刚刚从片场出来你跟丢了魂似的，祁总才来了几分钟，你魂就回来了，看来这个男人在你心里的位置很重要啊。"

明媖不自然地别开脸，声音很低地说："哪有。"

"哪有？"田安妮忍不住伸手杵她脑门儿，"哪儿都有好吗？"

明媖闭了嘴，她嘴上虽不肯承认，心里却知道田安妮说的是对的。

明明刚刚整个人都陷在剧情里走不出来，头涨成两个大，只想哭。可他一来，哪怕只是被他轻轻地抱了几秒，哪怕两个人随便斗几句嘴，她的世界就马上放晴了。

明媖低头不吭声，脸颊有点儿红。

"或许我应该收回之前的话，我觉得祁叙对你是真心的。"田安妮顿了顿说，"而且，还不少。"

明媖抬起头，问："为什么这么说？"

"至少我没有见过像他这个身份的男人，会闲到抽出时间来安慰一个演戏演到伤心的女人。很多男人只会打一笔款，或者买两个包，再不然送点儿珠宝什么的。

"绝不会亲自过来。

"更不会细节到帮你升级住可以泡澡的房间。"

田安妮作为旁观者，看得更清楚。

祁叙做的这些，明媖其实也感觉得到。

那本日记被祁叙发现时，她想了很多，想过祁叙会动用一切手段封杀她，想过祁叙会取消他们之间的代言合作，想各种她被清算的可能。

可祁叙一样都没有做。

最多是假装很凶地让自己送他回家并扣下留宿，让自己等他三个小时，都是些不痛不痒的惩罚。

东西收好后，两人搬到顶楼的总统套房。

管家已经候在门口："欢迎明小姐入住，我是您的套房管家，随时为您服务。"

这跟明媖住在洲逸酒店总统套房时，那位管家说话的口气一模一样。

明媖走进去，看见餐厅桌上放着一套精致的陶瓷茶具。

管家上前从茶壶里倒出一杯冒着热气的茶说："这是您需要的姜茶，趁热喝。另外沐浴的水已经放好了，您可以随时使用。"

明媖愣了下，指着自己说："我？"她什么时候要茶了？

田安妮轻轻一笑，说："谁让你住上来的，就是谁准备的，还不明白吗？"

遥遥许你 下册

苏钱钱 著

北京燕山出版社

07

我们和好，好不好

管家嘱咐了一些事项后就离开了。

田安妮帮明媛放好行李，忍不住开玩笑道："别的不说，这壶茶就很细节了。你们之间要是没有多大的问题，差不多得了。祁总多好一男人，对你的照顾简直面面俱到，我都嫉妒了。"

明媛喝了杯姜茶，又坐进宽敞的浴缸里，一身寒气散去不少。

她扯着嗓子问外面的田安妮："什么面面俱到？"

"你这样突然升级到总统套房，下面那些主演能不闹？尤其是初月。

"祁总是以我的名义提出的要求，对外就是我心疼自家艺人，自掏腰包换套房。别人一闹不到剧组那儿去，二也编派不了你。"

田安妮直夸祁叙说："他情商超高，帮你规避了所有容易引起纠纷的可能。"

明媛一声不吭地泡在温暖的浴缸里，心也逐渐被暖到了。

从日记本这件事可以看出，祁叙是真的没有为难她。他是个真君子。

明媛有一搭没一搭地跟田安妮聊着天，快泡好澡时，外面有人敲门。

紧接着，明媛听到田安妮和人说话的声音。

等人走了，她问："谁啊？"

"刘副导，说初月开始闹了，问问我能不能协商一下。"

明媛裹着浴巾从卫生间里出来，问："协商什么？"

"就剩一个总统套房了，问能不能让给初月，你去住她的高级套房。"

明媱瞪大了眼睛说："她想什么呢？真以为自己是剧组公主，谁都要惯着啊？不换！"

"不换"两个字说得斩钉截铁。

田安妮蓦地一笑，意味深长道："平时你不是挺让着她的，怎么到这个房间就不肯让了？"

明媱不说话了，她还没想好解释的理由，田安妮直接戳穿了她。

"也是，什么都可以让，喜欢的男人不可以，喜欢的男人送的东西更不可以，对吗？"

明媱："……"到底修为差一些，心里的想法被她看得明明白白的。

"行了，我也没同意。"田安妮当然和明媱同一阵线，"你早点儿休息吧，明天梁恒进组，后面的戏拍起来应该会舒服很多。"

田安妮走后没多久，明媱发现自己例假提前来了，可能是淋雨着了凉的原因。

明媱身边没准备卫生用品，所以打算下楼去买点儿，顺便溜达一圈放放风。

电梯下行到 12 楼停了，门开，进来的竟然是初月。

冤家路窄，她和助理站在一起，估计也是有什么事要出去。

明媱到底懂些规矩，尽管心里不喜欢，但还是客气地叫了声："初月姐。"

初月却没领情，冷笑了声，说："可不敢当，明媱姐才是女一号呢，我哪敢让你叫姐啊。"

拍戏的时候，因为是集体工作，明媱不想跟初月起争执耽误拍摄进程，所以能让的地方都让了。

但现在不是在演戏，给她脸还不要，也就不必给了。

明媱扯了扯唇，说："不敢就算了，当我没喊。"

初月没想到明媱会这样把话收回去，丝毫不给自己面子，她这一天积攒的不爽已经很多了，明媱竟然还挑衅到了她面前。

"怎么不装了？在片场不是挺会装的？天天拿个本子也不知道在记什么，一副刻苦样做给谁看？"

"我做剧本笔记也影响到你了吗？我只是想把戏演好。初小姐与其天

218

天针对我，不如背好台词。要是哪天粉丝知道自己喜欢的偶像是一个只会说ABCDEFG 的机器，你说好不好笑？"

初月的助理没忍住插嘴道："月姐就算站在那儿不说话，也比你有看点。自己什么咖位，心里没数吗？"

"叮——"

电梯到了 1 楼，明媛笑了笑，先一步跨出去，说："谁有看点，剧播了才知道。"

初月窝了一肚子火，气呼呼地说："你少嚣张，不就是仗着跟纪沐阳有一腿吗？"

明媛头也没回地走了，同时她悄悄松开了一直按在手机屏幕上的手——一条接近 30 秒的语音，就这样发到了简宁的微信上。

录下对话是明媛临时起意的。田安妮说过，以初月的做事风格，等剧真的播了，指不定会怎么炒，她必须给自己留一手反制她的证据。

简宁听完语音很快发来消息：初月这么难搞？婊里婊气的，真恶心，好想打她啊！

明媛还没来得及回复，简宁又发来了疑惑：等等，她为什么说你和纪沐阳有一腿？不可以啊，明媛！你忘了大明湖畔的祁总了吗？

明媛："……"

简宁急得马上打来了慰问电话："你怎么回事？和祁总还没好吗？"

明媛进了便利店，边挑卫生棉，边说："好什么好？我们又没在一起过。"

简宁欲言又止，憋了好半天才说："不行，今天就算天王老子来了我也要说，你知不知道祁总为了你差点儿跟他爸翻脸？之前我不是跟你吐槽我男朋友很忙，帮他兄弟忙家族宫斗吗？就是祁总为了你，和家里吵架了！"

明媛的手忽然一顿，停在了货架上，问："你说什么？"

迅速结完账，明媛出门就打了辆出租车直奔简宁家。

简宁说的那些什么吵架，什么翻脸啊，她怎么一件事都不知道？

明媛心里乱糟糟的，一到简宁家，就迫不及待地把她按在沙发上拷问。

"再说一次，你刚刚说的那些，全部说清楚。"

简宁吓得捂住嘴，闷声闷气地说："可志扬说，祁叙下了封口令，不准告诉别人的，尤其是你。"

明媛很着急地说："我不说出去，我保证不出卖你们。"

犹豫了好一会儿，简宁才把祁叙和郑容大斗一场的事，原原本本地告诉了明媛。

"当时祁叙的爸爸说，只要他肯跟那个大小姐结婚，就把这个百亿的项目交给他负责，不然就给他后妈。

"祁叙就是不愿意，然后那段时间各种斗，公司高层都宫心计了一圈，最后好像是一个大股东站队，他后妈自己退出了，事情才结束的。"

明媛听得目瞪口呆："逼他……结婚？"

简宁点点头说："对啊，可人家放着千金小姐不要，非要你呢？"

一时间接收到的消息太多了，明媛晃了晃脑袋，努力整理回忆。

难怪那段时间他特别忙，一连好几天没找自己。

明媛傻了，她不知道祁叙竟为自己牺牲了这么多。

简宁伸手在她面前挥了挥，说："发什么呆？你还没跟我说呢，你跟纪沐阳怎么有一腿？你可不能这样啊，明媛！人家祁叙多好，要钱有钱，要脸有脸，还对你这么好。再说了，你俩要是在一起了，咱们四个人以后岂不是可以一起约——"

"你家有面粉吗？"明媛忽然说。

简宁被她打断得莫名其妙，问："要面粉干什么？"

明媛这一刻格外自责。她不知道这些内情，但不代表她可以将自己带给别人的伤害一笔带过。

其实早在祁叙发现日记本的时候，明媛就想跟他道歉，只是一直开不了那个口。

脸皮薄，再加上也生气今棠竟然能轻轻松松地把他从自己身边叫走，所以她一直跟自己说扯平了，谁也不欠谁。

但现在明媛才发现，从两人认识到现在，似乎自己欠祁叙的，更多一点儿。

幸好简宁喜欢烘焙，家里常备食材，明媛进了厨房，挽起袖子就忙起来。

自从上次在祁叙面前烘焙翻车后，她就认真学了很久。等后来自己会做了，两人又分开了。

或许，甜甜的蛋糕能弥补自己的过错呢？

明媚动作很快，烤好一盘后用纸盒装好，出门就打车去了洲逸酒店。路上她把自己删了很久的祁叙的联系方式又找回来，主动给祁叙打电话。

然而他关机了。

明媚只能先去了洲逸酒店，她戴好口罩和帽子，尽量不被人发现。

问过前台，祁叙不在酒店。她又让简宁打电话问代志扬，得知祁叙明天一早的飞机出差，今天一天都很忙，在公司加班。

现在这个点，说不定还没走。

明媚不是次次都那么好运，会遇到带她进办公室的助理。晚上9点多，写字楼门口经过两个人，明媚都不认识。

她坐在写字楼门口的喷泉边上等，时间一分一秒地过去。

夜里风大，明媚临时出门又没有穿太多，这会儿冷得她有点儿发抖。可她并没有打退堂鼓。

就在等祁叙的时间里，她忽然觉得，光是送吃的表达歉意，好像差了点儿什么。

想了想，明媚又跑回酒店大堂要了纸笔，洋洋洒洒地写了篇痛心疾首的浮夸小作文，但最后删删改改，只剩下凝练的两行字：QXGG（祁叙哥哥），对不起，我错了！我们和好可以吗？愿意请扣1，不愿意请扣2。

写完，她庄严又郑重地把字条放进装点心的纸盒里。

回到喷泉边坐下继续等，在冷风中又吹了一个小时后，明媚好不容易看到何正从写字楼里出来了。

他不知道在跟谁打电话，很快对面驶来了一辆车。紧接着，写字楼的玻璃门后面走出来一拨人。

祁叙就在中间。巧的是，旁边还站着今棠。

此情此景，何其相似，要是再来一场雨就更像了。

明媚顾不上那么多，她赶紧跑过去，对着祁叙挥了挥手。

何正看到了她，低声提醒祁叙说："好像是明小姐。"

今棠也随着他的视线看过去，所有人都看向了明媚。

明媚顿时有些不自在，但还是努力地朝祁叙挥着手，挥着手里的小纸盒。

祁叙远远看着她，想起之前好几次都是自己自作多情，这次他暗暗下定决心不理她。

"上车。"他淡淡地说。

何正微微一愣，但他还是没敢多问，拉开了车门。

祁叙面无表情地坐了进去，对明媚装作视而不见。

明媚："……"

今棠的唇角不易察觉地翘了翘，站在车门口弯腰跟祁叙说："那明天上午机场见！"

祁叙没回应，吩咐司机开车。

黑色豪车在自己眼皮底下缓缓驶离，明媚站在路边有些凌乱。

不是吧？他就这样走了？

看着黑色的车一点点地跟自己拉开距离，明媚垂下头，对自己无形之中再次成为被抛下的林芸芸这件事感到有些失落。

风还在吹，吹得明媚的头发都乱了。她伸手拨开挡住视线的长发，正想转身离开，忽然发现一辆车缓缓驶到了自己面前。

车上下来了一个男人，慢慢向她走近。

明媚吓了一跳，又止不住欣喜，那颗原本沉寂下去的心瞬间狂跳起来。

她干笑着说："还以为你跟顾远一样真就这么走了呢。"

祁叙也不知道自己为什么又心软了，大概是从后视镜里看到她一个人站在路上，和自己渐行渐远的样子，他有些受不了。

"什么事？"他问。

明媚把纸盒拿出来，局促地说："我做了一些吃的，送给你。"

祁叙不敢相信，白眼狼突然有心了？开什么玩笑？他信才有鬼。

祁叙接过来，正打算打开看看里面装的是不是什么恶作剧的东西，明媚却马上拦住他。

"别，现在别看。"明媚突然有点儿不好意思，"等周围没有人的时候再看吧。"

这怪异的反应，让祁叙更加确定了心里的猜测——小白眼狼，肯定没安好心。

他把纸盒拎在手里，淡淡地道："那我走了。"

明媚点点头，一脸笑容告道："去吧，祝你一路平安，出差顺利！"

这莫名其妙的祝福，听得祁叙浑身都不自在。

他看了眼明媚单薄的穿着，一脸冷漠地转身朝车上走，可刚走出几步就停下了，他还是没忍住骂了句脏话，一转身，边朝明媱走，边脱下自己的外套。

走到明媱面前，祁叙把外套披在她身上，用很凶的语气说："马上回去！"

咦，他这是怕自己冷？嘿嘿！明媱有信心，祁叙九成九会对自己扣1。

她裹紧男人的温暖牌外套，心里甜丝丝的，对他眨眨眼，温柔地说："知道啦，你也加油哦，多注意身体哦！"

这一下，听得祁叙的鸡皮疙瘩都出来了。

重新坐回车里，他随手把明媱送来的纸盒放在一旁。

何正好奇地问："祁总，明小姐给您送什么来了？"

祁叙松了松领带，闭目揉着太阳穴回道："不知道，反正不会是什么好东西。"

明天上午，整个度假村项目的主要负责人将会一起前往青云山，这次出差要完成的工作很多，所以团队一直加班到刚刚才结束。

祁叙虽然有些累，但下班前看到了明媱，他心情不错，在车上眯了一路解乏。

到家后，司机为祁叙开车门。

"祁总，明天上午7点我过来接您。"

"好！"

祁叙腿都迈出车外了，忽然想起座位旁还有明媱送给自己的礼物。

虽然觉得她很古怪，不会给自己送什么好东西，但祁叙还是拿下了车。

回到家里，他顺手把纸盒放在茶几上，准备先去冲个澡，再过来好好欣赏这女人的把戏。

用人阿姨说："少爷，刚刚董事长打过电话，说是马上要过来。"

祁叙稍顿，说："知道了。"

估计老爷子是来跟他说度假村的事，祁叙没放在心上，他直接去了卫生间。

祁叙冲了十多分钟的澡，穿好浴袍下楼的时候，祁衡远已经来了，正坐在沙发主位，手里端了杯茶。

祁叙很自然地走过去在他对面坐下，问候说："这么晚了，您还过来。"

祁衡远自嘲道："没办法，儿子现在能干了，知道跟老子对着干，知道笼络人心，知道怎么让自己的翅膀硬起来，好离我远远的，我只能自己找上门了。"

祁叙知道，度假村的事祁衡远对他的做法颇有微词，淡淡回道："我没想跟您对着干，是您逼我选的第三条路。"

祁衡远低低哼了声，并没有过多指责。

事实上，他心里早已决定把项目交给祁叙去做，顺便借此机会促成他和岑家小姐的事。结果没想到祁叙脾气这么犟，就是不同意。

虽然心里不高兴，但从另一个角度来看，祁叙像极了自己白手起家时的样子。祁叙有规划，有勇有谋，是能接他班的人。

这件事已经尘埃落定，祁衡远也只能说："既然交给你了，那你别辜负了股东们的期望。"

"知道。"

然后，祁衡远很自然地岔开话题说："岑青前几天来家里玩，我看那姑娘长得大方得体，和你挺配的。"

祁叙就知道祁衡远来没什么好事，眼底露出不耐烦，说："我说了有喜欢的人，您不用帮我安排了。"

祁衡远微微一蹙眉，端起茶清口。

"我不管你喜欢谁，总之，要嫁到我们祁家，必须得是名门闺秀的好姑娘，娱乐圈不三不四的女人，你想都不要想。"

祁叙面无表情地回应道："那我改姓我妈的姓，不嫁到你们尊贵的祁家。"

祁衡远："……"

简直反了。儿子竟然为了一个演戏的三番五次跟自己顶嘴，祁衡远顿时对这个素未谋面的女人很反感。

"过些日子是你妈的忌日，你的这番话去跟她说，就说你想娶一个演戏的戏子进门，她准能被你气活过来。"

祁叙一听笑了，说："活过来？那挺好。"

祁衡远被亲儿子撑得一口气差点儿没顺上来，气得不行，他赶紧拿了块蛋糕送到嘴里。

祁叙这才发现，老头子一直在吃东西。他皱皱眉，问："您哪儿来的蛋糕？"

刚说完，祁叙就看到祁衡远面前摆着一个拆开的粉色纸盒。

正是明嫣送给他的那个。祁叙一下就炸了，几乎是瞬间把盒子拿回来，质问道："您怎么能乱拆我的东西？"

祁衡远一怔，不满地道："难得来一趟你这儿，吃你两块蛋糕都不行了？"

祁叙："……"

盒子里只剩下一块蛋糕了，上面用奶油画了一个丑丑的字母 Y。

原来小白眼狼这次没骗他，是真的送了吃的。

祁叙有些无语，但也不好因为几块蛋糕就跟老头子置气。

"算了。"他把最后一块蛋糕收起来问，"您还有事吗？我要休息了。"

"我看你被那个女人迷惑得不轻，自己好好想想这么大的家业，到底需要的是什么样的家庭来帮你！"

祁衡远说完喝了口茶，起身双手背在身后走到了门口又转过身说："你这个蛋糕哪儿买的？比你上次做的好吃多了。"

祁叙本来都懒得理他，听到这话觉得好笑，不冷不热地回道："巧了，就是你口中那个不三不四的女人做给我的。"

祁衡远："……"

老头子的脸色有那么几秒不自然，但还是装作无事发生地离开了。

阿姨这时走过来问："少爷，蛋糕我帮你放冰箱吧？"

祁叙拿着蛋糕上楼，说："不用。"

见他走了，阿姨一弯腰，把盒子收走扔进了垃圾桶。同时，一张掉在地上的黄色小字条，就这样被阿姨的脚不经意地踢到了茶几下面。

回到楼上，祁叙坐在阳台上看了手里的小蛋糕很久，唇角漾着浅浅的笑意。

小白眼狼总算有了一次心。只是不知道，蛋糕上为什么要写一个字母Y？被祁衡远吃掉的又是什么呢？

算了，吃都吃了，也追不回来了。

祁叙轻轻咬了一小口蛋糕，很甜，很软，就跟她的唇一样。

笑意无法自抑地蔓延，祁叙试着给明嫣打电话。

"嘟嘟"声响了两下，竟然打通了——看来是把他放出黑名单了。

今天是什么特别的日子吗？还是说自己给她换了房间，就良心发现了？

明媛那头接了电话，很惊讶地问："咦，还没睡啊？"

虽然笑意还挂在脸上，祁叙的语气却没露出半分欢喜，依然淡淡地说："谢谢你的蛋糕！"

明媛紧张得心怦怦跳，手抓紧了手机说："不用客气！"

"那就这样，晚安！"

明媛："……"

"等会儿——"她喊住祁叙。

"怎么？"

"你没别的要跟我说吗？"

祁叙眉心微蹙，顿了几秒，他实在不知道明媛想听的是什么。但结合小女生的心思，估计多半是想让自己评判她的烘焙技术如何。

于是他点点头，说："还行，要再努力。"

明媛："……"

这男人在说什么啊，她怎么都听不懂？

难道是在故意装傻？欲擒故纵？

对，一定是狗男人的套路。

没理由的，自己亲手放进去的字条，也是亲手交给他的，他蛋糕都吃了，不可能看不到。

现在装傻一定有原因。明媛决定以退为进，结束对话。

"好，那晚安，我也睡了。"

她挂了电话，马上在闺密小群里开启了激烈讨论。

明媛：姐妹们，我给他送了一盒蛋糕，盒子里偷偷塞了张字条问他要不要和好，他回我一个还行，叫我再努力是什么意思？

简宁：大胆啊祁总！竟然玩起欲擒故纵了？努力个屁啊努力，亏我还一直站他呢。

管星迪：所以说男人不能惯着，看看，你主动了，他就跟你拿乔。

明媛：行吧行吧，允许他傲娇一个回合，那我下一步应该怎么做？

简宁：别藏着掖着了，直接杀到他面前问，看他还怎么装？

管星迪：我赞成，简单粗暴，不和好，咱们马上回来相亲。

明媛认真想了想，觉得闺密们的建议值得采纳。

小字条什么的太隐晦了，现在又不是古代，爱要大声说出来，求和好更不要羞涩。

看在自己把他当了三个月"工具人"的份儿上，这一回合暂且不跟他计较，让他傲娇一次。

下定决心，明媱开始计划什么时候跟祁叙开口。

第二天，祁叙就和团队一起去 H 市的青云山出差。

明媱的拍摄也在继续，从这天开始，她的搭档换成了梁恒。正如田安妮说的那样，接下来的戏拍得特别顺手。

梁恒给明媱的感觉，和纪沐阳完全不同。

同样是师兄，梁恒就是那种真哥哥的即视感，他处处维护着自家妹妹。开拍第一天就来了通厉害的操作——他把自己的手机铃声换成了ABCDEFG 的字母歌，然后有事没事就响一响，明着打初月的脸。

整个剧组渐渐变成了只要初月在，大家都闭嘴不说话，初月一走就开始狂笑的局面。

就这样过去了两天，祁叙那边没有一点儿回信。明媱越来越没耐心，就在她考虑要不要跟剧组请一天假时，宋导忽然宣布因为他要去参加一个颁奖典礼，所以全组停工一天。

这对明媱来说，简直就是天时地利人和。

当天晚上，她就雄赳赳、气昂昂地踏上了去 H 市的航班。

简宁帮她跟代志扬打听过了，祁叙这次去的是 H 市著名的景点青云山，SG 旗下的云溪度假村二期项目就在那座山上开建。

原本还想着要不要提前通知祁叙自己过去的事，可闺密团给出的一致建议是——不说，给他一个惊喜。

明媱还是第一次干这种突然上门的事，也不确定自己带给祁叙的是惊喜还是惊吓。万一，人家在山上还有漂亮小姐姐陪着呢？

不过就像闺密们说的，请求和好这种事写个小字条太不正式了，必须得当面问，让他当面回答自己。行就行，不行就拉倒。

因为航班晚点，明媱到达 H 市时，已经是晚上 9 点。

她没来过这个城市，出机场后招手拦了辆出租车。手刚搭上门把手，谁知一个年轻男人抢在她前面开了车门。

"对不起，美女！我赶时间，让一让我，谢谢！"

这男人穿着蓝色潮衣，大半夜还戴了副墨镜，看着人模狗样的，怎么还干起跟女人抢车的事了？

明媱才不惯着，也跟着进了车，说："不好意思，我也赶时间，不让。"

祁宴怔了两秒，又看了眼旁边，心一横，跟司机师傅说："开车，赶紧开。"

明媱："？？？"

"喂，你——师傅，我先拦的，去青云山！"

"去青云山！"

几乎是异口同声，两人同时喊出了这个地址。

他们双双愣住了，互相看着对方问："你也去那儿？"

不等明媱回答，祁宴说："那正好同路，走吧走吧，我请客。"

明媱："……"

竟然还有这种巧事？该不会是什么犯罪套路吧？

车已经开出机场，明媱留了个心眼儿，她把司机的照片拍下来，和车牌号一起发给了简宁，告诉她如果一个小时后联系不到自己就报警。

不过等车开出些距离后，明媱觉得自己可能是想多了。

旁边的年轻男子从上到下穿的全是名牌，随便算算也有个五六万。应该不会有这么有钱的坏人吧？而且他上车就睡起了觉，根本没想搭理自己。

明媱稍微放松了警惕，开始看 H 市的夜景，同时幻想着待会儿见到祁叙的场景。

车从高速走，大概开了 40 分钟，终于在一处山脚停下了。

"到了。"

明媱和祁宴同时探出头看窗外，然后——

"哎呀？"

山脚的商户基本都已经关门了，远远看过去寂静一片，啥也没有，跟来前看到的景区照片完全不一样。

明媱蒙了，问司机："师傅，你可以送我们上山吗？"

司机应道："景区不允许外来车辆进内的，你们如果要上山，只有等明天景区开门了，自己爬上去或者坐缆车。"

明媱："……"

祁宴："……"

两人被迫下了车，站在冷风中你看我，我看你。

祁宴问："你也上山？"

明媱答："关你什么事？"

祁宴再问："你上山干吗？"

明媱很警惕地答："我们很熟吗？干吗告诉你！"

祁宴："……"

明媱不想说话，祁宴也懒得追问，免得别人还把自己当成坏人。

祁宴是在和郑容一起回国的半路上溜的，他知道祁叙来青云山出差，于是直奔这里，谁知道飞机晚点，过来都是夜里了。

他几年没回国了，对 H 市更是人生地不熟的，他想了想，还是给祁叙打了电话。

祁叙知道他过来也没多问，吩咐了司机下山来接。

祁宴安心了，找了个石头墩子坐下来等。

而站在一旁的明媱，则在手机上搜附近的旅馆或民宿，可不是满客就是还要走五六公里，甚至有的旅馆在半山腰上，还得自己爬上去。

好惨！呜呜，真的要给祁叙打电话吗？

没过一会儿，一辆黑色轿车从工作人员通道上驶出来，打着双闪停下。

祁宴一眼认出是度假村的车，背着背包朝车上走，走了几步回头看看站在原地的明媱，忽然生了恻隐之心。

算了，这么巧都要来同一个地方，就顺便载她一下好了。

他又折返原地，正想问问明媱去哪儿，忽然听到了她打电话的声音。

"何助理，祁总在吗？

"啊？在开视频会议？

"哦，没事没事，我就是随便问问，拜拜！"

祁宴："？"找我哥的？

明媱挂了电话，叹气想着，实在不行再打个车回市区好了。

"喂，你找祁总干吗？"身后传来一个声音。

明媱转过去看着祁宴问："你认识祁总？"

"我……也是他的助理。"祁宴指着身后的车说，"你看，公司下来接我的。"

明媱心里一喜，刚要说什么又顿住了，反复打量下祁宴说："可我没见过你。"

这还不容易证明吗？

祁宴拿出手机，随便找了张自己和祁叙的合影，递给明媂说："看看，我骗你了吗？我真是祁总的助理，他有好几个助理呢，何助只是京市公司的，我是他海外公司的，今天刚被召回来参加项目。"

"……"

照片上的的确确是祁叙，而且合影看上去很亲密，两人好像很熟。

明媂暂时放下戒心，小心翼翼地问："那你们的车，可以顺便带我一起上去吗？"

"可以。"祁宴翘了翘唇角说，"可你也得告诉我，你是祁总什么人？我总不能乱带人上去吧？"

明媂想了会儿，理直气壮道："我也是他助理啊。"

祁宴："？"

明媂一本正经地说："我是生活助理，也是今天刚到的。"

祁宴："……"可真有你的，我编，你也编。

祁叙从来没什么生活助理，这一点祁宴很清楚。

明媂不说实话，祁宴也有的是办法知道她的身份。

他打开车门笑着说："那行，上车吧。"

车上，祁宴给何正发去消息：刚刚给你打电话问我哥的女人是谁？

何正很快发来消息：您怎么知道明小姐给我打过电话？明小姐是祁总喜欢的人。

祁宴看看消息，再看看坐在身旁的明媂。

原来是大嫂？妈呀，自己竟然半路捡到了大嫂？

那大嫂是过来给大哥惊喜的吧？

缘分真是妙不可言。

祁宴正愁自己突然来找祁叙，兄弟俩好久没见，他连个见面礼都没准备实在不像样。但现在，显然，上天都在帮他。

车很快停在度假村一期的主题酒店前。

祁宴下车，顺便帮明媂开了门，假模假式地说："我刚刚问过了，祁总还在开视频会议，今晚可能会忙到很晚。我们先休息，明天再报到吧。"

这个时候，已经是夜里12点了。

能平安到度假村明媪已经很满足，知道祁叙还在忙，也不想这个时候再去打扰他。

先休息就先休息吧，反正她也累了。

两人朝大厅里走，迎面走来一拨人。

明媪认出了站在中间的是今棠。她显然也看到了自己，表情有些惊讶。

但明媪觉得，她的惊讶似乎更多是用在身边这个男人身上的。

今棠张了张嘴，用自己才听得到的声音自语着："阿宴？"

正面遇上，祁宴却完全对她视而不见，他径直走到前台压低声音问："我哥住哪个房间？备用房卡给我一张，再顺便给我一个隔壁的房间。"

前台人员都是度假村一期的老员工了，当然认识祁宴，当即给了他两张房卡。

"祁总住 3202，宴少爷，您的是 3208。"

祁宴把房卡接到手里，冲前台妹妹眨眨眼说："相信我，祁总改天会给你升职加薪的。"

而后他回头冲明媪说："生活助理，走吧。"

明媪还在想万一要拿她的身份证怎么办，结果这个男人竟然这么轻松就搞定了。

她一脸不可思议地问："都不用登记的吗？"

祁宴神情淡定地说："助理们都住在同一层，自家人有什么好登记的。"

明媪总觉得这酒店办事也太随便了点儿。不过，她现在也管不了那么多逻辑漏洞了，奔波了一晚上，整个人灰头土脸的，只想赶紧找个地方躺下睡觉，睡醒了元气满满地去给祁叙一个惊喜。

两人一起来到 32 楼。

祁宴悄悄用房卡打开了祁叙的房间，指着里面对明媪说："你就住这间，我住那 3208，有事可以来找我。"

到这里，明媪已经彻底相信了这个国外来的助理，多热心一个小伙子啊，亏自己还把他当成了坏人。

明媪真心感谢道："谢谢你啊！今晚真是多亏了你。"

她往房间里看了眼，难以置信地问："员工住这么奢华的房间？"

祁宴早已想好说辞，语气平静地介绍道："这里是 SG 旗下最豪华的度假村酒店，每个房间都长这样，有钱人来度假的地方，肯定不能差对吧？"

说得也是，明媱点点头，说："那好，辛苦你了，晚安！"

关上门，明媱把背包随手扔在床上，感觉累趴了。

谁能想到，她为了问祁叙要不要和好，竟然这样跋山涉水的，也太不容易了。

吹了太久的山风，明媱打算洗个热水澡再睡觉。

另一边，快一年没有看到祁宴了，祁叙虽然嘴上不说，但得知他到了酒店的消息，马上结束了在8楼的工作。

坐电梯回32楼，还没来得及去找祁宴，那人就主动打来了电话。

"哥，我坐了十多个小时的飞机，困死了，先睡了，明天再过去找你。"

祁叙脚步一顿，转身朝自己房间走，回道："好。"

"不过，我给你准备了一个惊喜。"祁宴很开心地说，"你一定会喜欢。"

二期项目推展遇到阻力，好几处规划范围内的山民不肯签字拆迁，祁叙开了一整晚的会商讨方案，这会儿其实已经很累了。

什么惊不惊喜的，根本没能触动他半分，但他还是淡淡地说道："谢谢！"

"那哥晚安，明天早上多睡会儿，嘿嘿！"

祁叙不知道祁宴说的话是什么意思，他也没那个心思去琢磨，走几步就到了自己的房间。

刷卡进门，刚走进去，祁叙就发觉了一些不对劲的地方。

房里竟然亮着灯，床上还多了一个女士的背包。

最后，卫生间里有水声，还有人声——女人唱歌的声音。

祁叙起初以为自己是不是工作太累走错了房间，可走出去又确认了一遍，的确是自己住的房间。

他一皱眉，想起祁宴说的惊喜，心想难道是弟弟觉得自己在这山上办公寂寞，给自己送了个女人来？

无聊！

祁叙走到床边，正准备把女人的包拿走，却发现了放在旁边的手机。

熟悉的手机壳。他的手一顿，眼底浮上微微诧异。祁叙快速滑下手机，摁亮屏幕，看到了屏保上的照片。

明媱洗了个舒服的澡，顺便开了个浴室演唱会给自己舒缓神经。

水蒸气把她的皮肤蒸得绯红，她从柜子里拿出吹风机当麦克风，裹着浴巾一边扭动身体，一边沉浸在自己的歌声中不能自拔——

"夏天夏天悄悄过去留下小秘密，压心底压心底不能告诉你。晚风……那啥……哦，对不起宝贝们，这句歌词我忘了。多甜蜜多甜蜜怎能忘记。"

唱到最后那个"记"字时，明媚美腿一抬，如巨星登场般跨出了浴室。

"……"

"……"

空气忽然诡异地静了下来，明媚所有陶醉的表情和动作都停在了那个"记"字上。

她的舞台塌了，灯光也熄了。

坐在对面大床上的男人顿了三秒，慵懒地轻拍身边的床说："什么秘密？过来说给我听听。"

明媚洗澡时经常幻想自己站在万人舞台中央，台下全是疯狂喊着"媚媚，我爱你"的歌迷粉丝。

她偶尔甚至还会给自己加戏，幻想忽然有粉丝为她尖叫到昏倒，她感动地说："你们不要这样，我会心痛的。"

好了，现在她是真的很心痛。

明媚比任何人都知道，自己现在是个什么"戏精"样。

她左手拿着吹风机，右手扯着线，一条腿迈出来刚踩在地板上，整个人还没站稳。而祁叙就这样突如其来地进入了她的演唱会。

明媚从茫然到清醒只花了几秒，而后她一阵风般地躲进了卫生间。

要死了要死了，他怎么来了？

她脸上什么妆都没有，素颜啊！素颜！

一定是刚刚那个助理告诉了祁叙。

现在怎么办？怎么办？

"出来。"祁叙却走到了门口敲门。

明媚要哭了，带着哭腔说："你先走好吗？假装今天没有看到我，明天我们再见面。"

祁叙靠在卫生间门口听笑了，问："我走去哪儿？"

"回你自己的房间啊。"

"小姐，你在我的房间里洗澡，还叫我回自己房间？"

明媂："……"

她打开门露出半个脑袋，确认道："你的房间？"

话说完明媂才反应过来自己无意识的举动，正想赶紧再关上门，却已经来不及了。

祁叙比她速度还快，一只胳膊伸过来挡住了门。

"不信你打开衣橱看看，里面是不是我的衣服？"

明媂措手不及，迅速捂住自己的脸，随后才后知后觉地生气道："这么说，就是你那个助理耍我！"

"助理？"

明媂描述道："就是一个自称你国外助理，刚回来参加项目的，长得跟你差不多高……"

祁叙早就猜到是祁宴弄出来的事。而明媂，就是他说的那个惊喜。

祁叙唇角压着笑意。他承认，这的确是一个惊喜。

可他面上没有表现出来，表情淡淡地扯开明媂的手说："挡什么？又不是没看见过。"

明媂被祁叙这样一拉，整个人不得不完全暴露在过道下。

柔黄色的灯光笼罩下来，她绯红的皮肤上泛着漂亮的光晕，头发上的水珠顺着肩线慢慢往浴巾深处滑落。

像一幅画，是纯粹又让人惊艳的那种美。

此时的画面有一点儿微妙的暧昧。

明媂偷偷看了祁叙一眼，发现他也在看自己，马上紧张地移开视线，小声说："盯着女孩儿的素颜这样看，很没礼貌好不好？"

祁叙似乎也感觉到了什么，他咳了声，打破气氛问："你怎么突然过来了？"

这个问题，明媂眼下不知道该怎么回答才好。因为这根本不是她想象的问他要不要和好的画面。

太尴尬了，头发湿的，衣服也没穿，就裹了条浴巾。要是这时候开口问，这个男人一定会认为自己是想来色诱求和吧？

坚决不能让他这么想自己。

趁祁叙不注意，明媂"嗖"一下跑到里面的卧室，裹住被子坐在床上说：

"剧组放一天假，我出来玩。"

祁叙觉得好笑，跟上去在床边坐下问："玩什么？找我玩？"

"怎么，"明媷淡定地看着他问，"不能吗？"

两人对视片刻，祁叙开始脱衣服。

明媷瞪大眼睛，身体本能地往后移，紧张地问："你干什么？"

男人慢条斯理地回答道："不是要找我玩吗？"

"找你玩，就得玩脱衣服？"

祁叙顿住了，视线在她裹紧的被子上扫了两下，忽然嘲讽道："你不是已经脱了？"

明媷："……"就知道他会这么想！

明媷又羞又恼，从被子里伸出一只脚，试图把祁叙踢下床："你有事吗？赶紧起开，谁要跟你玩这种色情游戏！"

那只脚各种乱蹬，没能把祁叙蹬下去不说，还反被他轻松抓在手里，又随手那么一拖。

坐着的明媷顿时失去平衡，身体后仰躺在床上，被祁叙拉到面前。

她正要抗议这人的粗暴行为，男人忽然俯身压了下来，双手撑在她身侧问："那你说，你想玩什么？"

一个猝不及防的床咚，两人的眼神终于稳稳地对上。

空气瞬间安静，之前的暧昧再度悄悄浮动。

像突然感受到炙人的温度，明媷心里一慌，不知所措地移开视线。

"还不说实话？"祁叙声音低哑地问。

"……"

明媷感觉到，祁叙离她越来越近。

他们的身体就快要贴到一起，明媷甚至能感受到他的心跳。

他的呼吸，他身上的味道，他的每一寸让人心动的地方……都在朝自己靠近。

明媷的心跳越来越快，嗓子也莫名其妙地干起来。

可能是经过"工具人"事件，祁叙没那么好骗了，非要把她来的原因问个明白。

明媷顿了顿，别开脸小声嘟哝道："我为什么来，你还不清楚吗？"

祁叙想了想，他是真的不知道，这个玩了他三个月的女人，为什么会

235

千里迢迢追到自己出差的地方来。在他看来，这简直是匪夷所思，太阳从西边升起来的行为。

他很确定地说："我的确不清楚。"

明媛一怔，转过脸来看着他说："你再装。"

祁叙皱眉问："装什么？"

明媛干脆也懒得演了，开门见山道："你直说吧，扣1还是扣2？"

祁叙："？"为什么要扣1和2？

"我不太明白你在说什么。"

明媛一口气差点儿没上来。她是女孩子，厚着脸皮来找他求和，他在这儿装什么傻呢？

"我给你的蛋糕，吃了吗？"

"嗯。"

"那你不明白我在说什么？"

祁叙仔细回忆那晚的蛋糕，自己吃那块上面的字母是Y，难道玄机藏在被祁衡远吃掉的那几块上面？

可又不好跟明媛说她送的蛋糕被别人吃了，他顿了顿，只好换了种说法去套话："你不介意的话，可以再说一次你的诉求。"

明媛听明白了，这人就是想再听自己说一次那字条上的话，再听自己道一次歉，以宣泄他当了三个月"工具人"的愤怒。

明媛冷笑两声，使劲撑起身体把男人推开，说："祁叙，你差不多得了吧。我已经主动了，你要是还这样，就没什么意思了。"

说完别开脸，双手交叉抱胸，摆出一副小仙女生气了的姿态。

祁叙："……"竟然没套出来话。

祁叙知道明媛要的答案一定是一个重要的问题，不能乱答。于是他便站起身，先退一步说："我好好想想，明天给你答案。"

明媛："……"

不可思议！这还要想？都到他面前了，这个男人还要想？

明媛骂人的话几乎冲到了嘴边，愣是忍了下去没说。

行吧，她大方，再给一次机会。

最后明媛给了他仙女的警告："那你明天可想清楚了，我晚上的飞机回京市，时间不等人！"

祁叙好气又好笑，答应道："好。"

明媛见他态度还算诚恳，语气也稍稍缓和了些说："那，那你可以走了。"

祁叙一皱眉问："去哪儿？"

"去找房间睡觉啊，总不能跟我睡在一张床上吧？"明媛边说，边抢先一步霸占了被子，"这不太合适吧，祁总，我们什么关系都没有。"

祁叙："……"又不是没睡过。

算了，酒店不比家里，万一被人看到了乱做文章，给明媛带来非议也不好。

祁叙正好也想去问一问蛋糕的事，便遂了她的心愿。

离开房间，他先给家里的阿姨打电话，询问了一遍蛋糕有没有什么异常的地方。

阿姨回他："没有啊，我看到董事长打开就拿了吃，没有什么异常。"

"他吃的蛋糕上有什么字母？"

"这个我倒没注意。"

"那包装盒呢？"

"对不起少爷，那天你把最后一块蛋糕拿走，我就把盒子清理掉了。"

"……"祁叙什么线索都没问到。

祁叙想着再给祁衡远打个电话，但已经夜里了，打过去实在不合适。他揉了揉眉心，只能耐着性子把事情按下去，等天亮了再说。

明媛一觉睡到了第二天快中午，她揉着惺忪的睡眼坐起来，看到祁叙发来的微信：早上要忙，11点在餐厅等我吃饭。

说实话，这人办事还挺有交代的，明媛想。

猜测祁叙应该会在中午给她答案，明媛认真地洗漱化妆，把仪式感做足。

等收拾好已经快10点半了，反正闲着没事，明媛干脆提前去了位于顶楼的餐厅，随便找了个靠窗的位置坐下。

她这个位置，刚好可以俯瞰整个青云山的美景，明媛要了杯果汁，边喝边等祁叙。

青云山是 H 市乃至全国的著名景点，地势高，整座山置身于层层叠叠的云海之中，山中瀑布与晚霞交相辉映，入眼尽是世外桃源般的浩瀚仙境。加上植被茂密，是天然氧吧，因此成了很多富人来度假、避暑、养老的地方。

如果能在这么美的景色下和好的话，也算是个浪漫的回忆吧。

明媈想到这儿自己都笑了，她突然不好意思起来。

正看着，忽然有个身影在对面坐下。明媈还以为是祁叙来了，一扭头，发现竟然是今棠。

她依然穿着优雅的套裙，连微笑也和之前一样，挑不出毛病的那种官方标准。

"你好！明媈。"

明媈收起笑意，也很官方地坐正，招呼道："你好！今小姐。"

"来找祁叙？"

明媈没掩饰，点头说："嗯，是的。"

"其实你离开后祁叙找过我，跟我说了他的想法。我很清楚他现在对我没那种意思，所以你不用对我心存芥蒂。"

明媈没想到今棠会跟自己说这些。

算是坦荡，但那个"现在"就用得很微妙，好像在肯定过去的什么似的，隐隐地让人不太舒服。

明媈回她说："我知道，他跟我说了，我也决定相信他。"

"但是，"今棠忽然又微笑着说，"明小姐，你知不知道，祁家正在安排祁叙和岑家的千金联姻的事呢？"

明媈眼神微闪，接着不动声色地问："你想说什么？"

"我就是想告诉你，就算没有我，你和祁叙想在一起依然会有很多阻力，家庭的、父母的，就算——"

"阻力又能怎么样？"明媈不悦地打断她说，"我会努力站到与他匹配的高度。如果你非要说阻力，除非是他不喜欢我，或者我不喜欢他。"

今棠被说得一愣，而后低头笑道："明小姐以为嫁进豪门都是童话故事吗？你觉得自己会是那个幸运的灰姑娘？"

"谁是灰姑娘？"一个年轻的男声插了进来。

明媈一抬头，是昨晚那个国外来的助理。

祁宴懒洋洋地坐在明媈旁边开口道："这么漂亮的公主，今棠，你眼神

238

好像不怎么样。"

明媚："……"

今棠的脸色顿时不太好看，生硬地说："阿宴，你这样说话是不是不太合适？我可是你的未婚妻。"

"Excuse me（抱歉）？"祁宴掏了掏耳朵说，"棠姐，你比我还大一岁，别开这种玩笑好不好？我不玩姐弟恋的。"

"你——"今棠气急败坏，却还是努力维持着风度把难堪强忍下去，站起来冷冷道，"玩不玩，也不是你说了算。"

明媚开始听得稀里糊涂的，到后面才反应过来。

哪是什么国外回来的助理，如果没猜错的话，面前这个就是祁叙传说中的弟弟。

果然，这人开口自证了。

"嫂子，昨晚跟我哥玩得开不开心，惊不惊喜，意不意外？"

明媚："……"

原来真的是他设计的，害她差点儿没当场羞愤而死。

"是的，太惊喜了。"明媚微笑着说，"我真的要好好谢谢你。来，你过来，我给你准备了个礼物。"

祁宴当真了，边往明媚那儿靠近，边客套说："倒也不用跟我客气，哈哈——哎哟，哼哼。"

明媚给祁宴送了直击灵魂深处的一拳头。

祁宴捂着肚子做痛苦状说："嫂子，你……我……"

两人正闹着，祁叙来了。

这两兄弟完全是两种不同的风格：祁叙稳重内敛，举手投足矜持得体；祁宴看上去就是那种玩世不恭的贪玩少爷，话也比祁叙要多得多。

明媚心想，明显祁宴和今棠也不配，这豪门联姻都不看合不合适，直接闭眼捆绑吗？

祁叙走到两人面前坐下，只是很随意地扫了一眼祁宴，那人马上知趣地从位子上起来，坐到了他旁边。

祁宴顺便还向他哥告状说："刚刚嫂子打我。"

明媚的脸一下就红了，什么嫂子不嫂子的，她赶紧纠正道："你别乱喊行吗？我叫明媚。"

祁宴似笑非笑道："不是嫂子？"

明媔："……"

你问谁呢？这是让我一个女孩子回答的问题？

祁宴似乎看出了她的想法，意味深长地看了看祁叙说："哥，你说是不是？"

明媔马上端起面前的饮料看向窗外，做出一副漠不关心的样子，而耳朵却早已积极地在等答案。

然而偏偏这么巧，一个侍应生端着红酒过来了。

"祁总，您要的酒，是现在开吗？"

祁叙淡淡地一点头。

于是侍应生站在旁边开酒，倒酒，等他一系列操作完，祁宴都忘了这件事了。

他们哥儿俩讨论的话题，也跳到了这瓶酒的年份和味道上。

还在等答案的明媔："？"

你俩等会儿聊酒不行吗？刚刚还有话题没说完啊……真就都不记得了？

等话题跳到桌上鹅肝的新鲜度时，明媔终于确定，他们是真的忘了"是不是嫂子"的话题。

她默默低下头，有一搭没一搭地接着他们的话。但大部分时间还是听他们两兄弟聊，比如，祁叙问祁宴——

"爸和今家想把你和今棠的婚礼放在十一月，你有什么想法？"

祁宴眼皮都没抬一下，说："他们想都别想，当哥的都没结婚，我一个做弟弟的慌什么？"

祁叙："……"

"是吧，嫂子？"祁宴又点了明媔，"我哥都二十六岁了，该结婚了。"

明媔："……"这一声没被承认的"嫂子"，简直叫得人浑身不自在。

祁叙看出了明媔的尴尬，睨了祁宴一眼。

祁宴立刻会意闭嘴，草草吃了两口就离开了，说出去逛逛，看看风景。给他哥哥嫂子创造了一个二人世界。

明媔现在在拍戏，不敢吃太多，桌上摆了那么多菜，她就吃了两只虾和几片蔬菜。

祁叙硬往她碗里夹了几块烟熏小牛肉，说："我不喜欢你太瘦。"

"可我上镜也不能太胖啊。"明媜把小牛肉又夹回祁叙碗里，她顿了顿，放下筷子，正想问祁叙有没有考虑好，他的电话响了。

三言两语的对话后，明媜听到祁叙说："好，马上过来。"

又要走？明媜看着他的眼睛问："你不会又要去忙吧？"

祁叙点头道："出差哪有空闲的？你先吃，我待会儿就回来。"

明媜可等不及了，声音提高道："你先别走，你到底扣1还是扣2，爽快点儿好不好？"

祁叙却把自己叉子上的小牛肉塞到她嘴里，说："等我回来告诉你。"

明媜："……"

不是，就一个和不和好的事，怎么那么难回答？欲擒故纵演多了，我也不吃这一套的好不好？

明媜撇撇嘴，把小牛肉嚼了嚼咽下去。

祁叙走了，她一个人吃饭也没意思，随便吃了两口便下了楼，她也想在附近溜达溜达。

刚出酒店，明媜就遇到了祁宴。他不知从哪儿弄来一辆车，看到明媜在路边走，停车喊她："嫂子，去哪儿？我送你啊。"

明媜瞥了他一眼，无精打采地问："那你去哪儿？"

"我就打算在这儿附近随便看看。"

行吧，反正自己也没地方去，明媜就这样坐进了祁宴的车。

系好安全带，祁宴问："我哥是不是又去忙了？"

明媜"嗯"了一声。

"你别介意，回头我说说他，怎么能把嫂子一个人丢下不管，还是个人吗？"

明媜叹了口气，说："别叫我嫂子了行吗？怪尴尬的，我和你哥暂时还没任何关系，最多也就是个暧昧。"

祁宴啧了声，说："可是跟我哥玩暧昧的，从小到大你独一个啊。"

明媜一脸震惊道："真的？"

祁宴便开始讲述起了一系列祁叙的事。

比如他上学时是多么高冷，最漂亮的校花追他他都不看一眼；再比如，曾经有个超性感的女星去敲他的门，是被他报警赶走的……

很多迷惑行为听得明媜都想笑，说："他怎么这么直男啊？"

祁宴纠正她的说法道："这不是直男，是洁身自好。但他对你明显不一样，如果你不是嫂子，昨晚已经被报警拉走了。"

明媲："……"

两人就这样有一搭没一搭地聊着，在山里溜达了一圈后，他们再回酒店时已经是下午3点。

明媲的飞机是晚上7点，这个时候该从酒店出发了。

然而祁叙那个狗男人还没回她，自己大老远跑来一趟，问了个寂寞。

回到房间，明媲心想，要不算了吧，他这样吊着迟迟不说就是没诚意的表现，自己还等什么。

她开始收拾背包准备走，偏偏这时祁叙回来了。

看得出他应该是才工作完赶过来的，眼镜还没摘。

和平日淡漠的样子不同，戴着眼镜的他有种腹黑贵公子的感觉。明媲更喜欢这样的他，一个眼神就能莫名蛊惑到她。

可现在不是乱动心的时候，她咳了声，一本正经道："我要走了，你想好了吗？"

祁叙已经用了各种方式试图去还原明媲那天送的蛋糕，可还是一无所获。

他给祁衡远打电话，想知道老头子把什么玄机给吃了，结果老头子一听竟然又是为了明媲那几块蛋糕跟他车轱辘话来回说，直接挂了。

他也问了田安妮，她不知道明媲做过什么蛋糕，更不知道她偷偷跑来了H市。

祁叙放弃了，打算来跟明媲坦白，关于蛋糕里的秘密，他什么都不知道。

他缓缓开口道："其实，你的蛋糕——"

一句话还未说完，手机好像掐准了时间，又奇妙地响了。

是用人阿姨打来的电话。阿姨平时不会给自己打电话，祁叙想一定是和蛋糕有关，马上接起来。

"少爷，我刚刚大扫除时在茶几下发现了一张带奶油的字条，上面还写了些字，我不会拍照，读给你听，没用我就扔掉了。"

祁叙隐约觉得这张字条就是关键，不动声色地走到一边说："好。"

明媲毫不知情地站在旁边。

更不知道，自己那张字条，现在正在电话里被一个阿姨用奇怪的方式念出来——

"寇（Q），埃克斯（X），叽叽（GG），对不起，我错了，我们和好可以吗？愿意请扣1，不愿意请扣2。"

明媛认真地看着祁叙，还以为他在说什么重要的公事。

很快，祁叙挂了电话。

转身之前他平复了几秒，努力压下唇边的微微笑意。

再转过身来时，一脸的严肃和正经。

明媛都被他的神情弄得小心翼翼起来，忙问："怎么了？"

"我现在回答你。"祁叙不慌不忙地说，"你的问题，1和2我都不选，我选3。"

明媛蒙了，重复道："3？"她没给过第三个选择啊。

"3是什么？"

祁叙看着她，淡淡吐出了两个字："待定。"他才不想就这样轻易饶了她。

明媛有那么几秒还以为自己听错了。

祁叙在说什么？他选待定？

怎么现在是在选秀吗？还来了个待定。

明媛无语地笑了笑，说："祁叙，你是不是觉得自己很幽默？"

"幽默？"祁叙看了她一眼说，"你利用了我三个月，现在求和就求和，我怎么知道你是不是又在为别的剧本做准备？按照人与人平等相处的原则，我是不是也需要先用三个月考验下你的诚意？"

明媛被祁叙说得一愣一愣的。

呃，好像，他说得也挺在理。

"可是……"

"如果你连一点儿表达诚意的态度都吝啬去证明，那对你这次求和的目的，我表示存疑。"

明媛："……"

等会儿，怎么绕了一圈，还变成自己对他有所图了？

"我就是想单纯地跟你道个歉啊。"

"我没说不接受。"

243

"……"

明白了，道歉接受，和好待定。

果然说不过会做生意的男人，说出的话像刚出窑的瓦盆——一套一套的。

明媪心累了，干脆说："爱和不和，不和拉倒，随便吧。"说着，就背起她的小背包抬头挺胸往外走。

她假装走了两步，竖起耳朵听身后的动静——祁叙竟然没喊住她？

可恶，偶像剧里男主角不都应该在这个时候冲上来说"不要走，我错了"吗？

再不然，也该问一句"你去哪儿？我送你"吧？

他难不成想让自己从山上滚下去？

明媪转身瞪着祁叙，眼里满是对他这种不闻不问行为的疑惑和思考。

祁叙看着她，语调平淡地问："怎么，有什么想说的？"

明媪开门见山道："你不打算送我下山吗？"

"不打算。"

"……"

强撑了会儿，明媪的淡定终于绷不住了。

"你不是人，我这么远来找你，你还跟我要诚意。

"我都道歉了，还要待定我，现在还不送我回家。我怎么知道你要什么诚意，是不是我也当'工具人'，给你体验一回才够诚意？"

"我同意。"祁叙忽然开口。

明媪一愣，同意什么？她刚刚说了什么？

还不等明媪反应过来，那人很麻利地搂住她的后脑吻了下去。

明媪："……"一个猝不及防的吻，就这样落了过来。

他抬起头看着她的眼睛，不紧不慢地说："这就是我要的诚意。"

明媪气红了脸，撇撇嘴说："你怎么……"你怎么不干脆直说要的诚意就是想亲我？

"走吧，看在刚刚的诚意上送你。"祁叙理了理西装，转身的时候唇角翘起不易察觉的弧度。

在字条被发现之前，对于明媪提出的问题，他想过了各种可能，却独独没想到，明媪给自己的选择会是主动求和。

看来小白眼狼还有点儿心，知道认错。

刚刚电话里不好说，祁叙这时给阿姨发去消息：字条收到书房抽屉里，不要丢。

明媱不知道祁叙的这些操作，跟在后面嘀咕道："小气鬼，流氓，不要脸……"

不好听的全骂了个遍，但她也只敢小声骂骂咧咧，毕竟现在还得靠他送自己去机场。

因为中午喝了酒，祁叙让司机开车送明媱下山，他也坐上车陪她过去。

刚刚嘴上说着不送，其实他早就安排好了司机和自己下午的时间。

大概是司机在车上的原因，下山的路上祁叙比较克制，几乎没怎么说话。

明媱还在为刚刚那个不得不屈服的吻而介怀，闷了一路想要反击祁叙，快到机场时终于找到了机会。

祁叙对她说："希望下次见面的时候，可以看到我要的东西。"

明媱知道他指的是要自己证明"诚意"，但还是一本正经地胡说道："舅舅，我考虑了很久，还是不能答应你那个要求。我们虽然差不多大，但辈分不能乱，我要是答应了，你怎么对得起我妈妈？对不起！忘了我吧！"

祁叙："……"

明媱说完，就下车溜进了机场。

可她的余音还在车厢里围绕——

"舅舅……

"……怎么对得起我妈妈……

"……忘了我吧！"

任谁听了这几句，随便想想都能想一出伦理狗血大剧。

司机的眼神起了微妙的变化，整张脸上充斥着"看不出祁总是这样的人""造孽啊，舅舅跟外甥女怎么能在一起""我要淡定，假装什么都没听到"的多重复杂表情。

祁叙看向窗外。

明媱已经走远了，估计是觉得走到了安全范围内，还转过身来笑眯眯地嚣张地跟祁叙挥了挥手。好像在说："对你听到的还满意吗，舅舅？"

祁叙揉了揉太阳穴，心想：这个小白眼狼就是这样，吃不得一点儿亏。

明明自己被整了，可祁叙却没生气，只是有那么点儿无奈，甚至想笑。

"走吧，回去。"

一想到刚刚自己喊舅舅时祁叙那个表情，明嫚就想笑，总算出了口气，她心情不错地过了安检进机场。

这一天一夜的旅程堪称魔幻，啥都没捞着不说，还被那男人占了顿便宜，感觉自己亏大了。

明嫚在闺密群里发消息：求和失败，我回来了。

简宁：？？？祁总疯了？

管星迪：名片名片名片名片名片……

她连着发了不下二十个帅哥的名片。

管星迪：明天派对走起来？

简宁：我安排地方！

管星迪：靠近影视基地随便找一个，必须给姐妹场子找回来。什么男人，瞎了？

简宁：我也是瞎了眼！亏我之前还劝嫚嫚主动，我现在气得想连带着踢了我家那个，他们蛇鼠一窝，肯定都是一类货色！

两个闺密在群里疯狂轰炸，明嫚却看着屏幕发呆。

她脑子里蒙蒙地想：所以这件事到底该怎么办好呢？那狗男人要自己证明诚意，要不要搭理他？换句话说，还要不要跟他和好？

回度假村的路上，祁叙考虑了几分钟，叫何正发来自己最近的工作表。

其实前几天他就已经完成了大部分工作，最近几天工作的阻力，是山腰十多户山民联合起来不肯签拆迁协议，导致拆迁无法进行。

祁叙在车上快速罗列了一下几个还没解决的问题，回到酒店就把所有人叫到一起开会。

这个会从这天下午一直开到了晚上 11 点。

光是 PPT，就看了不下百张。

何正作为助理都累到不行，更别说一直在做方案规划的祁叙了，他几乎没有停歇过。

下面众人都不知道，为什么要把后面几天的工作全部提前安排，但祁叙不说，也没人敢问。

会议结束后，祁叙在电梯里吩咐何正道："订一张后天回京市的机票。

另外，7号世茂顶楼的餐厅包一下场，我有安排。"

何正一听瞌睡都没了，问："后天，这么突然？"

意识到自己不小心嘴快，何正马上又颔首道："是，我马上安排！"

何正觉得突然，但其实这件事对祁叙来说一点儿都不突然。

这是他计划之内的事情，只是没想到明媛会突然找到度假村来。

所以，她才是他的意料之外。

明媛平安回到京市，"社畜"一样奔波了一趟，就换来了一个"待定"。

想想也太辛酸了。

这种情绪一直延续到她之后两天的拍摄里，整个人都无精打采的。还好这几天她的戏份儿不多，一直在片场候着。

梁恒见她放了一天假还兴致不高，好奇地问："怎么了，没休息好？"

"没有。"

"因为初月？"

明媛皱眉道："为什么这么说？"

梁恒看了看周围，压低声音说："我听说你前几天和初月在电梯里杠上了？"

明媛惊讶地说："这你都知道了？"

梁恒说："剧组哪来的秘密？今天早上我过来的时候，听几个道具组的工作人员私下议论，说你把初月骂得很难听。"

"怎么可能？"明媛瞪大眼睛说，"这谣造的，我骂她？她骂我还差不多。"

"我就知道你不会。不过最近你还是少跟她起冲突，我熟悉的营销号跟我说，她这几天有点儿动作，但具体要炒什么不清楚，过两天应该就知道了。"

明媛无所谓地点头道："我没兴趣知道她炒什么，反正别招惹我就行。"

这天收工早，不到晚上7点就结束了拍摄。明媛原本都跟车回了酒店，谁知临到门口，简宁的电话打来了。

"拍完没？"

"刚回去，怎么了？"

简宁兴奋地说："不是说好了回来要给你开一场派对吗？而且你快生日

了，就当提前庆祝吧！"

明媚："……"什么时候说好的，她怎么不知道？

简宁又接着说："女人嘛，就是要学会享受，不懂珍惜的男人就不要去想他了。今天你什么都别管，就听宁姐和管姐给你安排。我们在你住的酒店附近订了包厢唱歌，快过来快活啊，哈哈哈！"

明媚本来就是个麦霸，被她这么一撺掇，心也痒痒了。

可她有这个心没那个胆，紧张道："行不行啊？要不还是别了吧，我现在好歹也是个小艺人，万一被谁认出来了——"

简宁向她保证道："放心，那家KTV是我一铁哥们儿开的，把最隐秘的包厢给咱们了，别说人，关上门一只苍蝇都进不来，明白？"

明媚还在犹豫，管星迪抢过电话说："我说一个数，三秒钟，能赶得过来不？"

心一横，明媚咬咬牙答应道："好，定位发我。"

明媚去之前把长发都扎起来了，戴上帽子口罩，努力打扮得让人认不出来。不过正如简宁所说，那个包厢隐秘度极高，停车场电梯直达包厢，一个路人都不会遇到的那种。

推开门，俩闺密正扭在一起跳舞，看到明媚来了，马上浮夸地跑过来抱住她。

"姐妹，你受苦了。"

"那男人不是个东西，你别再惦记了。"

"今晚交给我们，你尽情享受。"

"别拘束，敞开，尽兴！"

明媚感觉这两人怎么还没开始，就一副喝高了的样子。她笑着问："说什么呢，不是喊我出来唱歌的吗？"

简宁翻了个白眼，说："唱什么歌，我们让你出来选秀的啊，怎么忘了？"

管星迪把明媚拉到包厢沙发中间的位置坐下，说："今天你就是圣母皇太后，你喜欢谁就翻谁牌子，懂？"

明媚听得一脸茫然地问："什么翻牌子？"

简宁忽然跟电视里的老鸨喊自家姑娘登场似的拍了两下手。

"帅哥们，上来吧，哈哈哈！"

明媛："？？？"

明媛被动地坐在沙发上，眼睁睁地看着五六个蓝眼睛高鼻子的外国小帅哥走进包厢。

帅哥们统一穿着白色衬衫黑色长裤，乍一看跟偶像剧里的"小鲜肉"似的，一个比一个帅。

明媛："……"

她第一反应是马上戴上口罩挡住脸，然后瞪着两个闺密说："你们疯了？"

简宁冲她眨眼道："放轻松，宝贝，这儿没人认识你，这都是我哥们儿店里的顶级货色，精通中文，再说人家卖艺不卖身的，就是陪咱们唱唱歌，喝喝酒。你看你喜欢哪个？"

明媛慌得不行，感觉自己在干坏事。

"一个都不喜欢，赶紧让他们走吧。"

简宁恨铁不成钢地拍了她一下，说："你胆儿怎么那么小，还惦记着祁叙呗？"

就算不惦记祁叙，明媛也不敢做这种事啊，太羞耻了吧。

虽然小哥哥们长得是挺帅的，但她更想做一个乖乖女。

她问简宁："你就不怕你男朋友知道？"

简宁无所谓道："怎么可能知道？再说我又没偷人，出来喝个酒都不行？他敢管我一个试试。"

明媛："……"

明媛始终坚持不肯要外国小哥哥陪玩，简宁只好和管星迪一人点了一个，在那边划拳喝酒唱歌，玩得不亦乐乎。

两个小哥哥也的确如简宁所说，职业素养很高，没有不会唱的歌，没有不会玩的游戏，什么都会，也很会哄女孩儿开心。

简宁和管星迪在一旁，时不时传来"哈哈哈"的愉悦笑声。

而明媛清心寡欲，不为所动，满脸都写着"我是乖孩子"。

就这样混到9点多，明媛正打算自己先回去，祁叙忽然给她打来了电话。

这人突然打电话来干什么？检查诚意吗？

明媛本来不想接的，可包厢里又实在无聊，便找了个安静的地方接起来。

她开口就先来了句刺激的话逗他："舅舅？"

祁叙："……"

他无可奈何道："明嫣，你是不是仗着我在 H 市就不能把你怎么样？"

巧了，明嫣还真是这么想的。

"我又没拦着你回来，不爽你回来啊。"

祁叙的车停在明嫣住的酒店楼下，顿了顿，不轻不重地笑了一声。

"你现在在哪儿？"

明嫣看着正在为闺密们表演热舞的两个小哥哥，随口道："翻牌子。"

祁叙没听懂，问："翻什么牌子？"

刚好简宁这时叫明嫣，她便没再多说，只留下一句给祁叙自己思考："就是扣 1，扣 2，还是扣待定地选人呗。"

祁叙："……"

祁叙刚刚已经问过酒店了，知道明嫣不在，还没回来。

在车里坐了会儿，祁叙给代志扬打去电话，问："明嫣有没有和简宁在一起？"

"你回来了？"代志扬说，"不知道啊，我也刚回家，宁宁不在，刚刚给她打了个电话也没人接。"

祁叙没问到任何有价值的信息，就挂了电话。

谁知挂掉没几分钟，代志扬的电话又打了过来，说："宁宁电脑上的微信没退，我看到她们几个女孩子聊天儿好像去了××KTV 玩。我家那个玩起来疯，指不定已经喝多了，我准备过去接她，你一起吗？"

"好。"祁叙直接要了地址，朝 KTV 开过去。

简宁的确如代志扬所预料的喝多了，桌上一瓶洋酒喝得只剩一小半，脸蛋红扑扑的，已经开始说骚话了。

"待会儿跟我回家，我们继续喝。

"我和我男朋友，请你一起喝。

"我们三个人一起玩。"

明嫣："……"

什么"虎狼之词"啊，代志扬听到了不把你关上门"教育"三天才怪。

管星迪虽然没"口嗨"，但看得出她也喝得不少，一直在揉脑袋。

明媱叹了口气，还好，还有一个她是清醒的。

她让那两个外国小哥离开了，而后问简宁："你开车来的吗？要不要我给你喊个代驾？"

简宁躺在沙发上很困的样子，迷迷糊糊地说："算了，不回去了。你开我的车，我和星迪去你酒店开个房间住一晚。"

这个办法也不错，明媱便答应下来，拿了车钥匙，戴好帽子和口罩，正准备一起离开，管星迪又说要上厕所，便又停下来等她。

就在这个间隙里，外面有人敲门进来："您好！"

是这边的客户经理，身后还跟了两个男人。

"扬哥，看看这是不是你女朋友？"

明媱："……"

简宁："……"

嚯，竟然也亲自见证了一个"修罗场"呢！

明媱当即看向简宁，表现出了对闺密深深的同情。

谁知简宁也看向了她，眼里不断暗示，好像在叫她回头看。

明媱从她的眼神里看出了某种危险的意味，她顿了顿，小心翼翼地转过身去。

这一转，她人差点儿没了。

我的妈呀，怎么还有祁叙？

这人不是在 H 市的吗？怎么突然回来了？

原来刚刚的电话……

这……这场面好尴尬，怎么办？

明媱马上去看简宁，却发现这人竟然已经机智地装醉睡着了。

而管星迪在厕所里还没出来。现在就她一个人站在那里，弱小，可怜，又无助地直面大型"修罗场"。

代志扬一眼就看见了简宁，骂骂咧咧地走过去把人抱起来扛走。

安静的包厢里，明媱和祁叙对望三秒。

祁叙问："还不走？"

明媱："……"

这像极了未成年的小孩儿跑出来玩，被家长逮了个正着的样子。更要命的是，明媱 20 分钟前还对这位家长发起了嘲讽和挑衅。

明媚慢吞吞地往前走，走到一半忽然回过神来——

不对啊，那两个小哥哥早就被自己赶走了，她在心虚什么？

她们几个闺密出来唱唱歌，放松放松心情，很正常的行为好吗？

而且他们两个人现在的关系还待定呢，祁叙也没立场管她吧。

明媚瞬间就有底气了。

她挺直腰，抬起下巴，一脸"我玩什么关你屁事"的冷艳样子走到祁叙身边，然后猝不及防地被客户经理拦下了——

"不好意思，就是，服务费是单独算的，您看您这边谁结一下账？"

明媚眼前一黑："……"

客户经理的话刚说完，管星迪从厕所里出来了。

这人显然还不知道外面发生了什么，出来后恍恍惚惚地说："我的天哪，刚刚那两个男的太上头了，我长这么大第一次被放倒。"

"放倒"这两个字，用得就很有灵性了。

明媚想去堵她的嘴都来不及——祁叙已经清晰地听到了一切。

而管星迪在说完后，也终于发现了外面站的人。

几个人面面相觑，管星迪怔了几秒，到底还是比简宁靠谱儿一点儿，走上来拉着明媚就要走。

"你还来找我们媚媚干吗？"管星迪性格直，加上喝了点儿酒，人飘得厉害，"别以为自己有钱就高人一等。我告诉你，我家明媚从大一开始，追求者就没断过，追她的人从这里排到我老家还不止，才不稀罕你！"

明媚："……"

她去拉管星迪的袖子，用眼神暗示她别说了。

管星迪瞪了她一眼，说："怕什么，拿出你之前的气势来！别凉，姐妹给你撑腰！"

明媚一扶额，头晕得厉害。都不知道这人是在帮她，还是在坑她。

管星迪这番控诉，祁叙倒也不生气，只是淡淡地听着，最后点点头，跟刚刚的客户经理说："这位小姐结账。"

管星迪一愣，问："结什么账？"

客户经理又重复了一遍道："服务费加起来一共是 12 万。"

管星迪："……"

明媚："……"

08

他只想要你

从 KTV 出来，管星迪大概是觉得无脸见人，出门打了个车就跑了。

明媱被祁叙带走，脑子里一片空白。

前有叫嚣"不爽你回来啊"的挑衅，后又背了个叫公关服务的锅。

明媱考虑了下后果，觉得今天似乎没什么胜算，再反抗极有可能是自己吃亏。还不如学简宁，装醉睡着，一夜过去，这事肯定凉了。

于是被祁叙拎上车的第一秒，她不给男人任何主动发问的机会，直接就闭上了眼。

甚至为了装逼真一点儿，她还学简宁迷迷糊糊地说了几句醉话。

祁叙瞥了她一眼，没说话，正常开着车。

明媱原想着祁叙肯定会送她回酒店的，谁知道等他开口说"下车"的时候，她睁眼一看——这人竟然开回自己家了。

明媱下意识就想问祁叙在搞什么，可理智拉回了她。

不对，自己"醉"了啊，一个醉了的人，怎么能这么清醒地发现自己到了哪儿？

算了，明媱又默默躺下，装什么都不知道。

先不动，也许他就是把自己带回来，单纯地睡觉呢？

车停在地库，祁叙下车开了明媱这侧的门，直接一弹她脑门儿说："下车。"

253

明媛倒吸一口凉气。

大哥，你是不是觉得我醉了就不知道疼，下手这么狠？

尽管心里不满，明媛还是忍着痛，精湛地演绎了一个醉鬼，口齿不清地问："这是哪儿啊？我好想睡觉……"

祁叙就这样欣赏着她的表演，见她下个车都跟下轿似的，干脆环住她的腰直接扛到了自己肩上。

明媛直接一个天旋地转。

"啊！"这次她没忍住叫出来，但思绪还是很自然地迅速衔接上，"宁宁别玩了，放我下来，我头晕。"

说完还借机拍了下祁叙，报了刚刚的弹额之仇。

祁叙才没放开她。

入户电梯坐到 2 楼，祁叙把明媛带到自己的卧室，把人丢在床上。

他脱了外套，扯了领带，解开衬衣扣子，被折腾的一身疲惫这才消退了些。

祁叙坐在床旁的沙发上，明媛躺在床上装睡。

就这样各自安静了会儿，祁叙终于开口问道："你还打算演多久？"

明媛暗中咬了咬唇，心里慌得够呛。

不能承认，要坚持，他一定是诈自己的！

只要自己坚持不睁开眼睛，他就一定拿自己没辙。

于是明媛继续装睡。

祁叙又说："是不是还要装？"

一动不动，毫无反应。

好半天，祁叙没再说话。就在明媛以为自己要获得这场拉锯战的胜利时，她听到祁叙似乎站起来了。再然后——自己的嘴被堵住了。

男人温热的唇在肆意作乱，明媛紧紧闭着眼，本来还想再坚持坚持，可随着祁叙的攻击越来越激烈，她感觉自己再装下去，可能要被不可描述了，不得不破了功，瞬间清醒。

睁开眼，她气呼呼地推开他说："你就只会这一招是不是？"

"你要是还装，我有的是办法让你醒。"

"……"

明媛嚅嚅嘴，问："为什么不送我回酒店？又把我带到你家来，你什么

254

居心？"

"你问我什么居心？这就是你要跟别人和好的诚意吗？"

"……"

"叫舅舅，电话挑衅这些先放在一边不提，就说说你们昨晚的事吧。"

明媱本来想解释一下这件事，可想了想，万一自己把是简宁叫服务的事说出来，代志扬那边生气了怎么办？

她可干不出出卖闺密这种事。

定了定心，她嘀咕道："有什么好说的，不就是玩玩吗？又不犯法。"

"玩？"祁叙轻笑了一声，问，"玩什么？"

尽管语气依旧淡淡的，但明媱看到他的眼神变得冷厉了。

看着有点儿吓人，可明媱莫名又觉得很刺激。

毕竟当时自己巴巴地跑到青云山去找他求和，结果人家来个"待定"，那股憋屈劲儿她到现在都没舒畅。

"你说玩什么？"明媱不怕死地继续说，"小哥哥们身材那么好，个个都赏心悦目的，当然是玩亲亲抱抱举高高咯。"

突然想到了什么，明媱马上下床，在桌上找了纸笔，迅速写了几行字递给祁叙说："你垫的钱，我拿到片酬了就还给你。"

祁叙垂眸，是一张借条。他看了两眼，忽地笑了笑。

祁叙把借条收好，起身，淡淡地说："好。"

然后就这样离开了房间。

明媱："……"走了？不会是生气了吧？

明媱不淡定了，开始回忆自己刚刚说的话。

她也没说什么过分的内容啊！难道生气了？

明媱在床上坐了会儿，开始还觉得自己理直气壮，可随着时间慢慢过去，整个房间的安静让她越来越不自在。

他干吗去了，真的不理她了吗？

明媱没忍住，偷偷开门想出去看看，结果却遇到了送牛奶上来的阿姨。

阿姨笑眯眯地说："小姐，少爷让我送杯牛奶给你，让你早点儿休息。"

明媱动了动唇，小声问："那他呢？"

阿姨说："他在书房工作。"

明媱"哦"了声，接过牛奶，关门前朝书房的位置看了眼。

里面亮着灯，很安静。

明媱的手搭在门把手上很久都没动，好几次脚都踏出去了，最后又收了回来。

喝着热牛奶，明媱那种拼命想在祁叙面前占上风的情绪逐渐平缓下来，她觉得自己好像是过了那么点儿。

虽然两人现在还处在一个不明确的"待定"关系里，但事实上，他们都心知肚明对彼此的感觉。

换个角度想，如果现在是祁叙在包厢叫了女公关，再在自己面前说同样的话，自己可能已经抽出三米长刀了吧。

明媱沉默了。完犊子了，这下怎么办？

一时"口嗨"一时爽，狗男人现在一定很生气。

明媱这人有个优点，那就是知错就改，就好像上次在简宁那儿得知祁叙为了自己做过那些事后，马上做了小蛋糕去道歉一样。

今天也要一样认错道歉。

刚刚在包厢，外人面前祁叙什么都没说，付钱走人，给足了自己面子。

是自己怕被他责怪，怕他秋后算账，所以才先发制人。

明媱抓了抓头发，有点儿坐立难安了。

就在这时，简宁给她发来消息：你怎么样，还安全吧？

明媱想掐死她，回道：你说呢？你走后那经理突然冒出一句，还有12万的服务费没结！

简宁：我去，这经理新来的吧？我都跟我朋友说好了，费用私下找我拿，那人怎么回事？

谁知道怎么回事，可能老天就是想玩玩她们吧。

明媱没心情跟简宁聊，没回那条消息。

但简宁又发过来：志扬跟我说，祁叙是今晚才从H市飞回来的，一下飞机就来找你了。他是不是后悔拒绝你和好的事了？

明媱："……"

简宁这么一说，明媱更觉得自己刚刚的"口嗨"过分了。

想了想，她故意找借口给祁叙发微信：我睡不着。

潜台词：快来陪我说说话嘛。

可等了5分钟，没有任何回应。

明媚拿着手机在房里走来走去，过了会儿又给他发：好冷，还想要一条毯子。

潜台词：我发第二条了，快理一下我嘛。

没过多久房外有人敲门，明媚赶紧去开门，却看到一脸和蔼的阿姨抱了床超厚的羽绒被笑着说："小姐，少爷叫我送给你的。"

"……"玩我吗？现在才10月。

明媚这下算是明白了，这人其实看到了消息，但就是不回她。

百分之百生气了。

明媚有点儿懊恼，不知所措地坐在床边。

另一边，书房里，祁叙的确不太舒服。

几个女孩儿在KTV玩得那么疯，没有哪个男的可以大方到接受这种事情。更何况明媚刚刚那样毫不在意自己感受的态度，他实在有些不爽。

他怕继续留在房里，万一没控制住情绪说出什么难听的话，将来不好收场，所以干脆一个人来了书房。

祁叙先从抽屉里拿出之前阿姨找到的那张字条。

明媚的字很清秀，还有些可爱，写的那两句话上，还画了一个卖萌的颜文字表情，这倒和她平时委屈起来哭唧唧的样子有点儿像。

祁叙把字条丢在一旁，闭目片刻，忽然想起什么，打开了电脑。

他调出了家里客厅的监控。时间倒回明媚送蛋糕给他的那一天。

从祁衡远过来拆开蛋糕盒的那一刻开始，祁叙慢放每一帧，直到看到蛋糕的整体面貌时，他放大镜头，终于看清了被祁衡远吃掉的玄机。

看着屏幕上的画面，祁叙蓦地笑了。

明媚一共给自己送了五块小蛋糕，每个蛋糕上都用奶油挤了一个字母。

他当时拿到手的那块是"Y"，而被祁衡远吃掉的四块上字母组合是"SORR"。也就是说，明媚给自己送了"SORRY"的蛋糕组合。

看到蛋糕全貌的这一刻，祁叙刚刚还浮在心头的那些情绪瞬间舒缓不少。真的是个小滑头精，一天到晚，鬼主意那么多。

祁叙按着眉心，实在是被明媚弄得又生气又想笑，还舍不得骂她半句。

可尽管如此，祁叙还是在反省，是不是自己太过娇纵，才导致明媚越来越肆无忌惮。

所以，这次必须让她长长记性，冷她一阵儿再说。

于是直到明媜隔天早上起来回剧组，祁叙都没露面。

司机毕恭毕敬地请她上车："明小姐，我送您回去。"

明媜欲言又止，犹豫了会儿，悄悄问："祁总呢？"

"祁总有事要忙，让我送您回去，请吧！"

明媜："……"

和祁叙认识这么久，这是他第一次对自己这样不闻不问。

明媜有点儿不安，坐进车里一言不发，她想再给祁叙发个消息，又实在放不下面子。万一发过去还跟昨天一样石沉大海，怎么办？

正胡思乱想着，江敏月给她打来了电话。

"今天有你的戏吗？"

明媜"嗯"了声，说："马上就去剧组。"

江敏月温柔地笑着说："我家宝贝明天要过生日了，想要妈妈送什么礼物？"

原来自己都要过生日了。上次跟祁叙演完那场戏，好像已经过了一个难忘的生日，搞得她都忘了真正的生日。

明媜跟妈妈撒娇道："什么礼物都可以吗？"

"当然，只要妈妈给得了。"

"那我希望妈妈永远年轻漂亮，这就是给我的最好的礼物。"

江敏月笑了，心里又甜又欣慰地说："你这个孩子，算了算了，我自己准备，到时候让安妮给你。"

说了两句，江敏月怕打扰明媜工作，就挂了电话。

和母亲通完话，明媜的心情也好了些。

自己明天过生日，不知道祁叙回 H 市没有，如果没有的话，就以过生日这个理由请朋友们吃顿饭，叫上简宁和代志扬，顺便也可以拉上祁叙。

再生气，一顿饭也应该哄回来了吧？

明媜觉得这个办法行，当即就在手机上找起了合适的餐厅。

剧组今天原定要拍纪沐阳和初月的一场婚礼戏，可明媜过去后没多久，初月那边的人打来电话，说初月身体不舒服，进医院了。

没办法，宋导只能临时改拍明媜和梁恒的戏。

这场戏一拍就是一天，到下午 4 点多的时候，明媜下场补妆，却看到芮芮的表情有些古怪。

"怎么了？魂不守舍的样子。"

芮芮摇头笑着说："没啊。"

明媱没当回事，准备去拿手机看看祁叙有没有找自己，谁知芮芮马上拦住她说："别——"

明媱："？"

她看出了芮芮的不对劲，缓了会儿，好像也察觉到了什么似的，问："为什么不能看手机？"

芮芮装作无事的样子说："你马上要开拍下一场戏了，别分心。"

"我看个手机为什么就分心了？"

芮芮实在不知道该怎么阻止，就在这时，旁边某个小演员惊讶的声音传来："初月上热搜了！不会吧，她怎么——"

后面的话却微妙地咽了回去。

几乎是一瞬间，明媱看到大家都在看她。

他们的目光里充满了同情、不平、疑惑等复杂的情绪。

明媱明白了，冷静去拿手机，说："我自己看。"

芮芮的手被推开，她只能眼睁睁地看着明媱打开了微博。

明媱是新人，从官宣出道到现在粉丝不过才20多万，平时发张照片评论量也就一两千，可就在她打开微博的一刹那——

新消息的提示已经达到9999+，再点进去，私信和评论几乎达到了爆满的状态。

明媱立即有种不好的预感，随便点了其中几条私信看——

"？？？请立刻离开我阳哥好吗？谢谢！"

"自己什么咖心里没数吗？我服了，也不红，倒是爱跳。"

"左沐阳，右梁恒，看给你能耐得上天了吧？靠男人吃饭的，给初月姐姐提鞋都不配！"

"我就是来围观一下，把人家逼到抑郁症的人长什么样，呵呵！"

"亏我们恒星还为你加过油！太失望了！！！"

再往下，一眼看过去全是不堪入目的辱骂。

明媱脑子不受控制地嗡了下，第一秒是否定的。

不，这肯定不是发给自己的。

259

可潜意识又在不断地接受这件事——她似乎被网络暴力了。

芮芮见明嫱忽然白了的脸色很担心，对她说："姐，你别管这件事，安妮姐说了她会处理，你好好拍戏。"

宋导这时候走过来，估计也是知道了这件事，安慰道："芮芮说得对，这些稀烂事儿娱乐圈每天都有，你别管，让小田去处理。这样，我给你放两天假，你休息休息，调整下状态。"

明嫱强笑着点头道："我没事，不用放假。"

虽然她这么说，但宋导最后还是强行要她回去休息。

明嫱想了想，也是，自己现在在风口浪尖上，如果还坚持拍摄，那些媒体全都找过来的话，对剧组也有影响。

于是她便接受了宋导的建议，早早地离开了片场。

回去的路上，明嫱仔细看了微博，才知道自己微博炸了的原因。

下午3点，某营销号发了一张疑似初月助理在朋友圈吐槽的截图，内容是指责同组某女演员加戏，抢戏，态度差到无法合作等不专业行为。还说初月因此压力太大，患上抑郁症住进医院，两个星期暴瘦十斤。

而这个同组女演员，很快被大家扒出是明嫱。

紧接着，越来越多的剧组"知情人"跳出来爆料，有称初月进医院是因为自杀，明嫱是因为和纪沐阳有暧昧关系，所以才会那么嚣张。

还有的说，明嫱和梁恒关系也密切，暗指她脚踩两只船，吃遍福利。

更有人站出来指出，林芸芸这个角色原本是明嫱某同学的，后来被她利用关系抢走了。

一条朋友圈就带出了初月、纪沐阳、梁恒三个都有大量粉丝的艺人。

明嫱就这样毫无准备地接受了来自三家粉丝狂风暴雨般的轰炸。

田安妮给明嫱打来电话说："我知道你现在是什么心情，但听我的，别去看也别去想，更不要冲动地在微博上发表任何话，现在你说什么都是错的，别回应。我正在想办法解决。"

明嫱当然明白这个道理，她只想确定一件事："初月是真的抑郁症自杀了吗？"

田安妮顿了顿，说："还不清楚，我要去了解一下。不说了，你这两天就在酒店好好休息，我会及时跟你沟通。"说完就挂了电话。

别的无所谓，明嫱只想确定初月是不是真的因为"自杀"才入院。这很重要，关乎自己要不要亲自下场解决这件事。

回到酒店，手机还在不断地响，这一路基本没停过。

明媱知道，源源不断的消息都是几家粉丝对她的辱骂。

说来好笑，以前她还是个学生时，也追过偶像，看到过粉丝大型网络暴力现场。当时怎么都没想到，自己有一天竟然也会成为被骂的那个。

她看了眼最新的一条私信——"牛人，已经开始祭拜她了。"

入圈之初，田安妮就告诉过她，当艺人要经得起赞美，更要经得起诋毁。所以越是这种时候，她越要坚定地稳住自己。

可明媱还是会有点儿不爽，尤其是看到那些连着妈妈一起骂的留言，她拳头就忍不住硬了。

怕自己忍不住要去回复那些留言，明媱试图转移自己的注意力，不再关注这些。

想起过生日要订的餐厅还没找到，她马上搜罗起餐厅来。

层层筛选后，她终于找到了一家满意的。虽然很贵，但胜在环境氛围好，请祁叙、简宁、代志扬这样的有钱人去，也不寒酸。

最重要的是，她两年前跨年的时候去过那儿，那边的江景太漂亮了，遇到跨年这样的日子，放烟花更是浪漫到极致。

明媱初步算了下账，咬咬牙打电话去订位置。

谁知打过去，对方告诉她："对不起小姐，明晚我们的餐厅已经被包场了，抱歉。"

明媱："……"

她订一桌都有些肉疼，竟然还有人包场？果然有钱人财大气粗的，比不起。

虽然很遗憾，但也是没办法的事，明媱只好又换了家餐厅。

可就在她想要去订位子前，忽然想起了一件事——要是祁叙到时候不来怎么办？

那她请一堆人的意义何在？她只想跟他一起过啊……

保险起见，明媱决定先给祁叙打个电话，确定他能不能来再说。

电话很快就打通了，可铃声响了一声又一声，祁叙都没有接。

就在快要自动断线前，终于有人接了。

是阿姨的声音，她说："小姐，少爷在忙，你找他有事吗？"

明媚："……"好样的，连自己的电话都找用人代接了。

明媚这点儿脸皮还是有的。顿了顿，她故作潇洒地说："没事，我打错了。"

不接拉倒，还给我省钱了呢。明媚关掉了所有餐厅的页面，彻底打消了过生日请客的念头。

祁叙在 H 市日夜颠倒地忙，难得回来有半天空闲，在家里的恒温泳池里游了好几圈。浮出水面时，阿姨递毛巾给他，说："少爷，刚刚明小姐和蒋先生都打了电话给你。"

祁叙不甚在意地接过毛巾，问："都说什么了？"

"哦，明小姐说她没事打错了；蒋先生问你去哪儿了，我说你在健身，他说健他妈的身。"

祁叙："……"

上岸，他拨通了蒋禹赫的手机。

"找我干什么？"

"怎么才回，在安慰明媚？"

祁叙皱眉道："我为什么要安慰她？"

蒋禹赫明显怔了下，而后觉得好笑似的戏谑道："祁叙，你真的在健身？你女人祖坟都快被网友骂冒烟了，你还有心情健身？"

"……"祁叙擦水的动作顿住，心里瞬间沉郁下来，"你说什么？"

蒋禹赫简单地跟祁叙说了明媚的事，祁叙一边听，一边朝家里走，回书房打开了电脑。

热搜上光是关于明媚的话题就占了三条，那些话题下对她的辱骂看得祁叙都心惊肉跳，什么难听的话都有。

祁叙手机里的软件大多是商务资讯，平时浏览的也都是一些国外的新闻网站，他要时刻让自己得到市场上的第一手消息。

而娱乐圈的新闻他几乎不关注，对"吃瓜"更是没兴趣，所以明媚这件事，除非本人或者蒋禹赫这样的圈里人告诉他，他很难会主动去发觉。

但现在已经晚了。

想起之前明媚打来的那个电话，祁叙赶紧回了过去。

可明媚关机了。

蒋禹赫刚刚问他明媚有没有想不开，祁叙起初还觉得不过是和同组演员起了争执，应该不至于到想不开的地步。

可他浏览了这些热搜评论后，实在无法想象，一个女孩儿要怎么承受这些难听的话。

烦躁感席卷而来，祁叙马上给田安妮打电话询问明媪的下落。

田安妮说："因为消息太多，眼不见心不烦，所以媪媪开飞行模式了。"

"那她人去哪儿了？"

"说出去逛逛，一个人闷在酒店很容易乱想。"

"……"祁叙想说脏话了。

这种时候还放任她出去，还开飞行模式谁都找不到。

祁叙竭力忍下情绪，冷冷地问田安妮："所以你们打算怎么处理？继续让热搜挂着，让她被骂下去？"

那头田安妮不知在跟谁说话，说完才回祁叙道："梁恒很快会发声明，我也联系了蒋总，希望纪沐阳能帮忙澄清一下。只是初月那边有些麻烦，抑郁症博得了太多人的同情，对媪媪很不利。"

抑郁症？祁叙记得上次见过那个初月，前呼后拥的公主做派，哪有半点儿抑郁症的样子？

他忽然有种说不出的烦，挂了电话，马上去了蒋禹赫的公司。

这件事也牵涉到纪沐阳，所以他的经纪人也正在拟声明。

祁叙过去后直接问蒋禹赫："这种事你应该见过不少，说吧，怎么处理最好？"

蒋禹赫耸了耸肩，说："初月拿抑郁症做文章，靠同情拉票，再加上甩出了确凿的加戏证明，已经获得了一片倒的支持。明媪想要扳回这一局，有点儿难。"

当初删吻戏的时候，祁叙顺便让编剧加了明媪的戏份儿，没想到今天竟然成了别人拿来伤明媪的利刃。他一声不吭，坐在椅子上想了很久。

眼下微博上对明媪的控诉，集中在抢角色，加戏，和男演员暧昧，态度不好这四点上。逐个击破，总会想到办法的。

"你帮我联系一下导演。"

从来没有祁叙解决不了的危机，无论是自己的酒店，还是明媪眼下的事件。

和导演通完话，两人正商量对策，蒋禹赫忽然说："明媪运气不错。"

祁叙："？"

蒋禹赫把手机递给祁叙说："有个过去很红的大牌明星刚刚宣布复出了，这会儿已经抢占热搜，估计能分走不少火力。"

祁叙随即看了眼屏幕，热搜第一是——"惊喜！影后江敏月宣布复出"。

祁叙并不认识这个人，但蒋禹赫说对明媛有帮助，那就算是个好消息。

他似乎因此受到了启发，问："是不是再多几条这样的消息，明媛的事就能被带下去？"

"如果大家都去专注讨论别的更有趣的内容，当然会相应地减少一些对明媛的攻击。"

祁叙听完若有所思。

蒋禹赫看到他这样的反应，猜想道："你是不是在想把你的酒店搞个什么大新闻？别了，没用，关注娱乐圈的都是些喜欢八卦的网友，除非这会儿说 SG 集团太子爷和某女明星有一腿，他们也许会有兴趣。"

祁叙沉默片刻，无所谓道："那就这么办。"

蒋禹赫："……"

明媛其实没走远，她戴上帽子口罩在附近逛了逛。

一个人待在房间面对那些评论和私信是没有办法平静的，她不是圣人，总会委屈难过，还不如关掉网络出来走走，看看好玩好看的东西，暂时忘了那个喧嚣的世界。

原本打算逛一会儿就回去，可不知是巧合还是天意，她逛到了一家数码用品店，想去试试最新款的平板电脑，谁知手就不受控制地点开了微博。

她想看看自己的热度下去一点儿没有。

没想到她的热搜竟然下去了，可另一条热搜却惊呆了她。

妈妈什么时候要复出了？从来没有听她说过这件事啊！

明媛赶紧恢复自己手机的信号，顾不上去看那些私信，马上给江敏月打去电话。

"妈，热搜怎么回事？是真的吗？我怎么不知道？"

江敏月依然温柔地笑着说："不用这么震惊，其实妈妈去年就有这个打算了。现在刚好你遇到了事，安妮说这是个宣布复出的好机会，可以帮你分走一些流量，妈妈何乐而不为呢？"

明媱："……"

其实早上江敏月问明媱想要什么礼物时，明媱一直以来的梦想就是——能和她合作拍一部戏。可江敏月不提复出，她也不敢去奢望，怕给妈妈压力。

但现在江敏月宣布复出了，本来是个天大的好消息，明媱却觉得很内疚。

"妈，你该不会是为了帮我才这样做的吧？真的不用，我自己可以搞定的。"

"说什么呢，你安妮姐本子都给我递了好几个，是我一直没选到合适的才暂时搁置了。别乱想，这事儿听安妮的，你沉住气，相信她会帮你安排好。"

有了江敏月的鼓励，明媱的心顿时轻松下来不少。

想到未来能跟妈妈一起在娱乐圈拍戏，她甚至还有些高兴。

她翻了翻江敏月复出那条热搜话题的评论——

"活久见，是真的吗？今天不是愚人节吧？"

"我天，敏月阿姨是真女神了，我爸那时特迷她。"

"嗷嗷嗷嗷嗷，欢迎女神归来！！！"

"我们全家的偶像！啊啊啊啊！我现在好激动！"

明媱看到其中一条，没忍住笑出声来——

"像江敏月这样的实力影后，真的应该出来教一教现在的新人，个个都沉不住气，比如那个明媱。"

明媱心想：骂吧骂吧，我还要感谢你们呢，把我妈都骂复出了，哈哈！

再往下看，这条评论被人回复了——

"层主去看看《当我恋爱时》导演发的花絮吧，人家明媱前前后后试镜六次，还沉不住气？"

明媱表情一愣，宋导发什么花絮了？

她马上去搜宋导的微博，发现宋导不知什么时候把自己开拍前每一次的试镜都剪成了花絮。

宋导在微博上说："别的我不知道，但明媱这个角色是我亲自选的。她很努力，前后花了差不多半年的时间，试镜六次，每次都在进步，最后我才用了她，从没有抢谁角色的说法，希望大家理智'吃瓜'。"

过去自己演的时候感觉不出来，但明媱现在作为一个旁观者回头看视频，能明显看出在这六次试镜中，自己的演技一次比一次好。

当然微博下面的网友们也不瞎，都看出来了——

"所以现在'吃瓜'还是等一等，万一反转呢？"

"初月也不是什么好鸟，我听说这部戏她是带资进组的。"

"刚开始还骂明媱，但现在我决定不站队了，观望一下再说。"

"排队，其实我觉得明媱面相看着挺可爱的，不像那种会嚣张的人……"

与此同时，梁恒和纪沐阳也相继发声明撇清了和明媱的关系。

梁恒更是直接在微博上内涵了初月——

梁恒：讲个笑话，你们见过演戏时背 ABCDEFG 的人吗？

这条微博发出来，网友们群情激奋，各种猜测，"吃瓜"吃得不亦乐乎。

总之，闹了一下午，明媱最直接的感受是，私信渐渐变少了，骂她的人也慢慢变少了。

江敏月的复出，宋导的力撑，以及梁恒的内涵，这么多热点在一起，网友们已经来不及"吃瓜"了。

偏偏这时又突然来了一条爆炸性的新闻，这次直接搞瘫了微博的服务器。

这条新闻是素来以消息确切出名的某娱乐媒体曝出的——

曝 SG 集团太子爷与娱乐圈女友密恋两年，即将完婚！

明媱看得目瞪口呆——啥玩意儿？他怎么突然就有了个交往两年的女朋友，还要完婚？

这条新闻下，还曝光了他那个女友的照片。不过只是个身材窈窕的剪影，看不出样貌。

网友们彻底疯了——

"我去，今天是'瓜节'吗？我都来不及吃了，先吃哪一边啊？"

"我对这位 SG 家太子爷的未婚妻感兴趣，啊啊啊，这是谁？我怎么认不出来？"

"都交往两年了，谁啊藏得这么好，一点儿风声都没听到。"

"我对照了目前国内一线的十多个女星，没一个像的，该不会是国外的吧？"

"我猜是……"

"我觉得是……"

…………

刚刚还在吃"流量瓜"的网友，一转眼全部猜起了太子爷的娱乐圈女朋友。

连明媛都顾不上自己的事了，直接奔赴一线认真吃起了祁叙的"瓜"。

这新闻真的假的？

还有这照片看着莫名眼熟，好像在哪儿见过，但就是想不起来是谁。

当然，明媛也自作多情了下，暗暗把所有自己拍过的照片都回忆了一遍。对不上。

肯定对不上啊，人家都说了，密恋两年了，自己跟祁叙认识的时间加起来还没半年。所以，应该是个"假瓜"吧？

就在明媛认真"吃瓜"时，祁叙的电话来了。

"你在哪儿？"

明媛心情复杂地看了下周围，还是决定跟他见面。

她报了自己所在的地址，祁叙说："在那儿别动，等我。"

5分钟后，祁叙接到了明媛。

坐到车上，祁叙半个字没提热搜的事，好像这一天什么都没发生似的，热搜上那个太子爷也不是他。

明媛见他朝着某个地方开，好像是有目的地的，便问："去哪儿啊？"

"去满足你一个愿望。"

明媛："……"

这男人又开始故作高深，故弄玄虚了。

她有什么愿望，自己怎么不知道？

她现在的愿望，就是想知道那个剪影是谁。

于是明媛也淡定地坐着，她倒要看看祁叙又在搞什么鬼。

车里安静了好一会儿，祁叙才解释道："下午我在健身，没接到你的电话，不是故意不接的。"

明媛低着头，虽然只是简单地回了他一个"哦"，但之前笼罩在心里的乌云，也悄悄散了。

"下次不准再玩那么疯！"祁叙接着又说。

语气好像是在生气，但明媱莫名听出了一种酸酸的味道。

明媱偏头看向他问："你吃醋啊？"

祁叙没答，过了会儿，他忽然空出一只手弹了明媱额头一下，说："这是惩罚，下不为例。"

明媱："……"

可恶，你吃醋，有本事承认啊！打我干什么？

车开了十几分钟，停在了京市某个著名的茶社门口。

明媱探头看了两眼，不确定地问："带我来这儿干什么？"

祁叙转身，帮明媱戴好帽子和口罩，对她说："下车。"

明媱被勾起了好奇心，跟着祁叙一起进了茶社。

他好像已经安排好了一切，明媱跟着他直接走到了楼上——这儿一般都是高级 VIP 才可以坐的位置。

这时刚好是晚上 7 点半，台上相声开始表演的时候。

明媱一眼就看到了自己最喜欢的某个演员上了台，没忍住站起来拍了拍手，又指着台下说："哎呀，我超喜欢他的。"

说完又不好意思地端正坐下，但祁叙看得出，她脸上的欣喜根本控制不住。

这家茶社是京市最大牌也最传统的一家，相声演员个个出名，很多人从全国各地慕名而来。

祁叙对相声没兴趣，他坐在一旁，听台下演员妙语连珠，身边的明媱笑声不断，自己的唇角也轻轻翘着。

一个小时的节目看完，大概是笑得太多，明媱整个人的精神都好了不少。直到走出茶社，她还在重复刚刚其中一个演员的段子，笑得不能自已。

"你说好不好笑？哈哈，不过我真没想到你喜欢听相声。"

祁叙淡淡地说："我不喜欢。"

明媱脸上的笑容一下僵住了："啊？"

"但我知道你喜欢。"

明媱愣了愣，问："你怎么知道我喜欢？"

天哪，她这么一个小仙女竟然是个相声迷，说出去都有些不好意思。

祁叙啧了声，背课文似的背出了一段话："今天陪他去听钢琴演奏音乐会了，真不明白这有什么好听的，听得我想睡觉。我要是总裁的话，就带我女朋友去听相声，多么优美，带劲的中国话啊。"

明媱："……"

她记得，这段话出自《替身观察日记》，是她那次陪祁叙去听音乐会回来后写的。

这人脑子里装的什么，怎么能把这些记得一清二楚？

羞耻感顿时浮上来，明媱忍不住拍了下祁叙的后背说："你能不能忘了日记的事，别再提了好不好？"

祁叙抓住她的手，等明媱反应过来的时候，这人已经自然地切换成了握住她手的动作。

明媱低头看两人牵在一起的手，联想起热搜上的那张照片，忽然有种强烈的不真实感。

顿了顿，明媱试探着说："要不，你再满足我一个愿望吧？"

祁叙问："什么愿望？"

明媱停下，犹豫了几秒，说："我想吃个'瓜'。"

祁叙没多想，问她："什么瓜？西瓜，还是哈密瓜？"

明媱小心翼翼看了他一眼，说："你的'瓜'。"

祁叙："？"

"就，那个剪影……是谁啊？"

祁叙看着明媱问："你不认识？"

这个语气好像自己应该认识似的，明媱又认真地想了几遍，确定地摇头道："我真没认出来。"

安静片刻，祁叙意味深长道："不认识也正常。"

明媱听不懂他说的是什么意思，垂眸想了会儿，想起他背后还有个精通娱乐圈套路的蒋禹赫，顿时好像明白了什么似的叫出来："我知道了！"

"嗯？"

"一定是蒋总教你的，对不对？"

祁叙点了点头道："没错。"

"那我知道了，嘿嘿。"明媱得意扬扬的，一副终于吃到了"真瓜"的样子，"他肯定叫你随便画了个模棱两可的剪影让大家拼命去猜，然后借此转移大家对我的注意力。其实这个剪影里的人根本就不存在！你俩烟幕弹玩得挺厉害啊。"

祁叙："……"

他笑了。

明媱不服气地问："笑什么啊，我猜对了你们的套路是不是？"

直到两人重新坐上车，明媱还在认真举例证明自己的猜测："娱乐圈那些'瓜'一放出来，真的假的我一眼就能看出来。老'吃瓜'人了，你和蒋总这套路我早就见过，比如之前那个谁……"

祁叙就这样听着她小嘴不停地在那儿说说张三，又说说李四，最后实在忍不住提醒道："小姐，今天大家吃的好像是你的'瓜'吧？"

明媱一顿，坐正看着前方，嘟哝着说："我的'瓜'有什么好吃的？我自己都懒得吃，全是假的。"

祁叙侧眸望着她问："你不生气，不愤怒？"

"当然生气。"明媱打开车窗，风迎面吹着她的长发，她眼神平静而坚定地说，"所以初月最好是真的抑郁自杀了，不然我要她好看。"

语气奶凶奶凶的。

祁叙来了兴趣，正要问是怎么个"好看"法，明媱手机响了。

是田安妮打来的。原以为又是什么不好的消息，可明媱接起来竟然听到她说："初月那边出来辟谣了，说是营销号炒作，那条朋友圈也是伪造的，还说她跟你关系很好，没有任何不和。"

明媱："？？？"

明媱看了眼车里的时间，距离营销号发微博到现在已经过去五个多小时了，她被网友们整整轰炸了五个小时。这会儿初月突然跑出来辟谣，怎么，她家里网络由 2G 突然变 5G 了？

明媱看不懂初月这操作了。

"所以她根本没有抑郁症？更没有自杀？"

"当然。"田安妮说，"她经纪人刚刚还约我明天一起吃饭，说是给你道个歉。"

"……"

明媱被气笑了，作为一个老'吃瓜'人，这种娴熟的先造谣，再辟谣把自己撇得干干净净的手法，她可看得太多了。

只是初月这次道歉的方式有点儿奇怪，正常来说辟个谣就好了，还要请自己吃饭?

田安妮告诉明媚:"这次的热搜事件,我这边只安排了控场的水军、梁恒以及你妈这三方面的事,其他都不是我做的。宋导那边一定是有人安排了,现在初月态度突变肯定也是有人施压或者警告过,不然她那种性格肯低头?"

明媚怔了怔,马上看向身边的男人——除了他,不会有第二个人了。

其实明媚一直也觉得奇怪,宋导是个做事极其严谨的保守派,他的微博从开通到现在只发过几条内容,但今天竟然为她发了那么一段强引导性的剪辑视频,一看就是公关高手教的。

明媚起初还以为是田安妮的安排,这下她明白了。

挂了电话,明媚看向祁叙问:"你找过初月?"

祁叙有些不屑地说:"她配吗?"

也是,祁家是国内五大财团之一,祁叙如果要做什么,根本用不着自己动手。

"那,宋导那个视频,是你安排的?"

"想让造谣者闭嘴,最好的办法就是拿出他们无法反驳的事实。"祁叙淡淡道,"我只是陈列事实而已。"

明媚抿抿唇,正想夸他两句,这人又开口说:"不过我仔细看过你的试镜,第六次和前五次明显不一样,这算不算是我的功劳?"

他竟然开起了玩笑。

明媚却没笑,平静地看着他问:"很好笑吗?"

祁叙:"……"

"的确是你的功劳,是不是要我给你送面致谢的锦旗?我过生日,你都能说走就走,知道那天晚上我多难过,多想哭吗?"

沉默了会儿,祁叙忽然牵住明媚的手说:"不会了。"他又看着明媚的眼睛认真地说:"那个是林芸芸的生日,明天我陪明媚过生日,哪儿都不去。"

被男人手掌裹住的温暖涌遍全身,明媚仔细感受着——这是真实的温度,是属于祁叙和明媚的温度。

他们不是林芸芸和顾远。

原来他记得自己的生日。明媚掩住心底的小欣喜,故作淡定地问:"那我请简宁、管星迪她们一起——"

"不要。"祁叙打断了明媛说，"就我们两个。"

明媛快挡不住那些从眉眼里溢出的愉悦了，她咳了声，傲娇地学祁叙的样子说话："那好吧，满足你这个愿望。"

祁叙也轻翘着唇角配合她道："感谢明小姐！"

对明媛来说，今天是一波好几折的一天。

尽管初月让她在那么几个小时里受尽网络暴力，但能量守恒，她受了多少诋毁，同时也意外收获了多少幸福。

妈妈复出了，她一直以来的梦想有机会实现了。

祁叙为她强势撑腰，为她斩断事业上的所有荆棘。

所以，现在到了该清算的时候了吧？

明媛把自己录下的那段语音发给了田安妮，告诉她说："我不需要道歉，只想以彼之道，还施彼身。不然以后谁都会觉得我明媛好欺负，随随便便网暴几个小时再来道歉。"

也许是在考虑明媛亲自下场可能造成的后果，也许是在考虑要怎么做才合适，过了很久，田安妮才回复明媛说："好，但这件事必须由我出面，你之后转发。"

于是当天晚上10点，一直沉默的明媛方，终于由经纪人田安妮出面给出回应。

田安妮是个狠人，懒得去解释前因后果，直接把录音甩了出来，又配了一句非常大气的话：每一位新人都值得被尊重，希望大家能守护真正用心拍戏的演员。

这短短的一句话，既保护了明媛，又内涵了初月。

本来初月那边辟谣后，大家都以为这件事结束了，不少人在明媛微博下道歉。谁也没想到明媛这边忽然来了一个回马枪，杀得初月措手不及。

一段录音把这件事推向了又一个高潮——录音里，初月的嚣张傲慢，初月助理的嘲讽，几乎瞬间扭转了舆论方向。

录音里寥寥几句话，大家都听出来了几个事实：

第一，明媛在剧组很认真，每天认真记笔记；

第二，初月觉得明媛装，初月助理更是觉得明媛垃圾小咖不自量力；

第三，梁恒内涵的那个字母小姐就是初月。

之前，初月助理那张模模糊糊的朋友圈截图可以造假，但录音不可以。

况且初月很清楚地知道，就算自己不承认，明媏那边还可以去调电梯的监控，到时候证据更加确凿。

事实上，从下午收到金主的警告，告诉她得罪了不该得罪的人时，初月已经慌了。

"吃瓜"网友们惊呆了——

"震惊了，我现在说一句初月是顶级'茶艺'大师，没人反对吧？"

"所以初月团队这是搬起石头砸自己的脚，翻车了？"

"我来还原一下吧，这件事应该是这样的——初月在剧组要大牌背ABC，导演看不下去给态度更好的明媏加了戏。这姐就不爽了，故意弄了场抑郁大戏想让粉丝去攻击明媏，结果人家早就提防着她。初月知道有把柄后又赶紧出来辟谣，但是明媏不买账，非要'撕'个清白。"

"没错没错，就是这样了。哈哈哈哈，好一场大戏，爽！我宣布我原地爱上明媏了！"

"小师妹刚，小师妹牛！"

"之前骂明媏的，是不是欠人家一个道歉？"

…………

一夜之间，初月温柔优雅的才女人设彻底崩塌。尽管官方一直辟谣说那张朋友圈截图是造谣，但前有梁恒内涵，后有导演力挺明媏，剧组却没有一个人站出来帮初月说话，事情已经一目了然。

初月自作自受，而明媏却在自己二十二岁生日来临之际，成为全网都在热议的新生代演员代表。

某国际影帝看了她的六次试镜视频后，点评道："能有这样的耐心花半年的时间反复磨炼一个配角，我看到的是一个绝对沉得住气、不浮躁、对待网络霸凌不卑不亢的专业演员。明媏，未来可期，加油！"

就这样，"明媏未来可期"的话题热度持续上升，在夜里12点直接登顶。

后面紧跟着的，是祁叙和江敏月的热搜。

明媏二十二岁的第一天，第一小时，第一分钟，她和自己生命中最爱的两个人共同霸占了热搜前三的位置。

这是多么美妙的事情。上天终究没有亏待她，这份生日礼物太棒了。

第二天，明媏一睡醒就收到了姐妹们的生日祝福，手机一度卡到打不开。

而一夜之间，她的微博也从原来的二十多万粉涨了整整十倍，变成了二百多万。老粉给新粉们"科普"今天是明媱的生日，大家也齐刷刷地在超话里刷着祝福的话。

还有人不忘踩一脚初月，评论道："好恶毒，竟然在人家过生日前一天搞她，摆明了就是不要她好过。"

而现实中，初月也扛不住全网的谩骂，早上就在个人微博上公开向明媱和剧组道歉。

不过这些，明媱都没兴趣去看，去关注——因为她今天有更重要的事要去做。

起床后，明媱悄悄叫来化妆师，让她给自己化了个清新动人又不失小性感的妆。

今天是明媱和祁叙认识以来，以生日之名，第一次认真而郑重地约会。

晚上6点半，祁叙的司机来到酒店楼下接明媱。

司机毕恭毕敬为她开门："明小姐，祁总已经在餐厅等您了。"

明媱抿着唇笑，心想：不就是吃顿饭吗？干吗搞得这么隆重？还让司机来接。但她还是高兴地上了车。

因为过生日，又要和祁叙约会，明媱特地穿了件漂亮的一字肩小礼服。

礼服是柔软纱质的，淡紫色。虽然有点儿冷，但是为了风度，明媱今晚可以暂时不要温度。

车缓缓开到繁华市区的某栋大楼下。

司机为她打开车门，恭敬地说："小姐，祁总在上面等您。"

明媱下车，又有专人引她上楼。

"这边请！"

明媱紧张得心扑通扑通直跳，好像要去见很久没见的爱人似的，这一刻她欣喜又慌乱。

进了电梯，引她来的人自觉退下说："明小姐，祁总在等您，祝二位用餐愉快！"

明媱看了眼电梯上的楼层号。顶楼？

刚刚满脑子都在想祁叙，明媱都没注意她来的是什么地方，这不就是昨天自己想要订的那个餐厅吗？难道那个包场的人是他？

正想着，电梯门"叮"的一声开了。

记忆中的餐厅氛围一如既往地温柔浪漫，空气里都弥漫着浓郁的花香，侍应生们站成两列向她弯腰行礼表示欢迎。

明媂脑中有些乱，被动地跟着一个侍应生走到了露台。

天色暗了，花园露台上亮起各种灯，像夜空中的耀眼星辰，周围的花草被照耀得梦幻又朦胧。

男人穿着剪裁得体的西装，矜持从容地坐在那儿，朝她看了过来。

时间好像在这时停了一秒。

温暖的橘黄色灯光晕染着祁叙的英俊面庞，这个对视的瞬间，明媂竟觉得好像似曾相识，直到男人的声音将她的注意力拉回。

"过来坐。"

明媂回过神，喜悦而又羞涩地慢慢走过去，心跳一点点加速着。

祁叙给她拉开椅子，问："喜欢这里吗？"

明媂点头说："其实我本来也想来这里过生日的，可打电话过来才知道被人包场了，没想到这个人是你。"

明媂看了看四周，说："太奢侈了吧，吃个饭而已，不用这样的。"

祁叙淡淡笑着说："这样安静。"

他说得也对。对于两个才从热搜上下来的人来说，现在低调点儿还是有必要的。

明媂便没再说，打量祁叙两眼，好奇道："你怎么戴着眼镜？是才工作完吗？"

祁叙简单解释说："今天比较想戴而已。"

虽然有点儿奇怪，但明媂并没有把这件小事放在心上。

侍应生这时候开始上菜。

其实这家餐厅最出名的是法餐，但祁叙知道明媂更喜欢吃川菜，便叮嘱厨师改良了一些菜式。

明媂显然很喜欢，她一边吃，一边小声告诉祁叙："你知道吗？我以前来过一次这里。"

祁叙笑了笑，问："是吗？"

"对啊，当时我跟简宁一起来的。两年前吧，她带我和好几个朋友一起来跨年。"

"然后呢？"

275

"然后？然后简宁那个小王八蛋骗我喝那个苹果味的啤酒，说不会醉。我就一瓶接一瓶地喝，后来喝多了。"

祁叙笑，原来她是喝多了，难怪对自己一点儿印象都没有。

"你不知道我当时多丢脸，我朋友说我坐到一个陌生男人怀里去了，还把人家的眼镜摘了扔掉，还好当时人家没跟我计较。每次想起这件事我都觉得内疚，想赔一副新的给他，都不知道去哪儿找人。"

祁叙抿了口酒，淡淡说："万一人家想你赔别的呢？"

明媱抬起头，好奇地问："别的什么？"

"比如说，他想要你。"

明媱"扑哧"一笑，说："不至于吧，我弄坏的只是他的眼镜而已，以身相许是不是过分了些？"

正说着，耳边忽然传来烟花的声音。明媱愣了下，难以置信地扭头看过去。

等眼前又一波绚丽烟花升空时，明媱才真的确定，她又在这里看到了烟花。

好幸运！她有些兴奋，从位子上起来跑过去，又回头喊着："祁叙，你过来看，烟花！"

祁叙没动，他静静地看着因为一点儿灿烂烟火激动得像个孩子似的明媱，这场景就好像回到了两年前的跨年夜那晚。

当时她像天上掉落的星星，跌在了自己怀里。

而现在，他伸手就可以揽住她。

明媱丝毫没有感觉到身后那双炙热的眼睛，她专心欣赏着烟花，甚至还拿出手机来拍照，只是拍着拍着，发现空中流光溢彩的火花忽然变成了奇怪的形状。好像是个数字"1"？

明媱愣了愣，以为是自己看花了眼，揉了揉眼睛再看。

好家伙，刚刚还是一个"1"，这会儿整个夜空全都是"1111111111……"

明媱觉得好玩，转身跟祁叙说："这个烟花是不是出什么故障了，怎么——"

话未说完，她却突然意识到了什么似的，怔怔地看着祁叙。

"这，不会是你……安排的吧？"

祁叙不动声色地说："不然呢。"

"……"明媚傻了。

烟花是祁叙准备的，那这个"1"是什么意思？

蓦地，明媚想起了自己的那张求和小字条：愿意请扣1，不愿意请扣2。

她明白了一切，心里又惊又喜，马上快步朝祁叙走过去。刚走到他身边就被轻轻一拉，揽到怀里坐下。

和两年前一模一样的姿势。

明媚没有抗拒这份亲密，面颊浮上几抹羞报，却又故意傲娇地说："扣个1也用不着这么大阵仗吧，人家打公屏，你直接打到天上去了。"

祁叙笑笑说："那明明小姐还满意吗？"

这能不满意吗？简直太满意了！明媚的心都快跟着一起跳到天上去了。

狗男人玩点儿浪漫还怪符合自己的口味，"沙雕"又搞笑。

远处烟花还在空中绽放，明媚坐在祁叙腿上眨了眨眼问："这算是生日礼物吗？"

祁叙想了片刻，回答道："不算。"

"那就是还有礼物？"

祁叙颇有兴致地看着明媚问："你想要什么礼物？"

明媚其实想过祁叙会给自己送什么礼物。

这些总裁出手大方，一般人送99朵玫瑰，他们起码999朵起；一般人送漂亮的项链、包包等，他们送限量版、收藏级的奢侈品。

祁叙肯定也不外乎送这些。

但明媚并不关心礼物多贵多豪华，她只是想要祁叙那份心意。心意到，就够了。

明媚很期待，不知道祁叙到底会给她怎样的惊喜。

她淡定地说："随便什么都可以，是你送的就好。"

祁叙笑了笑，说："好。"

他不慌不忙地从西装内兜里摸出一个皮夹，然后放在明媚手里。

明媚蒙了，盯着钱包看了几秒。这男人把钱包送给自己做礼物是什么意思？

许是看出了明媚的迷惑，祁叙轻轻抬了抬下巴示意她说："打开，礼物在里面。"

来了来了，又开始故弄玄虚了。

明媢虽然不知道祁叙又在搞什么鬼，但她还是充满欣喜和期盼地打开了钱包。

她一眼就看到了钱包透明隔层里那张"今棠"的照片——这一次，是真切地，清晰地，近距离地看到了这张照片。

明媢微微睁大了眼睛，同时听到耳边传来祁叙的声音——

"那个男人不想要眼镜。

"只想要你。"

明媢眼睛看着手里的照片，耳边听着祁叙说的话，一瞬间双重感觉夹击，整个人都恍惚了。

这张照片……

她抬头看了看刚刚自己看烟花站的地方，又看看照片。

这不是自己吗？？？一模一样的角度！祁叙什么时候拍的？刚刚？

不对不对，照片里的自己还是中长发，不像现在是长发。而且穿的衣服也不一样。

猛地，记忆倒带，明媢想起来了。

跨年夜，这是两年前自己和简宁他们一起来这里参加跨年时的样子——米白色的羊绒长裙，齐肩的中长发，她看着远处的烟花没心没肺地笑着。

明媢看呆了，大脑空白了很长一段时间，才恍然大悟。她看着祁叙，不敢相信地说："你……你怎么……"

后面的话明媢不用问，心里都已经有了答案。

难怪祁叙说今天比较想戴眼镜，难怪他给自己准备了一场烟花，难怪他选择了这家餐厅，难怪他让自己坐在他怀里。

明媢怔了很久，伸手轻轻摘去祁叙的眼镜说："原来是你。"

祁叙看着她，温柔点头道："是我。"

四目相对，置身于这片恬静浪漫的露台里，明媢难以置信自己现在听到的、看到的一切，她感觉好不真实。

她曾经在无数个夜里回忆跨年夜那晚"非礼"过的男人长什么样，想过会不会还有机会再遇到他，也想过如果真的能再遇见，她一定会好好跟他说一句对不起。

也许上天真的听到了她的声音，不仅让他们重遇，还给了他们这样奇妙的缘分。

祁叙这时稍稍坐正，对明媱说："我想告诉你一件事。"

明媱心里万千情绪翻涌着，点头等他说。

然而，男人却开口轻声告诉她："我喜欢你。"

"……"

"我还想告诉你一件事。"

祁叙双手搂住她的腰，声音温柔地化在风里。

"已经两年了。"

明媱眼眶里难以抑制地泛起酸意，她拼命克制住感动又欣喜的眼泪。

两年……明媱立即想起了那个热搜——密恋两年的女友。

当时怎么也猜不出的那个剪影，竟然就是她自己。

明媱更没有想到，两年前被他不经意地拍下的照片，还留存至今。

好像一个失忆了很久的人，终于清醒地看清了这一切。此刻明媱心里充满了委屈、感动，更多的还是惊喜。

"你为什么不早点儿告诉我？我一直以为这个人是今棠！"

害她白白演了那么久的戏，最后深陷其中不能自拔，一直难过自己只是个替身。原来弄了半天，她替了个寂寞，每天都在替自己。

"本来那次去剧组酒店是想告诉你的，可凑巧看到了那本日记……"祁叙摇头轻轻笑了两下，似是自嘲，"我一见钟情的女人，重遇后视如珍宝的女人，竟然把我当一个'工具人'体验剧情，你让我怎么开口？"

明媱想笑，轻打了他一下，说："那为什么现在又开得了口了？"

是啊，为什么又开得了口呢？前不久还信誓旦旦地说，不能这么轻易饶了她，扣了个"待定"的。祁叙也不知道。

可能是经过这次网络暴力事件，也可能是那个出事后没有接到的电话，让他看清了自己的心。

祁叙望着明媱，伸手捏了两下她的脸颊，无奈地笑着说："就算是个'工具人'也认了，总比你又离开我好。"

明媱："……"

多么优秀的"工具人"，多么有心的"工具人"！

而且这个"工具人"的精神已经升华到一定境界了。

明媱自愧不如，甚至都不知道说什么好了。

这几个月相处的画面在脑海里不断浮现，那些过去不能理解的事情，如今都有了答案。

百般滋味涌上心头，明媚一时没控制住情绪，捧住祁叙的脸吻了下去。

这是明媚第一次主动亲吻别人，满怀一腔勇气，可到了行动上却笨拙得不知道怎么表达。她的唇生硬地贴着祁叙的唇，想学他之前吻自己那样去打开他的唇齿，却像只无头苍蝇似的这里碰一下，那里贴一下。

可偏偏就是这样毫无技巧的生涩的吻，却悄悄勾起了男人沉寂的欲望。

祁叙轻轻推开明媚说："别惹我。"

明媚脸红红的，说："就要惹。"

说完，她转身喝了口一直没动的红酒，又强贴上祁叙的唇，把酒过给了他。

浓郁的酒香混合着女人口中的甜，瞬间将那把火燃到了极致。

祁叙用最后的理智把明媚推开，沙哑地说："别闹。"

明媚却趴在他肩头，用很小的声音说："不想要我的诚意了吗？"

祁叙喉结不受控制地上下滚动，他顿了顿，冷静地牵着明媚的手起身道："回家。"

找到彼此的这条路走了两年多，终于走到了今天。而回家的这十多公里，却成了两人最难熬、最漫长的一段路程。

车行至一半时，祁叙想起了什么，给家里的阿姨打电话。

"今晚不用工作了，给您放一晚假。"

阿姨感到有些突然，回应道："啊，放假？"

"是，现在就可以走了。"

阿姨蒙了几秒，说："可是我——"

"别问那么多，按我说的做，最好能马上走。"

阿姨还以为出了什么事，边解围裙，边道："是是是，我这就走，马上走。"

祁叙不想待会儿和明媚的二人世界有任何人打扰。

他挂了电话，转头看见明媚红了的脸。

明媚垂着眸，嘀咕道："干吗把阿姨赶走啊？"

祁叙睨了她一眼，戏谑说："不是你说，怕大声叫，家里的阿姨会尴尬吗？"

明媚害羞地捂着脸说："你——"

这还是上次两人刚闹矛盾，自己被他强行带回家睡觉时说的话。

当时是当时，现在是现在。"大声叫"这三个字的意义，换了情境，意义截然不同。

明媞有些紧张，自动"脑补"出了一些少儿不宜的画面，脸颊滚烫滚烫的。

"听你这样说，我有点儿怕。"明媞羞赧地说，"好像你要吃了我似的。"

祁叙听完不觉轻轻一笑。他的确想吃了她，很久很久前就想了。

到了祁叙家里，不知阿姨是不是走得太急，灯都没关。

门刚关上，祁叙就一把抱起了明媞。

"啊！"明媞惊呼一声，双手拍他的肩膀说，"你干什么？等会儿，我想给我妈打个电话。"

祁叙声音低沉道："待会儿再打。"他现在只想抱她，吻她，不想分开。

明媞有些紧张，不等祁叙进一步动作，双手推开他说："等会儿，我……我去洗个澡。"

祁叙怎么可能在这时放了她，直接反锁住她的双手，抬起她的腰贴向自己，声音低哑地说："等不了……"

他轻松地摸到了明媞裙子后背上的拉链，正想往下拉，明媞难为情地说："那……把灯关了好不好？"

祁叙家客厅太大，吊顶上的水晶灯好像无数盏片场的摄影灯，多角度地打在两人身上，让明媞很不自在。

到底是第一次，她还是很紧张的。

祁叙在她身上埋了几秒，无奈地起身去关灯。

明媞得到片刻放松，不知是不是太过紧张，又说："等等，我去上个厕所，很快。"

说完转身就朝1楼的卫生间跑。

她刚离开，祁叙的手机也巧合地响了。是阿姨打来的。

接连被打断，祁叙深深地呼了口气——这些人怎么这么会挑时间凑热闹？

接起电话，阿姨小心翼翼地对他说："少爷，我刚刚走得急，厨房里熬了汤，这个点差不多该好了，麻烦你去关一下火好吗？"

祁叙还以为是什么事，闭眼揉着眉心问："您熬汤干什么？"

"董事长说他想喝。"

祁叙顿了两秒，睁开眼皱了皱眉，重复道："董事长要喝？"

阿姨说："是啊，你打电话回来前，董事长来了，好像是和夫人吵了架，过来就让我给他炖汤顺气。"

祁叙怔住了，他忽然坐正，厉声问："那他人呢？"

阿姨说："在家啊，我走的时候，还在沙发上喝茶看杂志呢。"

祁叙："……"

正要继续问下去，卫生间的方向忽然传来了明媚的叫声。

紧接着不知什么"咣当"一声砸在地上，祁叙当即起身要去看，却见小姑娘一脸惊慌失措地跑出来，压着声磕磕巴巴地说："你……你家好像……进贼了，厕所里有……个男的！"

祁叙张了张嘴，突然明白了什么，正想解释那不是贼，是祁衡远。

明媚接着又安抚他说："不过你放心，我已经用浴巾架把他拍晕了。"

"……"

祁叙听到明媚说的话，脑中一蒙，顾不上跟她解释，马上朝卫生间走去。

还好，祁衡远并没有被完全拍晕。但显然也被拍得不轻，正扶着墙努力站直。

祁叙立即上前扶他问："您来怎么不提前告诉我？"

明媚愣了下——"您"？

她暗觉不妙，果然，下一秒，就听到被自己拍的那个"贼"说："老子来自己儿子家里，还要事先报备吗？"

这句话差点儿没把明媚当场送走，她手忙脚乱地也想要去扶祁衡远，却又伸不出那个手来，毕竟刚刚自己的这双手毫不客气地拍了未来公公好几下。

明媚只能赶紧道歉说："对不起，叔叔！对不起，我真不知道是您，我还以为是——"

祁衡远抬头看了"凶手"一眼，冷哼一声，什么都没说，被祁叙扶着走出了卫生间。

他晚上和郑容起了些争执，就想到大儿子这儿来图个清静，谁知刚过来坐下，阿姨就说祁叙今天给她放了假，要她离开。

又过了没一会儿，祁衡远听到门响，知道是儿子回来了，抬头却看见了"辣眼睛"的一幕。

他快六十岁的人了，哪有眼看这些，浑身不自在，局促得四肢都不知道该往哪儿放。

为了不让激情中的儿子半路跟自己遇见尴尬，祁衡远很识趣地马上找了地方藏起来，心想这俩年轻人在门口亲热会儿肯定会去 2 楼卧室，谁知等了半天却迟迟听不到消停的声音。

再之后好不容易好像安静了，他正想出来看一眼，恰好遇到了开门进卫生间的明媛。

两人大眼瞪小眼，明媛不管三七二十一，抢起旁边挂着浴袍浴巾的架子就拍了过来。

祁衡远眼前顿时冒了一阵星星，扶着墙才没倒下去。

"你下手挺狠啊。"祁衡远缓了会儿看着明媛说。

明媛动了动唇，想解释，却觉得再给自己开脱就有些故意了。

人的确是她拍的，这有什么好解释的，于是只能诚心道歉："对不起！叔叔。"

祁叙见她那委屈模样，把她拉到自己身后，淡淡地说："媛媛不是故意的，谁能知道大半夜您躲在厕所里？"

祁衡远竟像吃醋了似的，说："照你这么说，还是我吓到你媳妇了？"

祁叙："……"本来就是。

祁叙虽然心里这么想着，但嘴上没说出来。这一晚原本应该是他和明媛感情深入发展的完美时光，现在却被老爷子败得干干净净。

祁叙把祁衡远扶到沙发上坐下，老爷子还抚着头，明媛坐在他对面一动不敢动。第一次见家长，竟然是在这样的情况下。

一想到自己和祁叙刚刚那些"虎狼之词"都被未来公公听到了，明媛就恨不得找个地洞钻进去。

但事情已经发生，明媛只能庆幸，还好她中途去了趟厕所。如果没去，那么之前她和祁叙说的"大声叫"，尴尬的就不是阿姨，而是未来公公了。要是这样，她这辈子可能都没脸去见他了。

还好，还好。想到这里，明媛心里得到了不少安慰，稍稍朝祁衡远坐近了些，关切地问道："叔叔，您头还疼吗？要不我给您煮个鸡蛋敷一敷？"

祁衡远也一直在暗中打量明媱。

姑娘长得是不错，乖乖巧巧的，开口倒也还算礼貌，就是行事作风……

刚刚的情况，如果换了今棠，或者岑青，任何一个名门望族家长大的女孩儿，都不会那么凶猛。可惜了。

祁衡远收回视线，淡淡地说："不必了。"

祁叙这时端来了阿姨熬好的汤，递到祁衡远面前问："怎么吵架了？"

祁衡远正欲开口，抬头看到明媱，又把话收了回去。

这个表情明媱当即就懂了，她马上起身道："那，叔叔，我就不打扰你们了，我先回去了。"

祁叙拉住她说："不用走。"

而明媱却坚持要走。

两人拉扯到门口，明媱说："现在你强留我下来，只会让你爸更反感我。他刚刚跟你阿姨吵完架，心情肯定不好，你先去安慰他，我没事的。"

祁叙也不知道该怎么解释这一晚上的糟糕事，他完全赞同明媱说的话，可就是舍不得放她走。

最后他亲自叫了辆车，才同意明媱离开，叮嘱她道："回去给我发个消息。"

明媱冲他挥手说："快回去吧。"

等小姑娘的背影消失在视野里，祁叙才重新回到家里，心情复杂地坐下，一句话也没说。

祁衡远哼道："干什么，怪我打扰了你们的好事？"

祁叙承认得很干脆："是。"

祁衡远："……"

他也不想的，谁能想到就遇上了呢？

祁衡远语气带着些许愠怒道："度假村那边的事情还没做完就跑回来，前天还上了新闻，你看看你成何体统，就为了那么一个娱乐圈的女人？"

祁叙睨他一眼，神情看不出喜怒，还是答得很干脆："是。"

"你——"祁衡远气急，许久才恼道，"我看你是被她灌了迷魂汤，人都不清醒了！"

祁叙其实挺不喜欢和祁衡远聊这些的，因为他知道两人肯定聊不到一起。祁衡远喜欢的永远都是今棠那样的大家闺秀、名门淑女，和他讨论明媱只会令双方都不愉快。

他主动岔开这个话题道："所以，你们为什么要吵架？"

被这么一带，祁衡远的注意力也转移过去，沉闷道："还不是因为你妈。"

"因为我妈？"

"过些日子是你妈的忌日，原本计划跟往年也没什么不同，但今年我想请江敏月来给你妈上炷香，满足她生前的愿望。"

这名字有些耳熟，祁叙皱眉问道："谁是江敏月？"

祁衡远瞪了他一眼，说："还多亏了你，不是去看你的娱乐头条，我都不会发现你妈生前最喜欢的女演员复出了。"

经他这么一提，祁叙想起来了。明媛出事那天，的确有个影后宣布复出，无意中还帮她分走了不少流量。

他问："我妈真的喜欢那个演员？"

"何止是喜欢啊，"祁衡远看向窗外回忆起往事，"你妈当年就是她的忠实粉丝，每一部她的戏都要看。你出生的时候还说要培养你去当演员，将来和她的偶像一起拍戏，可惜……"

祁衡远摇了摇头，说："她有很多次机会可以去和偶像见面的，有时是因为我没空儿，后来又因为有了你……"

祁叙听明白了，祁衡远是想弥补母亲生前没能见到偶像一面的愿望。

"可人家和咱们非亲非故的，凭什么来给我妈上香？如果每个粉丝都这样，演员还要不要干正经事了？"

祁衡远一脸正气道："那个明星不一样，你妈喜欢的那个演员人特别好，她肯定会答应的。"

祁叙觉得好笑，说："我妈喜欢的就特别好，我喜欢的就不三不四？您怎么还玩'双标'？"

祁衡远顿了顿，强词夺理道："现在的演员能跟过去的比？你看刚刚那个丫头，我头都差点儿被她拍扁了！艺术修养在哪里？"

祁叙嗤笑道："难不成见到贼还要先优雅地问一句，你在这儿干什么？需不需要帮忙？"

祁衡远反驳道："反正不会拿浴巾架拍人！"

知道和祁衡远这样拉扯下去没完，祁叙懒懒打断道："行了，所以你们就因为这件事吵架了？"

郑容也是女人，见老公对亡妻这么上心，还要不惜一切代价请女明星回来，难免心里会有些吃醋。

祁衡远摆摆手说："别管她，这件事我必须做，我已经叫人去联系那位明星了。"

祁叙无所谓地点点头道："随便。"

这种对自己母亲好的事，他是绝对支持的。

"唉，头被刚才那个丫头敲得好疼。"祁衡远累了，边说边起身朝楼上走。

祁叙愣了下，问："您干什么？"

"睡觉啊。"

"睡我这儿？"

"你阿姨把我赶出来了，在你妈忌日之前，我暂时不想回去了。不睡你这儿，我睡哪儿？"

"……"

祁叙眼睁睁地看着祁衡远缓缓上了2楼，轻车熟路地进了一间客房。

这都什么事！

回到酒店，明媚先给祁叙发了微信报平安，然后给江敏月打去电话。

今天是她的生日，自然也是母亲的受难日。

母女俩说了会儿贴心话，快挂断前，江敏月告诉明媚，自己近期可能会来一趟京市，田安妮已经帮她接到了工作。

原本江敏月宣布复出，明媚还担心息影太久的母亲会不会已经被市场淘汰，没想到结果完全出乎她意料之外。

田安妮说，来找江敏月拍戏的邀约是她的好几倍。

这也验证了江敏月当初对刚入行的明媚说的一句话：一切都得用实力说话。扎实的演技和良好的口碑，是一个演员长久的生命力。

妈妈要来京市了，和祁叙的关系也明朗了，好消息连连。明媚觉得自己整个人都被幸福包围着，这种情绪在胸口澎湃，实在难以平静。

想了想，她跑到楼下便利店，又买了一本日记本。

这次用什么名字好呢？

《甜蜜纪事》？太土了。

《恋爱日记》？好像又太普通了。

想了很久，明媛不知是想到了什么，自己都不好意思地笑了。

然后她大笔一挥，认真地在扉页上写下一行字：《祁太太观察日记》。

林芸芸的世界已经过去了。

明媛想要展望的是，未来和祁叙在一起的每一天——她渴望某天能披上婚纱，和他走上红地毯，成为他的祁太太。

写完，明媛忍不住拍了拍自己的脸。

脑子里一个小人在骂自己：你好不要脸哦，明媛。才刚刚开始恋爱而已，就开始梦想做人家老婆了。

另一个小人又在说：怎么啦，自己写，自己娱乐还不行了？又不是真的要他立马娶自己！

两方打架，不言而喻是后者赢了。

写写而已啊，反正这次绝对会吸取上次的教训，打死都不给祁叙看到。

明媛认真写下了第一天的观察记录——

10 月 26 日，天气晴

和"顾远"认识快半年后，在我二十二岁生日这天，我们终于牵手成功啦！

不过他不是林芸芸的顾远，而是我的祁叙，嘿嘿！

也是今天才知道，原来他就是两年前被我摘掉眼镜的那个男人，缘分真是妙不可言！他一直在找我，我也一直在想他，可谁都没想到，我们会以这样的方式重遇。老天爷，您真是个小调皮鬼。

晚上他带我去我们初遇时的餐厅吃饭了，气氛很好，一切都很好。回家的时候，我们差一点点就……啊，该死！不知道他爸怎么会躲在厕所里，我还把他拍晕了……

怎么办啊？把未来公公拍伤了……

写到这儿，原本心情还美滋滋的明媛放下笔，有些头疼。

是啊，怎么办？这说不好就是未来公公，第一次见面就把人家打了，人家能喜欢自己才怪。

想了很久想不到解决的办法，明媱只好在网上搜——不小心打了未来公公怎么办？

然而广阔无边的网络世界，竟然搜不到一个同款。也就是说，全世界能干出这种荒唐事的，恐怕只有自己一个人。

她揉了揉头，在闺密群里求助。简宁和管星迪的回复是这样的——

简宁：？？？这题我不会，管姐来！

管星迪：对不起！你管姐都干不出这么彪悍的事，你还是自求多福吧。

明媱知道，自己这次算是遇到了史上最难解决的危机了。这时她又想起了祁叙的公关手段——先道歉，再针对性地给他想要的好处。

可明媱犯了难，道歉倒是没问题，可是祁衡远这么一个身家百亿什么都不缺的中老年人，自己能给他什么好处呢？

蓦地，明媱想起了一件事——这个老头儿好像喜欢吃蛋糕。

第六集体验

因为之前的那一场风波，现在初月特别规矩，每天拍完戏就进她的房车，不再闹情绪也不再背 ABC 的台词，因此大大加快了拍摄进度。

剧组的拍摄已经接近尾声，早前官方微博上放出了一些片花和花絮，网友们反馈好，期待度高。初月和明媛的热搜事件，更是给剧集带来了无数流量和关注。

傍晚下了戏，明媛就急匆匆地回酒店借了烤箱，做了一打香喷喷的新鲜小蛋糕，然后带去了祁叙家。

阿姨给她开门说："小姐请进！"

祁叙事先并不知道她来，看到她后愣了下，惊讶地问："你怎么来了？"

明媛看到父子俩正坐在客厅，祁衡远正在接电话，心里顿时有点儿虚。

蛋糕提在手里，来都来了。

明媛咬了咬牙，迈步进了客厅，在祁叙旁边坐下，小声说："来给你爸道歉啊。"

祁叙："……"

祁衡远不知道在和谁通话，语气很冲地说："行啊，你去。你要真能把这事做成了，我就听你的！"

然后"啪"的一声挂了电话，生气地说："一个比一个不听话！"

声音之大，吓了明媱一跳。

祁叙皱眉问："又怎么了？"

"你弟弟长本事了，知道跟我谈判了，叫我给他三个月的时间，保证说服山腰那个小客栈签拆迁协议。如果成功了，就让我同意他不跟今家联姻。"

祁叙闻言一顿，忽而想起了什么似的一笑。

前段时间最头疼的就是那家小客栈，不肯签拆迁协议不说，还号召了附近十多家山民一起拒签。

看来祁宴这次是有备而来了。

这时候，祁衡远发现了坐在祁叙旁边的明媱。他面容一敛，拿起茶杯喝了口茶问："你来做什么？"

明媱定了定神，小心翼翼道："对不起啊，叔叔。昨天我……"

算了算了，那些尴尬的事就不要再重复了，人家不要面子的吗？

明媱直接说："我真的很抱歉，昨天一整晚都没睡好，不知道要怎么跟您道歉。听说您喜欢吃蛋糕，就做了点儿送过来，希望您喜欢！"

祁衡远瞄了眼，跟上次的蛋糕一样，用一个个小方盒子装着。

"不用了，"他收回视线说，"我现在戒掉了。"

明媱不死心，打开盒子继续"安利"道："很好吃的哦，芝士味的，咬在嘴里就化了。"

祁衡远很有定力，说不吃就是不吃，甚至看都不看一眼。

祁叙见他那样，干脆说："戒了就算了。"然后转身对阿姨说："阿姨，给您吃吧。"他还主动剥开一块蛋糕递给阿姨。

阿姨喜不自禁，她还是第一次吃这种小蛋糕，尝了一口后，笑道："好吃，真好吃，谢谢少爷！"

祁衡远："……"

想用糖衣炮弹对付我？呵，就你们？还嫩了点儿！

祁衡远不理不看地上楼了。

明媱尴尬地坐了会儿，祁叙过来拉起她的手说："走。"

"去哪儿？"

祁叙就说了两个字："约会。

明媱："……"

祁叙带明媛出了门。

明媛还是有些不安，说："我是来哄你爸爸的，就这么走了不好吧？"

"不用管他。"祁叙不喜欢看到明媛面对祁衡远时那副小心翼翼的模样，他牵住明媛的手说，"你现在更需要哄我。"

明媛哼了声，抿抿唇，说："我又没把你拍晕，哄什么哄？"

"可你让我比拍晕了还难受。"

"……"

明媛没忍住"扑哧"笑出来，说："那你回去找你爸，让他哄你，又不关我的事。"

祁叙说不过她，轻轻翘着唇。开了十多分钟后他把车停在江边，问明媛："在这儿看会儿江景好不好？"

明媛假装失望的样子说："还说带我来约会，就在这里啊？"

祁叙下车，走到明媛这边，却没有开门，趴在窗口对她说："这是我很喜欢的一个地方。"

明媛想要下去，却被祁叙拦住了。

他说："别了，这边人多，万一你被认出来不好。"

祁叙很爱明媛，正因为很爱，知道眼下并不是他们公开恋情的合适时机。

明媛的事业还不稳定，她又是一个对事业有追求的女人，第一部剧还没上映就曝光恋情，对她没任何好处。

明媛看了眼周围来往的路人，其实并没有很多，偶尔零星经过两三个而已，而且都已经是晚上了。她把衣服上的帽子套在头上说："没事，我小心点儿。"

不等祁叙阻拦，明媛推开门，站在他旁边撒娇道："你这么高，挡着我不就好了。"

她跟个小兔子似的拱了过来，祁叙没了办法，干脆解开西装外套，把她拢在怀里。

"江边风大，别受凉。"

明媛满足地靠他怀里，仰起头问："你为什么喜欢这里？"

祁叙抱着她靠在车身上，淡淡地说："因为很多个不愉快的晚上，想你的晚上，我都会来这里。"

明媺："……"

"纪沐阳帮你搬家，你不接我电话，你和我生气，家里逼我做选择，你突然离开，再到最后看到那本日记……很多很多时候，我都是在这里消化自己的情绪。"

"可不管怎么消化，"祁叙低头，下巴蹭了蹭明媺的额头说，"还是不能把你这个小白眼狼消化掉。"

明媺听完久久没说话。

她忽然很心疼，也很自责。

原来自己没心没肺地策划着那些体验片段时，这个男人竟这般真心实意地把自己放在心里呵护着，包容着。

两人之间的那些不愉快，都是她一直在恃宠行凶罢了。

明媺低头想了很久，忽然踮起脚尖，双手攀住祁叙的脖子主动吻了过去。

祁叙明显一愣。

等轻轻的一个吻结束，明媺红着脸解释道："刚刚有人过来了，我怕自己被看到，借你挡一下。"

祁叙抬眼看了下周围，哪里有人？

除了微凉的江风和被风吹动的簌簌树叶声响，什么都没有。

整个世界，安静得好像只有他们两个人。

顿了顿，祁叙好像懂了明媺的心意似的，唇角微翘道："嗯，是有人。"

而后他身体轻轻一转，把她压在车窗上，耳语道："再多挡一会儿。"

祁叙深深地吻了下去……

这一刻，江风都好像感受到了这份甜蜜，变得温柔起来。

虽然那天送去的那盒蛋糕祁衡远没赏脸收下，但之后几天，明媺还是坚持不懈地每天做一盒不同花样、不同口味的蛋糕。

只是祁叙重新回了H市忙工作，他不在家，明媺也不敢单独上门，蛋糕都让芮芮送了过去。至于老爷子吃了，还是丢了，她也不知道。好歹是一份心意，总比什么都不做好。

一周后，《当我恋爱时》这部剧圆满杀青。

原本还有很长一段戏要拍的，但因为初月闹出的那件事，网友们对她出现了抵制现象，编剧不得不连夜删改剧情，改成顾远心生后悔，对林芸芸念念不忘，想要再去追回她。而林芸芸却没有回头，选择了更爱她的纪少城。

故事最后以顾远出国，林芸芸和纪少城举行婚礼为完美结局。

初月的戏份儿最后被删得只剩下可怜的一点儿，明嫣就这样成了名义上的二番，实际上的一番。

但对明嫣来说，现在让她最开心的事，不是自己第一部剧顺利拍摄完成，而是江敏月终于来到了京市。

传奇影后复出这个话题，再度引爆了全网。

江敏月十八岁出道，二十四岁就拿到了国际上相当有影响力的影后奖杯。之后数年陆陆续续把国内的奖拿了个遍，成为国内首屈一指的大满贯实力女演员。

不过，她却在三十二岁那年忽然退隐，谁也不知道原因。

没人知道她悄悄结了婚，生了孩子，更不知道她早早就丧夫，一直单身到现在。

如今影后归来，尽管已经年近五十，但江敏月保养得当，看上去就跟三十出头的女星差不多。

田安妮不方便出面，毕竟前不久才用复出的话题帮明嫣分了流，这时候再公布自己是江敏月的经纪人无疑对明嫣不利，于是便找朋友代办了这次的记者会。

记者会现场，江敏月双腿交叠，优雅地坐在沙发上，着装简约又不失品位，处处透着成熟女人的知性美。

慕名而来的记者和粉丝无数，明嫣也悄悄坐在台下。

她想好了，无论如何，今天也要给妈妈送一束花，祝贺她回归娱乐圈。

台上主持人问了一些问题后，有记者问江敏月复出后的计划。

她笑着说："目前正在和林继晖导演接触，可能会参与他下一部电影的拍摄。"

现场一片哗然。

林继晖是华语影坛超一线导演，在国际上获奖无数，现今秉持着三年一部片子的专业态度，要么不出，出了必是精品。

影后果然是影后，尽管息影这么多年，复出照样抢手。

记者会快结束时，明嫣戴着口罩从舞台侧面上台，把手里准备好的鲜花送给江敏月。

江敏月一愣，而后轻轻微笑着说："谢谢！"

尽管戴着口罩，主持人和现场粉丝还是认出了，这就是最近很有话题度的那位小师妹明嫣。

明嫣送花这件事是经田安妮允许了的，反正两人是母女，这层关系大家早晚都会知道。是明嫣觉得自己现在什么成绩都没有，不肯公开，怕丢了江敏月的脸面。

可粉丝们却不买账。

现场照片流出后，江敏月超话里有粉丝讨论——

"这个小师妹是不是蹭热度蹭出瘾了？上次把初月蹭秃噜皮了，现在连人家江前辈也要蹭？"

"还好吧，毕竟我们小时候也是看敏月阿姨的戏长大的啊？人家给喜欢的前辈献花很正常吧。"

"说不清楚是不是炒作，反正她家经纪人挺会的。"

"我有一个大胆的猜想，明嫣下部戏会不会是跟江敏月有合作？所以这时候先同个框？"

"妈呀，你这么一说感觉有可能！不过明嫣能拿到林继晖的资源吗？我先打个问号？"

当晚，田安妮家里，三个女人一台戏。

明嫣边看网友们的评论，边自言自语道："想不到有一天我会被大家说蹭我妈的热度，哼。"

江敏月笑她说："你哼什么？"

明嫣放下手机，佯装叹气道："唉，什么时候这些热搜能说别人蹭我的热度，而不是我蹭人家呢？"

田安妮端上水果，也加入了话题说："那你可得努力，争取面试上林导新戏里的玉茯苓这个角色。"

明嫣愣了下，说："你说什么？我？林导的戏？开什么玩笑，我去打个杂还差不多，玉茯苓我想都不敢想。"

林继晖这部新作是武侠动作片《盗江湖》，讲的是心存正义、女扮男装的小捕快玉茯苓和闻名江湖、武功高强的女侠盗楚玉寒之间的恩怨故事，可以说是一部双女主的电影。

楚玉寒这个角色已经敲定了是江敏月出演，玉茯苓一角暂时还没定，但已经成为圈内小花们争破头想要拿到的角色。

这个角色非常讨喜，女扮男装，前期是可可爱爱的小捕快，后期是退隐女侠的首席女弟子，行走江湖又爽又飒。

明媚直摆手道："我不行，听说林导严苛到变态，上次有个女演员吊了一天的威亚，都哭了。"

"他那个人就那样，对自己的作品要求更高。"田安妮平静地说。

明媚好奇地问道："你怎么知道？你认识他？"

田安妮不自然地捋了捋头发，然后叉了块水果给她说："听说的。"

明媚"哦"了声，没多想。

"总之，你去试试，你不是一直想和你妈一起合作吗？这就是机会。"

江敏月也给明媚打气道："去试试镜，万一适合呢？导演选角这种事很难说的。"

明媚便点点头，答应道："行吧，去试试。"就当去见见世面。

晚上8点左右，母女俩离开田安妮家，回到临时租下的高级公寓。

刚到家，江敏月就问明媚："听安妮说，你交了男朋友？"

明媚紧张地点点头。

"是谁？圈里的？"

"圈外的。"

明媚本想约个时间让祁叙和江敏月见一面，可祁叙现在不在京市，他爸爸又还没接受自己。

怎么看现在都好像不是见家长的最好时候，就想着算了，再等等吧。

明媚说："他工作挺忙的，改天我带他来见你。"

田安妮虽然没有告诉江敏月明媚的男朋友是谁，但她能放任明媚去交往，基本条件肯定不错。

江敏月便也没追问，道了声："好。"

忙了一整天，到晚上11点多，送江敏月回房休息了，明媚才得空联系了祁叙。

祁叙出差的这些天，两人一直都靠发微信、开视频、打电话倾诉对彼此的想念。

明媚给他发微信：今天我妈来京市看我了，所以一直在忙，睡了吗？

等了几秒钟，祁叙直接给明媛回了电话。

"你妈来这么大的事，怎么不提前告诉我？"

明媛躲在被子里跟他说悄悄话："知道你忙啊，反正她暂时不会走，嘿嘿，我是不是很乖？"

电话那头传来男人轻轻的笑声，取笑道："乖？这次没有趁我不在又叫什么服务？"

明媛跟个小尾巴狼似的吹捧着男人的虚荣心道："那些人哪有你好？就你这种条件的，出台费起码翻个十倍。"

祁叙："……"也不知道这女人是在夸自己还是贬自己。

顿了会儿，他忽然平静地说："我想你了。"

两人谈恋爱以来，这样直白的情话说得不在少数，可哪怕听再多次，明媛都好像听不腻一样，心头不断翻涌着少女的甜蜜。

就比如此刻，她开心到在床上左右打滚，语气却十分克制道："祁总，你怎么回事啊，多大人了，希望你专心搞事业，不要沉迷于我好吗？"

祁叙："……"又开始仗着自己不在，乱挑衅了。

祁叙心里暗想：回来再收拾你。

顿了顿，他换个话题问："听说你们剧组明天办庆功宴？"

明媛得意地说："是啊，安妮姐给我弄了一套超漂亮的礼服呢。你看不到真遗憾，本瑶池小仙女漂亮死了。"

祁叙轻轻翘了翘唇，说："的确很遗憾。那你早点儿睡，明天好好庆功，记得把小仙女的照片发给我。"

其实明媛还想再聊会儿的，可一想到明天自己要参加晚宴，为了有个好气色，便挂了电话。

第二天就是《当我恋爱时》剧组的杀青庆功宴。

这次庆功宴由亚盛娱乐主办，毕竟在对外宣传上，亚盛娱乐是这部戏的最大投资方。刚好到了年底，他们便借着庆功宴的由头，邀请了大批娱乐圈的一线明星，和京市的名流齐聚一堂。

明媛作为这部剧的主演之一，盛装出席了庆功宴。江敏月作为嘉宾也受邀出席了，母女俩并没有安排在一起。

不知是不是因为蒋禹赫和祁叙是朋友，亚盛娱乐的活动几乎都会设在

SG 旗下的酒店举行。

这次也不例外，庆功宴在洲逸酒店 10 楼最大的宴会厅举办。

这个酒店对明媱来说充满了意义，每一处都好像带着她和祁叙相识以来的回忆。

明媱今天的造型，是精心设计过的。

黑长直又被烫回了蓬松的鬈发，扎成自然灵动的马尾辫。高定一字肩礼服，分衩设计露出修长白皙的美腿，每一次走动，都性感得恰到好处。

今晚的她，在性感与灵动之间游刃有余，像自带光芒的星辰，天生闪耀。

明媱手捧一杯红酒，跟梁恒组成荧幕情侣进入场内，不断跟认识的、不认识的朋友点头致意。

这是她第一次参加公开活动，心里紧张又兴奋。

很多人也对这颗冉冉升起的新星很感兴趣——

"明媱你好，有部戏稍后想约你。"

"明媱，最近档期怎么样？有个彩妆品牌的代言，我觉得很适合你。"

"明媱，来一起拍个照吧。"

"媱媱，互关一个呀。"

…………

就这样，明媱应酬到脸都笑僵时，蒋禹赫终于出现了。

参加宴会的人早就到齐了，就差这位金主没登场了。

好不容易，身后传来骚动，人群纷纷回头，明媱也随着视线看过去。

果然是蒋禹赫来了。

媒体记者一窝蜂拥上去，闪光灯闪个不停。明媱正纳闷儿：至于这么激动吗？就听到身边两个女人聊天儿的声音——

"哟，来了两个大佬。"

"蒋总跟那个 SG 的祁总是不是那种关系啊？我听说这两人的关系好得很。"

"不知道，蒋禹赫没女人是真的。但那个祁家太子爷，前不久不是传有个未婚妻吗？"

"那个剪影扒了这么久都没人扒出来，谁知道会不会是故意放假料？"

"别说，这俩还挺养眼的。"

"我猜……"

旁边俩女人就这么猜起来了，但明媛没心思去听了。

她惊呆了，根本没想到祁叙会来。

这又是什么惊喜？

明媛的视线重新投过去，站在蒋禹赫旁边的，不就是祁叙吗？

的确如刚刚那两个女人说的，这两人都很帅——蒋禹赫是那种带着点儿腹黑冷淡的帅，而祁叙则是那种天生的矜持又高贵的帅。

呆呆地看了会儿，直到走近的祁叙也看过来，四目对上，明媛才猛地回了神。

她不动声色地看着前面，在心里默默告诉自己：镇定，镇定，镇定。

祁叙最擅长来这种出其不意，自己早该想到的。何况这还是他的酒店，和蒋禹赫又是好朋友，他过来喝一杯，露个脸也正常。

两人就这样在众多媒体前装作不认识，各自回到自己的座位上。

投资商到场，整个庆功宴才算正式开始。

主持人开场，流程化地介绍了剧组的情况后，为了宣传剧集，现场放了《当我恋爱时》的预告片。

明媛坐在演员这边，和祁叙所在的主位隔了好几桌。预告片开播时，明媛偷偷瞥了眼祁叙，发现他竟然也在认真看，不禁有些羞涩。

她也是第一次看剪辑好的预告片，本以为无非就是些剧情片段，没想到放到一半时，竟然出现了一个自己的激情戏镜头。

其实也不算激情，就是剧中林芸芸和顾远一起泡温泉的画面，那一段因为没有任何亲密行为，只是在一个池子里泡着说话，所以编剧并没有删减。

此时，看到自己裹着浴巾半露香肩和另一个男人泡在一个池子里出现在屏幕上，明媛的心咯噔了下。

倒也不是哪里不好，就是和祁叙一起"欣赏"这样的画面，她有点儿不自在。

明媛的目光悄悄穿过人群看了他一眼。

巧了，他也正好转过来看她。但只是片刻，最多三秒，他就收回了视线，端起面前的酒杯浅浅抿了口酒。

好像并没有很在意？

明媞暗暗松了口气，继续看预告片，直到最后结束，大家一起鼓掌。

主持人特别提了她，说："这部戏给我们带来最大惊喜的就是明媞饰演的林芸芸了，媞媞能不能上来跟大家说几句感想？"

明媞愣了下，不好意思地走上台。

她的裙摆很长，上台阶时，梁恒特地在后面帮她提了提，演员那儿桌就有人起了哄。

明媞并不知道梁恒这个举动，茫然地走上去，才发现大家在起他们的哄。

怕祁叙误会，她马上笑着拿起话筒说："你们这样起哄，我恒哥将来怎么找女朋友，都别闹。"

一句玩笑话，迅速撇清了她和梁恒的关系。

剧组的演职人员们本也是闹着玩，听她这么一说，大家就懂了，纷纷在台下说："好的，知道啦！"

小风波就此结束。

明媞也松了口气似的笑着，顺便偷偷瞄了眼祁叙，却发现那人低着头，好像在玩手机。

后来主持人问了明媞很多关于角色的问题，明媞一边答，一边时不时地瞟向祁叙，那人竟一直低着头，全程没看她！

明媞生气了。

什么男朋友，我在台上发言，你在台下玩手机？

我今天这么漂亮，你都不看一看我？

别人都在给我鼓掌，你在看手机？

有媒体记者这时候问明媞："媞媞，刚刚我们在预告片里看到你的表演很精彩，请问你是怎么把一个替身的角色演得这么淋漓尽致的呢？"

祁叙还低着头。

明媞心里有气，忽然就想提一下祁叙，就不信引不起他的注意。

"其实也没什么，"她笑了笑，看着祁叙的方向，谦虚中又带了几分刻意的挑衅说，"就是开机之前，我根据角色的背景做了一些真实的体验工作而已。"

果然，话音刚落，一直低着头的男人终于抬头了。

可眼神却不那么温和，带着那么点儿不可捉摸的意味，与明媞遥遥对视。

明媚达到了目的，也知道这下绝对是捅到祁叙心窝里了，所以很知趣地马上挪开视线，装作什么都不知道，非常无辜的样子。

主持人在旁边直夸明媚敬业，下面不知内情的人也都鼓着掌，现场气氛一片和谐，热闹极了。

谁也不知道，那个被当成体验剧情的"工具人"就坐在场内，还是个大佬。

下台后，明媚回到自己座位上，梁恒告诉她："你手机一直在响，不知道谁找。"

明媚愣了下："啊？"

拿起放在桌上的手机，她垂眸看了眼，竟然有六七条未读微信消息。

她马上点开——

祁叙：这就是你说的漂亮死了的裙子？

祁叙：丑。

祁叙：下次不准这样穿。

祁叙：肩膀露那么多干什么，很热？

祁叙：裙子为什么要选开衩的？腿都露出来了。

…………

祁叙连发这么多条消息，把明媚看笑了。

还以为他在台下搞什么鬼，原来是在给自己发微信控诉！

怎么回事，她的男朋友还是个醋精呢，穿点儿暴露的衣服就不爽了？

明媚仿佛能感受到刚刚祁叙在台下的内心活动了，她偷偷抿了抿唇，正要给他回过去，忽然又收到了他的新消息。

明媚的笑容在看完这条消息后顿时没了。

祁叙：待会儿结束等着。

明媚："……"

她下意识去看祁叙，却见那人若无其事地坐在主位上喝酒，脸上什么表情都没有。

可越是没表情，就越代表这个男人把所有的情绪都藏在肚子里，等自己不注意的时候，他就炸了。

事态很严重！

明媚吞了吞口水，觉得自己刚刚在台上说的那句话，可能真的把这个男人惹毛了。

她惴惴不安了片刻，决定待会儿还是找个机会提前开溜比较好。

这时，主持人又邀请了梁恒和纪沐阳两个男主演上场。

这个主持人也是个喜欢搞事的，当场对他们提了一个犀利又暧昧的问题："剧中林芸芸和白卉这样的女孩子，如果在现实中，你们会选谁做女朋友？"

梁恒很耿直，直接回答道："当然选林芸芸。"

纪沐阳虽然犹豫了会儿，但还是给出了同样的答案。

其实眼下选林芸芸肯定是标准答案，毕竟初月几乎毁了白卉这个"白月光"给观众的所有好感。

只是从两个男主演口中说出来，现场还是不免又起了一阵哄。

蒋禹赫在祁叙耳旁意味深长地说："看来你的宝贝很受欢迎呢，你可要看紧了。"

祁叙不说话，脸又黑了三分。

明媚成了整场庆功宴上的焦点，大家都知道田安妮手段高，几个男艺人在她手里都逐渐成了一线，明媚是工作室唯一的女演员，一定会动用所有资源捧她。

因此，采访结束后，不断有人过来敬明媚酒，或者要跟她合影。

女人还好，每次来个男人，明媚虽然脸上笑着，实际上却胆战心惊的，时不时偷瞄祁叙。

好不容易应酬掉一拨人，梁恒建议说："媛媛，我们去敬蒋总一杯酒吧？"

明媚心想，也是，当时自己还发过誓，一定要去对那个帮自己删了大量亲热戏的好心投资人说声谢谢。

眼下人家蒋总来了，自己说的话必须得算话。

如果不是他突然注资的话，她和纪沐阳少不得要吻上十几二十遍。到时候祁叙这边，岂不是要吃醋吃到天上去？

不管怎么说，得感谢人家蒋总。

当然明媚也有私心。蒋禹赫和祁叙坐在一起，过去敬酒的话，刚好也能借机光明正大地见一下自己的男朋友。

两人一起来到投资大佬们坐的主位桌上。

梁恒是真的单纯地来敬酒，说："蒋总，感谢您对我们剧组和演员的支持，敬您一杯！"

蒋禹赫没注意他身后的明媱，端起面前的酒杯轻抿一口算是回应。

梁恒敬完，让开一步，露出身后的明媱。

明媱端着酒，也毕恭毕敬道："蒋总好，敬蒋总一杯，提前祝蒋总新年快乐，恭喜发财！"

突然看到明媱，蒋禹赫和祁叙都一愣，三人面面相觑了好几秒。最后还是蒋禹赫反应迅速，借故支开了梁恒，说："我找明媱说点儿事。"

梁恒很知趣，立即点头道："好。"说完，转身回了自己的座位。

蒋禹赫意味深长地看看明媱，再看看祁叙，暗示似的说："明媱在敬我酒。"

明媱："……"

蒋禹赫晃了晃酒杯，问："敬我做什么？"

祁叙这时候头已经转过去了，好像不认识明媱似的。

明媱看得出来他好像很不爽，但眼下也没办法，只能先把蒋禹赫这边应付过去。

"谢谢您的投资，谢谢您让编剧删了我与纪师兄的那些亲密戏，间接也算帮了我，免去了大家的尴尬。"

蒋禹赫"哦"了声，说："是这样？"他又睨了祁叙一眼说："那这酒，可能某些人不同意我喝。"

明媱以为蒋禹赫是怕祁叙介意，忙主动喝了杯子里的酒，道："同意同意，这是应该的。"

祁叙："……"

蒋禹赫懒得做电灯泡，准备给两人腾空间说说话，却在起身时与身后的侍应生撞在了一起。

明媱为了躲避酒水，她下意识地往旁边靠，结果一不小心没站稳，就那么猝不及防地在众人面前坐到了祁叙腿上。

明媱："……"

祁叙："……"

周围人的目光都聚集过来，明媱耳根一热，手忙脚乱地想要坐起来，却暗中被祁叙扣住了腰。

耳边传来他低沉的声音："回去坐好，待会儿跟你算账。"

说完他便松了手，明媛也赶紧站起来。

画面有些尴尬，有议论声传来，明媛顾不上听大家说什么，低着头回到座位上。

如果说刚刚心里还抱了些许幻想，但去敬了这杯酒后，明媛算是确定了。

祁叙现在心里装了个几千响的炮仗，今晚肯定得炸。

如果她不溜的话，肯定逃不了一顿教训。

于是临近晚宴尾声时，明媛给芮芮发消息，让她提前把车开到停车场来接自己。

大概是晚上喝得太多，有饮料，也有酒，明媛人都溜到门口了，却不得不重新返回宴会厅的卫生间。刚关上门，外面也有两个人进来了。

她们在洗手，补妆，顺便聊着八卦。

"今晚明媛风光了，完全的焦点人物。初月连晚宴都不敢来参加，算是废了吧。"

"可不是，现在都人人喊打了，她也是活该。"

"不过，明媛也不是省油的灯，刚刚看到没？借着敬酒的工夫，都坐到 SG 家那位太子爷的腿上了。"

"那位不是传有未婚妻吗？"

"有又怎么了？又没结婚，明媛现在人气高，半途撬走也不是没可能。"

"啧啧，她要真能撬走，我还佩服她呢。不过，我看当时人家马上让她起来了，估计没戏。"

"还以为她有什么本事，到头来也是靠坐男人大腿。"

话刚说完，明媛从隔间里悠悠走了出来。

两个女人脸色立变，垂头不再说话。

明媛认识，这两人刚刚还称姐妹过来跟她加微信好友，自己还跟她们一起拍了照片。

都说娱乐圈的姐妹情"塑料"，人前人后不一样，明媛现在算是见到活的了。

要不是回来上这趟厕所，指不定哪天被她们背后捅一刀都不知道。

明嫣拧开水龙头，边洗手，边淡淡地说："SG 的太子爷怎么了？我敢坐，还坐到了，你们不服气也去坐啊，躲厕所里说算怎么回事？"

其中一人似乎还想解释，明嫣抽纸擦手打断她，接着不慌不忙地拿出手机，当面删除了她们的微信。

"不过有一句你们倒是说得对，我不是省油的灯，所以最好别惹我，明白？"说完她冷冷地翻了个白眼，走出卫生间。

虽然把两个"塑料姐妹"撑了回去，但明嫣心里还是不太爽，也许是晚上喝了酒的原因，现在后劲来了，头有些晕。

她好不容易扶着墙走过去按了电梯。

掐着时间，芮芮这时候也应该快到了吧。

"叮"的一声，电梯门开。

明嫣抬头，发现开门的并不是自己面前这部电梯，正打算垂眸继续等，身体忽然被人一捞。

接着整个人被腾空扛起，天旋地转。

下一秒，她迅速进入了另一部豪华的电梯。

明嫣："……"

起初以为是遇到了什么坏人，但当她看到扛着自己的男人身上熟悉的西装，以及电梯内熟悉的装饰时，明嫣猛地明白了……是祁叙。

她现在正在洲逸酒店的总裁专属电梯里，也是自己第一次来这儿走错电梯，遇到他的地方。

明嫣迅速清醒，挣扎道："你干什么？放我下来！"

祁叙却没说话，等电梯到了负 3 层停车场，他直接把明嫣丢到了自己车里。

关门，他一松领口，身上的酒气瞬间铺满车内。

明嫣的衣服都被弄皱了，一字肩的领口垮了下来。

她坐正，一边整理衣服，一边嘟哝道："你干什么？吓我一跳。"

"干什么？"祁叙看着她问，"那你跑什么？"

明嫣："……"

她努力给自己找借口道："我……我困了啊，想睡觉，就提前走了，不可以吗？"

安静三秒，祁叙似乎懒得去证明明媱在撒谎，他直接靠过来，捏着她的双颊说："你刚刚在台上说的那些，对我再说一次。"

来了来了，"工具人"真的因为这个生气了。

看明媱紧闭嘴巴装死不开口，祁叙直接帮她说了："真实的体验工作？"

明媱的嘴被捏成了金鱼嘴，含混不清道："不是，不是你想的那个意思，你听我解释。"

"明媱——"祁叙扯了扯领带，讥笑道，"你是不是觉得自己很幽默，很机智，很有水平？"

明媱头摇成了拨浪鼓，道："不是，绝对不是。"

"那就是你觉得我永远拿你没有办法，对不对？"

明媱知道自己怎么解释都没用了，马上换了一种方式。

她眼里含着泪光道："你这么凶干什么？"

过去但凡自己用这一招，祁叙就会马上服软。可没想到，今天却一点儿用都没有。

祁叙坐正身体发动汽车，忽然想起今晚喝了酒，又熄了火。

他转身一看明媱，小白眼狼还在演戏，一副要哭出来的样子。

祁叙干脆下了车，又把她抱出来，但不放她下地，不给她任何逃跑的机会。

"现在别演了，待会儿有你哭的时候。"

明媱："……"这你都能看出来我在演？

完了，今天好像什么招数都不管用了呢。

等等，他说的待会儿有的哭是什么意思？总不会是被他打一顿吧？

明媱吓得马上抱住祁叙求饶。

"我错了，我错了。

"人家就是看你在台下玩手机不看我，才那么说，想引起你注意的嘛。

"你放我下来好不好？你到底要带我去哪儿？"

本来明媱就穿得少，裸露的皮肤一直在眼前晃，晃到刺眼不说，她还这样积极主动地贴着祁叙。

祁叙喉结滚了滚，吸进来的每一口气都充满了女人身上的香味。

他克制住身体里的躁动，重新进入电梯里，按了28楼。

305

明媛看到那个熟悉的数字，瞬间懂了。

祁叙要带自己回他在酒店的套房，所以……

明媛的心忽然剧烈地跳起来。

今天电梯的速度好像比往常都要快，一眨眼就到了 28 楼。

祁叙依然把明媛抱在怀里不松手，直接走到 2808 门口。

刷卡，进门。

明媛好像预见了接下来要发生的事，慌乱道："祁叙……"

想说点儿什么，已经来不及了。

男人连灯都没开，关上门就把她按在墙上，禁锢住她的双手不让动，嗓音低哑道："你嚣张太久了。"

酒气和热气混合涌来，明媛感觉有什么在体内炸开，直冲大脑。

大概是被强烈的男性荷尔蒙蛊惑到身体失控，她摇了摇头，试图让自己清醒一点儿。

"我知道，我现在道歉还来得及吗？"

"来不及了！"

伴随这句话而来的，是腰间突然接触到的微凉空气，还有布料的撕扯声。

明媛倒吸一口凉气，这个男人疯了吗？竟然在扯她的裙子！

明媛突然不知所措，思绪陷入混乱，这一幕好像与某些记忆重合，又好像是某种梦境。

总之，眼下这种画面，她在哪儿见过。

明媛在似梦似醒中被祁叙抱到了床上，男人动作逐渐粗鲁，裙子快要被扯掉时，她猛地想起，最开始认识祁叙的时候，她做过这个梦。

梦里她变成了林芸芸，泪流满面地质问祁叙关于替身的事。然而祁叙不仅没有解释，还嘲讽了她一顿，最后，扑上来撕了她的裙子，把自己狠狠"蹂躏"了一番。

明媛还记得，那天自己是被撕裙子吓醒的。

万万没想到，这梦竟然成真了？

明媛沉浸在那个梦里，也可能是酒劲上来了，她脑子乱糟糟的，竟脱口而出道："顾远，你做个人！"

祁叙的动作停住了。

明媚意识到自己喊错了名字，"扑哧"一笑赶紧改口道："不是不是，祁叙，我是说你！亲爱的，你松手，我这裙子很贵的！"

正说着，明媚的手机响了。

估摸着是芮芮打来的，明媚找到机会想要溜下床去。

谁知祁叙直接帮她接了这个电话说："她没空儿，明天这个时候再打过来。"说完顺手关了机。

明媚："……"

黑暗中，祁叙呼出好长一口气，整个人俯身压下来："帮你体验了那么多剧情，最重要的，也别想漏掉。"

这时酒劲越来越大，明媚本来就是个喝不了酒的小垃圾，一喝就会醉。

她想着芮芮来接自己回去，喝一点儿没关系，根本没想过祁叙会出现，更没想到提前溜走的路上，会被他扛到他的套房里来算账。

以至于男人说"别想漏掉"的那一集，她想了好一会儿才想起来。

哦，是林芸芸和顾远第一次出去吃饭，然后去了宾馆。

明媚头有点儿晕，但还是迅速接收到了来自身体发出的敏感信号。

祁叙已经开始吻她了。

臭男人开始入戏了吗？

明媚感觉身上好热好热，不知道是酒带来的燥热，还是被祁叙身体的温度点燃。她摇着头去推祁叙，耍赖道："不行，体验期过了，过期不候。"

祁叙摆正她的头，声音冷漠道："过没过，你说了不算。"

"……"

明媚其实并不抗拒和祁叙亲密接触，可是今天太突然了。

第一次应该很美好，就像上次那样，浪漫地看过烟花，吃过晚饭，水到渠成多好。

哪像今天这样仓促又慌乱，裙子被撕破了不说，他明显就是想惩罚自己。

明媚想找个正当理由让祁叙停下来。

任他胡作非为了一会儿后，明媚决定先用缓兵之计。她抬起双手，轻轻按着祁叙的肩说："我答应你体验这集，必须体验，可是……"

她声音软下来，试探道："人家林芸芸和顾远也是吃了晚饭，两人手牵手，开开心心、温温柔柔去体验"生活"。而你现在的状态显然不符合人物设定，要不你回家调整一下情绪，我们下次再来？"

祁叙："……"

这个时候竟然还在想剧情前奏、人物情绪？

他听完更气了。

祁叙撑起身体道："做戏不是就应该做全套？我配合你体验剧情而已。"

明媚瞪着他说："我就算真的和纪沐阳拍这集，也是点到即止，所以就算体验，也用不着……"也用不着真刀实枪地来！

不过，明媚没好意思说出后面的话。

祁叙一听到跟剧情有关的话就生气，狠狠地说："我有权改剧本，这集是点到即止，还是认真做完，我说了算。"

明媚梗着脖子想把身前的男人赶走，说："你哪来的权力改？你又不是投资人。就算你跟蒋总是朋友，也没这个权力。"

祁叙直接捏着她的脸蛋，低哑道："我花几千万删了你和纪沐阳的戏，你现在跟我说，我没权力改？"

明媚怔了好几秒，茫然地问："不是蒋总投的吗？"

祁叙被她的没心没肺气到心、肝都疼，愤愤地说："你拍不拍亲热戏跟他有什么关系？纪沐阳拍不拍亲热戏跟他又有什么关系？你看不出来，从头到尾只有我在嫉妒，在吃醋，一心一意，眼里心里只有你吗？"

急促的话语落下来，明媚张了张嘴，惊讶得说不出话。

原来是祁叙投资的钱。

她记得，那个时候他刚刚发现了替身日记，两人正在闹不愉快。他竟然在那种情况下，还惦记着自己？

明媚一时感触，抿了抿唇，偷偷去摸他的手说："对不起嘛，我又不知道。"

经过这么一番对话，祁叙刚刚冲上脑的欲望也退了下去。不知是生了气，还是看出了明媚的百般不情愿，直接单方面宣布结束这场体验。

他什么都没说，起身开灯，去了浴室。

里面很快传来水声，明媚听出是浴缸放水的声音。

她从衣柜里随便找了件祁叙的衬衫穿上，然后茫然无措地站着，她不知道要对那个男人说什么好，做什么好。

明媚真的不知他做过这些，似乎和祁叙交往的这半年来，那些被他

308

藏着的爱意，总会在某个不经意的瞬间被翻出来，让她切身感受着被他宠爱的滋味。

原来她一直在仗着祁叙对自己的宠爱，肆无忌惮地胡闹。

明媛垂着头，后悔自己不该恃宠而骄，头脑也莫名地清醒了。

她看到浴室亮着灯，不知想到了什么，忽然站起来，悄悄走过去。

走到门边，手搭在门把手上，轻轻试着拧了一下。

门没锁。

明媛心跳得很快，她小心地开了门，走进去。

她没穿鞋，光脚踩在瓷砖上没有任何声音，直到走到祁叙身边轻轻咳了声，男人才发现了她。

小小的一只，藏在他宽大的衬衫里。

"干什么？"祁叙收回视线不看她。

刚刚的一切都在黑暗中进行，明媛什么都看不清，可现在在开了灯的浴室里，一切都看得清清楚楚。

她第一眼就看到了男人充满力量感的身体，他身材很好，看得出是经常健身的，腹肌线条流畅，泡在水中若隐若现。

她什么也没说，轻车熟路地打开浴缸旁的置物抽屉。

之前住在这里时，她买的精油沐浴球和干玫瑰花瓣还在。明媛拿起一块粉色包装的气泡弹，上面写着——爱的彩虹，还挺符合当下他们这个状态的，就顺手丢进了浴缸。

很快，丢进水里的沐浴球开始产生泡泡，越来越多，越来越密集。同时，整个浴缸的水也变得如同浪漫的彩虹，一道道梦幻颜色让人沉迷惊叹。

明媛又撒了一把玫瑰花瓣进去。

祁叙这时又问了一次："你干什么？"

明媛转身，直接扶着浴缸边缘钻进去，理直气壮道："我也要泡澡。"

祁叙："……"

随着女人的进入，浴缸掀起了轻微的水花。

精油泡泡球此刻已经全部融化了，室内充斥着难以抗拒的香味。

明媛看着祁叙，片刻后低声道："既然你有权改剧本，那第六集我们换个地点吧。比如……"

她轻轻伸出手，身体贴向他，直至完完全全地靠在一起。

两人只隔着一层被水打湿的衬衫，浴室内的旖旎气息悄然升腾。

明媜抬起头，手指轻蘸一点儿泡沫抹到祁叙脸上，她的睫毛被微小的水珠打湿了，眸子闪着激滟的光说："可以开始体验了。"

后来发生了什么，明媜记不太清了。

总之，那晚浴缸里的水有一大半都翻滚而出，淌了一地。

她是什么时候回床上的，不记得了。

是什么时候睡着的，也不记得了。

明媜这一觉睡得很沉，第二天上午 10 点半了，她还一动不动地躺在祁叙怀里。

祁叙轻轻支起身在她脸颊上亲了一口，却好像不小心打扰到了她。明媜皱了皱眉，又往他怀里钻得深了些。

这时，她身体下压着的手机，也露了出来。

昨晚那会儿过于冲动，祁叙不知道自己挂掉的那个电话是谁打给明媜的，心想万一再有人打过来找不到她不方便，便把手机拿过来开了机。

开机后，祁叙就把手机放在一边，而后试图从明媜身下抽走自己的胳膊。

然而明媜不满地哼了声，把他的胳膊抱得更紧了。祁叙只好重新躺下。

他正想找自己的手机给田安妮打个电话，明媜的手机却掐着点似的响了。

铃声刺耳，祁叙怕吵醒明媜，先调了静音。再一看，来电人的备注是——大女王。

大女王？是田安妮吗？

他隐约记得，昨晚接的那个电话好像也是什么女王。

祁叙本想直接接起这个电话，但又怕侵扰了明媜的隐私。于是轻轻叫醒她说："你的电话。"

明媜迷迷糊糊地翻了个身，问："谁啊？"

"大女王。"

静了几秒，明媜一个激灵爬起来，猛地睁开眼，看到了手机屏幕上的三个字。

她几乎是瞬间清醒，从祁叙手里拿过手机，又对他做了一个嘘声的手势，然后才接起来，小心翼翼地说："喂，妈？"

祁叙："……"

江敏月在电话那头问："你在哪儿？"

明媂却避而不答，只卖乖说："知道了，我马上回家。我回去了再跟你说。"

挂了电话，两人互相看了对方一眼。

祁叙为了再次确认，又问了一遍："大女王，是你妈？"

明媂默默点了点头。

祁叙："……"

所以昨晚自己叫对方24小时后再打并挂断的那个电话，也是她打的了。

这显然是一个糟糕的认识方式。

祁叙考虑片刻，还是觉得不能让明媂一个人去面对，自己需要对这件事解释和负责。他说："我送你回去。"

明媂可不希望待会儿看到亲妈跟男朋友打起来的画面，忙拒绝道："别，千万别，你这会儿在我妈眼里就是个拐骗她女儿的人，我先回去探探风声。"

明媂想下床，却被一只手从身后拉住。

人又被拽了回去，明媂顿时想起昨晚的一些画面，红了脸道："干吗？"

"就这么回去？"

祁叙用身体裹好她，拿自己手机打了个电话，不知是通知谁去买几套女装送过来。

明媂这才想起来自己昨晚被弄坏了的裙子，忍不住拍了祁叙一下，说："那条裙子是 × 牌的新款，你赔。"

"嗯。"祁叙埋在她脖子里吻着，漫不经心道，"我赔。"

等衣服送来的这段时间里，无所事事的祁叙，又开始不老实地到处乱蹭。

明媂娇羞地说："你干什么，昨天不是体验了一次吗？"

祁叙道："我不满意。"

明媂："……"

于是在管家出去买衣服再送过来的这 40 分钟里，祁叙又完美地体验了一次第六集的亲密剧情。

等管家送衣服来的时候，两人刚好结束战斗。

明媚有气无力地任祁叙给自己穿衣服，顺便问了一句："那刚刚，满意了吗？"

祁叙细心地帮她扣好衣服上的每一粒扣子，然后漫不经心地说："地点不太满意，下次换个地方再试。"

明媚羞红了脸说："没你这么耍赖的，人家第六集也只演了一次！"

祁叙淡淡地提醒她道："是你说的，我可以改体验地点，当然也可以改次数。"

明媚："……"

天哪，着了这狗男人的道了。

江敏月还在家等着，明媚这会儿没空儿跟祁叙争辩第六集到底要演几次的问题，先回了公寓。

祁叙把明媚送到后还是不放心，想要跟她一起上去。可明媚说什么都不让，他也只好作罢，叮嘱她有什么事及时给自己打电话。

送走明媚，祁叙也回了家。

祁衡远昨天就知道儿子从 H 市回来了，可晚上竟然没回来，这让他很不满。

祁叙一进门，他便训斥道："夜不归宿，成何体统！"

祁叙坐下，淡淡地回道："我本来就没什么体统。"

这些年，家、酒店、办公室，想睡哪儿就睡哪儿，也没见老头子什么时候追问过，这会儿倒是装起慈父教育起他来了。

祁衡远哼了声道："别打算骗我，我知道，你就是想避开我，跟那个女人在一起。"

祁叙闭了闭眼，按捺了几秒情绪，站起来，很直白地告诉祁衡远："我为什么要避开？我不仅不避开，我妈忌日我还会把她带回来一起祭拜，让我妈也看看她未来的儿媳妇。"

祁衡远张了张嘴，气恼道："你不怕到时候香灰烫手，你就带！"

祁叙懒得跟他争辩，转身想回 2 楼，却见阿姨从厨房出来，手里拿着一堆纸盒——很熟悉的，明媚喜欢用来装蛋糕的那种纸盒。

祁叙脚下一顿，问阿姨："哪来的盒子？"

阿姨很诚实地回答道："明小姐的助理每天送来的蛋糕。"

还不等祁叙追问，阿姨马上又认真道："少爷，都是董事长吃的，不关我的事啊。"

祁叙："……"

他回头看了祁衡远一眼。

老头子竟然还能理直气壮地给自己解释："看什么看？拍伤了我，吃她几块蛋糕过分吗？"

祁叙想笑。

是，不过分。

"那您别一边吃着人家的蛋糕，一边还说人家的不好行不行？多大人了，怎么越活越回去了。"

祁衡远不想讨论这个令自己尴尬的话题。

都怪那个该死的蛋糕太好闻了，他从厨房经过，已经尽力在克制了，但最后还是没能忍住。只吃了一口而已，就彻底收不住了。

祁衡远马上从兜里掏出一张字条，道："我找圈内的朋友要到了江敏月的联系方式，你亲自打电话去请人家，要表明自己的诚意。"

祁叙知道父亲是在转移话题，留了面子没戳穿他，接过字条，上面是一串手机号。

他拿出自己的手机，边往2楼走，边拨出了那个电话。

另一边，明媪回到家。

其实明媪从小到大生活的家庭氛围，还是比较民主和谐的。小时候父亲疼她，捧在手里怕化了，要什么都给。反而江敏月有时候会稍微严厉一点儿，但每次她总能被女儿撒个娇就哄过去。

明媪以为今天也会一样。

回到家，江敏月在客厅做瑜伽，见女儿回来了，不动声色地继续着自己的动作。

她这般平静，反倒让明媪心虚起来。

她走到江敏月面前，老老实实地叫了声："妈妈。"

江敏月抬腿，拉伸身体，很随意地问："去哪儿了？一夜没回来。"

明媪咳了声，说："昨晚和朋友出去吃夜宵，晚了，就住在他家了。"

"什么朋友？"

"……普通朋友。"

江敏月没说话。

她停下动作，走到桌边喝了口水，而后转过身来，正想质问女儿一句"什么样的普通男性朋友能接她的电话，并锁定她 24 小时的时间"，抬眼就看到了明嫣颈间的一处红痕。

江敏月目光一敛，顿时就明白了。

都是过来人，她怎么会不知道年轻人的冲动。

她即刻别开脸，缓了很久的情绪，才平静地问："做好措施了吗？"

明嫣脸一红，没想到江敏月问得这么突然。她有些尴尬地说："妈，你问这些干什么？我都这么大了，知道保护自己。"

江敏月知道女大不中留，女儿谈恋爱了，有些事必然会发生。而且现在的孩子，都挺注重隐私，连田安妮都说要尊重明嫣的私生活，对她交往的男朋友只字不提。

可自己养大的女儿，就这么跟一个男人过了一夜，江敏月心里到底不是滋味。

既然都到这一步了，她必须知道对方是怎样的一个人了。

"把你男朋友带出来跟我见个面。"

明嫣当然不敢。

转换立场，如果她是妈妈，女儿被一个男的拐走过了一夜，自己肯定已经抽出三米大刀杀过去了。

江敏月气度大，可能现在的平静也只是表面的，指不定心里会怎么想，见面了会不会指着祁叙的鼻子臭骂他一顿？

起码，现在绝不是好时机。为了母亲和男朋友好，这场见面一定要暂时阻止。

明嫣马上说："他出差了，要半个月左右才回来。"

两周过去，再多气肯定也消了。到时候自己再吹吹耳边风，说点儿祁叙的好，缓和一下江敏月的心情再说。

江敏月半信半疑地看着明嫣说："这么巧？"

"对啊，要不怎么让我陪了他一夜呢？"

话音刚落，江敏月哼了声，说："果然是跟他过了一夜。"

明嫣："……"真想抽自己这张嘴。

话题聊到这儿，江敏月的手机响了。

见是个陌生号码，她走到一边，顺口跟明媛说："去拿条围巾把你脖子上的东西挡一挡。"

明媛："……"

江敏月走到不远处的窗边接起电话："喂。"

"您好！请问是江敏月女士吗？"

是一个干净低沉的男声，江敏月却微微一愣。

这声音……怎么有些耳熟？

尽管觉得这个男人和昨晚挂自己电话，说"她没空儿……"的那个声音很像，但江敏月并不那么肯定。

毕竟她不是那种听声辨人的高手，只凭一个声音就能确定对方的身份。

江敏月不动声色地回道："是，您是哪位？"

她倒是期待对方说——"我是明媛的男朋友。"

但没有。男人很礼貌地说："您好！我姓祁。可能我的电话来得很突兀，但这是一个很长的故事，希望能耽误您几分钟的时间。"

江敏月皱了皱眉，答应了他的请求。

紧接着，江敏月就在电话里听到祁叙讲了他母亲对她的喜欢，以及生前的遗憾。

"冒昧地对您提出这个要求真的很抱歉，但我们全家都很希望您能满足我妈生前的愿望。"

这个声音虽然比昨晚从容很多，但江敏月还是越听越像。

祁叙见电话那头的人一直不回复，轻轻喊了声："江女士？"

江敏月回过神来，顿了顿，说："不如，我们见面聊一聊吧。"

不管这个男人是不是明媛的男朋友，他父亲对于亡妻的这份情义，也足以打动江敏月。

她退圈十多年了，还有这样一直记着自己的粉丝，是她的财富。

何况这个男人的声音和女儿男朋友的声音实在太像了，如果真的是同一个人，江敏月更要见一面。

祁叙没想到江敏月这么爽快，当即与她约定晚上在某餐厅见面。

挂了电话，明媛也从房里出来了。

她系了条小丝巾遮住脖子上的吻痕，一边倒水喝，一边问江敏月："谁找你啊？"

江敏月一句话带过说："你不认识，一个很老的粉丝。"

明媪趁机赶紧恭维江敏月道："我妈真厉害，粉丝们一个比一个长情，要不你看看有没有差不多年龄的男粉丝，合适就嫁了吧。"

江敏月瞪了她一眼，说："胡说什么呢。"

其实明媪也就是开个玩笑。她知道父母伉俪情深，母亲这些年来根本没有再婚的打算，这辈子心里只装了父亲一个人。

愿得一人心，白首不相离。哪怕是在不同的世界，心也只完完整整地留给他。

明媪忽然很是感慨，回房后锁上门，偷偷打开日记本，记录下这一刻的心情——

11 月 10 日，晴。

昨天开庆功宴了，原本很开心的，可是没想到开席的时候，浑蛋突然出现了。

没错，他是个浑蛋。

我在台上发言就挑衅了他一下，让他误会了，这人就把我关进了他的小黑屋。

不过也是因为这样，我才知道原来剧组半路来的投资大佬是他，要求删改戏份儿的那个投资人也是他。

后来能怎么办呢，还不是我这个善良的小仙女去哄他。真难哄，哄得我好累。

哦，对了，我们的关系被妈妈发现了，妈妈看上去好像有点儿生气。我能理解她的心情，她一定是担心我被坏人骗了。

可是妈妈，我真的很喜欢他，想一直跟他在一起的那种喜欢。

如果有一天我走在他前面，他会跟他爸爸一样再娶吗？

写完，大概是心疼江敏月的缘故，明媪莫名有些悲伤。

刚好这时祁叙发来微信：还好吗？

明媪合上日记本回他：没事，你呢？

祁叙：我什么？

问完明媱也觉得自己莫名其妙，他们又不是干了什么坏事，为什么要一副互报平安的模样。

想起今日份的蛋糕还没做，她马上问祁叙：我送给你爸的蛋糕，他吃了吗？

祁叙：吃得比他的脸还干净。

明媱笑出声来，就知道那位老爷子逃不过自己的甜品轰炸。

明媱：那我待会儿再做一点儿送过去。

祁叙没有阻止她，回道：我今天有点儿事，晚上不过去找你了。

明媱开玩笑：不会是吃了就跑吧，祁总？

等了几秒，那人意味深长地回了一句话：都没吃饱，跑去哪儿？

骚里骚气的！明媱捂着唇，心里甜丝丝地放下了手机。

她走进厨房，从冰箱里拿出食材继续做起了小蛋糕。

看得江敏月一脸稀奇地问她："你还会做蛋糕？"

明媱嘿嘿笑道："才学的。"

从小到大，家里没让明媱做过一点儿家务，出来闯荡几年竟然还会做蛋糕了。

江敏月很欣慰道："待会儿让我尝尝。"

于是明媱多做了一份，留了六块给江敏月，剩下的六块用盒子装好，提着准备出门。

江敏月问："你去哪儿？"

明媱指指手机说："安妮姐说找我有事，我去一趟工作室。"

当然，顺便把蛋糕转交芮芮，让她给祁衡远送去。

工作室，田安妮刚开完会，告诉明媱说："有几个导演送了剧本过来约戏，你可以拿回去看看有没有喜欢的。不过，我还是希望你能努把力，面试上林继晖导演那个玉茯苓的角色，直接朝大银幕发展。"

话是这么说，谁不想呢？

明媱自谦道："可也不是我想发展就能发展的，玉茯苓的角色我看过了，要有武术基础，我没有。"

"你没有，你妈有啊。"

"……"

"回去好好准备，我已经帮你约了下周试镜。具体片段你妈知道，她也会帮你。"

"好。"明媗点头，"你找我就是通知试镜的事吗？"

"不是，"田安妮拿起桌上的一份文件说，"有个品牌想邀请你代言，价格不错，我还没有给回复，不知道你同不同意。"

明媗听到了一个关键词——价格不错。

她进娱乐圈诚然是因为喜欢，但当然也是为了赚钱。

父亲去世后，整个家都靠江敏月过去攒下的片酬生活，现在明媗可以自己挣钱了，当然也想回报给母亲最好的生活。

明媗当即表现出了兴趣，问："为什么我会不同意？不会是三无品牌吧？"

田安妮摇摇头，把那份文件递给她看，介绍道："是一个潮牌运动内衣，少女系列的。我看过，款式很不错。"

"……"

明媗瞬间明白了田安妮为什么没有马上接下这个代言。

田安妮十分通透，直接把话说了个明白："你问问祁总介不介意。没事，两人先商量一下。当然，这点儿钱对于祁总来说不值一提。"

田安妮不说最后一句话还好，说了明媗心里就不太舒服。

好像在祁叙强大的世界里，自己只是那微不足道的一粒尘埃，他弹个指头就可以决定自己的命运。

"他的钱是他的，我有自己的事业。你不是说过吗？女人要靠自己。"

田安妮笑了，说："你懂这个道理就好。路是你的，想怎么走，你自己考虑。"

明媗听得出，田安妮是支持她发展自己的事业的。

只是她也清楚，自己和祁叙现在已经是恋人关系，出于对他的尊重，这件事应该告诉他。就算没有决定权，也要给人家一个知情权。

明媗回去的时候，天已经黑了。

江敏月不在家，留了条微信：我出去有点儿事，你自己吃晚饭。

刚好一个人在家，明媗便考虑起如何跟祁叙开口说内衣代言的事。

之前参加庆功宴，她只是穿了条露肩开衩的裙子，他就吃醋成那样。现在穿更少布料的内衣拍照的话，"醋精"会同意吗？

318

祁叙跟江敏月约定晚上 6 点见面，他提前到了不说，还安排餐厅清了周围的散座。

江敏月过来的时候，专人引她到包厢内，服务十分周到。

"女士，祁总在里面等您。"

一听这个称呼就知道，这个男人身份不一般。

能想到安排餐厅给自己行方便，就说明他是个细心的人。

推开门，餐桌前已经坐着一个气质不凡的年轻男人。见她来了，对方马上起身，举手投足间透着良好的家教和修养。

祁叙伸出右手，身体微微前倾，问候道："您好！"

到这里，对江敏月来说，祁叙给她的第一印象还不错。

她微笑回握道："你好！祁总。"

两人一起入座。

祁叙说："我去看了您过往的一些专访，了解到您比较喜欢吃南方菜，希望今天挑选的这家餐厅能让您满意。"

江敏月是南方人，习惯了清淡的口味，这一点祁叙的确用心了。

再之后，无论是用餐时的礼仪，还是个人的谈吐、举止，祁叙都完全表现出了一个上流精英应有的状态。

他礼貌且恭敬地提出了希望江敏月能去给自己母亲上一炷香的请求。哪怕是在谈酬金这样的事时，言语中也没有透出半分对明星那种居高临下的优越感。

这一切都让江敏月感觉良好。

"钱就不必了。"她说，"你母亲生前那么喜欢我，去上一炷香并不是多难的事。后天我有空，你给我一个地址，我会准时过去。"

祁叙点头道："不用那么麻烦，后天我会派司机去接您。"

"也好。"

正事说完了，江敏月找到机会，悄悄试探着问了一句："祁总这么年轻，应该有女朋友了吧？"

祁叙喝着茶，淡淡应道："嗯。"

这简洁的一个字足以看出，他并不喜欢跟人闲扯家常。

挺好，有原则，公私分明。

江敏月心细如尘，识趣地没再问下去，只是在心里偷偷想着——

如果面前这个年轻人真是女儿男朋友的话，自己还算满意。

虽然拐走女儿过了一夜，但年轻人恋爱时的冲动都是没有道理的。她理解。

就算昨天的行为扣个 10 分，初印象也还可以给他打个 90 的高分。

正想着，面前男人的手机响了。

是一条微信消息的提示。

祁叙放下筷子，表示歉意道："不好意思，我看个消息。"

他随即滑开微信，不知看到了什么内容，又抬起头问："您不介意我回个电话吧？"

江敏月微笑着说："当然不，祁总请自便！"

祁叙于是起身，走到包厢稍远的位置，拨通了明媛的电话。

刚刚是明媛发来的消息，说：你忙完了吗？我有事想问你。

明媛很少用这样的语气跟自己说话，祁叙怕有什么重要的事，当即就回了电话过去。

"怎么了？"

明媛先扯了些乱七八糟的废话，然后才引出自己接到了一个内衣代言的事。

还没等她问，祁叙就开口道："我不同意。"

明媛："……"

"我这边还有事，待会儿再给你打过去。"

祁叙的声音虽然已经尽量压低，但江敏月还是听见了，尤其是态度强硬的那句话——我不同意。

再回座位时，江敏月笑着说："如果祁总还有事，就不用管我了，我已经吃好了。"

祁叙稍顿，也没有强求，说："那我送您回去。"

"不用了。"江敏月委婉拒绝道，"感谢你的招待，后天见！"

两人就此在餐厅分别。

江敏月特地走在后面，目送着祁叙的车离开。

巧的是，当她回到自己居住的公寓时，却发现这辆 20 分钟前才见过的车，又停在了公寓楼下。

没过多久，明媛的微信发来：妈，我出去一趟，很快就回来。

江敏月不动声色地在车上坐着，没下来。

直到她看见明媱戴着帽子口罩，裹得严严实实的，上了面前的那辆车。

心里的猜测终于得到了印证——这个来请自己参加他母亲忌日的年轻人，就是明媱的男朋友。

而他似乎也根本不知道，自己就是他女朋友母亲这件事。

黑色豪车并没有驶离，一直停在原地，江敏月便也在车上继续坐着没下来。

不知道为什么，她感觉祁叙刚刚那个电话是打给明媱的，那一句强硬的话，也是说给她听的。

江敏月很好奇，他到底在不同意女儿做什么呢？

明媱接到祁叙的电话就下了楼。

上车后，她也不看他，问："不是说有事不过来找我的吗？"

"你知道我为什么来。"祁叙一只手搭在方向盘上，转身看着她说，"我不希望你接那个代言。"

明媱歪着头问道："是不希望，还是不准？"

祁叙顿了顿，说："你应该懂我的意思。"

就知道你会是这种态度，说得好听是不希望，其实就是一口拒绝。臭男人！

明媱哼了声，说："我不懂，内衣广告怎么了？每年的维密秀，我就不信你没看过。你们男人就是这样，表面对这些假清高，其实私下喜欢惨了吧。"

祁叙皱了皱眉道："什么秀？我没看过。"

"我才不信，反正我要拍，我干干净净自己挣钱有什么错？"

"品牌给你多少钱，我双倍给你。"

"……"

明媱忍了几秒，还是没忍住道："你现在是我的金主，还是我男朋友？"

祁叙也知道自己那句话有些过分了，语气缓和了些说："我只是不舍得你露出身体。"

"只是拍广告，而且是运动内衣，很健康的，你别这么霸道好不好？"明媞声音稍微有些急。

祁叙看着她，过了会儿转过头去，淡淡地说："不准。"

明媞咬了咬下唇，忽然也倔了起来，说："如果我偏要拍呢？"

"没有这个如果。"

"……"

啊啊啊啊！！！不讲道理的浑蛋！

明媞不断地深呼吸，在心里默念：不生气，不生气，这是自己挑的男朋友。

知道这个男人吃软不吃硬，明媞憋了一口气，瞬间变了张脸，抱住祁叙的脖子，软糯地说："别这样嘛。"

"……"

"我叫你哥哥好不好？"

"……"

祁叙浑身都不适起来。

明媞开始发动撒娇技能，靠在祁叙肩上，说一句，嗲三句。

"这样好了，我们公平一点儿。你要是支持我的话，我就奖励你。你刚刚不是说你没看过维密秀吗？到时候我悄悄地，亲自走给你看好不好？但你要是不支持我的话，我就……就……"

就了半天，明媞假装很凶地威胁道："我就三天都不理你。"

祁叙本来还有些不爽，被明媞这么一顿折腾，又气又想笑——她一天天的哪来这么多鬼花样。

祁叙故意看了眼手表，淡淡道："无所谓，三天是吗？现在是晚上8点52分，72小时后我再联系你。"

明媞："……"

刚刚还堆满脸的笑容顿时消失，怔了几秒后，明媞生气地指着祁叙说："好，这可是你说的！要找我，你就是小狗！"

接着她下车，重重地关上门。

一直在后面车上等着的江敏月："……"

怎么了这是？吵架了？

她也赶紧悄悄地绕到另一个门回了家。

果不其然，刚开门，江敏月就看到气呼呼地趴在沙发上的明媞。

她装作什么都不知道地问："怎么一副不高兴的样子，谁惹你了？"

明媖摇头道："没有。"

江敏月猜测这俩小孩儿肯定是闹矛盾了，但又不好直白地去问，只好旁敲侧击地说："妈妈一眼就看出来你不开心，怎么了？告诉妈妈，你小时候有什么心事，可都会跟妈妈说的。"

明媖哪里知道江敏月的套路，心一下就被来自妈妈的关心融化了，委屈地问她："妈，你以前拍过什么泳衣、内衣的广告没？"

前后一联系，江敏月基本就知道是怎么回事了。

她回道："广告倒是没拍过，但妈妈那部《巴黎恋人》你看过的，里面有很多穿泳衣的镜头。"

明媖被这么一提醒，顿时更加理直气壮起来。

如果没记错，妈妈那部电影还得了奖！

自己妈妈穿的还是三点式的泳衣，她只是拍一个健康的运动内衣广告而已，臭男人他……他竟然同意三天不理自己！

是的，明媖最生气的不是他不肯让自己拍广告，而是同意三天不理她！

江敏月不知道明媖在想什么，继续试探道："怎么，你要拍这样的广告？"

"不是。"明媖烦躁地摇了摇头，起身回自己房间，"妈，我睡会儿。"

尽管女儿否认，但江敏月太了解她的小神情了，一看就是刚刚两人为了这件事吵架了。

想起那句强硬的"我不同意"，江敏月皱了皱眉，接着打开手机备忘录，敲下几个字：①有大男子主义倾向，-10 分。

同一时间，明媖也在房间里拿出小本本记录祁叙的恶劣行为——

11 月 10 日，晚
狗男人，你惹到我了知道吗？？？！！！
！！！……

干净的一页纸上正文只有这一句话，剩下的全是惊叹号和省略号。只有这样，才足以表达明媖此刻排山倒海、惊涛骇浪般的心情。

这件事暂时给不出确定的答案，祁叙承认自己自私，不想女朋友的身体被大众看到。但这也的确违背了一直以来自己尊重明媱事业发展的初心。

回到家，他联系田安妮要了一份代言品牌以及明媱要拍的内衣系列的资料。

邮件很快发来，祁叙看过之前的一些代言案例后，发现它似乎和自己想象的那种性感内衣不同。

少女运动风内衣即便有些露，但总体来说，呈现给大家的，更多是一种健康的感觉。

祁叙摘下眼镜，按了按眉心。

作为男朋友，他一百个不愿意明媱拍这样的广告。因为即便再健康，总归是内衣，网络世界里总会有些没有下线的色情狂，他无法忍受明媱的照片被这些人拿着意淫。

可他没有办法，小白眼狼都拿出三天不理自己来威胁了，稳准狠地点中了他的死穴。

是，他做不到。别说三天，一天，半天都做不到。

祁叙叹了口气，在心里已经妥协了。他盯着电脑上的产品图走了会儿神，正想着怎么打电话过去哄一哄，忽然想起明媱说自己要是同意的话，就悄悄地亲自走个什么秀给他看的事。

祁叙花了几秒才想起那三个字——"维密秀"。他的确很少关注这些娱乐时尚圈的活动，不知道维密秀到底是什么。

出于好奇，祁叙在电脑上输入了这三个字。屏幕上顿时跳出了一幕幕令人血脉偾张的画面。

祁叙："……"

10

我的女儿叫明媱

当天晚上，祁叙给明媱打了三个电话，看上去已经毫不在乎"要找我，你就是小狗！"这样的威胁。

但明媱好像并不稀罕召见他这么一只小狗似的，一个都没接。

没办法，祁叙只好发了条微信消息：不拦着你了。

明媱还是没有回应。

于是他言语清晰地又发了一条：我同意你拍那个广告。

明媱看着接连发来的两条微信消息哼了声。

晚了！她现在在意的不是自己能不能拍广告的事，而是祁叙竟然答应了三天不理自己。

这是多么可怕的一种苗头！她当时给出这个选择的时候，自己都觉得很残酷。

他们处于热恋期，才刚刚完成了人生中最和谐的一件事，理应是如胶似漆、难舍难分的状态！狗男人竟然能那么轻而易举地同意三天不理她。

所以，就算祁叙现在后悔也来不及了。说 72 小时就是 72 小时，一秒钟都不会让你提前见到我。

明媱没回他，但是暗暗地发了一条朋友圈。

而一直没有等到明媱回复的祁叙，顺手点进了她的朋友圈，本想看看她今天又发了什么，结果就看到了这么一条新动态——还有 70 小时 40 分钟。

祁叙看懂了她的暗示，瞬间失笑。自己怎么会喜欢上这么一个记仇的小女人？

他的手在屏幕上停了会儿，正考虑要在这条动态下回什么，忽然看到明媱自己在评论区留了一个"咒骂"的表情。看出来了，在隔空骂他呢。

祁叙也跟着点开所有表情，慢慢滑过，找寻着适合在此刻回复给明媱的。

他其实很少用微信，微信对他而言，就是和几个朋友日常约着组局的联系工具，聊天儿少之又少，对这些表情表达的意思更是不熟。

一个个地看过后，发现居然有个表情叫"亲亲"。他轻轻翘了翘唇角，那就发这个吧。

于是在明媱的"咒骂"评论下面，赫然出现了一个"亲亲"。

三秒后，评论区下，明媱继续隔空回了一个"傲慢"。

祁叙在座椅上转了一圈，背对着书桌，忽然兴致勃勃地跟她玩起了这种哑谜游戏。之后明媱那条动态的评论区就变成了这样——

明媱：咒骂。

祁叙：亲亲。

明媱：傲慢。

祁叙：亲亲。

明媱：左哼哼。

祁叙：亲亲。

明媱：右哼哼。

祁叙：亲亲。

明媱：便便。

祁叙一个表情用到底，明媱各种表情回击。两人正你来我往玩得起劲时，忽然横空出现一条新回复打乱了他们的队形。

蒋禹赫：你俩能换个地方调情吗？

明媱一直在等着祁叙的表情，没想到等来了蒋大佬的评论。

她敢肆无忌惮地跟祁叙发这些，就是仗着微信上两人没有共同好友，却忘了之前有一次因为剧的事加过蒋禹赫。加上之后他就一直躺在好友列表里，以至于她都忘了自己加过这个人。

明媱觉得有些尴尬，退出了评论区。

然而，祁叙回复了蒋禹赫：请你看了？滚——

明媱原本还生着气的，莫名其妙就被祁叙这单一的回复哄笑了。

什么鬼？自己也太好哄了，几个微信表情就哄好了？

不行不行，再高冷一会儿。

于是明媱放下手机，出去倒了杯牛奶，回来的时候竟然发现朋友圈多了十多条回复。

好家伙，这俩身家数不清多少亿的男人，竟然打起嘴炮来了。

明媱边喝牛奶，边看他们的对话，心里的那股子气也渐渐消了。

其实本来也没多大事，就和祁叙现在退了一步同意她拍摄一样，明媱也曾想过，如果祁叙真的坚持不同意，她也会为他妥协。

但现在就是不想理他，不然让他发现自己这么好哄还得了？

明媱这边没了动静，蒋禹赫跟祁叙私聊：够了没？陪你演了这么久。

祁叙通过抗议蒋禹赫这种闯入他人恋爱秘密花园的行为，侧面表达了对明媱的爱。

比如什么"我跟我女朋友说话关你什么事？""羡慕我有女朋友？""嫉妒我？"等诸如此类的"骚话"，以达到哄明媱开心的目的。

蒋禹赫被祁叙喷得一脸乌青，发消息表示不满：你自己的媳妇哄不好就祸害我，你给我多少钱？

祁叙这时人已经站在了阳台上，他偏头点了根烟，平静地发出对好友的问候：一条一块钱，你数数一共几条，现在转账。

蒋禹赫：……有了女人真是了不起，这么嚣张。

祁叙吸了口烟，嘴角还留有笑意。

像这样插科打诨的对话，他以前几乎没有发过。

旁人眼中的祁叙就是一部无情的工作机器，感情淡薄，连对待家人都是如此，好像根本没有什么能打动他。

但自从认识了明媱，耳濡目染了她的那些古灵精怪，祁叙发现，自己竟然也开始去发现生活中那些曾经不屑一顾的乐趣。

比如那些微信表情，再比如，从前在这阳台上看满眼的繁华夜景，心里感觉到的只有无尽的荒芜，但现在他会觉得，如果这些漂亮的人间风景有明媱陪着，又是完全不一样的心境。

淡淡吐出两口烟雾，祁叙看了看手机。

明媪虽然还没回复自己，但他知道，她刚刚一定已经在手机那边笑了。

现在估计正傲娇着，不肯低下她瑶池小仙女高贵的头颅罢了。

那就让她骄傲一晚上好了。

祁叙给明媪发了一条微信消息：明天再找你，晚安！瑶池小仙女。

明媪看到这句话的时候抖了下肩，没忍住起了些鸡皮疙瘩。

臭男人为了哄自己也是挺费心的，各种厚脸皮，不择手段地拉朋友出来不说，现在还这么接地气地喊自己仙女。

明媪抿着唇笑了。

虽然不愿意承认，但她真的很喜欢这个愿意放下高高在上的姿态哄自己的祁叙。

这样的他让明媪觉得真实，真实地拥有他，被他喜欢着，爱护着。

因为要去给祁叙的母亲上香，江敏月没有那么素净的衣服，第二天正好没什么事，就以给明媪置办点儿衣服的理由，拉着她去了商场。

两人都是明星，一个是过去红到发紫，另一个是现在人气飙升，出门到底没那么方便。

还好江敏月去的是京市最奢侈的一家高端商场，里面大多是世界名品，奢侈大牌更是数不胜数。当然，逛的人也就没那么杂，没那么多。

明媪戴着口罩，小心翼翼地跟在江敏月身后，说："妈，我们不用这么奢侈吧，这里的衣服随随便便都是几万十几万的。"

江敏月却淡定地回她道："看看不行吗？又没说一定要买。"

明媪："……"看看还真的不行。

明媪太了解这个商场了，上大学的时候陪简宁来过一次，当时简宁不知道自己的卡被冻结了，挑了两件衣服去试，却在买单的时候被告知刷不出钱，她至今都记得那两个柜姐的眼神。

可她又不好打击妈妈逛街的积极性，只好在旁边陪着。

路经一家很红的高端时装店，江敏月很感兴趣地对女儿说："媪媪，进去看看。"

明媪看了眼那个牌子，劝阻道："算了吧妈，这个牌子最便宜的好像都要十几万，你给我买衣服也用不着这样。"

江敏月却无视女儿的话，径直走了进去。

她戴着墨镜，即便着装不贵，但就冲那仪态，柜姐也感觉到了她身上有一种"我买得起"的气场，于是非常愉快地接待了江敏月。

明媱没办法，只好拉高了口罩跟进去。

她第一部戏演林芸芸那个角色一集才五万块，整部戏下来也就一百多万块的片酬，扣完税，还不够她在这里买三四件衣服的。

明媱并不是一个追求品牌的人，只要好看、喜欢，衣服是专柜的还是网购的，名牌的还是普通的，她看得不重，所以她觉得眼下这种过分奢侈的选购，实在没有必要。

明媱本以为妈妈看了吊牌价格也会咋舌，谁知逛了一圈，她非但没走，还拿了两件给自己说："去试试。"

明媱："？？？"

手里一件裙子12万，一件外套19万多。明媱怔了怔，压低声音说："不用试了，我不喜欢。"

江敏月太了解自己女儿喜欢什么了，这两件完全就是按她喜欢的风格选的。

她把明媱推进试衣间说："试了才知道喜不喜欢，快去。"

明媱："……"

明媱进去后，江敏月就随手拿了本杂志坐在附近的沙发上等。

刚坐下，从外面又进来了两个顾客，也是年轻漂亮的姑娘，一看就是那种千金小姐。

她们也选了喜欢的衣服，正要进试衣间，刚好迎面撞上出来的明媱。

换衣服时，明媱取下了口罩，出来的时候又忘了戴上，导致对方很快认出了她。

"明媱？"

明媱也愣了下，竟然在这种地方遇到了今棠，她身后还跟了个女孩儿，看上去正准备一起去试衣服。

明媱礼节性地点头就准备出来，不知那个女孩儿是不是为自己的朋友鸣不平，忽然冷嘲热讽道："祁叙是不是被人下药了脑子不清醒？放着你这么个千金小姐不要，跑去泡这种十八线小明星。"

今棠用眼神暗示朋友：别乱说。

随后她又跟明媱道歉说："不好意思哦，我朋友不是在说你。"

这句解释挺好笑的，这里还有别的小明星吗？

今棠满是"茶味"的道歉，反而让原本没在意的明媪有些不爽。她用同样的语气回敬道："是你朋友吗？不好意思，我还以为是哪只疯狗在这里汪汪乱吠。"

"你——"今棠的朋友一时气急，似乎要说难听的话，但话到嘴边又碍于种种原因刹住了。

她换了种说法，用一种居高临下的眼神看着明媪手上的衣服讥诮道："刷男人的卡刷得很熟练了吧？"

明媪知道她在嘲讽自己花祁叙的钱，可天地良心，他们在一起，除了他主动送的礼物，她没花过他一分钱，更没要过他的卡。

这口锅明媪背得不服气，正要争辩两句，柜姐忽然走过来，对今棠和她朋友说："抱歉两位小姐，你们要试的这两件衣服被这位小姐的妈妈买下了，你们可以看看那边的新款。"

柜姐很礼貌地拿走了她们手上还没来得及去试的衣服，然后和明媪手里的放在一起，客气地说："小姐这边请，我帮你包起来。"

今棠和她的朋友都一脸无语。明媪则震惊得说不出话来。

明媪追过去，发现妈妈的确站在结账的地方，她身材曼妙，气质卓然不凡，像个高不可攀的阔太。

今棠的朋友在旁边气恼到跳脚道："什么态度？我还没试！"

今棠不耐烦地"嘘"了她一声，目光紧紧停留在江敏月的背影上。

奇怪，这个女人是明媪的妈妈？她有一个这么高消费水平的妈妈？难道是祁叙给的钱？

光是看这个女人的背影，就能看出她不是那种市井小户的。

她很有气质，哪怕只是一个背影，也透着岁月沉淀下来的淡然和内涵。

今棠想等着看她的正脸，却没有如愿。

母女俩结完账就被柜姐一脸恭敬地送走了，加上戴着宽大的墨镜，什么都看不清。

今棠不是草包，当即觉得明媪的身份可能并不像自己了解的那样，只是一个籍籍无名的新人演员。自己刚才随手拿的那件衣服，在这京市，能如此轻松随便地买下的也没有几个。所以，她到底是谁？

从店里出来，明媪感觉自己好像拎了一辆豪车在手里，又沉又重。她欲言又止，缓了会儿，终于问出口："妈，你不会把你全部身家都用来帮我出气了吧？"

这手里的五个袋子，少说得有七八十万。

江敏月淡淡睨了她一眼道："你妈的身家就这么点儿？"

明媛："……"

父亲过世后，母亲便不再拍戏，母女俩的生活全靠过去的片酬支撑。所以明媛很懂事，物质上从不对江敏月提过分的要求。

可现在，她突然给自己买了七八十万的衣服。明媛脑洞大开道："不会是我们家的房子要拆迁了吧？"

江敏月笑了，敷衍她道："嗯，是。"

明媛只是伤感了几秒，就关心起了赔偿款的问题。

她家可是在老城区呢，按现在的行情，没有个几千万下不来的，所以她突然成了传说中的"拆二代"了吗？

这也太爽了！还拍什么戏啊，明天就回家做包租婆得了。

明媛当真了，马上给自己安排了一百种精彩的人生新角色，抓着江敏月的袖子问东问西。

可江敏月却没有忘记刚才在店里听到的那些话，她冷不丁地忽然问明媛："刚刚那个女的是谁？"

明媛一愣，问："哪个女的？"

"试衣间，穿白色套裙那个。"

明媛心里惊了下，不得不说老妈的眼神的确老辣，明明两个女人，她却一眼看出了和自己有瓜葛的今棠。

明媛垂着头走了几步，刚刚的对话妈妈显然都听到了，所以眼下也没什么隐瞒的必要了。她乖乖回答道："我男朋友以前的未婚妻。"

江敏月立刻停下步子，眉头蹙起道："未婚妻？"

明媛忙解释说："不是他喜欢的，是他家里安排的，后来退婚了，就没关系了。"

昨天吃完饭回来后，江敏月通过祁叙给的名片已经了解了他背后庞大的家族背景，眼下再听明媛说了这样的话，心里不由得沉重了几分。

但她面上什么都没说，只是"嗯"了声，就把话题带了过去。

母女俩逛了一下午，江敏月也给自己买了一件素雅的衣服，方便明天去祭拜。回到家，芮芮刚好也找上了门。

她手里提着大包小包的，明媚纳闷儿地问："干吗呢，这是？"

江敏月在，芮芮只好低调地回明媚说："那个谁，赔给你的衣服。"

"赔我的？谁啊？"明媚起初没听懂，等打开其中一个手袋，看到里面熟悉的裙子后，她瞬间明白了——是祁叙赔来的衣服。

不错，还记着呢。

只是叫他赔一件而已，他至于这样大包小包地送上门吗？

明媚抿了抿唇，虽然嘴上不说，但抑不住满心欢喜。

芮芮走后，她把祁叙赔来的每一件衣服都拿出来放在床上。

除了被弄坏的裙子的同款外，祁叙还买了好几件价格不菲的日常款。他有品位，挑来的款式都很合明媚心意。

真是巧了，同一天，最爱的两个人都给自己买了衣服。

明媚趴在床上想，这算不算是上天的某种暗示呢？

江敏月靠在门边看着女儿偷偷傻笑的样子，叹了口气。

小女孩儿，几件衣服就高兴成这样，火候还是不够啊。

到了晚上 7 点，母女俩正在家里吃饭，祁叙给明媚打来了电话。

明媚本来还想憋住不接的，可铃声响了四五下后，到底还是没忍住。

"你承认自己是小狗吗？"

女孩儿的声音传来，带着一点儿可爱的傲娇。祁叙就在她家楼下，他坐在车里，手里玩着一个小盒子说："承认，下来，我想见你。"

明媚饭都不吃了，随便找了个理由飞奔下楼。

她也想见他，什么 72 个小时，早就不算数了。

明媚上车的时候，带进了一股冷空气。可她是笑着的，眼里好像有星辰，闪着能融化一切冷漠的光。

"叫我下来干吗？亲自学小狗叫给我听吗？"

祁叙目不转睛地看着她。

不知道为什么，哪怕现在人已经在面前了，他还是特别想她，好像一种刻在心房里的执念，就想一直和她在一起，看不够，腻不够。

明媚挥了挥手，问："说话，发什么呆呢？"

祁叙回神，顿了顿，说："可我想听你叫。"

明媚完全没听出他话里的第二层意思，说："凭什么我叫啊？我又没主动找你，我又不是狗。"

话刚说完，她忽然明白了男人的弦外之音，脸颊一红，伸手去打他道："叫你个头。"

祁叙轻轻笑着，按住她的手说："给你样东西。"

"什么？"

祁叙从刚刚把玩的那个小盒子里拿出一条项链——金色的，细细一条，下面挂了颗镶金的祖母绿宝石，看起来特别富贵："我帮你戴上。"

明媱却往后躲了躲，问："谁的？"她看得出这不是一条新项链，很有年代感。

片刻，祁叙淡淡道："我妈的。"

明媱很惊讶："啊？"

"很小的时候，我妈说，以后我长大了喜欢谁，就让她戴着这条项链回去见她。"

明媱好像明白了祁叙的用意，又不是那么明白，重复道："见她？"

沉默片刻，祁叙说："明天是我妈的忌日。"

他解开项链，手捏两头，动作却停在了空中。

这份礼物，他愿意送，不代表明媱愿意收——他在等她一个答案。

顿了会儿，明媱靠在车门上的身体慢慢往前移。

她低下头，抓起自己的长发，露出光滑的脖颈儿，然后微微偏头，迎着祁叙的视线。

淡黄的车顶灯光打在明媱白皙的侧脸上，她的眼神澄澈又坚定，好像在说：我愿意。

祁叙看懂了，他身体前倾，呼吸停在她耳畔，双手掠过她修长的脖子，虔诚地扣上了这条充满特殊意义的项链。

系好后，他的手自然落在她肩头。呼吸交错在一起，四目相对，男人的目光在慢慢升温。

明媱轻声问道："你是不是想吻我？"

祁叙"嗯"了声，嗓音很哑。

"真巧，"明媱双手挂到他脖子上，够着他的鼻尖说，"我也是。"

祁叙微微垂眸，吻住她的唇，似逗弄般亲亲咬咬了片刻，他低声问："明天跟我去见她好不好？"

半晌，明媼更紧地抱着他道："好！"

今天原本是去和运动内衣品牌方见面的日子，但再大的事，都抵不过去见祁叙的母亲重要。

于是明媼跟田安妮找了个借口把见面推到了下午，还在想要怎么跟江敏月说这件事。

谁知吃早饭的时候，江敏月告诉她说："我今天要出去一趟，有点儿事。你跟品牌方见面的时候别摆架子，谦虚点儿。"

明媼忙一口应下道："知道了。"

饭后，江敏月先出的门。

等她走了，明媼马上给祁叙打电话："是在你家吗？我直接过去？"

"不用。"祁叙正在安排祭拜的水果，他看了眼手表说，"我现在过去接你。"

这边刚挂，司机的电话又打进来："祁总，江女士已经接到了，正在来的路上。"

"好。"

一切看似都在有条不紊地进行着。

每年的这一天，祁叙都会休假。

自从搬出大宅，他就把母亲的灵位请到了自己家里。放在祁衡远那儿，让母亲每天看着自己老公和别的女人互称夫妻，他这个儿子做不到。

所以这些年每逢母亲忌日，祁衡远都会自觉过来。最初几年郑容也跟着一起，后来渐渐就不来了。

往常都是父子二人完成的事，今年却多了两个女人——一个是母亲生前最喜欢的明星，另一个是自己认定的未来要携手一生的人。

祁叙觉得，母亲如果在天有灵，今天应该会很开心。

祁叙出门接明媼前叮嘱祁衡远道："江敏月快到了，您待会儿客气点儿。我出去一趟，马上回来。"

祁衡远并未在意祁叙的离开，只当他是去买什么东西，毕竟今天零碎事挺多。

十分钟后，江敏月到了。

司机将她引进客厅，祁衡远正坐在沙发上看江敏月的新闻，发觉本人来了，忙客气道："欢迎欢迎，我是文娴的老公，感谢您能抽空过来，这边坐！"

江敏月今天盘起了长发，身着素雅的灰色国风长裙，气质恬淡又温和。

"不用客气，上一炷香的事。"她浅浅微笑着看了看周围问，"祁总呢？"

"他有点儿事出去了，马上回来，您先坐一会儿。"

两个素不相识，完全不在同一领域的中年人，不得已开始了"尬聊"。

"这么早过来，您吃早饭了吗？"祁衡远先客套了一句。

"谢谢！吃过了。"

"啊，好。"祁衡远笑了笑，又对阿姨说，"把那个谁送来的甜品拿过来，再泡杯好茶。"

没过一会儿，阿姨端来了祁衡远最爱的套餐——龙井配甜品。

祁衡远招呼江敏月道："试试这个，特级狮峰龙井，配点儿小点心。"

江敏月还未开口，祁衡远马上又补充道："放心，低糖低脂，不长胖的。"

"是吗？那我尝尝。"江敏月微笑着看向面前的精致餐盘，忽然一皱眉。

这小蛋糕怎么跟明媲做给自己吃的那个一模一样？

江敏月拿起其中一块轻轻咀嚼，果然，酸奶味的，是她昨天做的口味。

这几天明媲每天都在家做蛋糕，做好就说去工作室，江敏月还一直以为她是送去给田安妮她们吃的。原来是送来了这里。

江敏月不动声色地吃着，问祁衡远道："味道不错，不知道是哪家店订的？"

祁衡远像得到了认同似的笑了两声，还挺高兴，说："别人做给我的，喜欢您就多吃点儿。"

江敏月喝了口龙井，茶香浓郁刚好中和了甜品的滑腻，这位董事长的确会享受。她放下茶杯，说："这是祁总做的吧？"

江敏月故意套话，祁衡远却毫不知情。

"他会做个什么啊，是……其他人做的。"老头子顿了顿，忽然岔开话题，"对了，我刚刚看新闻，您又要复出拍武打片了？一定很辛苦吧？风吹日晒的。"

江敏月皱了皱眉，想起祁衡远吩咐阿姨拿蛋糕时的用词。

刚刚是"那个谁"，这会儿又是"其他人"，敢情我女儿做了这些孝顺

335

你，还换不来一个肯定和承认？

江敏月顿时就有些不悦，蛋糕也吃不下了。

"方便用一下您家的洗手间吗？"她没了聊天儿的心情，想离开会儿。

祁衡远马上说："当然可以，那边请！"说着，就让阿姨过来领江敏月过去。

江敏月前脚才走，后脚祁叙和明媛就到了。

门开了，祁衡远一抬头就看到了明媛。他微微愣了下，虽然没说话，但脸上写着"你还真把人带回来了"的不悦。

祁叙牵着明媛的手走到沙发边下，淡淡道："看什么，不认识？"

祁衡远收回视线，没吱声。

明媛知道，这老头儿可能还在气自己拍了他头的事，尽可能礼貌地打招呼道："叔叔好！"

她的目光落在面前的餐盘上，又说："前几天听祁叙说您肠胃不好，我昨天特地做了酸奶味的，有助消化。叔叔，您还喜欢吗？"

祁衡远低头假装看新闻道："我没吃，拿来招待客人了。"

明媛："……"

祁叙给了明媛一个眼神，大概就是"别听他瞎说，他吃得可欢了"的暗示。明媛便抿了抿唇没再说话。

阿姨这时也给明媛泡了杯茶，刚好明媛渴了，端起就喝。

祁叙看到另一个茶杯，知道江敏月肯定已经到了，问祁衡远："客人呢？"

祁衡远答："洗手间。"

明媛好奇地问："还有谁？"

祁叙说："我妈生前很喜欢的一个明星，我爸请她过来给我妈上炷香。"

既然是祁叙母亲喜欢的，那一定是娱乐圈的前辈。明媛没想到，今天来祭拜还能遇到同行明星，就是不知道自己认不认识？

正说着，江敏月出来了。

祁叙先看到她的，拍了拍身边的明媛说："过来，我给你介绍一下。"

明媛赶紧放下茶杯，抬头想看是哪位前辈，可等看清面前那个人是谁后，一口茶呛到喉咙里，一不小心又喷了出来。

祁叙："……"

祁衡远："？？？"

明媱是真的没控制住。这场景，比见了鬼还可怕好吗？

早上和妈妈乖巧地说拜拜，结果半个小时后两人相遇在本该出差了的男朋友家。这是什么修罗场？

明媱慌里慌张地拿纸擦了下嘴，眼睛都不敢看江敏月了。

到底影后的演技要老练点儿，虽然明媱也来了，但这对江敏月来说并不意外。

所以诧异也只有那么一两秒，反倒是祁衡远接下来的话，让江敏月再一次皱起了眉。

祁衡远不悦地看着明媱问："怎么喝的？注意着点儿！"

明媱也知道，自己莫名其妙突然喷一口茶是挺失礼的，正想道个歉。

江敏月不紧不慢道："呛口茶而已，祁董事长别吓到小姑娘了。"她走到沙发边坐下，看了明媱一眼。

明媱心虚地躲开了她的目光。

江敏月笑道："这是祁总的女朋友吧？"

祁叙点头，并介绍道："明媱，也是一名演员。"

明媱的心都快跳到嗓子眼儿了。别说了，别说了，你俩别对话了！救命啊！

也不知道是为了惩罚女儿的欺骗，还是想要考验明媱的临场发挥，江敏月意味深长地演起了戏："明媱看到我，好像很惊讶啊？"

明媱哆哆嗦嗦道："没……没有。"何止是惊讶，简直是恐怖片！

不行，她受不了了，她必须得马上提醒祁叙，他现在正面临的"修罗场"险境。

明媱悄悄拿出手机，正准备给祁叙发个微信，祁衡远突然冒出了一句："有客人在，别玩手机！"

江敏月："……"

祁叙不太痛快，瞥了老爷子一眼说："管东管西的，您是不是闲的？"然后，他又轻轻拍了拍明媱的手说："玩你的。"

虽然祁衡远可能会不高兴，但为了接下来不发生任何意外，这个消息必须发。明媱赶紧给祁叙通风报信，发完后松了口气。

可想象的画面并没有来，祁叙的手机甚至响都没响一下。

等了好一会儿，明媚没忍住，开口道："你手机借我用一下。"

祁叙在兜里没摸到，低声说："可能掉车上了。"

明媚："……"看明白了，今天这出戏就叫《天要绝我》。

可能是为了缓解"儿子不服老子管""儿子胳膊肘朝媳妇拐"这个尴尬局面，祁衡远主动换了个话题，问道："江影后，您有儿女吗？"

江敏月点点头说："有个女儿，刚开始工作。"

祁衡远道："女儿好啊，我一直就想有个女儿，可惜生了两个儿子，还一个比一个不听话。"

稍顿，他又用羡慕的口吻夸赞道："影后的女儿一定很优秀，肯定有不少男孩儿追吧？"

江敏月笑了笑，若无其事地看了明媚一眼，说："可她就死心眼儿地喜欢那一个，偏偏男方家里还不怎么待见她。"

明媚："……"

"那，那家人也太不懂珍惜了。"祁衡远看上去还挺遗憾，"您要是早几年复出，咱们两家早点儿认识，说不定还能结成——"

话一顿，大概是想起明媚还在场，祁衡远又收住了后面的话，改口道："总之，儿女长大就不由父母了，他们喜欢就好。"

正说着，用人过来通知道："董事长，少爷，里面都准备好了，可以开始了。"

祁叙点头说："那喝完这杯茶我们就开始？"

"好。"

一行人正准备去偏厅，大门门铃突然响了。

来的竟然是郑容，她从容淡定地挎着铂金包走进来说："没迟到吧？"

祁衡远对她的出现毫不知情，冷厉问道："你过来干什么？"

"文娴姐忌日我怎么能不来，以前又不是没来过。"郑容脱了风衣外套，随手扔在沙发上，这才正眼看了下江敏月。

片刻，她轻笑道："这就是江敏月？"

这个笑里充满了不屑。

祁衡远顿时有些尴尬，低声斥责她道："来上香就在旁边坐着，上完就走，少说话。"他又放缓语气对江敏月道："不好意思，这位是我现任太太。"

江敏月其实也猜到了，淡淡地看了眼郑容，什么都没说，垂眸继续喝茶。

她举止端庄，神色泰然，倒显得郑容刚刚那句讥讽很没风度。

祁叙这时候已经有些黑脸了，碍于江敏月和明媚在场才没发作，生生把所有不悦都咽了回去。

可他刚刚说服自己接受郑容的到来，更荒唐的局面出现了——今棠也紧跟着来了。

这下连祁衡远也看不懂了，问道："棠棠，你来干什么？"

站在门口的今棠，乍一看屋里这么多人也被吓了一跳，她看着郑容说："阿姨叫我过来祭拜祁叙的母亲。"

江敏月："……"

等会儿，这个女孩儿她昨天见过，明媚不是说她是祁叙以前的未婚妻吗？

怎么今天这种场合，前任、现任一起上？成何体统！

江敏月皱眉不作声，暗中嫌弃得紧。

看到今棠出现后，祁叙的火气有遏制不住要爆发的苗头，明媚使劲拽着他的手安抚道："没事没事，别气，都来给阿姨上香，阿姨受得起。"

说是这么说，可祁叙忍不了。

这是母亲的忌日，不是什么狂欢日，左来一个，右来一个，赶集凑热闹啊？而且还都是他讨厌的人。

"张姨，"祁叙冷冷地说，"你带江影后先去给我妈上香。"

用人阿姨已经察觉出火药味了，忙过来带江敏月离开。

"您跟我来吧。"

江敏月虽然挺想看看是怎么回事的，但她没有任何理由留下来，只好跟着阿姨先去了偏厅的灵位前祭拜。

偏厅的门一关上，祁叙径直走过去打开大门，毫不客气地压着声音说："你们两个马上滚！"

祁衡远没料到祁叙会有这么大反应，平时儿子老婆争争打打就罢了，今天这个特殊的日子，他实在无法向着郑容，便也催促道："这里没你们的事，你跟棠棠赶紧走。"

可郑容心里憋着一口气。

度假村的事，她之后通过别的股东才知道，原来祁衡远一早就定了这个项目给祁叙做，从没考虑过她。现在又为了一个死了这么多年的前妻，兴师动众地请明星回来，他对这母子俩简直偏心到家了。

郑容今天摆明了是想借题发挥，她理直气壮道："我儿子不在，他未婚妻替他来给娴姨上炷香，有问题吗？"

"再说了，"郑容站起来，走到明媢旁边，睨了她两眼说，"棠棠差点儿做娴姐的儿媳妇，来上炷香有什么不合适的？"

偏厅正在上香的江敏月听得动作一顿，一脸问号。

等会儿，谁未婚妻？这个女孩儿不是祁叙的前未婚妻吗？怎么现在又变成继室儿子的未婚妻了？

这家人的伦理关系也太乱了吧，想到这里，江敏月的眉毛已经快拧成麻花了。

听到郑容那句挑衅的话后，祁叙忍不住要冲过去说些什么，却被明媢拦住了。

她知道祁叙这一开口，话肯定不会好听，说不定就没法收场了。

按照往常，长辈在，明媢可能不会去跟郑容争这个理，可今天是祁叙母亲的忌日。她脖子上戴着的那条项链，仿佛让她有了某种使命一般，不愿意也不允许任何人破坏这个日子。

她更不想祁叙在今天跟谁动气，所以明媢淡然地看着郑容，平静地说："当然不合适。"

郑容一愣，觉得挺新鲜的，哂笑道："明小姐还没过门呢，这是在教我做事？"

"您要愿意听，我也愿意教。"明媢耸耸肩，无所谓做这个丑角，"祁叙亲妈的忌日，您这个后妈上赶着来舞什么？自己一个人舞不够，还带个伴舞来。您这个做派，怎么跟古代那些没头脑又爱争宠的庶妻似的，毫无风度和气度。"

郑容被气得不轻："你——"

说不过明媢，郑容转过去看着祁衡远，冷笑道："这就是咱们祁家的儿媳妇？真厉害啊，没过门就这样，过门了还得了？"

祁衡远手背在身后，心里明白是郑容不在理，又不好当着晚辈的面拂自己老婆的面子。只好咳了声，对明媢说道："有你这么跟长辈说话的吗？"

明媢闭上嘴，没再开口。

祁叙当然见不得明媪吃亏，马上反击回去："什么长辈？我从没承认过她是我的长辈。何况现在在我家，明媪是我女朋友，就是这个家的女主人，她想说什么就说什么，不需要谁来批准。"

祁衡远被弄得下不来台，话赶话也愠怒道："你眼里还有我这个爸爸吗？我还没同意你们的事！"

就在父子争论时，一个淡淡的女声忽然从旁处传来——

"不好意思，打断一下。"

众人回头，才看到是江敏月出来了。

祁衡远和祁叙的面色都因此而缓和下来。

"我已经给文娴上了香。"江敏月说。

祁叙平复着情绪道："抱歉，我马上安排司机送您回去。"

"等会儿。"

江敏月抬了抬手，她走到明媪身边停下，对祁衡远微笑道："祁董事长，有句话我想纠正一下您。"

祁衡远不知内情，赶紧接上道："您说。"

"先不说您同不同意他们的事，起码从这一刻开始，"江敏月敛起笑容，清晰又冷淡地说，"我不同意。"说完，她拉着明媪便往外走。

祁叙的心重重地跳了下，虽然他一时间没能串起这两人的联系，但还是敏锐地察觉出了哪里不对。他拦住江敏月道："我听不明白您的意思。"

"不明白？"江敏月的神情高傲中透着一丝不屑，回头直盯着祁衡远说，"那我就介绍一下。"

江敏月牵起明媪的手说："我女儿叫明媪，的确如董事长所说，很优秀。"

说完这句话，江敏月便强拉着明媪走了。

大门被"乓"的一声关上，客厅里死水一般寂静。

郑容本来只是怄气，想来老公面前闹一闹，从没有想过要破坏祁叙和明媪的关系。可她现在却间接导致了明媪母亲否定了祁叙，以及整个祁家。

谁能想到，请回来的大明星影后竟然是明媪的妈妈，谁能想到呢？

客厅里，所有人坐在一起，没人说话。

大概也是没人敢说话，祁叙的神情已经难看到了好像随时会把他们抢起来打一顿的样子。

良久，他起身，一言不发地去了偏厅。

祁叙什么话都没说，在布置好鲜花和水果的灵台前上了三炷香。然后他走出来，锁上了偏厅的门。

意思已经很明显了，他不愿意任何人再进去打扰母亲。

祁衡远和郑容还坐着。

祁叙走到他们面前，垂眸冷冷道："两位满意了？闹够了吗？"

祁衡远面色凝重，不悦道："你这是什么态度？"

祁叙立马回他："那您刚才是什么态度，她又是什么态度？我告诉你们——"说着他弯下腰，语气冷得怵人，"你们不让我妈消停，你们也别想好过！"

后面这句带着威胁意味的话，听得郑容张了张嘴，她想要说什么，祁衡远却压住了她的手，最终压下了一场争吵。

祁叙转身去了2楼，没再跟楼下的人说一句话。

祁衡远了解祁叙，如果他连架都不愿意再吵，只能说明他已经气到了极点，气出了内伤。

祁衡远承认，刚刚在明媚和郑容之间，他私心偏帮了自己老婆，伤了儿子的心不说，也让亲家失望了。

他到现在都没回神，明媚竟然是江敏月的女儿。难怪刚刚她们见面时，明媚会喝茶呛到，会出现各种异常的举动。

这是一个误会，更是一场难得的缘分。

冥冥之中，或许是亡妻安排了这一切，将自己偶像的女儿和儿子拉到一起，让他们相爱，完成了自己的夙愿。可他所在意的脸面，却搞砸了这一切。

祁衡远沉沉地叹了口气，起身道："回家。"

郑容默不作声，这会儿完全老实了，再也没了刚才的气焰，跟在祁衡远身后离开了。

2楼，祁叙让阿姨去车库拿来了手机，他这才看到明媚发给他的消息：江敏月是我妈，我妈，我妈！我不知道她来你家了，千万注意别乱说话！

难怪，她古怪地要借自己的手机。

祁叙头痛了起来，他不是不想给明媚打电话过去，而是打过去他都不知道怎么开口去解释这样一场闹剧。

过了很久脑子里还是一片空白，他直接拨出了号码。

响了几秒，明媱的电话被接通了。

可接电话的人并不是明媱，而是江敏月。她冷冷道："祁总，请不要再给媱媱打电话来了。刚刚我的话说得很清楚，我不同意你们的事，她也要专心准备下一部戏，就这样吧。"

"阿——"阿姨都没喊出来，电话就被无情地挂断了。

祁叙愣在那里，突然有些不知所措。

电话那头，明媱吵着要江敏月把手机还给自己。

江敏月却直接收走并关了机，问她："你喜欢祁叙是吗？"

明媱脱口而出道："当然。"

"你想跟他在一起，就得听我的。"江敏月说，"先消失三天再说。"

"……"

明媱神情有些失落地说："可祁叙没有做错什么，我也没有，我们只想好好谈个恋爱而已。"

"别怪妈妈，现在妈妈的态度不强硬一点儿，你以后嫁过去也得不到一个好脸色，别舍不得眼前这点儿时间。"

明媱顿了顿，叹了口气说："他们家之前给祁叙找的联姻对象，都是那种大户人家的千金小姐，而我在他们眼里就是一个小演员，还是什么成绩都没有的那种十八线，差距的确挺大的。"

江敏月听着这些话莫名心疼，安慰女儿道："谁说你就不是千金小姐了？"

明媱摆摆手，谦虚地笑道："是啦，虽然现在我是个'拆二代'，坐拥千万身家，拍不拍戏都那么回事了。但咱们要实现人生价值，并不是看有多少钱对不对？我相信我可以靠自己的努力证明给他父母看，我也是一个优秀的演员，跟您一样。"

说到这儿的时候，明媱眼里闪着自信的光，她一鼓作气道："我要让他们知道，我明媱绝对配得上祁叙！"

江敏月低头想笑，这孩子还惦记着拆迁的事，竟然还当真了。

当然，明媱有这样不卑不亢的人生观，十分难能可贵。

这也更加证明了，江敏月当初选择用普通家庭的成长方式锻炼教育她是对的，如今的明媱身上没有任何浮夸的小姐毛病。

江敏月拍了拍明媱的肩说："你有这样的想法很好，证明你有自信，有担当。但作为妈妈，我不允许别人轻贱我女儿，这是妈妈的原则，所以，这三天，你必须忍着。"

明媱撇了撇嘴，道："可祁叙又没做错什么。"

"没有吗？"江敏月没有感情地拿出备忘录，"我都记着呢，庆功宴现场把你一拐就是一夜，还不肯让你拍内衣广告。你是演员，作为演员家属这点儿觉悟都没有，大男子主义，晾他三天也不过分。"

明媱："……"救命，妈妈，你是不是在我们谁身上装了监听器，怎么什么都知道？！

"其实就算没这件事，这三天你们也没法见面。下周就要试林导的戏了，我给你联系了一个武术指导老师，加急训练三天。"

"……"

玉茯苓这个角色，虽然前期可爱又"沙雕"，但后期武功非常高强，所以对演员的武术技能有要求。

工作要紧，明媱只能答应下来。下午见完内衣品牌方，她就坐车去了那位武指老师开的武术馆，开始了三天的封闭式训练。

明媱离开后，晚上，祁叙亲自找上门。

江敏月看到他的时候并不意外，她虽然恼怒祁衡远他们对明媱的态度，但凭良心说，祁叙是一直在维护女儿的。

她看得出，他对明媱是认真的。只是这种认真到底有多真，能维持多久，她还需要考量。

祁叙知道明媱住在这个小区，至于几栋几楼，只要他想知道，根本不是什么难事。

"进来坐。"她没有将祁叙拒之门外。

祁叙进房间看了一圈，问："阿姨，明媱呢？"

"去外地训练去了，她下周有个很重要的试镜，我不想她因为你们的事分心。"江敏月观察着祁叙的表情，顿了顿说，"是我的主意，她是被我赶走的，你别怪她。"

祁叙摇头道："她不在正好，有些话我想跟您单独说。"

江敏月没出声，却在沙发上坐了下来。

这个举动便是代表她愿意听下去的意思。

祁叙明白，在她对面坐下说："我父亲门第观念比较严重，这一点我早知道，所以我跟明媛在一起，从没有想过要得到他的认可。

"我不需要他那个家的任何一个人承认我们。

"这是我和明媛的事。

"结了婚，她要是不喜欢，我们可以永远不回那个家。

"甚至只要她高兴，我们的孩子都可以随她姓明。

"我无所谓。

"我想我妈更不会介意。"

祁叙在说，江敏月在听。

她欣赏祁叙，但没想到他竟可以果断到这种地步。短短几句话，干净利落地表达了自己的立场，这大大超出了江敏月的预料。

江敏月的情绪缓和不少，唇角也微微弯了几分。

"那祁衡远要是以此为威胁，收走你手上所有的权力呢？我可不会让女儿嫁一个一无所有的人。"

祁叙淡淡一笑，说："阿姨是聪明人，何必说这种话。我的财富就是我本身，不需要任何人给予。同理，也没人可以收走。"

他说这话的表情，跟明媛讨论自身价值时的表情一模一样。

可想而知，女儿跟他在一起，一定也是接受了这种观点的熏陶，两人才会这么像。

半晌，江敏月点头道："好。"

祁叙不知道她这个"好"代表着什么。

江敏月解释道："我会考虑你说的话。"

祁叙知道，父亲给明媛带来的伤害，不可能这么快就被原谅。而江敏月肯让他进来并听完这些，已经很大度了。

他起身道谢，准备离开时请求道："阿姨，明媛回来的时候，希望您能告诉我一声。"

祁叙这个请求，江敏月没有答应，但也没有拒绝。

之前开玩笑说三天不见面竟然成了真。祁叙早说过，别说三天，就算是一天、半天他都接受不了。

所以，在无法见到明媛的这三天里，他把所有的想念都转化成了行动。

他完全履行了自己说过的话——他的母亲没能安宁，祁衡远和郑容也休想好过。

祁叙和郑容之间过去秉持着井水不犯河水的原则，双方管理的产业互不干涉，但经过这件事，祁叙没那么好说话了。

短短几天内，郑容负责的高端商务酒店品牌"途家"接连被爆出各种严重问题，卫生混乱、住客信息泄露、清洁标准不合格，等等。

祁叙的反击一波接一波，打得郑容措手不及，几天内酒店就陷入了撤牌危机。

郑容不得安宁，她背后的祁衡远当然也不可能消停。从前只觉得儿子有野心，有规划，能力也很强。但这次之后他才发现，原来祁叙早已脱离自己的掌控。

祁叙逐步建立起来的商业世界牢不可破，所有规则都跟着他走，就连祁衡远都打不进去一点儿。

整个酒店业都在传，祁家维持了多年的表面平静终于开始动荡了。而这一波最后谁会是胜者，其实圈子里早就心照不宣。

事情闹得太大，连远在青云山上的祁宴都知道了。

一边是哥哥，一边是妈妈，手心手背打起来了，最难做的是他，但最清醒的也是他。

郑容半路出家跟着祁衡远学做生意，可能是运气好，那些年顺风顺水的没什么障碍，野心就跟着一路膨胀，以为自己成了能把控 SG 酒店集团半边天的女企业家。

但当真正遇到这些危机时，蛰伏已久的祁叙取代她简直易如反掌。

所以，为了及时阻止这场内斗，祁宴不得不回来一趟。

他回来的那天，刚好明媚也回来了。

明媚本以为回来后第一个见到的人会是祁叙，却没想到竟然是祁宴。

祁宴主动登门拜访，说父母摆了一桌宴席，希望明媚和江敏月能赏脸。

明媚倒是不讨厌祁宴，他跟祁叙一样，其实都是明理的人。可妈妈消没消气，她不知道。

祁宴很诚恳地对江敏月表明来意，并真情实感地骂起了爹妈："我爸我妈太过分了，我听了都想打人，今天必须让他们给嫂子和阿姨端茶道歉！"

然而江敏月并不领情，直接拒绝道："不好意思，这几天我在减肥，不吃晚饭。"

祁宴只好冲明媛使眼色，求她帮忙。

明媛很为难，犹豫了下，把江敏月拉到旁边压低声音说："妈，阿宴亲自过来，我总不好……"

对方低头，不代表就要接受。

江敏月知道女儿夹在中间难做，而且不看僧面看佛面，总归要给这个弟弟一点儿面子，于是她对明媛说："你去就行了，我不去。"

年轻人可以讲一句大度不计较，但她同为长辈，该坚持的态度，绝不能这么轻易改变。

虽然最后依旧没劝动江敏月，但至少明媛同意来，对祁宴来说这也够了。

这顿饭完全是祁宴组织安排的，连祁叙都毫不知情。

祁宴知道，眼下要想祁叙消气，必须让他心里憋着的那口气舒坦下去。哪些人动了他的心上人，今天这些人就要原封不动地把这些气受回去。

祁宴好不容易说通郑容和祁衡远来吃这顿饭。

事实上，郑容也是借儿子给的这个台阶下，希望能跟祁叙达成和解，别再找她的麻烦。

而祁衡远那天回去后说不后悔是假的，但对他来说脸面太重要了，做不出老子跟儿子，跟儿媳妇道歉的事，所以也就没放下面子主动去化解。现在祁宴提出大家一起吃顿饭和解，他表面不说，但心里是默认同意的。

一家三口提前到了餐厅，难得地等起了别人。

祁宴挑选的是一家很高档的法国餐厅，本想着衬得起江敏月影后的身份，但可惜人家影后根本不在乎。

他叮嘱父母道："你们俩待会儿见着人家明媛热情点儿，这嫂子多好啊，一点儿架子都没有，你们那天那么过分，人家也没生气。"

祁衡远默不作声。

郑容却不服气地说："还不是惦记你哥的钱？"

祁宴立刻反驳道："江影后复出要拍的这部新戏，是投资方好几千万片酬邀请她的。人家就算没咱们家大业大，但也不至于要上赶着来受您的气。说句不好听的，人家妈在国际上都是有姓名的，您不懂没关系，多看看新闻好不好？"

郑容闭嘴了。

没过一会儿，今棠来了。

今棠原以为是和祁宴两人的私约，还特地打扮了一番，没想到过来就看到了祁衡远和郑容也在。

她微微愣了下，问道："阿宴，这是？"

"坐啊，跟我家人吃顿便饭而已。"祁宴说。

祁叙那边已经看不到希望了，再想抓住祁家这个大的财团世家，今棠唯有抓紧祁宴了。所以那天明知自己的身份不适合再去给祁叙母亲上香，但郑容要求，今棠也不好逆她的意。

祁宴现在说跟家人吃顿饭，今棠也没觉得有什么不正常的。她试着在祁宴身边坐下，令她意外的是，祁宴这次并没有抗拒。

四个人就这样坐着，没一会儿，祁叙也来了。

一切都跟忌日那天差不多，只不过今天祁叙和明媱成了来的客人。

祁叙也是祁宴以私人理由约出来的，他并不知道祁衡远这一大家子都在，走到包厢门口，看到这个画面转身就要走，祁宴马上拉住他。

"哥，嫂子马上也会来。"

祁叙果然停下了，回头看着他，声音有点儿冷地问道："你想做什么？"

祁宴什么都没解释，只说了三个字："相信我。"

这三个字，小时候祁叙也经常跟祁宴说。

那时候祁宴还小，每次遇到不敢做的事他都会去找祁叙帮忙。比如五岁的时候，不敢骑小自行车，祁叙会陪他练，然后在合适的时候放手。离开哥哥保护的祁宴很害怕，祁叙就会在他身后说："相信我，往前走。"

那些年，祁叙对祁宴说过无数个"相信我"，在短暂的童年时光里，他给了祁宴比祁衡远还要难忘的温暖。

长大后，当郑容开始有意争夺权力，当兄弟关系出现了嫌隙，祁宴知道，只要自己不沾染祁家的任何产业，他们就还能做兄弟。不然，终究会落入争权夺利的俗套。

所以这些年他一直站在祁叙身后，一如小时候，祁叙总在他身后。

不知是不是这句"相信我"打动了祁叙，最后，他留下来了。

祁叙直接坐在餐桌的另一边，和祁衡远他们相对而坐，没有交流，甚至连眼神的交流都没有。

明眼人一看就知道，这关系有多紧张。

祁叙来后，今棠终于觉得有点儿不对劲了，问祁宴："还有谁要来吗？"

祁宴回她说："等等你不就知道了？"

话音刚落，明媚被侍应生引进包厢。

她穿了一件非常质朴的外套，在门边顿了几秒，眼看她好像要开口叫人了，祁叙顺手拉开身边的椅子说："过来坐。"

很明显，祁叙根本就不想让明媚开这个口。

祁宴也帮腔道："对啊，嫂子，进来坐。"

明媚便没再往下说，坐到了祁叙身边。气氛安静得有些诡异。

今棠不笨，当即就知道，今天这顿饭肯定和忌日那天的事有关。

她想，这是和好饭？可又关她什么事，自己不过是被郑容叫去凑数的，后来他们一家人吵架，她可没插半句嘴。

可今棠还是嫉妒，嫉妒明媚能让祁家这样兴师动众，连自己这个不可一世的未来婆婆都低下了头。

今棠笑了笑，故意拿起桌上的餐本递给明媚说："不如明媚来点餐吧，你想吃什么就点什么。"

餐本上密密麻麻的全是法文。

祁叙一眼看出了今棠的把戏，觉得好笑，睨了她一眼说："你什么意思？"

今棠一副听不懂的样子，问："怎么了？"

祁叙懒得跟她废话，伸手想拿走明媚手里的餐本，却被明媚拦下了。

"那我就帮大家点了吧。"

祁叙："……"

对面的祁衡远和郑容也看了过来。

原以为会出现明媚指着图片说"要这个，要这个"的尴尬画面，然而下一秒，明媚却用流利的法语跟侍应生点了餐，还用法语跟他沟通把空调温度调低一点儿。

众人都有些惊讶，祁叙也觉得意外。

明媚知道今棠想让自己难堪，还好演林芸芸的时候，为了贴近法语老师的角色身份，她一直在用业余时间上法语培训课。她现在的水平，说不上多高，但日常点个餐还是没问题的。

从今棠不可思议的表情可以看出，她这个风头出得很成功。

明媚笑眯眯地把餐本还给今棠说："我点的菜，今小姐还满意吗？"

今棠镇定地挤出一个微笑回答道："当然。"

等菜陆续上来了，祁宴给大家都倒上酒。

"这次回来，我有个好消息，还有个坏消息。"祁宴忽然转头问今棠，"你想听哪一个？"

今棠只当是闲聊，随口道："先听坏的吧。"

祁宴比了个"OK"的手势，玩味地看着所有人道："坏消息就是，经过我的努力，度假村二期那家不肯签拆迁协议的小客栈，已经同意要签字了。"

"是吗？"今棠颇意外地端起酒杯恭喜他，"可这算什么坏消息，那好消息呢？"

祁宴与她碰了杯，却没喝。

他刚刚愉悦的声音也忽然变得陌生冷淡："好消息就是——我终于可以跟你退婚，跟你毫无关系了。"

今棠一怔，不敢相信地问道："你说什么？"

郑容也一脸震惊道："阿宴，你在胡言乱语什么？"

祁宴满不在乎地耸了耸肩，说："这是我跟我爸说好的，拆迁换退婚。我现在做到了，他也必须答应我。"

今棠和郑容马上看向祁衡远。

祁衡远端坐着沉思许久，才说："棠棠，我回头会亲自去跟你父亲说这件事。"

他这话便是默认了。

今棠脸上一阵白，嘴唇嗫嚅了两下，看得出她内心波动很大，可她却没有指责和愤怒的底气。

当初是他们今家先退婚的，现在祁家回退一次，公平公正。

今棠只能强迫自己咽下所有的难堪，她留住了最后的体面，放下餐具，什么都没说，头也不回地离开了餐厅。

餐桌上安静得过分。

解决了一件事，祁宴继续解决第二件事。

他端起酒杯，主动跟明媚说："嫂子，那天的事是我爸妈不对，你别跟他们计较。今天就是咱们一家人一起吃个饭，往后大家都和和气气的，好吗？"

说着，祁宴在桌下踢了郑容一脚。

郑容这几天被教做人，心气也没那么高了，端起了面前的酒杯。

两个人都举了，还剩祁衡远。

"爸。"祁宴小声提醒他。

祁衡远是那种很传统的家长，哪怕心里知道自己不对，面子依然很难放下。像是经历了漫长的心理纠结，等了十多秒，他终于端起了面前的酒杯。

郑容谨记祁宴的叮嘱，主动发言道："之前都是误会，我那天心情不好，媛媛，你别跟阿姨计较。来，咱们喝了这杯就雨过天晴了，好不好？"

三个酒杯都举在了面前，而他们全都是祁叙的家人，明媛就算看在祁宴的面子上，也不好去拒绝。

她抿了抿唇，端起自己的酒杯，正要碰上去，旁边却突然伸来一只手轻抬她的手臂，酒杯从手里跌落，酒全部洒在了桌面上。

祁叙淡淡地看着对面的人说："不好！"

祁叙没给他的家人留情面，甚至在说完这句话后，他坐正，看着郑容道："你应该庆幸阿宴不像你，不然今天你能不能坐在这儿吃饭都是个问题。"

郑容心里微惊，想起这几天被穷追猛打的经历还心有余悸。过去她总以为有祁衡远在，祁叙不敢把事情做绝。没想到这次，他不仅做得绝，似乎还想做得更绝。

郑容背后泛着凉意，面上却强装镇定道："你倒也不必这样吓唬我——"

"吓唬？"祁叙蓦地一笑，"那你要不要试试？"

"好了！"一直没说话的祁衡远终于沉沉发声。

祁叙的视线也自然转移到了父亲身上，眼神中充满不屑。

祁宴和明媛一直在沉默。

无形中，矛盾忽然全部集中在父子俩身上。

祁衡远紧蹙双眉说："是不是要我这个做爸爸的，亲自给你斟茶递水道歉，这件事才肯结束？"

"你错了。"祁叙摇了摇头，眼神淡漠地说，"你的道歉，我不需要，也不接受。就算明媛愿意，我也不肯。"说完，他牵起明媛的手就要走。

祁宴没忍住喊了声："哥。"

祁叙闻言一顿，站立片刻，说："别再惹我，不然你的面子也没用。"

这顿晚餐终究无疾而终，在祁宴预料之内。

触及祁叙原则的问题，从来都不可能那么简单就和解。

沉默片刻，祁宴也丢了餐巾和刀叉，兴致索然道："行了，你们两个玩吧，我要回去了。"

郑容舍不得儿子，说："不是都谈好拆迁了吗？你还回去干什么？"

"那我留下来干什么？"祁宴冷笑着问她，"这里像个家吗？我躲了几年还是这个样子，还不如出去逍遥快活。"

说完，祁宴也离开了包厢。

明媚和祁叙驱车离开餐厅，从祁叙开的车速可以看出，他的确不稀罕这顿饭。

"如果不是阿宴说你要来，我根本不会坐在那儿。"他说。

"好嘛，你看你生气的样子好凶。"明媚凑过去说，"其实他们最不对的地方，是在那天惊扰了你妈。我真没什么，你不用因为我跟家里人生气。"

祁叙不知道为什么明媚可以这么平静，问道："你不气？"

"我为什么要气？"明媚笑嘻嘻地说，"我如果因为那几句话就伤心难过，岂不是说明我自己都自卑，觉得配不上你咯。"

"……"

"其实我跟你的立场是一样的，你对他们的看法无所谓，是因为你根本不在乎；而我对他们的看法无所谓，是因为我自始至终都对自己有信心。而且我认为，一个人的价值和尊严不应该从别人口里去获得。再说了，你不是一直向着我嘛，我才不会管别人怎么看我，我又不跟你爸阿姨过。"

祁叙缓缓停下车，转头看着明媚。片刻后，他伸手捏捏她的脸说："哪儿学来的这些道理？"

明媚也去捏祁叙的脸，回答道："当然是我的心灵导师，又帅又能干的祁总你咯。"

祁叙不爽了好几天的心情，在这一刻忽然被治愈了。

明媚就跟太阳一样，在她身上从来看不到晦暗沮丧的一面，她好像永远都这么积极乐观。

好几天没见，两人就这样随意捏了两下，祁叙就控制不住地搂住明媚吻了下去。

这个吻承载了三天的分量，十分重，重得明媛倒吸凉气，大声叫道："痛痛痛。"

祁叙皱眉松开她，问："怎么了？"

"训了三天一身伤，你看——"明媛挽起袖子，指着一处瘀青说，"你能想象我三天就学会了侧空翻吗？那个武术指导老师简直是个魔鬼，我的腰都快被他折腾断了。"

最后那半句话，瞬间就让某人心里不太是味儿了。祁叙的视线转移到明媛的腰上问："怎么个断法？"

明媛察觉到某种酸溜溜的味道，后知后觉地反应过来，没忍住笑出声，故意冲祁叙一眨眼说："很刺激的那种断法。"

祁叙："……"

几天不收拾，又开始皮了，他不由分说又按住她吻下去。

明媛脖子被吻得痒，笑着躲道："我错了我错了，我们赶紧去哪儿玩一会儿吧。我妈让我8点前必须回去，她盯得紧着呢。"

祁叙看了眼手表，现在都7点了，还剩不到一个小时的时间，能去哪儿玩？

"去吃饭吧，刚刚什么都没吃。"

"也好。"话音刚落，明媛包里的手机响了。

是江敏月打来问见面情况的，明媛老实告诉她说："饭没吃成，祁叙不让我跟他们吃，把我拽走了。"

江敏月微愣，又轻轻笑了笑。

这个祁叙果然是个强势的人，也好，起码明媛以后跟着他不会受气。

"那你呢，现在人在哪儿？"

"我……吃点儿东西马上就回去。"

江敏月"嗯"了声，走到门口开门又关门故意让明媛听到声音，接着她说："妈妈有事要出去一趟，不用等我回来睡觉。"

明媛心下一动，问："你去哪儿？"

"一个老朋友约我谈点儿事，可能要到11点才回来。"

明媛挂了电话，盯着祁叙。

祁叙似乎也听到了什么，问："你妈要出去？"

明媱点头道："嗯，11 点才回去。"

也就是说，两人可以待在一起的时间，从不到一个小时直接变成了四个小时。四目相对的那一刻，有些想法已经不谋而合了。

"所以我们现在去哪儿？"明媱问。

祁叙考虑片刻，发动汽车，说："带你去个地方。"

一刻钟后，车停在了一家会所的停车场。这家会所隐在闹市深处，一般人还真找不过来。

明媱好奇地问："这儿干吗的？"

祁叙看了她一眼说："治你的腰。"

明媱："……"

门口的服务生好像认识祁叙，见他来了马上点头哈腰道："祁总，老规矩吗？"

祁叙摇头道："开个蒋总常用的房间给我。"

明媱拉高口罩跟在他后面，左看看右看看，没一会儿就被领到了一个私密的房间。

"祁总，里面已经安排好了。"

"好。"

明媱不知道服务生口中的"安排"指的是什么，推门进去，乍一看，好像跟普通的酒店套房也没什么区别。

"这里有什么特别之处吗？"

祁叙把她领到一张床旁边，说："你不是说你浑身都散架了吗？躺一会儿。"

明媱本以为就是张普通的床，又仔细看了几眼后，才发现了其中的奥妙。

床面是透明的，像是某种乳胶的材质，轻薄柔软。而床面之下，有什么在不断起伏流动。

明媱一弯腰，轻轻把手放在上面。竟然是暖的？

她怔了下，回头问祁叙："这是什么？好神奇！"

"水疗床，上去躺会儿，可以舒缓放松肌肉神经。"

太高级了吧，明媱还是第一次见到这种玩意儿，她放下包，脱了鞋正要爬上去，祁叙忽然又开口道："要脱衣服。"

明媚以为他指的是外套，便乖乖脱了外套。

就在她找地方放衣服时，忽然看到床头贴着一张说明书：本水疗床利用有氧水柱释放的超声波，振动冲击人体的肩、背、腰、小腿及脚底，达到消除不同部位的酸痛，放松身心，缓解疲劳的效果。为了达到最好的疗效，建议您仅穿贴身衣物躺在上面。

只穿贴身衣服？也就是只穿内衣和内裤？明媚有些蒙，回头去看祁叙，那人坐到了旁边的沙发上，随手拿了本书打开。

"我在这儿等你。"他背对着明媚说。

背对着，看不见。这用意很明显了，你尽管脱，我不会看的。

估计是听到身后一直没动静，祁叙忽然又提醒道："抓紧时间,8点了。"

四个小时顿时只剩三个小时了。

明媚还没躺过这么有意思的床，心想来都来了，不享受一回好像有点儿亏。于是按照提示把衣服都脱了后，大着胆子爬到了床上。

她第一感觉，就好像温暖的海水忽然贴在了皮肤上，超软超舒服。

"啊，好爽啊！"

明媚翻了个身趴在床上，床面下的波浪规律地起伏着，这时她好像浮在了温暖的海面上，被水托举着往前走。

小姑娘兴奋地在床上一边打滚，一边喊："好爽，好舒服！哈哈哈，我感觉自己现在在一浪一浪的。"

祁叙："……"都用的什么形容词。

他一直没转过身去，实际也是在极力克制自己不要转身。明媚说她累散架了，祁叙实在不忍心去点那个火。

明媚就这样一个人躺了十多分钟后，问："这个温度可以调吗？"

"可以，在床头，你自己看。"

又安静了一会儿，隐约听到明媚在拧着温度调节器，半晌了嘟囔道："怎么调啊，怎么越来越冷了？"

过了会儿，她求助道："祁叙，你帮我弄一下，我不会。"

其实祁叙看了十多分钟的杂志，也仿佛看了个寂寞，他一点儿都没看进去。

"你确定要我过来？"

"确定确定，你快点儿，再不来，我要冻死了。"

祁叙吸了口气，起身，走过去。

明媱拿自己的外套搭在身上，但一双长腿露在外面，白皙到泛光。

祁叙心口跳了下，迅速抽离视线，弯腰去调温度。

这个温度调节器有两种模式，明媱按到了清爽模式，就自动默认成了常温。

祁叙调回热疗模式，他把手搭在床沿上感受温度回升。

这个不经意的姿势，眼神刚好平行对上了明媱的视线。

她上半身藏在外套之下，只露出一张脸。然而这张脸就已经足够让祁叙某些克制的念想瞬间冲破束缚。

大概是热疗加快了血液循环，明媱的额头上渗出细密的汗珠，碎发粘在一起，脸颊绯红。

"那个，能给我弄点儿吃的来吗？"明媱忽然说。

祁叙收回视线，喉结不易察觉地上下动了动。

"好。"这个要求直接冲淡了祁叙快要抑制不住的欲望，他离开打了个电话。

几分钟后，服务生送来了一碗热腾腾的鸡丝面。

祁叙好不容易冷静下去，然而明媱又提了新要求："你喂我。"

"惯得你，自己下来吃。"

明媱理直气壮道："你没看这上面写的吗？最少得连续躺两个小时，中断了会没效果的！"

"……"

祁叙揉着眉骨，安静三秒，不得已端着面走过去。

明媱身上围着一件衣服，跟个大青虫似的扭到了床边，连连奉承祁叙道："真是麻烦祁总了。"她一边说着不好意思，一边已经张开了嘴等着投喂。

明媱被热气蒸过的唇色格外娇艳，祁叙看了两眼就收回视线，心里想骂人，但还是挑了一筷子面，面无表情地塞到明媱嘴里。

明媱心满意足地吃了几口，非常感慨地说："上天待我不薄，虽然苦了三天，但你看现在多爽，一边水疗，一边还有帅哥喂我吃面。"

明媱冲祁叙眨了眨眼，调戏道："帅哥要是再给我笑一个，我就更高兴了。"

祁叙黑着脸，又挑起一大筷子面条塞进她嘴里，说："吃东西哪来那么多废话。"

"你干吗？"那口面很多，明媛没完全接住，一根长的面从嘴里掉出来，顺着脖子滑了下去。

明媛下意识地就把身上的衣服往下拉了些，试图把那根粘在身上的面条找出来。

她不好意思直接拿掉衣服，只能伸手进去摸，摸了会儿没摸到，就一点点往下找，衣服也从身上一寸寸下滑。

好在最后，她终于在内衣里找到了那根逃跑的面条。

明媛一下子揪出面条在祁叙面前晃着说："你看你，面条都喂到我身——"

后面的话却戛然而止。就在他们对视的那一瞬间，明媛看到祁叙眸子里翻滚着一触即燃的情绪。

也是同时，她猛地想起了被自己扒开的外套。

头皮一炸，明媛赶紧把衣服往上拉，可已经来不及了。

祁叙先于她之前抽走了那件碍眼的外套，女孩儿漂亮的身体完全暴露出来。

凹凸有致，线条完美，可爱的花边内衣包裹的是让他轻易就能失控的秘密禁地。

祁叙开始解自己的领带和衬衣扣子，慢条斯理地说："反正你也累，再累一点儿也没关系。"

明媛身体往回缩，问他："什么意思？"

祁叙没说话，只是看着她。

明媛很快从他眼里读出了"第六集，换地点"的意味。她无奈道："不是我说，祁叙，你这个人真的有点儿小气，不就是找你演了三个月的顾远，至于这么记——"

"别问，就是这么记仇。"祁叙扒掉明媛的内衣吻下去，"什么时候还清，我说了算。"

明媛："……"

一切快得让人来不及眨眼。

衣衫褪去，男人将三天没见的想念都转化成行动，或激烈或温柔的吻铺天盖地落下来，像是在加倍弥补分别的遗憾。

最后的结果是，明媱的腰疼得更厉害了。

结束后刚好 10 点。明媱又饿又渴，两人抓紧最后半个小时的约会时间重新吃了点儿东西，然后祁叙才送明媱回家。

车停在公寓楼下，临分别时明媱说："我接下来会很忙，试镜，拍内衣广告。林芸芸那部剧下周要开播了，有很多宣传活动。听说那部剧已经送去参加明年的金玉兰奖评选了，我得努力宣传，不能让你的投资打水漂。"

顿了会儿，明媱闷闷不乐道："我妈不让我见你，我又这么忙，我们可能要有一段时间见不到面了。

祁叙轻笑道："没事。"

"没事？"

"她不让你见我，但我可以来见你。"祁叙揉了揉明媱的头说，"总之，你去哪儿，我只要有空就去陪你，陪到丈母娘消气为止。"

明媱"扑哧"一笑道："那我后天试镜，你有没有空？就在影视基地七厂。"说着她比画了几下，"仙女表演侧空翻给你看。"

祁叙说："我回去看看工作安排，如果没事就过去。"

"好。"

两人依依不舍地腻了会儿，已经晚上 10 点 45 分了。

明媱下车，冲祁叙挥手道："快回去吧。"

祁叙说："我先看你走。"

明媱只好戴上口罩往小区里走，可越走越舍不得，都到大门口了，她忽然又转过身来。

祁叙的车还没走，不仅没走，人也下来了，靠在车身上静静地看着她。

明媱站在原地也没再动，她顿了顿，忽然双手向上举，在头顶比出一个心形。

祁叙愣了下，而后别开脸，试图隐藏自己上翘的唇角。

可明媱还比着心，好像在等他的回应。

祁叙做不出这么可爱的动作，又不想辜负了女朋友的示爱。他顿了顿，身体站直，面朝明媱张开双手。

下一秒，明媱就跟撒欢的小狗似的朝他飞奔过来，直至跳到他身上挂住。

"讨厌，呜呜呜！又要我回来干吗？"

远处在车里已经等了快一个半小时的江敏月很无语，心想：是我给你们自由过了火是吗？

说好 11 点前回来，江敏月想着不管怎么样，明媛 10 点前肯定会回来，于是 9 点半就提前下楼等着。

结果这两个人倒好，一点儿都不自觉，竟然卡着点回。

你们怎么不到 10 点 59 分再回来？

江敏月困得直打呵欠，差点儿就忍不住又要打开备忘录记上一笔。

那边，明媛从祁叙身上下来，牵着他的手晃来晃去，撒娇说："拉会儿手手再走。"

祁叙看了眼手表，说："10 点 50 分了。"

"没事，我妈没给我打电话就肯定还没回来。"

于是这一拉手手，又拉了五六分钟。

江敏月撑着下巴等得一脸生无可恋，最后实在熬不住了，她开门，下车。

明媛还在跟祁叙滔滔不绝道："我妈上次也跟我说去找朋友玩，10 点回家，结果那天 12 点整才回来，所以我觉得她今天肯定也得延迟。你看，到现在一个电话都没有。"

祁叙笑了笑，正想说什么，忽然看到对面走来一个身影，看着有点儿眼熟。等他完全看清的时候，笑容候地敛起。

明媛还在继续说着："而且我妈这人吧，其实根本没有你想的那么凶。你知道我为什么喜欢听相声吗？哈哈，因为我妈呀，我妈贫起来的时候可贫了，你跟她还不熟——"

祁叙忽然咳嗽了一声。

明媛问："干吗？"

祁叙看向她身后，欲言又止。

明媛从他这个略带暗示的眼神中好像明白了什么，忽然后退一步义正词严道："你以后别来找我了，我们之间是不可能的，你快走吧！"

明媛迅速从一个恋爱中的小可爱转变成被母亲扼住命运喉咙，强行拆散爱情的苦情戏女主角。

这灵敏的反应让江敏月都愣了几秒，又气又笑，最后她也懒得去拆穿了，直接上前问她："还不走？"

明媚用余光打量了三秒，发现亲妈好像没有生气，松了口气，冲祁叙挤眼睛，也有模有样地学了句："听到没，还不走？"

祁叙："……"

祁叙一时竟有些分不清，这母女俩到底是在演戏还是来真的。反正自从当了明媚的"工具人"，是演的还是装的，是真的还是假的，他全凭猜就完事了。

祁叙点点头，跟江敏月道别后上车离开了。

明媚屁颠屁颠地跟着江敏月，小心翼翼地试探道："妈，你怎么才回来？你去哪儿啦？你跟谁玩啦？"

明媚这会儿的心虚都快写到脸上了，江敏月又怎么会看不出她这些小把戏。只是今晚她本就想给两个人一个见面的机会，没想过追根究底，于是睁一只眼，闭一只眼就过去了。

回家后，明媚又偷偷拿出日记本，刚写完今天水疗床的感受，江敏月忽然端着牛奶进了房间说："都这么晚了还不睡，在写什么？"

她没敲门就进来，吓了明媚一跳。明媚马上就把本子合起来说："没什么，记个东西。"

"从小就这样神神秘秘的。"江敏月把牛奶给她，叮嘱道，"后天去试镜，这几天早点儿睡，养足精神。"

"知道啦，妈，你会陪我一起去吗？"

"我不去了，免得给你压力，安妮会陪你一起去。"

"好吧。"

这边刚喝完牛奶准备睡觉，明媚又收到了祁叙的微信：后天要见客户，还有几个会，实在抽不出空，晚上陪你一起吃饭。

明媚其实也就是随口一说，没有真的想过要祁叙来。毕竟片场人多口杂，他又不是普通人，万一去了被人认出来，反而会徒增麻烦。

她回复道：行啦，那你先想好用什么理由把我从大女王手里约出来吧，嘿嘿。

11

忘不了那个眼神

　　终于到了明媱试镜的日子。

　　林继晖这个人选角有个特点，就是不在意咖位。他只看演员的表现，只看是否符合自己创作的人物。所以来试玉茯苓这个角色的女演员特别多，从一线、二线到十八线的都有。

　　大家都是冲着林继晖的名声来的，他就是一块金字招牌，他的戏谁演谁红，更别说这次还能跟复出的江敏月合作，影片还没开拍，就已经有了超高的热度。

　　不夸张地说，这部《盗江湖》一旦上映，绝对会横扫国内外各大电影奖项。

　　因为是古装武侠片，明媱需要先试妆，林导要看的是小捕快，也就是女扮男装的造型。

　　毕竟不是每个女演员都能驾驭男装，而且还要可爱，俏皮，灵动。

　　这个妆容造型做了整整一个小时，做完的时候，明媱自己都觉得新鲜有趣，头发被向上梳起，在头顶盘成一个髻，戴着一顶黑色官帽，穿一身黑衣捕快装，活脱脱一个英俊又俏皮的小捕快。

　　明媱打量着自己，突然生出一个念头，她给祁叙发微信：祁总，要看制服诱惑吗？

　　没一会儿，祁叙就回了过来：你的看，别人的不看。

明媪：发个红包，马上诱惑给你看。

几秒后，红包果然到了，明媪兴致勃勃地点开。

好家伙，堂堂祁总竟然发了个一块钱的大红包！

这么抠门的总裁，明媪还是第一次见。她心想，活该你只配看捕快诱惑。

明媪叫人给自己拍了张拿着剑的全身照，然后将照片发给祁叙：怎么样，是不是很诱惑？

祁叙那边很久都没动静，估计是看蔫了。

明媪扬扬得意了会儿，祁叙忽然又发来一条新消息：明小姐提醒了我，说好的维密秀什么时候安排？

明媪一愣，这男人竟然还惦记着这件事？

明媪：你知道维密秀是什么？你不是没看过吗？我就说你们男人口是心非，明明喜欢得很，还装没看过。

祁叙没解释，只专注地问：所以什么时候安排？

明媪心想，看你个大头鬼吧。

明媪：一块钱，你只可以看捕快秀。

她又拍了个大鹏展翅的造型照片发给了他。

祁叙：……

祁叙身上没现金，经常消费的几个地方都是绑定了自己的黑卡，签名消费即可。微信什么的，他很少用。看了眼钱包余额，里面还有两块钱。

就这两块钱，还是上次不知道和蒋禹赫打的什么赌，对方转给自己的。那厮也是个对外消费没底线，对内兄弟情只值一块钱的狠人。

正好在开会休息间隙，祁叙研究了下微信的支付方式，随便绑了张自己的卡。

明媪很快收到了来自他的新消息：向瑶池小仙女转账99999元。

明媪：？？？干吗？

祁叙：维密秀的定金。

明媪："……"臭男人终究不是什么清流，都一样喜欢看性感美女罢了。

明媪没接钱，但回给了祁叙一个"你好骚啊"的表情包。

祁叙："……"

这时有现场的工作人员来通知明媪去准备，可田安妮还没回来。

她刚刚说去上洗手间，都20分钟了还不见人影。按照程序，她是要陪着明媱一起进去的，在试镜前把演员的资料提交给副导演。明媱给她打了个电话，没人接。

明媱又去洗手间附近找了好几圈都没找到人，正想返回化妆间，忽然看到田安妮从一个偏僻的道具室里出来，后面还跟了个男人。

那男人去拉她的手，被田安妮甩开了，两人好像发生了什么争执，在吵架。明媱听不清他们在说什么，但很快，那男人就把田安妮重新拽回了房里，"乓"的一声关上了门。

明媱吓得赶紧转过身躲起来，如果她没眼花的话，刚刚那个男人不就是林继晖吗？

明媱的心扑腾扑腾乱跳，瞬间"脑补"出了一部《经纪人为了我被导演强迫潜规则》的剧。

认真说，田安妮虽然三十出头，却刚好拥有着这个年龄段女人超强的魅力，向她示爱过的事业有成的成熟男人很多，还有一些"小鲜肉"也对她穷追不舍。

她是那种很飒的"御姐"型女人，魅力胜过颜值。这样的女人，一般男人是拿不下的。

明媱躲在墙后不知道要怎么办，开始是怕田安妮被这个林继晖占便宜，过了几秒又觉得不对，她应该担心林继晖被田安妮打伤才对。

无论是哪种可能，对田安妮都不好。好歹林继晖是名导，万一到时候反咬田安妮一口怎么办？

情急之下，明媱看了看周围，趁没人经过的时候，她走到道具室门口踹了一脚，踹完就躲到墙后暗中观察。

还好，这一脚好像震慑到了里面的人，没几秒门就打开了。

田安妮的衣服有些凌乱，林继晖跟在她身后，左右看了看走廊，一前一后地离开了。

明媱这才松了口气，紧跟着他们回到试镜现场。

田安妮神情平静，看不出一点儿异样，她跟明媱说："准备一下，马上到你了。"

明媱点点头，假装什么都没看到，一个字都没问。

这场要试的戏讲的是玉茯苓与锦衣卫男主角在打斗中发髻不小心散

开，暴露出自己女人身份的情节。导演主要想看演员从男到女，从英气到娇羞的情绪切换。

明媱虽然平时私下里笑嘻嘻的，但一旦在镜头前，状态完全沉浸在角色里时，也有着让人挪不开眼的魅力。

她三天的苦训不是白练的，今天的打斗戏格外顺利，每个动作都打得干脆利落，最后头发散开的一刻，她也充分演绎出了一个"掉马憨憨"的手足无措和羞赧。

林继晖一直面无表情地看着监视器，结束后也就淡淡地点了个头，说："可以了，回去等消息。"

明媱还以为他至少会跟自己说点儿什么，毕竟之前在宋导那儿试镜的时候，每次结束宋导都会提出很多不足的地方。

两人一起离开房间，明媱问田安妮："姐，我没戏了吧？你看林导好像一点儿反应都没有。"

等了几秒，见田安妮没有回应，她又叫了声："安妮姐？"

田安妮这才回过神来，说："没事，我们回去等消息就好。"

明媱看出了田安妮的心不在焉，她欲言又止，走了几步后才道："安妮姐，其实这个角色我拿不拿都没关系的，毕竟我还是个新人，你不用为了我……"明媱斟酌了下用词，接着说，"不用为了我去做自己不喜欢的事。"

明媱只是想暗示田安妮，不用特地去讨好林继晖，或者怎么样。

然而田安妮看了她几秒，忽然说："是你踢的门对吧？"

明媱闭了嘴，没有否认，她担心地说："我怕你吃亏。"

田安妮轻轻一笑，伸手揉了下她的头说："不是你想的那样，你专注演戏就行，其他的别管。"

田安妮都这么说了，明媱也不好继续追问下去。毕竟经纪人的工作范畴和方式她不专业，也不好去干涉。

回去的路上两人聊了些别的话题，就在闲扯的时候，明媱忽然看着后视镜，疑惑地说：

"姐，后面那辆马自达好像一直在跟着我们。"

下午 5 点，祁叙还在开会。

度假村二期已经开始动工，二期和一期的酒店样式完全不同。二期是主打新中式风的别墅型园林，将舒适隐于山水间，更符合富人们想要追求的远离喧嚣的桃花源。

相对应的市场宣传也进入了规划中，相关人员建议祁叙寻找合适的明星艺人，和青云山合作，拍一个宣传片在全球播放宣传。

其实这个建议祁叙早有考虑。青云山是国内 5A 级景区，利用景点拍一个类似公益性质的旅游宣传片，是扩大度假村知名度最好的切入点。而这个代言人，他也早就有了中意的人选。

下面的高层正在商讨其他的方案，何正不知看到了什么，脸色倏地变得紧张。

过了没多久，他就起身走到祁叙身边，低声道："祁总，明小姐刚刚的新闻，你知道了吗？"

祁叙一皱眉问："什么新闻？"

何正马上拿出手机，递给他说："刚刚微博推送的新消息，明小姐和经纪人遇到了车祸，虽然现在人已经送到了医院，但是具体情况还不清楚，网上已经炸了。"

大概是事情来得突然，祁叙甚至恍惚了几秒，回过神来问何正："你说什么？"

他整个人脸色都变了，但脑子却是清醒的。不等何正再说第二遍，祁叙马上起身离开了会议室，留下众人面面相觑。

"发生什么了？"

"祁总怎么了？"

"何助，什么事那么急，祁总去哪儿了？"

何正的心情也很复杂，他什么都没答，匆匆解散了会议。

祁叙都不知道自己是怎么平静地坐到车上并发动汽车的。

他长这么大，经历太多了，过去多难的关他都一个人扛过来了，可他从来没有像现在这样，觉得身体一下子就被抽空了，灵魂和身体分割开来，人都是虚浮的。

他一边开车，一边给明媚打电话，却无法接通，打田安妮的也是。

他心急如焚，却又什么都做不了。

等车开到路上，祁叙才反应过来，他都不知道明媚去了哪家医院。

祁叙马上联系蒋禹赫，通过他的圈内关系查到她们是被送去了私立的安和医院。

等红灯的时候，祁叙努力控制住了自己闯红灯的念头。他冷静下来，去网上搜寻一些新消息。

明媱出车祸的消息已经上了热搜——"小师妹明媱车祸"。下面的评论已经达到了十多万条，很多不敢相信的，很多祝福平安的，还有一些在爆料原因。

有一条很详细，说是明媱的"私生饭"在影视基地蹲到了田安妮的车，也看到明媱上了车，就一路跟踪围堵，结果在某个路口，田安妮的车和某私家车相撞。"私生饭"的车为了躲避追尾，不小心撞到了另一辆大货车上。

还有网友爆料了现场的图片——大型车祸现场，四辆车都有不同程度的受损。

祁叙不敢再看下去了，他的心跳得很快，手心里也汗津津的。

他从没有像现在这样心慌和不安过，同时又自责为什么今天没有陪明媱去试镜，如果他去了，他开车，或许就不会有这些事。

在这期间，越来越多的人打来电话询问明媱的消息，祁叙无心去回应，最后只能关了机。

尽管一直努力克制着自己，但他的大脑还是很乱，闪过了很多念头。

比如，如果失去了明媱怎么办……刚冒出这个念头，祁叙的心跳就乱了节奏。他感觉整个人好像陷在了白皑皑的雪地里动弹不得，最后身体逐渐冰冷，意识渐渐模糊……

祁叙把车开得更快，所有情绪全部压在心底，好不容易才到了安和医院。

安和医院是京市有名的高端私立医院，私密性这方面的管理尤其严格，一般人无法进入。

祁叙找到熟人进到急诊大厅，得知明媱正在第三急诊室后，想也不想就赶了过去。

那间急诊室外，护士、医生进进出出，每个人的表情看上去都很严肃。

祁叙想要进去，被一个护士拦下了。

"别打扰医生，病人正抢救呢，门口等着。"

祁叙只好耐着性子守在门外。

很快，江敏月也从里面被赶了出来。

祁叙紧张又冷静地按住江敏月问："怎么样了，伤得重不重？"

江敏月顿了顿，抬头回答道："重。"

祁叙一下失了神。

"浑身多处骨折，骨盆是最严重的，可能会造成神经受损，医生说不排除下半生坐轮椅的可能。"

祁叙怔住了，而后踉跄后退了两步，足足反应了好几秒，才自言自语地说："那就好。"

江敏月一皱眉说："这还好？"

"对我来说，她人还在就够了。"一直神经紧绷的祁叙终于松了口气，他坐下来，手按了按眉心说，"起码她活着，我们还有下半生。"

有些情绪从江敏月眼底一闪而过。

就在这时，面前的门打开了，有护士叫道："病人家属来了没有？"

祁叙迅速站起来，说："我是，怎么了？"

护士睨他一眼，问："你是病人什么人？"

"老公。"祁叙脱口而出。

护士一脸疑惑，她又看了一遍手里的病人资料，抬头认真地问祁叙："你是……病人的老公？"

祁叙不悦地皱眉道："有什么问题？"

护士心情复杂地看了又看，几秒后，觉得可能是自己孤陋寡闻了，便闭上嘴递来一张纸说："那你在这里签一下字，他睾丸破裂了，我们要尽快给他做手术。"

祁叙："……"什……什么丸破了？

这时，一个熟悉的声音从身后传来——

"祁叙？"

祁叙一顿，浑身都好像触电了一般，飘浮的灵魂瞬间回归身体。

他清醒了，却不敢相信。当即回头去看，就看到明媖额头上贴了块纱布，没事人似的站在过道里。

明媖朝他这边走过来，问："你怎么来了？谁告诉你我在这儿的？你干吗呢？给谁签——"

话还没说完，祁叙再也没忍住满腔的情绪，两步上前抱住了她。他抱得很紧，紧得像要把明媖嵌进自己的身体里。

"你没事？"

明媱被他这个样子弄得措手不及，轻轻推开他，眨了眨眼睛，问："谁跟你说我有事了？"

刚问完，明媱自己也反应过来是谁了。她一撇嘴不满道："哎呀，妈，你看你把我男朋友吓得……"

丈母娘江敏月一脸无辜，嘴角却漾着笑意说："他一来就问我，这里面的病人怎么样了，我实话实说而已。"

明媱哼了声，说："妈，你就是故意的。"

接着，她跟大人安抚小孩子似的拍拍祁叙的胸口道："没事没事，里面是跟踪我的那个'私生饭'男孩儿，我妈过去看看他怎么样了。我就额头撞破了一点儿，缝了三针，乖乖乖，别怕！"

祁叙："……"

到头来，他还成了被安慰的那个人。但是感谢老天啊！

祁叙无法用语言去形容自己这一刻的心情。

当所有可怕的假设都成为不可能，他真切地拥抱着明媱，他只想让自己永远都不要再有这样后悔的时候。

他紧紧抱住怀里的人，许久才低声说："明媱，我们结婚好不好？"

明媱被祁叙的话搞到一愣，第一反应是去看江敏月，生怕江敏月又被刺激成法海，当场分开他们。

还好，江敏月好像没听见似的，优哉游哉地在看手机。

明媱这才沉下心来，却不知道该怎么回应他的突然求婚。

她一点儿准备都没有，顿了几秒，她假装打哈哈笑道："你脑子没事吧？我被车撞了，又不是你被撞了，再说了——"

明媱不好意思地低下头，脸有点儿红，嘟囔道："哪有人在医院求婚的？"

祁叙："……"

是，是他太着急了。

刚刚那一瞬间，他只想到了这些，满脑子都是不能再放手，一定要把明媱紧紧抱在怀里。

而且她说得对，哪有人在医院里求婚的。他应该重新认真地、正式地考虑这件事。

祁叙情绪放松下来，注意到明媱的额头右上角贴了一块纱布，听她说好像缝了三针。

他轻轻碰了下那里，问："疼不疼？"

明媱一撇嘴说："你说呢？刚刚缝的时候，我叫得比打鸣的鸡还响，我妈就是嫌我丢人，才跑过来看'私生饭'男孩儿的。"

祁叙："……"丈母娘也是十分有个性了。

江敏月这时起身说："你们聊会儿，我去看看安妮。"

明媱马上凑上去说："不聊了，不聊了，我也去。"

祁叙瞬间被抛下，只好也跟上去，顺便问了句："田安妮怎么样了？"

"肱骨轻微骨折，有些皮外伤。梁恒他们都过来了，在楼上。"

三人坐电梯到了2楼，却发现梁恒和卓屿骁他们都正站在病房外。

明媱好奇地问："怎么不进去啊？"

梁恒指指房间里面，说："好像不太合适。"

明媱不明所以，上前站在透明玻璃前看，而后瞪大了眼睛。

林继晖？林继晖竟然来了！他双手插兜站在病床前，和田安妮好像没什么交流的样子。

但梁恒说，两人这种对峙的画面已经持续了快一刻钟了。

明媱猛地想起田安妮曾经跟自己说过的话——谁年轻的时候没轰轰烈烈过呢？

她也有。只不过当时故事无疾而终，如今对方功成名就，大家互不打扰，各自安好。

难道那个功成名就的人……就是林继晖？

江敏月这时说："都散了吧，他们现在应该不希望任何人打扰。"

这种场面，谁都看得出来，这两人需要时间和空间去解决他们的问题。尽管大家都不知道这个问题是什么，但眼下，离开一定是最大的尊重。

于是一群人都自觉地退了场。

离开医院的时候，祁叙直截了当地跟江敏月请求道："阿姨，我想跟明媱一起吃晚饭。"

明媱被吓了一跳，赶紧解释道："压惊，他是想给我压惊。"

江敏月轻轻笑了声，没再阻拦，说："知道了，早点儿回来。"说着就独自离开了医院。

369

明媛一脸不敢相信地说："我妈怎么突然这么好说话了？"

明媛没想到江敏月答应得这么快，但祁叙清楚，丈母娘何其精明，刚刚那番话与其说是吓唬他，还不如说是对他的考验。

显然，祁叙通过了她的考验。

祁叙牵着明媛的手，意味深长地说："以后都会这么顺利的。"

明媛还不知道其中玄机，大大咧咧道："不过你真是要帮我压压惊，那车撞上的时候，我都吓傻了，脑子里最先闪过的念头是我妈怎么办，你怎么办，我还没——"

祁叙看着她问："没什么？"

明媛想说，我还没嫁给你呢。但这么说好像又有点儿不矜持，于是改口道："我还没拿影后呢。"

祁叙似笑非笑道："我还以为你是在遗憾没来得及嫁给我。"

明媛："……"这什么人，是有读心术吗？

明媛不自然地捋了捋耳边的头发，不屑道："得了吧，少自作多情了。"

顿了顿，她像是想起了什么，忽然神秘兮兮地说："不过很奇怪，你看我坐的那边，车头被撞得还重一些，但我却没什么事，我猜一定是你妈在保佑我。"

祁叙疑惑道："我妈？"

明媛拿出那条戴在脖子上的祖母绿的项链，眨了眨眼，说："我一直戴在身上呢。"

突然之间，一种无法言喻的感动涌上了祁叙的心头。

关于母亲，他的记忆其实很少，很多时候只能通过老照片和别人的讲述，去勾勒出她生前的样子。祁叙只知道，母亲是一个很温柔的人。

但这一刻，明媛眼里熠熠的光，让他突然真切地感觉到母亲一直就在他身边，没有离开过。而明媛就是母亲指引来陪伴自己的那个人。

祁叙身体里所有的寒冰一瞬间都被融化了，他入神地轻抚着项链，对明媛说："那你就戴着，这辈子都戴着。"

明媛也乖巧地点着头道："嗯，我会的。"

两人都有些动容，就在这时，一个陌生号码忽然给明媛打来了电话。

她犹豫了下接起："喂？"

听到对方的声音后，明媛不禁坐直身体，又看了看祁叙。

祁叙直觉这个电话跟自己有关，视线便也落了过来，听明媛说话。

"一点儿皮外伤，不要紧。"

"谢谢，再见！"

挂了电话，祁叙问："阿宴？"

"不是。"明媛还没回过神，她顿了顿，觉得不太真实，"他说，他是你爸的秘书。"

祁叙："……"

"你爸秘书怎么会给我打电话，他哪来的号码？"

祁衡远要想知道明媛的电话还不简单吗？远了不说，问祁宴就能知道。只是他那样要面子的人，竟然也会叫秘书打电话来关心明媛，倒有些出乎祁叙的意料。

见祁叙不出声，明媛问："你们还僵持着呢？别这样嘛，搞得我好像一个破坏了你家庭关系的罪人似的。"

"与你无关。"祁叙摇摇头说，"认识你之前就这样，我逢年过节才回去吃一次饭，也从不留宿。"又顿了几秒，他说："亲情这种东西我很早就感觉不到了。所以随缘吧，我并不渴望从他们身上得到什么。"

明媛听着莫名伤感，捧起他的脸道："哦，我的小可怜。"

祁叙："……那你要不要可怜可怜我？"

"好嘛，你想让我怎么可怜你？"

"我也要压惊。"

"？"

还不等明媛反应过来什么意思，祁叙就抱着她吻了下去。

明媛愣了下，眼含笑意地接受了这个吻。

她深知祁叙今天受到的惊吓，一定不亚于自己。

犹记得刚刚在过道里，祁叙转过身来看到自己时那一刻的神情——上一秒还如死灰的眼底瞬间有了光亮，仿佛灰烬之中重新燃起的火焰，充满感激和庆幸。

明媛这辈子可能都忘不了这个眼神。

车祸事件帮明媛在公众视线里又刷了一波存在感，大家谴责"私生饭"行为的同时，也对明媛表示了同情。

而因为那天的事发生在影视基地，很快有人爆料明嬛是去参加玉茯苓这个角色的试镜。

网友对此也议论纷纷——

"明嬛演玉茯苓？对不起，她有颜值我承认，但她有那个武术功底吗？"

"替身呗，武替了解一下。"

"天啦，我江影后第一部复出大作要跟这种'流量新人'合作就有点儿太低级了吧。"

"林导不要啊！"

"只是去试镜，又没说肯定会用她。之前好几个小花也去试了，怎么不见你们说？"

"林导选人从不看资本眼色的，他有自己的审美，别瞎说演员了。"

"先看她的演技再说吧，她那部剧就要播了。"

周三，拍摄期间闹得沸沸扬扬的《当我恋爱时》，终于开了首播发布会。

这部剧的演员配置相当出彩，当初纪沐阳和初月是人气最高的主演，梁恒也不差，只有明嬛是新人。

最神奇的是，两个女演员不和闹上热搜，一个成了十八线，一个成了新"流量"。

发布会上，主角俨然变成了纪沐阳和明嬛，初月和梁恒在旁边当绿叶。

有记者问明嬛："请问针对林芸芸这个角色，嬛嬛有什么想跟观众说的吗？"

明嬛想了几秒，眨眼笑道："不是所有的男人都是顾远，大家如果遇到喜欢的人，一定要大胆去爱。"

众人打趣道："那你是不是遇到了？"

不等明嬛回答，旁边的助理阻止道："不问演员私人问题，谢谢！"

…………

楼下在开发布会，楼上祁叙和蒋禹赫坐在一起看现场直播。

蒋禹赫调侃道："明嬛这话说的，看来你们俩之间……她挺大胆啊。"

祁叙冷笑了声，心想：当然大胆，敢把我当"工具人"玩了三个月，翻遍全京市都不可能再有第二个人。

蒋禹赫顺手给祁叙递来一堆文件，说："你是这部剧最大的投资商，这是团队做的宣传方案，你过个目，别到时候又不满意。"

一般电视剧在开播前都会进行大量的宣传活动，祁叙随意看了几眼，就看出了团队的套路。

说实话，他还真不满意。无论是微博热搜，还是上综艺，万变不离其宗的是——炒明媪和纪沐阳、梁恒的 CP（情侣）。

林芸芸和顾远这对 CP 在剧里先虐女再虐男，最终没有结果。然而越是爱而不得，破镜难圆，越是惹人意难平。

而林芸芸和纪少城又是救赎的另一种完全甜蜜型的 CP，这种嗑的人也多。

总之，两种都炒，两方打架，越打热度越高。

祁叙把方案直接扔进了垃圾桶，不屑道："歪门邪道。"

蒋禹赫实话实说道："现在都这样，能把热度炒起来你就赢了，不然你就算奥斯卡的演技，没有热度也没用。"

或许是这么个道理，但祁叙无法接受自己女朋友跟别的男人，还是跟两个男人炒 CP 这种宣传方式。

难道自己还要每天看她在眼皮子底下跟别人打情骂俏吗？不可能！

考虑了好几分钟，祁叙说："把这些宣传的费用，全部改成在公共场所投放广告。"

"当然可以。"蒋禹赫点头说，"但这些都不及主角本身有热度效果好。"

祁叙揉着太阳穴道："我不需要明媪有这种热度，一个好的演员也不需要靠这种炒作来吸引眼球。"

蒋禹赫很清楚，祁叙这些钱不过是投过去给女朋友捧个场，至于赚钱什么的，这点儿小钱他还真不在乎。

于是蒋禹赫点点头道："那我去安排。对了，晚上志扬女朋友组了局庆祝明媪的剧今晚首播，记得早点儿过来。"

"好。"

为了庆祝明媪第一部作品的面世，简宁特地组了个局，在常玩的会所开了一个超大包厢，还是可以看电视的那种。然后把他们这群人全部喊到了包厢，整整齐齐地坐好欣赏明媪的首播。

明媪过来后，看到那个超大的宽屏电视欲哭无泪。

公开看自己拍的戏太羞耻了好不好？简宁和管星迪这种闺密也就罢了，蒋禹赫、代志扬这种别的男人也无所谓。

可是祁叙啊！她们竟然把祁叙也叫来了！

让一个"工具人"亲自检验他也参与到的电视剧，实在有些残忍。

片头曲结束，电视剧正式播放。

第一集，林芸芸和顾远在珠宝展见面，顾远对她产生了兴趣，给她送了珠宝。

简宁看到这儿马上站出来说："妈呀，这个剧情！明媱，你有没有觉得很熟悉？"

明媱当然记得，也知道简宁要说什么，她向简宁投去了"请你闭嘴"的死亡凝视。

然而简宁毫无察觉，甚至更加激动。

"我们在洲逸酒店那晚，也看了珠宝展是不是？那晚还有个不识趣的男人把你喜欢的耳环买走了，要是他把耳环送给了你，你俩可能就跟林芸芸和顾远的走向一样了。哈哈哈哈……"

"……"

明媱咽了咽口水，没说话。她用余光偷偷去瞥祁叙。

男人安静地坐在那儿，手里拿着一个黑色的打火机，开一下，关一下，火光忽明忽暗地映着他的脸。他的视线盯着屏幕，似乎在很认真地欣赏自己曾经同步"演"过的剧情，神色淡然，看不出情绪。

好不容易把"工具人"的事翻篇了，又来了这么一出帮两人复习过去，明媱相当心虚。

她试图扰乱祁叙的注意力，主动端起酒杯说："那啥，我们喝一杯呗，别看了，有什么好看的。"

接着明媱就想拿遥控器去关电视，结果被祁叙拦下了。

"为什么不看？"他看着她，眼底意味不明地说，"演得不错。"

明媱："……"顾远可能成了这个男人这辈子心里都记着的仇了。

看完了首播的两集，一伙人又喝了不少酒，快到 12 点的时候聚会才散场。

今天是仗着祁叙在，所以明媱肆无忌惮地喝了一小杯。但仅仅这一小杯，也足够让她开始胡言乱语了。

两人从会所出来的时候，司机的车还没到，明媞摇摇晃晃地站在路边，指着祁叙的鼻子说："小气鬼。"

祁叙没理她，扶着她的腰，又把她的口罩拉好。

明媞见状反抱住他的腰，仰头道："小气鬼，还不是你当时主动给我送耳环，才引起了我的注意。"

祁叙顿了顿，低头看着她道："这么说，还是我主动送上门给你做的'工具人'？"

明媞理直气壮地点头说："没错，所以真不怪我，怪你，是你勾引了我。"

祁叙气到想笑，把贴在身上的女人轻轻推开说："站好。"

明媞一看"工具人"竟然还敢推自己，往上贴得更凶了。她直接整个人钻到祁叙的风衣外套里，抱着他的脖子嘟囔道："祁叙，你再推我一个试试？"

女人身上的香气涌进鼻息里，祁叙垂眸看着她问："那现在是谁勾引谁？"

明媞脑子不太清醒，想了几秒，一本正经道："还是你勾引我。"

祁叙："……"

快入冬了，天气一天比一天冷，明媞为了漂亮只穿了一条羊绒长裙，现在整个人裹在祁叙的怀中，忽然把手探进他衣服里，摸到紧实的腰线，一双寒冰掌就这样贴了上去。

她明显感觉到男人的肌肉痉挛了下，不等祁叙开口，明媞认真解释说："你看，就是你，你在用热乎乎的肉体勾引我。"

祁叙："……"真是玩颠倒黑白游戏的一把好手。

刚好这时司机把车开到了。

祁叙顺手就把明媞抱了起来，边把她往车里送，边低声在她耳边说："待会儿好好教教你，什么才叫真正的勾引。"

两人进入车内，黑色宾利迅速消失在灯红酒绿的夜色下。

不远处一辆隐在暗处的汽车里，两个记者迅速收回了在偷拍的"大长炮"。

"大头条啊，快点儿跟上，快！"

回去的路上，听到祁叙又打电话叫家里阿姨离开时，明媛就清醒了。

她想起之前在酒店的那晚，还有去水疗那天，想起被这个男人支配的恐惧，整个人瞬间老实了不少。

"呃，我妈还在家等我，要不先送我回去？"

祁叙不慌不忙地说："我跟你妈说了，今晚朋友请吃饭，晚了就去我那儿。"

明媛不是很信，问："我妈答应了？"

祁叙瞥她一眼说："你觉得我会拿这个骗你？"

明媛："……"

也是，祁叙肯定不敢私自做主。可他到底给了自己亲妈什么好处，让她变脸变得这么快！

明媛相当费解，这两人是什么时候站到同一阵线上的。但不管怎么说，江敏月这张王牌是没用了。

明媛最终为自己在路边调戏祁叙的行为，付出了"沉重"的代价。

当然，如果非要往好的方面去想的话，也算弥补了两人第一次回家被祁衡远打断的遗憾。

因为这样一个没有任何人打扰的夜晚，他们完全沉浸在只有对方的世界里，读着彼此的心意，沉沉浮浮，又温柔至极。

第二天，两人还在睡着，祁叙的手机就响了。

当时才6点多，天都还没怎么亮。这个时候能给他打来电话的，不是因为家里出事，就是因为公司出事。

祁叙皱了皱眉，在床头摸到了手机，睁开眼一看，是何正打来的。看来是公司的事。

明媛睡得还很熟，祁叙轻轻下床，关门在过道里接了这个电话。

何正告诉他说："有个记者往我邮箱里发了几张照片，似乎是您和明小姐外出时被偷拍了。"

祁叙下楼给自己倒了杯水，语气很平静道："所以呢，他们的目的是什么？"

"据我了解，这些记者往往都是有组织地跟踪，他们的任务是挖掘各类名人的新闻。如果恰好撞见了丑闻，他们会主动找你谈判公关条件。当然，也有价格谈不妥的情况，那他们就会直接公开这些新闻，让被拍者陷入舆论危机中。"

祁叙喝了几口水，淡淡地说："东西发来我看看。"

"好。"

两分钟后，祁叙收到了何正发来的照片。和他想的一样，就是昨晚在会所门口被拍的。

之前和明媚外出都是祁叙开车到停车场，一直很隐秘。昨天他因为喝了酒，所以才临时叫司机过来接人。

祁叙原本也想让明媚在会所里等，可拗不过她吵着想在门口吹会儿风，透透气。

就这么一次，唯独的一次，竟然就被拍了！娱乐圈的记者果然能干。

照片有好几张，祁叙本人的脸非常清楚，但明媚是戴了口罩的，而且大部分是侧颜，还有躲在他怀里的背影。加上夜晚光线昏暗，明媚的样子几乎都是模糊的，看不清五官。

祁叙从来都是一个讨厌被威胁的人。他冷冷地道："不用理会，随他们！"

记者明显是冲着他来的，对方可能都不知道这个女的是谁。

再说就算知道了也无所谓，祁叙没想要躲躲藏藏的。

不用这些记者爆料，大家很快也会知道他和明媚的关系。而他们现在提前给自己贡献一波话题预热一下，也未尝不可。

毕竟上大菜前先来点儿小菜预热，最后也不至于被撑着。

清早的这一切都发生在明媚的熟睡中，她什么都不知道。

睡醒后，明媚第一时间先去了《当我恋爱时》的微博超话下面看大家对她的评价。

还好，首播的两集网友对她的评价还算温和，起码看了几圈，夸的多，骂的少。

明媚松了口气，返回随便刷了下首页，这才发现大家都在疯传一条消息，是某营销号在微博上发的爆料预告——

×××：下午4点见。

混娱乐圈的都认识这个博主，一个专门曝光名人私生活的狗仔。他既然发了预告，就说明娱乐圈又要有新鲜的"瓜"了。

明媚并没有太在意，在床上又赖了会儿，直到江敏月打来电话。

"还不回来？"

明媱边打呵欠，边说："我上午就不回去了，下午还有个剧组群访，忙完再回。"

听到女儿呵欠连天，江敏月问："怎么这个时候了还在打瞌睡，昨天很晚睡？"

明媱随口答道："是啊，快3点了。"

江敏月："……"

明媱马上意识到了什么，纠正道："是和朋友们一起玩到3点，不是你想的那样。"

江敏月咳了声，说："我想的哪样？"

明媱尴尬地闭上嘴，当然说不出口。

"总之，你俩做好措施，别突然就给我弄个外孙出来。我还年轻，不想这么早做外婆。"

明媱："……"妈妈，你倒也不用这么直白。

明媱脸红着"哦"了声。

"妈妈今天要回老家一趟，我已经跟安妮说过了，你这几天去她那边住，别一个人到处乱跑。"

明媱一怔，问道："这么突然？回去干什么？"

"家里有些事要办。"

明媱想起来了，兴奋地说："妈，你该不会是回去拿拆迁款吧？"

江敏月笑着说："差不多吧。"

明媱太开心了，一夜暴富的美梦，终于砸在了她头上！

"妈，你老实跟我说个数，多少？没事，我承受得住。"

"你猜猜？"

明媱大胆猜测道："咱家那套别墅，怎么也得赔个……一亿吧？"

江敏月笑了笑，说："等我回来，你就知道了。"

好家伙，这也太刺激了！

挂了电话，明媱马上下床去找祁叙，想跟他分享这个好消息，却被阿姨告知他很早就去了公司。

明媱："……"简直是个不会累的铁人。

阿姨给明媱准备了丰盛的午餐，光是汤就熬了三种，包括燕窝、雪蛤

378

之类的炖品，跟不要钱似的摆了一大桌。

"小姐，少爷说你身体虚，叫你多补补。"

明媞："……"

明媞本想吃一点儿就算了，然而祁叙家的阿姨忠诚得可怕，非监督着她把祁叙要求吃完的东西一口一口吃干净，才肯放她走。

明媞心想，果然有什么样的东家，就有什么样的阿姨。

肚皮都吃圆了，祁叙的司机才不慌不忙地候在外面，把明媞送到了活动现场。

今天是针对电视剧的一个常规采访活动，几个演员聚在一起，不禁聊起了微博上的爆料预告。

几个演员你一言我一语——

"不知道这次又是哪个倒霉蛋被拍了。"

"哈哈，万一那个倒霉蛋是你呢？"

"我还希望是我呢。可我就算主动送料，人家都懒得爆好吧。"

"我听一个朋友说，这次的'瓜'特别大，咱们就做好'吃瓜'准备吧。"

明媞听到了，也有几分好奇，趁休息的时候给田安妮发微信：姐，你知不知道今天那个要爆料的"瓜"是谁？

田安妮还在家里休养，回她：不知道，反正没人跟我谈公关就不会是你，活动结束后直接来我家。

也不知道为什么，明媞就莫名放了心，又暗暗八卦道：嘿嘿，听说这几天你家多了个男大厨？我去住会不会不方便呀？

田安妮给她发了个敲脑袋的表情：少说废话，结束了就过来。

明媞由此看出，田安妮那边已经开始有雨过天晴的迹象了。

下午3点50分，访问结束。

明媞被记者抓着单独问了几句，等她回到后台的时候，大家都已经议论开了。

"这个'瓜'吃得我抓心挠肺的，到底是谁啊？"

"看不出来，你看像不像那个李小爱？我前不久看到她有一件类似的裙子。"

"可我怎么觉得有点儿像方纯，方纯曾在微博上秀过这双J家的鞋。"

明媞一听就知道，他们肯定在讨论那个"下午4点见"的新闻，也坐到

379

一边问："怎么了，这次谁被拍了？"

有人回她说："牛了，这次可是SG家的太子爷，说他疑似'劈腿'了。"

明嫣怔了几秒，问道："谁？"

"SG家的那位啊，祁叙，你知道吧？"

"……"

明嫣心里一咯噔，马上打开微博，而后缓缓瞪大了眼睛。

那条爆料微博的文案内容十分香艳：抛弃旧爱恋新欢？SG集团太子爷与神秘女子路边缠绵大玩贴脸杀，共度春宵一夜未出。

文字下面是九宫格图片，其中还有两张动图，清清楚楚地把两人怎么个贴脸，怎么个缠绵都拍出来了。

明嫣一脸蒙地看着自己的照片，大脑一片茫然。

怎么会这样？怎么会是自己的"瓜"？

身边的议论声还在继续——

"上次不是爆料他有个相恋两年的女友吗？当时还给了剪影。"

"对啊，那次的女人可是个中长发，这次这个很明显是长发。"

"豪门爱情这么不可靠的吗？哈哈哈……"

"发现没？这个女的好主动地往上贴。"

"当然了，也不看看是谁，祁家啊，嫁进去几辈子都不用愁了。"

"…………"

明嫣这个当事人，就这样坐在人群中听他们聊自己，内心慌得够呛。

她悄悄给祁叙发微信：看新闻了吗？咱俩被偷拍了……

祁叙十分淡定地回道：看到了。

明嫣：你不澄清一下？那上面抹黑你"劈腿"呢。

祁叙：没有这个必要，我劈没劈，你还不知道吗？

明嫣：……

到底是做总裁的，心理素质强大，坚信清者自清，这点儿小事根本懒得去回应。

明嫣便也稍微有了点儿底气，还好昨晚自己疯归疯，但戴了口罩。

所以……传呗，嘿嘿，反正没人认出是我。

但明嫣并没有高兴太久，她完全低估了网友们的侦探能力。

在她离开活动现场，去田安妮家路上这短短的十多分钟里，"吃瓜"网

380

友们已经把这件事定性为"SG太子爷马路门事件"。而因为祁叙最后那个公主抱的动作，女主角被大家戏称为"马路门公主"。

火眼金睛的网友们，也凭借着照片里的一身服饰打扮，迅速列出了三个怀疑对象。其中就有已经被猜过的李小爱和方纯，而另外一个就是明嫣。

有条评论分析道："你们看照片里女人背的那个包，是日本的一个潮牌，再看明嫣车祸那天发的报平安自拍照，左下方露出来的，是不是这个包？简直一模一样！"

这条福尔摩斯式的评论一出，明嫣顿时也成了重点怀疑对象。数万网友涌入她的微博留言询问她是不是"SG太子爷马路门事件"的女主角。

可能是因为上次初月那件事留下了阴影，明嫣起初还以为这次又会"被喷"，好不容易做好心理建设点开评论区，没想到网友们这次的反应竟然……还好——

"就冲最后那个宠出天际的公主抱，我嗑定这俩人了！"

"明嫣，你在吗？你吱个声呗，我们想吃糖。"

"最后那个动作是在用手冰祁太子的腰吗？好甜啊啊啊啊啊啊！"

"等等，可是人家祁太子不是有未婚妻吗？万一这个女的是第三者呢……"

"哈哈哈哈哈，我不管。如果真是第三者再骂也不迟，祁太子低头用下巴蹭明嫣的这一幕太甜了吧！！！（对不起，我先代入一下小师妹的脸。）"

…………

不到半个小时的工夫，评论井喷式地爆发。

明嫣一时半会儿还没能习惯这个风向的转变，直到看到这么一条评论，才好像豁然开朗——

"姐妹们，我想不开超前点播了六集，现在正被顾远这个渣男气得头疼！如果林芸芸在现实里有这么个霸道总裁爱着，我可算出了一口气。明嫣，你争口气！马路门小公主必须是你！顾远渣男给爷爬。"

敢情这个爆料对明嫣来说，刚好卡在了网友们的爽点上？

明嫣终于到了田安妮家。

田安妮手上还打着石膏，见明嫣心不在焉地不停看微博，笑道："至于吗？都是上过好几次热搜的人了，怎么还这么沉不住气？"

这能一样吗？这次是真的起底她了啊！

明媱围着田安妮问："我们就真的什么都不回应吗？"

田安妮淡定道："不用回应，祁总那边自有安排。"

难怪事情发生到现在田安妮没有任何动作，原来早就和祁叙通过气了。

明媱稍微平静下来，又好奇道："那他有什么安排？"

田安妮耸耸肩说："他没说，你要想知道可以自己去问他。"

明媱在沙发上左想右想，还是给祁叙打了过去。

"你在忙吗？网友们快把我扒出来了，怎么办？"

香艳八卦素来被大家津津乐道，尤其主角还是身家百亿的祁叙，八卦者们自然想把女方的身份扒个底朝天。

祁叙安慰明媱道："扒出来也无所谓，你不用管，也别回应，每天该干什么就干什么。"

明媱："……"

明媱其实很早前就想过，万一哪天她和祁叙被偷拍了的话，自己要怎么应对。

当时明媱想的是，曝光就曝光，她一定会大大方方地承认，毕竟她也没想过走那种"爱豆"路线，有恋情也无所谓。

可眼下真的被偷拍了，大家的反应也比预料之中要好很多，反倒是祁叙不让她回应了。

明媱有些赌气地回他："那这几天我们别见面好了，免得记者继续跟踪你。"

"这几天确实见不了，我现在在机场，要飞去度假村那边准备一些事情。"

明媱："……？"

不会吧，不会吧！早不走晚不走，被爆出恋情了，要去度假村？

你认真的吗？

明媱实在想不通，臭男人明明那天在医院里还跟她求婚来着，怎么被记者偷拍了，反倒不敢承认了？

她问他："你之前跟我说的话，还算数吗？"

"什么话？"

"医院那天说的啊！"

382

"帮你压惊？"

可恶！看来他是彻底把求婚的事抛到脑后了。

所以那天在医院，他只是被吓到了，一时冲动才说结婚的吧？现在确定自己没事了，什么结不结婚的，早就忘得干干净净了。

"不记得算了。"明媚一脸冷漠地说，"再见顾远！"

电话那边，祁叙轻轻翘了翘唇。他当然知道明媚在问什么，也知道她有了小脾气，不高兴。

眼下这个时候，女人当然都希望男朋友能大方地站出来承认。但祁叙并不希望以这种被动的方式公开自己和明媚的关系。

他从不受制于人，更别说是自己最珍惜的女人和感情了，他们的关系绝不能因为一条带着娱乐性质的爆料微博而仓促曝光——

公开是必然的，但祁叙有自己的方式和计划——他的女人，值得万众瞩目。

明媚不知道祁叙心中所想，自然有一丢丢小生气。

这是什么男人嘛，怎么一会儿深情得不得了，一会儿又跟失忆了似的玩"精分"？

一句忙工作跑得远远的，留自己一个人面对一堆杂七杂八的八卦追问。

不过这次大家没骂人，是明媚觉得最开心的事了。

可能是因为祁叙不是娱乐圈明星的缘故，所以大家对这次曝光的"马路门"事件没那么多恶意，更多的是抱着吃豪门"瓜"的心态在讨论这件事。

原以为起码还有两个女艺人一起被怀疑着，明媚也不至于单打独斗。谁知第二天，那两个女星就各自出了声明，撇开了与这件事的关系。

三个怀疑对象瞬间就剩下了明媚一个人，她弱小可怜又无助。

网友们每天都在明媚微博下留言——

"明媚是你吧，是你吧？越看这个身材越像你。嘿嘿，甜甜的爱情承认不好吗？"

"看看孩子想嗑糖的眼神！"

"最近看林芸芸和顾远都要被气死了，你就不能让我们在剧外吃点儿糖？"

…………

不仅如此，SG集团和洲逸酒店官微下面也有一堆粉丝评论，大家都纷纷保持队形地刷着一句话——

"劝祁总不要做顾远。"

这些网友在两方当事人微博下各种观光"吃瓜"就罢了，凶悍的"福尔摩斯们"掘地三尺，挖出了更猛的蛛丝马迹。

看得明嫣小心肝一颤一颤的——

"我有一个大胆的猜想，明嫣之前和初月不和上热搜那次，祁叙莫名其妙地被爆出有个交往两年的娱乐圈女友，为什么早不爆晚不爆，那么巧就在当天爆出来？你们不觉得有点儿奇怪吗？"

"对对对，最重要的是那个剪影跟瞎拼的似的，到现在都没人猜出是谁，我合理怀疑是为女朋友转移视线，嘿嘿。"

"这么一联系好像是真的，啊啊啊！好甜好甜。"

"倒也不必这么猜测吧？那天很多'瓜'呢，还有江敏月宣布复出，总不能说江敏月也认识明嫣，也帮她转移视线吧？我觉得只是巧合而已。"

"我有朋友爆料说，《当我恋爱时》的杀青宴现场，明嫣故意去坐了祁叙大腿，不会是那时候勾搭上的吧？"

"我就说个料，《当我恋爱时》是亚盛娱乐投资的，亚盛的老板是蒋禹赫。蒋禹赫圈子里玩得最好的就是祁叙，所以人家剧组杀青宴，祁叙一个酒店太子去干什么？肯定是暗中去看女朋友啊！哈哈哈哈……"

"这么多小细节，铁锤了！"

…………

一时之间，明嫣成为风口浪尖上的红人，热度直逼"顶流"。

热度有了，加上明嫣和纪沐阳演技过关，入木三分地刻画出了林芸芸和顾远这对怨偶的悲欢离合，两者相辅相成，《当我恋爱时》的收视率因此节节攀升。

明嫣在田安妮家住了一个星期。

从前没有亲身经历过，如今同一屋檐下，明嫣也体验到了每天都被迫吃"狗粮"的滋味。

田安妮手臂骨折，打着石膏，生活很不方便，林继晖就每天都过来照顾她，给她做一日三餐，有时候还会帮她看看送过来的剧本，给她提提意见。

两人就像生活在一起多年的伴侣一样，大概是曾经轰轰烈烈过，如今的相处更加默契和谐，有时候一个眼神就能知道对方的心意。

明媪还怪羡慕他们的，总比自己那个消失了一个星期，每天只靠微信汇报日常的男朋友好。

这天，明媪乏味的生活总算迎来了一丝转机。

田安妮突然告诉她，有一个广告要她去外地拍摄。

"H市政府邀请林导给他们当地一个5A级景区拍宣传片，我推荐了你去。这是公益性质的，钱不会很多，但是个能在林导面前表现的好机会。"

H市？明媪疑惑道："不会是青云山吧？"

田安妮也惊讶道："你知道那儿？"

哼，岂止知道？那个狗男人在恋情曝光后就躲到那儿去了，到现在还没回来呢。

明媪想，这难道是老天给她的暗示，要她也跟着去一趟青云山，看看祁叙到底在那边忙什么不得了的事情，都一个星期了还没回来？

林继晖给明媪看了拍摄的构思和脚本。

奇了怪了，明明是给青云山拍宣传片，怎么其中也有度假村的镜头？

对此，林继晖解释道："度假村也是青云山的商业特色之一，拍进去是必然的。"

"那我们到时候住哪儿？"

"要看官方安排了，但大概率会住在度假村酒店。"

明媪想了想，也是，林继晖好歹也是国际名导，去山上还能住别的地方吗？

所以，这么一来，自己岂不是百分之百会遇到祁叙？

嘿嘿，突然有点儿小兴奋是怎么回事？

明媪想了片刻，悄悄把田安妮拉到一旁说："姐，我们去青云山拍摄的事，你别告诉祁叙。"

田安妮皱眉道："为什么？"

"我……我想给他个惊喜。"

虽然狗男人忙了这么长时间，明媪是有点儿不开心，但情侣之间大概永远都玩不腻这种惊喜的游戏。

田安妮笑了笑，点头道："行吧，你们年轻人花样真多。"

明媱马上高兴起来，问："那我们什么时候出发？"

"明天。"

于是当天晚上，明媱回了一趟家，给自己收拾了满满当当一箱子行李。

而田安妮则在微信上给祁叙发了一条消息：已搞定，明天出发。

对方回：好。

第二天，明媱就跟着拍摄团队踏上了去 H 市的航班。

玉茯苓的角色还没有最终敲定，但眼下能和林继晖合作先拍个宣传片也是不错的。

这次的拍摄是和政府合作的，对外并没有宣布，所以几乎没人知道明媱的动向。

当网上还在热情地扒"马路门公主"是谁时，明媱已经和田安妮他们来到了青云山的度假村。

果然如田安妮所说，他们住宿的地点在度假村一期的酒店。这是明媱非常熟悉的地方了。

摄制组被安排在 16 楼，几乎包下了整层。

办好入住手续是下午 2 点，虽然跟上次一样，奔波了一路累得筋疲力尽，但明媱还是迫不及待地想去给祁叙一个惊喜。

还记得祁叙在这里的专属房间是 3202，所以她悄悄地一个人上了楼。到祁叙门前，明媱又拿出镜子检查自己，补了口红，捋顺头发，务必确保自己美美的，这才按下了门铃。

谁知一声，两声，三声，根本没人开门。

一个打扫房间的工作人员经过，问她："您找祁总吗？"

明媱"嗯"了声，问："他不在吗？"

"祁总不在，他在二期那边忙着呢。"

明媱："……"白跑一趟。

不过，她也挺好奇的，祁叙一个堂堂总裁，怎么跟包工头似的，还要去亲自监工吗？

明媱耷拉着脑袋回到自己的房间，她还是没忍住，给祁叙发了消息。

明媱委委屈屈：你在干吗？

祁叙：项目还没结束，一直在忙，怎么了？

两人从来没分开过这么久，明媱超级想他，委屈升级：什么项目？这么急，这么赶？

祁叙：乖，很快就好了。

明媱委屈到崩溃：可是我想你了，你好像一点儿都不想我。你是不是在山上金屋藏娇了，是不是藏了别的小仙女？是的话，你说，我绝不黏人。

祁叙大概是看得无语，直接打来了电话。

"我藏谁？藏你一个都来不及了。"

明媱愤愤道："什么来不及？我很闲的，你来藏我啊，来啊来啊！"

祁叙："……"

他无奈地笑着，安抚她说："再等我几天，很快就忙完了。"

明媱一撇嘴。男朋友都这么说了，她还能怎么样呢？自己选的男人，又是天之骄子，还不是得尊重他的工作？

"好吧。"

明媱顿了会儿，本想告诉祁叙自己已经在青云山的消息，可转念一想还是算了。自己要在这儿拍一个星期左右呢，就不信祁叙不回来，到时候再给他惊喜也不迟。

挂了电话，明媱有点儿惆怅。

今天没有拍摄任务，山上冷，但阳光特别好，前几天刚下了雪，现在跟仙境似的，特别漂亮。明媱拿了相机，想出去拍点儿照片。

青云山上漂亮的景点数不胜数，刚好有几个游客也下楼，大家一起站在电梯里，明媱顶着超大的毛线帽子，还戴着口罩，暗暗地缩在一旁不吭声，生怕被别人认出来。

有两个游客看上去是情侣，也像是要出去玩的样子，在那儿说着话。

"你做情人崖的攻略没？"

"情人崖去不了，被政府划分到他们度假村二期的改建项目里了。"

"啊？那太可惜了！"

说者无心，听者有意。明媱眨了眨眼，心想情人崖是干吗的，情人一起去跳崖的地方吗？

正想着，电梯到了1楼，明媱和电梯里的那对情侣游客一前一后离开了。

不知怎么回事，出电梯那一刻，女游客好像察觉到了什么似的，忽然回头打量了几秒，激动道："你是不是那个，那个那个——小师妹明媱?

"是你吧? 啊啊啊啊啊! 我好喜欢你，我这几天正在追你的剧呢!

"明媱，明媱跟我合张照吧?"

明媱："……"粉丝都这么热情了，再拒绝好像有点儿不给面子。

于是明媱只能摘了口罩跟粉丝合了张影。

对方心满意足地走了，但明媱却又有些后悔，只能在心里希望这个粉丝不是那种大嘴巴，最好别对外说在这里见过自己的事。

出门往前走了几步路，明媱看到几个在草坪前扫雪的工人，正打算过去问问情人崖是个什么地方，还没等她开口，就听到两个工人提到了祁叙的名字。

"祁总这次过来就没住过酒店，听说在二期那边搭了个简易棚户楼住。"

"该不会是他们家出什么事了吧? 突然之间这么拼。"

"我听说，山腰那边说好的几户人家又不肯签字拆迁了，还闹到了政府那儿。"

"啊? 难怪啊，祁总这次遇到难题了吧?"

…………

讨论声变弱，两个工人拿着工具走远了。而明媱久久地愣在了原地没动。

原来如此。难怪祁叙那天走得特别急，还一忙就是这么多天。刚刚他们还说，祁叙忙得连酒店都没空儿回来住。

一定是二期推展遇到了大问题!

她的小可怜这些日子到底经历了什么啊，竟然一点儿都没告诉她。

明媱顿时又心疼了，她没了拍照的心情，回到房间，心情复杂地在房间里走来走去。一想到祁叙在这么困难的时候，自己竟然还怪他没能陪自己，还怪他没有去解决网上那些八卦新闻，就内疚自己真是个不懂事的女朋友。

明媱当即决定要为祁叙做点儿什么，她给祁叙发消息，直截了当地告诉他: 我来青云山了。

祁叙表现得很惊讶: 你来干什么?

明媱: 林导受 H 市政府和青云山旅游管理处的邀请，来给青云山拍一个宣传片，他们推荐了我，所以我就来了，还想给你一个惊喜呢？谁知你又不在。

不等祁叙回复，明媛马上又问他：你在哪儿？我过来找你好不好？

祁叙：别了，我这边……不太方便。

瞧瞧，多好的男人，就是不想让她过去看到他辛苦的样子吧？明媛更心疼了。

可情侣之间怎么能只同甘，不共苦呢？明媛必须去探一个祁叙的班。

明媛：你要是不告诉我，我就叫酒店的人领我去。

祁叙实在没办法，只好跟身边的何正说："剩下的，你帮我盯着。她要过来，我只能回去一趟。"

何正听了也偷笑道："明白，我一定会帮您盯紧的。"

处理完手头的事，祁叙匆匆给明媛发消息，叫她来之前先给自己做点儿小蛋糕。之后便趁着这一点儿时间，迅速赶回了酒店。

1603，明媛的房间。祁叙敲了两声门没人应，只好叫工作人员帮忙开了门。

果然，这女人正戴着耳机，在烤箱面前起舞，嘴里还跟着耳机唱着奇奇怪怪的不标准的韩文。

祁叙算是看懂了，只要没人在，明媛就是台移动的"沙雕"制造机。他抿了抿唇没发出声音，悄悄走上前，从后面抱住了她的腰。

明媛被吓了一跳，转过身看到是祁叙，顿时欢喜地抱住他道："你怎么回来了？"

祁叙把头埋在她脖子上吻了两下，说："想你了。"

明媛缩着脖子笑，轻轻推他道："讨厌，让开。"

说是这么说，可明媛一点儿都没有要跟祁叙分开的意思。

她手攀上男人的脖子，眼睛盯着他问："有没有想我？"

"刚刚不是说了吗？"

"有吗？我没听到。"明媛撒娇道，"你再说一次。"

祁叙笑着去蹭她鼻头说："想你，每天想，醒着想，睡着想，做梦都想。"

明媛乐得捧着男人的脸亲了两口，害羞道："我也是。"

两人各种甜言蜜语地腻了好一会儿，明媛把做好的蛋糕拿出来，一副贤妻样递给祁叙，还主动喂他。

"张嘴，乖乖。"

祁叙莫名觉得明媞这次过来殷勤得有点儿过分。按理说，自己这么久没回去陪她，她应该有点儿脾气的，这会儿完全没有闹情绪不说，还各种体恤安慰。

祁叙突然不太习惯了，直接开口问道："你是不是又有什么事要求我了？"

明媞一顿，忽然又腰道："祁叙，在你眼里，我是不是但凡对你好点儿，就是有所求？我就不能是个温柔体贴，在你遇到困难的时候，也能帮你一把的女朋友？"

这急乎乎的一大串话把祁叙听愣了，他顿了顿，无奈地笑道："我遇到什么困难了？"

"你别骗我了，你度假村二期遇到麻烦了是不是？你这一个多星期不就是因为这个忙得焦头烂额吗？"

"……"祁叙沉默了几秒，转过去想忍住笑。

明媞却以为触动了他的伤心事，上前抱住他安慰道："好了好了，别难过，别怕，有我呢。"

祁叙："？"

明媞定了定心，看了看周围，确定没人在才神秘道："我有件事没告诉你，我家的老房子拆迁了，少说都有七八千万呢。你要是缺钱周转的话，我都给你。"

祁叙："……"

"是真的，你相信我。如果不够的话，我把我的片酬都给你，不过就是少了点儿。"

"我信你。"祁叙轻轻揉了揉明媞的头，又重复了一次，"我信你。"

事实证明，他倾尽一切去爱的姑娘，是如此值得。

"所以……"明媞眨了眨眼说，"我现在也是个小富婆了，今晚10万块包你一夜，别走，陪我好不好？"

祁叙无语失笑，牵着她的手说："把东西搬走，去我房间住。"

明媞欢喜地点头道："嗯，好！"

她把之前从行李箱里拿出来的充电器又塞了回去，拉起箱子笑眯眯地挽着祁叙的手说："走吧！"

两人刚走了几步，大概是刚刚箱子没关好的原因，明媱的行李箱忽然"啪"的一声绷开了，里面的东西散落一地。

祁叙转身，正想帮她收拾一下，可看到地上的东西后，动作忽然愣在了那儿。

地毯上散落着一堆五颜六色、各式各样的内衣。隐隐约约看到，好像还有个带翅膀的，相当激情惹火。

明媱脸一红，迅速捡起来一边往箱子里塞，一边解释说："不是，你听我说——"

"其实这些日子我确实挺辛苦的。"祁叙缓缓道，"但我相信你是个温柔体贴的女朋友。"

明媱："？"

她一时间没能反应过来祁叙这话是什么意思，直到男人再次开口道："今晚走秀？"

明媱偷偷带了十几二十套内衣，本打算给祁叙一个惊喜，可没想到惊喜还没来得及实施就暴露了。

她尴尬地把内衣往箱子里塞，好不容易塞好了，一脸通红地站起来装作无事发生道："我听不懂你在说什么。"

祁叙没去强行戳破小仙女的脸面，偷偷笑着跟在她后面，刚走两步脚下却踢到了什么东西。

他低头一看，是个粉色皮质封皮的本子，跟普通的记事本差不多，上面就多一个按扣儿。

只是本子不知是不是被撞到了，这会儿是打开的。祁叙随手捡起来，正想递给明媱，忽然看到内页上的一句话：狗男人，你惹到我了知道吗？？？！！！

莫名熟悉的语言风格，祁叙迅速翻到扉页，果然，上面写着一行字：《祁太太观察日记》。

祁叙："……"又观察？

明媱没看到祁叙跟上来，在过道喊道："你干吗呢？"

祁叙不动声色地把本子藏到身后，回答道："来了。"

两人回到了3202祁叙的房间。

山上天黑得早，才晚上6点，天色就已经完全暗了下来。

明媚已经过了刚刚最尴尬的时候，现在孤男寡女共处一室，又那么久没见，她便也豁出去了，懒得再去装什么纯情小仙女，大大方方地冲祁叙一眨眼道："我去洗澡。"

祁叙说："然后呢？"

明媚不知从哪儿变出一件黑色的内衣套住祁叙的脖子，意味深长道："你说呢？"

祁叙："……"

这画面有点儿"上头"是真的。

祁叙松了松领带，忽然觉得有点儿渴。他去倒了杯水，喝水的时候又想起了捡到的那个本子。

《祁太太观察日记》？这女人是个日记写作狂吗？怎么做什么都要写个日记？

还有，自己怎么又变成狗男人了？

趁明媚进去洗澡，祁叙翻开了捡到的本子。随便翻了几页，唇角就已经止不住地浮出笑意，越往后翻笑意越浓。

不一会儿，浴室的水声停了。

祁叙迅速把本子收回抽屉，而后装出什么都没发生的样子，坐在床上等明媚。

他以为自己会等来一个裹着浴巾出来的明媚，没想到安静了两分钟，房里的音响忽然响了起来。

是一段十分暧昧性感的音乐。

祁叙："……"

难怪明媚刚刚鬼鬼祟祟地把手机带了进去，合着真把这里当舞台了？

祁叙顿时回想起了她上次从浴室出来的表演，不觉好笑。他没在意，端起手里的杯子想喝水，仰头嘴巴刚碰到杯子边缘，明媚就出来了。

祁叙的动作也瞬间停住了——明媚竟然真的穿着内衣出来了？

祁叙的喉结不受控制地动了动，还没回过神来，明媚小姐的内衣秀猝不及防地来了。

这次是两人极致沉迷在内衣狂欢里的一夜。

疯狂过后，两人拥在一起，明媚却舍不得让自己睡着。

因为她知道，一旦睡着了，睡醒后床上又会只剩她一个人。

她讨厌这种感觉，于是使劲搂着祁叙聊天儿。

"我今天下楼时听游客说了个情人崖，那是什么地方？好玩吗？"

祁叙漫不经心地"科普"道："山上的一个网红景点，情侣们喜欢去那儿打卡。"

"为什么情侣会喜欢，有什么典故吗？"

拗不过明媛强烈的求知欲，祁叙只好把知道的那些传说和神话都告诉了她。

"所以那些情侣都想过来，把自己和爱人的姓名刻在锁上，又锁在情人崖的树上，求一个天长地久。"

"这么浪漫啊？"明媛若有所思。

祁叙笑她说："怎么，你也想去？"

明媛闭嘴，一脸傲娇道："我才不信这些。"

话虽这么说，但第二天醒来后，明媛还是暗暗地跟服务生打听起了在哪里可以买爱情锁的事。

然而服务生却告诉她，情人崖暂时停止对外开放了，后续计划还未可知，所以现在酒店也不提供赠送爱情锁的服务了。

明媛："……"好气啊，都还没来得及去锁一下自己和祁叙呢。

算了，一睡醒臭男人又不见了，跟个翻脸无情的渣男似的。

哼，才不要和他锁在一起呢！

12

她是最亮的那颗星

因为青云山有着数百年的历史，还有很多神话传说，所以这次的宣传片，林继晖为明媚设计的角色是一个青云山的本土姑娘，在这里出生，在这里成长。

她可以穿着漂亮的古装在小溪里叉鱼，在山间树林的吊床上休息，乘一叶扁舟在清澈的湖水上晒太阳，像武侠小说里无忧无虑的小师妹，自由自在地享乐人间。

她还可以穿着时髦的现代装，坐缆车俯瞰整个景区风光，在度假村里享用米其林大师的美食，享受极致的管家式服务。

这是人间天堂，也是理想境地。

第一天林继晖踩点选地方，第二天就正式开拍了现代篇。

现代篇在度假村一、二期分别取景，这种广告比电视、电影简单，加上明媚很在状态，所以拍得很轻松。

第三天则拍的是古风篇，山里刚好下过雪，白茫茫的雪景特别漂亮。

明媚的造型是一身江湖写意的红裙，帅气又飘逸，长发盘成了干净利落的发髻，手执一壶酒，肆意浪迹山林间，逍遥又快活。

尤其是明媚慵懒地跷着二郎腿坐在树上单手喝酒的镜头，连在监视器后的林继晖都难得地表示了肯定。

古装戏不比现代戏，吊了一上午的威亚，明媚人都被晃晕了，但她相信付出总是会有回报的。

中午休息的时候，大家在一起聊天儿，明媱对青云山的风景赞不绝口："这里太漂亮了，要是我也能在这儿有一套房子养老就好啦！"

旁边某个不知情的小助理说："我查了下，度假村二期的别墅预售价格是 18 万一平方米起，把我卖了都不够买个厕所。"

这么贵啊！明媱在心里算了下，按照一栋别墅 500 平方米来算的话……

算出一个价格后，明媱默默闭上了嘴，她那点儿拆迁款是不够挥霍的……

几个人正聊着天，林继晖突然走过来，轻描淡写道："明媱，玉茯苓就定你了。等这里拍完了，你就去找陈指学武术，必须达到我的要求。"

明媱当时嘴里还啃着香蕉，乍一听有些蒙："我？"

"没错，你。"

其实当时在试镜的时候，明媱给林继晖留下的印象就不错，也一直被他列在考虑人选的名单中。今天当林继晖看到她穿梭于山林中表现出的那种肆意和畅快时，他更加确定她就是自己要的玉茯苓。

林继晖当场拍板，让田安妮也有些不敢相信，她问："你不会是看我的面子吧？"

林继晖看了她一眼，说："你还没这么大面子。"

田安妮："……"

有林继晖这句话，明媱就放心了。

她激动得连嘴里的香蕉都忘记吞咽，口齿不清地说："谢谢林导！我一定会努力的！"

林继晖微微笑着说："好好加油！"

明媱还是第一次看到林继晖笑，马上敬了个礼回答道："是！"

"当然，"林继晖顿了顿又说，"眼下最重要的，是拍好下午这场对你来说——很重要的戏。"

明媱完全沉浸在拿到玉茯苓角色的喜悦里，压根儿没听出林继晖最后强调的那几个字。

"一定一定！啊啊啊！H 市政府就是我的再生父母，如果不是他们邀请了林导您来拍宣传片，也不会有我展示自己的机会！我不要他们的片酬了，哈哈哈哈哈……"

明媛激动得原地蹦了几下，大喊道："我爱 H 市！"

田安妮悄悄抿了抿唇，说："可别感谢错了人。"

"什么？"明媛顿住了。

田安妮忙摇头道："没事，赶紧吃吧，下午还要继续拍。"

"嗯！"

午饭后休息了会儿，拍摄继续。

下午还是古风系列，明媛他们先徒步到了拍摄的地点，然后开始化妆。

做造型的时候，明媛好奇地问田安妮："林导和摄影师他们怎么没过来？"

田安妮说："他们待会儿就到，你先化妆。"

和早上的江湖小侠女风格截然相反，下午明媛的服装是一套淡雅的汉服裙褂。由于天气寒冷，汉服外还披了一件精致飘逸的斗篷，斗篷领上有一圈暖和又厚重的绒毛。

化妆师给明媛化了个非常古典的妆容，眉间一点朱砂桃花，一半长发绾起，插上一支精致的蝴蝶流苏步摇，另一半自然披着，温婉娴静。

整个人翩然若仙，超凡脱俗。

"真好看！"田安妮忍不住夸道。

明媛也觉得这造型挺别致的，相当符合自己日常自诩的"瑶池小仙女"昵称。

这个小仙女的造型整整做了一个半小时，明媛正想问林继晖他们怎么还没到，田安妮的手机响了。

她接起来说了两句，而后匆匆告诉明媛说："媛媛，你在这里等一下。林导他们的机器在过来的路上遇到了点儿麻烦，我和小吴去看看。"

明媛马上问："要不要我一起去帮忙？"

"不不不，你造型才做好，别乱走。"田安妮说完，就和化妆师一起走了。

明媛一个人站在原地无聊地发了会儿呆，看到前面有一棵参天大树傲立山头，她抱着去那里挡挡风的想法走了过去。

不去还没注意，走近了明媛才发现，这树上竟然系着各式各样的爱情锁。

难道这就是那个传说中的情人崖？

明媚顿时有些兴奋，拎着小裙角绕着大树转圈圈，来回看着那些情侣的名字和红飘带上诉求的愿望，什么希望白头到老啦，一生一世啦，长长久久啦……

明媚越看越激动，代入感太强了，她感觉自己已经快要和祁叙百年好合了。

就差一把锁！苍天啊，她就差一把锁！

明媚想破了头，决定无论如何，今天也要在这里留下自己和祁叙的名字。

想起斗篷内袋里装的小包纸巾和口红，她顿时有了主意。

明媚拿出一张纸巾，拧开口红，在上面歪歪扭扭地写下了"祁叙明媚1314"这几个字。

原本想把这张爱情纸巾埋在树下，可写完明媚又觉得白纸红字看着怎么那么惊悚，跟血书似的，好奇怪。

这时耳旁忽然传来一道低沉的声音——

"你在干什么？"

正蹲着深思的明媚被吓了一跳，差点儿一屁股歪到雪地里，还好一只手拉住了她。

是祁叙，明媚不敢相信地睁大了眼，接着问："你怎么在这儿？"

祁叙答得很自然："过来探你的班，怎么就你一个人？"

明媚回过神来似的，一边不动声色地掩埋那张"血书"，一边若无其事道："林导的机器在路上出了点儿问题，马上就到了。"

"是吗？"祁叙垂眸，看着已经不知不觉垒高的雪堆，笑了笑，轻而易举地抽出了里面的那张纸巾。

明媚："……"

祁叙拿着"血书"似笑非笑道："不是没兴趣来锁的吗？"

"没听过一句话吗？"明媚倔强"挽尊"，"来都来了，我等他们等得无聊而已。"

"也是。"祁叙翘了翘唇角，从口袋里拿出一把精致的锁，"既然来都来了，要不要顺便跟我锁一个？"

明媚眼睛一亮，明明心里已经窃喜得不行，脸上还是故作傲娇道："也……也行吧，给你一个面子。"

话音刚落，她就美滋滋地抢走了锁。拿到手里才发现，这把锁的底部已经刻着自己和祁叙的名字，一看就是早就准备好的。

明媚掩饰不住内心的甜蜜，调笑了他一句："某些人早就想跟我锁了吧？"

祁叙顺着她的意思点头道："是，早想跟你锁了。"

明媚也不装了，兴奋地准备找最佳位置，说："那我们赶快，不然安妮姐他们待会儿回来了，被看到怪不好意思的。"

很快，明媚在大树中间找到了一处空位。

两人一起把锁挂到锁链上，在将要按下锁的那一刻，明媚忽然停下了。

"等等。"她闭上眼，叽里咕噜地说了几句话，好像是在许愿。

祁叙看着她，问："许了什么愿？"

明媚神神秘秘地笑着说："不告诉你。"

在这个时候，她还能许什么愿？

当然是许——能和祁叙一生一世一双人，永远不分开。

两人十指相扣，共同按下了属于彼此的爱情锁，牢牢地把他们的期盼留在了这里。

心愿达成，明媚心满意足地站起来，朝身后看了看。

"林导和安妮姐怎么还不来，会不会出什么事了？"

祁叙淡淡地说："我过来的时候，看到他们在那边一个休息室里整理设备。"

"是吗？"明媚深信不疑，"那我们也过去看看有什么要帮忙的吧。"

明媚跟着祁叙离开了情人崖，朝着一条完全不认识的路上走。她对他完全放心，丝毫没有怀疑不说，甚至还悠闲地和他聊起了天。

"你觉得我这身打扮好看吗？"

"好看，"祁叙挽着明媚的手，嘴角藏着不易察觉的笑意，"像小仙女。"

"嘿嘿，我也觉得。"

又走了几步，明媚好奇地指着远处问："你看那边，缆车怎么都停在空中不动了，是出故障了吗？"

祁叙看都没看，低头说："可能吧。"

很快，明媚就被领到了所谓的林继晖整理设备的休息室前。

祁叙说："你过去吧，我有点儿事要先走。"

今天祁叙能来探班，明媱已经很满足了，更别说他还陪她实现了挂爱情锁的愿望。

明媱笑眯眯地冲他一摆手说："去吧去吧，晚上我跟你视频！"

祁叙浅笑着说："好。"

祁叙离开后，明媱也慢慢朝休息室走。她边走边想，这是个什么休息室，怎么修得跟神仙住的地方似的？

"休息室"所处的位置离二期别墅群不远，但又隔着一点儿距离。周围云雾缭绕，鸟语花香，不远处仿佛还有从天边泻下的壮观瀑布，这里可以说是青云山上的最佳地理位置。

"休息室"就这样安静地坐落在仙境之中，古香古色的护栏，四面随风飘动的云纹纱幔，充满惊艳的古韵。

明媱慢慢走过去，推开大门。喊了声，好像没人。

穿过庭院，她悄悄推开内室的门。门开的一刹那，一股温暖的热气扑面而来。

明媱被眼前的景象惊呆了。她揉了揉眼睛，又回头看了眼身后，确定自己没有走到什么穿越门的地方。

因为她的面前并不是正常房屋的客厅，没有电视，没有沙发，没有茶几，什么都没有——有的只是一方正冒着滚滚热气的温泉汤池。

这温泉池一看就是纯天然的，周围堆砌着大小不一的石头，从石头缝里还生出了一些花草。什么外加装饰都没有，和神话故事里描述的一样美丽动人。

明媱看呆了，怀疑自己是不是误入了什么平行时空的仙境，心想等会儿会不会冒出一个神仙告诉她穿越了？

明媱小心地喊了声："林导？安妮姐？"

可没人应她。

温泉后面有一扇屏风，到底还是按捺不住好奇心，明媱大着胆子绕过温泉走过去。

屏风后面是一张精致的雕花木桌，而桌上放着……一个本子？

明媱第一反应是不是会员泡温泉的服务说明，缓了两秒才愕然发现——

妈呀，这不是我的日记本吗？怎么会在这儿？穿越哪有带着日记本的？

很快明媭又安慰自己不要慌，可能只是款式相同而已。她马上走过去打开，等看到扉页那一行"祁太太观察日记"后，唯一的侥幸也没了。

见鬼了！她的日记本不应该在自己的行李箱里吗？为什么会在这儿？

蓦地，明媭后知后觉地反应过来了。

不对劲。林导那么一个守时的人，怎么可能天都要黑了还不过来工作？田安妮又怎么能放心把她一个人留在山上？

不对劲！一定有事！

是不是在玩什么整蛊游戏？

明媭的视线落向日记本，猜测玄机一定在这里，她缓了缓，翻开第一页，而后她难以置信地睁大了眼睛。

明媭第一次写这本观察日记，是在和祁叙确定关系的那天。当时她感慨了一番两人在一起的不容易，最后还不忘担忧——

怎么办啊？把未来公公拍伤了……

然而如今，明媭蓝色的圆珠笔字迹下，赫然多了一行新的黑色钢笔字的回复：不怎么办，你高兴还可以再去拍一次。

明媭看蒙了，这字迹一看就是祁叙的。只是，他什么时候拿到的日记，怎么还批注上了？

明媭继续往后翻。第二篇是感慨妈妈把一生都给了爸爸时，她在日记里问——

如果有一天我走在他前面，他会跟他爸爸一样再娶吗？

祁叙回复：永远不会，祁叙的太太一辈子只有明媭一个人。

第三篇，是为了拍内衣广告的事，祁叙答应三天不见面。明媭在日记本上只写了一句话，剩下的全是惊叹号和省略号——

狗男人，你惹到我了知道吗？？？！！！

！！！……

这篇下面祁叙的回复是：对不起，汪。

明媭"扑哧"看笑了，嘴里嘀咕着："到底要干什么啊……"

她边说边往后翻，第四篇写在祁叙母亲忌日前夕，日记里写道——

……戴了他妈妈的项链，好开心，他是不是想娶我？

下面祁叙的回复：是，祁太太。

…………

一页一页看着，明媚也渐渐从嬉笑变得安静，眼里不知不觉有了泪光。

车祸那天，大概是劫后余生，那天明媚的日记里有长长的一句话——

我对他撒了谎，因为我真的后怕过，还没来得及嫁给他……

祁叙的字体看着遒劲却充满了温柔：我也后怕，还没来得及娶到你……

看到这里，明媚快泪目了。

翻到最后一篇是恋情曝光那天，祁叙来了度假村，明媚一气之下在日记本里发泄——

狗男人，竟然完全不记得自己在医院跟我说过的话了，啊啊啊啊啊啊！讨厌你！

明媚视线模糊地看祁叙的回复：从来没有忘过。

看完了自己写的日记，明媚也哭得鼻涕眼泪都混在了一起。

本以为日记就此结束了，没想到她随手往后翻了一页，竟然还有一篇新的。

是祁叙写的——

1月16日，雪天。

迷糊宝贝又把日记本暴露了，感激不尽，这次我终于不再是"工具人"了。

我想，这本日记或许是上天送给我的礼物，让我在今天做这件事的时候充满信心。

她总说自己是瑶池小仙女，所以我用87天为她打造了这座人间瑶池，恳切地希望明媚小仙女能给面子下凡一趟。

不用太久，一辈子就好。

因为，有个叫祁叙的凡间男人，真的很爱她。

…………

看到这里明媚又哭又笑，表情管理完全失控。她顾不上往下看就想去找祁叙，可刚抬头，就通过面前的透明玻璃看到了远处的缆车。

刚刚还一动不动的整排缆车车厢里全部亮起了灯。一闪一闪的晶莹灯光，仿佛是落下的星星，在明媚眼前描绘出了她人生二十多年来见过的最漂亮的画面。

天际也因此而有了魔力般亮了起来，无数架无人机慢慢写出了祁叙的宣告和请求——明媛，MARRY ME。

明媛呆呆地看了好几秒，眼泪不受控制地缓缓滑落，打湿了手背。

好像是被泪水提醒了般，明媛低下头，继续看祁叙日记后面的内容——

所以，今天我想跟她进入一段新的关系……

我的明媛小仙女，如果你看到了这里，请回头！

明媛怔了下，迅速转过身。

果然，十几分钟前还在跟自己一起锁爱情锁的男人，不知什么时候已经安静地站在了身后。他身姿挺拔，穿着剪裁得体的西装，眉目温柔，帅得从容又夺目。

演员的感情一向丰富，明媛一时没控制住，又哭又笑道："祁叙，你搞得这么浪漫干吗？我妆都哭花了，呜呜呜……"

祁叙没回答她，他唇角微翘，缓缓单膝跪下，打开手里装有戒指的精致丝绒盒，表情认真而诚恳地说："明媛，嫁给我！"

他顿了顿，学着她过去的语气又补充道："愿意的话，扣1。"

明媛笑出了声，抹了把眼泪道："不愿意是扣2吗？"

祁叙摇头道："没有2这个选项，只有1。"

明媛被气笑了，眼含泪光说："你无赖！"

明媛再也忍不住了，她不停点着头。祁叙眼含泪光，起身一把将她揽进怀里。

深深地拥抱后，祁叙为明媛戴上了戒指。

也就在这时，一群人不知从哪儿冒了出来鼓掌起哄。

有江敏月，有田安妮和林继晖，还有简宁、管星迪、助理芮芮，甚至连祁宴都来了，明媛的亲人、闺密和朋友都在这里。

明媛惊讶又惊喜地看着他们问："你们怎么都在啊？呜呜呜，都合起伙来骗我是不是？"

田安妮笑道："什么骗不骗的，我们这叫善意的谎言，不过都是配合祁总罢了。"

简宁和管星迪这两个"沙雕"闺密一直在瞄温泉，尤其是简宁。她围着温泉走了一圈，看着不断往上冒的温泉水，啧啧赞叹道："天哪，这纯天然的温泉看着也太爽了，好想拥有！！！"

祁宴特别自豪地告诉大家："这是二期开发的时候无意中发现的，青云山唯一的纯天然温泉。据说含有各种丰富的微量元素，可以美容养颜，我哥直接就把这一块地圈下了。什么都没让碰，除了外墙和里面的装饰，其他全是原始温泉的样子，务必给嫂子保留一个真实的人间瑶池。此外，到时候温泉旁边会修一栋别墅，给嫂子拍戏累了来度假的时候住。"

"这操作666。"众人脸上写着满满的羡慕。

徜徉在这般费尽心思的宠爱里，还有这么多亲人朋友见证，明媪这会儿觉得自己是世界上最幸福的人。

情绪平静下来后，她好奇地问江敏月："妈，你不是回老家了吗？怎么也过来了？"

江敏月眼含笑意地看着祁叙说："女婿亲自派人去老家邀请我来见证，我再忙也要过来。"

"那你拆迁的事办好了吗？"

"好了。"江敏月一顿，看向祁叙说，"既然你已经求了婚，那找个时间，安排我和你父亲见一面吧。"

祁叙的神情微微顿住，但语气依然平稳道："我的事可以自己做主。"

"我知道。"江敏月说，"但我明家嫁女儿必须大大方方的，不能没规矩，所以见一面是必要的。"

缓了会儿，祁叙点头道："好，我来安排。"

欢乐的小插曲后，众人散去，温泉房只剩祁叙和明媪两个人。

明媪还沉浸在幸福里，她趴在温泉旁的石头上问祁叙："情人崖不是不对外开放了吗？"

"我提前申请了，我们是最后一对能进去的情侣。"

"……"

明媪满足地笑了两声，凑近他说："你真好！"

"多好？"

"好到……"明媪忽然眨眨眼，冲祁叙一勾手，"你过来，我告诉你。"

祁叙知道过去了肯定没好事，但还是心甘情愿地走到明媪身边：

"说——"

"你真好，好到我想——"话音刚落，冷不丁地，明媚把祁叙推到了温泉里。

"扑通——"

祁叙："……"白眼狼还是那个白眼狼。

他自然也不会放过她，反手也把她拉下了水。

一阵热气扑面而来，明媚咯咯地笑着，头发被打湿，她干脆脱掉了繁复的外衣，双手拽着祁叙，俩人完全泡在里面。

人间瑶池，这一晚绽放了最漂亮的烟火。

至此，在明媚心中，林芸芸的替身日记也终于圆满结束了。

今天以前，整个剧本里还有一集没有和祁叙体验过，就是林芸芸和顾远泡温泉。

认识之初，明媚曾说漏了嘴，临时把泡温泉改成了吹泡泡，所以两人一起吹过了泡泡。但机缘巧合下，如今他们竟然阴错阳差地完成了原始剧情。

顺序不一样，结局也不一样。

明媚是幸运的。

之后两天，明媚完成了宣传片的拍摄。

原以为恋情被曝光的热度会逐渐降下去，没想到却是一波未平，一波又起。

明媚担心的事还是发生了——合影的那个粉丝在微博上传了自己跟明媚的照片，很激动地分享了在度假村见到明媚的事。

网友们一合计，青云山度假村可不就是 SG 旗下的产业吗？

这下不得了，网上一时间又涌现出各种分析猜测——

"小师妹这是悄悄和男朋友度假去了？"

"是度假，还是避风头啊？哈哈哈，明媚毛茸茸的帽子好可爱！"

"我赌一毛钱，这两人肯定有一腿，坐等官宣。"

"跑远点儿金屋藏娇？"

"？？？我就迷惑，现在已经确定那个'马路门公主'是明媚了吗？她经纪人田安妮你们又不是不知道是什么人，超级会炒作。我到现在还记得明媚出道时有个拆礼物的视频，说有位神秘前辈给的礼物，一副要哭未哭的样子。你们都别太真情实感了，就是炒作而已。"

"其实我也觉得是，再退一步吧，即便那女的是明媚，祁家家大业大，会接受她？玩玩可以，女明星想要嫁豪门可没那么容易。"

"蹲，大家先别嗑了，别到时候扒出明媚是小三，那就打脸了，毕竟传闻中的未婚妻剪影还在呢。"

…………

说别的就罢了，说自己的拆箱视频是炒作就过分了吧。她当时看到江敏月送给自己的奖杯一时感触，情绪没能忍住而已，怎么到这些网友的眼里就成了炒作？

难怪祁叙不爱搭理舆论，跟这种张口就来的臆测较真儿就输了。

明媚干脆不再看那些评论，拍摄结束后，和祁叙惬意地在度假村过了几天神仙眷侣的日子。

回京市那天，天气很好，出机场的时候，明媚和祁叙手牵手走的VIP通道。后来田安妮打来电话通知她外面有站姐在蹲守艺人，明媚忙不迭地就松开了祁叙的手。

祁叙皱眉问："怎么了？"

明媚小声说："万一待会儿被拍到又要上热搜，给你惹麻烦。"

毕竟最初恋情被曝光时，祁叙就没有站出来澄清，但明媚能理解，不是所有人都愿意把自己的感情生活放到大众视野中让人去评论。祁叙这个人清高冷傲，不屑参与也是正常。

可她想错了——她的手被祁叙重新牵起，带着某种坚定，两人十指紧扣着走出VIP通道。

果然，敏锐的站姐们发现了什么，迅速扛起各种"大长炮"，紧接着闪光灯劈头盖脸地落下。明媚拉高口罩，不知所措地低着头被祁叙牵着走，隐约听到身后各种不同情绪的尖叫和感慨声。

"那个女的是明媚吧？我没看错吧？"

"我去，绝对是明媚！那个包你们看到了吗？明媚背过的！"

"实锤了，实锤了！啊啊啊啊啊！大头条啊！哈哈哈哈……"

…………

直到上了祁叙的车，车窗关上，隔绝所有声音后，明媚才想到刚刚那一刻虽然很爽，很刺激，可又有问题来了。

她看着祁叙，有些苦恼地说："你这么一来，待会儿咱俩又要热搜见了。"

车未开动，祁叙跟过来接机的何正说了些什么，何正点点头，而后下了车。

明媱问："何助要去哪儿？"

祁叙揉揉她的脸说："去帮我做一些事。"

明媱张了张嘴没再问，聪明如她，顿时明白了他的意思——他应该是叫何正找站姐们处理掉刚刚那些照片吧。

明媱知道祁叙不喜欢上热搜，不喜欢把私生活暴露在镜头下。她坐正笑了笑，装作什么都不知道的样子说："那我们现在去哪儿？"

祁叙一直牵着明媱的手没松开，他温柔地对她说："先送你回去好吗？我还有点儿事要处理，晚上见！"

明媱以为祁叙说的是晚上一起吃饭，懂事地点头道："好。"

车停在公寓楼下，明媱独自回了家。

江敏月早提前回来了，这会儿正在收拾东西，明媱一时竟看不出她是才回来，还是又要走。

"妈，你这是？"

江敏月不慌不忙地说："搬家，我买了套房子，要带我家的公主回属于她该住的地方了。"

明媱："？"

等会儿，好好的又买什么房啊？妈，咱们虽然拿到了一点儿拆迁款，但也不要这么豪横好不好？

明媱有点儿没回过神来，缓了会儿，说道："我还没来得及问你，拆迁款到底拿到了多少？"

江敏月总算正面回应了这个问题："谁跟你说拆了？那是你爸住过的地方，我怎么可能拆？"

明媱摸不清什么情况，问："那你之前那些钱哪来的？不是，那你说回去办拆迁款的事又是干吗去了？妈，你没违法乱纪吧？"

江敏月看着一头问号的女儿忍不住笑了，说："别问了，你的东西我也收拾得差不多了，走吧。"

明媚真的是一脸迷惑地跟着江敏月走的。

她不知道为什么，一夜之间自己的妈妈会一副富婆做派，路上她甚至还怀疑过妈妈是不是被什么传销组织洗脑了，会不会领着自己去什么传销窝。可再想，不可能，妈妈智商很高，不会被骗的。

正胡乱思考着，车停了。

江敏月说："宝贝，快看看，对我们的新房子还满意吗？"

明媚的思绪被打断，她抬头透过车窗看过去，难以置信地瞪大了眼。

面前的这栋别墅，未来自己的家，都不是最让明媚惊讶的点。她最惊讶的是，仅仅一块草坪之隔，旁边的那栋别墅就是祁叙的家。

明媚呆了半晌，忽然明白了，问："是祁叙买给你养老的，对不对？"

"他？"江敏月轻笑着，"我需要他来买吗？这房子我早就盯着了，看你们的事定下来了才买的。"

明媚惊讶道："啊，你早就准备买了？"

"妈妈已经没了你爸爸，只剩下你了。我不想打扰你和祁叙，但想一直在旁边守着你。如果哪天你受委屈了，打开门走几步就能回到妈妈这儿。"

平平凡凡的几句话，却道尽了母爱的深沉和伟大。明媚鼻头一酸，忍不住扑到江敏月怀里，哽咽着说："妈，我会一直孝敬你的，祁叙也是。他要是不孝顺你，我就不要他了。"

"乖。"

"但是，妈，你能不能告诉我，你哪来的钱买房子啊？"

明媚心里好慌啊，这个被称为京市第一豪宅的别墅小区，一栋别墅少说都得要个七八千万吧？

江敏月眉眼轻弯，从包里拿出了一份合同一样的东西，说："你看看这个就明白了。"

母女俩开心地入住了新家。

明媚开心到飞起，眨眼间自己就多了两个家，度假村里一个人间瑶池，这里一个大女王撑腰的娘家，出门转弯走几步就到了男朋友家。她躺在床上想，要是这会儿突然去敲祁叙的门，会不会吓他一跳？

有趣有趣。明媚马上下床，出门穿过一块宽敞的方形草坪，来到祁叙家门前。她在门外偷偷观察了一小会儿，然后给他打了个电话。

压住心底的小兴奋，明媚假装淡定地问道："你在哪儿？"

祁叙答道："还在公司。"

"……"

生硬的几个字，瞬间扫了明媚的兴致。

"那没事了，拜拜！"

她无聊地回了家，躺在沙发上刷微博，发现一下午过去了，网上果然风平浪静的，什么消息都没有。看来，自己的猜测没错，何正一定是去帮祁叙处理掉了那些照片。

虽然没有生气，但明媚承认，她心里到底还是有一点儿小失落的。

男人和女人不同，明媚除了是个演员，也是个普通女孩儿，谈恋爱了，也想大大方方地告诉喜欢她的粉丝。但是祁叙不喜欢，那就算了。

明媚翻看两人在度假村玩的时候拍的照片，她戳着上面的祁叙，自言自语道："谁让本小仙女喜欢你呢，你这个凡间狗男人可真有福气……"

就这样自娱自乐了会儿，明媚的那点儿小情绪也自我疏解了。她看了眼时间，晚上6点都过了，祁叙依然没有来电话。

咦，不是说好晚上见的吗？

明媚正想给祁叙发个微信问一问，她刚拿起手机，手机就跟炸了似的密集地响起了新消息提示音。

明媚被吓了一跳，起初她还以为手机是不是中了什么病毒，等点开消息才发现，圈子里的一些好朋友同时给她发来了类似的话——

××：明媚，你美炸了！什么时候去拍的广告？

×××：宝贝，有被你美到！

×××：媚媚，刚刚看了你的广告大片，你是个什么绝世小仙女，呜呜呜，改天一起出来吃饭好不好？我好多朋友想认识你！

××：亲爱的，我现在想给你吹一万句"彩虹屁"，可我什么都说不出来，词穷了，真的太好看了！

…………

明媚看得丈二和尚摸不着头脑，什么广告片？

啊，是青云山的宣传片吗？发了吗？怎么没人通知自己呢？

明媚疑惑地退出微信，打开微博，在热搜榜上迅速浏览一遍，并没有看到和青云山有关的话题。

她又从下往上慢拉看了一遍，哦不，等等，明媱的视线忽然停住——在热搜第一位的"SG集团官宣全球代言人"。

明媱的手指顿在了屏幕上，脑子里一下子冒出了很多乱七八糟的东西。她隐隐约约记起，自己好像是签过这么一份代言的合同。

难道是自己？明媱的心加速跳起来，戳进话题的时候，手甚至有点儿颤抖。

就在6点整，SG集团官微发了一条置顶微博——

SG酒店集团：她的笑容像冬夜星河，璀璨温暖，独一无二，治愈所有渴望爱的人。非常荣幸邀请到@明媱小姐成为SG的终身品牌代言人，让SG集团陪您度过四季，无论何时，我们一路相随。

一段很精简的官宣文案，明媱整个人都看傻了，她毫无准备，不知所措。

不是帮H市政府拍的景区宣传片吗？怎么变成了度假村的广告？她到底被祁叙这个男人暗中骗了多少次？

明媱晃了晃头，茫然地点开评论区。

好家伙，才过去几分钟而已，已经有了六七万条评论，网友们一个个激动得好像在过年一样——

"这算是官宣吗？！"

"我现在激动得都不知道说什么好了，锁！！！马上给我锁死！！！"

"瞧瞧这骚话，温暖的笑容，独一无二？啊啊啊啊啊，我鸡皮疙瘩都起来了，求求你俩快公开吧！"

"敲重点，终身代言人，终身，是终身！你们都看懂了吗？"

"就没人夸一句明媱在这个广告片里的状态吗？从江湖小侠女到都市丽人无缝切换，我已经循环看了20遍了……真的好美，我是个女的都爱上她的古装扮相了，好像小仙女……"

"别说了，我刚刚打青云山度假村的酒店想去订个房，被告知十分钟前最近一个月的客房都爆满了，哭！"

"啊啊啊啊啊啊！祁太子，你说话啊，你有本事宠老婆，你有本事说话啊！"

…………

明媚的思绪正被评论带着走，江敏月不知道什么时候靠在了门口，她手里拿着手机，看样子也在同步冲浪。

"我真替你爸可惜，没多活几年，看看他这个女婿多能干。"

明媚有些不好意思地说："哪有，只是官宣一下合作而已。"

"合作而已？"江敏月笑了笑说，"你'吃瓜'似乎还没我及时呢？"

啊？明媚一愣，马上低头去看。刷新了一遍热搜榜，刚刚的第一已经掉到了第二。

而现在第一的话题，实实在在地吓了明媚一大跳——"明媚祁太太"后面还跟了个"爆"。

明媚已经快跟不上节奏了，她心跳得厉害，深吸一口气，捂住自己的胸口点开热搜话题。

祁叙不知道什么时候申请了私人账号，还认证了。他直接评论并转发了SG酒店集团官微的那条微博——

祁叙：SG集团陪大家度过四季，而你往后所有的春夏秋冬，都有我在。@明媚你好，祁太太！

祁叙的这条微博不仅有充满爱意的文字告白，还附带了明媚两年前的那张侧颜照，和之前那个被猜来猜去的剪影一模一样。

照片里，明媚的笑容如星辰，她张开双手拥抱着黑夜下绚丽的烟火，完完全全符合集团官微的那句广告语——如冬夜星河，璀璨温暖。

国内顶级的酒店业大亨，祁家太子爷亲自盖章祁太太，并且晒出了剪影照片，整个微博都沸腾了——

"天啊，这是明媚以前的照片吧？那时候还是中长发……"

"应该是还没出道时候就认识了，那些说人家是第三者的呢？"

"等等，所以那次祁总就是故意把自己送上热搜帮女朋友解围咯？救命，这些暗暗的小细节好甜！"

"我现在可以说了吧？哈哈哈，下午我们在机场就拍到明媚和祁总裁了，人家牵着小手手不知道多恩爱。不过后来祁总的助理说晚点儿祁总会自己官宣，请我们先别发照片，还留了我们的电话，说到时候会发喜糖给我们！"

"哎呀妈呀，酸死我算了！"

"我酸了。"

"女儿好样的，比林芸芸争气，棒！妈妈同意了！马上结婚，三年抱俩！"

"青梅竹马，还是现实版的灰姑娘？明媚有什么背景，为什么这么好命，有人扒扒吗？该不会是八字旺祁家的生意吧？"

"谢邀，明媚大学同学匿名回答一波，有没有背景不知道，但她很节俭，不大爱攀比名牌，人蛮低调的。"

"巧了，我是明媚初中同学。她好像只有个妈妈，爸爸过世了，但她妈不怎么露面，初中三年明媚一直住校，看着就是个普通人啊，也没看到什么豪车接送。"

…………

随着"校友"陆陆续续地出来爆料，明媚基本被大家认定为是现代版的灰姑娘，大概是性格好，所以一朝好命，嫁进了豪门。

明媚也没有正面对自己的家庭背景做什么解释，只是十分有职业操守地评论转发了祁叙的微博——

明媚：度假村超级美呀，欢迎大家来玩。另外表白老板，谢谢老板的肯定，我一定会卖力宣传的。

祁叙很快回复了她：叫老公比较合适。

瞬间，这条回复仿佛捅了土拨鼠的窝，满屏都是尖叫和祝福——

"啊啊啊！！！好甜！！！"

"嗑死我了！！！"

"公主和王子从此幸福地生活在一起……"

…………

这时终于有火眼金睛的网友发现了广告片里一闪而过的温泉汤池，特地截图问：我就是H市本地人，青云山去过无数次，怎么从来没见过有这个地方？新景点吗？

或许是今天太热闹了，连青云山景区官方微博都忍不住参与了进来——

青云山5A景区：这里的确是度假村二期新增的景点，不过不对外开放，是祁总修给祁太太的私人温泉啦，据说叫瑶池，小编也实名美慕呢。啧，好一个"瑶池"，得多宠多爱，才会取这么个名字啊！

官方下场，热度翻倍，一时间，度假村和青云山成了最新的网红爱情朝拜圣地。

……………

这或许是明媜人生中最幸福的一次热搜。

后来明媜从江敏月口中才知道，原来从车祸发生的那天开始，祁叙就在计划这些。

他从没忘记过自己的承诺，只是自始至终，他都想给明媜最好的而已。包括那天精心准备的求婚，包括像今天这样，光明正大地对全世界宣布自己的爱。

明媜不知道要怎么回报祁叙这样的良苦用心，她一直在阳台上等着，等祁叙回来。

终于，晚上快 10 点时，祁叙的车才驶入门口。

明媜看到祁叙下了车，司机把车送进了地库。

明媜这一刻紧张又忐忑，她像害羞的小女孩儿那样红了脸。她飞奔下楼，给他发微信：你回家了吗？

祁叙：刚回，怎么了？

明媜快速打字：没事儿，就是想你，想见你。

明媜没有告诉祁叙，自己已经搬到了他家隔壁的事，她只想现在马上去敲他家的门，去拥抱他，用尽所有力气去拥抱他。

两栋楼之间的距离很近，明媜是穿着睡衣跑去的。到了门口，手抬起正想按门铃，微信又响了。

明媜垂眸，是祁叙发来的：等我，马上来。

几乎在她抬眸的同时，面前的门开了，四目相对。

明媜很快明白，原来自己不顾一切想要马上看到的人，即便一身疲惫，也愿意不顾一切地去见她。她幸福地翘了翘唇，踮起脚尖抱住祁叙说："我爱你。"

虽然不知道明媜为什么会突然出现，但这个拥抱是甜蜜的，祁叙无法抗拒。他垂眸看着明媜身上的睡衣和拖鞋，一把把她抱到怀里。

关上门，房里温暖如春，男人的声音亦温柔地落在耳畔："我也爱你。"

两人的爱情全网皆知，祁衡远那边自然也知道了。

其实从度假村回来后，祁叙就告诉了祁衡远自己要和明媜结婚的事，但父子俩的对话仿佛例行交代和通知，祁叙不愿多说，祁衡远欲言又止，想问又开不了口。

好在祁叙主动提了要两家父母今天见面的事，祁衡远很看重，早早就让家里的阿姨准备了招待客人的菜品。

距离上次尴尬的会面已经过去了好几个月，如今再见，祁衡远明显有想要修补关系的意思。他亲自在门口接引："亲家，欢迎！"

江敏月面色泰然，拉着明媎不卑不亢地坐下。

同行的祁叙看到郑容竟然也在，不悦道："我谈婚事，你在这儿干什么？"

"我……我就是想……"郑容难堪得说不出话来。

她就是想看看祁叙结婚，老爷子要给多少钱，以后祁宴结婚了，可一分都不能少。

"没关系。"江敏月却笑吟吟地说，"喜事，不用这么见外。"

郑容有了台阶下，忙附和道："对对对，喜事，我也是替两个孩子高兴。"

毕竟是谈结婚，祁叙也不想闹得难看，料想郑容也没那个胆子再捣乱，便在一旁坐下，随她去了。

江敏月喝了口茶，不疾不徐道："我今天来的目的，就是想谈谈两个孩子结婚的事。我们明家很传统，嫁女儿也不是随随便便嫁的，该有的礼仪必须得有，就是不知道祁董事长愿不愿意？"

祁衡远哪里还有说不的立场，直点头道："当然，规矩一定不能少。亲家，你尽管提。"

"彩礼也不要多。"江敏月两根食指交叉，"这个数就好。"

郑容愣了下，问："10万？"那这位明星妈妈还不算狮子大开口。

可江敏月却轻笑一声，说："郑女士在开什么玩笑？不好意思，我说的是10亿。"

郑容震惊道："10亿？"

10亿还叫不多？你不如去抢！真当我们祁家的钱大风刮来的？然而这些心里话郑容并没有胆子说，只能各种不情愿地看着祁衡远。

而且刚刚江敏月唤她郑女士，并不是祁夫人，摆明了没承认她的身份。这种言语上的轻视让郑容心里很恼火，却又无可奈何。

祁衡远虽然也觉得江敏月提的这个数有些夸张——毕竟周围豪门娶儿媳

413

妇的不是没有，开口就要 10 亿的还真少见——但他不能再犯错了。

这些日子，他深刻反省过为什么两个儿子都不爱回家，偶然间翻了本老影集，他终于找到了答案。

影集是祁叙和祁宴的：祁宴还好，就算没有祁衡远在，身边还是有母亲的陪伴；而祁叙那些照片，从三岁到十八岁几乎都是一个人，这孩子的脸上从无笑容，他却一直都不知道。

祁衡远年近六十，终于发现了自己作为一个父亲的缺席。他总是习惯性地去控制孩子，却忽略了对他们的陪伴和理解。所以，如果现在钱能弥补这一切，哪怕只是些许，他也愿意去尝试。

祁叙以为祁衡远不肯，正想开口说这钱自己出的时候，祁衡远点头了。

"没问题，亲家。你有什么要求尽管提，不能让媱媱受委屈，务必要把她风风光光地娶进门。"

祁叙："……"

可江敏月继续加码道："婚后，媱媱没有必须生男孩儿的义务，生或是不生，生男生女，什么时候生都随缘。她也可以自由做她想做的事，希望祁董事长能尊重她。"

祁衡远赞同道："当然。"

"还有，媱媱是南方人，跟我一样喜欢吃南方菜，所以如果可以的话，以后家里是否能安排一个会做南方菜系的阿姨？"

别说祁家了，明媱都觉得江敏月越说越夸张，这怎么跟公主出嫁似的立规矩呢？"妈……"明媱轻轻拉了下江敏月的袖子。

谁知祁衡远还是同意了，而且回应的速度很快，说："这些都是小事，没问题。"

总之，不管江敏月提什么要求，有理的、无理的，祁衡远都答应了。

之后大家便喝着茶，聊着天，好像上次的事从未发生过。

可默认不提，不代表就都忘了。

直到江敏月要起身告辞时，祁衡远才缓缓留住她，单独把她请到了书房里。

"亲家，那次见面的事，是我处理得不好。我承认自己在和孩子相处这方面不及你优秀，希望你能看在文娴的面子上多多包涵。以后媱媱就是我的女儿，你可以放一百个心让她嫁过来。"他叹了口气，接着说，"其实她给我做蛋糕那段时间，我就已经觉得这孩子不错了，很朴实，我只是面子上不肯承认她优秀，还总想挑她的刺儿。你看，这不就受到惩罚了吗？"

江敏月淡淡地笑道："我包不包涵不重要，重要的是，两个孩子能不能接受你？"

"没事儿。"祁衡远摆摆手，释怀地笑了，"公司的事都交给老大了，我以后就专门去修补和孩子们的关系，希望一切还来得及。"

两人从书房说笑着走出来，关系看上去已然缓和很多。

快离开时，江敏月想起了什么似的，忽然停下道："对了，一直在说彩礼的事，我都忘了嫣嫣的陪嫁。"

一个 10 亿彩礼，已经把郑容气得在一边不说话了，听到江敏月说嫁妆，马上又装作不在意地听着。

然而江敏月没有展开说，只是拿出一份合同递给祁叙。

"希望你别辜负了嫣嫣爸爸，这一棒，往后就交给你了。"

江敏月拿的是一份 CEO 上任聘请书。甲方的名字祁叙再熟悉不过，他从事酒店业，打交道最多的就是各类旅游、票务公司。而合同上的"飞悦旅行"，长期和 SG 旗下的各个酒店保持着合作，是国内重要的旅游票务服务平台，市场占有率极高。

祁叙怔了几秒，好像明白了什么似的说："这是……叔叔的公司？"

江敏月道："明嫣爸爸过世的时候，公司才刚刚起步，如果我不管，他唯一的心血就散了。所以我当年拿出所有的积蓄请职业经理人打理，开始只是想留个念想，谁知就慢慢做大了。

"现在嫣嫣要结婚，公司当然得交给自家人。我们母女都不会做生意，这家公司就当是我给嫣嫣的陪嫁，市值多少钱，我想你应该知道的吧。"

祁叙当然知道。

郑容更是听得目瞪口呆，一些之前她无法理解的事情，也终于明白了原因。比如自己管理的酒店莫名其妙就被飞悦公司除名不再合作，导致客户一季度内流失了 30%，原来这是人家娘家人在暗地里给女儿撑腰。

不知是不是故意，江敏月忽然似笑非笑地问郑容："我女儿的这份陪嫁，郑女士还满意吗？"

今非昔比，面前的明嫣就算两个今棠来了也比不了。郑容干笑道："当然满意，这是咱们祁叙的福气。"

话音刚落，祁叙蓦地笑了。这么多年，郑容总算说了一句自己喜欢听的话。的确，遇见明媛，不知是他积攒了多少世的福气。

婚事就这样谈妥，没有出现任何不愉快，双方难得皆大欢喜。

2月14日，情人节这天，祁叙和明媛顺利领了证。照片上两人都穿着白衬衫，明媛笑得眉眼弯弯，祁叙脸上也挂着幸福的笑意。

从前明媛自诩小仙女，但看了结婚证上的照片她才发现，祁叙才更像是从仙界落入凡尘的神仙。

"嗯。"祁叙回应她的猜测说，"因为看到你偷偷下凡，所以我也跟着一起来了。"

"为什么？"

"因为你只能是我的，天上地下，你去哪里，我去哪里。"

"……你肉麻死了。"明媛被逗得直笑，顿了顿说，"我忽然发现，你好会说甜言蜜语。"

"才知道？"

"是啊，再说一句好不好？我想听。"

"嗯，"祁叙思考了片刻，学着明媛的样子勾勾手，"你过来，我说给你听。"

过去这一招都是明媛用在祁叙身上的，没想到今天也被他反套路了一次。她刚兴致勃勃地凑过去，唇就被男人封住了。

"感觉怎么样？"一番亲昵后，祁叙松开问明媛。

明媛被吻得还没回过神，问："什么怎么样？"

祁叙厚脸皮地问道："我甜不甜？"

明媛怔了三秒，而后无语望天：救命，这真的是我老公吗？

六个月后，这一年的金玉兰奖拉开了帷幕。

明媛因为林芸芸这个角色被提名了最佳女配角，虽然这是她的第一部作品，但因为精湛的演技得到了大众的认可，成为本届金玉兰奖的黑马。

明媛并没有抱希望能获奖，毕竟自己还是个新人，那些提名的演员各个资历都比她老。加上她已经进了林继晖《盗江湖》的剧组，每天都在紧张地拍摄，所以并不想去现场凑热闹。

然而林继晖放了她一天的假，让她去现场感受一下。江敏月也鼓励她

416

去试试，万一获奖了呢。明媗便答应了。

颁奖礼当晚，奖项还未颁出，明媗的红毯造型已经成了网友们热议的话题。

自从两人的关系公开，祁叙直接入股了田安妮工作室，方方面面为老婆倾尽各种资源。

自然，造型这一块也都是业内的顶级团队在负责。

明媗穿的是一身酒红色的丝绒长裙，配上黑发红唇的妆容，初亮相就抢走了记者们的镜头。

毕竟过去她每次亮相走的都是小清新路线，这次可能是因为恋爱了，可爱的小师妹也终于秀出了女人性感的那一面。

不秀则已，一秀便惊艳了全场。丝绒礼服勾勒出她完美的曲线，价值百万的钻石项链在胸前熠熠生辉。

明媗光凭外形已经足够艳压一大堆人上头条，偏偏祁叙知道她要和别的男艺人走红毯后，人在外地出差都不惜连夜飞回来，亲自给明媗当男伴。

密集的闪光灯下，夫妻俩的对话是这样的——

"你怎么回事？想上热搜就自己上，别总蹭我热度。"

"裙子往上提一点儿，胸太露了。"

"不觉得我这样很性感吗？"

"不觉得。"

"可别装了，你的眼神已经对我开了99次车了。"

"……"

"嘿嘿，可惜待会儿颁奖礼结束，我直接回剧组，只能麻烦你先忍忍了。"

"可我帮你跟林导请了一晚的假。"

"……"

记者们永远不会知道，一对冲着镜头微笑的豪门夫妇正说着什么"虎狼之词"。而网友们甚至还在直播视频里疯狂"嗑糖"——

"哦哦哦，瞧瞧小两口儿，走个红毯都要咬耳朵。"

"这一对真的好养眼，祁总这个颜值随随便便秒杀今晚任意一个男星吧？"

"人家是夫唱妇随，他俩是妇唱夫随，哈哈哈哈哈哈……"

"啊啊啊啊啊啊！快看！祁太子给明媚披自己的外套了，苏到我了！"

"祁总：老婆身材不给看，暗中吃醋。"

…………

线上一片热闹，场内的演员们也都一一就位。

最佳女配角的颁奖比较靠前，晚会开始后的第六个奖项就是。

明媚说不紧张是假的，做演员，谁不希望能得到这样专业奖项的肯定。

祁叙一直握着她的手，低声安慰道："别紧张，得不到明年再加油。"

"嗯，我知道。"明媚做了个深呼吸，悄悄摊开手想看什么，忽然暗惊，"哎哟，我去。"

祁叙低头看过去，无奈失笑。他的宝贝老婆每天不是在"沙雕"，就是走在准备"沙雕"的路上。

明媚手心里歪歪扭扭写了好几行字，大概是手汗出多了，这会儿已经花成了一片。

"我妈教我的感谢致辞没了，万一我真得奖了怎么办？我好紧张，内容都忘了。"

祁叙轻拍她的头道："有什么好紧张的，实在忘词，简单说句谢谢就下来。"

好像是这么个道理。明媚深吸一口气，又安慰自己，说不定没得奖呢，就随机应变吧。

没过一会儿，台上就响起了主持人的声音："下面要颁布的是本届金玉兰奖的最佳女配角，提名的演员请看大屏幕。"

大屏幕上陆续闪过五位女演员的名字，明媚在第三位。浑厚的男声介绍道："《当我恋爱时》，林芸芸饰演者，明媚。"

虽然只是短短一句话，不过两三秒的时间，当看到自己的角色出现在大屏幕上，明媚还是忍不住激动了。前后跨越半年的试镜，演技的不断磨炼，那几个月的拍摄和成长，一幕一幕全部涌上心头。

这是所有演员都渴望的高光时刻，明媚也终于感受到作为一个演员的成就感。

播放完，主持人说："让我们有请颁奖嘉宾——拿过大满贯的影后江敏月女士！"

418

现场顿时掌声如雷，唯独明嫣愣在了那儿——妈妈不是在剧组拍戏吗？

明嫣来之前还问过她要不要一起来，江敏月拒绝了，现在怎么成了颁奖嘉宾？

可明嫣来不及惊讶，因为上台的江敏月已经开始发言了。

她身着端庄气质的礼服，一如既往地优雅，缓缓开口道："很高兴受到大会邀请做颁奖嘉宾，其实原本组委会是让我颁最佳女主角的，但我选择颁最佳女配角。因为二十多年前，我演员生涯中的第一个奖，就是金玉兰颁给我的最佳女配角。

"而且，今天提名的演员里有一个人对我来说很重要。如果可以，我希望能亲手把这个奖颁给她。"

闻言，台下众人都议论起来，纷纷猜测五位提名演员里，谁是江敏月口中那个很重要的人。

另一边，尽管在竭力克制，明嫣的眼眶还是忍不住红了一圈。

镜头扫到了她，看直播的网友们很快发现了不对劲——

"明嫣为什么一副要哭的样子？"

"敏月阿姨说的很重要的人不会是她吧？"

"她们现在都在林继晖的剧组拍戏，可能是有感情了吧？"

"啊啊啊啊啊啊啊！快颁奖快颁奖！！小师妹给我冲！"

"祁太太给我冲！！！"

…………

江敏月打开了手里的卡片，视线触及答案，她的表情没有变化，从头到尾都是微笑着的。

顿了顿，江敏月抬头看向大家："第二十九届金玉兰奖，最佳女配角的获得者是——"

明嫣的心跳好像要停止了，双手不断收紧。

祁叙握着她的手，仿佛传递着无声的力量。

大家都在等答案。

隔着人海，江敏月看向台下自己最熟悉的那个身影宣布道："《当我恋爱时》，林芸芸的扮演者——"稍顿，她满脸笑意，温柔地说，"也是我优秀的女儿——演员明嫣。"

现场众人："？？？"

直播视频上的弹幕瞬间刷爆——

"天哪，明媱是敏月阿姨的女儿？认真的？"

"我呆了。"

"我也呆了，这不是综艺剧本吧？"

"姐妹们，我发现了华点（小细节）！！！敏月阿姨宣布复出的那一天，就是明媱被初月'撕'到热搜的那一天！"

"所以……那天是祁太子和敏月阿姨亲自上阵，一个帮老婆，一个帮女儿，两人一起分流量？"

"我就说那天的'瓜'怎么那么多，果然还是我太天真。"

"原来小师妹是江影后的女儿，难怪演技那么好，有其母必有其女，我慕了。"

"那么《盗江湖》就是母女档的大女主戏咯？啊，我突然就好期待了！"

"我也好期待！"

…………

在雷鸣般的掌声与欢呼间，明媱有些控制不住情绪，她的视线变得模糊。她从未想过自己和江敏月的关系，会在这样一种场合下被大家得知。

明媱缓缓上台，从江敏月手中接过奖杯，母女对视，那一刻心中有万千情绪在流动。

这是母亲给予的鼓励，也是更深的期望。

这种时候明媱根本不再需要什么草稿了，对着台下，她有无数的话想说。

"抱歉，我真不知道妈妈今天会来，他们总喜欢给我这样的惊喜，弄得我每次都措手不及，妆都要哭花掉了。"

说着明媱真的抹了把眼泪，全场观众都笑了出来。

大家都知道，明媱口中的"他们"，除了指台上的江敏月，还有坐在台下的祁叙，因此镜头迅速给到了祁叙。

男人唇角浮着笑意，视线完全停留在明媱身上，眼神中写着满满的爱意。

明媱继续说："我是看着妈妈的戏长大的。我热爱演戏，梦想就是能成为和妈妈一样优秀的演员，所以在接到《当我恋爱时》这部戏的时候，我真的很开心。

"我曾经为了演好林芸芸这个角色做过一些啼笑皆非的事，哭过也笑过，现在想来虽然幼稚，但我不后悔。

"如果说今晚站在这里一定要有一个感谢的人，那么我想感谢的就是林芸芸。是她让我成长，让我今天可以站在这里，让我……收获了生命中最可贵的一段时光。"

说到这里的时候，明媱是看着祁叙的。

旁人或许不明白明媱在说什么，但祁叙完全懂。那是属于他们的时光，虽然荒唐可笑，却见证了他们的爱情。

祁叙回以微笑点头，明媱会心地抿了抿唇，收回视线。

"再一次谢谢大家，明媱会继续努力，朝江敏月老师的方向前行！"

一转身，明媱深深地拥抱了江敏月，掌声持久地响彻在演播大厅。

这一晚，最佳女配角的颁奖环节毫无意外地上了热搜，成了整场晚会的焦点。

事后，明媱在微博上晒出了两座奖杯——一座是自己的，另一座是江敏月的。

明媱：出道时曾经收到的那个神秘礼物，其实就是妈妈送的奖杯啦！谢谢妈妈，希望我能成为跟你一样优秀的演员！

得知真相的网友一片哗然。之前以为是炒作，没想到人家只是低调，不想拿出来炫耀而已。

至此，明媱在二十二岁的年纪，完成了很多同龄人不敢想象的事。她领了证，拿了奖，被万千网友赞誉为"最美小师妹，最甜祁太太"，成了当之无愧的天之骄女。

这一年的除夕，来得特别早。

京市飘起了细雪，明媱和江敏月都在外地拍戏，林继晖的剧组都是严格的封闭式管理，不允许人探班，辛苦且疲惫。

别说没空儿办婚礼，祁叙都快两个月没见到明媱了。

家里的阿姨也放假回家了，祁衡远那边来了电话要祁叙过去吃饭，他没答应，原本已经做好了一个人守岁的准备，没想到下班回家后，家里竟然亮着温暖的灯火。

是阿姨忘记关灯了吗？祁叙疑惑地推开门，刚好看到明媚端着两个碗从厨房走出来，看到他笑眯眯道："老公下班啦！"

祁叙顿时怔在那儿，回过神来问道："你怎么回来了？"

"不回来，谁陪你过年守岁啊？"明媚没心没肺地笑着，又指指厨房说，"大女王也来了哦。"

江敏月似乎听到了声音，在厨房笑道："阿叙快洗洗手，马上吃饭了。"

祁叙有些恍惚，他还是不太敢相信，这样的画面会发生在自己身上——油烟机呼呼的声音，饭菜的香味儿，电视机里喜庆的音乐，以及四周贴满的窗花和春联……以前这一切都离他很远很远，现在却突然又很近，近到像一场美梦。

江敏月亲自下厨做大餐，明媚虽然不会做，但还是帮忙煮了汤圆。

趁妈妈还在厨房忙着，明媚先给祁叙端来一碗说："饿不饿？先吃一点儿汤圆垫着吧，今天这么特别的日子一定要吃汤圆，啊，很甜的——"说着，她用勺子舀了一个吹了吹喂给祁叙，"试试？"

祁叙不喜欢吃甜食，更不爱吃汤圆。过去逢年过节去大宅吃饭，但凡上了汤圆，他一个都不会吃。

因为对他来说，吃汤圆的意义根本不存在。汤圆寓意团团圆圆，可他一个人有什么好团圆的？

祁叙看到明媚又戴上了那条祖母绿的项链——因为拍戏，明媚在进组之前把项链摘了留在了家里——但现在，她应该也是才到家没多久，竟然马上就戴上了。

祁叙明白她的用意——项链代表着他的母亲，在今天这样一个阖家欢乐的日子，明媚想要给他一个完整的家。

祁叙克制着心里的触动，张开了嘴。

明媚把汤圆喂进去，而后眨着眼满含期待地问道："好吃吗？"

汤圆外皮口感软糯，里面的馅儿也的确如明媚所说，甜入心扉。祁叙第一次感受到这样的滋味儿，内心感动而满足。

他"嗯"了声，笑着回答道："甜！"

"那你也喂我一个。"明媚马上说。

祁叙点头，从碗里舀起一个喂给明媚。看着她轻轻咀嚼，看着她熟悉的脸庞，忽然就没忍住，轻轻捧起她的脸吻了下去。

明媚愣了下，笑着躲闪道："干吗呀？妈妈在呢。"

祁叙没说话，只是更深地吻住了她。

细腻的馅儿在两人口中融化，那份甜好像渗透了神经般直达彼此心底。

浓浓的，甜蜜的。

这时外面刚好放起了漂亮的烟花，暗夜变得绚丽浪漫，像一颗颗闪烁的星坠落人间。一如他们初见的那天，明媚坠在了他怀里。

祁叙知道，明媚就是照亮他漫长黑夜的那颗最亮的星。

因为有她，他生命中才有了团圆。

特别番外

两年后,《盗江湖》如期上映,无论是影片本身的制作,还是演员的表现,均在业内收获了一片赞誉。

明嫣也凭借着电影中玉茯苓这个角色,和母亲江敏月饰演的楚玉寒双双获得了第十八届金棕国际电影展的最佳女主角。

站在舞台上封后这一天,明嫣已经不再是当初那个青涩的新人,她浑身闪耀着自信的光芒。而这份荣耀背后的故事,足以激励每个正在为梦想拼搏前行的人。

中学的母校向明嫣发出邀请,请她回去给所有正在努力的学弟学妹们分享自己成功的经验。

收到这份邀请时,明嫣起初还有几分不好意思,但在祁叙的鼓励下,她最终还是踏上了这趟"荣归故里"的行程。

校方原本只邀请了明嫣,没想到夫妻俩妇唱夫随,祁叙这样的商界名人,竟然也跟着一同出席,着实让他们惊喜不已。

因此早在明嫣到来前的一周,校方就在学校大门口拉起了显眼的欢迎横幅。等明嫣正式到校的那一天,全校上下更是举行了隆重的欢迎仪式。

学弟学妹们列队站好,齐声喊着:"欢迎明嫣学姐!"

许久未感受到的那种属于校园的青春热情让明嫣格外激动,她挽着祁叙的胳膊,一边冲学弟学妹们挥手微笑,一边悄悄对身边的男人说:"我觉得自己又回到了十七岁。"

祁叙的表情比明媛还从容，低声回她的话："你在我眼里一直十七岁。"

明媛的笑意不禁更深，挽着祁叙胳膊的那只手暗中掐了他一把，说："出书吧你，这么会说。"

祁叙嘴角翘了翘，不再逗她。

在热情隆重的欢迎仪式后，明媛在学校小礼堂开始了励志鸡汤的演讲。她用最自然的语言讲述了自己从小的梦想，讲述了自己在演员这条路上的艰辛和坚持——

"读高二的时候，我早上5点半起床背英语，6点开始练台词基本功。吃过早饭去学校上完一天的课后，晚上还有表演课、形体课等各种各样的专业课，周末也很少有休息时间。

"考入理想的大学后，我也不敢松懈。因为你的梦想，同时也是别人正在积极争取的希望。后来我顺利毕业，反反复复经历了许多的考验，才拿到了人生中第一个角色。

"我只想告诉大家，努力，坚持，每件事都尽力做到最好，这样才不负青春韶华。"

一番简洁真诚的话语结束，台下掌声如雷。

明媛下意识地看向了台下她的老公祁叙。男人坐在第一排，也正轻轻鼓着掌，眼里带着欣赏和称赞的笑意，好像在说"表现不错，孺子可教"。

明媛抿了抿唇，也冲他微微一笑。

明媛之前很少在很多人面前做演讲。不像祁叙，经常需要出席各种会议论坛，演讲这种事对他来说信手拈来，甚至有时候临场发挥，不需要任何稿件。因此这次回母校演讲，她事先让祁叙加急培训了自己几天。现在看来，效果应该是不错的。

到了提问交流的环节，有学弟问："明媛学姐读书时一直都这么顺利吗？遇到过想退缩的时候吗？"

明媛笑了，低下头若有所思，不知是回忆到了什么，她许久才说："当然遇到过。谁的人生都不会是一帆风顺的，迷茫的时候可以先停下来看一看，找找自己的初心，也许会有不同的感悟。"

整个交流座谈会，就在这样轻松愉快的气氛中结束了。

从小礼堂出来时，老家的发小给明媛发来短信：大明星，活动结束了吗？以前的老同学都等不及想要跟你见面呢。

当时明媚和祁叙正被校领导带去参观历届毕业生的照片墙，信息被祁叙看到，他抬眸说："等不及？"

男人眉间微微蹙起，问道："什么老同学这么等不及？"

"你说呢？"明媚故意逗他，"你上中学的时候，难道没有那么一两个暗恋的'白月光'？"

祁叙睇向她说："没有。"

明媚喷了声，轻轻打他说："我才不信，谁都会有的。"

祁叙是真没有。他上学那会儿，每天除了学校的学习外，祁衡远还给他安排了很多培训课程，有酒店管理类的，有语言类的，甚至还有体育竞技类的，从身体素质到思想高度，全照继承人的标准培养着。

也正因为这样优秀，祁叙一直是校园里的风云人物，对他示好的女同学不是没有。但因为复杂的家庭情况，祁叙与同龄人不同，他很早就对未来有了清晰的规划，将所有的时间都花在学习上，对异性的兴趣几乎为零。

上学的时候是没有感情的学习机器，上班后是没有感情的工作机器。直到遇到明媚，祁叙单调的世界，才终于有了新的颜色——一种叫心动的颜色。

身旁还有人在，祁叙压低声音说："信不信都好，我的'白月光'曾经就是你。"

明媚抿了抿唇，意味不明地笑道："哦。"

祁叙察觉到她笑得不对劲，很快便反应过来，问："怎么，你有？"

明媚翘了翘唇，似笑非笑地望着他说："对啊。"

祁叙："……"

校长这时突然插话进来："明媚，这是你们那一届参加运动会时的合影，你是啦啦队的，看看，还保存着呢。"

祁叙的思绪被打断，视线落到他指的墙面上。

明媚穿着蓝白相间的校服裙，扎着高马尾辫，手里拿着彩色丝带，眼眸弯出漂亮的弧度，笑容格外灿烂。那是少女才有的活力与纯真。

明媚看到旧照很开心，回忆道："我记得这次运动会特别精彩，王思宇短跑破纪录了，还有路宸，对，他当年是篮球队队长，记得呀，怎么会不记得……"

明媚和校长聊起老同学很开心，祁叙在旁默默听着她口中那一个个陌生的名字，在心里想：这些人里，谁会是明媚口中那个暗恋过的"白月光"呢？

虽然年少懵懂的感情如今早已不能作数，但一想到明媚竟然还有个愿意承认的"白月光"，祁叙还是会幼稚地泛起一丝醋意。

那是她的青葱年少，而他却不在。

祁叙可以走进明媚现在的世界，却没有穿越时空的本领，去她的花季时光。

参观完照片墙，明媚又和学校领导、学生们一起合影，活动才算圆满结束。

夫妻二人牵手漫步在学校操场上，明媚还停留在刚刚与校长聊的话题中。她兴奋地告诉祁叙说："我刚刚说的那个篮球队队长，可厉害了！啊，当时就是在这里，我们全班女生都在帮他加油，最后愣是把那场输定了的比赛扳赢了。"

明媚沉浸在回忆里，丝毫未发觉身边男人的异样，好几秒后才听到他接上一句："所以'白月光'就是他？"

明媚一愣，转身看着他问："什么？"对上祁叙的目光，她猛地反应过来，"扑哧"一笑道："你怎么还想着呢？"

祁叙没否认自己这一刻忽然狭隘的心胸，继续问道："是他吗？"

明媚垂眸看着绿草地，边走边摇头说："不是。"

不等祁叙再开口，明媚主动停下来问他："你知道我为什么要考京市电影学院吗？"

"那是国内最好的艺术院校？"

明媚点头道："这只是其中一个原因。"

祁叙微顿，忽地停下来面朝明媚，似乎听出了她话里的意思，问道："你的那个'白月光'在那个学校？"

"算答对了一半。"明媚认真地说，"我是在京市认识的他。"

"……"

看自己老公蹙眉紧张的样子，明媚忍不住笑了出来，忙安慰他说："别吃醋，也别乱想。其实只是在我最迷茫的时候，他给了我很大的信念和力量。但现在，我连他叫什么名字都忘了。"

这下轮到祁叙惊讶了，他不相信地问：“忘了名字？”

明媚给祁叙讲起了自己上学时的那段经历：“初三开学的时候，外公忽然去世，我妈状态很不好。不想让她担心，我就很努力地去学习，可不知道是不是压力太大，越想得到就越得不到。那一学期我的成绩一直下滑，到最后我都开始怀疑自己到底行不行，还能不能考上重点高中。

“后来杭城、苏城和京市有一个三地青少年交流的校园活动，我们班主任就帮我报了名。我就是在这个活动中认识他的。”

听到这里，祁叙的眉微微动了两下，似乎想要问什么，顿了顿，还是选择听下去。

明媚没注意到祁叙的微表情，继续说着：“我已经记不起他的样子了，只记得那个炎热的夏天，我无精打采地坐在一堆人里，台上的老师说了什么我也没听，直到后来一个清朗的男声通过音响传出来，就那一瞬间——”

她转过身来看着祁叙道：“真的，好像凉风袭来，让我头脑一片清明。”

祁叙蓦地一笑道：“这么有用？”

明媚啧了声，说：“你不懂，这叫语言的力量。”

说罢，她自言自语道：“那个学长很厉害，全英文脱稿演讲，我印象最深的便是他那句‘退缩者永无胜利，胜利者永不退缩’。后来，我一直都把这句话奉为我的座右铭。”

闻言，祁叙没说话，却轻轻笑了笑。

明媚一皱眉，侧眸看着他问：“你笑什么？”

“没什么。”祁叙敛起嘴角的笑意说，“既然这么崇拜，怎么不找那个学长要个联系方式？”

明媚撇嘴道：“人家当时已经被国外的大学录取了，即将出国。我一个初三的小丫头片子去凑什么热闹，又不是演偶像剧。”

话音刚落，明媚的手机响了。

是发小打来的电话，催促她早些去聚餐的地方和大家叙旧。

明媚翘着唇，很自然地牵住祁叙的手，回着手机那头的话：“我带家属，什么？不准？那不行，我老公那么帅，在这边走丢了怎么办……”

祁叙静静地看着明媚的脸，想着她方才说的那些话，再听她现在跟朋友开着自己的玩笑，竟有几分恍若隔世的不真实感。

挂了电话，明媚急忙道：“快点儿走吧，朋友们都在等着我们了。”

祁叙回过神来说："好。"

两人牵着手穿梭在操场上众多年轻的身影中，落日余晖洒在他们身上，朦胧间，仿佛映出了少男少女身穿校服、恣意青春的影子。

秋风扬起树叶，亲昵笑语回荡在风里。

"也不知道我那个'白月光'学长，现在是不是还在国外。"

"我猜，他已经回国了。"

"嗯？"

"而且还娶了他这一生最爱的女人。"

"你怎么知道？"

"秘密。"

原来，生命中每一次遇见都是有意义的。

原以为是我先遇见你，没想到，你曾经的遥遥一瞥，已经注定了我们未来的故事。

你好！我是你年少时的"白月光"。

图书在版编目（CIP）数据

遥遥许你 / 苏钱钱著 . — 北京：北京燕山出版社，
2022.7

ISBN 978-7-5402-6482-6

Ⅰ.①遥… Ⅱ.①苏… Ⅲ.①长篇小说－中国－当代
Ⅳ.① I247.5

中国版本图书馆CIP数据核字（2022）第 063757 号

遥遥许你

作　　者：苏钱钱

出 品 人：一　航

选题策划：航一文化

出版统筹：康天毅

责任编辑：王　迪

特约编辑：赵　婷

装帧设计：林晓青

出版发行：北京燕山出版社有限公司

地　　址：北京市丰台区东铁匠营苇子坑138号C座

邮政编码：100079

发行电话：（010）65240430

印　　刷：湖南天闻新华印务有限公司

开　　本：880mm×1230mm　1/32

印　　张：13.75

字　　数：450千字

版　　次：2022 年 7 月第 1 版

印　　次：2022 年 7 月第 1 次印刷

书　　号：ISBN 978-7-5402-6482-6

定　　价：56.80 元（全二册）